사막

DÉSERT
by J. M. G. Le Clézio

세계문학전집
242

J. M. G. Le Clézio : Désert

사막

르 클레지오 장편소설

홍상희 옮김

문학동네

일러두기

1. 번역 대본으로는 *Désert*(J. M. G. Le Clézio, Gallimard, 2004)를 사용했다.
2. 주석은 모두 옮긴이주다.

차례

1909~1910년 겨울, 사기에 엘 함라

마치 꿈속에서처럼 발밑에 일어나는 모래안개에 반쯤 가려진 채 모래언덕 마루로 그들이 나타났다. 그들은 거의 보이지 않는 흔적을 따라 천천히 계곡으로 내려갔다. 대상隊商의 선두에는 모직 망토를 휘감고 푸른 베일로 얼굴을 가린 남자들이 있었다. 그들과 함께 두세 마리의 낙타들이 가고 있었고, 그 뒤에는 어린 소년들이 몰아대는 염소와 양떼가 있었다. 행렬의 맨 뒤는 여자들이었다. 그들은 묵직한 외투에 짓눌려 둔한 모습이었고, 팔과 이마의 살갗은 짙푸른 베일보다 더 짙어 보였다.

그들은 모래 속을 소리 없이 천천히, 어디로 가고 있는지 쳐다보지도 않고 걸어가고 있었다. 바람이 끊임없이 불고 있었다, 낮에는 뜨겁고 밤에는 찬 사막의 바람이. 주위의 모래가 낙타의 다리 사이로 새어 달아나며 여자들의 얼굴을 후려쳤고 그때마다 여자들은 푸른 천을 눈 위로 끌어내리곤 했다. 아이들은 뛰어가고, 젖먹이들은 푸른 천에 휩싸여 엄마 등에 업혀서 울어댔다. 낙타들은 킁킁거리며 재채기를 했다. 어디로 가고 있는지 아는 사람은 아무도 없었다.

태양은 헐벗은 하늘에 아직도 높이 떠 있었고 바람은 소리와 냄새들을 앗아갔다. 유랑민들의 얼굴에는 서서히 땀이 흘러내렸고, 뺨과 팔다리의 짙은 살갗은 베일 색깔이 반사되어 짙푸른빛을 띠고 있었다. 여자들 이마 위에 새겨진 푸른 문신은 풍뎅이처럼 반짝거렸다. 금속 방울 같은 새까만 두 눈망울만이 가까스로 광막한 사구를 바라보며 모래언덕들의 파도 사이로 행렬의 발자국을 찾고 있었다.

그 밖에는 지상에 그 어떤 것도 없었다. 아무것도, 아무도. 그들은 사막에서 태어났고, 다른 어떤 길도 그들을 이끌고 갈 수는 없었다. 그들은 아무 말도 하지 않았다. 아무것도 원하지 않았다. 모래언덕 위에 아무도 존재하지 않는 것처럼, 바람은 그들 위로, 그들을 관통하여 지나갔다. 그들은 첫새벽부터 멈추지 않고 걸었다. 피곤과 갈증이 폐석廢石처럼 그들을 감쌌다. 입술과 혀가 말라서 굳어졌다. 허기가 그들을 갉아들었다. 말을 할 수도 없었으리라. 아주 오래전부터 그들은 사막과 같이 말을 잊었다. 빈 하늘에 태양이 타오를 때면 그들은 햇빛을 가득 받았고, 별이 총총히 박힌 밤에는 몸이 얼어들 뿐이었다.

발 아래에서 모래가 내려앉을 때는 갈지자로 비틀거리며 골짜기 아래를 향해 그들은 계속해서 느릿느릿 비탈을 내려갔다. 남자들은 내려다보지도 않고 다음 발을 내디딜 자리를 택했다. 고독의 저쪽 끝을 향해, 밤을 향해 그들을 인도하는 보이지 않는 흔적 위로 전진하고 있는 것 같았다. 그들 중 단 한 남자만이 소총을 지니고 있었다. 청동의 기다란 총대가 검게 변색된 수석총이었다. 그는 깃대처럼 총대를 위로 하고 두 팔로 가슴팍에 총을 감싸안고 있었다. 짐 무게에 짓눌려 약간 앞으로 몸이 굽은 그의 형제들이 외투를 휘감고 그 곁에서 걸어가고 있었다. 외투 속에는 가시에 찢기고 모래에 닳아서 누더기가 된 푸른 옷을 입고 있었다. 몹시 지친 이 행렬의 뒤에는 소총을 가진 남자의 아들인 누르가 엄마와 누이들 앞에서 걸어가고 있었다. 햇볕에 타서 검게 그을린 그의 얼굴은 어두웠지만 두 눈은 반짝였고 그 시선의 광채는 거의 초자연적이었다.

그들은 모래와 바람과 빛과 밤의 남자와 여자들이었다. 그들은 마치 꿈속에서처럼 모래언덕 꼭대기에 나타났다. 구름 한 점 없는 하늘에서 내려온 듯, 공간의 혹독함이 사지 속에 밴 듯한 모습으로. 허기, 갈라진 입술에 피가 배어나오게 하는 갈증, 태양만이 번득이는 잔혹한 침묵, 추운 밤, 은하수의 섬광 그리고 달, 이 모든 것을 그들은 몸속에 품고 있었다. 그와 함께 석양에 내리깔리는 거대한 그림자, 벌어진 발가락에 밟히는 순결

한 모래의 파도들, 도달할 수 없는 지평선을 지니고 있었다. 그 무엇보다도 두드러진 것은 눈의 공막 속에서 더욱 투명하게 반짝이는 시선, 그 광채였다.

아이들 앞에는 회갈색의 양과 염소떼가 몰려가고 있었다. 동물들 역시 어디로 가는지도 모르면서 앞선 동물의 발자국 위에 제 발굽을 내디뎠다. 모래는 염소와 양들 사이에서 소용돌이치다가 더러운 털에 달라붙었다. 한 남자가 낙타들처럼 킁킁거리고 침을 뱉으면서 목소리로만 낙타들을 몰고 있었다. 그의 쉰 듯한 숨소리는 바람소리와 한데 어울려 곧 남쪽, 모래언덕들의 움푹 파인 웅덩이 속으로 묻혀버리곤 했다. 그러나 바람과 건조함, 허기는 이제 대수롭지 않았다. 사람들과 짐승떼는 천천히 물도 그림자도 없는 계곡 밑으로 내려가고 있었다.

몇 주, 몇 달 전부터 그들은 길을 떠나 이 샘에서 저 샘으로, 모래 속으로 사라지는 말라붙은 급류를 건너 돌언덕과 평원을 넘었다. 성근 풀과 엉겅퀴, 버들옷 잎사귀들을 양떼와 사람들이 나누어 먹었다. 태양이 지평선 가까이 기울고 관목덤불 그림자가 한없이 길게 뻗는 저녁이 되면, 사람과 짐승은 걸음을 멈추었다. 남자들은 낙타에서 짐을 내리고, 삼나무 말뚝을 하나 세워 그 위로 커다란 갈색 모직 텐트를 쳤다. 여자들은 불을 지펴서 조죽을 끓이고, 응고시킨 우유와 버터, 대추야자를 준비했다. 급히 어둠이 내리면 차고 광막한 하늘이 태양빛이 꺼진 대지 위에 열리곤 했다. 그러곤 별들이, 수천의 별들이 천공에 떠올랐다. 무리를 이끌고 온, 소총을 가진 남자는 아들 누르를 불러 작은곰좌 끝에 있는 카브리라 불리는 고독한 별 그리고 성좌의 반대편 끝 쪽에 있는 푸른 별인 코카브를 가리켜 보여주었다. 그는 누르에게 동쪽으로 알카이드, 미자르, 알리오트, 메그레즈, 페크다 등 다섯 개의 반짝이는 별들이 이루는 다리를 가리켰다. 아주 먼 동쪽 하늘, 잿빛 지평선 가까이에는 돛대처럼 옆으로 약간 기울어진 오리온좌가 알닐람과 함께 방금 떠올랐다. 그는 모든 별들을 다 알고 있었고, 때로는 별들에게 새로운 이름을 지어주곤 했는데, 이 이름과 더불어 별들은 이야기를 갖게 되었다. 그는 이제 밤하늘 위에서 낮에 따라가야 할 길을 누르에게 보여주었다. 별들은 마치 땅 위에서 인간들이 편력해야 할 길을 그어 보여주고 있는 것처럼 빛났다. 얼마나 수많은 별들이 있는지! 사막의 밤은 조용히 맥박 치는 별빛으로 가득했고, 바람은 숨결처럼 불고 또 불어왔다. 그곳은 시간을 벗어난 나라, 인간의 역사에서 동떨어진 곳, 어쩌면 다른 땅에서 이미 떨어져나온 듯 그 무엇도 태어나거나 죽을 수 없는 나라, 지상의 삶의 절정에 있는 곳이었다. 남자들은 종종 별들을, 대지 위에 모래로 만든 다리처럼 펼쳐진 넓고도 흰 길을 응시했다. 삼잎을 말아 담배를 피우면서 그들은 조용히 담소했다. 여행담, 기독교 군대에 맞서 싸운 전쟁의 뒷소문들, 복수담을 서로 나누었다. 그러곤 밤의 소리에 귀를 기울였다.

잔가지에서 타오르는 불길이 물 끓는 소리와 함께 청동 찻주전자 밑에서 너울거리며 춤을 추고 있었다. 화로 건너편에서는 여자들이 얘기를 주고받았고, 한 여자가 품에서 잠든 아기에게

나지막하게 콧노래를 불러주고 있었다. 들개들이 짖어댔고, 모래언덕의 움푹 파인 웅덩이에서 울리는 메아리는 또다른 들개들이 화답하는 듯했다. 가축냄새가 올라와 회색 모래의 축축한 습기와 화덕에서 피어오르는 매캐한 냄새에 뒤섞였다.

이윽고 여자들과 아이들은 텐트 속에서 잠들었고 남자들도 꺼진 불 주위에서 외투를 덮고 누웠다. 이처럼 그들이 보이지 않는 모래와 돌의 평원 위로 모습을 감추자, 하늘은 더욱더 검게 빛났다.

그들은 그렇게 몇 달, 아마도 몇 년을 걸어왔을 것이다. 모래언덕의 이랑 사이로 하늘의 길을 따라 드라, 탐그루트, 이기디 모래사막에서 뻗어온 길, 좀더 북쪽 아틀라스산맥 지맥의 대大크사르와 만나는 아이트 아타, 게리스, 타필랄트의 길, 혹은 사막 중심부까지 뻗어 항크 너머로, 대도시 통북투 쪽으로 나 있는 길을 걸어왔다. 여정 중에 몇 명은 죽었고 몇 명이 태어났고 또 결혼도 했다. 가축들도 죽어갔다. 땅을 비옥하게 하기 위해 그 목이 잘리기도 하고 페스트에 걸리기도 하고 단단한 땅 위에서 부패되도록 버려지기도 했다.

이곳에는 언어도, 이름도 없는 것 같았다. 사막은 모든 것을 바람에 말끔히 씻어내렸고 모든 자취를 지워버렸다. 사람들의 시선은 넓은 공간의 자유로움을 지니고 있었으며 그들의 피부는 금속과도 같았다. 태양빛은 도처에서 반짝였다. 황토색, 누런색, 회색, 흰색의 모래, 고운 모래는 바람결을 따라 흘러내렸다. 그 모래는 모든 흔적과 모든 뼈를 덮었다. 빛을 내쫓았고 아무도 알 수 없는 사막의 중심으로부터 멀리, 물과 삶을 몰아냈다. 사람들은 사막이 그들을 원치 않는다는 것을 잘 알고 있었다. 그래서 그들은 다른 것을 찾기 위해 이전에 이미 다른 발자국들이 통과했던 길을 쉬지 않고 걸었다. 물은 하늘을 비추는 눈目 즉 '아이운' 속에, 또는 오래된 진흙탕 냇물의 축축한 바닥 속에 있었다. 한데 그 물은 기쁨을 위한 물도, 휴식을 위한 물도 아니었다. 단지 사막의 표면에 흐른 땀의 흔적이요, 강팍한 신神의 인색한 선물이며, 삶의 마지막 몸짓에 불과했다. 모래 속에서 갈취해낸 혼탁한 물, 갈라진 바위틈 사이에 고인 썩은 물, 복통과 구토를 일으키는 알칼리 성분이 많은 물뿐이었다. 그들은 별들이 가리키는 방향으로, 약간 구부정하게 숙인 몸으로 더 멀리 가야만 했다.

그러나 그곳은 아마 최후이자 유일한 자유의 나라, 인간의 법률이 하등 중요하지 않은 나라였으리라. 돌과 바람의 나라, 또 전갈과 날쥐들의 나라이며, 태양이 불타는 낮이나 차갑게 얼어붙은 밤에 몸을 숨기거나 도망칠 줄 아는 자들을 위한 나라.

이제 사기에 엘 함라 계곡 위에 그들이 나타났다. 그들은 모래비탈을 천천히 내려왔다. 계곡 깊숙이에 인간의 삶의 흔적들, 메마른 돌벽으로 둘러쳐진 밭, 낙타 우리, 난쟁이종려나무 잎으로 만든 오두막집들, 엎어놓은 선체 같은 커다란 모직 텐트들이 보이기 시작했다. 남자들은 무너져내리는 모래 속에 발뒤축을 파묻으며 천천히 내려왔다. 여자들은 걸음을 늦추어, 갑자기 우물냄새를 맡고 날뛰는 가축떼들 뒤에 멈춰 섰다. 그때 암석고원 아래 거대한 계곡이 펼쳐졌다. 누르는 맑은 호숫가에 빽빽이 줄지어 솟아난 짙푸른색 키 큰 종려나무들이 있는지 살펴보았다. 그리고 하얀 궁전들, 회교사원의 첨탑들, 누군가 스마라에 대한 이야기를 해준 어린 시절부터 말로만 들었던 모든 것을 찾아보기 시작했다. 누르는 나무 한 그루 못 본 지 아주 오래되었다. 그는 모래와 반사되는 햇빛 때문에 반쯤 눈을 감고 양팔을 힘없이 건들거리며 계곡 아래쪽으로 걸어 내려갔다.

남자들이 계곡 아래쪽으로 내려감에 따라 잠시 엿보았던 마을은 사라지고, 그곳에는 메마르고 헐벗은 땅만이 있을 뿐이었다. 날씨는 매우 더웠다. 누르의 얼굴에는 땀이 줄줄이 흐르고 있었고 그의 푸른 옷은 허리와 어깨에 착 달라붙어 있었다.

이제 다른 남자들과 여자들이 갑자기 계곡에서 솟아난 듯 나타났다. 여자들은 저녁식사를 위해 화로에 불을 지피고, 아이들과 남자들은 먼지 덮인 텐트 앞에 말없이 앉아 있었다. 하마다* 너머에서, 슈에이바, 와르크지즈, 시루아산들과 움샤쿠르 산맥 너머, 심지어 남쪽의 대오아시스들과 구라라의 지하 호수 너머 사막의 도처에서 이곳으로 온 그들이었다. 그들은 마이데르산의 험로를 넘어서 타르하만트 쪽으로, 또는 좀더 아래쪽 드라 지방과 틴구트 지방이 맞닿은 곳에서 레그바트를 통해 왔다. 남쪽 지방의 모든 사람들, 유목민, 상인, 목동, 약탈자, 거지들이 모두 이곳으로 온 것이다. 어떤 자들은 비루 왕국이나 우

* 암반이 지표에 노출되어 바위 가루가 흩어져 있는 사막. 사막의 모래 공급원이다.

알라타의 대오아시스를 떠나왔다. 사막 끝에서 밴 잔인한 태양과 밤의 극심한 추위의 흔적이 그들의 얼굴에 새겨져 있었다. 그들 중 거의 붉게 보일 정도로 검은 피부에, 키가 크고 팔다리가 유난히 긴 몇몇 사람은 낯선 언어로 말하고 있었다. 이들은 사막의 반대편 보르쿠와 티베스티에서 온, 콜라 열매를 주식으로 하는 투부족들로서 바다까지 가고 있었다.

사람과 가축의 무리가 가까이 다가옴에 따라 남자들의 시커먼 윤곽이 점점 불어났다. 비틀어진 아카시아나무 뒤에 흡사 흰개미집 같은, 나뭇가지에 진흙을 이겨 바른 오두막집이 나타났다. 흙집, 판잣조각과 진흙으로 지은 토치카들, 특히 무릎까지밖에 닿지 않는 나지막한 마른 돌벽들이 붉은 땅을 미세한 벌집 구멍처럼 분할하고 있었다. 하라틴 노예들은 낙타 안장 덮개 양탄자보다 크지 않은 밭에다 잠두콩, 고추, 조를 애써 키우고 있었다. 관개용 수로들은 계곡을 관통하고 있는 물기를 조금이라도 더 끌어내려고 메마른 밭고랑을 깊이 파고들었다.

바로 이곳에, 대도시 스마라로 향해 가고 있던 그들이 지금 막 도착한 것이다. 사람과 가축 모두가 건조한 땅 위로 깊이 파인 상처와 같은 이 사기에 계곡 아래로 다가갔다.

그들은 이것을 보기 위해 규석처럼 단단하고 찌를 듯한 수많은 날들, 수많은 시간들을 견뎌왔다. 몸이 상처투성이가 되도록, 입술이 갈라져 피가 터지도록, 눈이 충혈되도록, 수많은 고통을 겪으며 찾아온 것이다. 동물들의 울음소리나 사람들의 웅성거림도 신경쓰지 않고 그들은 서둘러 우물로 향했다. 우물 앞, 물에 축축이 젖은 무른 땅 주위에 쳐놓은 돌벽 앞에 이르러 그들은 걸음을 멈추었다. 아이들은 돌을 던져 가축들을 멀리 쫓고 남자들은 무릎을 꿇고 기도를 올렸다. 그러고 나서 그들은 각자 물속에 얼굴을 담그고 오랫동안 물을 마셨다.

이는 마치 사막 한가운데서 만나는 물의 눈동자 같았다. 미적지근하지만 그 물속엔 아직도 바람과 모래의 힘, 밤에 얼어붙은 넓은 하늘의 힘이 들어 있었다. 물을 마시는 동안 누르는 그곳에서, 우물에서 우물로 그를 내몰았던 공허가 다시 몸속에 스며듦을 느꼈다. 무미건조하고 탁한 물맛은 구역질을 일으켰고, 그나마도 갈증을 풀어주지 못했다. 물은 몸속으로 흘러들어 모래언덕과 넓은 암석고원의 침묵과 고독이 되어 그의 육신 밑바닥에 고여 들었다. 우물 속 물은 잔잔했다. 금속처럼 매끈하고 반들거리는 수면 위에는 나뭇잎 부스러기와 동물의 털이 떠 있었다. 옆 우물에서 여자들이 세수를 하고 젖은 머리카락을 반드럽게 빗고 있었다.

그녀들 곁에는 염소와 낙타가 진흙 속에 말뚝으로 잡아매어진 것처럼 움직이지 않고 서 있었다.

다른 남자들이 텐트 사이로 오갔다. 베일로 얼굴을 가리고 단검과 긴 소총으로 무장한 이들 사막의 푸른 투사들은 아무도 쳐다보지 않고 큰 걸음으로 걸었다. 누더기옷을 걸친 수단의 노예들이 조, 대추야자, 기름부대를 지고 가고 있었다. 커다란 텐트의 아들들이자 흰색과 짙푸른색 옷을 입고 검은색에 가까운 피부의 슐루흐인들, 붉은 머리에 피부에는 반점이 있는 해안가 아이들, 종족도 이름도 없는 남자들, 우물 가까이에 다가가지 못하는 나병 환자들과 걸인들. 모두들 자갈과 붉은 흙먼지에 뒤덮인 땅 위를 걸어 성스러운 도시, 스마라의 성벽을 향해 가고 있었다. 그들은 여기서 몇 시간 또는 며칠 동안 사막을 피했다. 묵직한 천으로 된 텐트를 치고 모직 망토로 몸을 휘감고는 밤을 기다렸다. 그리고 응고시킨 우유를 곁들인 조죽과 빵, 벌꿀과 후추맛이 나는 말린 대추야자를 먹었다. 저녁 대기 속에서 파리와 모기는 아이들의 머리 주위를 빙빙 날아다니고, 말벌이 손등과 먼지로 더럽혀진 뺨에 달라붙었다.

이제 남자들은 목청을 높여 얘기했다. 답답하고 어두운 텐트 속에서 여자들은 웃으면서, 놀고 있는 아이들에게 조그만 조약돌을 던져주곤 했다. 남자들의 입에서는 마치 술 취한 사람처럼 말이 터져나왔다. 흡사 말言 자체가 노래하고 소리지르고 목구멍 속에서 울려퍼지는 것 같았다. 스마라 성벽 가까이에 쳐놓은 텐트 뒤에서 부는 바람은 아카시아 나뭇가지와 난쟁이종려나무 잎사귀들을 흔들었다. 그러나 푸른 날염과 땀 때문에 얼굴과 몸이 푸르게 보이는 남자와 여자들은 침묵 속에서 움직이지 않았다. 이곳에서도 사막은 그들과 함께 있었다.

그들은 잊지 않았다. 그들 육신의 밑바닥 창자 속까지 자리잡고 있는 것은 모래언덕 위로 끊임없이 흘러가는 거대한 침묵이었다. 그것은 진정한 비밀이었다. 소총을 가진 남자는 누르에게 하던 얘기를 멈추고 이따금 바람이 불어오는 계곡의 정상 쪽을 뒤돌아보곤 했다.

이따금 다른 부족의 한 남자가 텐트로 다가와 두 손을 펴서 내밀며 인사했다. 그들은 겨우 몇 마디 말과 이름 몇 개를 주고받았다. 그러나 이내 사라져버린 그 말과 이름들 또한 모래바람에 파묻혀버릴 단순히 가벼운 흔적에 불과했다.

이곳 우물가에 밤이 내리면 별이 총총한 사막의 하늘이 또다시 군림했다. 사기에 엘 함라 계곡의 밤은 더 아늑했고, 어두운 하늘엔 초승달이 떠올랐다. 텐트 주위에선 박쥐들이 춤추기 시작했고 우물 수면 가까이 파닥거리며 날아다녔다. 화롯불이 깜빡이며, 뜨거운 기름과 연기 냄새가 퍼졌다. 몇몇 아이들이 개 짖는 소리처럼 컹컹거리며 텐트 사이로 뛰어다녔다. 낙타는 발목이 묶인 채, 염소와 양은 마른 돌로 만든 우리 속에서 벌써 잠들었다.

사람들은 더이상 경계하지 않았다. 인도자는 텐트 입구에 소총을 내려놓고 정면을 주시하며 담배를 피워 물었다. 그의 귓전엔 화롯가에 앉아서 웃으며 얘기하고 있는 여자들의 다정한 목소리가 희미하게 들려왔다. 분명 그는 또다른 밤, 또다른 길들을 꿈꾸고 있으리라. 살갗을 태우는 듯한 태양, 목이 타는 고통스러운 갈증은 또다른 욕망의 시작과도 같았다.

스마라 도시 위로 천천히 잠이 흘렀다. 한편, 남쪽 하마다의 넓은 암석고원 위에서는 밤에도 잠이 찾아들지 않았다. 모래 위로 바람이 불어 산의 암반이 드러나면 모든 것이 추위로 마비되었다. 이런 사막의 길 위에서는 아무도 잠을 이룰 수 없었다. 언제나 피로와 햇빛에 충혈된, 그러나 흔들리지 않는 시선으로 사물을 바라보며 사람들은 살았고 또 죽어갔다. 때때로 청색 인간들은 같은 부족 사람이 펄럭거리는 다 해진 옷에 두 다리를 앞으로 뻗고 부동자세로 모래 위에 똑바로 앉아 있는 것을 만나곤 했다. 그의 잿빛 얼굴 위 검게 변한 두 눈동자는 모래언덕의 일렁이는 지평선을 응시하고 있었다. 이렇게 죽음은 그에게 덮쳐왔다.

잠은 물과 같다. 아무도 샘에서 멀리 떨어져서는 잠을 잘 수가 없었다. 성층권에서 부는 듯한 바람이 불어와 지상의 모든 열기를 앗아갔다.

그러나 붉은 계곡, 이곳에서는 유랑민들이 잠들 수 있었다.

인도자는 다른 사람들보다 먼저 일어나 텐트 앞에서 움직이지 않고 있었다. 그리고 계곡을 따라 하마다 쪽으로 천천히 올라오는 안개를 바라보고 있었다. 안개의 흐름이 밤을 밀어냈다. 가슴에 팔짱을 낀 채 인도자는 가만히 숨을 들이쉬었다. 그의 두 눈꺼풀은 미동도 하지 않았다. 그렇게 그는 새벽의 여명을 기다렸다. '피자르' 즉, 새벽의 첫 햇살은 동쪽 언덕 위에 희부연 반점으로 떠올랐다. 빛이 나타나자 그는 몸을 구부려 자고 있는 누르의 어깨를 조용히 흔들어 깨웠다. 두 사람은 함께 말없이 그곳을 빠져나와 우물 쪽으로 난 길을 따라 걸어갔다. 멀리서 개 짖는 소리가 들려왔다. 어슴푸레한 새벽빛 속에서 남자와 누르는 의식의 순서에 따라 몸의 각 부분을 세 번씩 씻었다. 밤과 모래에서 탄생한 우물물은 맑고 차가웠다. 남자와 아이는 한번 더 세수를 하고 손을 씻었다. 그리고 동쪽을 향해

서서 첫 기도를 올렸다. 하늘이 지평선을 밝히기 시작했다.

야영지에서는 화롯불이 곧 사라질 어둠 속에서 붉게 타올랐다. 여자들은 물을 길러 갔고, 여자아이들은 간간이 소리를 지르며 우물가 젖은 땅으로 달려갔다. 그들은 가느다란 목 위에 항아리를 똑바로 이고 비틀거리며 되돌아왔다.

인간의 삶이 시작되는 소리가 야영지와 흙집으로부터 올라왔다. 그것은 양철소리, 돌과 물의 소리이기도 했다. 그 자리에 모여 있던 누런 개들이 주위를 빙빙 돌며 짖어댔다. 낙타와 가축들은 제자리에서 발길질하며 붉은 먼지를 일으켰다.

사기에 엘 함라 계곡의 빛이 가장 아름다운 때는 바로 이 순간이었다. 황금빛, 구릿빛 햇살이 하늘과 땅에서 동시에 나타났고, 따갑거나 어지럽지 않은 햇빛은 빈 하늘에서 가만히 떨고 있었다. 텐트 자락을 들어올린 소녀들은 숱 많은 머리카락을 빗질하며 이를 잡고 머리에 쪽을 찌어 푸른 베일을 걸어 매었다. 그녀들의 구릿빛 얼굴과 팔 위에 아름다운 햇빛이 반짝거렸다.

누르는 모래 속에 웅크리고 앉아 꼼짝도 하지 않고 야영지의 하늘을 환한 빛으로 가득 채우는 태양을 응시했다. 자고새들이 천천히 허공을 가로질러 날아갔다가 붉은 계곡 위로 다시 떠올랐다. 새들은 어디로 가는 것일까? 새들은 사기에의 꼭대기까지, 아그마르산 사이에 있는 붉은 흙의 협곡까지 가리라. 그리고 태양이 질 때면 더 넓은 계곡, 들판 위로 흰개미집과도 같은 사람들의 집이 있는 곳으로 되돌아올 것이다.

어쩌면 새들은 아이운을 알고 있을까? 이따금 붉은 양철지붕도 보이는, 진흙과 판자로 된 이 마을을 알고 있을까? 그리고 에메랄드와 청동빛 바다, 자유의 바다를 알고 있을까?

유랑민들은 사기에 엘 함라에 속속 도착하고 있었다. 인간과 가축 무리의 대상이 붉은 먼지구름을 일으키며 모래언덕을 내려왔다. 아직도 사막 한가운데 외롭게 있는 것처럼 멀찌감치, 그들은 고개조차 돌리지 않고 야영지 앞을 지나갔다.

피가 흐르는 입술에 물을 축이기 위해 그들은 샘물 쪽으로 천천히 걸어갔다. 하마다 저 높은 곳에서 바람이 불기 시작했다. 그 바람은 계곡의 난쟁이종려나무 위에서, 가시덤불 속에서, 메마른 바위들의 미궁 속에서 잔잔해졌다. 그러나 사기에에서 멀리 보이는 세상은 유랑민들의 눈에는 반짝이는 곳이었다. 날카로운 바위벌판, 깎아지른 듯한 산과 균열들, 태양을 반사하는 모래평원이 있는 곳. 끝도 없는 하늘은 너무나 푸르러서 얼굴을 시리게 할 정도였다. 좀더 멀리, 사람들은 그물망처럼 펼쳐진 모래언덕들 사이로, 낯선 세계 속으로 걸어 들어갔다.

그곳이 바로 그들의 진정한 세계였다. 금속과 시멘트의 도시가 아닌, 이 모래, 이 돌, 이 하늘, 이 태양, 이 침묵, 이 고통은 샘이 흐르는 소리와 인간의 목소리를 들을 수 있는 곳, 그들의 세계였다. 자연의 질서만이 군림하는 이곳 사막에는 모든 것이 가능했고, 사람들은 자기 죽음의 주변을 한 점 그늘도 없이 걸어갔다. 청색 인간들은 그 어떤 인간도 누릴 수 없던 자유로운 상태에서 보이지 않는 흔적을 따라 스마라 쪽으로 전진했다. 그들 주위엔 단지 움직이는 모래언덕의 봉우리와 알 수 없는 공간의 파도만이 까마득히 펼쳐지고 있었다. 여자들과 아이들은 맨발로 모래 위를 디디며 가벼운 발자국을 남겼다. 바람은 이내 그것을 지워버렸다. 멀리서 신기루가 하늘과 땅 사이에 떠올랐다. 하얀 마을, 시장, 식량을 지고 있는 당나귀와 낙타의 대상들, 분망한 꿈들이 아롱거렸다. 허기와 갈증, 피곤에 지친 그들 자신조차도 이 황폐한 대지 위를 서성이는 신기루 같았다.

사기에 엘 함라 둘레로 점점 더 좁은 원을 그리며 나 있는 길들은 항상 출발점으로 되돌아오게 했다. 하지만 그 길은 인간의 삶보다도 더 길기에, 끝이 없는 길이었다.

사람들은 동쪽에서 아드메 리에산을 넘고, 예티와 타벨발라를 지나왔다. 또다른 자들은 엘 하리샤 오아시스와 압드 엘 말레크의 우물을 거쳐 남쪽에서 왔다. 그들은 서쪽과 북쪽으로 바닷가까지, 혹은 테가자 소금광산을 지나 걸어왔다. 그러고는 식량과 군수품을 싣고서 성지聖地, 사기에 엘 함라의 대大계곡까지 돌아온 그들은 다시 어느 쪽으로 출발해야 할지 아직 모른다. 하늘이 붉게 물들고 모래언덕이 움직이기 시작할 때는 모래폭풍을 피하면서 별자리 길을 따라 여행해왔다.

남자와 여자들의 삶은 이렇게 휴식도 없이 걸으며 사는 것이다. 그리고 죽음은 어느 날 갑자기 그들을 찾아왔다. 일사병이나, 적의 총탄 혹은 열병으로 그들은 죽어갔다. 여자들은 아이를 출산했다. 어두운 텐트 속에서 몸을 웅크리고 단지 두 여자가 붙잡아주는 가운데 널따란 허리띠로 배를 조였다. 이렇게 태어난 첫 순간부터 남자들은 광활한 평원과 모래, 엉겅퀴, 뱀, 쥐, 특히 바람에 속했다. 이것들이 그들의 진정한 가족이었다. 구릿빛 머리카락의 소녀들은 끝없는 삶의 몸짓을 배우면서 자랐다. 매끈한 하늘 아래 펼쳐진 매혹적인 석고평원, 그것만이 여자아이들의 거울이었다. 사내아이들은 걷는 것과 말하는 것, 사냥과 전쟁을 배웠다, 단지 모래 위에서 죽음을 맞이하는 것을 배우기 위하여.

텐트 앞, 남자들 곁에서 인도자는 꼼짝도 하지 않고 모래언덕과 우물 쪽으로 대상들이 이동하는 것을 한참 동안 바라보았다. 갈색 얼굴, 매부리코, 기다란 구릿빛 곱슬머리 위로 햇빛이 눈부시게 빛났다. 누르가 뭐라고 그에게 말을 했지만 그는 듣고 있지 않았다. 야영지가 모두 조용해졌을 때, 그는 누르에게 신호를 보냈다. 그리고 그들은 함께 사기에 엘 함라의 중심부를 향해 북쪽으로 난 발자취를 따라 출발했다. 이따금씩 스마라 쪽으로 가고 있던 사람과 마주쳤고, 몇 마디씩 주고받았다.

"누구시오?"

"부 스바요, 당신은?"

"웨마이아요."

"어디서 오는 길이오?"

"아인 라그."

"나는 남쪽, 이케티에서 왔소."

그리고 그들은 작별인사도 없이 헤어졌다. 눈에도 거의 띄지 않는 발자취는 멀리서 자갈밭과 앙상한 아카시아숲을 관통하고 있었다. 붉은 땅바닥에서 삐져나와 있는 뾰족한 조약돌 때문에 걷기가 아주 힘들었다. 누르는 아버지를 쫓아가기가 힘에 부쳤다. 햇빛은 점점 더 강해졌고 사막의 바람이 불어와 발걸음마다 먼지를 휘날렸다. 이 지점에서 계곡은 좁아졌다. 이제는 군데군데 금속처럼 번쩍거리는 회색과 붉은색을 띤 협곡 같았다. 하얀 돌, 빨간 돌, 검은 규석이 급류가 말라붙은 협곡 바닥에 가득했다. 그 위로 햇빛이 반사되어 광채가 일었다.

인도자는 모직 망토로 머리를 덮고 앞으로 몸을 수그린 채 태양을 마주하고 걸었다. 관목가지들에 걸려 누르의 옷이 찢어지고 다리와 맨발에는 긁힌 상처가 생겼다. 그래도 누르는 개의치 않았다. 그의 시선은 앞에서 서둘러 가고 있는 아버지의 뒷모습에 고정되어 있었다. 갑자기 그들은 걸음을 멈추었다. 빛나는 하늘에 반짝거리는 바위언덕들 사이로 하얀 무덤이 나타났기 때문이다. 남자는 무덤에다 절을 하듯 약간 몸을 앞으로 수그린 채 가만히 있었다. 이윽고 그들은 허물어지는 조약돌들 위를 다시 걷기 시작했다.

천천히, 시선을 아래로 던지지도 않고 인도자는 무덤을 향해 올라갔다. 그들이 가까이 감에 따라 둥그런 무덤 지붕이 붉은 바위에서 솟아나와서 하늘을 향해 점점 높아지는 것처럼 보였다. 무덤은, 매우 아름답고 순결한 광선이 그 위로 내리쪼여 뜨겁게 달뜬 공기 속에서 팽창된 듯했다. 이곳엔 한 점의 그늘도 없었다. 단지 뾰족한 바위투성이 언덕뿐이었고 그 아래에는 바짝 마른 급류 바닥만 있었다.

그들은 무덤 앞에 도착했다. 붉은 돌의 대좌臺座 위로 사면에 회칠한 진흙벽이 얹혀 있는 형태의 무덤이었다. 가마의 아궁이 입구를 닮은 하나뿐인 문은 널찍한 붉은 돌로 봉쇄되어 있었다. 사각의 벽 위에 얹혀 있는 하얗고 둥근 지붕은 달걀 껍데기 모양이었고 끝은 창끝처럼 뾰족했다. 누르는 이제 무덤의 입구만을 바라보고 있었다. 응시하는 그의 시선 속에서 문은 점점 확대되어 흡사 기암절벽과도 같은 높은 벽과 산처럼 커다란 둥근 지붕을 가진 거대한 기념관의 문으로 보였다. 여기서는 바람도 멈추었고 사막의 열기와 한낮의 고독도 정지했다. 그리고 희미한 흔적도 끝이 났다. 심지어 길 잃은 자, 미친 자, 패배자들이 왕래하던 발자취마저도. 여기가 사막의 중심부이며, 아마도 그 옛날 처음으로 인간들이 와서 모든 것이 시작되었던 곳이리라. 붉은 언덕의 비탈 위에서 무덤은 빛나고 있었다. 태양 광선이 다져진 땅 위에 반사되고, 하얗고 둥근 지붕을 태웠으며, 이따금씩 벽들의 갈라진 틈을 따라 붉은 가루들이 작은 시내처럼 흘러내렸다. 무덤 가까이엔 누르와 그의 아버지만 있을 뿐이었다. 무거운 침묵만이 사기에 엘 함라 계곡을 지배하고 있었다.

널찍한 돌을 밀어 움직였을 때 인도자는 둥그런 문을 통해 강인하고도 싸늘한 어둠을 보았다. 그리고 숨결 같은 것이 그의 얼굴에 와닿는 것을 느꼈다.

무덤가 붉은 흙바닥은 방문객들의 발로 다져져 있었다. 인도자와 누르는 기도를 하기 위해 그곳에 자리를 잡았다. 성자의 무덤 옆 언덕 위, 메마른 바닥으로 아득히 뻗어 있는 사기에 엘 함라 계곡과 또다른 언덕들, 또다른 암벽들이 푸른 하늘과 맞닿아 있는 광활한 지평선이 펼쳐진 이곳에서, 침묵은 더욱더 폐부를 찌르는 듯했다. 마치 움직이던 세계가 정지하고 침묵하여 돌로 변한 것 같았다.

그렇지만 누르는 때때로 흙벽이 삐걱거리는 소리, 곤충이 윙윙거리는 소리와 바람의 신음소리를 듣고 있었다.

"제가 왔습니다." 다져진 땅바닥에 꿇어앉아서 남자가 말했다. "도와주소서. 아버지, 할아버지 정령이시여, 제가 왔습니다. 죽기 전에 당신의 축복을 구하고자 사막을 건너 여기 왔습니다. 도와주소서, 저에게 당신의 축복을 내리소서. 저의 육신은 바로 당신의 육신입니다. 제가 왔습니다."

그는 이렇게 말했다. 누르는 아버지의 말을 이해하지 못한 채 듣고만 있었다. 그는 때로는 우렁찬 목소리로 말했고, 때로는 중얼거리고 노래 부르며 또 머리를 흔들면서 끊임없이 이 단순한 말을 반복했다. "제가 왔습니다, 제가 왔습니다."

그는 앞으로 몸을 수그려 두 손 가득 붉은 먼지를 퍼담아 얼굴에 뿌렸다. 먼지는 이마, 눈꺼풀과 입술 위로 흘러내렸다.

그러고 난 후 그는 일어서서 문까지 걸어갔다. 그리고 입구 앞에 무릎을 꿇고 문턱 돌 위에 이마를 대고서 다시 기도했다.

무덤 내부의 어둠이 밤안개처럼 서서히 흩어졌다. 무덤 속도 바깥과 같이 흰색의 맨 벽이었다. 나지막한 천장 아래 마른 진흙과 나뭇가지들을 반죽해 세운 골격이 보였다.

이제 누르도 네발로 기어서 따라 들어갔다. 그의 손바닥 아래, 양들의 피가 흙과 엉겨 있는 단단하고 차가운 포석이 느껴졌다. 인도자는 무덤 안쪽, 다져진 흙 위에 배를 깔고 엎드렸다. 두 팔을 앞으로 쭉 뻗어 땅바닥과 하나가 된 채 두 손으로 흙을 만졌다. 이제 더이상 그는 기도도, 노래도 하지 않았다. 그는 목과 귓속에서 피가 고동치는 소리를 들으면서 입을 땅바닥에 맞대고 천천히 숨을 들이쉬었다. 마치 이상한 뭔가가 그의 입을 통해, 이마를 통해, 두 손바닥과 배를 통해 내부로 들어오는 것 같았다. 무엇인가가 그의 내부 깊은 곳으로 들어가더니, 조금씩 변화가 일어났다. 그것은 침묵이었다. 침묵은 사막과 모래언덕의 바다에서, 그리고 밝은 달빛에 싸인 바위산에서, 혹은 태양광선이 비雨의 장막처럼 춤추듯 비틀거리는 광대한 장밋빛 모래평원에서 온 것이리라. 그것은 또한 두 눈망울과도 같이 하늘을 바라보고 있는 초록색 물웅덩이들 속에 고여 있는 침묵이며, 구름도 없고 새도 날지 않는, 오직 바람만이 자유로운 하늘의 침묵이기도 했다.

땅바닥에 엎드려 누운 남자는 사지가 마비되는 것을 느꼈다. 마치 잠들기 전처럼 어둠이 두 눈 속에 가득히 밀려왔다. 그럼에도 동시에 새로운 힘이 배와 두 손을 통해 스며들어 근육 한 가닥 한 가닥마다 빛처럼 분사되는 듯했다. 그의 내부의 모든 것이 변화하고 성취되었다. 이제 더이상 고통도, 욕망도, 복수심도 없었다. 기도의 물이 그의 정신을 씻어내린 듯, 그는 이것들을 잊었다. 이제 더이상 언어조차 존재하지 않았다. 무덤 속 차가운 어둠 앞에 모든 말은 공허한 것이 되었다. 대신 피가 뒤섞인 땅속에서 진동하는 이 기이한 전류, 파동과 온기만이 있을 뿐이었다. 그것은 지상의 것이 아니었다. 그것은 사고가 전혀 개입되지 않은 직관의 힘 그 자체였다. 그 힘은 땅 밑바닥으로부터 솟아나와 마치 보이지 않는 끈으로 누워 있는 남자의 몸과 그 나머지 세상을 묶어놓고 저 빈 공간으로 지나가는 것 같았다.

누르는 숨을 죽이고 무덤의 어둠 속에서 아버지를 바라보았다. 그는 손가락을 벌려 차가운 흙을 짚었다. 그 선뜻한 감촉 때문에 그는 공간을 가로질러 현기증이 나도록 달리고 싶은 충동을 느꼈다.

한참 동안 그들은 그렇게, 인도자는 땅에 엎드린 채, 누르는 눈을 뜬 채 가만히 웅크리고 있었다. 그러고 난 후 모든 것이 다 끝났을 때, 남자는 다시 천천히 일어나 그의 아들을 밖으로 데리고 나왔다. 그는 문 가까이 무덤 벽에 가서 기대어 앉았다. 그리고 다시 돌을 굴려서 무덤 입구를 닫았다. 몇 시간 동안 먹지도 마시지도 않고 걸은 듯 그의 몸은 탈진한 것 같아 보였다. 그러나 그의 내면에는 새로운 힘이 차 있었고, 그의 시선은 행복으로 빛났다. 이제 그는 무엇을 해야 할지, 벌써 어떤 길을 가야 할지 알고 있는 것 같았다.

그는 모직 망토자락을 얼굴 위로 끌어내렸다. 그리고 말로 읊조리진 않고 단지 고개만 슬며시 끄덕거리며 성자에 대한 감사기도를 목구멍 속으로 흥얼거렸다. 길고 푸른 두 손으로 다져진 땅바닥을 어루만졌다. 그러고는 보드라운 먼지를 움켜쥐었다.

그들 앞에서, 해는 하늘의 운행을 좇아 사기에 엘 함라 반대편으로 천천히 기울어가고 있었다. 언덕과 바위 그림자들이 계곡 밑에까지 길게 늘어져 있었다. 그러나 인도자는 아무것도 알아채지 못하는 듯했다. 그는 꿈쩍하지 않고 무덤 벽에 등을 기댄 채 해가 지는 것도 허기와 갈증마저도 느끼지 못했다. 또다른 힘, 또다른 시간들로 충만한 그는 규율 속에서 살고 있는 인간들에게 이방인이 되었다. 어쩌면 그는 아무것도 기다리지 않으리라. 또한 아무것도 모르리라. 마치 사막을 닮아 침묵과 부동不動과 부재不在가 되어버린 듯했다.

밤이 내리기 시작하자 누르는 두려웠고 아버지의 어깨를 두드렸다. 남자는 미소만 약간 띠며 말없이 그를 쳐다보았다. 그들은 함께 물이 마른 도랑 바닥 쪽을 향해서 언덕을 다시 내려오기 시작했다. 밤이 찾아들고 있었음에도 그들은 눈이 아팠다. 뜨거운 바람에 그들의 얼굴과 손은 타는 듯했다. 남자는 걸어가다가 약간 비틀거렸다. 그래서 누르의 어깨에 기대야만 했다.

저 아래, 계곡 깊숙이에 있는 우물물은 검게 보였다. 대기 속에서 모기들이 날며 아이들의 눈꺼풀을 물려고 달려들었다. 좀 더 멀리, 스마라의 붉은 성벽 가까이엔 박쥐들이 텐트에 닿을 듯 말 듯 스치며 화롯가를 맴돌고 있었다. 첫번째 우물 앞에 도착했을 때, 누르와 그의 아버지는 다시 발길을 멈추고 몸의 구석구석을 정성스레 씻었다. 그러고 난 다음 밤이 오고 있는 방향으로 돌아서서 마지막 기도를 올렸다.

그때 사기에 엘 함라 계곡으로 온 사람들의 수는 점점 더 많아졌다. 그들은 남쪽에서 오는 길이었다. 몇몇 사람은 낙타와 말을 타고 왔으나 대부분은 동물이 도중에 갈증과 병으로 죽었기 때문에 걸어서 왔다. 매일, 어린 소년은 스마라 진흙 성벽 주위에 들어서는 새로운 야영지를 보았다. 새로운 갈색 모직 텐트들이 도시의 성벽을 빙 둘러 하나씩 늘어났다. 누르는 매일 저녁, 밤이 내릴 무렵 유랑민들이 먼지구름 속에 도착하는 것을 바라보곤 했다. 그는 그렇게 많은 사람을 한 번도 본 적이 없었다. 남자와 여자들의 목소리, 아이들의 고함소리, 울음소리, 염소와 양을 부르는 소리, 수레가 요란하게 덜컹거리는 소리 그리고 낙타들의 툴툴거리는 소리가 한데 뒤섞여 끊임없이 웅성거리고 있었다. 뭔지 잘 알 수 없는 이상한 냄새가 모래 위로 저녁 바람을 타고 간간이 풍겨왔다. 그 강한 냄새는 자극적인 동시에 부드러운, 사람들의 살냄새, 숨냄새, 땀냄새였다. 희미한 어둠 속에 숯과 잔가지와 동물들의 똥을 태우는 불이 지펴졌다. 화로에서 나는 연기가 텐트 위로 뭉게뭉게 피어올랐다. 여자들이 아이들을 재우는 부드러운 자장가 소리가 누르에게 들려왔다.

지금 도착하는 대부분의 사람들은 늙은이, 여자, 아이들이었다. 강행군을 하여 사막을 넘느라 피곤에 지친 이들은 맨발에다 찢어진 옷을 걸치거나 혹은 걸레조각으로 발을 감싸고 걸어왔다. 모두 햇볕에 탄 검은 얼굴에 눈동자는 까만 숯조각 같았다. 꼬마 아이들은 벌거숭이로, 허기와 갈증에 불룩해진 배를 드러내고 상처자국이 난 다리로 걸어오고 있었다.

누르는 텐트 사이를 누비며 야영지를 돌아다녔다. 그는 이렇게 수많은 사람을 보고 놀랐다. 동시에 모종의 불안을 느꼈으니, 왠지 모르게 이 많은 남자, 여자, 어린애들이 곧 죽을 것이라는 생각이 들었기 때문이다.

누르는 텐트 사이를 따라 느릿느릿 걸어가는 새로운 유랑민들과 끊임없이 마주쳤다. 수단 사람처럼 시커먼, 누르도 알지 못하는 언어로 말하는 몇몇 사람은 훨씬 더 남쪽에서 왔다. 남자들은 대부분 얼굴에 베일을 둘렀으며, 모직 망토와 푸른 천으로 몸을 휘감고 염소가죽 샌들을 신고 있었다. 그들은 청동총대의 긴 소총과 창, 단검들을 지니고 있었다. 누르는 그들이 지나가도록 한쪽으로 비켜서서 그들이 스마라 성문 쪽으로 걸어가는 것을 바라보았다. 그들은 위대한 족장인 물레이 아흐메드 벤 무함마드 엘 파델에게 인사하러 갔다. 그는 마 엘 아이닌, 즉 '두 눈의 물'로 불리는 사람이었다.

그들은 모두 족장 집 마당 둘레에 있는 마른 흙 의자 위에 가서 앉았다. 그러고는 황혼녘 우물 동쪽으로 가서 모래에 무릎을 꿇고 사막을 향해 기도를 올렸다.

밤이 오자 누르는 아버지의 텐트로 되돌아와서 형 곁에 앉았다. 텐트 안 오른쪽에는 어머니와 누이들이 식량과 낙타 짐 사이에다 양탄자를 깔고 누워 얘기하고 있었다. 조금씩 조금씩 계곡과 스마라 위에 침묵이 다시 찾아왔다. 사람들 목소리, 동물들의 울음소리가 하나씩 하나씩 꺼져가고 있었다. 검은 하늘에 쟁반 같은 흰 보름달이 황홀하게 차올랐다. 모래 위에는 아직도 뜨거운 낮의 열기가 남아 있었지만 밤은 추웠다. 달을 배경으로 박쥐 몇 마리가 날다가 땅 쪽으로 급히 하강했다. 누르는 팔베개를 하고 옆으로 누워 잠을 청하며 박쥐들을 눈으로 쫓고 있었다. 그는 갑자기 자기도 모르는 새 눈을 뜬 채로 잠이 들었다.

잠이 깼을 때, 그는 그동안 시간이 흐르지 않은 것 같은 이상한 느낌이 들었다. 그의 눈은 쟁반 같은 달을 찾았다. 달이 서쪽으로 기울기 시작한 것을 보고서야 오래 잤음을 깨달았다.

숨막힐 듯한 침묵이 야영지 위에 고여 있었다. 어딘가 저 사막 끝에서 들개들의 먼 울음소리만이 들려오고 있었다.

몸을 일으키고 보니 아버지와 형은 텐트 안에 없었다. 어둠 속, 텐트 왼편에 양탄자로 몸을 둘둘 말고 있는 여자들과 아이들의 형태만이 희미하게 드러났다. 누르는 야영지 사이로, 스마라 성벽 쪽을 향해 모랫길을 걸어가기 시작했다. 달빛을 받아 빛나는 모래는 아주 하얬고 돌멩이와 관목들은 짙푸른 그림자를 던지고 있었다. 모든 사람이 잠든 듯 아무 인기척도 들리지 않았다. 그러나 누르는 남자들이 텐트 안에 없다는 것을 알고 있었다. 잠자고 있는 것은 단지 아이들뿐이었다. 여자들은 망토를 두르고 양탄자 위에 앉아서 꼼짝 않고 바깥을 쳐다보고 있었다. 밤공기에 소년은 몸을 떨었다. 맨발 밑에 느껴지는 모래는 차고 단단했다.

누르가 성벽 가까이로 다가갔을 때 남자들 소리가 들렸다. 좀더 멀리 마을 성문 앞에 쭈그리고 앉은 보초의 움직이지 않는 검은 윤곽과 그의 무릎에 기대놓은 긴 기병총이 보였다. 그러나 누르는 성벽의 진흙이 허물어져 생긴 개구멍을 알고 있어서 보초 앞을 지나지 않고도 스마라 안으로 들어갈 수 있었다.

이내 그는 족장 집 마당에 남자들이 모여 있는 것을 발견했다. 남자들은 화롯가에 대여섯 명씩 무리 지어 땅바닥에 앉아 있었고 화로 위 큰 청동 주전자에는 녹찻물이 끓고 있었다. 누르는 소리 없이 모임 속으로 끼어들었다. 아무도 그를 쳐다보지 않았다. 남자들은 모두 대문 앞에 서 있는 전사들 무리에 정신이 팔려 있었다. 푸른 옷을 입은 사막의 전사 몇 사람이 눈 하나 깜빡하지 않고 부동자세로 한 노인을 쳐다보고 있었다.

노인은 간단한 흰 모직 망토를 머리까지 덮고 있었다. 그 옆에는 무장한 두 청년이 차례로 격렬하게 말하고 있었다.

이미 한 얘기를 되풀이하거나 설명하는 사람들의 웅성거림 때문에 누르가 앉아 있는 자리에서 두 청년의 말을 이해하기란 불가능했다. 대비되는 어둠과 화로의 붉은 빛에 눈이 익숙해지자, 누르는 윤곽 속의 노인이 누구인지 알아보았다. 그는 위대한 족장 마 엘 아이닌이었다. 스마라 우물에 도착했을 당시 아버지와 형이 그에게 인사하러 갔을 때 그를 본 적이 있었다.

누르는 옆 사람에게 족장의 양쪽에 있는 두 청년이 누구인지 물어보았다. 옆 사람은 그들의 이름을 말해주었다.

"사드부와 라르흐다프. '황금조각'으로도 불리는, 곧 우리의 진정한 왕이 되실 분인 아흐메드 에드 데히바의 형제들이지."

누르는 애써 두 젊은 투사의 말을 들으려 하지 않았다. 그는 두 사람 사이에서 꼼짝 않고 있는 노인의 연약한 얼굴을 온 힘을 기울여 바라보았다. 노인의 망토는 달빛을 받아 아주 흰 얼룩처럼 두드러져 보였다.

마치 진정 말을 하고 있는 자는 그 노인인 것처럼, 그가 단 한 번 손짓을 하기만 하면 모든 것이 급변할 것처럼 모두가 일제히 그를 보고 있었는데, 왜냐하면 바로 그가 사막에 질서를 부여하는 자였기 때문이다.

그러나 마 엘 아이닌은 움직이지 않았다. 그에게는 두 아들의 말도, 자기 앞의 마당에 앉아 있는 수백 명의 사람들이 내는 끊임없는 소음도 들리지 않는 것 같았다. 때때로 그는 고개를 돌려 사람들과 마을의 흙벽 저 너머 돌언덕 쪽의 어두운 하늘을 바라보곤 했다.

노인은 그저 사람들이 자신들이 떠나온 사막으로 되돌아가기만을 바랄지도 모른다는 생각이 들자, 누르의 가슴이 조여들었다. 주위에서 사람들이 하는 이야기를 그는 알아들을 수가 없었다. 스마라 위의 끝없이 깊고 차가운 하늘에는 별들이 하얀 달무리 속에 잠겨 있었다. 그것은 일면 죽음이나 체념의 표시 같고, 움직이지 않는 텐트와 마을 성벽을 파고든 공허라는 끔찍한 부재의 표시 같았다. 이런 느낌은 특히 대족장의 연약한 모습을 보았을 때, 마치 노인의 가슴속에 들어가 그의 침묵 속에 잠긴 듯했을 때 다가왔다.

다른 족장들, 커다란 텐트의 우두머리들, 푸른 투사들이 차례차례 왔다. 피로와 갈증 때문에 갈라진 목소리로 그들은 똑같은 이야기를 했다. 남쪽 오아시스에 기독교군이 공격해와서 유목민과의 전쟁을 불러일으켰으며, 기독교군이 사막에서 해안까지 성채를 구축하는 바람에 우물에 접근할 수 없게 되었다는 이야기. 전투에 패해서 하나하나 이름을 기억할 수 없을 정도로 너무나 많은 남자들이 죽었으며, 여자와 아이들은 사막을 건너 북쪽으로 달아났고 죽은 가축의 해골이 길바닥에 즐비하다는 이야기였다. 기독교인들이 노예를 해방시켜 남쪽으로 풀어주자 그 행렬로 대상이 끊겼다는 이야기, 또 그때 투아레그 전사들은 호송대에서 노예를 훔쳐내어 노예 하나당 얼마씩의 몸값을 기독교군들에게 받았다는 이야기였다. 사막에 기독교인들과 함께 강도떼가 들어와 노획해간 가축과 상품 이야기, 남쪽 흑인들을 길잡이로 하여 들어온 기독교군의 수가 어찌나 많은지 모래언덕 지평선의 이 끝에서 저 끝까지 덮을 정도였다는 이야기. 야영지를 포위한 기마병들이 항거하는 자들을 그 자리에서 죽이고, 아이들을 데리고 가서 바닷가의 요새에 있는 기독교 학교에 넣었다는 이야기. 이 모든 이야기에 어떤 남자들은 신의 이름을 걸고 사실이라고 맹세했고, 수군대는 목소리들이 점점 높아져 불어오는 바람소리처럼 술렁거렸다.

누르는 모래언덕을 지나가는 바람소리처럼 커졌다 작아졌다 하는 웅성거림을 들으며 목구멍이 조여듦을 느꼈다. 도시와 모든 사람들에게 알 수 없는 끔찍한 위협이 다가오는 것같이 느껴졌기 때문이다.

누르는 이제 눈 하나 깜짝 안 하고, 밤의 냉기와 피로에도 불구하고 두 아들 사이에 가만히 앉아 있는 노인의 하얀 모습을 바라보았다. 마 엘 아이닌만이 밤의 운행을 변화시키고, 손짓 한 번만으로도 군중의 분노를 가라앉힐 수 있으며, 반대로 그의 단 몇 마디가 입에서 입으로 전해져 분노와 쓰라림의 파도를 고조시킬 수 있으리라고 생각했다. 누르처럼 다른 모든 남자들도 피로와 열기로 달아오른 눈과 고통으로 팽팽해진 긴장감으로 그를 바라보았다. 모든 사람이 뜨거운 태양에 피부가 거칠어지고 사막의 바람에 입술이 말라붙는 것을 느꼈다. 모두들 꼼짝 않고 그를 뚫어지게 응시하며 신호를 기다렸다. 그러나 마 엘 아이닌은 그것을 알아차리지 못하는 듯했다. 그의 시선은 사람들의 머리 위를 지나 스마라의 마른 성벽 너머 저멀리 아득한 곳을 바라보고 있었다. 그는 아마도 밤의 깊은 하늘과 보름달 주위를 유영하는 이상하고 하얀 달무리 속에서, 고통받는 사람들에게 줄 대답을 찾고 있는지도 몰랐다. 누르는 머리 위를, 보통 때는 작은곰좌의 일곱 개 별이 뜨는 그곳을 바라보고 있었으나, 아무것도 보이지 않았다. 목성만이 차가운 하늘에 얼어붙어 있었다. 모든 것이 달무리에 덮여 있었다. 누르는 별을 좋아했다. 어렸을 때부터 아버지가 별 이름을 가르쳐주었기 때문이다. 그러나 오늘밤엔 하늘의 별을 알아볼 수 없을 것 같았다. 모두 광대하고 차가운 하얀 달빛 속에 잠겨 보이지 않았다. 땅에 있는 빨간 웅덩이 같은 화롯불들이 사람들의 얼굴을 기이하게 밝혔다. 그것은 아마 모든 것을 바꾸어놓고 얼굴과 손을 야위게 하며 공허한 눈망울에 검은 그늘을 드리우는 공포 같은 것이리라. 그리고 밤은 사람들의 시선 속에 달빛을 얼어붙게 만들고 하늘 깊은 곳에 거대한 구멍을 파놓았다.

남자들이 마 엘 아이닌 족장 옆에 서서 차례차례로 이야기를 했다. 누르는 옛날에 아버지에게서 지금 얘기하는 사람들의 이름을 모두 들은 적이 있었다. 그들은 전사 부족의 우두머리들, 전설의 남자들, 마킬, 아리브, 울라드 야히아, 울라드 델림, 아루시인, 이세르기긴이었고 또 얼굴에 검은 베일을 쓴 레기바트족, 슐루흐말을 하는 사람들, 이다우 베랄, 이다우 메리바트, 아이트 바 암란 그리고 이름은 알 수 없지만 모리타니와 통북투 끝에서 온 사람들이었다. 또 마당 입구 쪽에 서서 화롯가에는 앉으려고도 하지 않는 사람들이 있었는데, 이들은 망토를 두르고 두려움과 경멸의 표정을 동시에 띠며 말을 하지 않으려고 했다. 누르는 한 사람 한 사람씩 그들을 차례로 응시했다. 그리고 곧 죽어버릴 사람들처럼 그들의 얼굴 위에 파인 끔찍한 공허를 느꼈다.

마 엘 아이닌은 그들을 쳐다보지 않았다. 딱 한 번 말고는 아무도 보지 않던 그는 누르의 얼굴 위에 잠시 시선이 멈췄을 때 그 많은 사람 가운데서 누르와 마주친 것에 놀란 듯했다. 마치 빛의 반사와도 같이 순식간에 지나친, 겨우 알아챌 듯 말 듯한 그 순간부터, 누르의 심장은 더 빨리 더 세게 뛰기 시작했다. 누르는 늙은 족장이 앞에 모인 사람들에게 신호를 내리기를 기다렸다. 노인은 다른 것을 생각하는 듯 꼼짝도 하지 않았다. 그를 향해 몸을 굽힌 두 아들은 낮은 소리로 얘기를 하고 있었다. 마침내 그는 옷 속에서 흑단 묵주를 꺼내어 머리를 앞으로 숙이며 먼지 속에 아주 천천히 몸을 움츠렸다. 아들들이 곁에 앉자 이윽고 그는 자신을 위해 썼던 문구들을 독송하며 기도를 시작했다. 이 간단한 동작만으로도 이내 사람들의 웅성거림이 멈추었다. 지나칠 정도로 흰 보름달빛이 비치는 마당에는 강렬한 침묵만이 얼어붙어 있었다. 사막과 바람과 고원의 마른 돌에서 들려오는 아득한 소리만 들릴 듯 말 듯 스쳐왔다. 들개들의 분절된 울음소리가 공간을 채우기 시작했다. 서로 인사도 없이, 한마디 말도 없이 사람들은 소리도 내지 않고 한 사람 한 사람 일어나서 마당을 떠났다. 더이상 서로 얘기할 마음이 없었기에 그들은 차례차례 먼지로 덮인 길을 걸어갔다. 아버지가 누르의 어깨를 건드렸을 때 누르도 자리에서 일어나 그곳을 떠났다. 마당을 나오기 전 그는 기이하고 연약한 노인의 모습을 보려고 잠시 뒤돌아보았다. 밝은 달빛 속에 이제 홀로 앉아 있는 그는 마치 말을 타고 가는 사람처럼 상체를 흔들거리며 기도문을 독송하고 있었다.

그 이후로 스마라의 야영지에서 불안은 더욱 커갔다. 모두가 느끼고 있으나 이유를 알 수 없는 그 불안은 마음속 고통이나 위협처럼 파고들었다. 대낮의 타는 듯한 강렬한 태양은 조약돌 모서리와 말라붙은 계곡 바닥에 빛을 반사했다. 하마다의 암석 벽이 그 빛 속에 까마득히 진동하고 있었고 사기에 계곡 위에는 끊임없이 신기루가 보였다. 매시간마다 새로운 유랑민 무리가 도착했다. 그들은 남쪽에서부터 강행군을 하여 피로와 갈증으로 기진맥진해 있었다. 그들의 윤곽은 지평선에서 수없이 아롱거리는 신기루처럼 보였다. 그들은 가느다란 염소가죽 끈으로 발을 싸매고 등에다 조그만 보퉁이를 지고는 천천히 걷고 있었다. 때로는 굶주린 낙타와 절뚝거리는 말, 염소와 양이 따라왔다. 그들은 서둘러 야영지 가장자리에 텐트를 쳤다. 아무도 그들과 인사를 나누지 않았고, 어디서 오는지도 묻지 않았다. 몇몇 사람은 기독교 병사들 혹은 사막의 약탈자들과의 싸움으로 부상을 당했다. 그들 대부분은 열병과 배탈로 쇠약해져 쓰러질 지경이었다. 많은 이가 죽고 겨우 살아남은 전사들이 때로는 도착했다. 우두머리도 여자도 없이 누더기만 걸친 검은 피부의 남자들은 거의 벌거숭이나 다름없었다. 그들의 공허한 시선은 열과 광기로 번득였다. 이들은 스마라 입구의 샘물에서 목을 축이고 마을의 성벽 그늘 땅바닥에 마치 잠을 자려는 듯 드러누웠다. 그러나 눈은 말똥말똥 뜨고 있었다.

부족들의 집회가 있던 밤 이후로 누르는 마 엘 아이닌도, 그의 아들들도 다시 보지 못했다. 그러나 족장이 기도를 시작했을 때 가라앉았던 떠들썩한 소문이 정말이지 진정되지 않았다는 것을 누르는 잘 느끼고 있었다. 이제 더이상 그 소문은 말로 전해지지 않았다. 그의 아버지와 형과 어머니는 아무 말도 하지 않았고 사람들은 소문에 대해 묻는 것을 원치 않는 듯 고개를 돌리곤 했다. 그러나 불안은 커져만 갔다. 야영지의 소음과 잠시도 가만히 있지 않는 동물들의 울음소리에도, 남쪽에서 도착한 새로운 유랑민들의 발소리와 남자들이 서로서로 혹은 자기 자식들에게 던지는 거친 말투 속에도 불안은 자리잡고 있었다. 또한 역한 냄새, 땀, 오줌, 허기, 땅과 텐트 사이사이에서 피어오르는 쓰디쓴 냄새 속에도 불안이 있었다. 불안은 궁핍한 식량 속에서도 커져갔다. 후추향 나는 대추야자, 응고시킨 우유, 아직 모래언덕 위로 해가 떠오르기 전 서둘러 먹는 귀리죽 속에서도 불안은 커져갔다. 사람과 동물의 발자국이 탁하게 만든 더러운 우물물에도 불안이 있었다. 녹차를 끓여도 그 물맛은 좋아지지 않았다. 설탕은 떨어진 지 오래되었고, 꿀마저 떨어졌다. 대추야자는 돌같이 말라 굳어버리고 기진맥진하여 죽은 낙타고기조차 쉬고 질겼다. 말라버린 입술, 피 흐르는 손가락, 사람들의 머리와 어깨를 무겁게 짓누르는 대낮의 더위, 그리고 아이들을 낡은 양탄자에서 오들오들 떨게 하는 밤의 혹한 속에서 불안은 자라갔다.

매일 야영지 앞을 지나면서 누르는 밤새 죽은 누군가를 위해 우는 여인들의 울음소리를 들었다. 매일 사람들은 더욱 깊은 절망과 분노 속에 빠져들었다. 누르의 가슴은 한없이 조여들었다. 그는 밤의 보이지 않는 언덕 위 저멀리에 떠오르는 족장의 시선을 생각했다. 짧은 순간 그림자처럼 누르 위에 내려와 앉은 족장의 눈빛이 그의 마음속을 밝혀주었다.

모든 사람이 먼 곳에서 스마라 쪽으로 왔다. 스마라가 그들 유랑의 종착지이기나 한 듯이, 마치 이곳에는 부족한 것이 아무것도 없다는 듯이. 발을 내디딜 때마다 발밑의 땅이 무너져 이제 뒤로는 돌아갈 수 없었던 것처럼, 디디고 설 땅이 없기에 그들은 이곳으로 온 것이다. 이제 그들은 그들을 수용할 수도 없고 물도, 나무도, 먹을 것도 없는 이 땅으로 수백 명씩 몰려와서는 빙 둘러쳐진 지평선 사방을 바라보았다. 남쪽의 삐죽삐죽한 산줄기, 동쪽의 사막, 사기에의 말라붙은 급류 바닥, 북쪽의 높은 고원을 향해 그들은 시선을 던졌다. 불같은 태양만 눈부신, 구름 한 점 없는 빈 하늘을 그들은 멍한 시선으로 바라보았다. 그리하여 불안은 공포로 변하고 공포는 다시 분노가 되었다. 누르는 야영지 위를 지나가는 이상한 파동을 느꼈다. 그것은 스마라 도시 주위를 빙 둘러싼 텐트의 천에서 올라오는 냄새인지도 모른다. 그것은 또한 취기, 공허와 배고픔의 취기이기도 했다. 이 취기는 땅 모양과 색깔을 변형시키고 푸른 하늘을 변색시키며 타는 듯한 염전 바닥에 커다란 맑은 호수를 고이게 하고 새와 파리떼를 하늘에 가득 날리기도 했다.

누르는 진흙 성벽 그늘에 가서 앉았다. 해가 기울면 그는 마 엘 아이닌이 나타났던 자리, 그날 밤 마당에서 그가 기도하려고 웅크렸던, 지금은 보이지 않는 그 장소를 바라보곤 했다. 때때로 누르처럼 다른 남자들도 마당 입구에 와서 가만히 앉아 좁은 창문으로 붉은 흙 성벽을 바라보기 위해 머물곤 했다. 아무 말이 없었고 단지 바라보기만 했다. 그러다가 그들의 야영지 쪽으로 되돌아갔다.

이렇게 사람들은 하늘을 바라보며 땅 위에 묶여 분노와 공포의 며칠을 보냈다. 이 얼어붙은 며칠 밤 내내 그들은 거의 잠을 이룰 수 없었으며 두 눈은 열에 들뜨고 온몸은 진땀에 흠뻑 젖어서 문득 이유도 없이 벌떡 깨고는 했다. 그렇게도 길게만 느껴졌던 이 며칠 동안 늙은이와 어린이들의 생명은 조금씩 꺼져갔다. 그러던 어느 날 갑자기 사람들은 어떻게 해서인지 모르지만 떠나야 할 순간이 왔음을 알았다.

"잘 들어, 우리는 내일 아니면 모레엔 떠날 거야. 우리는 북쪽으로 출발할 거야. 마 엘 아이닌 족장님이 그렇게 말씀하셨어. 우리는 여기서 아주 먼 곳으로 가게 돼!" 어머니가 얘기해주기 전에, 그리고 사태가 뒤바뀌었다는 듯이 형이 웃으면서 그에게 말해주기 전에, 누르도 이미 그것을 알고 있었다. 공기를 통해 혹은 먼지를 통해 소식이 전해진 것인지도 모른다. 혹은 스마라 광장 위 다져진 땅을 바라보고 있는 누르에게 소식이 들려온 것인지도 모른다.

공기중에 울려퍼지는 음악처럼 이 소식이 전 야영지로 급속히 전해지자, 사람들의 목소리, 아이들의 고함소리, 구리가 부딪치는 소리 그리고 낙타들의 툴툴거리는 소리와 말들이 제자리에서 발길질하며 줄방귀를 뀌는 소리가 부산히 일어났다. 이 소리들은 비가 내릴 때 나는 소리 같았다. 계곡을 타고 졸졸 내려가다가 급류가 되어 뻘건 흙탕물을 콸콸 흘러내리게 하는 빗소리 같았다. 초조함이 점점 커지자 남자와 여자들은 오솔길을 뛰어갔고, 말들은 제자리걸음을 하고, 말뚝에 묶인 낙타들은 끈을 물어뜯었다. 하늘이 타는 듯이 뜨거웠음에도 불구하고 여자들은 텐트 앞에서 연신 말을 주고받으며 소리치고 있었다. 어느 누구도 소식이 어떻게 전해졌는지 말할 수 없었지만 모두들 "우리는 출발할 것이다, 우리는 북쪽으로 떠날 것이다"라고 반복해서 말하고 있었다. 이 말은 그들을 흥분으로 들뜨게 했다.

누르 아버지의 두 눈은 일종의 열띤 기쁨으로 반짝거렸다.

"우리는 곧 출발할 거다. 우리의 족장님이 그렇게 말씀하셨어. 우리는 곧 떠날 거다."

"어디로요?" 누르가 물었다.

"북쪽으로. 드라산을 넘어 수스와 티즈니트 쪽으로 말이다.

거기엔 우리를 기다리는 물과 땅이 있지. 우리들의 진정한 왕이신 마 엘 아이닌의 아드님 물레이 히바께서 말씀하셨어. 그리고 아흐메드 에시 셈스도 또한 그러셨지."

한 무리의 사람들이 스마라 도시 쪽으로 난 오솔길을 걸어갔다. 누르는 그들의 소용돌이에 섞여 있었다. 동물의 발 아래 일어나는 붉은 먼지가 야영지 위에 구름처럼 피어올랐다. 벌써 첫번째 총이 발사되는 소리가 들렸고, 매캐한 화약냄새는 야영지를 덮고 있는 공포의 냄새를 몰아냈다. 누르는 쳐다보지도 않고 사람들에 떠밀려 텐트 벽에 부딪치며 앞으로 걸어갔다. 먼지로 목이 칼칼하고 두 눈이 쓰렸다. 끔찍한 열기로 타오르는 태양은 두터운 먼지층 사이로 하얀 광선을 쏟아붓고 있었다. 누르는 팔을 뻗으며 한동안 아무렇게나 걸어갔다. 그러다가 땅바닥에 넘어져서 어떤 텐트 속으로 기어 들어갔다. 희미한 텐트 속에서 그는 모든 감각을 추스를 수 있었다. 한 할머니가 푸른 망토로 몸을 감싸고 천막 아래쪽에 기대앉아 있었다. 그녀는 누르를 처음 보고는 도둑인 줄 알고 얼굴에다 돌멩이를 던지며 욕설을 하고 고함을 질렀다. 그러다가 가까이 다가와서 먼지로 더럽혀진 누르의 두 뺨에 고랑처럼 얼룩진 붉은 눈물자국을 보고는 물었다.

"왜 그러니? 너, 어디 아프냐?" 부드러워진 목소리였다.

누르는 고개를 저었다. 할머니는 네발로 기어서 누르 쪽으로 다가와 말했다.

"아픈 것 같구나. 마실 차를 주마."

그녀는 구리 컵에 차를 따랐다.

"마셔보렴."

설탕을 타지 않은 뜨거운 차는 누르의 원기를 회복시켰다.

"우린 곧 이곳을 떠날 거예요." 약간 주저하는 목소리로 누르가 말했다.

할머니는 그를 쳐다보았다. 그리고 어깨를 한 번 으쓱했다.

"그래, 다들 그렇게 말하더구나."

"우리에겐 중요한 날이에요." 누르가 말했다.

그러나 할머니는 그것이 그렇게 중요하다고 믿지 않는 것 같았다. 다만 몸이 늙어버린 탓이리라.

"넌 아마 거기에 도착하겠지. 그들이 말하는 북쪽에 말이다. 그렇지만 나는 그전에 죽게 될 거다."

그녀는 그 말을 되풀이했다.

"난, 북쪽에 도착하기 전에 죽게 될 거야."

조금 후 누르는 텐트에서 나왔다. 야영지의 오솔길은 살아 있는 사람들이 모두 떠나고 없는 듯 다시 황량하기만 했다. 그러나 텐트 그늘에서 누르는 사람의 모습을 발견했다. 늙은이들, 더운 날씨에도 열병으로 덜덜 떨고 있는 병자들, 팔에 아기를 안고 슬프고 공허한 시선으로 앞쪽을 응시하고 있는 젊은 여인네들이었다. 텐트 속에 남아 있는 죽음의 그림자와도 같은 이들을 보고 누르는 다시 한번 심장이 조여드는 것을 느꼈다.

도시의 성벽에 가까이 감에 따라 그는 음악소리가 높아지는 것을 들었다. 남자와 여자들이 스마라 성문 앞 연주자들 둘레를 큰 반원으로 둘러싸고 모여 있었다. 북과 삼현호궁三絃胡弓은 지칠 줄 모르고 같은 곡조를 이어갔으며, 날카로운 피리 소리는 높아졌다 낮아졌다, 또 높아지다가 뚝 그쳤다. 한 남자가 무겁고 단조로운 목소리로 안달루시아 노래를 부르고 있었으나 누르는 그 가사를 알아들을 수 없었다. 붉은 도시 위 하늘은 단단하고 매끄럽고 몹시 파랬다. 이제 곧 유랑민들의 잔치가 시작될 것이다. 그 잔치는 다음날 새벽까지, 어쩌면 그다음날까지 계속될 것이다. 깃발들이 바람에 나부낄 것이며 기마병들은 긴 소총을 쏘면서 성벽을 한 바퀴 돌 것이다. 그리고 젊은 여자들은 방울처럼 목소리를 울리며 고함을 질러댈 것이다.

누르는 음악과 춤에 취해드는 것을 느꼈다. 그리고 텐트 안에 있던 죽음의 그림자들조차도 잊어버렸다. 고원이 시작되고 여태까지 한 번도 보지 못했던 물, 그 맑은 급류가 시작되는 북쪽 절벽을 향해 벌써 길을 떠난 것처럼. 그러나 유랑의 무리가 도착하는 것을 보았을 때 싹튼 불안이 그의 마음 한구석 어딘가에는 남아 있었다.

누르는 마 엘 아이닌을 보고 싶었다. 노래 부르는 사람들 옆에서 그의 모습을 찾으려고 군중 속을 배회했다. 그러나 족장은 군중 속에 없었다. 누르는 성문 쪽으로 다시 갔다. 집회가 있던 밤 들어갔던 개구멍을 통해 마을 안으로 틈입했다. 넓은 광장, 다져진 땅은 완전히 텅 비어 있었다. 족장 집 울타리가 햇빛에 반짝거렸다. 집 대문 주위의 흰 벽에는 알 수 없는 그림들이 진흙으로 그려져 있었다. 누르는 한참 동안 그림과 바람에 마멸된 벽을 바라보았다. 그런 후 광장 한가운데로 걸어갔다. 맨발로 딛는 땅바닥은 사막의 편편한 포석처럼 단단하고 뜨거웠다. 이곳 황폐한 마당에서는 피리 선율이 들리지 않았다. 마치 누르는 이 세상의 반대편 끝에 와 있는 것 같았다. 모든 것이 광활해졌다. 어린 소년은 광장 중앙으로 걸어갔다. 그는 목과 관자놀이의 동맥에서 피가 뛰고 있는 것을 분명하게 느꼈다. 박동하는 심장의 고동소리가 발밑의 땅속까지 울리는 것 같았다.

진흙벽 가까운 곳, 노인이 기도를 하기 위해 몸을 웅크렸던 그 장소에 도착했을 때, 누르는 땅바닥에 몸을 던져 흙에 얼굴을 대고서 꼼짝도 하지 않고 더이상 아무것도 생각하지 않았다. 아주 높은 절벽의 담벼락에 매달려 있는 것처럼 두 손으로 땅바닥을 짚고 있었다. 먼짓가루 냄새가 입과 콧구멍을 가득 채웠다.

한참이 지난 후에도 그는 얼굴을 들 수가 없었다. 그러고 나서 그는 족장의 하얀 망토를 보았다.

“거기서 뭘 하고 있나?” 마 엘 아이닌이 물었다. 그의 목소리는 아주 부드러웠고, 광장의 반대편에서 들려오는 듯 아련했다.

누르는 망설였다. 그는 무릎을 짚고 일어났다. 그러나 아직도 머리는 앞으로 숙인 채였다. 족장을 쳐다볼 용기가 없었기 때문이다.

“거기서 뭘 하고 있나?” 노인이 다시 물었다.

“저, 전 기도를 하고 있었어요.” 누르가 대답했다. 그리고 덧

붙여 말했다. "기도를 하고 싶었어요."

족장은 미소를 띠었다.

"그런데 기도를 할 수 없었느냐?"

"네." 간단히 누르가 답했다. 그는 노인의 두 손을 잡았다.

"바라건대, 제게 축복을 주세요."

마 엘 아이닌은 누르의 머리 위에 두 손을 대고 목덜미를 가볍게 쓰다듬었다. 그는 어린 소년을 잡아 일으키고는 포옹했다.

"네 이름이 뭐지?" 그가 물었다. "집회가 있던 밤 내가 본 소년이 바로 네가 아니더냐?"

누르는 그의 이름과 아버지, 어머니의 이름을 말했다. 어머니 이름을 듣더니 마 엘 아이닌의 얼굴이 환하게 밝아졌다.

"그럼 네 어머니는 알 아즈락이라 불리는 청색 인간, 시디 무함마드의 자손이더냐?"

"그분은 제 할머니의 외삼촌이었어요." 누르가 대답했다.

"그럼 너야말로 정말 샤리프*의 아들이구나." 마 엘 아이닌이 말했다. 그는 잿빛 눈으로 누르의 눈을 오랫동안 말없이 들여다보았다. 마치 어떤 기억을 더듬는 듯했다. 그러고 나서 이곳에 아무것도 없던 시절, 스마라에조차 아무것도 존재하지 않던 시절 그가 하마다 암석 저 반대편, 남쪽 오아시스에서 만났던 청색 인간에 대하여 얘기하기 시작했다. 청색 인간은 사막

* 무함마드의 딸 파티마의 후예. 아랍어로 '고귀하다'는 뜻이 있다.

가장자리에 있는 돌과 나뭇가지로 지은 오두막집에서 살고 있었다. 그는 사람들도, 야수들조차도 두려워하지 않았다. 매일 아침마다 그는 문 앞에서 대추야자와 응고시킨 우유 한 그릇, 맑은 물 한 단지를 발견했다. 그것은 신이 그를 돌보고 그에게 내리는 양식이었다. 마 엘 아이닌이 가르침을 받기 위해 찾아왔을 때, 청색 인간은 그를 받아들이려 하지 않았다. 한 달 동안 말도 걸지 않고 쳐다보지도 않았으며 그를 문 밖에서 재웠다. 단지 대추야자와 우유의 반을 남겨주었을 뿐이었다. 마 엘 아이닌은 그것보다 더 맛있는 음식을 결코 먹어본 적이 없었다. 또 항아리 물을 마시는 즉시 온몸이 기쁨으로 가득찼다. 그 물은 가장 깨끗한 이슬을 받은 순수한 물이었기 때문이다.

그렇지만 한 달이 지난 후에도 알 아즈락이 그를 쳐다보지 않았기에 족장은 슬펐다. 이제 청색 인간이 자기에게 신을 섬길 자격이 없다고 판단한 것으로 생각되어 그는 가족에게로 돌아갈 결심을 했다. 희망도 없이 고향 마을을 향해 길을 걸어가고 있을 때 한 남자가 그를 기다리고 있는 것을 보았다. 그 남자는 알 아즈락이었으며, 그에게 왜 떠났느냐고 물었다. 그러고는 그가 멈춰 선 자리에서 함께 있기를 권유했다. 마 엘 아이닌은 그의 곁에서 수개월을 더 머물렀다. 그러던 어느 날 청색 인간이 그에게 이제 아무것도 가르칠 게 없다고 말했다. "그렇지만 당신은 아직 가르침을 주시지 않았는데요," 마 엘 아이닌이 말했다. 그러자 알 아즈락은 대추야자 접시와 응고시킨 우유 대접과 물 항아리를 그에게 보여주었다. "네가 온 이후로 매일같이 이것을 너와 함께 나누지 않았느냐?" 그러고 나서 그에게 북쪽 사기에 엘 함라 쪽 지평선을 가리키면서 아들들을 위해 성스러운 도시를 세우라고 말했다. 그리고 아들 중 한 명은 왕이 될 것이라는 예언까지 했다. 그리하여 마 엘 아이닌은 가족과 함께 마을을 떠나서 스마라 도시를 건설했다.

족장은 이 이야기를 다 마치자 누르를 한번 더 포옹하고는 그의 집 어둠 속으로 다시 돌아갔다.

그다음날 땅거미가 내릴 무렵 마 엘 아이닌은 마지막 기도를 하기 위해 집에서 나왔다. 야영지의 남녀들은 땅바닥에서 두 발을 구르고 노래를 하면서 거의 뜬눈으로 밤을 새웠다. 벌써 사막의 반대편을 향한 대이동은 시작되었다. 그들의 몸속엔 이미 사막에 난 길을 따라 행군하는 환희가 자리잡았다. 뜨거운 바람이 육신을 가득 채웠으며 벌써부터 눈앞에 반짝이는 신기루가 보이는 것 같았다. 그 누구도 고통과 갈증, 끝없이 펼쳐진 모래와 돌에 내리쬐는 태양의 끔찍한 열기와, 가도 가도 물러서기만 하는 지평선을 잊어버리지 않았다. 또한 그 누구도 뱃속을 후비는 허기를 잊지 않았다. 그것은 음식에 대한 굶주림뿐 아니라, 모든 허기, 희망과 해방에 대한 굶주림, 부족한 모든 것에 대한 굶주림이기도 했다. 이 허기는 그들을 현기증으로 휘청거리게 했고, 얼빠진 가축떼 가운데서 피어나는 먼지구름을 헤치며 앞으로 나아가게 했으며, 수십 수백 개의 비슷비슷한 언덕을 꼭대기까지 기어올랐다가 다시 내려오게 했다.

마 엘 아이닌은 회칠한 집 앞, 광장 중앙의 다져진 땅 위에 다시 웅크리고 앉았다. 그러나 이번에는 여러 부족장이 그의 옆에 같이 앉아 있었다. 그는 누르와 그의 아버지를 자기 옆에 앉혔다. 누르의 형과 어머니는 군중 속에 남아 있었다. 야영지의 남자와 여자들은 광장에 반원 모양으로 운집해 있었다. 어떤 사람들은 밤의 냉기를 막으려고 모직 망토를 둘러쓰고 웅크리고 앉았으며, 다른 사람들은 서서 성벽을 따라 걷기도 했다. 악사들은 손가락으로 기타 줄을 튕기고, 흙으로 구운 조그만 북 위에 씌운 가죽을 검지 끝으로 두드려 슬픈 곡조를 연주했다.

이제는 간헐적으로 사막 바람이 불어와 사람들의 얼굴에도 모래알을 뿌렸다. 살이 따가웠다. 광장 위의 짙푸른 하늘은 거의 검게 보였다. 스마라 도시 주위에는 무한한 침묵이 흘렀다. 붉은 바위언덕의 침묵이, 짙푸른 밤의 침묵이 교교히 흐르고 있었다. 마치 마른 흙단지 같은 협소한 집에서 탁한 물웅덩이가의 붉은 흙에 매달려 살고 있는 죄수들 말고는 한 번도 이곳에 사람이 산 일이 없는 것 같았다. 여기서 조금만 벗어나면 돌, 바람, 모래언덕의 파도, 소금이 있고 이어서 바다나 사막만이 있었다.

마 엘 아이닌이 '지크르'*를 암송하기 시작했다. 멀리서 들려

---

* 이슬람 신비주의에서 사용하는 기도문.

오는 염소 울음 같은 기이한 그의 목소리가 광장의 침묵 속으로 울려퍼졌다. 그는 상체를 앞뒤로 흔들며 아주 나지막한 목소리로 노래를 부르고 있었다. 광장과 도시의 침묵, 사기에 엘함라 계곡 전체를 뒤덮은 침묵의 근원은 사막의 공허한 바람 속에 있었다. 살아 있는 동물의 목소리처럼 노인의 목소리는 낭랑하고 또렷했다.

누르는 전율하며 그 긴 부르짖음을 듣고 있었다. 광장에 있는 남자와 여자들은 꼼짝도 하지 않았다. 그들은 모두 자신의 내면으로 시선을 돌린 듯했다.

벌써 태양은 서쪽 하마다의 깨어진 암벽 위를 붉은 노을로 넓게 물들이고 있었다. 무한히 드리워진 그림자들이 차례차례 모여서 차오르는 물줄기처럼 땅에 길게 뻗쳤다.

"신에게 영광을, 죽지 않고 영원히 살아 계시는 신에게. 아버지도 자식도 지지자도 없이 오직 홀로 살아 계시는 신에게 영광이 있기를. 사자使者를 통해 진리를 알려주시며, 우리를 인도하시는 신에게 영광을……"

마 엘 아이닌의 목소리는 하나의 기원이 끝날 때마다 숨이 찬 듯, 가냘픈 불꽃같이 떨리곤 했다. 그러나 하나하나 분절된 음절들은 침묵 가운데 또렷이 울렸다.

"신에게 영광이 있을지어다. 그는 유일하게 베푸시는 하나밖에 없는 주인이시며 모든 것을 아시고 보시고 이해하시고 명령하시는도다. 선과 악을 주시는 그분께 영광 있을지어다. 그분의 말씀은 우리의 유일한 피난처요, 이 세계의 창조와 더불어 생겨난 죽음과 병과 불행과 인간이 저지르는 악에 대항하는 것이 그분의 의지이며 유일한 욕망이시니……"

천천히 어둠이 내렸다. 처음에는 진흙 성벽 아래의 땅과 모래구덩이를 채우고 점점 텐트 속에서 움직이지 않고 있는 사람들 앞까지, 개들이 자고 있는 굴속까지 밀려왔다가 나중에는 짙은 청록색 샘물까지 밤이 가득찼다.

"우리를 보호하시는 분의 이름이도다. 내게 오셔서 힘을 주시는 분의 이름. 그 이름은 가장 위대하시도다. 부르기만 하면 적들조차 조금도 두렵지 않기 때문이니. 전쟁터에 나갈 때는 마음속으로 그 이름을 부른다. 지상과 하늘을 다스리는 이름이기에……"

하늘에서는 태양빛이 서쪽으로 달아나고 있었고, 땅속 깊은 곳에서 단단한 모래를 통해 올라온 냉기가 사람들의 다리 속으로 파고들었다.

"무한한 신에게 영광을, 힘과 권능은 높으신 신에게만 있나니, 무한한 신이여, 보다 높으신 신이여, 땅도, 하늘도 아니신 광대무변한 신께옵서는 나의 시야와 지식을 넘어서시는구나. 신은 나를 알아보시지만 나는 그를 알 수가 없도다. 높으신 신이여, 무한한 신이여……"

마 엘 아이닌의 목소리는 사막 저멀리 울려퍼졌다. 그 목소리는 황폐한 땅의 경계선까지 퍼져나가서 저멀리 모래언덕과 단층을 넘어가는 듯했으며, 헐벗은 고원과 메마른 계곡을 넘어 드라산의 반대쪽으로 가서 마침내 사람들이 양식을 얻을 수 있는 조와 밀밭이 있는 새로운 땅까지 다다르는 것 같았다.

"신은 전능하시고 완벽하시도다. 그분 이외에 또다른 신은 존재하지 않는도다. 권세를 갖추신 지혜로운 분이며, 자비를 지니신 높은 분이며, 지식을 갖추신 우리 가까이에 계시는 분이며, 무한히 베푸시며, 유일하게 관대한 분이시며, 호의로 가득한 분이시며, 하늘과 지상의 군대에 명하시는 완벽하고 사랑이 가득한 분이시도다……"

가늘고 아득한 그 목소리는 남자 여자 하나하나의 몸속에까지 스며드는 듯 그들을 감동시켰다. 마치 그 목소리가 그들 자신의 목구멍에서 흘러나오는 듯했으며 음악이 되어 그들의 생각과 말 속에 섞여드는 것 같았다.

"영원한 그분에게 영광과 찬양을, 사멸하지 않는 분, 지고한 존재이신 그분에게 영예와 찬양을 돌릴지어다. 그는 모든 것을 아시고 들으시는 분이시도다……"

마 엘 아이닌의 가슴속으로 공기가 흘러들어왔다. 입술을 거의 움직이지도 않고 눈을 감은 채 나무줄기가 흔들리듯이 상체를 흔들거리며 들이마신 공기를 거세게 내뿜었다.

"우리의 주인인 신이시여. 가장 최상의 분이신 우리의 신이시여. 빛 중의 빛, 어둠 속의 별, 그림자의 그림자이신 우리의 신이시여, 유일한 말씀이신 우리의 신이시여. 우리의 전쟁터에서 싸우시는 그분에게 영광과 찬양을. 그분의 이름만 외쳐도 우리의 적이 쓰러지는도다. 이 땅은 신의 땅. 땅의 주인이신 그분에게 영광과 찬양……"

자신도 모르는 사이에 남자와 여자들은 지크르 구절들을 읊조리고 있었다. 노인의 목소리가 가늘게 떨면서 멈출 때마다 그들의 목소리가 높아졌다.

"그분은 위대하시고 전능하시고 완벽하시도다. 우리의 주인, 우리의 신이신 그분의 이름은 우리의 살 속에 새겨져 있도다. 숭배받는 분, 성스러운 분, 계시하는 분이시여. 주인이 없는 그분이 이렇게 말씀하시도다. 나는 숨겨진 보물이니라, 내가 있다는 것을 보여주기 위해 모든 생물을 창조하였노라……"

"대등한 자도, 겨눌 자도 없는 위대하신 분이시여. 모든 존재를 창조하시고 그 앞에 서 계신 그는 영원하시도다. 모든 것을 소유하시고 보시고 들으시는 그분은 완벽하시며 비길 데가 없도다……"

"그는 위대하시며, 그에게 충실한 사람들의 가슴속에서는 아름다우시며 그를 인정하는 자의 가슴속에서는 순수하시고 그에게 다다른 자의 영혼 속에서도 비길 데가 없으시니, 그분은 우리의 주인이요, 주인 중에서도 최상의 주인이시니……"

"그와 대등한 자도 없으며 감히 겨눌 자도 없도다. 그는 오직 가장 높은 산꼭대기에서 내려다보시고 사막의 모래 속, 바닷속, 하늘 속, 물속에까지 계시니, 그분은 길이요, 밤과 별들의 신이시니……"

자기도 모르는 새에 연주자들이 곡을 연주하기 시작했다. 작은 북소리와 만돌린의 날카롭고도 둔중한 소리가 섞여 속삭이는 듯한 가벼운 음악이 마 엘 아이닌의 목소리와 함께 어울렸다. 그러곤 갈대피리의 청아한 멜로디가 새소리처럼 문득 그쳤다가 이어졌다.

이제 노인의 목소리와 피리 소리는 서로 화답하고 있었다. 사람들의 목소리와 단단한 땅 위에 울리는 둔탁한 발소리들 위로 흐르며, 마치 그 소리들이 같은 얘기를 나누고 있는 듯했다.

"그와 대등한 자도, 경쟁자도 없도다. 그는 전능하시도다. 그 누구가 창조해서가 아니라 스스로 존재하시는 분이시여. 그분은 촛불에 생명을 불어넣는 빛이시며, 또다른 불을 지핀 최초의 불이시며, 최초의 태양이시며, 밤에 뜨는 최초의 별이시니라. 모든 탄생 그 이전에 태어나신 그분은 지상의 모든 삶에 생명과 죽음을 주시는 분이시도다. 피조물의 형태를 만들기도 하시며 부수기도 하시는 분이시니라……"

이제 군중은 춤을 추며 터질 듯한 목소리로 외쳤다.

"오오! 그분이시나이다!"

검은 하늘을 향해 두 손바닥을 들어올리고 머리를 흔들어대면서 그들은 외쳤다.

"모든 성자에게 진리를 보여주신 분. 성 무함마드에게 은총을 내리시고 지상에 신의 사자를 보내시어 우리의 왕이신 예언자에게 능력과 말씀을 주신 분……"

"오오! 그분이시나이다!"

"신에게 영광과 찬양을, 광대하시고 완벽하시며 비밀의 핵심인 그분은 우리 가슴속에 새겨져 있도다. 높고 광대하신 분……"

"오오! 그분이시나이다!"

"신에게 영광 있을지어다. 우리는 그분의 창조물이오니, 우리는 가난하고 무식하나이다. 귀먹고 앞 못 보는 우리는 불완전하나이다……"

"아! 오오!"

"오, 모든 것을 아시는 분. 우리에게 진실을 주소서! 오, 당신은 다정하시고 부드러우시며 인내가 있고 관대하십니다. 그 누구의 도움도 필요 없이 당신은 존재하셨습니다!"

"아! 오오!"

"신에게 영광을. 그분은 임금이시요, 성자요, 권능자요, 승리자요, 영광스러운 분이시니, 모든 삶 앞에 존재하시는 분, 신성하시고 무한하시고 유일하시며 모든 적과 싸워 이긴 승리자시도다. 모든 것을 아시고 보시고 들으시며 신성하신 그분은 현자시니, 광대하신 증인이시고 우리의 눈이시며 귀이신 유일하고 무한한 신이시며, 창조자이신 그는 아름다움이며 관대함이며 강함이며 완전함이며 높으심이며 광대함이시려니……"

마 엘 아이닌의 목소리는 고함으로 바뀌었다. 그리고 그 목소리는 밤에 우는 귀뚜라미 노래처럼 단번에 뚝 그쳐 잠잠해졌다. 다른 목소리와 북소리의 소음 또한 멈추었다. 기타와 피리 소리도 그쳤다. 관자놀이를 조이고 심장을 뛰게 하는 길고 끔찍한 침묵만이 다시 가득찼다. 누르는 눈물이 가득한 눈으로, 얼굴을 두 손으로 가리고 땅에 엎드린 노인을 바라보았다. 알 수 없는 극심한 고뇌가 칼날처럼 빠르게 가슴속을 지나갔다.

이제 자기 차례가 된 마 엘 아이닌의 셋째 아들, 라르흐다프가 노래를 부르기 시작했다. 그의 힘찬 목소리는 광장으로 울려퍼졌다. 마 엘 아이닌과 같이 또렷하고 밝게 울리는 소리가 아니라 분노의 소리 같았다. 그러자 연주자들이 다시 음악을 연주하기 시작했다.

"오, 신이여, 우리의 신이여! 우리의 신앙과 진실을 받아주소서. 물레이 부 아자와 베카이이아의 동반자들, 구드피아의 동반자들을 받아주소서. 우리의 대족장, 마 엘 아이닌이 들려주신 추억의 말씀을 들어주소서……"

군중의 술렁거림이 갑자기 고함으로 변했다.

"우리의 족장, 신의 사자이신 마 엘 아이닌에게 영광을!"

"구드피아의 동반자 마 엘 아이닌에게 영광을!"

"오, 신이여, 그의 아들이신 아흐메드 에시 셈스, 즉 '태양'으로 불리는 그분의 추억을 들으소서. 그분의 아들이신 아흐메드 에드 데히바, 즉 '황금조각' 또는 물레이 히바로 불리는 분의 추억을 들으소서. 그분은 우리의 진정한 왕이로소이다!"

"그들에게 영광을! 우리의 왕 물레이 히바에게 영광을!"

이제 열광이 사람들을 사로잡았다. 젊은이들의 쉰 목소리는 분노를 일깨우고 피로를 내모는 것 같았다.

"오, 신이여, 우리의 신이여, 당신의 동반자, 당신을 따르는 자에 만족하시기를! 영광스럽고 위대한 이 사람들에게 만족하소서! 사랑과 진실의 사람들에게 만족하소서! 충성스럽고 순수한 사람들에게 만족하소서! 지도자, 귀족, 투사에게 만족하소서! 성자, 축복받은 자, 신앙을 받드는 자에게 만족하소서! 가난한 자, 떠도는 자, 비참한 자에게 만족하소서! 우리에게 커다란 축복을 내리소서!"

군중의 소리는 점점 더 커졌다. 집 벽이 울렸다. 사람들은 이름을 외쳐 그 이름들을 별이 반짝이는 하늘 속에, 춥고 헐벗은 땅 위에, 기억 속에 영원히 새겨놓았다.

"신의 사자이신 왕, 그분의 커다란 축복을 우리에게 내리소서. 오! 신이여, 사자 일리아스의 축복과 삶의 근원이 되는 샘물을 마신 엘 카디르의 축복을. 오, 신이여, 와이스 카르니의 축복을. 오, 신이여, 위대한 바그다드의 성자, 신께서 이 지상에 보내신 사자 압드 엘 카디르 알 질라니의 축복이 우리에게 내리도록 하소서……"

속삭이며 꿈틀거리는 선율 위로 그 이름들은 들릴 듯 말 듯 터져나와 밤의 침묵 속으로 퍼져갔다.

"지상과 바다의 모든 사람들, 오, 신이여, 동쪽 사람들, 서쪽 사람들, 오, 신이여, 하늘의 사람들, 땅의 사람들에게 축복을 내리소서. 오, 신이여……"

가장 아름다운 말씀은 추억의 말씀들, 가장 머나먼 사막에서 온 말씀들이었다. 그 말씀들은 다시 기억 속에 피어나는 오래전의 꿈과 같이 모든 남자와 여자의 가슴에 되살아났다.

"오, 신이여, 바그다드의 위대한 성인이신 아부 야자, 얄랑누르, 아부 마디안, 마루프, 알 주나이드, 알 할라지, 알 키블리의 큰 축복이 우리에게 내리게 하소서……"

사기에 동쪽 바위 위로 천천히 달빛이 드러났다. 누르는 깊고 검은 하늘에 시선을 박고 몸을 좌우로 흔들며 달빛을 바라보았다. 마 엘 아이닌 족장은 흡사 유령과도 같이 새하얀 모습으로 여전히 광장 중앙에 구부리고 앉아 있었다. 그의 가느다란 손가락만이 흑단 묵주를 굴리며 움직이고 있었다.

"우리에게 왕들의 축복을 내리소서. 어린아이들을 위하여 춤을 추는 자, 알 할위, 이븐 하우아리, 차우리, 유누스 이븐 오바이드, 바스리, 아부 야즈르드와 위대한 신의 말씀을 가르쳐주신 무함마드 알 사기르 알 수하일리, 압데셀람, 그하잘리, 아부 슈하이브, 아부 마흐디, 말리크와 마라케시의 성인인 아부 무함마드 압델라지즈 아트 토바의 축복을 내리소서. 오, 신이여……"

사람들은 이 이름들의 추억 속에 도취되었다. 이 이름들은 반짝이는 별들의 눈빛처럼 사람들을 내려다보고 있었다. 먼 시선으로부터 사람들이 모여 있는 이곳, 얼어붙은 광장에까지 알 수 없는 힘이 내려오는 것 같았다.

"오, 신이여, 모든 왕, 동반자, 수행자, 승리의 군대에 축복을 내리소서. 아부 이브라힘 툰시, 시디 벨 아바스 셉티, 시디 아흐메드 엘 하리치, 시디 자키르, 아부 자크리 야히아 안 나와니, 시디 무함마드 벤 이사, 시디 아흐메드 에르 리파이, 그리고 이 땅에 보내신 사자, 위대하신 왕이시며 마라케시의 성인이신 무함마드 벨 슬리만 알 자줄리의 축복을. 오, 신이여!"

사람들의 이름, 별들의 이름, 사막의 바람 속 모래알의 이름, 죽음 저편 끝없는 낮과 밤의 이름들이 모두의 입술 위에서 떠올랐다가 사라졌다.

"오, 신이여, 지상의 모든 왕, 비밀을 알아낸 자들, 삶과 용서를 경험한 자들, 땅과 바다와 하늘의 진정한 왕들, 예언의 동반자 사하비로 불리우는 시디 압데르하만과 시디 압델카디르, 시디 엠바레크, 숫염소 젖을 짜는 시디 벨크헤이르, 랄라 만수라, 랄라 파티마, 깨진 항아리를 붙이는 시디 아흐메드 알 하루시, 위대한 족장 마 엘 아이닌을 가르치신 청색 인간 알 아즈락으로 불리는 시디 무함마드, 완벽한 자 시디 무함마드 에시 셰이크 엘 카멜, 땅과 바다와 하늘의 모든 왕의 축복이 내리게 하소서……"

도취와 섬광이 가득한 침묵이 다시 찾아왔다. 이따금 미끄러지는 듯한 피리의 선율이 피어올랐다가 꺼져갔다. 사람들은 일어나 도시의 성문을 향해 걸었다. 마 엘 아이닌만이 하얀 달빛이 비치고 있는 땅 위의 보이지 않는 지점을 응시하며 여전히 몸을 웅크리고 움직이지 않았다.

춤이 시작되었을 때 누르는 일어나서 군중과 어울렸다. 커다란 초승달 모양으로 광장을 촘촘히 막아서서 앞으로 나아가지도 뒤로 물러서지도 않으며, 단단한 땅 위에 맨발을 구르며 춤을 추었다. 모든 사람이 찢어질 듯 괴로워하는 것처럼 일제히 신의 이름을 힘차게 불렀다. 흙의 북이 둥둥거리며 고함소리와 박자를 맞추었다.

"오오! 그분이시나이다……"

여자들이 성대를 떨며 외쳤다.

이 소리는 차가운 땅속으로 깊이 스며들고 검은 하늘 깊숙이 올라가 달무리와 혼합되는 음악과도 같았다. 이 순간에는 더이상 시간도 불행도 없었다. 남자와 여자들은 억누를 수 없는 외침을 반복하며 발끝과 뒤꿈치로 땅을 구르고 있었다.

"오오! 그분이시다…… 하이! 살아 계신 분!……"

오른쪽 왼쪽, 오른쪽 왼쪽으로 고개를 돌리면서 외쳐댔다. 그들의 몸속에 있던 음악이 목을 통해 흘러나와 지평선 저멀리까지 퍼져나갔다. 거칠고 할딱거리는 숨결이 그들을 싣고서 비상하듯이 그들을 들어올려, 거대한 사막 위로 밤을 따라 산의 반대쪽 수스와 티즈니트 지방 위에 창백한 반점처럼 떠오르는 새벽 해를 향하여, 페스평원 쪽으로 날아가게 했다.

"오오! 그분이시나이다…… 신이시다!……" 지상의 둔탁한 북소리, 갈대피리 소리에 도취된 남자들이 쉰 목소리로 외쳤다. 웅크린 여자들은 손바닥으로 무거운 은과 동 목걸이를 두드리며 상체를 좌우로 흔들고 있었다. 때때로 그들의 목소리는 인간 인식의 한계점에서 피리 소리처럼 떨렸다. 그러다 갑자기 뚝 멈추었다. 또다시 남자들은 망치질하는 듯한 소리를 냈고, 그들의 찢어질 듯한 숨소리는 평원 속에 울려퍼졌다.

"오오! 그분이시나이다!…… 하이이! 살아 계신 분!…… 오오! 하이이! 오오! 하이이!"

그들은 눈을 반쯤 감고 머리를 젖힌 채 외쳤다. 그 함성은 자연의 힘을 넘어서는 소리였고, 현실을 찢는 동시에 달래는 소리이기도 했다. 그 소리는 커다란 톱이 움직이며 나무둥치를 파고들어가는 듯한 소리였다. 그들이 깊고 고통스러운 숨을 내뱉을 때마다 하늘의 상처는 더욱더 크게 벌어져만 갔다. 천공과 인간을 연결시켜주는 이 상처 속으로 사람들의 피와 림프액이 뒤섞여 스며들었다. 용을 쓰며 목에 밧줄 같은 동맥을 드러내고 우는 황소처럼 사람들은 목을 길게 내빼고 점점 더 빠르게 신의 이름을 외쳤다. 끊임없이 먼지구름 가운데로 뛰어오르는 번갯불같이 화로 불빛과 달의 하얀 섬광이 흔들거리는 그들의 몸을 언뜻언뜻 비춰주었다. 점점 호흡은 빨라져 모두 할딱거렸다. 목구멍을 벌린 채 입술은 움직이지 않고 이제 거의 말없는 기원 소리만 내뱉었다. 사막의 텅 빈 밤, 광장 위에는 숨을 쉬는 목구멍에서 울려나오는 소리만 들릴 뿐이었다.

"하! 하! 하! 하!"

이제 그들은 말이 없었다. 점점 빨라지는 이 숨결의 리듬이 밤과 낮을, 달과 계절들을 파괴하고 희망이 없는 공간조차도 파괴하듯이, 모든 여행의 끝, 모든 시간의 끝을 다가오게 하듯이, 사람들의 숨이 만들어내는 거친 바람은 하늘과 땅의 중심에 가닿으면서 서로 통합되었다. 고통은 극심했다. 숨결의 도취는 사지를 떨리게 했으며 목구멍을 팽창시켰다. 반원으로 둘러싸고 있는 남자들 한가운데서 여자들은 맨발로 춤을 추었다. 두 팔을 몸에서 약간 떼고 겨우 보일 정도로 떨기만 했다. 발뒤꿈치를 구르는 둔탁한 율동은 땅속으로 스며들어 군대가 지나가는 듯한 우르릉 소리가 되었다. 연주자들 곁에는 얼굴에 검은 베일을 쓴 남부 투사들이, 거대한 새가 비상을 준비하듯이 무릎을 아주 높이 들어올리며 광장 위를 펄쩍펄쩍 뛰어오르고 있었다. 그리고 점점 짙어가는 밤과 함께 움직임을 멈추었다. 남자와 여자들은 두 팔을 벌려 앞으로 내뻗고 손바닥을 하늘로 향하게 하고 땅바닥에 웅크리고 앉았다. 계속 터져나오는 그들의 목쉰 숨결만이 지칠 줄 모르고 똑같은 음절들을 침묵 속에 던졌다.

"하! 하! 후아! 하이!…… 하! 하!"

찢어질 듯한 숨소리는 너무나 크고 드세어서, 모든 사람이 바람 속에서 달빛과 사막의 고운 먼지에 섞여 하늘을 가로질러 이미 스마라에서 아주 멀리 떠나버린 것 같았다. 이제 침묵은 불가능했다. 고독조차도. 숨소리는 밤을 온통 가득 채웠으며 공간을 전부 덮어버렸다.

광장의 중앙, 먼지 속에 앉아 있는 마 엘 아이닌은 아무것도 쳐다보지 않았다. 그의 두 손은 흑단 묵주알을 꽉 움켜쥐고 있었다. 군중이 숨을 내쉴 때마다 묵주를 한 알씩 돌렸다. 사막의 길을 사람들에게 알려준 자, 리듬을 가르쳐준 자는 군중의 숨결 한가운데 있는 그였다. 이제 그는 더이상 아무것도 기다리지 않았다. 더이상 누구에게도 묻지 않았다. 그 또한 기도의 숨에 맞춰 숨을 내쉬었다, 그와 다른 사람들이 하나의 목과 하나의 가슴을 가진 것처럼. 그리하여 그들의 숨결은 벌써 북쪽, 새로운 땅을 향한 길을 열었다. 노인은 이제 늙음도 피곤도 근심도 느끼지 못했다. 이 모든 사람의 입에서 나온 숨결이 그의 내부에 피처럼 흘러 퍼졌다. 거칠면서도 동시에 부드러운 이 숨결은 그의 존재를 확대시켰다. 더이상 사람들은 마 엘 아이닌을 쳐다보지 않았다. 그들은 팔을 벌린 채, 밤을 향해 얼굴을 돌리고서 감은 두 눈 속에서 공중을 선회하다가, 북쪽으로 난 길 위로 미끄러지듯 날아갔다.

동쪽 바위언덕 위로 해가 뜨자 남자와 여자들은 텐트를 향해 걷기 시작했다. 도취 속에서 며칠 밤낮을 보냈건만 아무도 피로를 느끼지 못했다. 그들은 말에 안장을 얹고 커다란 모직 텐트를 말아 접고 낙타에 짐을 실었다. 누르와 그의 형이 북쪽을 향해 먼지 낀 길을 걷기 시작했을 때 하늘에 해는 아직 그리 높이 뜨지 않았다. 그들은 어깨 위에 양식과 옷 보따리를 지고 있었다. 그들 앞에는 다른 남자와 아이들이 걸어가고 있었다. 잿빛과 붉은빛의 먼지구름이 푸른 하늘 위로 올라오기 시작했다. 스마라 성문 어디에선가 말을 탄 푸른 투사들과 그의 아들들에게 둘러싸여 마 엘 아이닌이 사막 평원을 가로질러 길게 늘어져 가고 있는 대상들을 바라보고 있었다. 이윽고 그는 하얀 망토를 다시 여민 후 낙타의 목 위에 발을 올리고 출발신호를 했다. 그는 뒤돌아보지도 않고 천천히 스마라에서 멀어져갔다. 종말을 향해 가고 있었다.

행복

해가 땅 위로 떠오르고, 잿빛 모래 위 먼지 낀 길에 그림자가 길게 드리워졌다. 모래언덕은 바다 앞에서 끝나 있다. 반들반들 윤이 나는 조그만 풀잎들이 바람에 나부낀다. 아주 푸르고 차가운 하늘에는 새도 구름도 없다. 태양만 떠 있다. 그러나 아침 햇빛이 전혀 확연하지 않은 듯 미약하게 움직인다.

줄지어 있는 잿빛 모래언덕들을 피해 난 길을 따라 랄라는 천천히 걷고 있다. 때때로 발길을 멈추어 땅바닥에서 뭔가를 들여다보기도 한다. 반드르르한 풀잎을 따서 손가락으로 비벼 뭉개어 달콤하고도 싸한 냄새를 맡기도 한다. 반들거리는 진초록빛 풀들은 해초와 비슷하다. 이따금 빽빽하게 자란 독미나리 위로 커다란 황금빛 뒝벌이 보인다. 랄라는 그 뒝벌을 쫓아 뛰어간다. 그래도 약간은 겁이 나서 너무 가까이 다가서지는 않는다. 그 뒝벌이 날아가면 정말로 잡고 싶은 듯이 두 팔을 앞으로 내뻗고 뒤쫓아간다. 그렇지만 단지 장난을 치는 것뿐이다.

시선이 미치는 저 끝까지 이곳에서 보이는 것이라곤 파란 하늘빛뿐이다. 보이지는 않고 소리만 들리는 큰 파도가 철썩거림에 따라 모래언덕들이 진동한다. 윤기가 도는 작은 풀들은 땀을 흘린 것처럼 소금기로 반짝거린다. 여기저기 곤충들이 있으니, 색깔이 희미한 무당벌레, 허리가 잘록하여 두 동강으로 갈라진 것처럼 보이는 말벌, 가는 흔적을 남기며 먼지 위를 기어가는 지네들이 보인다. 금속빛 납작한 파리들이 소녀의 다리와 얼굴에 달라붙어 짠 땀을 빨아 마신다.

랄라는 모든 길과 모래언덕의 움푹 파인 웅덩이들을 알고 있다. 그녀는 눈을 감고도 어디든지 갈 수 있고, 맨발로 땅을 디디기만 해도 지금 어디 있는지 금방 안다. 이따금 바람이 모래언덕의 방책을 뛰어넘어와 바늘 끝처럼 따가운 모래를 한 줌씩 랄라의 살갗에 뿌리고, 검은 머리카락을 뒤헝클어놓는다. 축축한 살에 달라붙은 옷을 떼어내려면 천을 잡아당겨야 한다.

랄라는 길을 모두 알고 있다. 잿빛 모래언덕을 따라 까마득히 가시덤불 사이로 이어지는 길도, 또 둥그렇게 돌아서 다시 제자리로 돌아오는 길, 그 어느 곳으로도 통하지 않는 길도. 그러나 이 길은 걸을 때마다 뭔지 모를 새로움이 있다. 오늘은 황금빛 뒝벌을 쫓아 아주 멀리 가다보니 어촌을 지나 물이 고여 있는 석호潟湖까지 가게 된다. 조금 가다보니 가시덤불 사이로, 발과 뿔을 위협적으로 세운 짐승처럼 보이는 녹슨 금속의 잔해들이 갑자기 나타난다. 이어서 길바닥 모래에는 조그만 흰 통조림 깡통 한 개가 뒹굴고 있다. 상표도 없는 그 깡통 뚜껑 양쪽에는 구멍이 뚫려 있다.

랄라는 눈이 다 아플 정도로 그렇게 조심조심 잿빛 모래 위를 살피며 아주 천천히 걷기 시작한다. 고개를 위로 쳐들지도 않고, 아무 다른 생각 없이, 땅 위에 있는 것들을 살핀다. 그러다가 양산처럼 펼쳐진 소나무 아래 멈추어 햇빛을 피해 잠시 두 눈을 감는다.

무릎을 두 손으로 감싸안고 프랑스 샹송을 부르면서 몸을 앞뒤 좌우로 약간씩 흔든다. 노랫말은 단지 이렇다.

"메디테라……네……에……에……"*

이 말이 무슨 뜻인지 랄라는 모른다. 그 노래는 언젠가 라디오에서 들었고 이 가사만 기억날 뿐인데, 이 단어가 아주 마음에 든다. 그래서 때때로 기분이 좋을 때나 심심할 때, 혹은 반대로 이유도 없이 조금 슬플 때, 이 구절을 부른다. 때로는 자기 귀에도 겨우 들릴락 말락 할 정도의 나지막한 목소리로 아주 부드럽게 부르기도 하고, 겁이 날 때는 두려움을 없애려고 메아리가 치도록 목청을 다해 부르기도 한다.

지금은 낮은 목소리로 이 구절을 부르는데, 행복하기 때문이다. 대가리가 까맣고 통통한 불개미들이 바늘 같은 소나무 잎 위로 기어가다가 잠깐 멈칫거리더니 잔가지로 기어오른다. 랄라는 마른 나뭇가지로 그것들을 헤집어 떼어놓는다. 바람에 실려오는 짭짤한 바다 냄새가 섞인 나무 냄새가 코끝을 건드린다. 이따금씩 모래는 하늘 위로 치솟아서 흔들거리는 회오리를 만들고 모래언덕 꼭대기쯤에서 잠시 정지하

---

* Méditerranée. '지중해'라는 뜻.

더니 단번에 무너지며 쏟아져내려 아이의 다리와 얼굴을 바늘처럼 수없이 따갑게 때린다.

해가 중천에 높이 뜰 때까지 랄라는 키 큰 소나무 그늘에 앉아 있다. 그러고는 서두르지도 않고 마을 쪽으로 천천히 되돌아온다. 모래 위에 찍힌 자기 발자국을 알아본다. 발자국은 그녀의 발보다 더 작고 더 좁아 보이지만 돌아올 때 보면 그것이 분명 자기 것임을 확신한다. 어깨를 으쓱하더니 그녀는 뛰기 시작한다. 엉겅퀴 바늘들이 발가락을 찌른다. 절뚝거리며 몇 발자국 걷다가 이따금씩 멈춰 서서 엄지발가락에 박힌 침을 빼낸다.

발을 멈춘 곳마다 언제나 개미들이 우글거리고 있다. 조약돌 틈에서 기어나온 듯한 그 개미들은 햇빛에 반짝이는 잿빛 모래 위로 마치 스파이처럼 달아나는 것 같다. 하지만 랄라는 개미들을 아주 좋아한다. 그리고 느린 지네, 갈색 풍뎅이, 쇠똥구리, 사슴벌레, 감자벌레, 무당벌레, 타다 남은 나뭇조각 비슷한 메뚜기도 또한 좋아한다. 커다란 사마귀는 무서워서 지나갈 때까지 기다리거나 아니면 눈을 떼지 않은 채 랄라 자신이 빙 둘러 돌아가기도 한다. 그러면 사마귀들은 집게를 위로 치켜올리고 그 자리에서 빙그르르 돈다.

회색과 초록색 도마뱀들도 있다. 도마뱀들은 더 빨리 달아나려고 꼬리를 크게 내저으며 모래언덕 쪽으로 도망간다. 이따금 랄라는 그중 한 마리를 잡는 데 성공해서는 꼬리를 잡고서 그 꼬리가 떨어져나갈 때까지 장난을 친다. 랄라는 먼지 속에서 꿈틀거리는, 잘린 꼬리 토막을 바라본다. 어느 날 한 소년이 그녀에게, 기다리고 있으면 도마뱀 꼬리에서 네발과 머리가 다시 자라나는 것을 볼 수 있을 거라고 얘기했지만, 랄라는 그애의 말을 별로 믿지 않는다.

특히 그곳엔 파리들도 있다. 그 소리와 침이 거슬리긴 해도 랄라는 파리를 좋아한다. 왜 좋아하는지 그 이유는 자신도 잘 알 수 없지만 어쨌든 좋아한다. 아마 아주 가느다란 여섯 개의 다리와 투명한 날개, 그리고 앞뒤로 지그재그로 빨리 날아다니기 때문인 것 같다.

랄라가 모래언덕 위에 똑바로 누워 자고 있으면 납작한 파리들이 얼굴과 손, 맨다리에 한 마리씩 차례로 내려와 앉는다. 처음에는 랄라가 무서워 단번에 와 앉지 못한다. 하지만 파리들은 랄라의 피부 위에 송송 솟은 짭짤한 땀을 빨아 마시러 오고 싶어 곧 대담해진다. 파리들이 가느다란 다리로 걸을 때면 랄라는 웃기 시작하나, 파리를 놀라게 하지 않으려고 너무 크게 웃지는 않는다. 때로 납작한 파리 한 마리가 그녀의 뺨을 물면 살짝 성난 고함을 지르기도 한다.

랄라는 파리들과 한참을 논다. 그 파리들은 해변의 해초 속에 사는 납작한 파리들이다. 하지만 시테의 집에도 검은 파리들이 방수포, 판지벽 그리고 유리창 위에 붙어 있다. 얼음 창고의 쓰레기통 위에도 커다란 푸른 파리들이 폭격기 소리를 내며 날아다닌다.

랄라가 벌떡 일어난다. 모래언덕 쪽으로 있는 힘을 다하여 빨리 뛰어간다. 맨발 아래로 무너지는 모래비탈을 기어오른다. 엉겅퀴가 발가락을 찌르지만 조심하지 않는다. 랄라는 바다를 보기 위해 되도록 빨리 모래언덕 꼭대기에 올라가고 싶은 것이다.

모래언덕 꼭대기에 도착했을 때 바람이 얼굴에 거세게 몰아쳐 랄라는 하마터면 뒤로 넘어질 뻔했다. 차가운 바닷바람이 그녀의 코 속으로 가득 들어와 두 눈을 쓰라리게 한다. 거품이 드문드문 보이는 청회색 바다는 드넓고, 소리 없이 출렁이고 있다. 거의 끝이 없는 모래밭 위에는 막막한 검푸른 하늘이 반사되고 있고, 모래사장 위로 낮은 파도들이 밀려와 부서진다.

랄라는 바람을 피해 앞으로 몸을 수그린다. 원피스가(실은 고모가 남자아이 옥양목 셔츠에서 소매만 잘라내고 만든 것인데) 마치 물속에서 나온 것처럼 배와 허벅지에 달라붙는다. 바람소리와 바닷소리가 때로는 왼쪽, 때로는 오른쪽 귀에서 먹먹하게 들린다. 판자놀이를 때리는 머리 타래에서 나는 조그만 소리도 섞여 들린다. 때때로 바람은 랄라의 얼굴에 모래를 한 줌씩 흩뿌린다. 모래가 눈에 들어와 시야가 흐려지는 것을 막기 위해 그녀는 두 눈을 감아야만 한다. 그래도 바람 때문에 두 눈에는 눈물이 나고 입안에는 모래알들이 이 사이에서 서걱거린다.

그리하여 온몸이 바람과 바다에 취하게 되면 랄라는 모래언덕의 성벽을 다시 내려온다. 그녀는 숨을 돌리려고 모래언덕 아래서 잠깐 웅크린다. 바람은 모래언덕 반대편에서는 불지 않는다. 위로 지나가는 바람이 땅 안쪽으로 가서 안개가 자욱한 푸른 언덕에까지 불어온다. 바람은 기다리지 않는다. 바람은 원하는 대로 분다. 두 눈과 귀를 따갑게 하고 얼굴에 모래를 한 줌씩 뿌려도 바람이 그곳에 있을 때면 랄라는 행복하다. 판자촌의 공기가 아주 무겁고 아주 힘들게 느껴질 때 그리고 컴컴한 집 속에 있을 때 그녀는 자주 바람을 생각하고 또 바다를 생각한다. 끊임없이 바다 위를 차고 올라 단숨에 사막을 넘어 삼나무숲까지 가서 그 산 아래 새와 꽃들 가운데서 춤추는 거대하고 투명한 바람을 생각한다. 바람은 기다리지 않는다. 바람은 산을 넘고 먼지와 모래와 재를 쓸어내리고 상자를 뒤엎으며, 때로는 판자와 타르칠을 한 종이로 지어진 판자촌까지 이르러 장난치며 몇 채의 지붕과 벽들을 날려버린다. 하지만 상관없다. 바람은 아름답고 물처럼 투명하며 번개처럼 빠르고 너무나 강해서, 마음먹기만 하면 세상의 모든 마을, 큼직한 유리창문이 달린 희고 높은 집이 있는 도시들까지도 파괴할 수 있으리라.

랄라는 바람의 이름을 안다. 밤에 집 마룻바닥 사이로 바람이 새어 들어오는 소리를 듣던 아주 어린 시절, 자기 혼자 저절로 그 이름을 알게 되었다. 휘몰아치는 소리와 같이 바람의 이름은 '우우우우우하하하하하'이다.

랄라는 조금 더 멀리 가시덤불 가운데서 그 바람을 발견한다. 바람은 손으로 헤치고 지나가는 것처럼 노란 풀들을 이리저리 갈라놓는다.

풀밭 위에 넓은 구릿빛 날개를 가진 매 한 마리가 바람 속에서도 꼼짝하지 않고 앉아 있다. 랄라는 그 매를 바라보며 감탄한다. 매는 바람 속에서도 잘 날 줄 알기 때문이다. 매는 두 날개 끝만 약간 움직이며 부채 모양의 꼬리를 조금 펴고서 힘들이지 않고 공중을 난다. 이따금 매가 신음하며 카이이이익! 카이이이익! 하는 소리를 내면 랄라가 이에 답한다.

그러다가 갑자기 날개를 붙이며 지상으로 잠수하듯 하강하여, 해초가 일렁이는 바다 밑바닥 속에서 헤엄치는 물고기처럼 풀 위를 오랫동안 스치며 지나간다. 당황한 풀잎 사이로 그렇게 멀리 사라진다. 카이이이익! 카이이이익! 하고 랄라가 신음하며 탄식을 해도, 매는 되돌아오지 않는다.

그러나 새는 화살 모양 같은 그림자가 되어 오랫동안 그녀의 눈 속에 남아 있다. 소리 없이 무서운 물결만 일으키는 노란 풀 위를 그 그림자는 가오리같이 스치듯 미끄러져 간다.

머리를 뒤로 젖히고, 이제 랄라는 꼼짝도 하지 않은 채, 저수지에 돌멩이를 던질 때처럼 하늘에 생기는 원을 두 눈 크게 뜨고 바라보고 있다. 하늘엔 곤충이나 새 같은 종류는 하나도 없다. 다만 개미떼나 바구미떼나 파리떼가 하늘 높이 떠 있듯이, 무수한 점들만이 하늘에서 움직이고 있을 뿐이다. 그것들은 하얀 대기 속에서 날지 않고 있다. 어디로 도망가야 할지 모르는 듯 각 방향으로 허둥지둥 기어다니고 있다. 마치 그것들은 수많은 자동차와 수많은 사람들이 있고 같은 얼굴을 두 번 볼 수도 없으며 너무 커서 도저히 벗어날 수 없는 대도시에서 살고 있는, 모든 사람의 얼굴 같다. 이런 것을 얘기해준 사람은 나망 노인이다. 그는 알헤시라스, 마드리드(그는 '마드리스'라고 발음한다), 마르세유, 리옹, 파리, 제네바 같은 이상한 이름도 들먹였다.

랄라가 그런 얼굴들을 언제나 볼 수 있는 건 아니다. 바람이 산 쪽으로 불며 구름이 걷히고 하얀 대기가 햇빛에 진동하는 며칠 동안에만 그 얼굴, 인간 곤충들을 볼 수 있다. 움직이고, 걷고, 뛰고, 높이 춤추는 그들의 모습이 조무래기들처럼 겨우 보인다.

이윽고 바다가 다시 그녀를 부른다. 랄라는 가시덤불을 지나 잿빛 모래언덕까지 달려간다. 모래언덕은 마치 이마를 수그리고 등을 구부리고 누워 있는 소 같다. 손과 발로 그녀만의 길을 만들며 등을 타고 올라가는 것을 랄라는 좋아한다. 그러곤 반대편에서 해변의 모래사장 쪽으로 공처럼 굴러내려온다. 바다는 찢어질 듯한 큰 소리를 내며 단단한 해변 위에 부서진다. 바닷물은 다시 물러가고 거품은 햇빛에 녹는다. 여기서는 빛과 소리가 엄청나 랄라는 입을 닫고 두 눈을 감아야만 한다. 바다의 소금기가 눈꺼풀과 입술을 쓰리게 하고 질풍과도 같은 바람이 목구멍을 막는다. 그렇지만 랄라는 바닷가에 있는 것을 좋아한다. 랄라는 물속에 들어간다. 파도가 다리와 배를 때리고, 파란 원피스가 살에 달라붙는다. 두 발이 말뚝처럼 모래 속에 박히는 것이 느껴진다. 그녀는 더 멀리로는 나아가지 않는다. 바다는 때로 조심성 없는 아이들을 집어삼키기 때문이다. 그러면 이틀 후에는 배와 얼굴이 물에 붓고 코, 입술, 손가락, 성기를 게에게 뜯어먹힌 시체가 바닷가 단단한 모래 위에 밀려와 있는 것을 볼 수 있다.

랄라는 모래 위 구슬발 같은 파도자국을 따라 걷고 있다. 가슴께까지 젖어 있던 옷이 바람에 마른다. 구릿빛으로 햇빛에 그을린 얼굴 위로 바람이 불어와 그녀의 검은 머리카락을 한쪽으로 쓸어넘긴다.

주위에 가느다란 촉수를 모발처럼 흩뿌린 해파리들이 드문드문 모래 위에 밀려나와 있는 것이 보인다. 랄라는 파도가 밀려나갈 때마다 모래 속에 생기는 구멍을 바라본다. 그리고 집게를 세우고 거미처럼 가볍게 옆으로 기어가는 회색 게들을 쫓아간다. 그 모습이 아주 우습다. 그러나 그녀는 다른 아이들처럼 그 게를 잡지 않고, 바닷속으로 도망가거나 반짝이는 거품 속으로 사라지는 대로 내버려둔다.

랄라는 계속 노래를 부르며 아직도 바닷가를 걷고 있다. 그 노래는 단지 한 단어다.

"메디테라……네……에……에……"

마침내 그녀는 해변 앞 모래언덕 아래로 가서 앉는다. 무릎을 두 팔로 감싸안고 바람에 흩날리는 모래를 삼키지 않으려고 푸른 옷주름 속에 얼굴을 묻는다.

그녀는 언제나 같은 장소에 가서 앉는다. 그곳은 파도에 파인 웅덩이 속에 썩은 나무말뚝 하나가 불쑥 솟아 있고, 모래언덕 사이의 조약돌 속에서 커다란 무화과나무가 자라고 있는 곳이다. 그녀는 어부 나망을 기다리고 있다.

어부 나망은 보통 사람들과는 다른 인물이다. 그는 키가 크고 말랐으며 어깨가 넓고 벽돌색 피부에 뼈만 앙상한 얼굴이다. 항상 맨발로 걷고 파란 바지를 입었으며, 바람에 나부끼는 무척 크고 흰 셔츠를 걸쳤다. 그렇지만 랄라는 그가 아주 잘생기고 멋있다고 생각하며, 그가 오고 있다는 것을 알기만 하면 언제나 가슴이 더 크게 뛴다. 윤곽이 뚜렷한 그의 얼굴은 바닷바람에 거칠어져 있고 이마와 두 뺨은 바다와 태양에 그을려 팽팽하고 시커멓다. 피부와 똑같은 색깔의 머리카락은 숱이 많다. 그러나 특히 멋있는 색깔을 가지고 있는 것은 그의 두 눈이다. 갈색 얼굴에 잿빛 섞인 남청색 두 눈이 아주 맑고 투명하여 마치 바다의 빛과 그 투명함을 간직하고 있는 듯하다. 랄라가 해변가 키 큰 무화과나무 옆에서 즐겨 어부를 기다리는 것은 바로 이 눈을 보기 위해서이며, 또한 멀리서 자신을 알아볼 때 그의 얼굴에 떠오르는 미소를 보기 위해서다.

한참 동안 그녀는 모래언덕의 고운 모래 속 키 큰 무화과나무 그늘에 앉아서 그를 기다린다. 그녀는 모래를 너무 많이 삼키지 않으려고 두 팔 속에 얼굴을 묻고 조그맣게 노래를 부른다. 그녀가 아주 좋아하는 이름, 길고 아름다운, 단지 이 가사만 부른다.

"메디테라……네……에……에……"

강철 같은 청회색으로 험악하게 변하는 바다와 지평선을 가리는 희부연 구름 같은 것을 바라보며 그녀는 기다린다. 때로는 반사되는 빛 가운데 파도마루 사이에서 춤추고 있는 검은 점 하나를 본 것도 같다. 그녀는 나망의 배가 오고 있는가 하고 몸을 약간 일으킨다. 그러나 검은 점은 이내 사라진다. 그것은 분명 바다 위의 신기루이거나 아니면 고래 등일 것이다.

그녀에게 고래 이야기를 들려준 것은 나망이다. 등이 시커먼 돌고래떼가 어부들에게 인사를 하려는 듯이 불쑥 배의 이물 앞으로 솟아나왔다가는 단숨에 지평선 쪽으로 사라진다고 했다. 나망은 랄라에게 고래 이야기를 해주는 것을 아주 좋아한다. 그가 얘기할 때, 그의 두 눈에선 바다의 빛이 더욱 밝게 빛난다. 그러면 랄라는 홍채의 색깔 너머로 새까만 짐승들을 볼 수도 있을 것만 같다. 그녀가 온 힘을 다해 눈을 부라리고 바다를 쳐다보아도 소용이 없다. 고래들은 보이지 않는다. 정말 고래들은 해안 가까이 오는 것을 좋아하지 않는가보다.

나망은 어느 날인가, 폭풍우 치는 바다에서 조난당했을 때 고래가 그의 배를 해변까지 인도해주었다는 이야기를 해준다. 바다에는 구름이 베일처럼 내려앉았고 무시무시한 바람이 돛대를 쓰러뜨렸다. 그리하여 폭풍우에 어부의 배는 아주 멀리 쓸려 내려갔다. 너무나 멀어서 해변이 어딘지 알 수 없었다. 당장이라도 배를 뒤집어엎을 듯한 파도 한가운데서 이틀이나 떠밀려갔다. 어부는 이제 목숨을 잃었다고 생각하고 기도를 암송했다. 그때 몸집이 커다란 고래가 파도 한가운데 나타났다. 고래는 배 주위를 뛰어오르더니, 평소에 하는 것처럼 파도 속에서 장난을 쳐댔다. 그러나 고래는 단 한 마리뿐이었다. 갑자기 그 고래가 배를 이끌고 가기 시작했다. 이해하기 힘들지만 고래가 정말 그렇게 한 것이다. 고래는 배 뒤에서 헤엄치며 배를 앞으로 밀었다. 이따금 고래는 멀리 파도 속으로 사라졌다. 어부는 고래가 그를 버리고 갔다고 생각했다. 그러면 그 고래는 다시 와서 힘찬 꼬리로 바다를 때리며 이마로 배를 밀기 시작했다. 그렇게 하여 그들은 하루종일 항해했다. 드디어 어부는 밤 구름 사이로 해변의 불빛을 보았다. 이젠 살았다는 것을 알고 소리를 지르며 기쁨의 눈물을 흘렸다. 배가 항구 가까이 도착했을 때 고래는 반 바퀴를 돌고 나서 바다로 다시 떠났다. 어부는 석양빛에 반짝이며 멀리 헤엄쳐 가는, 커다란 검은 등을 가진 고래를 바라보았다.

랄라는 이 이야기를 몹시 좋아한다. 그녀는 자주 바다에서 커다란 검은 고래를 찾아본다. 나망의 말로는 모두 아주 오래전에 일어난 일이라 지금은 그 고래도 많이 늙었을 것이라고 한다.

랄라는 매일 아침 키 큰 무화과나무 그늘에 앉아서 기다린다. 그녀는 닭벼슬같이 뾰족한 파도가 밀려나오는 청회색 바다를 응시한다. 파도는 약간 비스듬한 해변을 따라 부서진다. 처음엔 동쪽 암석고원 쪽으로, 다음엔 서쪽 강가 쪽으로 출렁거리며 부서지더니, 마침내 가운데로 부서진다. 바람이 불어와 거품을 휩쓸어 멀리 모래언덕 쪽으로 던져버린다. 거품은 모래와 먼지로 뒤섞인다.

태양이 구름 없는 하늘에 아주 높이 뜨면, 랄라는 늑장을 부리며 마을로 돌아간다. 집에 도착하자마자 일을 해야 한다는 것을 알고 있기 때문이다. 녹슨 낡은 양철통을 이고 우물에 물을 길러 가야 하고 또 강에 빨래를 하러 가야 한다. 빨래는 그래도 괜찮다. 다른 사람들과 수다를 떨 수도 있고, 온갖 종류의 믿을 수 없는 이야기들을 들을 수도 있기 때문이다. 특히 한 소녀의 이름은 이키크르인데, 이것은 베르베르* 말로 병아리콩을 의미한다. 뺨에 난 물사마귀 때문에 이런 이름을 갖게 된 것이다. 그러나 랄라가 몹시 싫어하는 일이 두 가지 있는데, 불을 지필 잔가지를 주우러 가는 것과 밀가루를 만들려고 밀을 빻는 일이다.

그녀는 길 위로 두 발을 약간 끌면서 아주 느릿느릿 돌아간다. 지금 이 시간에는 노래를 부르지 않는다. 이 시간에는 새덫을 걷으러 가는 소년들이나 일하러 가는 남자들 등, 모래언덕 위에서 다른 사람들과 마주치기 때문이다. 맨발로 잘 걷지 못하고 욕을 모르는 랄라는 이따금 소년들의 놀림감이 된다. 멀리서 그들이 오는 소리가 들리면 랄라는 모래언덕 가까이 있는 가시덤불 뒤에 숨어서 그들이 다 지나갈 때까지 기다린다.

그곳엔 또 그녀가 겁내는 한 여자가 있다. 늙지는 않았는데 몹시 더러우며 검정과 붉은 머리카락이 섞인 머리에, 가시에 찢어진 옷을 입은 여자다. 그녀가 모래언덕 길에 나타나면 몹시 조심해야 한다. 그녀는 성미가 고약하고, 또 아이들을 싫어하기 때문이다. 사람들이 그녀를 아이샤 콘디샤라고 부르나, 이것이 그녀의 진짜 이름은 아니다. 아무도 그녀의 진짜 이름을 모른다. 사람들은 그녀가 아이들을 유괴하여 끔찍한 짓을 한다고 말한다. 아이샤 콘디샤가 오는 소리가 들리자 랄라는 관목덤불 뒤에 숨어 숨을 죽인다. 아이샤 콘디샤는 알 수 없는 말을 중얼거리며 지나간다. 그녀는 잠시 멈추고 고개를 든다. 누군가 주

---

* 북아프리카의 한 종족.

위에 있다고 느꼈기 때문이다. 그러나 거의 장님인 그녀의 눈에는 랄라가 보이지 않는다. 그녀는 천박한 목소리로 욕설을 내뱉고 다리를 절뚝거리며 다시 길을 간다.

어떤 날 아침 하늘엔 랄라가 아주 좋아하는 것이 있다. 끝이 길고 실처럼 가늘어지는 커다란 하얀 구름이 아주 새파란 하늘을 지나가는 것이다. 하얀 실 끝에는 조그만 은색 십자가가 천천히 앞으로 가고 있다. 너무 높이 떠 있어 십자가는 겨우 알아볼 듯 말 듯하다. 랄라는 고개를 젖히고 하늘에서 앞으로 가고 있는 조그만 십자가를 오랫동안 바라본다. 그녀는 그 십자가가 어떻게 넓고 푸른 하늘을 소리도 없이 앞으로 가고 있는지 바라본다. 작은 누에고치처럼 뒤쪽에 하얗고 기다란 구름을 남기면서. 그것들은 한데 엉키기도 하고 길처럼 늘어나기도 한다. 그러다가 바람이 구름 위로 불어와 하늘을 깨끗이 씻어버린다. 랄라는 저 높이 있는 조그만 은십자가 속에 있었으면, 그리고 바다 위, 섬 위를 지나 가장 먼 땅까지 가봤으면 하고 생각한다. 그녀는 비행기가 사라진 후에도 한참 동안 하늘을 바라보고 있다.

바다를 떠나 강 쪽으로 반시간 걸어서 길을 돌아오면 시테*가 나타난다. 왜 시테라고 부르는지 랄라는 알 수 없다. 왜냐하면 초창기엔 강 건너편에 판자와 타르칠을 한 종이로 지은 열두어 채의 판잣집들에, 진짜 도시와 판자촌을 갈라놓는 공터밖에 없었기 때문이다. 아마도 먼

* '도시'라는 뜻.

지 속에서 개나 쥐들과 같이 살았다는 것을 잊으려고 시테라는 이름을 붙였나보다.

어머니가 죽은 후 랄라는 이곳에 와 살았다. 언제 이곳에 도착했는지 하도 오래되어서 이제는 기억도 잘 안 난다. 그때는 여름이라서 날씨가 아주 더웠고, 바람이 판잣집 위로 먼지구름을 일으키고 있었다. 고모의 아들들이 살고 있던 창문도 없는 이 오두막집까지 랄라는 고모 뒤에서 눈을 감고 걸었다. 그 당시에는 높은 산 쪽으로 난 길로 달아나고 싶었다. 그리고 다시는 되돌아오고 싶지 않았다.

모래언덕에서 돌아올 때마다 그리고 구불구불한 함석과 타르칠을 한 종이로 덮인 지붕을 볼 때마다 랄라는 가슴이 죄어들며, 처음으로 시테에 도착했던 날을 회상한다. 그러나 지금은 지나간 모든 것이 그녀에겐 실제로 일어나지 않았던 일처럼, 또 그녀가 들었던 이야기처럼 아주 아득하기만 하다.

사막이 시작되는 저곳 남쪽 산속에서 그녀가 태어난 것도 마찬가지로 느껴진다. 바깥일이 없고, 먼지와 소금으로 덮인 평원에 거세게 불어닥친 바람이 아암마 집의 이가 잘 맞지 않는 마룻바닥 사이로 윙윙거리는 겨울에는, 랄라는 땅바닥에 앉아 자신의 출생에 관한 이야기를 듣는다.

아주 길고 이상한 그 이야기를 아암마는 언제나 다른 식으로 들려준다. 약간 노래하는 듯한 목소리로, 곧 잠들 것같이 머리를 좌우로 흔들며 이야기한다.

"네가 태어날 날이 다가왔을 때는 여름이 되기 직전, 건기가 시작되기 전이었단다. 하와는 네가 뱃속에서 나오려 하는 것을 느꼈지. 모두가 자고 있었기 때문에 그녀는 천으로 배만 조인 채 소리도 내지 않고 텐트에서 빠져나와 나무와 샘이 있는 곳으로 걸어갔단다. 태양이 뜨면 그늘과 물이 필요할 것이라는 걸 미리 알았던 게지. 거기에서는 언제나 샘 근처에서 아기를 낳는 게 모두의 관습이었단다. 그래서 거기까지 걸어간 후 나무 옆에 누웠지. 그리고 밤이 끝나가는 소리를 듣고 있었어. 아무도 네 엄마가 바깥에 있다는 걸 몰랐지. 개조차 짖지 않게 조용히 걸어갔던 게지. 난 그녀 곁에서 자고 있었어. 그렇지만 그녀가 신음하는 소리를 듣지도 못했고, 텐트 밖으로 나가려고 일어나는 것도 몰랐어……"

"아암마, 그래서 어떻게 됐어요?"

"그러고 날이 밝았단다. 여자들이 일어났고 사람들은 네 엄마가 없어진 걸 알고 왜 나갔는지 알았지. 그래서 나는 샘물 쪽으로 그녀를 찾으러 갔어. 내가 도착했을 때, 그녀는 두 팔로 나뭇가지를 잡고 기대서서, 남자와 아이들을 깨우지 않으려고 이를 악물며 얕은 신음소리를 내고 있었단다……"

"아암마, 그다음엔 어떻게 됐어요?"

"그러곤 곧 네가 태어났지. 나무뿌리 사이에 있는 땅에서 말이다. 그래서 샘물에다 너를 씻기고, 밤의 추운 냉기를 막으려고 망토로 감쌌단다. 해가 떠오르자 네 엄마는 잠을 좀 자려고 텐트로 되돌아왔어. 내 기억엔 너를 감쌀 천 쪼가리 같은 것도 없었지. 그래서 너는 네 엄마의 푸른 망토에 싸여 잠을 잤단다. 네가 아주 빨리 나왔기 때문에 네 엄만 몹시 만족해했어. 그렇지만 또 한편으론 슬퍼하기도 했지. 네 아빠가 죽고 없었기 때문이란다. 네 엄마는 너를 키울 돈이 없다고 생각했어.

그래서 너를 누군가 다른 사람에게 줘버리게 되지나 않을까 겁을 내고 있었단다."

기억을 잘 해낼 수 없는 듯 아암마는 다르게 이야기를 해주기도 한다. 이를테면, 하와가 나뭇가지를 붙잡고 늘어진 게 아니라 우물의 밧줄에 매달려 고통을 참느라고 온 힘을 다하여 잡아당겼다거나, 혹은 지나가던 목동이 아이를 받아서 그의 모직 망토에 쌌다는 등의 얘기였다. 그러나 그 모든 것은 다른 하늘, 다른 태양이 뜨는 사막의 반대편, 다른 세계에서 일어난 일처럼 뿌연 안개 속에 있다.

"며칠이 지난 후 처음으로 네 엄마는 세수를 하고 머리를 빗으려고 우물까지 걸어갈 수 있었단다. 너를 처음과 같은 푸른 망토에 싸서 업고 말이다. 몸이 아직도 그전처럼 튼튼해지지 않아서 걸음을 잘 걸을 수 없었단다. 그러나 네 엄마는 네가 이 세상에 나온 것을 아주 행복해했지. 사람들이 네 이름을 물어보면 자기 이름과 같은 랄라 하와라고 대답했어. 넌 샤리프의 딸이었으니까."

"알 아즈락이라고 불리는 청색 인간 이야기를 해주세요. 제발요."

그러나 아암마는 머리를 저었다.

"지금은 안 돼. 다음에 해줄게."

"부탁해요, 아암마. 그 얘기를 해줘요."

그러나 아암마는 대답도 없이 머리만 내저었다. 그녀는 일어나서 문가로 가 커다란 흙 쟁반에다 빵반죽을 한다. 이야기를 오래 하고 싶지 않을 때 아암마는 늘 그렇게 한다. 청색 인간에 관해서나 물레이 아흐메드 벤 무함마드 엘 파델, 마 엘 아이닌, 즉 '두 눈의 물'에 관해서는 언제나 말을 많이 하지 않는다.

이곳 시테에서 이상한 것은 사람들이 아주 가난하다는 것이다. 그러나 절대로 누구 한 사람도 불평하는 사람이 없다. 시테는 특히, 타르칠을 한 넓은 종이를 돌로 고정시켜 지붕을 얹고 판자와 양철을 댄 판잣집들이 모여 있는 곳이다. 바람이 계곡에 휘몰아칠 때면 판잣조각들이 삐거덕거리는 소리와 양철조각이 딸랑딸랑거리는 소리, 질풍 속에 타르칠을 한 종잇장들이 찢어지는 소리가 들린다. 그것은 마치 흙길 위로 큼직한 고물버스가 지나가는 소리, 혹은 지붕 위나 조그만 골목길을 따라 지나가는 쥐떼나 동물떼들이 내는 소리처럼 흔들리고 삐거덕거리는 이상한 음악소리다.

때때로 거센 폭풍이 불어와 모든 것을 쓸어가버린다. 그러면 그다음 날에는 다시 마을을 건설해야만 한다. 그래도 사람들은 웃으면서 일한다. 너무나 가난해서 갖고 있는 것을 잃어버리면 어쩌나 하는 두려움이 없기 때문이다. 오히려 그들은 그것을 만족스럽게 여기기도 한다. 폭풍이 지나간 후 그들 머리 위의 하늘은 더욱더 크고, 더 파래지고, 햇빛 역시 더욱더 아름답기 때문이다. 어쨌든, 시테 주위엔 아주 편편한 평지와 먼지바람, 그리고 너무나 광대하여 한눈에 다 볼 수 없는 바다밖에 없다.

랄라는 하늘을 바라보는 것을 대단히 좋아한다. 그녀는 모래언덕에 자주 간다. 모래와 엉겅퀴 위에 팔짱을 끼고 누우면 눈앞에 똑바로 난 모랫길이 보인다. 그녀의 매끈한 얼굴 위에서, 새 한 마리 날지 않고 비행기도 없는, 아주 조용하고 잔잔하게 열려 있는, 구름 한 점 없는 하늘이 거울처럼 반들반들하다.

랄라는 두 눈을 커다랗게 뜨고 하늘이 그녀 몸속에 들어오도록 가만히 있는다. 그러면 배에 탄 것처럼 몸이 흔들거리거나 혹은 담배를 너무 많이 피운 것처럼 머리가 빙빙 돈다. 모두 햇빛 때문이다. 바닷바람은 차갑지만 햇빛은 몹시 뜨겁다. 햇빛이 너무나 강해서 더위가 조그만 소녀의 몸속으로 들어와 배와 폐, 두 팔, 두 다리를 가득 채운다. 눈과 머리가 아프기도 하지만 랄라는 꼼짝도 하지 않는다. 태양과 하늘을 몹시 좋아하기 때문이다.

다른 아이들과 멀리 떨어져, 소음과 냄새로 가득찬 시테에서 멀리 떨어져 모래 속에 누워 있을 때나 오늘처럼 하늘이 아주 파랄 때면, 랄라는 사랑하는 사람들을 생각할 수 있다. 그녀는 에스 세르, 즉 '비밀'이라고 불리는 자를 생각한다. 그의 시선은 그녀를 둘러싸고 보호해주는 햇빛과도 같다.

이곳 시테에서는 아무도 그자를 알지 못한다. 그러나 이따금 하늘이 아주 맑고 햇빛이 바다와 모래언덕 위를 환하게 비출 때면 에스 세르의 이름이 도처에서 나타나 울리며 그녀 몸속 깊은 곳까지 파고드는 것 같다. 모든 것을 보고 모든 것을 꿰뚫는 불같은 그의 시선이 그녀 얼굴 위에 머무는 것이 느껴진다. 소멸되지 않는 빛처럼 반짝거리는 그의 시선은 드라 너머 산맥 저쪽, 사막 깊은 곳에서 오는 것 같다.

그 누구든 그에 관해서는 아무것도 모른다. 랄라가 에스 세르에 대해 얘기할 때면 어부 나망은 고개를 내젓는다. 그의 이름을 들은 적이 없기 때문이다. 나망이 들려주는 이야기 속에 에스 세르의 이야기는 한마디도 없다. 그렇지만 그녀가 들은 이름이 진짜 이름임이 틀림없다고 랄라는 생각한다. 어쩌면 그것은 단순한 꿈일지도 모른다. 아암마조차도 그에 관해서는 아무것도 모르는 것 같다. 하지만 그 이름을 들을 땐 기분이 아주 좋기 때문에 매우 아름다운 이름이라고 랄라는 생각한다.

그의 이름을 듣고 그의 눈빛을 보기 위해서 랄라는 바다, 모래, 하늘 외엔 아무것도 없는 모래언덕 사이로 언제나 멀리 걸어간다. 랄라가 판자와 타르칠을 한 종이로 지어진 시테에 있을 때, 에스 세르는 자신의 이름이 들리도록 할 수도 없고 제 시선의 열기를 전해줄 수도 없기 때문이다. 그는 소리와 냄새를 싫어하는 남자다. 그래서 그는 하늘에 떠다니는 한 마리 새처럼 혼자 바람 속에 있어야 한다.

여기 있는 사람들은 왜 랄라가 나가는지 모른다. 아마 그냥 바위언덕 맞은편 목동들의 집까지 가는 줄로만 생각하고 있다. 그래서 그들은 아무 말도 하지 않는다.

이곳 시테 사람들은 실상 다른 일은 아무것도 하지 않고 기다리고만 있다. 바닷가에서 그리 멀지 않은, 판자와 양철로 된 오두막집 두꺼운 어둠 속에 꼼짝도 않고 들어앉아 있는 것이다. 조약돌과 먼지 위로 해가 뜨면 무슨 일이 일어난 것처럼 잠시 나간다. 그들은 말을 많이 하지 않는다. 소녀들은 샘터로 가고, 소년들은 밭에 일하러 가거나 강 반대편 진짜 도시의 거리를 산보하기도 하며 트럭이 지나가는 것을 보려고 길가에 앉아 있기도 한다.

랄라는 매일 아침 물통을 가지러 시테를 가로질러 샘터로 간다. 걸어가면서 그녀는 집집마다 틀어놓은 라디오에서 흘러나오는 음악을 듣는다. 시테의 좁은 골목 여기저기서 들리는 그 음악은 끝이 나지 않는 이집트 노래다. 소녀들의 발소리, 흐르는 샘물소리와 섞여 박자에 맞춰 깡깡거리고 긁히는 듯한 소리를 내는 그 음악을, 랄라는 무척 좋아한다. 우물에 도착해서 자기 차례를 기다리면서 그녀는 손가락 끝에 양철물통을 걸고 흔든다. 그녀는 다른 소녀들을 바라본다. 어떤 소녀들은 이키크르와 같이 흑인처럼 새카맣고, 또다른 소녀들은 마리엠처럼 초록색 눈에 피부는 눈부시게 희다. 베일을 쓴 노파들이 검은 냄비를 들고 물을 길러 왔다가 말없이 곧바로 떠난다.

샘에는 기다란 납 파이프 끝에 놋쇠 수도꼭지가 달려 있는데 사람들이 틀거나 잠글 때마다 떨며 쉭 하는 소리를 낸다. 소녀들은 차가운 물 아래서 다리와 얼굴을 씻는다. 이따금 날카로운 소리를 내지르며 물통의 물을 서로 퍼붓는 장난을 치기도 한다. 말벌이 그들의 머리 주위로 계속 선회하며 헝클어진 머리카락에 앉기도 한다.

랄라는 물통을 머리에 이고 물 한 방울 안 흘리려고 똑바로 걸어간다. 모든 것이 완전히 새롭게 탄생한 듯 아침 하늘은 맑고 아름답다. 정오 가까이 되면 해가 지평선 근처에서 먼지처럼 안개가 일어나며, 하늘은 더욱 무겁게 지상을 내리누른다.

랄라가 가기 좋아하는 장소가 있다. 그곳은 바다에서 동쪽으로 멀리 가다가 말라붙은 계곡 바닥을 거슬러올라가야 한다. 바위언덕이 보이는 곳에 도착해서는 양들의 흔적을 따라 붉은 바위까지 계속 걸어간다. 하늘엔 해가 아주 눈부시게 빛나지만, 나무와 물이 없는 곳이라서 거기서 불어오는 바람은 차갑다. 바로 허공 저편 끝에서 불어오는 바람이기 때문이다. 여기에 에스 세르가 산다. 랄라가 그를 에스 세르, 즉 '비밀'이라고 부르는 것은 아무도 그의 이름을 아는 자가 없기 때문이다.

그녀는 지평선과 하늘 저 끝까지 펼쳐져 있는 넓고 하얀 암석고원 앞에 이르렀다. 햇빛은 눈부시게 반짝이고 찬 바람에 입술은 갈라져 있으며 눈엔 눈물이 솟는다. 목구멍과 관자놀이에서 뛰는 심장소리가 세차게 들릴 때까지, 붉은 베일이 하늘을 덮고 알 수 없는 목소리가 한꺼번에 귓가에서 속삭일 때까지, 랄라는 온 힘을 시선에 집중시켜 바라본다.

그러고 난 다음 그녀는 전갈과 뱀만 살고 있는 암석고원 한가운데로 나아간다. 고원 위엔 더이상 길이 없다. 깨어져 칼처럼 뾰족한 돌덩이들만 햇빛에 반사되어 반짝거린다. 그곳엔 나무도, 풀 한 포기도 없고, 단지 공간 한복판에서 불어오는 바람뿐이다.

그곳이 때때로 그 남자가 그녀를 만나러 오는 곳이다. 그가 누군지, 어디에서 오는지 그녀는 모른다. 어떨 땐 무섭기도 하고 또 어떨 땐 천상의 아름다움으로 가득차 아주 부드럽고 잔잔한 모습이기도 하다. 사막의 투사들이 쓰는 푸른 베일로 얼굴을 가려서, 그녀가 볼 수 있는 것은 그의 두 눈뿐이다. 그는 태양에 반짝거리는 소금같이 희고 큰 망토를 입고 있다. 푸른 터번의 그늘 속에서 그의 두 눈은 어둡고 야릇한 불처럼 번득인다. 그래서 랄라는 마치 장작불에 가까이 갈 때처럼 얼굴에, 몸에 그의 시선의 열기가 전해옴을 느낀다.

그렇지만 에스 세르가 언제나 나타나는 것은 아니다. 사막의 인간인 그는 랄라가 몹시 보고 싶어할 때, 정말로 그를 필요로 할 때, 말하거나 우는 것보다 더 절실히 그를 필요로 할 때만 온다. 그러나 그가 오지 않을 때에도 암석고원 위에는 그에게 속한 그 무엇이 있다. 아마 불타는 그의 시선이리라. 풍경을 밝게 비추며 지평선 이 끝에서 저 끝으로 꿰뚫어보는 그 시선. 그럴 때면 랄라는 어디로 가고 있는지 주의도 안 하고 무언가 찾는 것도 없이 깨어진 암석고원 가운데를 거닌다. 몇 개의 바위 위에 그녀가 알 수 없는 이상한 표지들이 있다. 십자가들,

점들, 태양과 달 모양을 한 흔적들, 돌에 조각된 화살 등이 보인다. 이것들이 아마 시테의 소년들이 얘기한 바로 그 마술적 표지들인가보다. 이 마술적 표지 때문에 소년들은 하얀 고원까지 오기를 꺼린다. 그러나 랄라는 그 표지들도 고독도 무섭지 않다. 청색 인간의 시선이 자신을 보호해주고 있다고 믿는 그녀는 침묵도 바람의 공허함도 더이상 두려워하지 않는다.

그곳은 아무도, 누구 한 사람도 없는 곳이다. 사막의 청색 인간만이 말 한마디 걸지 않고 그녀를 계속해서 응시하고 있을 뿐이다. 랄라는 그가 원하는 것, 묻는 것이 무엇인지 잘 모른다. 다만 그녀가 그를 원할 때 권능에 찬 시선으로 말없이 나타날 뿐이다. 암석고원 위에서 그 빛나는 시선 속에 안겨 있을 때 그녀는 행복하다. 그녀는 이 사실을 누구에게도, 심지어 아암마에게도 말해서는 안 된다고 생각한다. 그것은 그녀에게 일어난 가장 중요한 일이기 때문에 비밀인 것이다. 또한 침묵과 공허한 바람 속에 암석고원으로 자주 오는 것을 무서워하지 않는 사람은 유일하게 랄라밖에 없기 때문에 비밀인 것이다. 그녀 말고도 또 한 사람이 가끔 이 고원으로 온다. 그는 하르타니라고 불리는 슐루흐의 목동이다. 그러나 그는 양떼 중 한 마리가 계곡을 따라 뛰어가다 길을 잃었을 때만 이곳에 온다. 그 역시 바위 위의 표지들을 무서워하지 않지만 랄라는 감히 자신의 비밀을 발설하려 들진 않았다.

아무도 그의 이름을 알아서는 안 되기 때문이다. 때때로 암석고원에 나타나는 그의 이름이 에스 세르, '비밀'인 것도 바로 이 때문이다.

그는 말을 하지 않는다. 다시 말해 사람들이 쓰는 것과 똑같은 언어를 사용하지 않는다는 뜻이다. 랄라는 귀기울여 그의 목소리를 듣는다. 그는 그의 언어로 그녀의 몸속을 뒤흔들고 그녀를 전율케 하는 아주 아름다운 것들을 얘기한다. 그는 저 공간 끝에서 불어오는 가벼운 바람소리나 바람이 부는 사이사이 찾아드는 침묵으로 얘기하는 것 같다. 어쩌면 빛의 언어로, 바위들 사이 섬광 다발로 폭발하는 언어, 모래의 언어, 단단한 가루로 부서지는 조약돌의 언어, 또 먼지 속에 흔적을 가볍게 남기며 기어가는 전갈과 뱀의 언어로 얘기하는지도 모르겠다. 그는 이 모든 언어를 얘기할 줄 안다. 동물처럼 생기에 찬 그의 시선이 이 바위 저 바위로 뛰며 또 지평선까지 가서 하늘로 올라가 새보다 더 높이 공중을 날고 있다.

랄라는 이 비밀스러운 말들을 들으려고 이곳 흰 암석고원에 오기를 좋아한다. 그녀가 에스 세르라고 부르는 자, 그가 누구인지 어디서 오는지 랄라는 모른다. 그러나 이 장소에서 그와 만나는 것을 좋아한다. 남쪽 모래언덕과 모래의 나라, 나무도 물도 없는 대지의 열기가 그의 시선 속, 그의 언어 속에 서려 있기 때문이다.

에스 세르가 오지 않을 때조차도, 그녀는 꼭 그의 시선이 보이는 듯하다. 어떻게 그런지 이해하기 어렵다. 자기가 완전히 자기 자신이 아닌 듯싶기도 하고, 청색 인간의 시선 저 반대편에 있는 세계에 발을 들여놓은 듯, 다소 꿈속 같아서이기도 하다.

그때 아름답고 신비스러운 일이 일어난다. 다른 데서는 한 번도 본 적 없는 일들이 그녀의 마음을 뒤흔들고 불안스럽게 한다. 그녀의 눈에는 황금색과 유황색의 모래평원이 마치 커다란 파도가 자고 있는 광활한 바다처럼 보인다. 아무도 없는 이 모래평원 위에는 나무 한 그루, 풀 한 포기 없으며, 길게 뻗어 있는 모래언덕 그림자들만이 서로 맞닿아 석양에 호수처럼 고여 있다. 이곳에는 모든 것이 비슷비슷하다. 그래서 그녀는 이곳, 또 저멀리 눈길이 되는 대로 머무는 저 먼 곳에, 또 다른 곳, 땅과 하늘의 경계선 아주 가까운 곳에, 이 여러 곳에 자기가 동시에 있는 것처럼 느낀다. 그녀의 눈 아래에서 마치 손가락이 벌어지듯 모래언덕들이 천천히 이동한다. 황금빛 개울물이 찌는 듯한 계곡 바닥을 흘러가고 있다. 끔찍하게 뜨거운 태양에 익어버린 잔물결은 금속처럼 단단해 보인다. 완벽한 곡선으로 구부러진 넓고 하얀 해변이 붉은 모래바다 앞에서 움직이지 않고 있다. 도처에서 빛이 번득이며 흘러내린다. 땅, 하늘, 태양에서 금홍색 빛들이 사방으로 동시에 발산된다. 하늘은 끝이 없다. 마른 안개만 반사광들을 깨뜨리고 빛나는 풀잎처럼 하늘하늘 춤추며 지평선 가까이에서 일렁거리고 있다. 황토색, 장미색 먼지가 찬바람 속에서 진동하다가 하늘 가운데로 올라간다.

이 모든 것이 이상하고 아득하기만 하다. 그러나 또 친숙하기도 하다. 랄라는 그녀 앞에 있는, 햇빛 눈부신 커다란 사막을 타인의 눈으로 바라본다. 모래구름을 일으키는 남쪽 바람이 피부에 와닿고 모래언덕의 뜨거운 모래가 맨발에 닿는 것이 느껴진다. 무엇보다도 머리 위, 빈 하늘, 순수한 태양만이 불타고 있는 그늘 한 점 없는 하늘의 광대함이 느껴진다.

이제 한동안 그녀는 자신을 잊고 누군가 다른 사람, 먼 곳에 있는 잊힌 사람이 된다. 아이들의 윤곽, 남자들, 여자들, 말, 낙타, 염소떼 등 다른 모습들이 보인다. 어느 도시의 형태와 돌과 점토로 만든 궁전이 보이고, 진흙 성벽에서 투사들의 무리가 나오는 것이 보인다. 그녀의 눈에 보이는 것은 꿈이 아니다. 그녀가 자신도 모르는 새 몰입해 있는 또다른 기억 속에 이 모든 것이 회상되어 눈앞에 펼쳐지고 있는 것이다. 남자들의 목소리, 여자들의 노래, 음악소리가 들린다. 동팔찌와 무거운 목걸이들을 흔들며 맨발 끝과 뒤꿈치로 땅을 차고, 빙빙 돌며 춤추는 여자는 바로 자기 자신인지도 모른다.

그러고는 바람이 한 번 불자 갑자기 이 모든 것이 사라져버린다. 단지 에스 세르의 시선이 그녀를 떠나고, 하얀 암석고원에서 멀어진 것이다. 이제 랄라는 본래의 시선을 되찾고 심장, 폐, 피부가 움직이는 것을 다시 느낀다. 그녀는 세세한 것들, 돌, 균열, 먼지 속의 조그만 그림들을 하나하나 감각으로 느낀다.

그녀는 뒤돌아 간다. 날카로운 돌과 가시덤불에 조심하며 메마른 계곡 바닥 쪽으로 다시 내려온다. 아래쪽에 도착했을 때, 그녀는 이 모든 빛과 한 번도 그치지 않고 부는 공허한 바람 때문에 몹시 피곤하다. 남자들과 여자들이 아직도 움직이고 있는 시테까지 천천히 모랫길을 걸어간다. 샘물까지 가서, 마치 오랜 여행에서 돌아온 듯 그녀는 땅에 무릎을 꿇고 얼굴과 손을 씻는다.

말벌들 또한 멋있다. 검은 줄무늬가 있는 기다랗고 노란 몸체에 투명한 날개를 한 말벌들은 시테 어디에나 있다. 그것들은 사람들에게 아랑곳하지 않고 아무 곳으로나 둔중하게 날아 먹이를 찾아다닌다. 랄라는 말벌들을 아주 좋아해서, 종종 햇빛이 내리쬐는 쓰레깃더미 위나 고기가 진열돼 있는 푸줏간 도마 근처에서 꼼짝 않고 앉아 있는 말벌들을 가만히 쳐다본다. 때때로 랄라가 오렌지를 먹을 때 말벌들이 접근하여 얼굴이나 손 위에 앉으려고 한다. 그리고 그중 한 마리가 그녀의 목이나 팔을 쏘면 몇 시간이나 화끈화끈한 통증이 계속된다. 그러나 개의치 않아도 된다. 랄라는 그럼에도 말벌들을 좋아한다.

파리들은 그것보다는 멋이 없다. 우선 파리들이 식탁 가장자리에 앉아 있을 때 보면 말벌 같은 노란색과 검은색의 긴 몸뚱이도 없고 가는 허리도 없다. 파리들은 빨리 날아가서 붉고 회색빛 나는 큼직한 두 눈알을 머리통 좌우에 헤벌어지게 뜨고 단번에 납작하게 앉는다.

시테에는 언제나 연기가 많다. 오가는 사람들의 발자국에서, 땅이 잘 다져진 골목길을 따라 늘어선 판잣집 위로 연기는 뭉실뭉실 피어오른다. 흙으로 구운 화덕 위에서 여자들이 요리를 할 때도 연기는 나고, 또 쓰레기를 태우는 불, 지붕을 단단하게 하기 위한 타르를 뜨겁게 데우는 불에서도 연기가 난다.

시간이 있을 때면 랄라는 발길을 멈추고 불을 쳐다보기를 좋아한다. 그리고 말라붙은 개울가에 가서 아카시아 나뭇가지를 주워 모아 끈으로 다발을 묶어 아암마 집으로 가져온다. 잔가지들 속에서 불길이 즐겁게 이리저리로 솟아오르면 꽃줄기나 가시들이 탁탁 튀기도 하고 수액이 지글지글 끓기도 한다. 차가운 아침 공기 속에서 불길은 이렇게 아름다운 음악을 들려주며 춤을 춘다. 불길 속을 들여다보면 요정들이 보인다고, 아암마가 그렇게 말해주었다. 불 속에는 경치나 마을, 강물 등 온갖 희한한 것들이 구름처럼 피어올랐다가 숨는 것도 보인다고.

조금 있으면 쇠냄비 속에 익고 있는 양고기 냄새를 맡은 말벌들이 몰려온다. 다른 아이들은 말벌을 무서워해서 쫓아내거나 돌멩이로 쳐 죽여버리기도 하지만, 랄라는 말벌들이 자기 머리카락 주변을 맴돌아도 그냥 내버려둔다. 그녀는 말벌들이 날개를 붕붕거리며 무슨 노래를 흥얼거리는가 알아내려고 귀를 기울인다.

식사시간쯤이면 하늘 높이 뜬 해양은 뜨겁게 달아 있다. 이때 빛은 얼마나 눈부시게 하얀지 똑바로 쳐다볼 수 없고 그림자는 또 어찌나 검은지 땅속으로 구멍이 난 것처럼 보인다. 맨 먼저 아암마의 두 아들이 식사하러 온다. 한 명은 알리라는 열네 살짜리, 또 한 명은—태어나자마자 축복을 받았다는 뜻의—바레키라는 열일곱 살짜리다. 아암마가 첫번째로 이 두 아들에게 음식을 나누어주면 이들은 재빨리 아무 말 없이 게걸스레 음식을 먹어치운다. 먹으면서도 이들은 연신 손등으로 말벌을 쫓는다. 두번째로는 남쪽에서 토마토 밭을 경작하고 있는 아암마의 남편 차례다. 그의 이름은 셀림이지만 원래 고향이 수스강 유역이기 때문에 '수스내기'라고도 부른다. 그는 키가 아주 작고 말랐으나 아름다운 초록빛 눈을 가지고 있다. 어디서나 게으름뱅이라고 소문이 나 있지만 랄라는 그를 무척 좋아한다. 그는 말벌을 죽이지 않는다. 반대로 엄지와 검지 두 손가락으로 잡아 말벌이 침을 내쏘게 하는 장난을 치고는 가만히 땅 위에 다시 내려놓아 날아가게 해준다.

언제나 다른 곳에서 오는 손님들이 있기 때문에 아암마는 이 사람들을 위해 고기 한 덩어리를 남겨둔다. 때로는 어부 나망이 아암마 집에 와서 식사를 한다. 그가 온다고 하면 랄라는 언제나 기쁘다. 왜냐하면 나망도 역시 그녀를 좋아하고 그녀에게 멋진 이야기들을 들려주기 때문이다. 그는 천천히 식사를 하며 이따금씩 그녀를 위해 우스꽝스러운 이야기를 해준다. 그는 그녀를 귀여운 랄라 공주님이라고 부른다. 랄라가 진짜 샤리프의 후손이기 때문이다. 랄라는 나망의 눈을 들여다보며 그의 눈이 바다 빛깔을 하고 있다고 생각한다. 그래서 그 눈 속에서 대양을 건너 수평선 저 건너편, 하얀 집들과 정원, 분수가 있는 대도시에까지 도달하는 듯한 느낌이 든다. 랄라는 도시 이름을 좋아한다. 그래서 종종 나망에게 도시 이름을 들려달라고 조른다. 그 이름들 뒤에 숨겨져 있는 사물을 그려볼 시간을 갖도록 천천히 그 이름만을 말해보라고 그에게 조른다. 이렇게.

"알헤시라스."

"그라나다."

"세비야."

"마드리드."

아암마의 두 아들은 도시에 대해 더욱 많은 것을 알고 싶어한다. 그들은 늙은 나망이 식사를 끝마치기를 기다렸다가 바다 저편에서의 생활에 대해 온갖 질문을 던진다. 이 소년들은 단순히 꿈꾸기 위해서 이름만 알고 싶어하는 것이 아니라, 진지한 문제를 알고 싶어한다. 돈은 얼마나 벌 수 있는지, 어떤 일을 할 수 있는지, 옷값이나 음식값은 얼마나 하는지, 또 자동차 한 대는 얼마인지, 극장은 많이 있는지 등을 묻는다. 나망 노인은 너무 나이가 든 탓인지 이런 것들을 알지 못한다. 아니면 이런 것들을 다 잊어버렸는지도 모른다. 그리고 어쩌면 전쟁 전에 그가 거기서 살던 때 이후로 생활이 많이 변했을지도 모른다. 그러면 소년들은 어깨를 으쓱하긴 하나 아무 말도 하지는 않는다. 아직도 마르세유에 살고 있는 나망의 동생이 언젠가는 이 모든 의문을 해결해줄 테니까.

어떤 날 나망은 그가 무엇을 보았는가를 이야기하고 싶은 마음이 들 때가 있다. 그럴 때면 랄라에게 이야기해준다. 랄라를 가장 사랑하기 때문이기도 하지만 랄라만은 그에게 질문을 하지 않기 때문이기도 하다.

그의 이야기가 전부 사실이 아니라 해도 랄라는 그가 하는 이야기를 좋아한다. 바닷가의 하얀 대도시에 대해, 종려나무 오솔길이며 꽃들과 오렌지나무, 석류나무가 가득 자라고 있는 언덕 꼭대기까지 펼쳐진 정원들과 산만큼 높다란 탑, 끝을 볼 수 없을 정도로 아주 긴 대로에 대해 이야기해줄 때면 랄라는 주의깊게 귀를 기울인다. 그녀는 또 천천히 미끄러져 가는 검은 자동차, 특히 밤이면 헤드라이트를 켜고 달리는 차들, 그리고 상점의 진열창에 내리쪼이는 온갖 빛깔의 광선들에 대한 이야기를 좋아한다. 또 커다란 흰 선박들이 알헤시라스에 도착하는데, 밤에 이 배들이 젖은 부두를 따라 천천히 미끄러져 들어오면 그 배를 타고 오는 사람들을 환영하는 군중이 고함을 지르고 손짓한다는 이야기, 또는 철로가 북쪽으로 뻗어 있어 이 도시에서 저 도시로 기차가 안개 낀 들판과 강물, 산을 가로질러 어두컴컴한 긴 터널 속으로 들어가기도 하면서 모든 여행자들과 그들의 짐을 싣고 파리라는 대도시까지 간다는 이야기 등. 랄라는 이 모든 이야기를 듣는다. 그러고는 짐짓 불안에 몸을 떨면서, 이 기차를 타고 이 도시 저 도시 낯선 장소를 향해서, 먼지와 굶주린 개들도 사막의 바람이 새어 들어오는 판잣집도 없는 곳으로 가봤으면 좋겠다는 생각을 한다.

"다음에 떠나실 때는 저도 데려가주세요." 랄라는 말한다.

나망 노인은 머리를 내젓는다.

"귀여운 랄라야, 이제 나는 너무 늙었어. 이제 다시는 가지 않을 거야. 떠났다가는 가는 도중에 길에서 죽게 될 거야."

그러고는 그녀의 마음을 달래기 위해 말한다.

"그렇지만 너는 가게 될 거야. 이 도시들을 모두 볼 수 있을 테지. 그리고 나처럼 이곳으로 다시 돌아오게 될 게야."

나망이 보았던 것을 엿보기 위해 그녀가 할 수 있는 일이란 겨우 그의 눈 속을 마치 바닷속을 들여다보듯 들여다보는 수밖에는 다른 도리가 없다. 그녀는 오랫동안 도시의 멋진 이름을 생각한다. 그러고는 노래 가사처럼 머릿속에서 이 이름들을 나지막이 노래 부르듯 흥얼거려 본다.

때로는 아암마가 그에게 다른 나라들에 대해 이야기해달라고 한다. 그러면 그는 스페인 여행담을 다시 한번 들려준다. 국경선이며 바닷가를 따라 난 길, 마르세유라는 대도시, 그 모든 집, 길, 계단들, 또 끝없는 부두며 갈매기들, 집채만큼 마을만큼 거대한 선체에 트럭, 객차, 돌더미, 시멘트를 싣고 고동을 울리며 항구의 검은 물 위로 떠나가는 배들에 대해 이야기해준다. 두 소년은 나망 노인의 말을 믿지 않기 때문에 이런 이야기들을 그다지 열심히 듣지 않는다. 나망이 가고 나면 두 소년은, 그가 마르세유에서 요리사였다는 사실은 누구나 다 알고 있다고 말하며 그를 '요리했다'는 뜻의 '타예브'라고 부르며 놀려댄다.

그러나 아암마는 그의 이야기를 경청한다. 나망이 그곳에서 요리사였건 어부였건 그녀는 상관하지 않는다. 그녀는 그가 올 때마다 여행이며 국경, 마르세유에서의 생활 이야기를 듣고 싶어 매번 다른 것을 묻는다. 나망은 거리에서 일어나는 싸움에 대해 이야기해준다. 사람들이 어둡침침한 거리에서 아랍인이나 유대인을 공격하면 칼을 휘두르거나 돌멩이를 던져야 하고 사람들을 잡아서 감옥에 집어넣는 경찰 트럭을 피하기 위해서는 있는 힘을 다해 빨리 달아나야 한다고 이야기해준다. 그는 낮에는 동굴이나 덤불 속에 숨고 밤에는 걸어서 산을 넘어 불법으로 국경을 넘어가는 사람들에 대해서도 이야기해준다. 그러나 때로는 경찰견들이 발자취를 따라와서 그들이 국경 저편 산 아래로 내려올 때 덮치기도 한다고 말해준다.

나망은 이런 이야기를 침울한 태도로 말한다. 그러면 랄라는 노인의 눈 속에서 스쳐가는 추위를 느낀다. 그녀로서는 잘 알 수 없으나 죽음이나 불행이 스치고 지나가는 듯한 두렵고 위협적인 이상한 느낌이었다. 나망 노인이 그곳 바다 저편에 있는 도시로부터 품고 돌아온 것도 아마 이런 것이었으리라.

나망은 여행 이야기가 아니면 그가 옛날에 들은 이야기를 들려준다. 그는 랄라와 어린아이들에게만 이런 이야기를 들려주는데, 아이들만이 질문을 많이 하지 않고 듣기 때문이다.

어떤 날에는 무화과나무 그늘 아래 바다를 마주 보고 앉아서 그물을 수선한다. 그가 가장 아름다운 이야기를 들려주는 것은 바로 이런 순간이다. 그는 바다 위나 배 위에서, 폭풍우 속에서 일어나는 이야기들, 또 사람들이 난파를 당하여 미지의 섬에 흘러드는 이야기를 해준다. 나망은 어떤 이야기라도 해줄 수 있다. 그래서 좋다. 예를 들어, 랄라는 무화과나무 그늘에서 그의 곁에 앉아 그가 그물 깁는 것을 바라본다. 손톱이 갈라진 커다란 갈색 두 손은 재빨리 움직이며 가볍게 매듭을 지어나간다. 그물망 사이 커다랗게 찢어진 자국을 보고 자연스레 랄라는 묻는다.

"큰 물고기가 이렇게 해놓았어요?"

나망은 대답 대신 잠시 생각에 잠기더니 이야기를 꺼낸다.

"우리가 언젠가 상어를 잡았다는 이야기를 해주지 않았던가?"

랄라가 고개를 내저으면 나망의 이야기가 시작된다. 대부분 그의 이야기가 그렇듯이, 폭풍우가 몰려와 하늘 이 끝에서 저 끝까지 번개가 가르고 지나가며 산처럼 높은 파도가 생기고 비바람 속에 회오리가 친다. 그물은 무거웠다. 끌어당기기가 어찌나 무거운지 배가 옆으로 기우뚱해서 사람들은 뒤집힐까 겁에 질린다. 그물을 끌어올려보니 그 속에서 거대한 푸른 상어가 몸부림을 치며 무시무시한 이빨이 가득 늘어선 턱을 벌린다. 그러면 어부들은 그물을 끌고 가려는 상어와 싸워야 한다. 어부들은 작살과 도끼로 상어를 후려친다. 그러나 상어는 마치 나무상자를 깨물 듯 뱃전을 이빨로 찢어놓는다. 드디어 선장이 몽둥이로 상어를 때려죽이는 데 성공하여 뱃전 위로 끌어올린다.

"그래서 그놈의 배를 갈라서 그 속에 무엇이 들어 있는가 보았지. 그 속에서 우리는 아주 빨간 보석이 박혀 있는 순금 반지를 찾아냈단다. 어찌나 예쁜지 아무도 그 반지에서 눈을 뗄 수가 없었어. 물론 우리 모두는 그 반지를 서로 갖고 싶어했단다. 그리고 이 저주받은 반지를 가지기 위해 서로를 죽이려고까지 했지. 그때 내가 주사위를 던져 결정하자고 제안했어. 선장은 항상 뼈로 만든 주사위 두 개를 지니고 다녔거든. 그래서 우리는 갑판 위에서 주사위를 던졌어. 태풍이 끔찍하게도 불어 순간순간 배가 전복될 위험에 놓여 있는 상황에서 말이야. 우리는 여섯 명이었으므로 주사위를 여섯 번 던져서 가장 많은 숫자를 얻은 사람을 뽑기로 했어. 처음엔 한 사람씩 돌아가며 던졌는데 결국 나와 선장만 남게 되었지. 우리 두 명 다 여섯과 다섯, 즉 열하나가 나왔던 거야. 모두들 누가 이길 것인가 보려고 주위에 몰려들었지. 내가 먼저 던졌어. 그랬더니 둘 다 여섯이 나오지 않았겠니. 그래서 결국 내가 반지를 차지하게 되었단다. 잠시 동안이지만 내 생애에 그처럼 행복한 순간은 처음인 것 같았어. 그런데 오랫동안 반지를 쳐다보니 그 붉은빛은 지옥의 불이나 피처럼 붉고 불길한 색으로 반짝거리는 것이었어. 그때 나는 동료들의 눈도 그렇게 똑같은 불길한 빛으로 번득이는 것을 보았단다. 그래서 그것이 저주받은 반지라는 것, 그것을 끼고 있다가는 상어에게 잡아먹힌 사람처럼 그것을 지닌 자 또한 저주를 받게 되리라는 것을 깨달았지. 나는 그 반지를 잘 들여다본 후 내 손가락에서 빼어 바닷속으로 던져버렸단다. 선장과 동료들은 격분하여 나까지 바닷속에 던져버리려고 했단다. 그래서 나는 그들에게 이렇게 물었어. '왜 내게 화를 내는 거지? 바다에서 온 것은 바다로 돌아갔네. 그리고 이제는 아무 일도 일어나지 않은 거나 마찬가질세.' 그때 갑자기 폭풍우가 가라앉고 바다 위에 태양이 빛나기 시작했단다. 그러자 선원들도 진정됐어. 반지를 그렇게도 갖고 싶어했던 선장조차도 그 반지 생각은 단번에 잊어버리고 그것을 바닷속에 던져버리길 참 잘했다고 말해주었단다. 우리는 상어 몸뚱이도 모두 바닷속에 던져버렸지. 그러고는 그물을 고치기 위해 항구로 되돌아왔단다."

"정말 그 반지가 저주받았다고 생각하세요?" 랄라는 묻는다.

"나도 그런지 아닌지는 모르지."나망이 대답한다. "단지 내가 아는 것은 그걸 바다에 다시 버리지 않았더라면 그날로 동료들 중 하나가 그걸 훔치기 위해 나를 죽였을 것이고, 또 맨 마지막 남은 한 사람까지 모두가 그런 식으로 사라지고 말았으리라는 거다."

바람이 불어 나뭇잎이 살랑거릴 때 랄라는 이렇게 무화과 그늘 아래 바다를 마주 보고 늙은 어부 곁에 앉아 이야기를 듣는 것을 무척 좋아한다. 그럴 때면 약간은 바다의 목소리를 듣고 있는 것처럼 나망의 말소리는 그녀의 눈꺼풀 위로 무겁게 내려앉아 몸속에 잠이 서서히 차오른다. 랄라는 슬그머니 무화과나무 뿌리를 베고 모래 위에 웅크려 눕는다. 어부는 계속 붉은 줄로 그물을 깁고, 말벌들은 소금 방울 위에서 붕붕거린다.

“어이! 하르타니!”

랄라는 바람 속에서 아주 큰 소리로 외치며 조약돌과 가시덤불 언덕으로 다가간다. 여기서는 언제나 돌멩이 사이로 도망가는 도마뱀을 몇 마리 볼 수 있다. 때로는 쉭쉭 소리를 내며 슬며시 사라지는 뱀들도 있다. 칼날처럼 날카롭게 살을 베는 키 큰 풀잎도 있으며 바구니와 돗자리를 만들 수 있는 난쟁이종려나무도 많이 있다. 도처에서 곤충들이 우는 소리를 들을 수 있다. 그건 바위 틈새로 흐르는 아주 작은 샘물과 석회암 동굴 속에 숨겨진 천연의 큰 우물이 있기 때문이다. 랄라는 지나가면서 바위 사이 낭떠러지로 조약돌을 던지고는 어둠 속에서 깊숙이 울려퍼지는 메아리 소리를 듣는다.

“하르타—아—아니!”

그는 종종 그녀를 놀려주려고 가시덤불 밑동 쪽 땅바닥에 엎드려 몸을 숨긴다. 그는 언제나 소매 끝과 밑단의 올이 풀린 투박하고 긴 모직 옷을 걸치고 있다. 그리고 길고 흰 천을 머리와 목둘레에 감아 두르고 있다. 그의 몸은 덩굴나무처럼 길고 날씬하다. 아름다운 갈색 손에는 상앗빛 손톱이 박혀 있고 발은 달리기를 잘하게끔 날렵하게 생겼다. 랄라가 특히 좋아하는 것은 그의 얼굴이다. 그의 얼굴은 이곳 시테에 살고 있는 그 누구의 얼굴과도 전혀 닮은 구석이 없기 때문이다. 그의 얼굴은 아주 갸름하고 매끄러우며 동글게 튀어나온 이마에 눈썹은 일직선으로 곧게 뻗어 있고 커다란 두 눈은 짙은 금속빛을 띠고 있다. 머리카락은 짧고 거의 곱슬곱슬하며 수염은 없다. 그러나 힘세고 아주 자신 있는 듯한 태도를 하고 있으며 똑바로 직시하는 그의 두 시선은 겁 없이 상대방을 살펴본다. 그리고 마음 내키면 잘 웃기도 하는데 그 소리가 어찌나 낭랑한지 듣는 상대방의 마음을 당장에 행복하게 만든다.

오늘은 그가 숨지 않았기 때문에 랄라는 그를 쉽게 찾았다. 그는 커다란 돌멩이 위에 앉아서 염소떼가 있는 앞쪽을 바라보고 있다. 그는 움직이지 않는다. 바람이 불어 몸에 걸친 갈색 옷이 약간 펄럭이고 흰 터번 끝이 흔들린다. 랄라는 부르지도 않고 그에게로 곧장 걸어간다. 그녀가 다가오는 발소리를 그가 벌써 들었으리라는 것을 그녀도 알고 있다. 하르타니 부족은 귀가 밝아, 언덕 반대편 끝에서 산토끼가 깡충 뛰는 소리도 들을 수 있다. 또 그는 랄라가 비행기 엔진소리를 듣기 훨씬 전에 하늘에 뜬 비행기를 가리켜 보이기도 한다.

랄라가 아주 가까이 다가오자 하르타니는 일어서서 뒤돌아본다. 그의 검은 얼굴 위에서 태양이 반짝거린다. 그가 미소를 짓자 치아도 햇빛을 받아 반짝인다. 랄라보다 나이는 어리지만 키는 그녀만큼 크다. 그는 왼손에 자루 없는 작은 칼을 쥐고 있다.

"그 칼로 무얼 하니?" 랄라가 묻는다.

여기까지 걸어오느라 피곤해진 그녀는 바위 위에 앉는다. 그녀 앞에 그는 한 발로 균형을 잡고 서 있다. 그러다가 문득 펄쩍 뒤로 돌아서서는 돌멩이투성이 언덕을 가로질러 달려가기 시작한다. 그리고 얼마 후 늪지에서 벤 갈대를 한 줌 가져온다. 그는 미소 띤 얼굴로 랄라에게 그것을 보여준다. 무척 빨리 달려온 개처럼 숨을 헐떡인다.

"아름다워." 랄라는 말한다. "이걸로 피리를 불 거니?"

그녀는 단순히 말로 묻는 것이 아니다. 두 손으로 동작을 하면서 입으로는 속삭일 뿐이다. 그녀가 말을 할 때마다 하르타니는 매번 움직이지 않고 서서 진지하고 주의깊게 그녀를 쳐다보며 이해하려고 애쓴다.

아마도 그가 이해하는 유일한 사람은 랄라이며, 또 그를 이해하는 사람도 그녀밖에 없으리라. 그녀가 '음악'처럼 말을 할 때, 하르타니는 마치 춤을 추려는 사람처럼 긴 두 팔을 벌려 제자리에서 뛴다. 또 손가락을 입에 대고 휘파람소리를 낸다. 그 소리가 어찌나 큰지 언덕 비탈에 있는 암염소와 숫염소들이 깜짝 놀라 소스라친다.

그러고는 잘라 온 갈대 몇 줄기를 들어 두 손에 모아 쥐고 구멍 속으로 바람을 불어넣는다. 갈대에서는 약간 목이 쉰 듯한 이상한 음악소리가 난다. 밤에 우는 쏙독새 소리 같기도 하고 약간 슬픈 음악소리 같기도 하고 슐루흐 목동들의 노랫소리 같기도 하다.

하르타니는 숨을 들이쉬지도 않고 그렇게 한동안 갈대피리를 분다. 그러고 나서 그것을 랄라에게 건네주면, 이번에는 랄라가 불고 젊은 목동은 가만히 있는다. 그의 어두운 시선 속에 한줄기 즐거움의 빛이 반짝인다. 이렇게 둘은 번갈아가며 길이가 서로 다른 갈대 줄기를 불며 즐거워한다. 슬픈 음악이 빛이 환히 내리쬐여 온통 하얗게 보이는 주변 풍경에서, 지하 통로의 구멍에서, 하늬바람이 오락가락하는 하늘에서 흘러나오는 것만 같다.

때때로 숨이 차서 멈추기도 하는데, 소년이 낭랑한 웃음을 터뜨리면 랄라도 이유도 없이 따라 웃기 시작한다.

그들은 돌밭을 가로질러 걷는다. 하르타니는 랄라의 손을 잡는다. 이곳에는 그녀가 알지 못하는 뾰족한 바위들이 덤불더미 사이사이에 많이 있기 때문이다. 낮고 마른 돌벽을 뛰어넘고 가시덤불 사이로 꼬불꼬불 걸어간다. 하르타니는 돌밭과 언덕 비탈에 있는 것들을 모두 랄라에게 보여준다. 금빛 곤충들이 숨어 있는 곳이나 메뚜기, 사마귀나 잎벌레들이 숨는 곳 등, 곤충들의 은신처를 누구보다도 더 잘 알고 있다. 손가락으로 비벼보아서 좋은 냄새가 나는 풀, 뿌리에 물기가 풍부한 풀, 아니스맛이 나는 풀 또는 후추맛, 박하맛, 꿀맛이 나는 풀 등 그는 식물에 관해서도 모두 알고 있다. 이빨로 깨물면 와드득 소리가 나는 씨앗, 따서 만지거나 입에 넣으면 손가락이나 입술이 파랗게 물드는 아주 조그만 열매도 잘 안다. 그는 어디에 작은 달팽이가 숨어 있는지도 알고 별 모양으로 생긴 작은 모래알을 찾아낼 수 있는 비밀 장소도 알고 있다. 그는 랄라를 데리고 멀리, 마른 돌벽 저 너머로 그녀가 알지 못하는 오솔길을 따라 사막이 내려다보이는 언덕까지 간다. 언덕 꼭대기에 도달해서 보면 그의 눈은 강한 빛을 발하고 얼굴 피부는 검고 반들반들하다. 그곳에서 그는 랄라에게 자기가 태어난 남쪽 방향을 가리켜 보여준다.

하르타니는 다른 소년들 같지 않다. 그가 정말 어디에서 왔는지는 아무도 모른다. 다만 아주 오래전에, 어느 날 한 남자가 낙타를 타고 왔다. 그는 사막의 투사처럼 얼굴엔 푸른 베일을 두르고 파란 하늘 같은 색깔의 커다란 외투를 입고 있었다. 그는 우물가에 발을 멈추고 낙타에게 물을 먹이고 자기도 오랫동안 우물물을 마셨다. 염소지기의 아내인 야스미나가 물을 길러 왔다가 그를 보았다. 그녀는 이방인이 목을 축이도록 우물가에 비켜 서 있었는데, 그 남자가 다시 낙타를 타고 길을 떠난 후 다가가보니, 우물가에 푸른 보자기로 싼 갓난아이가 버려져 있었다. 아무도 그 아이를 원치 않았으므로 할 수 없이 야스미나가 그 아이를 데리고 와 길렀다. 그는 야스미나 집에서 친아들처럼 자랐다. 이 아이가 하르타니였다. 이 이름은 그의 피부가 남쪽 노예들처럼 검다 하여 붙여준 것이었다.

하르타니는 사막의 투사가 그를 버리고 간 그곳에서 자랐다. 그곳이 바로 언덕 가까이 사막이 시작되는 곳이다. 야스미나의 염소들을 치면서 그는 다른 소년들처럼 목동이 되었다. 그는 가축을 돌볼 줄도 안다. 염소들을 때리지도 않고 단지 손가락 사이로 휘파람만 불어서 자기가 원하는 곳으로 몰고 갈 줄도 안다. 염소들은 그를 무서워하지 않는다. 그는 또 잇새로 휘파람소리를 내면서 벌떼에게 이야기하며 두 손으로 벌들을 몰고 갈 줄도 안다. 사람들은 하르타니에게 약간 두려움을 느낀다. 그들은 그가 '메즈눈'이어서 악마로부터 받은 이상한 힘을 소유하고 있다고 말한다. 또 그가 뱀이나 전갈에게 명령을 내릴 줄도 알며 그것들을 보내서 다른 목동들의 가축을 죽일 수도 있다고 말하기도 한다. 그러나 랄라는 이런 이야기들을 믿지 않는다. 그녀는 그를 두려워하지 않는다. 아마 랄라가 그를 잘 알고 있는 유일한 사람이고, 그녀는 말을 하지 않고도 그에게 이야기할 줄 알기 때문일 것이다. 그녀는 그를 쳐다본다. 그의 검은 두 눈빛 속을 읽어내며, 황갈색 두 눈 속을 깊이 바라본다. 그는 그녀의 얼굴만을 쳐다보는 것이 아니라 그녀의 눈 속 아주 깊은 곳을 본다. 이렇게 해서 그는 그녀가 자기에게 무엇을 말하고자 하는가를 알아차린다.

아암마는 랄라가 돌밭과 언덕으로 목동을 그렇게 자주 보러 가는 것을 별로 좋아하지 않는다. 아암마는 랄라에게 그 아이는 주워온 아이, 이방인이며 그녀에게는 맞지 않는 아이라고 말한다. 그렇지만 아암마 집에서 할일을 끝내자마자 랄라는 언덕으로 가는 길 위를 달려간다. 그리고 목동들처럼 휘파람을 불며 외친다.

"어이! 하르타니!"

때때로 그녀는 언덕 꼭대기에서 밤이 내릴 때까지 그와 함께 지낸다. 그러면 그는 가축들을 모아서 저 아래 야스미나 집 근처에 있는 우리로 몰고 간다. 그들은 말을 하지 않기 때문에 종종 돌언덕 앞 바위 위에 가만히 앉아 있는다. 이럴 때 둘이서 무엇을 하는지 이해하기는 어렵다. 그들은 앞쪽을 바라보며 언덕 너머, 지평선 너머를 보고 있는지도 모른다. 랄라 자신도 어떻게 그렇게 되는지 잘 모른다. 단지 하르타니 곁에 앉아 있을 때면 시간이 더이상 존재하는 것 같지 않기 때문이다. 마치 우리 자신이 동시에 두 사람이 되어 존재하는 꿈속에서처럼, 말들은 자유로이 소통되어 하르타니에게로 갔다가 다른 의미를 싣고 다시 그녀에게로 돌아온다.

랄라는 이렇게, 움직이지 않고 하늘과 돌과 관목들을 바라보고 말벌과 파리들이 날아가는 것을 쳐다보고 또 숨어 있는 곤충들의 노래를 들으며 맹금류의 그림자와 가시덤불 속에서 산토끼들이 소스라치는 것을 감지하는 법을, 하르타니에게서 배웠다.

하르타니는 랄라처럼 진짜 가족이 없다. 그는 글을 읽을 줄도 쓸 줄도 모르며, 기도문조차 알지 못하고 말할 줄도 모른다. 그러나 이 모든 것을 그는 알고 있는 것이다. 랄라는 매끄러운 그의 얼굴과 기다란 손, 짙은 금속빛 두 눈과 그의 미소를 사랑한다. 그녀는 또 사냥개처럼 가볍고 민첩한 그의 걸음걸이를 좋아한다. 그는 이 바위에서 저 바위로 잘 건너뛸 줄도 알고 수많은 그만의 장소로 눈 깜짝할 사이에 숨어 사라져버릴 줄도 안다.

그는 도시에는 절대로 가지 않는다. 그 자신이 그들과 다르기 때문에 아마 그가 다른 소년들을 무서워하는지도 모른다. 그가 길을 떠난다면 오직 남쪽 사막을 향해서 낙타를 탄 유목민들의 발자취가 지나가는 곳으로 갈 뿐이다. 그는 며칠씩 이렇게 떠나가버려 아무도 그가 어디에 있는지 알지 못한다. 그러다가 어느 날 아침 불쑥 돌아온다. 그러고는 단지 몇 분간 떠나 있었던 것처럼 염소떼와 함께 돌밭에서 자기 자리를 지킨다.

그녀가 이렇게 바위 위 하르타니 곁에 함께 앉아서 햇빛이 가득 내리쪼이는 돌밭을 바라보면, 이따금씩 바람이 불고 조그만 잿빛 풀들 위에는 말벌들이 붕붕거리고 또 염소들의 발굽 아래서 조약돌이 흘러내리는 소리가 들려온다. 이럴 때면 정말 아무것도 필요하지 않다. 마치 온 하늘과 돌에 가득한 모든 빛이 그녀 몸 한가운데로 흘러들어와 그 빛이 점점 강해지는 것처럼 랄라는 몸속 깊은 곳에서 따뜻한 열기를 느낀다. 하르타니는 기다란 갈색 손가락으로 그녀의 손을 아플 정도로 꽉 쥔다. 랄라는 그의 손바닥에서 이상하고 미미한 진동 같은 열기가 흐르는 것을 느낀다. 그녀는 말도 생각도 하고 싶지 않다. 얼마나 행복한지 온종일 계곡에서 밤이 가득 내릴 때까지 이렇게 움직이지 않고 계속 있을 수 있을 것만 같다. 그녀는 앞을 바라본다. 암석 풍경 하나하나, 풀덤불 하나하나를 세세하게 바라본다. 그녀는 바삭하는 소리와 곤충들이 우는 소리를 모두 놓치지 않고 들으며 목동이 천천히 들이쉬는 호흡을 느낀다. 그와 아주 가깝게 붙어 있어 그를 두 눈으로 보고 피부로 느낀다. 아주 짧은 순간이지만 몹시 오랜 시간인 것처럼 느껴져 그녀는 모든 것을 잊고 현기증을 느낀다.

그러다가 문득 목동은 무언가가 겁난다는 듯이 떨치고 일어서며 랄라의 손을 놓는다. 그녀를 쳐다보지도 않고 바위와 말라붙은 계곡 위를 건너뛰면서 사냥개처럼 재빨리 달려가기 시작한다. 마른 돌담을 넘어간다. 랄라는 가시덤불 사이로 사라지는 그의 뚜렷한 윤곽을 본다.

"하르타니! 하르타니! 돌아와!"

랄라는 바위 위에 서서 소리친다. 그녀의 목소리가 떨린다. 그래도 아무 소용 없으리라는 것을 알고 있기 때문이다. 석회암 속에 파인 어두컴컴한 구멍이 하르타니를 삼켜버린 듯 그는 갑자기 사라졌다. 이제 그는 모습을 드러내지 않을 것이다. 어쩌면 내일이나 나타날까? 아니면 더 후에? 랄라는 천천히 이 바위에서 저 바위로 언덕을 서투르게 내려온다. 목동의 모습을 찾으려는 듯 가끔 뒤를 돌아본다. 그녀는 돌밭과 마른 돌로 둘러쳐진 땅을 떠나 아래쪽 계곡의 밑바닥으로 돌아온다. 바다에서 그리 멀지 않은 그곳, 사람들이 나무판자와 양철, 타르칠을 한 종이로 집을 짓고 사는 그곳으로.

이곳 시테에선 어느 날이고 매일 똑같은 날이 계속된다. 때로는 오늘이 며칠인지도 잘 알 수 없다. 남겨진 글도, 확실한 것은 아무것도 없는, 먼 옛날 같다. 게다가 이곳에서는 아무도 시간에 신경쓰지 않는다. 진실로 자기가 누구인가 자문하는 사람은 아무도 없다. 그러나 랄라는 에스 세르라고 부르는 청색 인간이 살고 있는 암석고원에 갈 때면 종종 이것에 대해 생각한다.

그건 어쩌면 말벌 때문이기도 하다. 시테에는 말벌이 아주 많다. 남자와 여자보다도 훨씬 많다. 새벽부터 황혼까지 말벌들은 공중에서 붕붕거리며 먹이를 찾아다니고 햇빛 속에서 춤춘다.

그러나 어떤 의미로는 시간은 아암마가 하는 말이나 샘물가에서 서로 마주치는 소녀들의 얼굴같이 항상 똑같은 것은 절대 아니다. 아주 더운 시간들도, 어떤 때는 태양이 옷을 뚫고 스며들어 살갗을 태울 때도 있고, 또 햇빛이 바늘처럼 두 눈을 찌를 듯 파고들며 입술을 갈라터지게 하기도 한다. 그럴 때면 랄라는 푸른 천으로 몸을 완전히 감싼다. 그리고 머리 뒤로 큰 손수건을 묶어 앞으로 돌려 눈까지 얼굴을 덮는다. 그리고 가슴까지 내려오는 다른 푸른 베일로 머리를 휘감는다. 타는 듯한 뜨거운 바람은 사막에서부터 불어와 따가운 먼지 알갱이들을 날린다. 저 바깥 시테 판자촌의 골목길에는 아무도 없다. 개들조차 땅구멍이나 집구석 또는 빈 휘발유통에 꼭 붙어 숨는다.

그렇지만 랄라는 이런 날 밖에 나가 있기를 좋아한다. 그것은 아마도 사람들이 그 시간에는 없기 때문이리라. 마치 이 지상에 아무것도, 인간에 속한 것은 아무것도 없는 듯하다. 그럴 때 그녀는 마치 그녀가 이제까지 해온 것들은 아무 가치도 없고 과거의 기억도 전혀 없는 것처럼 자기 자신이 아주 멀게 느껴진다.

이럴 때 그녀는 바다로, 모래언덕이 시작되는 그곳으로 간다. 그녀는 푸른 베일로 몸을 감싸고 모래 위에 앉아서 공중으로 피어오르는 먼지를 바라본다. 땅 위에 펼쳐진 높은 하늘은 마치 밤하늘처럼 아주 짙은 푸른빛이다. 모래언덕의 능선 위 지평선 쪽을 바라보면, 새벽 해가 떠오를 때처럼 잿빛 섞인 장밋빛이 보인다. 이런 날이면 파리나 말벌들에 시달리지 않는다. 왜냐하면 바람 때문에 바위틈 사이와 마른 진흙 둥지나 집안의 컴컴한 구석으로 모두 다 도망갔기 때문이다. 남자들도 여자들도 아이들도 없다. 개들도 새들도 없다. 단지 관목 가지 사이로, 아카시아나 야생 무화과나무 잎새 속으로 바람만이 불어댄다. 또한 수많은 돌가루가 얼굴을 후려치고 랄라를 스쳐 양쪽으로 갈라지며 리본이나 뱀 또는 연기처럼 길게 이어진다. 바람소리, 바닷소리, 모래가 사각거리는 소리가 들려온다. 푸른 베일이 콧구멍과 입술에 달라붙기 때문에 랄라는 숨을 쉬려고 몸을 앞으로 수그리곤 한다.

랄라가 이런 날씨를 좋아하는 것은, 이럴 때면 어부 나망과 그의 동료들처럼 마치 배를 타고 떠나서 큰 폭풍우 한가운데 조난당한 것 같은 느낌이 들기 때문이다. 헐벗은 하늘은 기막히게 아름답다. 대지는 불어오는 모래바람 사이로 사라져 거의 보이지 않았다. 마치 바다 한가운데 얼룩처럼 시커멓게 떠 있는 암초와 같다.

랄라는 이런 날 그녀가 바깥에 나와 있는 까닭을 알지 못한다. 억제할 수 없는 욕망에 그녀는 아암마 집에 갇혀 있을 수도 없고, 시테 판자촌에서 골목길을 걸어갈 수도 없다. 타는 듯한 바람이 입술과 콧구멍을 마르게 한다. 입속으로, 콧속으로 불어 들어와 몸속으로 가라앉는 것을 느낀다. 바람이 그녀의 육체 속에 불어넣는 것은 하늘빛의 불, 동방에서 오는 불이리라. 그러나 빛은 단지 불타오르기만 하는 게 아니다. 빛은 해방시킨다. 랄라는 자신의 몸이 가벼워지고 민첩해지는 것을 느낀다. 너무 가벼워지지 않기 위해 그녀는 턱을 두 무릎에 괴고 두 손으로 모래언덕의 모래에 달라붙어 저항한다. 그녀는 조금씩 겨우 숨을 쉰다.

그녀는 자기가 좋아하는 사람들을 생각하려 애쓴다. 그들을 생각하면 바람에 쓸려가지 않을 수 있다. 그녀는 아암마와 하르타니를 생각한다. 또 특히 나망을 생각한다. 그러나 이런 날에는 아무것도 정말 중요한 것이 없고 그녀가 아는 그 누구도 그리 중요하지 않다. 생각은 금세, 마치 바람이 잡아채어 모래언덕을 따라 날려버린 듯이 달아나 사라져버린다.

그러다가 갑자기 그녀는 사막의 청색 인간의 시선을 몸으로 느낀다. 저 위에서, 사막의 경계선 암석고원 위에서 느낀 것과 똑같은 시선이다. 그것은 바람과 빛의 무게와 함께 그녀의 양어깨를 짓누르는 공허하고도 위압적인 시선이며, 그녀를 고통스럽게 하는 끔찍하게 건조한 시선이며, 그녀의 얼굴과 옷을 때리는 돌가루처럼 가혹한 시선이다. 그녀는 그가 무엇을 원하는지 무엇을 요구하는지 모른다. 어쩌면 그는 그녀에게 아무것도 원하는 것이 없는지도 모른다. 단지, 그보다도 더 멀리 가서 바다 건너 저편의 도시와 흰 집들, 정원들, 샘물들, 그 나라의 큰길을 불태워버리기 위해 바다 위로, 강 위로, 시테 위로 스쳐가는 것인지도 모른다.

랄라는 이제 겁이 난다. 그녀는 이 시선을 멈추게 하고 싶다. 그 시선이 지평선 저 너머로 가지 못하게 복수와 불과 그 난폭함을 그치게 하기 위하여, 그녀 위에 이 시선을 머무르게 하고 싶다. 그녀는 사막의 인간이 내리는 폭풍이 왜 도시를 파괴하려 하는지 이해하지 못한다. 그녀는 자기 둘레에 뱀처럼 똬리를 틀며 피어오르는 이 모래바람, 이 위험한 모래 연기들을 보지 않으려고 눈을 감는다. 그때 그녀의 귓속에는 사막의 투사, 그녀가 에스 세르, 즉 비밀이라 부르는 자의 목소리가 들려온다. 그녀는 그의 목소리를 이렇게 분명하게 들은 적이 없었다. 암석고원에서 그가 그녀의 눈앞에 푸른 베일로 얼굴을 가리고 흰 망토를 입고 나타났을 때조차도 이렇게 또렷이 들리지는 않았다. 그 이상한 목소리는 바람소리와 모래 알갱이들의 사각거리는 소리에 섞여 그녀의 머릿속에서 들려온다. 아득한 그 목소리는 그녀가 잘 알아들을 수 없는 단어들을 말하며 똑같은 단어들, 똑같은 말들을 끝없이 반복한다.

"바람을 멈추게 하소서!" 랄라는 눈을 감은 채 큰 소리로 말한다. "도시를 파괴하지 마소서! 바람을 멈추게 하소서. 태양이 불타지 않도록 하소서. 모든 것을 평화롭게 하소서!"

그러고 나서 자신도 모르는 사이에 외친다.

"무엇을 원하십니까? 왜 이곳에 오십니까? 나는 당신에게 하잘것없는 존재입니다. 왜 제게만 말씀하시는 겁니까?"

그러나 중얼거리는 그 목소리는 계속 속삭인다. 랄라의 육신은 전율로 떨리고 있다. 바람의 목소리, 모래와 바다의 목소리, 빛의 목소리만이 인간의 의지를 현혹시키고 도취시킨다. 그 목소리는 낯선 시선과 함께 와서 그에게 저항하는 지상의 모든 것을 부수고 뽑아낸다. 그리고 계속 수평선 쪽으로 더 멀리 나아가서 거센 파도가 치는 바다 위에서 사라지며, 암석고원 쪽으로, 바다 건너 저편으로, 또 제련소의 굴뚝이 타오르는 저 큰 삼각주들 쪽으로 구름과 모래를 쓸어간다.

“청색 인간에 대해 이야기해주세요” 하고 랄라는 말한다. 그러나 아암마는 흙으로 구운 큰 쟁반 위에 빵반죽을 이기고 있는 중이다. 그녀는 머리를 젓는다.

“지금은 안 돼.”

랄라는 우긴다.

“지금 해주세요, 아암마, 제발.”

“내가 알고 있는 건 벌써 다 이야기해주었잖니.”

“그래도 괜찮아요. 또 듣고 싶어요. 그리고 마 엘 아이닌, 두 눈의 물이라고 불리는 사람에 대해서도요.”

그러자 아암마는 반죽 주무르던 것을 멈춘다. 그러곤 땅바닥에 앉아 이야기를 시작한다. 그녀는 내심 이야기하는 것을 좋아하기 때문이다.

"벌써 이야기했잖니. 그건 아주 옛날 네 어머니도, 나도 태어나기 전이었단다. 청색 인간이라고 부르는 자, 위대한 알 아즈락이 죽은 것은 아직 네 어머니의 할머니가 어린아이였던 시절이란다. 그때 마 엘 아이닌은 아직 청년이었지."

랄라는 이들의 이름을 잘 알고 있다. 그녀는 아주 어린 시절부터 자주 이 이름들을 들어왔다. 그리고 이 이름들을 들을 때마다 그것이 그녀의 내면 깊숙이에 있는 무엇인가를 흔들어 깨우기나 하듯이 조금씩 전율한다.

"알 아즈락은 네 어머니의 할머니와 같은 부족이었단다. 그는 아주 남쪽, 드라 너머, 사기에 엘 함라보다 더 너머에 살고 있었단다. 그 시대엔 이 지역에 외국인이 한 사람도 없었고, 기독교인들은 들어올 권리가 없었지. 그 시절 사막의 투사들은 무적의 투사들이었고, 드라 남쪽의 땅들은 아주 멀리 사막의 심장부까지, 또 성도聖都인 싱게티까지 모두 그들 소유였단다."

마치 그 이야기가 영원히 완성되는 것을 원치 않는 것처럼 알 아즈락 이야기를 들려줄 때마다 아암마는 새로운 세부사항이나 새로운 문장들을 하나씩 첨가하거나 무엇인가를 바꾸어 이야기했다. 힘이 들어 있고, 또 약간 노래하는 듯한 그녀의 목소리는 햇빛에 쨍하고 울리는 양철소리와 말벌들의 윙윙거리는 소리와 함께 어두컴컴한 집 속에서 기이하게 울려퍼진다.

"사람들이 그를 알 아즈락이라고 불렀던 것은, 성자가 되기 전 그가 귀족이며 족장의 아들로 태어나 남쪽 싱게티 지방에서 사막의 투사였기 때문이란다. 그러나 어느 날 신의 부르심이 있어 그는 성자가 되었지. 사막의 푸른 의복을 벗어버리고 가난한 사람들처럼 양털 옷을 입고서 이 도시에서 저 도시로 온 나라를 맨발에 지팡이 하나만 짚고 마치 걸인처럼 걸어다녔어. 그렇지만 신께서는 사람들이 그를 다른 걸인과 똑같이 보기를 원치 않으셨고, 그래서 그의 얼굴과 손에 푸른색이 남아 있도록 하셨단다. 이 색깔은 그가 아무리 물로 씻어도 벗겨지지 않았단다. 푸른색이 얼굴과 두 손에 남아 있어 사람들이 이것만 보면 그의 양털 옷이 아무리 낡았어도 그가 보통의 걸인이 아니라 진짜 사막의 투사이며 신의 부름을 받은 청색 인간이라는 것을 곧 알아챘단다. 이렇게 해서 사람들이 그에게 청색 인간 알 아즈락이라는 이름을 붙여주게 된 것이란다……"

이야기를 하면서 아암마는 마치 음악의 리듬에 맞추듯이 앞뒤로 몸을 조금씩 흔든다. 어떤 때는 오랫동안 입을 다물고 큰 흙쟁반 위에 몸을 수그리고서 빵반죽을 열심히 이기다가 다시 뭉쳐서 주먹 쥔 손으로 짓이겼다.

랄라는 아무 말 없이 그녀가 다시 이야기를 계속하기를 기다린다.

"그 시절 사람들은 이제 아무도 살아 있지 않단다" 하고 아암마는 이야기한다. "그에 대해 사람들이 하는 말은 이야기에 불과하지. 그에 관한 전설이며 추억인 게야. 그러나 이제는 그걸 아예 믿지 않으려는 사람들이 있어서 모두 거짓이라고 말하기도 한단다."

아암마는 머뭇거리며 앞으로 해나갈 이야기를 조심스레 선택한다.

"알 아즈락은 위대한 성인이셨단다." 그녀는 다시 말을 잇는다. "그에게는 병든 자들을 낫게 해주는 기술이 있었어. 마음속이 아픈 자들이나 이성을 잃은 자들까지도 고쳐주었단다. 그는 아무데서나 살았지.

목동의 오두막집에서도 살고, 나무 둘레에 나뭇잎을 둘러서 만든 은신처에서 살기도 하고, 혹은 산속 깊은 동굴에서도 살았단다. 그를 보려고, 그에게 도움을 요청하려고 도처에서 사람들이 몰려왔지. 어느 날, 한 노인이 앞을 못 보는 자기 아들을 데리고 와서는 그에게 말했어. '제 아들의 눈을 낫게 해주십시오. 당신은 신의 축복을 받으신 분이니 이 아이를 고쳐주십시오. 그러면 당신께 제가 가진 모든 것을 드리겠습니다.' 그러고는 자기가 가져온 금이 가득 든 자루를 그에게 보여주었단다. 알 아즈락이 그에게 말했지. '이곳에서 너의 금이 무슨 소용이 있겠느냐?' 그러면서 그는 물 한 방울, 과일 한 알 없는 사막을 가리켰지. 그러고는 노인의 금을 땅바닥에 던져버렸어. 그랬더니 금들은 금세 전갈과 뱀으로 변해 멀리 도망쳐버렸단다. 그러자 노인은 무서워서 벌벌 떨기 시작했지. 그때 알 아즈락이 노인에게 말했단다. '네 아들 대신 네가 장님 되기를 수락할 수 있겠느냐?' 노인의 대답은 이러했단다. '저는 이미 늙었으니 제 눈이 제게 무슨 소용이 있겠습니까? 제 아들이 앞을 보게만 해주신다면 그것으로 저는 만족하겠습니다.' 이 말이 끝나자마자 청년은 눈을 떴고, 태양빛에 황홀해했지. 그러나 아버지가 장님이 된 것을 알아차리고 행복한 마음이 사라졌단다. '제 아버지의 눈을 다시 돌려주십시오.' 그가 말했단다. '신이 저주를 내리신 것은 접니다.' 그러자 알 아즈락은 이 두 부자의 마음이 착한 것을 알고서 두 사람 모두 눈을 뜨게 해주었단다. 그리고 그는 바다 쪽으로 계속 걸어갔어. 그러다가 발길을 멈추고 여기와 같은 바닷가, 모래언덕 가까운 어떤 곳에서 살았단다."

아암마는 잠시 또 입을 다문다. 랄라는 알 아즈락이 살았던 곳의 모래언덕을 생각하면서 바람소리와 바닷소리를 듣는다.

"매일같이 어부들이 그에게 먹을 것을 가져다주었어. 그들은 청색 인간이 성자라는 것을 알았기 때문이지. 그리고 그들은 그에게 축복을 내려달라고 부탁했단다. 어떤 사람들은 아주 멀리 남쪽의 성채 도시에서도 왔지. 그들은 그의 말씀을 들으러 온 것이었어. 그러나 알 아즈락은 도道를 말로써 가르치지는 않았단다. 어떤 자가 '도를 가르쳐주십시오' 하고 요청해오면 그는 단지 몇 시간이고 다른 말 없이 염주를 굴리며 기도문을 암송하기만 했단다. 그러고는 방문객을 하인 대하듯 말하는 것이었어. 숲에 가서 땔감을 구해 오너라, 물을 구해 오너라, 부채 좀 부치거라 하고 말하기도 했지. 그리고 방문객이 노예라도 되는 듯 심한 말도 하고 게으른 자나 거짓말쟁이 취급을 하기도 했어."

어두컴컴한 집에서 아암마가 천천히 말을 이어가면, 랄라는 청색 인간의 목소리를 듣고 있는 것처럼 느껴졌다.

"그는 그렇게 순나*를 가르쳤단다. 말이나 단어로써가 아니라 행동이나 기도로써 가르치신 거지. 그건 방문객들로 하여금 마음속으로부터 경솔하게 행동했다는 것을 가르쳐주기 위해서였어. 그러나 아이들과 순박한 사람들이 찾아오면 알 아즈락은 이들을 아주 부드럽게 대했단다. 아주 부드러운 말투로 경이로운 전설 같은 이야기도 해주었단다. 마음이 굳어버리지 않은 이들이야말로 진실로 신 가까이에 있다는 것을 알기 때문이었지. 이런 사람들을 도와주기 위해서 그는 때때로 기적을 행하기도 했단다. 그들에겐 다른 의지할 사람이 없었으니까."

---

* 이슬람교의 전통적 습관 또는 규범.

아암마는 망설인다.

“그가 바위 밑에서 샘물을 솟아나게 한 기적을 이야기해줬던가?”

“네, 그렇지만 한번 더 얘기해주세요.” 랄라는 대답한다.

그것은 그녀가 세상에서 가장 좋아하는 이야기이다. 그녀는 이 이야기를 들을 때마다 눈물이 솟구치려 할 때처럼 열띤 전율 같은 이상한 것이 내면 깊숙이에서 꿈틀거림을 느낀다. 그녀는 기적이 어떻게 일어났는가를 생각해본다. 옛날, 사막의 문門들과 진흙과 종려나무들이 있는 마을, 말벌들이 윙윙거리는 텅 빈 커다란 광장과 하늘과 구름을 거울처럼 비추는 매끄러운 샘물이 태양에 반짝거리는 것을 생각해본다. 해가 너무 뜨겁게 작렬하기 때문에 마을 광장에는 사람의 그림자도 얼씬하지 않는다. 사람들은 모두 서늘한 집안으로 피했다. 고요한 샘물은 하늘을 쳐다보는 눈동자처럼 열려 있다. 그 물 위로 이따금씩 타는 듯한 공기의 느린 전율이 스치며 수면에 미세한 하얀 가루를 던진다. 그것은 마치 보이지 않는 삼이 눈에 선 것과도 같으나 곧 녹아버린다. 여인들의 맨발 자국이 남아 있는 붉은 흙 웅덩이에서 청록색 물은 깊고 아름답다. 말벌들만이 물 위로 오락가락하며 수면을 스치고 화덕의 연기가 피어오르는 집들 쪽으로 다시 날아간다.

“어느 여인이 샘물에 물 한 동이를 길러 가고 있었단다. 아주 옛날 일이기 때문에 지금은 아무도 그녀의 이름을 몰라. 그런데 그 여자는 아주 늙어서 힘이 없었지. 샘에 도착했을 때 그녀는 물을 이고 다시 자기 집으로 가야 할 길이 너무나도 멀어서 한탄스러워, 땅바닥에 주저앉아 울면서 신음했단다. 그때 별안간, 그녀가 아무 소리도 못 들었는데 알 아즈락이 곁에 서 있더란다……”

랄라는 지금 눈앞에 그가 똑똑히 보인다. 그는 키가 크고 말랐으며, 모랫빛 망토를 휘감고 있다. 그의 얼굴은 베일로 가려져 있지만, 기이한 빛을 발하는 두 눈은 램프의 불빛처럼 마음을 안정시켜주고 또 강하게 만들어주기도 한다. 그녀는 이제 그가 누구인지를 알아챘다. 사막이 시작하는 곳, 암석고원 위에서 나타나는 자, 랄라를 그렇게도 집요하고 강한 시선으로 감싸는 자, 그래서 랄라가 현기증을 느끼는 자는 바로 청색 인간인 것이다. 그는 이렇게 그림자처럼 소리 없이 필요할 때 거기에 와 있을 수 있는 자다.

"노파는 계속 울고 있었어. 그때 알 아즈락이 그녀에게 왜 우느냐고 부드럽게 물었단다."

그러나 그가 이렇게 사막에서 솟아난 듯이 소리 없이 올 때 사람들은 그를 두려워하지 않는다. 그의 시선은 선함으로 가득차 있으며, 그의 목소리는 느릿느릿하고 평온하며 그의 얼굴조차 환하게 빛난다.

"노파는 그에게 자기의 슬프고 고독한 사연을 이야기했단다. 집이 샘에서 너무 멀고, 물동이를 이고 집까지 갈 힘이 없다고 말이야……"

그의 목소리와 시선은 하나이며 똑같은 것을 말한다. 그는 벌써 미래에 일어날 일들을 다 알고 있으며, 인간의 운명의 비밀을 알고 있는 듯하다.

"'그렇게 울지 말게나, 내가 집에 돌아가는 것을 도와줄 터이니' 하고 알 아즈락은 말했단다. 그리고 그녀의 집까지 팔을 부축하고 데려다주었지. 집 앞에 도착해서는 그 노파에게 이 말만을 남겼단다. '길가의 이 돌을 들어올려보게나. 그러면 앞으로는 물이 부족하지 않게 될 터이니.' 그가 시킨 대로 했더니 돌 밑에서 아주 맑은 샘이 솟아나오고, 그 물이 주위에 고여서 그 지방 어디서도 볼 수 없는 신선하고 아름다운 샘터가 되었단다. 그래서 노파는 알 아즈락에게 감사했지. 후에 인근 사람들이 모두 이 샘터를 보러 와서 물맛을 보고는 신으로부터 그런 힘을 부여받은 알 아즈락을 찬양했단다."

랄라는 돌 밑에서 솟아난 샘물을 생각해본다. 그녀는 햇빛에 반짝이는 아주 맑고 매끄러운 물을 생각해본다. 아암마가 빵반죽을 계속 주무르는 동안 랄라는 오랫동안 그 생각에 잠긴다. 청색 인간의 그림자는 올 때와 마찬가지로 소리 없이 물러간다. 그러나 그의 힘찬 시선은 여전히 그녀 위 공중에 남아 있어 바람결처럼 그녀를 감싼다.

아암마는 이제 입을 다물고 더이상 아무 말도 하지 않는다. 그녀는 계속해서 큰 흙쟁반에다 빵반죽을 치고 주무른다. 아마 그녀도 알 아즈락의 진리의 말씀, 진실한 도道와 같은, 길가의 돌멩이 밑에서 솟아나오는 아름답고 깊은 샘물을 생각하고 있는가보다.

이곳 시테에 비치는 햇빛은 언제나 아름답다. 하르타니가 그녀에게 햇빛을 쳐다보는 방법을 가르쳐주기 전까지 랄라는 한 번도 햇빛을 그렇게 주목해보지 않았다. 특히 아침해가 뜬 직후의 빛은 몹시 투명하다. 그 빛은 바위와 붉은 땅을 밝게 비추어 살아 숨쉬게 한다. 그 햇빛을 볼 수 있는 장소들이 있다. 어느 날 아침 하르타니가 그중 한 곳에 랄라를 데리고 갔다. 그곳은 암석계곡 밑바닥으로 입구가 나 있는 동굴이었다. 하르타니 혼자만이 비밀 장소를 알고 있었다. 그 동굴은 내려가는 길을 잘 알아야 한다. 하르타니는 랄라의 손을 잡고 땅속으로 내려가는 좁은 통로를 따라 그녀를 이끌고 갔다. 곧 축축하고 서늘한 어둠이 느껴진다. 마치 물속에 머리를 잠수하고 들어갈 때처럼 주위의 소리가 갑자기 하나도 안 들린다. 좁은 통로는 멀리 땅 밑으로 뻗어 있다. 땅속으로 내려가는 일은 처음이기에 랄라는 약간 겁이 난다. 그러나 목동이 그녀의 손을 꼭 잡아주고 있어 그녀는 용기를 낸다.

갑자기 그들은 멈추었다. 통로가 하늘로 뻥 뚫려, 좁은 통로에 빛이 가득 범람하고 있었기 때문이다. 계속 아래로 내려왔는데 어떻게 그렇게 하늘로 구멍이 날 수 있는지 랄라는 도저히 이해할 수가 없다. 그렇지만 그것은 엄연한 사실이다. 넓은 하늘이 거기, 그녀 앞에 경쾌하게 나타난 것이다. 숨을 멈추고 눈을 커다랗게 뜬 채 그녀는 꼼짝 않고 바라본다. 이곳에는 하늘만이 있을 뿐이다. 어찌나 밝은 하늘인지 갑자기 새가 되어 날아가고 있는 것같이 느껴진다.

하르타니가 구멍이 뚫린 곳으로 가까이 오라고 랄라에게 손짓을 한다. 그는 흙이 무너지지 않게 조심하며 천천히 돌 위에 가서 앉는다. 랄라도 그의 뒤에 잠시 앉는다. 그녀는 현기증으로 몸을 파르르 떤다. 낭떠러지 아래쪽, 안개 속에 넓은 사막과 말라붙은 급류들이 보인다. 황토색 연무가 지평선에 끼어 있다. 바로 거기가 사막이 시작되는 곳이다. 하르타니가 빵만 손수건에 조금 싸 가지고 이따금 혼자서 가는 곳이 바로 거기다. 여기서는 동쪽 햇빛이 가장 아름답다. 그 햇빛은 너무나 아름다워서 랄라도 하르타니처럼 맨발로 사막을 달리며, 부서진 바위와 협곡 위를 뛰어넘어 사막 쪽으로 계속 더 멀리 가고 싶은 충동을 느낀다.

"하르타니, 정말 아름답구나!"

랄라는 목동이 말을 알아들을 수 없다는 것을 가끔 잊어버린다. 그녀가 얘길 하면 그는 그녀 쪽으로 고개를 돌리고 두 눈을 반짝이며 입술을 움직여 랄라가 말하는 모양을 따라 하려고 애쓴다. 그가 얼굴을 찡그리자 랄라는 웃기 시작한다.

"오!"

그녀는 허공 가운데 떠 있는 움직이지 않는 검은 점 하나를 손가락으로 가리킨다. 하르타니는 점을 잠시 쳐다본 후 검지를 접고 나머지 세 손가락을 새의 깃털처럼 벌려 새 모양을 만든다. 그 검은 점이 하늘 가운데에서 천천히 미끄러져서 제자리서 약간 뱅그르르 돌더니 가까이 내려온다. 이윽고 랄라는 새의 몸에서 머리와 벌어진 날개 등을 잘 알아볼 수 있다. 그 새는 먹이를 찾고 있는 매로서 바람결을 따라 그림자처럼 조용히 미끄러지듯 날고 있다.

랄라는 그 새를 한참 바라본다. 가슴이 두근거린다. 이 새처럼 예쁜 새를 그녀는 여태껏 한 번도 본 적이 없다. 새는 바람과 햇빛 속에서 혼자 조용히 붉은 땅과 높은 하늘 위에서 원을 그리며 선회하다가 사막 쪽으로 떨어질 것처럼 몸을 기우뚱거린다. 랄라의 가슴은 더 세게 뛴다. 그녀의 몸속으로 파고드는 맹금의 침묵이 무서웠기 때문이다. 그녀의 시선은 매에 고정되어 있다. 거기서 눈을 뗄 수가 없다. 하늘 중앙의 끔찍한 침묵, 차가운 대기, 특히 뜨거운 햇빛, 이 모든 것이 그녀의 혼을 빼듯 심한 현기증을 일으킨다. 허공을 향해 앞으로 넘어질 것 같아 그녀는 손으로 하르타니의 팔을 잡고 매달린다. 그도 매를 바라보고 있다. 그러나 새와 하르타니는 마치 형제처럼 서로 떨어질 줄 모른다. 똑같은 시선, 똑같은 용기를 가진 그들은 하늘, 바람, 사막의 끝없는 침묵을 함께 나누고 있는 것이다.

하르타니와 매가 닮은 것을 보고 랄라는 소스라쳤다. 이제 현기증이 그쳤다. 그녀 앞에 보이는 하늘은 광대하고 땅은 회색과 황토색 연무처럼 지평선에 떠 있다. 하르타니는 이 모든 것을 알고 있다. 그래서 랄라는 침묵 속으로 들어가는 것이 무섭지 않다. 그녀는 두 눈을 감고, 젊은 목동의 팔에 기대어 하늘의 대기 속으로 몸이 미끄러져 가는 대로 내맡기고 있다. 그들은 함께 커다란 원을 그리며 땅 위를 천천히 선회한다. 너무 멀어서 아무 소리도 들리지 않고 날개깃 속으로 파고드는 가벼운 바람의 떨림만 있을 뿐이다. 너무 높아 바위, 가시덤불, 타르를 칠한 판잣집들도 거의 보이지 않는다.

둘은 한참을 함께 날아 바람, 햇빛, 푸른 하늘에 완전히 취해 있다가 붉은 절벽 위 동굴 입구 쪽으로 되돌아온다. 돌 하나 굴러떨어뜨리지 않고 모래알 하나 건드리지 않고 그들은 가볍게 내려앉는다. 하르타니는 말도 생각도 하지 않고, 오직 시선 하나만으로 이런 일들을 할 줄 아는 것이다.

그는 여러 빛을 볼 수 있는 모든 장소를 알고 있다. 한 종류의 빛만 있는 것이 아니라 수많은 다른 종류의 빛이 있기 때문이다. 바위를 지나 동굴로, 오래되고 메마른 계곡의 틈새로, 또는 붉은 바위 꼭대기로 맨 처음 그가 랄라를 데리고 갔을 때, 그녀는 다른 소년들처럼 도마뱀을 잡거나 새둥지를 약탈하러 가는 줄 알았다. 그러나 하르타니는 기쁨으로 눈을 반짝거리며 손을 내밀어 랄라에게 가리켜 보였다. 그가 가리키는 쪽에는 흰빛으로 눈부신 막막한 하늘만 있을 뿐이며, 태양광선이 돌의 균열을 따라 춤추듯 흔들거리고, 해는 관목 잎사귀 사이로 달빛처럼 부서지고 있었다. 또한 그는 이따금 대기 속에 떠 있는 조그만 것들을 가리켰다. 커다란 거미줄이 걸려 있는 것처럼 두 풀더미 사이에 물방울들이 송알송알 맺혀 있었다. 그가 바라보면 이것들은 한층 더 아름답고 훨씬 새롭게 보였다. 하르타니 이전에 아무도 이것을 본 사람이 없는 것처럼, 태초의 시선에 더욱 아름답게 비쳤다.

랄라는 하르타니를 따라다니기를 좋아한다. 그가 열어주는 길을 따라 그의 뒤를 걸어간다. 지나다닌 흔적이라곤 없기 때문에 딱히 길이라고도 할 수 없다. 그러나 하르타니가 앞으로 나아가면 바로 그곳이 길일 뿐, 다른 데는 길이 없다. 아마도 그 길은 염소들, 여우들의 길이지, 사람들이 다니는 길은 아닌 것 같다. 하르타니, 그는 그들 짐승들에 속한 자처럼 사람들이 모르는 것들을 죄다 알고 있으며 눈으로가 아니라 온몸으로 그것들을 본다.

냄새에 대해서도 마찬가지다. 이따금 하르타니는 아주 멀리 동쪽을 향해 돌평원 위를 걸어간다. 뜨거운 태양이 랄라의 어깨와 얼굴에 내리쪼이면, 그녀는 목동의 뒤를 좇아가기가 힘들어진다. 그래도 그는 그녀에게 신경쓰지 않는다. 바위와 바위를 건너뛰며 멈추지도 않고 땅쪽으로 몸을 굽히고는 뭔가를 찾는다. 그러다 갑자기 멈춘 후, 물을 마시려는 것처럼 얼굴을 땅에 대고 배를 납작하게 붙인다. 랄라는 가만히 다가간다. 그러자 하르타니는 약간 몸을 일으킨다. 금속과도 같은 그의 두 눈이 세상에서 가장 귀중한 것을 찾았다는 듯 기쁨에 반짝인다. 조약돌 사이, 먼지 같은 흙 속에 이곳에서 많이 볼 수 있는 가느다란 잎사귀가 달린 아주 조그만 관목 수풀이 하나 있는 것이다. 이번에는 랄라가 얼굴을 갖다대고 향기를 맡는다. 그 향기는 처음엔 엷으나 점점 더 짙게 풍긴다. 가장 아름다운 꽃들의 향기, 박하와 시바풀냄새와 레몬냄새도 나고, 바다와 바람 그리고 여름 목장의 향기도 난다. 넓고 메마른 고원 한가운데 조약돌을 피해 자라난 더럽고 가냘픈 이 조그만 식물 속에서 이 모든 향기가 더 많이 스며나오는 것이다. 오직 하르타니만이 이걸 안다.

랄라에게 모든 아름다운 향기를 가르쳐준 것은 바로 하르타니다. 그 향기들의 은신처를 아는 사람이 그니까. 향기도 돌이나 짐승처럼 각자 은신처를 가지고 있다. 하지만 개처럼 그 냄새를 찾아낼 줄 알아야 한다. 바람을 뚫고 향기 미립자의 자취를 냄새로 더듬어서 그것이 숨어 있는 곳까지 주저 없이 뛰어올라야 한다.

어떻게 해야 하는지는 하르타니가 랄라에게 가르쳐주었다. 그녀는 예전에는 몰랐다. 이전에는 관목이나 뿌리, 노란 꿀 색깔의 햇빛을 아무것도 느끼지 못한 채 지나쳐버렸다. 대기는 얼마나 많은 향기로 가득 차 있는지! 향기들은 내쉬는 숨처럼 항상 움직이며, 올라가고 내려가고 교차하고 서로 섞이며 흩어진다. 산토끼의 흔적 위엔 이상한 두려움의 냄새가 난다. 하르타니가 조금 먼 곳에서 랄라에게 가까이 오라는 신호를 보낸다. 처음엔 붉은 땅 위에 아무것도 없다. 그러나 조금씩 소녀는 뭔가 독하고 자극적인, 오줌이나 땀냄새 같은 것을 맡는다. 갑자기 그녀는 그 냄새를 알아맞힌다. 그것은 산토끼를 쫓아 고원을 가로질러 달리는, 털이 비죽비죽 선 굶주린 들개들의 냄새다.

랄라는 하르타니와 함께 지내는 날들을 좋아한다. 그는 이 모든 것을 랄라 한 사람에게만 가르쳐준다. 그는 다른 사람들을 경계한다. 다른 사람들은 냄새를 찾아내고 사막의 새들이 날아가는 것을 보기 위해 기다리고 있을 시간이 없기 때문이다. 그래도 그는 사람들을 무서워하지는 않는다. 오히려 다른 사람들이 그를 무서워하는 것 같다. 그들은 그를 악마에 사로잡힌 '메즈눈', 즉 마술사여서 불길한 눈을 가지고 있다고 말한다. 하르타니는 사막의 한 투사가 어느 날 아무 말 없이 우물가에 버리고 간 아이이기 때문에 어디서 왔는지도 모르고, 아버지도 어머니도 없다고들 말한다. 그는 이름도 없다. 가끔 랄라가 그가 누군지 알고 싶어서 그에게 물어본다.

"넌 어디서 왔니?"

그러나 하르타니는 인간들의 말을 알아듣지 못한다. 그래서 질문에 대답을 못한다. 아암마의 큰아들은 하르타니가 귀머거리이기 때문에 말을 할 줄 모른다고 했다. 어쨌든 학교 선생님이 어느 날 말하기를, 그런 것을 귀머거리 벙어리라 부른다고 했다는 것이다. 그러나 랄라는 그것이 사실이 아니란 것을 잘 알고 있다. 하르타니는 누구보다 더 잘 듣기 때문이다. 그는 귀를 땅에 갖다대도 잘 들을 수 없는 아주 작고 가벼운 소리도 들을 줄 안다. 그는 암석고원 너머를 뛰어다니는 산토끼 소리도 들을 줄 알고, 계곡의 반대편 끝 어느 길에 사람이 다가오는 소리도 잘 듣는다. 메뚜기가 우는 곳이나 키 큰 풀 속에 있는 자고새 둥지를 찾아낼 줄도 안다. 그러나 하르타니는 사람들의 말을 들으려 하지 않는다. 그는 인간들이 살지 않는 모래언덕의 모래와 하늘만 있는 나라에서 왔기 때문이다.

이따금 랄라는 목동에게 말한다. 예를 들어 그의 눈을 응시하며 "빌루우우—라!"라고 천천히 말하면, 짙은 금속조각 같은 그의 두 눈은 이상한 빛으로 환하게 빛난다. 그는 랄라의 입술 위에 손을 얹어, 말하는 입의 움직임을 쫓는다. 그러나 자기 차례가 되어도 결코 한마디도 하지 않는다.

한참 지난 후 그는 진력이 나서 시선을 돌리고 좀 떨어진 다른 바위에 가서 앉는다. 그런 것은 실상 하나도 중요하지 않다. 이제 랄라는 정말 중요한 것은 말이 아님을 알기 때문이다. 중요한 것은 말하고자 하는 내용일 뿐이다. 이를테면, 마음속 깊이 우러나는 비밀이나 기도의 말처럼 그런 말만이 정말 중요한 것이다. 하르타니는 다른 말은 하지 않는다. 그는 이런 말만을 할 줄 알고 들을 줄 안다. 그래서 너무나 많은 것들이 침묵을 통해서 전달된다. 하르타니를 만나기 전에는 랄라는 그런 것을 몰랐다. 다른 사람들은 말이나 행동, 증거만을 기다린다. 그러나 하르타니, 그는 한마디도 없이 금속처럼 아름다운 눈으로 랄라를 바라본다. 그의 시선의 광채 속에서 그가 얘기하는 것, 요구하는 것을 다 들을 수 있다.

불안할 때 혹은 반대로 아주 행복할 때면 그는 멈춰 서서 랄라의 양쪽 관자놀이 위에 두 손을 얹는다. 만지지는 않고 머리 양쪽으로 손을 뻗치고서 한참을 그렇게 있으면, 그의 얼굴이 아주 환하게 빛난다. 그러면 랄라는 그의 손바닥의 온기가 그녀의 뺨과 관자놀이에 전해져서 불기운처럼 그녀를 따뜻하게 덥혀주는 것을 느낀다. 그것은 참으로 이상한 느낌이다. 그런 느낌이 그녀 몸속 깊이 파고들어와 그녀를 행복으로 가득 채우며, 긴장을 스르르 풀어주고 편안하게 해주는 것이다. 랄라가 하르타니를 좋아하는 것은, 특히 이런 점 때문이다. 그는 두 손바닥에 이런 힘을 가지고 있기 때문이다. 어쩌면 그는 진짜 마술사인지도 모른다.

어떻게 그런 힘이 나오는지 보려고 그녀는 목동의 손을 쳐다본다. 가늘고 긴 손가락에 반들거리는 손톱, 갈색의 보드라운 피부, 잎사귀 양면의 색깔처럼 손등은 거의 검은색이고 손바닥 안쪽은 약간 노르스름한 분홍빛이다.

랄라는 하르타니의 손을 아주 좋아한다. 그의 손은 민첩하고 가볍고, 또 힘이 가득 들어 있다. 시테에 있는 다른 남자들의 손과는 다르다. 그와 같은 손을 가진 사람은 없다고 랄라는 생각한다. 랄라는 그 손은 어느 귀족 혹은 족장이나 바그다드에서 온 동방 투사의 아들의 손일 거라고 생각한다.

하르타니는 손으로 모든 것을 할 수 있다. 조약돌을 쥐거나 나무를 부러뜨리는 것뿐 아니라, 종려나무 줄기로 곧장 풀어지는 매듭을 만들고 새 잡는 덫을 만들고 휘파람도 불고 음악도 연주하며 자고새, 매, 여우 소리를 흉내낸다. 바람, 폭풍, 바닷소리를 모방할 줄도 안다. 특히 그의 손은 말을 할 줄 안다. 랄라는 바로 그 점을 더 좋아한다. 때로 그가 말하려고 할 때는 편편하고 커다란 바위 위에 자리잡고 큰 모직 옷 밑으로 햇빛에 발을 내밀고 앉는다. 그의 옷은 아주 밝아서 거의 흰빛으로 보인다. 그래서 그의 얼굴과 두 손은 반대로 더 어두워 보인다. 그렇게 하고 그는 말을 시작한다.

그가 랄라에게 하는 이야기들은 진짜 이야기가 아니라, 다만 몸짓과 입술과 눈빛으로만 공중에 그려 보이는 형상에 불과하다. 번개처럼 빨리 지나가는 형상들이 불이 켜지듯 밝아졌다가 없어진다. 그러나 랄라는 그보다 더 아름답고 진실된 이야기를 한 번도 들은 적이 없다. 어부 나망이 한 이야기, 아암마가 해준 사막의 청색 인간 알 아즈락, 돌 밑에서 분출되어 나오는 맑은 샘물 이야기조차 그토록 아름답지는 않았다. 하르타니가 손으로 들려주는 이야기는 그처럼 엉뚱하다. 그러나 꿈같기도 하다. 그가 보여주는 각각의 형상은 가장 예기치 못한 순간에 나타난다. 그래서 그녀는 늘 그 형상을 기다리고 있다. 그는 그렇게 한참 이야기를 한다. 날개를 펼친 새, 주먹처럼 닫힌 바위, 집, 개, 폭풍, 비행기, 커다란 꽃, 산, 자고 있는 얼굴에 부는 바람들을 만들어낸다. 그 모든 것은 아무것도 의미하지 않는다. 하지만 랄라가 그의 얼굴을, 검은 손의 유희를 보고 있으면, 극히 아름답고 새로운 형상들이 마치 손바닥 속에서 실제로 튀어나와 그의 입술과 눈에서 반짝이는 광채처럼 생명의 빛으로 반짝거리는 것 같다.

하르타니가 그런 식으로 얘기할 때 특히 아름다운 것은 아무것도 침묵을 뒤흔들지 않는다는 것이다. 해가 암석고원과 붉은 절벽 위를 뜨겁게 태운다. 이따금 바람이 약간 차갑게 불면 바위 곁을 살랑거리며 흘러내리는 모래 소리만이 겨우 들릴 뿐이다. 하르타니는 유연하고 긴 손가락으로 계곡 밑을 기어가다 멈추고 대가리를 치켜드는 뱀을 만들어 보인다. 그때 커다란 흰 따오기 한 마리가 날개를 퍼덕거리며 도망간다. 밤하늘, 달은 둥글다, 검지로 하르타니는 별들을 밝힌다, 하나, 하나, 또 하나…… 여름, 비가 내리기 시작한다, 도랑 속으로 흘러가는 물, 불어나는 물웅덩이, 거기엔 모기들이 날고 있다. 푸른 하늘 가운데, 하르타니가 삼각형 돌을 던지고, 던지고, 합! 하는 기합소리와 함께 단숨에 돌이 열리며 커다란 나뭇잎에 새들이 가득 앉아 있는 나무 한 그루로 변한다.

때때로 하르타니는 자기 얼굴로 사람과 동물을 흉내내는데, 입술을 쑥 내밀고 목을 어깨 사이에 집어넣고 등을 둥글게 구부려 거북이 흉내를 곧잘 낸다. 그것은 언제나 처음 봤을 때와 다름없이 랄라를 웃긴다. 또 그는 입술을 앞으로 내밀어 앞니를 감추고 낙타도 흉내낸다. 그리고 그가 영화에서 본 타잔이나 마치스테, 혹은 만화 주인공들 흉내도 물론 잘 낸다.

랄라는 때때로 아암마의 큰아들한테서 얻거나 저금한 돈으로 산 삽화가 든 신문들을 그에게 가져온다. 그중에는 아킴이나 로슈 라팔의 이야기, 달과 다른 별에서 일어나는 이야기도 있고, 미키마우스나 도널드덕이 나오는 작은 이야기책도 있다. 그녀는 미키마우스나 도널드덕 이야기를 더 좋아한다. 거기 쓰인 글은 읽을 줄 모르지만 아암마의 아들한테서 두세 번 들었기 때문에 외우고 있다. 그렇지만 여하튼 하르타니는 이야기를 듣고 싶어하지 않는다. 그는 조그만 책들을 집어 비스듬히 놓고는 머리도 옆으로 삐딱하게 돌리고 이상한 식으로 그 만화를 본다. 그리고 만화를 다 본 후에는 발로 차고 일어나 로슈 라팔이나 코끼리 등에 탄 아킴의 흉내를 낸다(바위가 코끼리 역할을 한다).

그러나 랄라는 하르타니와 오래 있을 수가 없다. 그의 얼굴이 굳어지는 순간이 항상 있기 때문이다. 젊은 목동의 얼굴이 굳어져 움직이지 않고 그의 시선이 아주 멀게 느껴질 때면 랄라는 그가 도대체 왜 그러는지 잘 이해할 수가 없다. 마치 구름이 태양을 가리고, 혹은 밤이 언덕과 계곡에 순식간에 내리 덮이는 것 같다. 랄라는 하르타니가 눈빛을 반짝이며 미소를 띄우고 행복하게 보이는 시간을 놓치고 싶지 않지만 그럴 수가 없으니, 그런 순간이 아주 끔찍하다. 하르타니는 갑자기 동물처럼 가버린다. 그가 어디로 가는지 랄라가 볼 여유도 없이 눈 깜짝할 사이에 그는 펄쩍 뛰어올라 사라져버린다. 이제는 랄라도 그를 붙잡으려고 애쓰지 않는다. 암석고원이 아직도 빛으로 환하고 하르타니가 수많은 신기한 것들을 그의 손으로 얘기해줄 때, 어떤 날들은 랄라 자신이 먼저 떠나려고도 했다. 그녀는 일어나 판자와 타르칠을 한 종이로 지어진 시테로 가는 길까지 뛰지도, 돌아보지도 않고 가버린다. 아마 하르타니와 만난 덕분에 그녀도 이제는 그처럼 되어버린 것 같다.

더군다나 사람들은 그녀가 하르타니를 그렇게 자주 만나러 가는 것을 몹시 싫어한다. 그들은 그녀 역시 '메즈눈'으로 변하고 목동의 몸 속에 있는 나쁜 영혼을 갖게 될까봐 겁을 내고 있는 것 같다. 아암마의 큰아들은 하르타니가 도둑놈이라고 말한다. 그의 목에 차고 있는 조그만 가죽 주머니 속에는 금이 들어 있기 때문이다. 그러나 랄라는 그것이 거짓말이라는 것을 알고 있다. 그 금은 하르타니가 어느 날 말라붙은 급류 바닥에서 주운 것이다. 그는 랄라의 손을 붙잡고 계곡의 균열 속까지 데리고 갔다. 그곳 급류의 잿빛 모래 속에서 랄라는 반짝거리는 금싸라기를 보았다.

"너에게 어울리는 소년이 아니다." 랄라가 암석고원에서 돌아왔을 때 아암마가 한 말이다.

저 높이 뜨겁게 내리쬐는 태양으로 랄라의 얼굴도 이젠 하르타니의 얼굴처럼 검게 탔다.

때때로 아암마는 덧붙인다.

"너 설마 하르타니와 결혼까지 하는 건 아닐 테지?"

"왜, 하면 안 되나요?" 랄라가 어깨를 으쓱거리며 말한다. 그녀는 결혼할 생각은 없다. 한 번도 거기에 대해서 생각해보지 않았다. 하르타니와 결혼할 상상을 하니 그녀는 웃음이 나기 시작했다.

그녀는 일을 다 끝냈다고 생각되면 되도록 시테를 나와 목동들이 있는 언덕 쪽으로 간다. 그곳은 시테의 동쪽이며 거기서부터 물 한 방울

안 나는 땅과 붉은 바위 낭떠러지가 시작된다. 랄라는 언덕 사이로 구불구불하게 난 아주 하얀 길 위를, 메뚜기가 내는 날카로운 음악소리를 들으며, 모래 위에 난 뱀이 기어간 자국을 바라보며 걸어가는 것을 아주 좋아한다.

좀더 멀리 가면 목동들의 휘파람소리가 들려온다. 그들은 대부분 어린 소년소녀들로, 양과 염소떼와 함께 언덕 속 여기저기에 흩어져 있다. 그들은 휘파람을 불어서 서로 부르고 이야기하거나 들개들에게 겁을 주기도 한다.

랄라는 하얀 햇빛 때문에 눈을 심하게 찡그리고 사방에서 터져나오는 휘파람소리를 들으며 언덕 사이를 걸어다니는 것을 무척 좋아한다. 그럴 때마다 날씨가 더운데도 몸이 약간 떨리며 가슴이 세차게 뛴다. 때때로 그들에게 대답하는 것이 재미있다. 하르타니는 입속에 두 손가락을 넣고 어떻게 해서 휘파람소리를 내는지 그녀에게 가르쳐주었다.

젊은 목동들이 그녀를 보러 길로 나올 때면, 그들은 우선은 좀 멀찌감치 떨어져 있다. 그들이 오히려 경계하기 때문이다. 구릿빛으로 탄 그들의 얼굴은 반들거리고 이마가 앞으로 불거져나와 있으며 머리털은 이상하게 붉은 색깔이다. 사막의 태양과 바람이 그들의 피부와 머리를 태워버린 것이다. 그들은 대부분 표백하지 않은 천으로 된 긴 셔츠만 입고 있거나 밀가루 부대로 만든 옷을 걸친 누더기 차림이다. 그들은 슐루흐말을 쓰는데 계곡에서 온 사람들이 하는 말을 이해할 수 없으므로 가까이 오지 않는다. 그러나 랄라는 그들을 몹시 좋아한다. 그래서 그들도 그녀를 무서워하지 않는다. 그녀는 가끔 약간의 빵, 비스킷, 마른 대추야자 등 먹을 것을 아암마 집에서 몰래 가져나와 그들에게 갖다주기도 한다.

그들과 함께 있을 수 있는 사람은 하르타니뿐이다. 그는 그들과 같은 목동이고 시테 사람들과 어울리지 않기 때문이다. 랄라가 암석고원 중앙 저멀리 그와 함께 있을 때, 그들은 소리도 내지 않고 바위들을 건너뛰어 온다. 그러나 가끔 미리 알리기 위해 휘파람을 불기도 한다. 그들은 도착하면 새소리 같은 이상한 말을 주고받으며 하르타니를 에워싼다. 그리고 계속해서 재빨리 휘파람을 불며 암석고원을 질러 달려서 돌아간다. 때때로 하르타니도 그들과 함께 뛰기 시작한다. 랄라 또한 그들을 쫓아가려고 하지만 그녀는 그들처럼 그렇게 빨리 뛸 줄 모른다. 그들은 모두 그녀를 바라보며 커다랗게 웃는다. 그리고 그 큰 웃음소리를 계속 내지르며 뛰어간다.

그들은 고원 가운데 있는 하얀 바위 위에서 식사를 나눈다. 보자기에 검은 빵 조금, 대추야자, 무화과, 마른 치즈 등을 담아 셔츠 속 가슴팍에 차고 있다. 그들이 하르타니에게 한 조각, 랄라에게 한 조각 나누어주면, 그녀도 그들에게 답례로 흰 빵을 조금 건네준다. 가끔 그녀는 협동조합에서 산 빨간 사과도 하나 가져온다. 하르타니는 자루 없는 조그만 칼을 꺼내어 각자에게 한 조각씩 돌아가도록 사과를 얇은 조각으로 저민다.

암석고원의 오후는 아주 그만이다. 햇빛은 조약돌 모서리에서 계속 반사되고 모두들 섬광 속에 둘러싸인다. 파란 하늘은 깊고 어두우며 바다와 강에서 올라오는 하얀 수증기도 없다. 바람이 세차게 불면 추위를 피해 바위 동굴 속으로 들어가야 한다. 그러면 땅 위의 관목 사이로 부는 바람소리는 꼭 바닷소리 같다. 그러나 더 느리고 더 길다. 랄라는 바람소리를 듣는다. 그리고 어린 목동들의 가냘픈 목소리와 멀리 짐승떼의 울음소리를 듣는다. 그 소리는 갈매기와 부서지는 파도 소리와 함께 랄라가 세상에서 제일 좋아하는 소리다. 랄라는 그 소리를 들으면 이 세상에서 절대로 나쁜 일이라고는 일어날 수 없을 듯이 느낀다.

빵과 대추야자를 그렇게 먹은 어느 날, 랄라는 붉은 언덕 아래 동굴이 있는 곳까지 하르타니를 따라갔다. 염소떼가 새로운 목축지를 찾아 떠나야만 하는 건기에 목동들은 이곳에 와서 잔다. 붉은 절벽 안에는 가시덤불에 반쯤 가려진 검은 구멍들이 있다. 이 구멍들 중 몇 개는 크기가 겨우 토끼굴만 하지만, 속으로 들어가보면 훨씬 넓어 크기가 집채만 하고 공기도 아주 서늘하다.

랄라는 하르타니를 따라 배를 땅에 붙이고 들어갔다. 처음에 그녀는 아무것도 보이지 않아서 무서웠다. 그러다 갑자기 그녀는 소리를 지르기 시작한다.

"하르타니! 하르타니!"

목동은 뒤로 다시 돌아 나와 그녀의 팔을 붙잡고 동굴 안쪽으로 끌어올렸다. 눈이 어둠에 익숙해지자 큼직한 방이 보였다. 끝도 보이지 않는 아주 높은 벽에는 회색과 파란색 얼룩들에 호박색과 구릿빛 흔적들이 있었다. 절벽의 구멍 틈으로 겨우 새어 들어오는 빛 때문에 공중이 희뿌옇게 보였다. 랄라는 커다란 날갯소리를 듣고 목동에게 몸을 바싹 붙였다. 그것은 자다가 인기척으로 깨어난 박쥐들이었다. 박쥐들은 삐걱거리고 퍼드덕거리며 좀더 멀리 가서 내려앉았다.

하르타니는 동굴 중앙에 있는 커다랗고 편편한 바위 위에 앉고, 랄라도 그의 곁에 앉았다. 그들 앞, 동굴이 열린 곳으로 들어오는 눈부신 햇빛을 둘이 같이 바라보았다. 동굴 속에는 어둠과 영원한 밤의 습기가 있었으며, 바깥 암석고원 위엔 햇빛이 눈을 찌를 듯 환하다. 마치 다른 지방, 다른 나라에 있는 것 같기도 하고 바다 밑에 있는 것 같기도 하다.

랄라는 지금 말을 하지 않는다. 그녀는 말하고 싶지가 않다. 하르타니처럼 그녀도 밤의 곁에 머무른다. 그의 시선은 밤처럼 어둡고 피부도 어둠의 색깔이다.

랄라는 바로 옆에 앉아 있는 목동의 몸의 온기와 그의 시선의 광채가 점점 그녀의 몸속으로 스며들어옴을 느낀다. 그녀는 그에게로 가서 그의 지배를 받고 싶다. 마침내 그가 그녀를 이해할 수 있도록 완벽하게 그와 함께 있고 싶다. 입을 그의 귀에 갖다대고, 그녀는 그의 머리 냄새와 살냄새를 맡는다. 그리고 거의 들리지 않을 정도로 그의 이름을 아주 나직이 불러본다. 동굴의 어둠이 가볍고 튼튼한 베일처럼 그들을 휘감는다. 동굴 벽을 따라 졸졸 흐르는 물소리와 박쥐들이 자면서 내는 조그만 소리가 랄라의 귀에 분명하게 들린다. 그녀의 살이 하르타니의 살에 닿자 그녀의 몸속으로 이상한 열기가 파문처럼 밀려와 현기증을 불러일으킨다. 하루종일 그들의 몸 안에 스며들었던 태양의 열기가 이제 열병처럼 길게 요동치며 분출되어 나오는 것이다. 그들이 내쉬는 숨결 또한 서로 만나서 하나로 합쳐진다. 말은 더이상 필요 없다. 느낌만이 존재할 뿐이다. 무언지 모를 취기가 단 몇 분 만에 이 동굴의 어둠 속에서 스며나와 그녀를 감싼다. 마치 암벽과 축축한 어둠이 오래전부터 그들이 오기를 기다리고 있다가 그 비밀스러운 힘을 내뿜는 것 같다. 랄라의 몸은 현기증이 나 점점 더 어지러워진다. 랄라의 귀에 맥박이 뛰는 소리가 또렷이 들린다. 마치 그들의 몸과 동굴이 이제 하나로 합쳐진 것 같기도 하고, 거인의 창자 속에 갇힌 포로들같이 느껴지기도 한다.

염소와 양에서 나는 냄새 같은 하르타니의 냄새가 소녀의 몸 향기와 한데 섞인다. 그의 손에서 온기가 느껴진다. 땀에 젖은 랄라의 이마에 머리카락이 달라붙는다.

갑자기 랄라는 그녀로서는 알 수 없는 일이 자기에게 닥쳐오고 있음을 느낀다. 겁이 나서 고개를 흔들며 목동의 포옹에서 벗어나려고 몸부림친다. 그는 바위 위에 그녀의 두 팔을 짓누르며 길고 튼튼한 두 다리로 그녀의 다리를 죄고 있다. 랄라는 소리를 지르고 싶다. 그러나 악몽 속에서처럼 고함은 목구멍 밖으로 튀어나오지 않는다. 습기 찬 어둠이 그녀를 감싸고 두 눈을 덮어버린다. 목동의 몸무게에 눌려 제대로 숨을 쉴 수가 없다. 찢어지는 듯한 고통 속에서 마침내 고함이 터져 나온다. 그 소리는 천둥처럼 동굴 벽을 후려친다. 갑자기 잠 깬 박쥐들이 퍼드덕거리며 날개를 치고 벽 사이를 선회한다.

하르타니는 벌써 바위 위에 서 있다. 그는 조금 멀찌감치 물러선다. 긴 팔로 그의 둘레를 날고 있는 잠에 취한 박쥐떼를 이리저리 쫓는다. 그의 얼굴이 잘 보이지 않는다. 동굴의 어둠이 더 짙어졌기 때문이다. 그러나 그가 괴로워하고 있다는 것을 알 수 있다. 슬픔이 그녀의 몸속으로 밀려 들어와 목구멍까지 차오른다. 더이상 어둠도, 박쥐도 무섭지 않다. 이제 그녀가 하르타니의 손을 잡는다. 갑자기 벌어진 일에 몹시 동요되어 하르타니가 몸을 심하게 떨고 있는 것이 느껴진다. 그는 움직이지 않는다. 가슴을 뒤로 젖히고, 박쥐를 보지 않으려고 한 팔로 눈을 가리고 있다. 어찌나 심하게 떠는지 그의 이가 맞부딪치는 소리가 들린다. 랄라는 동굴 문 쪽으로 그를 데리고 가서, 머리와 어깨 위로 햇살이 넘쳐흐르는 양지가 나올 때까지 바깥으로 끌고 간다.

대낮의 햇빛에 하르타니의 얼굴이 어찌나 수척하고 가련하게 보이는지, 랄라는 웃음을 참을 수 없다. 찢어진 자신의 옷과 하르타니의 긴 셔츠 위에 묻은 흙을 털어낸다. 그러고 나서 암석고원 쪽으로 다시 비탈을 내려간다. 뾰족한 조약돌 위에 태양이 반짝이고 거의 검게 보이는 하늘 아래 대지는 희불그레하다.

햇빛 속을 걸어가는 것이 마치 날씨가 매우 더울 때 몸을 씻으려고 물속으로 첨벙 뛰어들어가 오랫동안 헤엄을 치는 듯한 느낌이다. 그들은 되도록 빨리 바위를 건너뛰면서 암석고원을 달리기 시작한다. 랄라는 숨이 차서 멈춰 서서 허리를 굽히고 헉헉거린다. 하르타니는 짐승처럼 이 바위에서 저 바위로 계속 펄쩍펄쩍 뛰어가다가 랄라가 그의 뒤에 없는 것을 알아차리고 몸을 획 돌려 뒤로 되돌아온다. 그들은 손을 꽉 잡고 바위 위 햇빛 속에 함께 앉는다. 태양이 지평선에 기울고 하늘이 노랗게 물든다. 저멀리 언덕과 계곡 골짜기에서 목동들의 날카로운 휘파람소리가 서로 부르며 화답하고 있다.

랄라는 불을 좋아한다. 이곳 시테에는 여러 종류의 불이 있다. 그중에도 아침불이 있으니, 해가 붉은 언덕에 뜨기 직전 그 불로 여자들과 여자아이들이 커다란 검은 냄비에 든 음식을 익힐 때면, 지면을 따라 길게 연기가 뻗어나와 새벽안개와 섞인다. 풀과 나뭇가지에서 나는 불도 있으니, 거의 꺼진 불처럼 불꽃도 없는데 혼자서 오래오래 피어오른다. 태양이 구릿빛 석양으로 아름답게 저물어가는 초저녁에 피우는 화롯불도 있다. 희미하고도 나지막한 연기는 지붕 위로 기다란 뱀처럼, 뭉게뭉게 잿빛 고리들처럼 뭉쳐서 바다 쪽으로 날아간다. 지붕과 벽의 틈바구니를 메울 타르를 끓이기 위해 오래된 통조림 깡통에 지피는 불도 있다.

이곳에 사는 사람들은 모두 불을 좋아한다. 특히 아이들과 노인들이 더 좋아한다. 불을 피울 때마다, 그들은 모두 쪼그리고 둘러앉아 춤추는 불길을 하염없이 바라본다. 그러다가 잔가지나 풀을 한 움큼씩 던져 넣는다. 그러면 마른 나뭇가지들은 타닥거리며 단번에 불길이 피어오른다. 풀들은 푸르스름한 소용돌이 연기를 내며 탄다.

랄라는 바닷가 모래사장에 가서 앉는다. 그곳에는 어부 나망이 선체의 틈새를 막을 송진을 끓이려고 커다란 나뭇가지에 불을 피워놓았다. 저녁때라 대기는 아주 부드럽고 조용하다. 옅은 파란색 하늘은 구름 한 점 없이 투명하다.

바닷가에는 소금과 햇빛에 부대껴서 좀 메말라 보이는 나무들이 서 있는데, 청회색 바늘같이 뾰족한 잎들이 수없이 매달려 있다. 나무들 옆을 지나갈 때면 랄라는 어부 나망이 지피는 불이 생각나서 바늘 잎사귀를 한 움큼씩 따 모은다. 그리고 그중 몇 잎을 입속에 넣고 걸어가면서 잘근잘근 씹는다. 바늘 잎은 맵싸하고 짭짤하지만 곧 연기 냄새와 섞여 맛이 좋아진다.

나망은 모래 위에 커다란 마른 가지들이 떨어져 있는 곳이라면 어디든지 불을 지핀다. 그는 나뭇가지를 쌓아놓고, 모래언덕 저 너머에 있는 황야에서 주워온 마른 잔가지들을 구덩이 속에 한가득 넣는다. 마른 해초와 시든 엉겅퀴도 넣는다. 해가 아직 하늘에 있을 때 이렇게 불을 피운다. 땀이 노인의 이마와 뺨에 흘러내린다. 모래가 불처럼 타는 듯이 뜨겁다.

마침내 그는 심지가 달린 구식 라이터로 불을 붙이고 바람이 없는 방향으로 조심해서 불길을 모은다. 나망은 불을 아주 잘 피운다. 랄라는 불 피우는 법을 배우려고 그의 행동 하나하나를 놓치지 않고 주의깊게 지켜본다. 나망은 모래언덕의 움푹 파인 곳, 바람에 너무 심하게 노출되지도 않고, 막히지도 않은 장소를 잘 선택하여 불을 지핀다.

불이 타다가 두세 번 꺼질 뻔해도 나망은 신경쓰지 않는 눈치다. 불꽃이 잦아들 때마다, 불에 데일까 무서워하지도 않고 손으로 나뭇가지를 뒤척인다. 불은 이처럼 자기를 두려워하지 않는 사람들을 좋아한다. 그러자 다시 불길이 솟아오른다. 처음엔 작은 불꽃만 나뭇가지 사이로 빨갛게 보이다가 갑자기 세찬 불길이 타닥타닥 소리를 내며 구덩이 속에서 활활 타오른다.

불이 세게 붙으면 어부 나망은 쇠로 된 삼각대를 불 위에 세우고 그 위에 송진 냄비를 얹는다. 그리고 모래 위에 앉아 불을 바라보며 이따금 잔가지를 던져 넣는다. 그러면 이내 잔가지에 불이 옮겨붙는다. 저 멀리서 연기 냄새를 맡고 아이들이 해변을 따라 뛰어와 불가에 둘러앉는다. 아이들은 소리를 지르며 서로 부르고 웃음을 터뜨린다. 불은 마법과도 같아서 달리고 소리치고 웃어대고 싶은 마음을 불러일으킨다. 바로 그때 아주 높고 밝은 불길이 너울거리고 춤추며 바지직 소리를 낸다. 이럴 때 일렁이는 불길 속에서는 갖가지 것들이 다 보인다. 특히 랄라가 좋아하는 것은 모닥불의 맨 밑바닥에서 불꽃이 감싸고 있는 깜부기불, 그리고 이름은 따로 없지만 태양의 빛깔을 닮은 그 불타오르는 빛깔이다.

그녀는 잿빛 연기를 따라 튀어올라 반짝 빛나다가 파란 하늘 속에 스러져가는 불티들을 바라보고 있다. 밤에 타오르는 불티들은 더욱더 아름답다. 흡사 수많은 별똥별같이 보인다.

모래파리들도 해초 타는 냄새나 뜨거운 송진냄새에 이끌려 와서는 소용돌이치는 매캐한 연기 때문에 붕붕거린다. 나망은 그런 것에는 신경도 쓰지 않는다. 오로지 불만 바라보고 있다. 이따금 그는 일어나 송진이 충분히 뜨거워졌는지 보려고 막대기를 냄비 속에 넣고, 맴도는 연기 때문에 눈을 껌벅이며 끈끈한 액체를 휘젓는다. 그의 배는 몇 미터 떨어진 모래사장 위에 용골을 드러낸 채 벌어진 틈새를 수리할 준비가 되어 있다. 이제 급속히 기울어가는 태양은 모래언덕 너머, 메마른 언덕 가까이에 걸려 있다. 점점 그림자가 길어진다. 해변에 바싹 붙어 앉아 있는 아이들의 웃음소리도 조금씩 작아진다. 랄라는 나망을 쳐다본다. 그녀는 그의 시선 속에 물빛처럼 반짝이는 밝은 빛을 찾는다. 나망이 그녀를 알아보고 다정하게 작은 손짓을 한다. 그리고 곧 세상에서 가장 자연스러운 일인 듯 그녀에게 말을 건다.

"너에게 전에 발라아빌루 이야기를 해줬던가?"

랄라는 고개를 내젓는다. 랄라는 마음이 흐뭇해진다. 지금이야말로 이렇게 해변가에 앉아서 재미있는 이야기에 귀를 기울일 시간이기 때문이다. 지글지글 끓고 있는 송진 냄비 밑에서 모닥불이 타오르고 있다. 너무나도 파란 바다를 바라보고 있으려니 따뜻한 바람에 연기가 꿈틀대는 것이 느껴진다. 파리와 말벌이 붕붕거리며 날아다니고, 멀지 않은 곳에서 치는 파도가 모래 위에 엎어놓은 낡은 뱃전까지 와서 부서진다.

"아, 그럼 내가 발라아빌루 얘기를 한 번도 안 했단 말이지?"

나망 노인은 일어서서 펄펄 끓고 있는 송진을 본다. 그는 막대기로 송진을 천천히 휘젓는다. 송진이 완전히 끓었다고 생각하는 표정이다. 그는 자루가 불에 꺼멓게 그을린 낡은 냄비 하나를 랄라에게 건넨다.

"자, 나는 배에 가 있을 테니 이 냄비에 송진을 가득 채워 내게 가져오렴."

대답도 기다리지 않고 그는 배 옆 모래 위에 가서 앉는다. 그리고 끝에 헝겊을 뭉쳐 맨 크고 작은 나무막대기 붓들을 준비한다.

"어서 와!"

랄라는 냄비를 가득 채운다. 송진이 부글부글 끓으면서 작은 거품을 터뜨린다. 송진 방울이 튀어 손등이 따끔따끔하고 연기 때문에 눈이 맵다. 그래서 송진이 가득한 냄비를 잡은 팔을 앞으로 멀찍이 내밀고 뛰어간다. 아이들이 웃으면서 그녀의 뒤를 따라와서 배 주위에 빙 둘러앉는다.

"발라아빌루, 발라아빌루……"

나망 노인은 이야기를 모두 잘 기억해내려는 듯 발라아빌루라는 밤꾀꼬리의 이름을 흥얼거린다. 그는 막대기 붓을 뜨거운 송진에 적셔서 선체를 칠하기 시작한다. 선체의 나무판자들이 맞물려진 사이사이 삼베뭉치가 끼워진 곳에 송진을 칠한다.

"아주 오랜 옛날이었단다." 나망이 이야기한다. "나도, 우리 아버지도, 우리 할아버지도 살아본 적이 없는 옛날에 일어난 일이야. 그렇지만 그 옛날에 무슨 일이 일어났는지는 모두들 잘 알고 있어. 그 당시 사람들은 지금 같은 사람들이 아니었단다. 그때는 로마인들도 또다른 나라에서 온 사람들도 없을 때지. 그 옛날엔 아직도 귀신이 있었어. 사람들 그 누구도 귀신을 내쫓지 않았거든. 그런데 그 당시 동방의 큰 도시에 아주 힘이 센 임금님이 살고 있었는데 자식이라고는 오직 딸 하나뿐이었지. 딸 이름은 밤을 뜻하는 '레일라'였단다. 임금님은 이 세상에서 딸을 제일 사랑했어. 그 딸은 왕국에서 가장 아름답고, 가장 다정하고, 가장 영리한 소녀였단다. 그래서 그 딸은 세상의 모든 행복을 다 누리며 살 것 같았지……"

하늘에서 천천히 저녁이 내린다. 저녁은 짙푸른 바다 같은 색으로 물들어가서, 파도 거품이 더욱 하얗게 보인다. 나망 노인은 막대기 붓을 송진 냄비 속에 규칙적으로 담갔다가 삼베가 끼워져 있는 골을 따라 붓 끝을 약간씩 돌리며 칠한다. 반짝거리는 액체가 스며들고 일부는 해변 모래 위에 뚝뚝 떨어진다. 아이들과 랄라는 모두 나망의 손을 뚫어져라 바라본다.

"그런데 그 왕국에 무서운 일이 일어났단다." 나망은 이야기를 계속한다. "신이 재앙을 내리셔서 왕국 전체에 큰 가뭄이 들었던 게야. 모든 강물과 저수지는 물 한 방울 없이 말라버리고 사람들은 모두 갈증으로 죽어갔단다. 처음엔 나무와 풀이 말라죽고 다음엔 짐승들, 양, 말, 낙타, 새떼가 죽었으며, 마침내 사람들은 밭과 길에서 목이 말라 죽어갔지. 너무나도 처참한 광경이어서 아직도 사람들은 그때 일을 기억하고 있단다……"

납작한 파리들이 와서 아이들의 입술에 앉아 붕붕 소리를 낸다. 파리들은 매캐한 송진냄새에 취하고, 연기가 무거운 소용돌이를 일으키며 모래언덕 사이에서 뭉게뭉게 피어오른다. 말벌도 있다. 그러나 아무도 말벌을 쫓지 않는다. 나망 노인이 이야기를 할 때면 말벌들도 마법에 걸려 귀신들로 변한 것 같다.

"그 왕국의 임금님은 슬펐어. 충고를 들으려고 현자들을 모두 불러들였지만 어떻게 해야 가뭄이 그치는지 아무도 몰랐지. 그런데 한 이상한 나그네가 온 거야. 그는 마법을 아는 이집트인이었지. 임금님은 그를 불러 왕국에 내린 저주를 풀어달라고 부탁했어. 그 이집트인은 잉크 자국을 응시하다가 갑자기 겁에 질려 몸을 덜덜 떨면서 도무지 말을 하려고 하지 않았어. '얘기해보시오!' 임금님이 말했지. '얘기하시오. 내가 당신을 이 왕국에서 제일 가는 부자로 만들어주겠소.' 그러나 이방인은 말하길 거부했어. 무릎을 꿇고 그가 말했어. '전하, 떠나게 해주십시오. 그 비밀을 제게 묻지 마십시오.'"

나망이 얘기를 멈추고 냄비 속에 막대기 붓을 담그자, 아이들과 랄라는 숨도 제대로 쉬지 못한다. 그들은 장작이 타는 소리와 송진이 냄비 속에서 끓고 있는 소리에 귀를 기울인다.

"그래서 임금님은 화가 나서 이집트인에게 말했어. '얘기하시오. 그렇지 않으면 당신의 목숨은 끝장이오.' 형리들은 그를 잡아 목을 베려고 벌써 검을 꺼내들고 있었단다. 그러자 이방인이 고함을 질렀어. '멈추시오! 저주의 비밀을 말하겠소. 그러나 저주받을 줄 아시오!'"

나망 노인은 앞서와는 달리 아주 특이한 어조로 천천히 이상한 말을 내뱉는다. "블라아운." 신의 저주가 담긴 이 말에 아이들은 부르르 몸을 떤다. 그는 냄비 속에 남은 송진을 칠하려고 잠시 얘기를 중단한다. 나망이 아무 말 없이 랄라에게 빈 냄비를 내밀자, 그녀는 끓는 송진을 담아오기 위해 불 있는 데로 뛰어간다. 다행히도 그는 그녀가 올 때까지 기다렸다가 이야기를 계속한다.

"이집트인이 임금님에게 말했어. '혹시 옛날에 상인한테서 금을 훔쳤다고 어떤 남자에게 벌을 준 일이 있습니까?' '그래, 그런 적 있소.' 임금님이 말했어. '그자는 도둑놈이었으니까.' '그 남자는 결백했다는 것을 아셔야 합니다.' 이집트인이 말했지. '억울하게 누명을 쓴 것이었어요. 그래서 그가 전하를 저주하는 겁니다. 바로 그가 이 가뭄을 내린 겁니다. 그는 귀신과 악마들과 손을 잡고 있습니다.'"

해변에 저녁이 그렇게 내리는 줄도 모르고 아이들은 나망 노인의 묵직한 음성에 귀를 기울인다. 그럴 때면 마치 이제는 시간이 존재하지 않거나 아주 느릿하고 정다웠던 옛날로 되돌아가는 듯이 느껴진다. 랄라는 나망의 이야기가 영원히 끝나지 말았으면, 그래서 그 이야기가 며칠씩이나 계속되어 그녀와 아이들이 잠들었다가 깨어나도 지금 이 자리에서 나망의 목소리에 계속 귀기울일 수 있다면 얼마나 좋을까 하는 생각이 든다.

"'이 저주를 멈추게 하려면 어떻게 해야 하오?' 임금님이 물었지. 이집트인은 그의 눈을 똑바로 쳐다보며 말했단다. '단 한 가지 처방밖에 없습니다. 제게 비밀을 발설하라 명하셨으니 전하께 그 처방을 말씀드리지요. 전하가 이 세상에서 가장 사랑하는 외동따님을 제물로 바쳐야만 합니다. 숲속으로 가서 공주님을 들짐승들의 먹이로 주십시오. 그러면 전하의 나라를 덮친 가뭄이 멈출 것입니다.' 그러자 임금님은 고통과 분노로 소리치며 울기 시작했단다. 착한 임금님은 이집트인을 자유롭게 떠나도록 해주었어. 그 나라 백성들도 그 소식을 듣고 같이 울었단다. 그들은 레일라 공주를 사랑했거든. 그러나 임금님은 딸을 숲속으로 데리고 가서 들짐승들에게 먹이로 줄 결심을 했지. 제물을 바쳐야만 했기 때문이야. 그런데 그 나라에 어느 누구보다 더 레일라를 사랑한 한 청년이 있었단다. 그는 그녀를 구하기로 마음먹었어. 그는 친척뻘 되는 마법사로부터 반지를 물려받았는데, 그 반지를 끼고 있는 사람은 동물로 변신할 수 있는 힘을 갖게 되는 마법의 반지였단다. 그렇지만 일단 동물로 변하고 나면 처음 모습을 절대로 되찾을 수 없으며 영원히 죽지 않고 살아가게 된다는 게야. 마침내 제물을 바쳐야 할 밤이 왔지. 임금님은 딸을 데리고 숲으로 떠났단다……"

공기는 맑고 잔잔하다. 지평선이 끝없이 일직선으로 뻗어 있다. 랄라는 마치 자기가 갈매기로 변하여 바다 위를 앞으로 곧장 날아가고 있는 것처럼 먼 곳을 바라본다.

"임금님은 숲속에 도착했어. 말에서 내린 딸을 나무에다 묶은 뒤, 괴로워 울면서 그 자리를 떠났단다. 벌써 제물을 향해 다가오는 사나운 짐승들의 소리가 들려왔어……"

이따금씩 바다가 가까이 다가오는 듯, 해변의 파도 소리가 훨씬 또렷하게 들려온다. 그러나 단지 바람 부는 소리일 뿐이다. 바람이 모래 언덕 사이 우묵한 데로 들어가 똬리를 틀면 그런 소리가 난다. 바람에 모래기둥이 치솟아서 연기와 함께 뒤섞인다.

"숲속 나무둥치에 묶인 가엾은 레일라는 무서움에 떨며 살려달라고 아버지를 불렀어. 그녀는 들짐승들의 먹이가 되어 그렇게 죽어갈 용기가 없었거든…… 커다란 늑대 한 마리가 벌써 그녀에게 다가왔단다. 늑대의 두 눈이 캄캄한 어둠 속에서 불꽃처럼 번뜩였어. 그런데 갑자기 어떤 음악소리가 들려오는 거야. 어찌나 아름답고 맑은 소리였는지 레일라는 무서움이 사라졌단다. 그리고 숲속 사나운 짐승들도 모두 움직임을 멈추고 그 소리에 귀를 기울였단다……"

나망 노인은 두 손에 막대 붓을 이것저것 번갈아 쥐고 차례차례 선체를 따라 둥글게 미끄러지듯 송진을 칠한다. 랄라와 아이들은 마치 그 두 손이 이야기를 들려주고 있기나 한 것처럼 두 손을 열심히 바라본다.

"천상의 음악이 온 숲속에 울려퍼지자 짐승들은 음악을 들으며 땅바닥에 누워 양처럼 순한 동물로 변했어. 하늘에서 내려오는 그 노래가 동물들의 영혼을 뒤흔들었기 때문이야. 레일라도 황홀하게 귀를 기울이고 있었어. 그랬더니 밧줄이 스르르 풀리는 거야. 그녀는 숲속을 걷기 시작했어. 그녀가 가는 곳 어디든지 나뭇잎 속에 숨어 보이지 않는 음악가가 그녀 뒤를 따라 날아갔단다. 짐승들은 길바닥에 엎드려 있다가 공주의 손을 하나도 아프지 않게 핥아주었단다……"

대기는 이제 너무나도 투명하다. 빛이 하도 부드러워서 아이들은 다른 세계 속에 있는 것 같은 착각이 든다.

"그래서 레일라는 밤새 걸어서 아침에는 집까지 돌아왔어. 그 음악은 궁전 문 앞까지 그녀를 따라왔어. 사람들은 공주님이 돌아온 것을 보고 아주 기뻐했단다. 그들은 공주를 무척 사랑했거든. 이때 작은 새 한 마리가 이 나뭇가지에서 저 나뭇가지로 눈에 띄지 않게 날아다니고 있었어. 하지만 그 새를 주의깊게 보는 사람은 아무도 없었어. 바로 그날 아침에 비가 내리기 시작했단다……"

나망은 송진을 칠하던 손을 잠시 멈춘다. 아이들과 랄라는 초록색 눈이 반짝이고 있는 그의 구릿빛 얼굴을 바라본다. 그러나 아무도 질문을 던지지 않고 말도 하지 않는다.

"빗속에서 발라아빌루는 계속 노래를 불렀지. 그 새는 바로 공주를 사랑했던 그 청년이었어. 그가 공주의 목숨을 구해준 것이었단다. 그는 이젠 원래의 모습을 되찾을 수 없었기 때문에 매일 밤 레일라 공주의 방 창문 앞에 있는 나뭇가지 위에 올라앉아 아름다운 노래를 불렀단다. 공주도 죽은 후에는 새로 변해서 발라아빌루와 만날 수 있었다는 이야기도 있어. 그래서 둘이 함께 숲속에서, 정원에서, 영원히 노래를 불렀다는 거야."

이야기를 끝마친 나망은 더이상 아무 말도 하지 않는다. 그는 송진 묻힌 막대 붓을 놀리며 계속 배를 수리하고 있다. 해가 지평선 저쪽으로 미끄러지자 햇빛도 기울어진다. 하늘은 아주 노랗게 변하다가 약간 초록빛을 띤다. 타르칠을 한 종이지붕에 가려 언덕의 능선이 동강난 것처럼 보인다. 가늘고 가벼운 장작불 연기가 역광 때문에 담배 연기처럼 겨우 보인다.

아이들은 하나둘 자리를 떠난다. 랄라 혼자 나망 노인과 함께 남아 있다. 그는 아무 말 없이 일을 끝마친다. 그리고 나망 노인마저도 송진 냄비를 챙겨 들고 해변을 따라 천천히 걸어간다. 이제 랄라 곁에는 아무도 없다. 꺼져가는 장작불더미만 있을 뿐이다. 하늘 깊숙이 재빨리 어둠이 차오면, 낮의 강렬한 푸른색들은 점점 밤의 검은색으로 변한다. 왠지 알 수 없으나 이 순간에는 바다도 잔잔해진다. 파도가 부드럽게 해변의 모래 위에 부서지며 연보랏빛 거품으로 모래사장을 덮는다. 맨 먼저 나온 박쥐들이 곤충을 찾아 바다 위를 지그재그로 날기 시작하고 모기와 길 잃은 회색 나비들도 몇 마리 파닥거린다. 쏙독새가 숨죽이며 흐느껴 우는 소리가 아득하게 들려온다. 장작불 속에는 마치 잿더미 속에서 숨어 팔딱거리는 이상한 짐승들처럼, 불길도 연기도 없이 붉은 잉걸불만 몇 개 계속 타고 있다. 마지막 남은 잉걸불 하나가 몇 초 동안 더 활활 타다가 스러져가는 별처럼 사그라들자, 랄라도 일어나서 자리를 떠난다.

오래된 먼지 덮인 길 위에는 여기저기 조금씩 흔적들이 남아 있고, 랄라는 이런 자취를 따라가기 좋아한다. 간혹 새나 곤충들의 흔적을 따라가도 아무것도 나오지 않는다. 어떤 때는 땅속의 다른 구멍에 이어져 있거나, 아니면 어느 집 문 앞에 다다르기도 한다. 하르타니는 그녀에게 그 주위에 있는 것들, 즉 풀이나 꽃, 반짝이는 조약돌들에 한눈을 팔지 않으면서 어떻게 그 흔적들을 따라가는지를 가르쳐주었다. 하르타니가 흔적을 쫓아갈 때는 완전히 개처럼 변한다. 번득이는 두 눈에, 콧구멍은 벌어지고, 긴장한 온몸을 앞으로 내밀고 걸어간다. 때로는 발자취 냄새를 더 잘 맡으려고 땅바닥에 엎드려 기어가기도 한다.

랄라는 모래언덕들 가까이에 있는 오솔길을 무척 좋아한다. 그녀는 어머니가 열병으로 돌아가신 뒤 시테에 도착해서 처음 보내던 날들을 기억해본다. 그녀는 포장 씌운 트럭을 타고 여행하던 일을 더듬어본다. 아암마라고 부르는 아버지의 누나는 큰 회색 모직 망토를 휘감고 사막의 먼지 때문에 얼굴에 베일을 쓰고 있었다. 여행은 며칠이나 계속되었다. 랄라는 매일 트럭 뒤켠 숨막힐 듯한 포장 속, 먼지 덮인 자루들과 짐더미들 틈새에 앉아 있었다. 그러다가 어느 날, 포장막의 벌어진 틈으로 물거품이 하얗게 밀리는 몹시 새파란 바다를 보았다. 그녀는 울기 시작했다. 기뻐서인지 피곤에 지쳐서인지 알 수 없었다.

바닷가 오솔길을 걸을 때마다, 랄라는 먼지투성이 트럭 속에서 보던 그 파란 바다를 생각한다. 아주 멀리서부터 해변을 따라 길게 소리 없이 밀려오던 파도를 생각한다. 트럭의 포장 틈으로 내다보이던 모든 것들을 단번에 생각한다. 그녀를 덮어 감싸고 전율케 하는 어머니의 눈길을 느끼며 랄라의 눈은 눈물로 그렁그렁해진다.

랄라는 하르타니가 흔적을 쫓아갈 때처럼, 바로 이 눈길을 찾아서 긴장하여 몸을 앞으로 내밀고 가슴을 두근거리며 모래언덕을 따라 난 길을 헤맨다. 지금은 너무나 오래된 옛날 일이라 자기 자신도 언제인지 잘 기억나지 않지만, 그날 이후로 그녀는 자기가 지나온 곳을 찾고 있다.

때때로 그녀는 "움미"* 하고 아주 부드럽게 속삭이듯 불러본다. 때로는 혼자 모래언덕들 사이로 새파란 바다를 바라보며 숨을 내쉬듯 아주 나지막하게 어머니에게 말한다. 그녀는 무슨 말을 해야 할지 잘 모른다. 너무나 오래전 일이라 어머니가 어떤 모습이었는지조차 잊어버

---

* 어머니를 부르는 말.

렸기 때문이다. 랄라는 어머니의 목소리까지, 또 그 당시 그녀가 듣기 좋아했던 말까지 어쩌면 잊은 것일까?

“어디로 가셨어요, 움미? 이곳으로 나를 보러 오시면 좋겠어요. 간절히 바라고 있어요……”

랄라는 바다를 마주 보고 모래 위에 앉아서 파도가 느릿느릿 움직이는 것을 바라본다. 그러나 사막에서 달려오는 트럭이 붉은 길 위로 일으키는 숨막히는 먼지를 뒤집어쓰고 나서는, 처음으로 바다를 보던 그날의 파도와 똑같지 않음을 느낀다.

“움미, 나를 보러 오시지 않을 건가요? 아시겠지만, 나는 움미를 잊지 않았어요.”

랄라는 옛날 어머니가 들려주던 이야기의 흔적과 불러주던 노래 가사를 기억 속에서 더듬는다. 그러나 기억해내기가 어렵다. 눈을 감고 끝없는 우물 속으로 떨어지듯이 될 수 있는 대로 가장 멀리 거슬러올라가야 한다. 랄라는 눈을 뜬다. 이제는 기억 속에 아무것도 남아 있지 않기 때문이다.

그녀는 일어나서 모래 위에 길게 물거품을 드리우는 바닷물을 바라보며 해변을 거닌다. 뜨거운 태양이 어깨와 목덜미에 내리쬐이고 햇빛은 눈부시다. 랄라는 이런 감각을 아주 좋아한다. 그녀는 바람 속에 날려와 입술 위에 내려앉는 소금기를 좋아한다. 모래 위에 널브러져 있는 조가비들을 쳐다본다. 분홍빛 그리고 밀짚 같은 노란색의 진주조개 껍데기들, 닳은 달팽이 껍데기, 또 검푸른색, 회색, 자주색의 긴 리본 같은 해초들이 밀려와 있다. 해파리나 가오리를 밟지 않도록 조심하며 걸어간다. 때때로 파도가 밀려나갈 때 모래 속에는 이상한 것이 파닥거리고 있어 가만히 쳐다보면 납작한 생선이 있을 때도 있다. 랄라는 파도 소리에 이끌려 해안을 따라 아주 멀리까지 걸어간다. 가끔 멈춰서서, 가만히 발아래에 미끄러지듯 드리워진 자신의 그림자를 바라보거나 눈부시게 반짝이는 물거품을 바라보기도 한다.

"움미." 랄라는 또 부른다. "잠시만이라도 다시 돌아올 수 없나요? 보고 싶어요. 너무 외로워요. 움미가 죽었을 때 아암마가 나를 데리러 왔어요. 난 같이 오고 싶지 않았어요. 움미를 다시 못 보게 될 것을 알고 있었기 때문이에요. 돌아오세요. 잠시만이라도 돌아오세요!"

반쯤 눈을 감고 하얀 모래 위에 반사되는 햇빛을 바라보면, 랄라는 움미의 나라에서 집 주변에 펼쳐져 있던 광막한 모래밭을 볼 수 있다. 문득 그녀는 소스라쳐 놀란다. 한순간 메마른 나무가 보이는 것 같았기 때문이다.

가슴이 더 빨리 뛴다. 그녀는 모래언덕을 향해 바닷바람이 멈추는 곳으로 달려가기 시작한다. 뜨거운 모래 위에 몸을 던져 엎드린다. 작은 엉겅퀴들에 옷이 조금 찢어지고 조그만 가시들이 배와 넓적다리를 찌른다. 그러나 그녀는 신경쓰지 않는다. 고통이 그녀의 몸 한가운데로 번개같이 지나간다. 그 섬광이 어찌나 강렬한지 그녀는 기절할 것만 같다. 그녀는 두 손을 모래 속에 파묻고 숨을 멈춘다. 나무판자처럼 몸이 굳어진다. 마침내 그녀는 천천히 눈을 뜬다. 마치 그녀가 눈을 뜨면 실제로 거기 서서 그녀를 기다리고 있는 메마른 나무의 윤곽을 볼 수 있을 것처럼. 그러나 거기엔 아무것도 없다. 무한한 하늘만 새파랗게 펼쳐져 있고 모래언덕 뒤쪽에서 긴 파도 소리만 들려온다.

"움미, 오, 움미." 랄라는 흐느끼면서 또다시 불러본다.

그런데 갑자기 지금 그녀의 눈앞에 아주 똑똑히 보인다. 넓고 붉은 돌밭과 먼지, 거기 메마른 나무 앞에 땅끝까지 펼쳐진 듯 광대한 밭이 보인다. 그 밭은 텅 비어 있고 조그만 여자아이가 먼지 속에 있는 메마른 나무 쪽으로 달려간다. 너무나 어린 그 여자아이는 밭 한복판의 검은 나무 근처에서 문득 길을 잃고 어디로 가야 할지 모른다. 그 아이는 있는 힘을 다해 울기 시작한다. 그러나 그녀의 목소리는 붉은 돌멩이에 부딪쳐서 햇빛 속으로 흩어진다. 그녀는 소리지른다. 그녀를 둘러싼 침묵이 무섭다. 조여들며 고통을 주는 침묵이다. 길 잃은 조그만 여자아이는 곧장 앞으로 가다가 넘어지고, 또다시 일어난다. 돌멩이 모서리에 맨발의 살갗이 벗겨지고 흐느낌에 지친 목소리는 울먹이고 있다. 그녀는 이제 숨조차 쉬지 못한다.

"움미! 움미." 이렇게 그녀는 울며 외친다. 이제 그 꼬마 아이의 목소리가 또렷이 들려온다. 돌더미에 먼지투성이인 밭에서 빠져나오지 못하고 제자리에서 맴돌며 질식할 듯이 외치는 찢어질 듯한 그녀의 목소리를 랄라는 듣는다. 하지만 시간의 저 끝에서 랄라에게 들려오는 것은 소리뿐, 그녀는 가슴이 아프다. 왜냐하면 그 소리는 움미가 이제 다시는 돌아오지 않으리라는 것을 의미하기 때문이다.

그러다가 길 잃은 꼬마 소녀는 자기 앞에 돌더미에 먼지투성이인 밭 한복판에 문득 메마른 나무가 서 있는 것을 본다. 뿌리가 말라서인지 아니면 너무 늙어서인지 아니면 벼락을 맞아서인지 죽어 있는 나무다. 키가 그렇게 크지는 않으나 멋있는 형태다. 사방으로 휘어진 그 나무에는 생선뼈처럼 가시 돋힌 시든 가지가 뻗어 있고 검은 둥치에는 돋아난 싹들이 말라붙어 있고 기다란 검은 뿌리는 바위들을 둘러

싼 채 엉켜 있다. 꼬마 소녀는 자신도 모르는 사이에 나무 쪽으로 천천히 다가간다. 가까이 가서 타버린 나무둥치를 두 손으로 만져본다. 그런데 갑자기 메마른 나무 꼭대기에서 뱀 한 마리가 똬리를 풀며 서서히 내려오고 있다. 꼬마는 그 뱀을 보고 겁이 나서 온몸이 얼어붙는 듯하다. 죽은 나무 위를 기는 뱀의 비늘소리가 마치 이를 가는 듯한 금속성의 소리 같다. 뱀은 가지를 타고 쉴새없이 미끄러져 내려온다. 뱀은 서두르지도 않고 청회색 몸뚱이를 소녀의 얼굴 쪽으로 내민다. 그녀는 눈도 깜빡거리지 못하고 움직일 수도 없으며 숨도 제대로 못 쉬고 뱀을 쳐다본다. 목구멍에서 소리가 한마디도 나오지 않는다. 갑자기 뱀도 움직임을 멈추고 그녀를 바라본다. 그러자 성큼 뒤로 물러난 그녀는 있는 힘을 다해 달리기 시작한다. 텅 빈 돌밭을 혼자서 가로질러 달려간다. 마치 온 대지를 가로질러 달려갈 것처럼. 벌써 입안이 마르고 햇빛이 눈부셔 눈도 제대로 못 뜨며 숨을 씩씩거리고 내쉬면서, 집 쪽으로 움미의 그림자를 향해 뛰어간다. 움미는 그녀를 꼭 껴안고 얼굴을 쓰다듬는다. 이제 그녀는 움미의 머리카락에서 나는 향기로운 냄새를 맡으며 부드러운 음성을 듣는다.

그러나 오늘은 아무도 없다. 이 하얀 모래 천지 끝에 아무도 없으며 하늘은 그래서 더욱 광막하고 더욱 공허하다. 랄라는 고개를 두 무릎 사이에 파묻고 허리를 접고서 모래언덕 웅덩이에 앉아 있다. 머리채가 양쪽으로 갈라진 목덜미에 뜨거운 태양이 느껴진다. 옷의 까칠한 천을 뚫고 어깨까지 뜨거운 햇빛이 파고든다.

랄라는 그녀가 비밀이라고 부르는 에스 세르를 생각한다. 그녀는 사막 쪽에 있는 암석고원에서 그를 만났다. 아마도 그때 그는 무언가를 말해주려고 했던 것 같다. 그녀가 혼자가 아니라는 것을, 그리고 움미에게 가는 길을 가리켜주고자 했는지도 모른다. 어쩌면 지금 그녀의 목덜미와 어깨에 뜨겁게 내리쪼이는 것도 그의 눈길인지 모르겠다.

그러나 그녀가 다시 눈을 떠보면 연안에는 아무도 없다. 이제 두려움은 사라졌다. 메마른 나무, 뱀, 먼지 낀 붉은 돌밭도 사라졌다. 그것들은 전혀 존재하지 않았던 것 같다. 랄라는 바다 쪽으로 되돌아간다. 바다는 그녀가 트럭의 포장막 틈으로 처음 보고 울기 시작했던 그때처럼, 그렇게 아름답다. 해가 바다 위의 공기를 씻어내렸다. 파도 위에는 반짝이는 섬광들이 춤을 추고 물거품이 커다랗게 굽이치며 부서지고 있다. 미적지근한 바람 속에, 깊은 바다 냄새, 해초와 조개와 소금 냄새, 거름냄새가 가득 풍겨온다.

랄라는 물가를 따라 다시 천천히 걷기 시작한다. 바다로부터, 하늘빛으로부터, 하얀 해변으로부터, 정말로 어떤 눈길이 다가오고 있는 것처럼, 그녀는 마음속이 취해옴을 느낀다. 그녀는 그것이 무엇인지 정체를 잘 알 수 없다. 그러나 누군가가 도처에 있어 그녀를 바라보고, 그 시선으로 그녀를 내리쪼인다는 것을 알고 있다. 그래서 그녀는 약간 불안하기도 하고 동시에 따스함을 느끼기도 한다. 그 열기는 뱃속 한가운데부터 사지 맨 끝까지 빛나는 파문처럼 그녀의 몸속에 퍼진다.

그녀는 멈춰 서서 주위를 둘러본다. 아무도 없다. 인간의 형태라곤 없다. 엉겅퀴가 여기저기 자라 있는 부동의 높은 모래언덕과 해안 쪽으로 하나하나 밀려오는 파도만이 있을 뿐이다. 이렇게 끊임없이 그녀를 쳐다보는 것은 바다일까? 파도치는 바닷물의 그윽한 시선, 아니면 모래와 모래언덕들의 눈부신 시선일까? 어부 나망은 바다는 여인과 같다고 말해주었다. 그러나 왜 그런지는 한 번도 설명해주지 않았다. 그 시선은 사방에서 동시에 다가온다.

그때 그 순간, 해안을 따라서 갈매기와 제비갈매기들이 해변에 그림자를 드리우며 무리 지어 날아간다. 랄라는 멈춰 선다. 물이 흥건히 젖은 모래 속에 발목을 푹 파묻은 채 머리를 젖히고, 바닷새들이 지나가는 것을 본다.

새들은 날씬하고 긴 날개로 대기를 휘저으며 미적지근한 바람의 흐름을 거슬러 천천히 날아간다. 새들은 머리를 약간 옆으로 내밀고 날아간다. 조금 벌어진 부리 틈에서 이상한 신음소리, 삐걱거리는 듯한 소리가 흘러나온다.

날아가는 새떼 중에, 랄라가 잘 아는 갈매기가 한 마리 있다. 검은 반점 하나 없는, 몸이 온통 하얀 갈매기다. 그 새는 랄라 바로 위에서 부리를 조금 벌리고 깃털을 약간 벌려 세운 날개를 저으며 바람을 거슬러 천천히 날아간다. 흰 갈매기는 조그만 머리를 해안 쪽으로 기울이고 동그란 두 눈을 물방울처럼 반짝이며 지나갈 때마다 랄라를 내려다본다.

"너는 누구니? 어디로 가니?" 하고 랄라는 묻는다. 흰 갈매기는 그녀를 쳐다본다. 그러나 대답이 없다. 그 갈매기는 다른 새들을 따라서 해안가를 오랫동안 날며 무언가 먹을 것을 찾는다. 랄라는 흰 갈매기가 그녀를 알고 있지만 사람들과 함께 살도록 태어나지 않았기 때문에 그녀에게까지 감히 날아오지 못하는 것이라고 생각한다.

나망 노인은 바닷새가 폭풍우 칠 때 바다에서 죽은 사람들의 영혼이라고 이따금씩 이야기해주곤 했다. 랄라는 어부가 흰 갈매기가 된 것이라 여기고, 아주 키가 크고 날씬하며 투명한 살빛에 햇빛처럼 빛나는 머리카락을 가졌으며 눈은 불꽃처럼 빛났으리라고 생각한다. 그는 어쩌면 바다의 왕자였는지도 모른다.

생각이 여기까지 미치는 동안 모래언덕들 사이에 있는 해변에 앉아 있던 그녀는 물가를 따라 날아가는 갈매기떼를 본다. 갈매기들은 고개를 약간 옆으로 젖히고 긴 날개를 곡선으로 구부려 바람 위에 싣고서 힘도 들이지 않고 쉽게 날아간다. 새들은 먹이를 찾는다. 거기서 멀리 떨어지지 않은 곳에 있는 도시의 거대한 쓰레기장이 있는 곳으로 간다. 그곳으로 청소차들이 몰려온다. 끊이지 않는 그 괴상한 신음을 지르며 갈매기들은 계속 울어댄다. 그 울음 속에 갑자기 이유도 없이 날카로운 소리, 개 짖는 소리, 웃음소리가 들리는 듯하다.

그리고 바다의 왕자 같은 흰 갈매기는 이따금씩 랄라의 곁으로 날아와서 그녀를 알아봤다는 듯이 모래언덕 위쪽으로 커다란 원을 그리며 맴돈다. 랄라는 갈매기에게 두 팔을 흔들며 신호를 보낸다. 그리고 랄라는 그 갈매기에게 진짜 이름을 붙여주려고 온갖 이름을 생각해낸다. 진짜 이름을 부르면 어쩌면 갈매기가 원래의 인간의 모습을 되찾을지도 모른다. 그래서 그녀는 햇빛처럼 반짝이는 머리카락을 휘날리고 불꽃같은 두 눈을 반짝이며 바다의 왕자가 파도 거품 한가운데 나타나게 될지도 모른다는 희망을 안고 새를 불러본다.

"술레이만!"

"무민!"

"다니엘!"

그래도 그 흰 갈매기는 여전히 하늘 위에서 맴돌다가 바다 쪽으로 날아가 날개 끝을 파도에 스치며 아무 대답 없이 차가운 눈으로 랄라의 모습을 계속 쏘아볼 뿐이다. 그녀는 약간 분한 생각이 들어서 바다의 왕자가 변해서 된 그 새를 뒤쫓아가서 약 올리기 위해 두 팔을 휘저으며 아무렇게나 되는 대로 이름을 지어 고함친다.

"암탉들아! 참새들아! 꼬마 비둘기들아!"

이따금 이렇게도 부른다.

"매들아! 독수리들아!" 이 새들은 갈매기가 싫어하는 새들이기 때문이다. 그렇지만 이름 없는 흰 새는 무심하게 아주 천천히 날아간다. 물가를 따라 멀리 날아가서 동풍 속에 높이 떠 있다. 따가운 모래사장을 아무리 달려가도 랄라는 그 새를 따라잡을 수 없다.

그 갈매기는 날아가버린다. 물거품을 따라 다른 새들 틈에 끼어들어가서, 이제 그들은 보일까 말까 한 작은 점들이 되어 하늘과 바다의 푸르름 속에 사라져버린다.

물도 또한 아름답다. 한여름에 비가 내리기 시작할 때 양철지붕과 타르를 칠한 종이지붕 위로 흘러내려 홈통 밑에 있는 큰 양철통 속에 떨어지는 빗물은 부드러운 노랫소리를 들려준다. 비는 밤에 온다. 랄라는 계곡 위나 바다 위에서 우르르쿵쾅 하고 큰 소리를 내며 굴러가는 천둥소리를 듣는다. 나무판자 틈 사이로 그녀는 멋지고 하얀 빛줄기가 끊임없이 환히 비쳤다가 사라지는 것을 본다. 그럴 때마다 집안의 물건들이 언뜻언뜻 소스라치듯이 모습을 드러낸다. 아암마는 자리에서 꼼짝하지 않고 이불을 머리까지 뒤집어쓰고는 천둥도 들리지 않는 듯 계속 잠을 자고 있다. 그러나 방 저편 끝에 있는 두 소년은 잠이 깼다. 둘이서 나지막한 목소리로 이야기하며 숨죽여 웃는 소리가 들린다. 꼬마들 역시 요 위에 일어나 앉아서 나무판자 틈 사이로 바깥을 내다보려고 한다.

랄라는 번개가 그리는 무늬를 보려고 일어나서 발소리를 죽여가면서 문가까지 살금살금 걸어간다. 그러나 바람이 불기 시작해 차갑고 굵은 빗방울들이 땅 위로 떨어지고 지붕을 두드린다. 랄라는 다시 제자리로 가서 담요 속에 눕는다. 그녀는 이런 상태에서 빗소리 듣는 것을 좋아한다. 캄캄한 어둠 속에서 눈을 크게 뜨고 지붕이 환하게 밝아지는 것을 보며, 빗방울들이 하나하나 땅과 양철판을 세게 때리는 소리를 들으면 하늘에서 조그만 돌멩이들이 떨어지는 것 같다.

조금 지나면 홈통 속에 물줄기가 철철 흘러내려 빈 등유통 바닥을 두드리는 소리가 들린다. 랄라는 자기가 물을 마시고 있는 것처럼 기분이 좋다. 처음에는 시끄러운 금속성 소리가 나다가 점점 등유통 속에 물이 차오르면 소리는 더욱 그윽해진다. 빗물은 땅바닥에, 웅덩이에, 바깥에 내버린 낡은 냄비들 속에, 사방에서 동시에 철철 흘러내린다. 비가 땅바닥을 때리면 겨울의 마른 먼지가 공중에 떠오른다. 그러면 젖은 흙과 지푸라기, 연기에서 나는 냄새에 기분이 좋다. 어둠 속으로 달려가는 아이들도 있다. 소리를 지르고 깔깔거리며 달려간다. 랄라도 그 아이들처럼 하고 싶었으나 이제 그녀는 그렇게 놀기엔 너무 나이가 들었다. 그녀 또래의 소녀들은 더이상 옷을 벗고 밖에 나갈 수가 없다. 그래서 그녀는 양철판 위에 물이 튀는 소리를 들으며, 지붕 양쪽에서 타고 내려 등유통 가득 맑은 물을 넘쳐나게 하는 두 개의 아름다운 샘물을 생각하며 다시 잠이 든다.

이렇게 몇 날 며칠 동안 하늘에서 비가 내리면 강 건너편 마을에 있는 목욕탕에 따뜻한 물로 목욕을 하러 갈 수 있어서 좋다. 태양의 열기가 약간 수그러들고 흰 뭉게구름이 하늘에 첩첩이 쌓이기 시작하는 오후 끄트머리쯤, 아암마는 랄라를 데리고 목욕을 가기로 마음먹는다.

오늘은 여자들이 목욕을 하는 날이다. 모두 강을 거슬러올라가는 좁은 오솔길을 따라 목욕탕으로 간다. 상류로 3, 4킬로미터쯤 걸어가면 다리가 있고, 트럭이 다니는 길이 나온다. 그러나 거기까지 가기 전에 바닥이 얕은 강이 나온다. 여기서 여자들은 강을 건넌다.

아암마는 주비다와 그녀의 조카 조라, 랄라가 얼굴은 알지만 이름은 잊어버린 다른 여인들과 함께 앞에서 걸어간다. 여자들은 얕은 강바닥을 건너려고 치마를 걷어올린 채 웃고 큰 소리로 떠든다. 랄라는 약간 뒤처져서 걸어간다. 그녀는 아주 만족스럽다. 이런 오후에는 집에서 해야 할 일도 없고 땔감을 구하러 가지 않아도 되기 때문이다. 게다가 하늘에 아주 나지막이 드리워진 흰 뭉게구름과 강가에 돋아난 풀의 초록빛도 싱그럽다. 흙빛 강물은 차갑다. 얕은 강바닥을 건널 때 강물은 랄라의 두 다리를 휘감아 돌며 흐른다. 운하까지 가면 강 가운데 징검다리가 있다. 랄라는 물이 배까지 차오르자 허겁지겁 빠져나온다. 치마가 배와 허벅지에 달라붙는다. 강 저편에서 소년들은 여자들이 강을 건너려고 치마를 걷어올리는 것을 보고 조약돌을 마구 던져댄다.

목욕탕은 강 옆에 바싹 붙여 벽돌로 지은 헛간 같은 곳이다. 랄라가 치음 시테에 왔을 때 아암마가 처음으로 랄라를 이곳에 데리고 왔었다. 랄라는 이와 같은 장소를 한 번도 본 적이 없었다. 거기에는 커다란 방 안에 뜨거운 물이 담겨 있는 욕탕 몇 개와 욕탕 돌바닥을 덥히는 화덕만이 있을 뿐이다. 번갈아 가며 하루는 여자, 하루는 남자가 목욕을 한다. 구불구불한 양철지붕 아래, 벽 맨 꼭대기에 붙은 창문들을 통해 빛이 많이 들어오기 때문에 랄라는 이 욕실을 아주 좋아한다. 목욕탕은 여름에만 연다. 이곳에는 물이 귀하기 때문이다. 높다랗게 지어놓은 큰 물통에서 물이 내려온다. 물은 노천의 수로를 따라 목욕탕까지 흘러들어와 빨래터같이 생긴 큰 시멘트 통에 폭포처럼 떨어진다. 랄라와 아암마는 뜨거운 목욕탕에서 나온 다음, 이 폭포 같은 물 아래로 가서 씻는다. 그 물이 너무나 차서 여자들은 큰 대야로 찬물을 끼얹을 때마다 몸이 떨려 약간씩 소리를 지르곤 한다.

여기서 랄라가 좋아하는 것이 또 하나 있다. 그것은 온 욕탕 안을 하얀 안개처럼 가득 채우고 또 천장까지 하얀 보자기를 수없이 만들며 햇빛을 비틀거리게 하면서 창문으로 빠져 달아나는 수증기다. 욕탕에 들어가면 얼마 동안은 수증기 때문에 숨이 막힌다. 옷을 벗어 헛간 구석에 앉는 의자 위에 개어놓는다. 처음 몇 번 왔을 때 랄라는 부끄러워서 다른 여자들 앞에서 옷을 모두 벗으려고 하지 않았다. 그녀는 가슴이 없고 피부가 아주 희기 때문에 다른 사람들이 그녀를 쳐다보며 놀리는 것만 같았다. 그러나 아암마는 그녀를 꾸짖으며 억지로 옷을 모두 벗기고 긴 머리채를 기다란 천으로 묶어 틀어올려주었다. 지금은 옷을 다 벗어도 랄라는 아무렇지도 않다. 이제는 다른 여자들에게 신경쓰지 않는다. 처음에 그녀는 그곳을 끔찍한 곳으로 생각했다. 거기에는 아주 못생긴 여자도 있고, 죽은 나무처럼 살이 쭈글쭈글하게 늙은 여자들, 젖이 가죽부대처럼 출렁거리는 뚱뚱한 지방질의 여자들과 병든 여자들, 궤양이나 정맥류를 앓아 다리통이 심하게 울퉁불퉁한 여자들도 있었다. 랄라는 이 여자들을 예전같이 쳐다보지 않는다. 그녀는 추하거나 병든 여자들을 더이상 무서워하지 않고 오히려 측은하게 여긴다. 그리고 물은 또 어찌나 맑고 아름다운지 모른다. 큰 물통에서, 하늘에서 직접 떨어지는 물은 얼마나 신선한지, 아픈 여자들의 병을 치유해줄 수 있을 것만 같다.

이렇게 랄라는 몇 달씩이나 계속되는 긴 건기를 지나서 처음으로 욕탕에 들어간다. 물은 갑자기 그녀의 몸을 둘러싼다. 다리와 배와 가슴의 살을 어찌나 조이는지 랄라는 한동안 숨을 멈춘다.

물은 아주 뜨겁고 단단하다. 물은 피부 바로 아래까지 혈액을 퍼지게 하며 모공을 확장시키고 따뜻한 물결을 하늘이나 태양의 힘처럼 몸속까지 스며들게 한다. 랄라는 욕탕 안에 살며시 몸을 담근다. 뜨거운 물이 턱을 넘쳐서 입술에 닿을 때까지 몸을 푹 담그다가 바로 콧구멍 밑에서 멈춘다. 이렇게 한참을 움직이지 않고, 서려 있는 수증기가 구불구불한 양철 천장까지 뭉게뭉게 움직이는 것을 바라보며 물 속에 앉아 있다.

그러면 아암마가 다가와서 거품장구채 한 줌에 용암 가루를 묻혀서 랄라의 등, 어깨, 다리를 문질러 땀과 먼지를 벗겨낸다. 랄라는 아암마가 하는 대로 가만히 내버려둔다. 아암마는 비누거품도 잘 일게 하고 경석으로 잘 문질러줄 줄도 알고 있기 때문이다. 그다음 랄라는 물통 쪽으로 가서 물속에 첨벙 뛰어든다. 차갑게 느껴지는 그 물은 모공을 다시 수축시키고 피부를 매끈매끈하게 만들며 신경과 근육을 긴장시킨다. 랄라는 물 저장고에서 흘러와 폭포같이 떨어지는 물소리를 들으며, 다른 여자들과 함께 냉탕을 한다. 랄라는 이 물을 더 좋아한다. 이 물은 산속 샘물처럼 맑고 가벼워서 그녀의 깨끗한 피부 위를 마치 표면이 반들반들하게 닳은 돌멩이 위를 흐르듯 햇빛을 가득 받으며 미끄러져 내리다가 수많은 물방울조각으로 솟구쳐 튀어나간다. 고여 있는 물통 아래서 여자들이 숱 많은 검은 머리를 감고 있다. 아무리 추한 육신이라도 수정 같은 깨끗한 물을 통해 보면 아름답게 보인다. 차가운 물은 여자들의 목소리를 일깨워 높은 웃음소리를 낭랑하게 울리게 한다. 아암마는 팔을 크게 벌려 물을 한아름 랄라의 얼굴 쪽으로 튀겨 보낸다. 몹시 하얀 그녀의 치아가 구릿빛 얼굴에서 빛난다. 반짝이는 물방울들이 천천히 미끄러져 내려와 그녀의 짙은 가슴 위를 지나 배 위로, 허벅지로 흘러내린다. 물은 피부에 윤기를 주고 손바닥을 부드럽게 만든다. 헛간에는 김이 가득 서려 있지만 그래도 약간 추위를 느낀다.

아암마는 커다란 수건으로 랄라를 덮어준다. 랄라는 시트 같은 수건을 온몸에 빙 둘러 감싸서 가슴 위에다 매듭지어 묶는다. 아암마와 랄라는 의자 위에 옷을 개놓은 헛간 안쪽으로 걸어간다. 둘은 같이 앉아서, 아암마는 왼손가락으로 랄라의 머리카락을 쓸어내리며 서캐를 떼내고, 오른손으로는 긴 머리카락을 반드럽게 죽 빗어내린다.

햇빛이 떨고 있는 창문까지 무거운 수증기가 힘들게 올라가고 있다. 이 뜨거운 김에 싸여 잠이 올 듯 나른함을 느끼면서 랄라는 여자들의 목소리와 웃음소리, 물 퍼붓는 소리, 화덕에서 돌이 지글지글 달아오르는 소리에 귀가 약간 먹먹해진다. 이 속에서 아무 생각 없이 앞만 보고 있으면, 마치 꿈속에 있는 것처럼 기분이 아주 좋다. 그녀는 쇠의자 위에 앉아서 차가운 시멘트 바닥에 두 발을 놓고 커다란 젖은 수건을 두른 채 몸을 떨고 있다. 아암마의 능숙한 손이 지칠 줄 모르고 그녀의 머리카락을 빗질하며 매끄럽게 만든다. 그러자 머리카락에 남아 있던 마지막 물방울들이 그녀의 뺨과 등줄기를 타고 흘러내린다.

마침내 모두 끝나자 그녀들은 옷을 다시 입고, 밖으로 나가 석양의 열기 속에 앉아 박하주스를 마신다. 마치 오랜 여행을 하고 난 듯이, 그리고 신기한 것들로 실컷 포식한 듯이, 서로 아무 말 없이 금색 그림이 그려져 있는 조그만 유리잔을 기울인다. 강 저쪽 판자와 타르칠을 한 종이지붕의 시테까지 돌아가는 길은 멀다. 집에 도착했을 때는 이미 검푸른 밤이 내리고 별들이 구름 사이에서 반짝거리고 있었다.

축젯날은 여느 날들과는 다르다. 사람들은 대부분 이런 날들을 기다리고 바라며 산다. 그날이 가까워오면 사람들은 시테의 길거리에서나 집안에서나 우물가에서나 모두 그 이야기만 한다. 그들은 모두 초조하게 축젯날이 더 빨리 왔으면 하고 바란다. 때때로 랄라는 아침에 일어나면 오늘이 그날인가 하는 생각이 들어 가슴이 두근거리고, 팔과 다리가 이상하게 좀이 쑤셔 견딜 수가 없다. 재빨리 일어나서 머리를 손가락으로 쓱쓱 빗어내릴 틈도 없이 길거리로 나가서는 차가운 아침 공기 속을 달려간다. 태양은 아직 솟아오르지 않아 새 몇 마리를 제외하고는 모든 것이 잿빛으로 고요하다. 시테에 움직이는 사람이 없는 것을 보고 랄라는 아직 해가 뜨지 않았음을 알았다. 이때를 이용하여 모래언덕 안으로 가 앉아 파도머리 위로 떠오르는 첫 햇살을 맞이할 마음을 먹지 않는 한, 그녀가 할 일이라곤 고작 담요 밑에서 몸을 뒤척이는 것뿐이다.

길고 느리고 또 남자와 여자들의 몸속에 초조함이 진동하도록 하는 것, 그것은 단식이다. 축젯날 며칠 전부터 매일 해뜨기 전과 해진 후를 제외하고는 거의 식사를 하지 않고 물도 마시지 않는다. 그리하여 시간이 지날수록 그것은 몸 안에서 자라나고 연소되며 귀를 앵앵 울리게 하는 어떤 공백 같다. 랄라는 그래도 단식하기를 좋아한다. 왜냐하면 몇 시간이고 몇 날이고 먹지도 마시지도 않는 동안 몸속이 씻겨 내리는 것같이 느껴지기 때문이다. 아주 사소한 것에도 신경을 쓰게 되므로 매시간이 더 길고 더 충만한 것처럼 느껴진다. 더이상 아이들은 학교에 가지 않고 여자들은 이제 밭일을 하지 않으며 청년들도 시내에 가지 않는다. 모두가 오두막집 그늘이나 나무 그늘에 앉아 담소하며 해를 따라 움직이는 그림자를 바라보게 된다.

며칠 동안 아무것도 먹지 않으면 하얀 땅 위에 매끄럽게 펼쳐져 있는 하늘도 더 깨끗하고 더 푸르게 보인다. 동굴 속에 들어앉아 있는 것처럼 소리들도 더 크게 울리고 오래 지속된다. 햇빛도 더 순결하고 아름답게 보인다.

낮 길이조차 더 길어진다. 설명하기는 어렵지만 기상 때부터 황혼 때까지 온통 한 달이 지나간 듯하다.

태양이 뜨겁게 불타 건조함이 모든 것 속에 파고들 때 랄라는 이처럼 단식하는 것을 좋아한다. 회색 먼지가 입속에 돌멩이 같은 맛을 남기면 이따금씩 레몬향이 나는 풀잎들을 빨거나 씁쓸한 시바풀 잎사귀들을 빨아야 한다. 그러나 주의할 것은 침을 절대 뱉지 말아야 한다는 것이다.

단식기간이 오면 랄라는 매일같이 바위언덕 위로 하르타니를 보러 간다. 그도 역시 하루종일 먹지도 마시지도 않는다. 그렇지만 그의 생활태도는 조금도 변하지 않고 그의 얼굴도 여전히 그을린 빛이다. 그의 그늘진 얼굴 위로 두 눈은 반짝이고 웃을 때마다 치아가 하얗게 빛을 발한다. 유일한 차이라고는 몸의 수분을 잃지 않기 위해 투박한 모직 망토를 완전히 덮어쓰고 있다는 것이다. 이렇게 그는 한쪽 발은 무릎 아래 장딴지 위에 대고 한 다리로 햇빛 아래에 가만히 서서, 공기 속에서 반짝이며 춤추는 빛을 향해, 양과 염소떼를 향해, 멀리 시선을 던지고 있다.

랄라는 그의 곁, 편편한 바위 위에 앉아서 산 이편저편에서 들려오는 소리를 듣는다. 날벌레들 소리, 목동들의 휘파람소리, 또 돌멩이들이 열기에 팽창되어 딱딱거리는 소리, 바람이 지나가는 소리도 들린다. 시간은 한없이 많다. 왜냐하면 단식기간 동안 랄라는 물을 길러 가지 않아도 되고, 음식 장만에 쓸 땔감거리로 죽은 나뭇가지들을 주우러 갈 필요가 없기 때문이다.

단식을 할 때 이렇게 건조한 공기 속에 앉아 있으면, 마치 피할 수 없는 시선처럼 사방에서 그를 잡아당겨 긴장시키는 날카로운 고통을 느낄 수 있어서 좋다. 밤이 되면 바위언덕들 능선 위로 아주 동그랗고 커다랗게 부푼 달이 떠오른다. 그러면 아암마는 병아리콩 수프와 빵을 내어온다. 사람들은 모두 재빨리 먹어치운다. 아암마의 남편 셀림조차도 그의 버릇대로 빵에 올리브 기름을 바르지도 않고 허겁지겁 먹어버린다. 아무도 입을 열지 않는다. 이야기도 없다. 랄라는 말을 하고 싶다. 약간 열에 들뜬 듯이 할말이 너무나도 많은 것 같다. 그러나 그녀는 그러면 안 된다는 것을 알고 있다. 단식기간에 침묵을 깨뜨려서는 안 되기 때문이다. 단식을 할 때에는 이렇게 말과 머리로도 단식을 하는 것이다. 또 이 기간 중에는 발을 약간 끌면서 천천히 걸어다녀야 하며, 손가락으로 사물이나 사람을 가리켜서도 안 되고, 입으로 휘파람을 불어서도 안 된다.

아이들은 때때로 단식중이라는 것을 잊어버린다. 내내 자신을 억제하기란 어렵기 때문이다. 그래서 아이들은 웃음을 터뜨리기도 하고 먼지구름을 일으키면서 길거리로 달려나가 개들을 모두 짖게 만든다. 그러면 노파들이 아이들 뒤에 대고 고함을 지르며 돌멩이를 던진다. 그제야 달려가던 아이들도 한동안 멈춘다. 어쩌면 단식 때문에 힘이 없어서 멈추는 것인지도 모른다.

단식이 어찌나 오래 계속되는지, 랄라는 이제 단식이 시작되기 전에는 어떻게 살았는지조차도 기억이 잘 나지 않는다. 그러던 어느 날 아암마가 양을 한 마리 사러 언덕 쪽으로 떠나면 사람들은 모두 그날이 다가오고 있음을 알게 된다. 아암마는 수스내기 셀림은 무엇이든 좋은 물건을 고를 줄 모른다고 말한다. 그래서 아암마는 혼자 떠난다. 그녀는 목동들이 살고 있는 돌언덕 쪽으로 난 꼬불꼬불한 좁은 길을 따라 떠난다. 랄라와 아이들은 멀찌감치 그녀를 뒤쫓아간다. 언덕에 도착하면 랄라는 소용없는 일이라는 것을 잘 알면서도 혹시 하르타니가 저기에 있는가 살펴본다. 사람들을 좋아하지 않는 이 목동은 시테 사람들이 양을 사러 올 때면 떠나버리는 것이다. 하르타니의 양부모가 양의 털을 깎고 있다. 땅속에 나뭇가지를 박아서 울타리를 만들어놓았다.

사람들은 그늘에 앉아서 기다린다.

양을 파는 다른 상인들도 있고 목동들도 있다. 이상한 비계 냄새와 오줌냄새가 마른 흙 위에 떠다닌다. 나뭇가지 울타리 속에 갇힌 가축들의 날카로운 울음소리가 들려온다. 시테에서, 또 어떤 때는 시내에서도 사람들이 많이 온다. 도시 사람들은 도로가 끝나는 시테 입구에 자동차를 세워놓고 오솔길을 걸어왔다. 피부가 노란 북쪽 지방 사람들도 있고, 양복을 입은 신사들과 남쪽에서 온 농부들도 간혹 있으며, 수스 사람, 파스 사람, 모가도르 사람들도 있다. 이들은 근방에 목동들이 많이 있다는 것을 알고 있으며, 때로 그 친척들이나 친구들을 잘 알아 싼 값에 좋은 가축을 한 마리 사서 이득 보는 거래를 해볼까 하는 희망을 갖고 온다. 그래서 울타리 앞에 서서 흥정하며 손짓을 하기도 하고 양들을 더 잘 보려고 몸을 구부리기도 한다.

아암마는 서두르지 않고 시장을 가로질러간다. 그녀는 발길을 멈추지 않고 그저 울타리를 한 바퀴 돈다. 재빨리 살펴보며 단박에 가축들의 값어치를 알아본다. 울타리를 둘러보는 동안 자신이 필요로 하는 양을 어김없이 마음속에 찍어둔다. 그다음 점찍은 양의 주인을 찾아가서 값을 묻는다. 그녀는 다른 양은 원하지 않고 바로 그 양만을 사려고 하기 때문에 거의 값을 흥정하지도 않고 주인에게 돈을 치른다. 목동이 미리 준비성 있게 가져온 끈을 양 목에 걸어준다. 일은 다 끝났다. 이제는 양을 끌고 집으로 가는 일만 남았다. 양을 끌고 가는 영광을 안게 된 것은 아암마의 맏아들 바레키다. 아주 크고 건강한 양이며 때가 탄 노란 털에서는 오줌냄새가 코를 찌른다. 그래도 랄라는, 소년이 있는 힘을 다해 목줄을 잡아당겨 목이 졸린 양이 고개 숙이고 겁에 질린 눈으로 걸어가는 것을 보니 불쌍한 생각이 든다. 아암마 집 뒤에 있는 낡은 나무판자로 된 우리의 한 모퉁이에 양을 매어놓는다. 특별히 이 양을 위해 만들어놓은 우리다. 양이 며칠 살아 있는 동안 매일같이 먹을 것과 마실 것 등 양이 원하는 것은 무엇이든 가져다준다.

그러던 어느 날 아침 랄라는 눈을 뜨자마자 오늘이 축젯날이라는 것을 금방 알아차린다. 누군가 그녀에게 이야기해주지 않아도 눈을 뜨고 햇살을 보기만 해도 알 수 있다. 일 초 만에 일어나서 그녀는 다른 아이들과 함께 거리로 나간다. 벌써 축제의 소음이 공중에 떠돈다, 판자와 타르칠을 한 종이로 지은 집들 위로 마치 새 지저귀는 소리처럼 올라간다.

랄라는 아직 차가운 땅 위를 달려간다. 전속력으로 들판을 가로질러 바다로 가는 좁은 오솔길을 따라 뛰어간다. 그녀가 모래언덕 꼭대기에 도착하면 바닷바람이 단숨에 그녀를 후려친다. 어찌나 심하게 불어대는지 콧구멍이 막히며 몸이 뒤로 비틀거린다. 바다는 짙고 난폭하지만, 하늘은 아직도 너무나 포근하고 연한 잿빛이다. 이제 랄라는 무섭지 않다. 랄라는 재빨리 옷을 벗고 주저 없이 머리부터 물속으로 뛰어들어 잠수한다. 밀려오는 파도가 그녀를 뒤덮고 고막 속과 눈꺼풀 위에 부딪치며 콧구멍 속으로 스며든다. 입안 가득 들어온 짠물이 목구멍 속으로 흘러들어간다. 그러나 바다가 두렵지 않은 랄라는 그날 짠물을 꿀꺽꿀꺽 마신다. 그리고 소금기로 눈이 잘 보이지 않아 취한 듯이 비틀거리며 파도에서 나온다. 그다음에는 다시 파도 속으로 돌아가서 물가를 따라 오랫동안 헤엄친다. 물이 빠져나갈 때 그녀는 무릎으로 모래를 쓸어차고 그녀 몸둘레에서 부풀어오르는 파도 꼭대기에 몸을 신는다.

그때 랄라가 아주 좋아하는 흰 갈매기가 천천히 그녀 머리 위로 울음소리를 내며 날아간다. 랄라는 그 새에게 신호를 보낸다. 그 새를 다시 돌아오게 하려고 이름을 불러본다.

"헤! 칼라! 일라! 젬자르! 호리야! 하비브! 케라라! 하임!……"

그녀가 마지막 이름을 부르자, 갈매기는 고개를 숙이고 그녀를 쳐다본다. 그러면서 소녀의 머리 위에서 맴돌기 시작한다.

"하임! 하임!" 랄라는 다시 외쳤다. 그녀는 그것이 예전에 바다에서 사라진 선원의 이름이라는 것을 확신했다. 왜냐하면 그것은 '방랑자'라는 의미였기 때문이다.

"하임! 하임! 제발 이리 와!"

그러나 흰 갈매기는 한번 더 맴을 그리고는 해변을 따라 바람 속으로 가버린다. 도시의 쓰레기 하치장으로 날아가기 전 매일 아침마다 모든 갈매기가 모여드는 곳으로 날아간다.

랄라는 바다와 바람의 찬 기운을 느끼고 전율한다. 태양은 이제 멀지 않다. 장밋빛과 노란빛이 하르타니가 살고 있는 바위언덕 뒤켠에서 막 솟아오르고 있다. 랄라의 피부에 소름이 돋아나 있어 그 위로 비친 햇빛이 물방울을 반짝거리게 한다. 바람은 심하게 불고 모래가 랄라의 파란 치마를 거의 뒤덮다시피 하고 있다. 몸이 마르기를 기다리지도 않고 옷을 입은 랄라는, 달리기도 하고 걷기도 하면서 시테 쪽으로 다시 떠난다.

아암마는 집 문 앞에 웅크리고 앉아서, 뜨거운 기름이 가득 끓고 있는 큰 냄비 속에 밀가루 도넛을 익히고 있다. 아직도 집 가까이에 머물러 있는 어둠 속에서, 흙으로 된 화덕은 붉은 빛을 발하고 있다.

이 순간이 랄라가 축젯날 중 가장 좋아하는 순간일 것이다. 랄라는 바다의 신선함에 몸을 떨면서 불이 이글거리는 화덕 앞에 앉아 바삭바삭한 뜨거운 도넛을 먹으며 부드러운 밀가루 반죽맛과 아직도 목구멍 속에 남아 있는 바닷물의 짜고 쓴 향기를 음미한다. 아암마는 랄라의 머리카락이 젖은 것을 보고 그녀를 꾸짖는다. 그러나 축젯날이니까 그리 심하게 야단치지는 않는다. 잠이 덜 깨어 부은 눈을 비비며 아암마의 아들들과 수스내기 셀림도 화덕 가까이 와서 앉는다. 그들은 아무 말 없이 큰 흙쟁반에서 호박색으로 잘 튀겨진 도넛을 집어먹는다. 아암마의 남편은 되새김질을 하듯 천천히 턱뼈를 움직이며 먹다가 이따금씩 먹는 것을 멈추고 손가락을 따라 흐르는 기름 방울을 핥는다. 그는 가끔 말을 하는데 별 대수롭지도 않은 이야기인지라 아무도 듣지 않는다.

이날은 무언가 피맛이 도는 것 같다. 양을 죽여야 하는 날이기 때문이다. 심장이 뛰는 악몽의 기억처럼, 무언가 단단하고 긴장된 것이 있는 것 같아 기이한 기분이 든다. 남자들과 여자들은 쾌활하다. 모든 사람이 즐거워한다. 이제 곧 단식이 끝나고 배가 불러올 때까지 끊임없이 먹을 수 있게 되니까. 그러나 랄라는 양 때문에 마냥 기쁘지만은 않다. 말로 표현하기 어렵지만 그녀의 몸속에 무언가 성급히 서두르며 달아나고자 하는 욕망이 인다. 축젯날에 그녀는 항상 이런 생각이 든다. 아마도 랄라는 하르타니와 같은 유의 사람이어서 축제가 맞지 않는가보다.

양을 죽이려고 푸줏간 주인이 온다. 때로는 어부 나망이 올 때도 있다. 그는 유대인이라서 양을 죽이는 것을 불명예스러운 일로 여기지 않기 때문이다. 어떤 때는 다른 지방에서도 오는데, 그 남자는 험악한 얼굴에 근육이 불거진 튼튼한 팔을 가진 아이사와 사람이다. 랄라는 그를 아주 싫어한다. 나망은 다르다. 나망은 도와달라는 부탁을 받을 때만 그 일을 할 뿐이며, 구운 고기 한 조각 이외에 다른 대가를 요구하지 않는다. 그렇지만 푸줏간 주인은 나쁘다. 그는 돈을 주어야만 양을 죽인다. 그 남자는 양의 목에 맨 끈을 잡아끌고 간다. 샘물에서 멀지 않은, 흙이 잘 다져진 광장까지 양을 끌고 갈 때 양의 찢어질 듯한 울음소리를 듣지 않으려고, 또 푸줏간 주인이 날카로운 큰 칼로 양의 목을 벨 때 단속적으로 콸콸 솟아나와 에나멜을 칠한 대야에 가득 쏟아지는, 김이 무럭무럭 나는 검은 피를 보지 않으려고, 랄라는 살짝 빠져나와 바다로 간다. 그러나 얼마 안 가 이내 돌아온다. 왜냐하면 그녀의 내면 깊은 곳에는 요동치는 욕망, 이 허기가 있기 때문이다. 그녀가 아암마 집 가까이로 되돌아오면 타닥거리는 불에서 나는 선명한 소리가 들리고 고기 굽는 맛있는 냄새가 난다. 양고기의 가장 맛있는 부분을 구울 때 아암마는 어느 누구의 도움도 원치 않는다. 그녀는 혼자서 불 앞에 쪼그리고 앉아 일하기를 좋아한다. 그렇게 손수 고깃조각들이 꿰어져 있는 쇠꼬챙이 끝을 돌린다. 넓적다리 부분과 갈비 부분이 잘 익으면 불에서 꺼내어 잉걸불더미 위에 얹어놓은, 흙으로 구운 큰 접시 위에 놓는다. 그러고 나서 랄라를 부른다. 이제 연기에 그을릴 차례이기 때문이다. 이것 또한 랄라가 축제 중에 가장 좋아하는 순간 가운데 하나다. 그녀는 아암마와 가까운 불가에 앉는다. 랄라는 넘실거리는 불길과 연기 너머로 아암마의 얼굴을 쳐다본다. 때때로 아암마가 불 속에 젖은 풀 한 줌이나 아직 새파란 나무둥치를 던지면 검은 연기가 소용돌이치며 솟는다.

아암마는 고기를 준비하며 이따금씩 이야기를 한다. 아암마의 목소리는 불이 타닥거리는 소리, 주위에서 노는 어린아이들의 고함소리, 남자들의 웅성거림과 한데 섞여 랄라에게 들려온다. 랄라는 얼굴과 머리카락과 옷에 스며드는 따뜻하고 강렬한 냄새를 맡는다. 랄라는 작은 칼로 고기를 가는 끈처럼 잘게 썰어서 불 위, 화염과 연기가 분리되는 위치쯤에 높이 걸어놓은 생나무 채반 위에 놓는다. 아암마가 옛날 시절 이야기며, 산 너머 남쪽 땅에 살 때의 이야기, 사막의 모래가 시작되고 샘물이 하늘색처럼 파란 그곳에 살던 이야기를 들려주는 때도 바로 이 순간이다.

"아암마, 하와 이야기 좀 해주세요" 하고 랄라가 다시 말한다.

해는 길고, 할일이라곤 난무하는 연기 속에 말라가는 고깃조각들을 바라보고 있다가 이따금 잔 나뭇가지로 조금씩 위치를 바꿔주거나 불에 데지 않게 손가락을 핥는 일뿐이므로, 아암마는 이야기를 시작한다. 그녀의 목소리는 처음에는 추억을 더듬으려고 애쓰는 것처럼 느릿느릿 머뭇거리다가, 푸른 하늘에 서서히 퍼져가는 태양열과 불꽃이 타박거리는 소리, 고기 냄새와 연기 냄새 속에서 점점 순탄해진다.

"랄라 하와(아암마는 이렇게 불렀다)는 나보다 나이가 위였지. 처음 집에 왔을 때를 나는 잘 기억하고 있어. 네 아버지가 그녀를 데리고 왔었지. 그녀는 대사막에서, 그러니까 남쪽에서 온 여자였지. 거기서 네 아버지가 네 엄마를 알게 되었단다. 그녀의 부족은 남쪽 스마라라는 성도 근처의 사기에 엘 함라에 살고 있었고, 두 눈의 물이라고 불리는 위대한 마 엘 아이닌 혈통이었단다. 그런데 그 부족들은 그 땅을 떠나지 않으면 안 되었어. 그건 기독교군이 그들을, 남자고 여자고 아이들이고 모조리 집에서 쫓아냈기 때문이었지. 그래서 그들은 몇 날 몇 달을 걸어갔단다. 나중에 네 엄마가 우리에게 그렇게 말해주더구나. 우리는 그때 수스 지방에서 가난하게 살고 있었는데, 네 아버지가 랄라 하와를 무척이나 사랑해서 우리는 함께 행복하게 살았단다. 그녀는 웃고 노래할 줄 알았지. 기타도 칠 줄 알았단다. 우리집 문 앞 햇빛 속에 앉아서 노래를 부르곤 했었어……"

"무슨 노래를 불렀어요, 아암마?"

"남부의 노래였어. 어떤 노래는 슐루흐말로 된 것도 있었고 아사카, 굴리민, 탄탄 노래도 불렀어. 그렇지만 나는 네 엄마처럼 부를 수는 없을 거야."

"그래도 괜찮아요, 아암마. 제가 들으려고 하는 거니까 그냥 불러보세요."

그러면 아암마는 낮은 목소리로 노래를 부르고, 불꽃이 타들어가는 소리도 함께 들린다. 랄라는 자기 어머니가 부르던 노래를 더 잘 들으려고 숨을 죽인다.

"어느 날, 오, 어느 날엔가는 까마귀가 흰 새가 되고, 바닷물이 마르리, 선인장 꽃 속에서 꿀을 찾으리라, 아카시아 가지들로 잠자리를 만들리라, 오, 어느 날엔가는 뱀 입속에도 독이 사라지고, 총알을 맞아도 죽지 않으리, 그러나 그날 나는 내 사랑을 떠나리……"

랄라는 그녀에게까지 들려오는 것이 어머니의 목소리인 것처럼 아암마의 얼굴을 쳐다보지 않고 불 속에서 속삭이는 목소리를 듣는다.

"어느 날, 오, 어느 날엔가는 사막에도 바람이 불지 않고, 모래 알갱이들이 설탕처럼 달콤해지리, 흰 돌멩이 밑마다 샘물이 나를 기다리리, 어느 날, 오, 어느 날엔가는 꿀벌들이 내게 노래를 하리, 그러나 그 날 나는 내 사랑을 잃어버리리……"

이제 아암마의 음성이 변했다. 그 목소리는 더 강하고 가볍게, 피리 소리처럼 높이 올라가서 작은 구리종들처럼 울린다. 이것은 이제 아암마의 목소리가 불길과 연기의 장막 너머에서 랄라를 위해, 그녀만을 위해 노래 부르고 있다는 뜻이다.

"어느 날, 오, 어느 날엔가는, 밤에도 태양이 뜨고, 달 속의 물이 사막에 호수를 만들어주리, 그때 하늘은 너무 낮아서 나는 그 별을 만질 수 있으리, 어느 날, 오, 어느 날, 내 그림자가 내 앞에서 춤추는 것을 나는 보리라, 그날은 내가 내 사랑을 잃는 날이리……"

아득한 목소리는 랄라의 몸 위로 전율처럼 살며시 미끄러져서 그녀를 감싼다. 햇빛에 불꽃이 춤추는 것을 바라보고 있는 그녀의 눈동자가 흐려진다. 노래 가사가 끝나고 긴, 아주 긴 침묵이 온다. 멀리서 축제 음악과 북소리가 만드는 신나는 리듬이 랄라에게 들려온다. 노래를 불러주는 낯선 여자의 목소리만 남기고 아암마가 떠나버린 듯이 랄라는 지금 몹시 외롭다.

"어느 날, 오, 어느 날엔가는, 거울을 들여다보면 당신의 얼굴이 보이리, 우물 속에서 당신의 음성이 들리리, 그리고 모래 위에 남겨진 당신의 발자국을 알아볼 수 있으리, 어느 날, 오, 어느 날엔가는, 내 죽음의 날을 알게 되리, 그날은 내가 내 사랑을 잃는 날이리……"

그 목소리는 한숨처럼 점점 낮고 멍멍해져서 흔들거리는 불꽃같이 약간 떨리며 파란 연기의 소용돌이 속에 사라져버린다.

"어느 날, 오, 어느 날엔가는, 태양이 어두워지리, 땅이 열리고 바다가 사막을 덮으리, 어느 날, 오, 어느 날엔가는, 내 눈은 이제 더이상 빛을 못 보리, 내 입은 이제 더이상 당신의 이름을 부르지 못하리, 내 가슴의 아픔도 그치리, 그날은 내가 내 사랑을 떠나는 날일 테니까……"

이상한 그 목소리는 속삭이듯 사그라져 불과 파란 연기 속으로 사라진다. 움직이지 않고 한참 동안 더 기다린 후에야, 다시는 그 목소리가 돌아오지 않으리라는 것을 깨닫는다. 그녀의 두 눈에는 눈물이 가득 고이고 가슴이 아프다. 그러나 그녀는 아무 말도 하지 않고, 아암마는 다시 고깃조각을 길게 잘라서 연기 속에 매달아놓은 채반 위에 올려놓기 시작한다.

"또 우리 엄마에 대해 이야기해주세요, 아암마."

"그녀는 노래를 많이 알고 있었어. 랄라 하와는 너처럼 목소리가 예뻤단다. 그리고 그녀는 기타를 칠 줄도 알고 피리도 불었어. 또 춤도 출 줄 알았고. 그런데 네 아버지가 사고를 당하자 갑자기 네 엄마는 변해버렸어. 그리고 그 이후로 한 번도 노래를 부르지 않고 기타도 치지 않았단다. 네가 태어났을 때도 네 엄마는 노래를 부르려고 하지 않았지. 단지 네가 밤에 울면 너를 흔들어 달래며 잠재울 때만은 예외였단다……"

이제 말벌들이 날아든다. 구운 고기 냄새가 말벌들을 끌어들인 것이다. 수백 마리가 몰려들어 얇은 고깃조각 위에 앉으려고 불 주변에서 붕붕거린다. 그러나 연기가 그들을 쫓아낸다. 말벌들은 연기에 숨이 막혀 취한 듯 불을 가로질러 날아간다. 어떤 것들은 잉걸불 위에 떨어져 순식간에 노란 불이 붙어 타오르기도 한다. 다른 것들은 반쯤 타서 괴로워하며 땅바닥으로 떨어진다. 불쌍한 말벌들! 고기를 한몫 얻으려고 날아와서는 어쩔 줄을 모르고 있다. 쓰라린 연기가 그들을 취하게 하고 미치게 만든다. 그건 말벌들이 채반 위에 앉을 줄을 모르기 때문이다. 그래서 말벌들은 눈먼 나방들처럼 바보같이 곧장 앞으로만 날아가서 타 죽는다. 랄라는 그들을 불에서 멀리 떼어놓고, 허기를 면하게 해주려고 말벌들에게 고기를 한 조각 던져준다. 그러나 그중 한 마리가 지나가며 그녀의 목에 침을 쏜다. 그녀는 "아야!" 하고 소리치며 말벌을 잡아내어, 무척 아프면서도 가여운 마음이 들어서 멀리 던져버린다. 랄라는 마음속 깊이 말벌들을 좋아하기 때문이다.

아암마는 말벌들에 마음을 쓰지 않는다. 그녀는 헝겊조각을 휘둘러 말벌들을 멀리 내쫓으며 계속 채반 위의 얇은 고깃조각을 뒤집으며 이야기를 잇는다.

"네 엄마는 집안에 머물러 있는 것을 그리 좋아하지 않았지……" 그녀는 아주 오랜 옛 꿈 이야기를 하듯이 목소리를 죽인다. "그녀는 종종 너를 포대기로 업고 멀리멀리 떠나가곤 했단다…… 아무도 네 엄마가 어디로 가는지 알 수 없었어. 네 엄마는 버스를 타고 바다까지 가기도 하고 이웃마을로 가기도 했단다. 그녀는 샘물 근처, 그녀가 알지 못하는 사람들이 있는 시장에 가서 작은 돌 위에 앉아 그들을 바라보곤 했단다. 아마도 사람들은 네 엄마가 거지라고 생각했을지도 몰라…… 그렇지만 네 엄마는 집에 가서 일하고 싶어하지 않았어. 왜냐하면 우리 가족들이 네 엄마에게 가혹하게 대했기 때문이야. 그래도 나는 그녀를 내 친언니처럼 사랑했었단다."

"어머니가 어떻게 죽었는지 얘기해주세요, 아암마."

"오늘 같은 축젯날에 그런 이야기를 하는 것은 좋지 않아" 하고 아암마는 말한다.

"괜찮아요, 아암마. 그래도 어머니의 죽음에 대해 얘기 좀 해줘요."

불길을 가운데 두고 떨어져 앉아 있는 아암마와 랄라는 서로가 잘 보이지 않는다. 그렇지만 또다른 눈길이 있어 그것이 그들을 가슴 아프게 한다.

잿빛과 파란빛으로 소용돌이치는 연기가 춤을 추며 구름처럼 퍼졌다가 다시 오므라든다. 생나무 채반 위에 얇은 고깃조각들은 낡은 가죽처럼 아주 짙은 갈색으로 변했다. 저쪽에는 태양이 부드럽게 기울고 있고, 바람과 함께 조수가 높아지며 메뚜기들의 울음소리, 시테 길거리를 뛰어가는 아이들의 고함소리, 남자들의 음성, 음악들이 들린다. 그러나 랄라의 귀에는 그 소리가 거의 들어오지 않는다. 그녀는 아주 오래전에 일어난 어머니의 죽음을 이야기하는 목소리의 속삭임에 온통 빠져 있다.

"우리는 앞으로 무슨 일이 일어날지 알 수 없었단다. 아무도 몰랐었지. 어느 날 랄라 하와는 매우 피곤해하면서 자리에 누웠어. 그녀는 온몸에 한기를 느꼈지. 그렇지만 아픔을 하소연하지는 않았어. 무슨 일이냐고 사람들이 물으면 아무것도 아니에요, 아무것도 아녜요, 단지 피곤할 뿐이에요, 그것뿐이랍니다, 하고 말하곤 했단다. 랄라 하와가 자리에서 일어날 수조차 없었기 때문에 그때 내가 너를 보살피고 먹였단다…… 그런데 마을에는 의사가 없었어. 무료진료소도 너무나 멀리 있었지. 아무도 어떻게 해야 할지 몰랐단다. 그러던 어느 날, 그러니까

엿새째 되는 날이었지, 아마. 랄라 하와가 나를 불렀단다. 그녀의 목소리는 아주 힘이 없었어. 그녀는 내게 다가오라고 손짓을 하고는 단지 내게 이렇게만 말했어. 난 죽을 거예요, 그게 전부였단다. 그녀의 음성이 이상했어. 얼굴은 온통 잿빛이었고 두 눈은 타는 듯했단다. 그때 나는 너무 겁이 나서 집 밖으로 뛰쳐나왔단다. 너를 데리고, 최대한 멀리 들판을 가로질러 언덕까지 뛰어갔지. 거기서 하루종일 나무 아래 앉아 있었어. 너는 옆에서 놀고 있었고. 내가 다시 집에 돌아왔을 때 너는 잠들어 있었어. 그런데 어머니와 누이들의 울음소리가 들렸단다. 그리고 집 앞에서 아버지를 만났는데 랄라 하와가 죽었다고 말해주셨지……"

파란 하늘로 올라가는 연기의 소용돌이 앞에서, 랄라는 두 눈으로 탁탁거리며 춤추는 불길 위를 뚫어지게 쳐다보며 온 힘을 다해 귀기울여 듣고 있다. 말벌들은 취한 듯 날갯짓을 계속하며 총알처럼 불길을 뚫고 지나가 날개를 태우고 땅 위에 떨어진다. 랄라는 이 말벌들의 음악도 듣는다. 이 소리는 나무판자와 타르칠을 한 종이로 지은 시테에서 들을 수 있는 유일한 진짜 음악이다.

"아무도 그런 일이 일어나리라곤 생각하지 못했단다." 아암마는 이야기를 계속한다. "그 일이 일어나자 모든 사람들이 다 울었단다. 그런데 나는 마치 나 자신도 곧 죽을 것처럼 한기를 느꼈어. 사람들은 모두 너 때문에 슬퍼했단다. 너는 그 일을 이해하기엔 너무 어렸으니까. 나중에 우리 아버지가 돌아가시고 내가 수스내기와 함께 살러 시테에 오게 되었을 때 너를 데리고 왔지."

고깃덩어리들이 완전히 훈제되려면 아직도 시간이 더 지나야 한다.

그래서 아암마는 이야기를 계속한다. 그렇지만 랄라 하와에 대해서는 이제 한마디도 더 하지 않는다. 아암마는 청색 인간이라 불리는 알 아즈락에 대해 말한다. 그는 바람과 비에게 명령할 줄 아는 자였다고 이야기한다. 광막한 사막 한가운데 홀로 나뭇가지와 종려잎으로 오두막집을 짓고 살았다고 말한다. 또 청색 인간 위의 하늘에는 온갖 종류의 새들이 몰려들어 천상의 노래를 부르며 그의 기도와 하나가 되었다고 말한다. 그렇지만 마음이 순수한 자만이 청색 인간의 집을 찾을 수 있었으며, 다른 사람들은 사막에서 길을 잃어버리곤 했다고 말한다.

"그가 말벌들에게도 말을 할 수 있었나요?" 하고 랄라가 묻는다.

"말벌뿐 아니라 야생꿀벌들에게도 말을 했단다. 그는 그들의 주인이었으니까 길들이는 말을 알고 있었지. 또 그는 말벌, 꿀벌, 파리떼들을 적에게 구름떼같이 몰려가게 할 수도 있었을 게다. 그러나 그분은 정당한 분이었으므로 자신의 능력을 좋은 일을 하는 데에만 썼단다."

그녀는 사막, 드라 계곡 너머, 굴리민 남쪽, 타루단트 동쪽에서 시작되는 대사막에 대해서도 이야기한다. 랄라가 바로 그곳, 그 사막 속 한 그루 나무 밑둥치에서 태어났다고 아암마는 이야기해준다. 그곳, 대사막의 나라에서는 하늘은 광대하고 지평선은 끝이 없다. 왜냐하면 아무것도 시야를 막는 것이 없기 때문이다. 사막은 마치 바다와 같이 단단한 모래 위에 바람의 파문이 파도처럼 물결쳐 있고, 가시덤불들이 물거품처럼 굴러간다. 납작한 돌멩이들과 지의류地衣類 식물이 군데군데 얼룩져 있고, 소금이 웅덩이처럼 고여 있으며, 태양이 지면에 가까워지면 검은 그림자가 구멍이 파이듯이 드리워진다. 아암마는 오랫동안 사막에 대해 이야기한다. 그녀가 말하고 있는 동안 불길이 조금씩 조금씩 낮아지고 연기는 가볍고 투명해지며 잉걸불은 천천히 파삭거리는 은빛 먼지 같은 것으로 덮여간다.

"……대사막, 그곳에서는 말야, 사람들이 며칠을 걸어도 집 한 채 보이지 않고 우물 하나도 마주칠 수 없을 때가 있단다. 왜냐하면 너무 광막해서 아무도 사막을 전부 샅샅이 알 수는 없기 때문이야. 사막으로 들어간 사람들은 마치 바다 위에 뜬 배에 타고 있는 것과도 같아서 언제 다시 돌아올지 아무도 알 수 없어. 어떤 때는 폭풍이 몰아치기도 하지, 그렇지만 이곳 같진 않아. 사막의 폭풍은 정말 굉장한데, 바람이 모래를 잡아채서는 하늘 위로 흩뿌려 던져놓는단다. 그러면 사람들은 길을 잃게 되고 모래 속에 빠져 죽어. 폭풍을 만난 배들처럼 길을 잃고 죽는 거야. 그러면 그들의 시체는 모래 속에 고이 파묻힌단다. 그 나라에서는 모든 것이 그렇게 다를 수가 없어. 태양도 이곳 태양과 똑같지 않아. 더욱더 강렬하게 타올라서 어떤 남자들은 얼굴을 데고 눈이 멀어서 돌아오기도 한단다. 밤이 되면 너무나 추워서 길 잃은 사람들은 괴로워서 비명을 지를 정도야. 그 추위는 뼈를 바스러뜨린단다. 남자들도 여기 남자들 같지 않아…… 그들은 잔인해. 여우처럼 사냥감을 엿보고 있다가 소리 없이 다가가지. 그들은 하르타니처럼 푸른 옷을 입고 얼굴에 베일을 쓰고 있으며, 살갗이 검어. 그들은 남자가 아니라 정령들, 악마의 자식들이지. 악마와 거래하는 마술사와도 같단다……"

그때 랄라는 사막의 주인이며 사막의 돌멩이 밑에 물을 솟아나게 할 줄 아는 청색 인간, 알 아즈락을 생각한다. 아암마도 그를 생각하며 말한다.

"청색 인간은 이런 사막의 남자들과 같은 사람이었단다. 그런데 신의 축복을 받아서 자기 부족과 가족을 떠나 혼자 살았지…… 그렇지만 그는 사막의 사람들이 알고 있는 것들을 죄다 알고 있었어. 그는 손으로 사람들의 병을 고쳐주는 기술을 물려받았는데, 랄라 하와도 그런 힘을 가지고 있었단다. 그녀는 꿈을 해몽할 줄도 알았고, 미래를 점칠 줄도 알았으며, 잃어버린 물건이 어디 있는가 되찾는 능력도 있었단다. 그녀가 알 아즈락 가문이라는 것을 알고는 사람들이 그녀에게 와서 어떻게 했으면 좋겠느냐고 충고를 구하기도 했어. 어떤 때는 그들의 요청을 들어 말을 해주기도 하고, 어떤 때는 대답조차 하려고 하지 않았지……"

랄라는 자신의 손을 살펴본다. 그 손에 무엇이 있을까 하고 찾아본다. 그녀의 손은 소년들의 손처럼 크고 강하게 생겼다. 그러나 피부는 부드럽고 손가락은 길고 날씬하다.

"아암마, 저도 그런 힘을 가지고 있나요?"

아암마는 웃기 시작한다. 그녀는 일어나서 기지개를 켠다.

"그 생각은 이제 그만해라" 하고 그녀는 말한다. "이제 고기가 다 됐으니 접시에 놓아야겠다."

아암마가 가버리자, 랄라는 채반을 내려서 여기저기서 고깃조각을 하나씩 집어 우물거리며 큰 흙접시에 얇은 고깃조각들을 펼쳐놓는다. 불이 잔잔해지자 또 수없이 몰려온 말벌들은 크게 윙윙거리며 랄라의 손 주위에서 춤추고 그녀의 머리카락에 달라붙는다. 그녀는 말벌들을 겁내지 않는다. 그것들을 부드럽게 쳐내며 또다시 훈제한 고기 한 조각을 던져준다. 오늘은 말벌들에게도 예외적인 날이니까.

그런 후에 그녀는 바다 쪽으로 간다. 모래언덕 쪽으로 이어지는 좁은 길을 따라간다. 그러나 물가에는 가지 않는다. 모래언덕들 저편 바람막이가 되는 곳에서 모래 속에 드러누울 움푹한 자리를 고른다. 엉겅퀴도, 개미도 그리 많지 않은 구석을 하나 찾아내서는 등을 대고 눕는다. 두 팔을 가지런히 몸에 붙이고 가만히 눈을 뜨고 하늘을 본다. 커다란 흰 구름들이 흘러간다. 천천히 해변을 쓸어내리는 바닷물 소리가 들린다. 바다를 보지 않고 바닷소리를 듣는 것은 기분이 좋다. 갈매기 소리도 들린다. 바람 위에 떠서 미끄러지듯 날아가는 갈매기들 때문에 잠시 햇빛이 가려진다. 마른 관목들, 작은 아카시아 나뭇잎소리, 필라오나무의 바늘같이 뾰족한 잎새가 물소리처럼 살랑거린다. 아직도 말벌 몇 마리가 랄라 주위를 붕붕거리며 맴돈다. 그녀의 손에서 여태 고기 냄새가 나기 때문이다.

그때 그녀는, 다시 다른 나라에서처럼, 아득히 멀리 노래하는 그 이상한 목소리, 샘물소리 같고, 햇빛처럼 맑고 유연하게 올라갔다 내려갔다 하는 그 목소리를 들어보려고 애쓴다. 눈앞에 펼쳐진 하늘에는 조금씩 조금씩 베일이 드리워진다. 그러나 겨울이 끝나가고 빛의 계절이 시작되는 때이므로 밤은 아주 천천히 내린다. 황혼은 처음에는 잿빛이다가 차츰 붉어진다. 커다란 구름이 흩날리는 말갈기처럼 붉게 물든다. 모래언덕들 사이로 움푹 파인 모래 속에 길게 누워, 계속 하늘과 구름들을 쳐다본다. 밤 동안 머무를 해변을 찾는 갈매기들의 날카로운 울음소리 속에, 바닷소리와 바람소리 속에, 정말 그 목소리가 랄라의 귀에 들려온다. 부드럽게, 끊임없이 애가를 반복하는 그 목소리는 죽음이 생명의 불꽃을 꺼버리리라는 것을 이미 알고 있는 듯이, 낭랑한 가운데 약간 떨린다. 오랫동안 계속되던 불볕이 끝난 뒤 마셔도 마셔도 질리지 않는 물처럼, 청아한 그 목소리가 들린다. 하늘과 구름 속에서 나오는 그 음악은 모래언덕들의 모래 속에 울리며 사방으로 퍼져나간다. 엉겅퀴의 마른 풀잎들 속에도 그 목소리가 진동한다. 랄라를 위해서, 오직 그녀만을 위해 부르는 그 노래 소리는 그녀를 감싸안고 달콤한 물로 그녀를 씻기며 머리카락, 이마, 입술을 쓰다듬고 사랑을 말하고, 랄라에게 축복을 내린다. 그러자 랄라는 몸을 엎드려 모래에 얼굴을 파묻는다. 무언가 그녀 안에서 무너지고 부서져 소리 없이 눈물이 흐르기 때문이다. 그녀에게 다가와 어깨에 손을 얹으며, "귀여운 랄라야, 왜 울고 있니?"라고 말해줄 사람은 아무도 없다. 그러나 이상한 목소리는 따뜻한 눈물을 흘러내리게 하고, 그녀 마음속에 파묻혀 있는, 몇 년 전부터 움직이지 않는 영상들을 휘저어놓는다. 모래 위에 눈물이 흘러 그녀의 턱 밑에는 조그만 얼룩이 지고, 그녀의 뺨과 입술 위에 모래가 달라붙는다. 그러다가 갑자기 아무 소리도 들리지 않는다. 하늘의 그 목소리가 그쳤다. 이제 밤이 되었다. 짙푸른색의 벨벳처럼 아름다운 밤이다. 인광燐光이 번쩍이는 구름 사이로 별들이 총총히 박혀 있는 것이 보인다. 랄라는 열기가 몸을 휩싸고 지나가는 듯이 부르르 떤다. 그녀는 깜빡거리는 반딧불 속을 지나 발길 가는 대로 모래언덕을 걷는다. 뱀을 무서워하는 그녀는 아직도 자기 발자국 흔적이 남아 있는 좁은 길로 방향을 돌려, 축제가 계속되고 있는 시테를 향하여 천천히 간다.

랄라는 기다린다. 무엇을 기다리는지도 잘 모르면서 어쨌든 기다리고 있다. 시테에서의 하루는 길다. 비가 오고 바람이 부는 여름날들은 무척 길기만 하다. 어떤 때는 자신이 단지 하루하루가 오는 것을 기다리고 있는 것이 아닐까 생각될 때도 있지만, 막상 그 하루하루가 오면 그녀가 기다리는 것은 그날이 아니란 것을 깨닫는다. 그녀는 다만 기다리고 있을 뿐이다. 인내심이 있는 사람들은 뭔가를 기다리며 일생을 보낸다. 그러나 아무것도 찾아오지 않는다.

남자들은 종종 망토자락이나 수건으로 머리를 덮고 햇빛이 내리쪼이는 바위에 앉아 있곤 한다. 그들은 정면을 주시하고 있다. 무엇을 보고 있는 것일까? 먼지 낀 지평선 길 위에는 오색의 커다란 풍뎅이 같은 트럭들이 달리고 있고, 바위언덕이 윤곽을 드러내고 있으며, 흰 구름이 하늘에 흘러가고 있다. 그들은 이런 것들을 보고 있다. 검은 베일을 쓴 여자들 역시 우물 앞에서 맨발을 가지런히 드러내고 아무 말 없이 기다리고 있다.

아이들조차 기다릴 줄 안다. 아이들은 식료품가게 앞에 앉아서 놀지도 소리지르지도 않고 기다린다. 때때로 아이 중 하나가 일어나서 동전을 가지고 환타 한 병이나 박하사탕 한 줌하고 바꾸러 간다. 다른 아이들은 말없이 그 아이를 바라본다.

우리가 어디로 가고 있는지, 또 무슨 일이 일어날지 모르는 날들이 있다. 모두가 길바닥에서, 도로변에서 지켜보고 있다. 누더기 차림의 아이들은 파란 자동차가 달려오고 경유나 나무, 시멘트를 실은 커다란 트럭들이 지나가기를 기다린다. 랄라는 트럭소리를 잘 알고 있다. 이따금 그녀도 다른 아이들과 함께 시테 입구, 새 돌무더기 경사면에 나가 앉는다. 트럭이 한 대 도착할 때마다 아이들은 도로 쪽으로 몸을 돌린다. 저멀리 아스팔트 위에서 너울거리는 공기에 언덕이 물결쳐 보인다. 트럭은 아직 보이지 않는데 엔진소리만 한참 동안 들린다. 휘파람 같기도 한 날카로운 엔진소리에 섞여 간간이 들려오는 클랙슨소리가 집 벽을 덜덜 울리며 메아리친다. 이윽고 먼지구름이 보인다. 노란 먼지구름은 모터에서 나온 파란 연기와 뒤섞인다. 빨간 트럭은 전속력으로 아스팔트 위를 달려온다. 운전석 위에 있는 배기구는 파란 연기를 토해내고, 앞창과 크롬은 햇빛을 받아 반짝인다. 타이어들이 바람에 약간 휘청거리며 집어삼킬 듯이 달린다. 세미 트레일러의 바퀴가 인도에 바큇자국을 낼 때마다 먼지구름이 하늘로 치솟는다. 마침내 트럭은 클랙슨을 크게 울리며 아이들 앞을 지나간다. 열네 개의 새카만 타이어 밑에서 지층이 흔들린다. 휘발유가 타는 지독한 냄새가 먼지바람과 섞여 뜨거운 숨결처럼 그들 앞으로 지나간다.

아이들은 한참이 지난 후에도 빨간 트럭, 흰 급수 트럭, 노란 기중기 트럭 등 여러 가지 트럭 얘기를 계속한다.

사람들은 그렇게 기다린다. 머물지 않는 사람들, 가버리는 사람들이 지나가는 것을 보려고, 이들은 그렇게 자주 도로와 다리 그리고 바다를 찾아가는 것이다.

배가 고픈 날은 다른 날보다 하루가 더 길다. 랄라는 그런 날들을 너무나 잘 알고 있다. 집에 돈이라곤 한 푼도 없고 아암마가 마을에서 일자리를 구하지 못할 때, 그런 날들이 온다. 아암마의 남편 수스내기 셀림조차 어디서 돈을 벌어와야 할지 모른다. 모두가 어둡고 슬프게 보이며 심술궂게 변한다. 그럴 때면 랄라는 하루종일 바깥에서 보낸다. 그녀는 저멀리 목동들이 살고 있는 암석고원으로 가서 하르타니를 찾는다.

언제나 똑같다. 그가 몹시 보고 싶을 때면 하르타니가 어느 구덩이에서 나타난다. 흰 천으로 머리를 둘러맨 채 바위 위에 앉아 있는 것이다. 그는 양과 염소를 지키고 있다. 새카만 얼굴에 노인처럼 마른 그의 두 손에는 힘이 있어 보인다. 그는 검은 빵과 대추야자를 랄라와 함께 나누고, 또 가까이 오는 목동들에게도 나눠준다. 그는 자신이 주는 것이 하나도 큰 것이 아니라는 듯 전혀 거만을 떨지 않는다.

때때로 랄라는 그를 쳐다본다. 그의 무감각한 얼굴, 매 같은 옆얼굴, 그리고 침울한 두 눈 속에서 반짝이는 광채가 좋다. 하르타니, 그도 역시 뭔가를 기다린다. 그는 그것을 얘기하지 않는다. 사람들의 언어를 말할 줄 모르기 때문이다. 그러나 랄라는 그의 시선 속을 들여다보고, 그가 무엇을 기다리고 무엇을 찾고 있는지 읽어낼 수 있다. 하르타니는 바위언덕과 눈 덮인 산 너머 광대한 사막, 그가 태어난 곳에 자신의 일부를 남겨두고 와서 그것을 찾아야만 완전한 인간이 되기라도 한다는 듯, 두고 온 자기 자신을 찾고 있는 것 같다.

랄라는 하루 온종일 목동과 지내지만 그의 곁에 가까이 다가가진 않는다. 그에게서 멀리 떨어지지 않은 바위에 앉아 그녀는 자기 앞에 펼쳐지는, 메마른 계곡 위로 춤추며 올라가는 공기와 섬광을 일으키는 하얀 햇빛, 또 염소와 양들이 다니는 완만한 바위 사잇길을 바라본다.

슬프거나 괴로운 날, 그곳에 말없이 있을 수 있는 사람은 하르타니 한 사람뿐이다. 시선만 한 번 던져도, 하르타니는 벌써 알아차리고 아무 대가도 바라지 않은 채 빵과 대추야자를 선뜻 내준다. 결코 어느 누구의 소유물도 아니라는 듯이. 그렇게 언제나 몇 걸음 떨어져 있는 양과 염소들처럼, 그도 그렇게 사람들로부터 몇 발짝 떨어져 있기를 원한다.

랄라는 언덕에서 들려오는 목동들의 소리와 하얀 침묵을 깨뜨리는 휘파람소리를 하루종일 듣고 있다. 먹을 것을 하나도 가져오지 않았다고 아암마가 아무리 야단을 친다 할지라도, 타르칠을 한 판잣집이 있는 시테로 돌아올 때면 그녀는 언제나 더 자유로워졌음을 느낀다.

그런 날들 중 어느 하루, 아암마가 강 건너 빈민가에 있는 양탄잣가게로 랄라를 데리고 갔다. 철책 달린 좁은 창문이 많이 있는 커다란 흰 집이다. 작업장으로 사용되는 방으로 들어가자, 랄라의 귀에 베틀소리가 들려온다. 형광등 세 개가 깜빡거리는 커다란 작업장의 희뿌연 어둠 속에, 스무 명도 더 되는 사람들이 몇 줄로 열을 지어 앉아 있다. 베틀 앞에는 소녀들이 등 없는 의자에 웅크리고 앉아 있다. 그녀들은 빠른 속도로 일을 하고 있다. 날실 사이로 북을 밀어넣고, 조그만 가위로 나온 실들을 자르고, 씨실 위에 모직 실을 찔러 박는다. 가장 나이 많은 여자아이는 열네 살 정도이며, 가장 어린 아이는 미처 여덟 살도 안 된 것 같다. 그녀들은 서로 얘기도 하지 않는다. 아암마와 양탄잣가게 여주인과 함께 작업장에 들어온 랄라를 쳐다보지도 않는다. 그 여주인의 이름은 조라다. 검은 옷을 입은 키가 큰 그 여자는 항상 살찐 두 손에 회초리를 들고서, 일을 빨리빨리 하지 않거나 옆 사람과 얘기하는 소녀들의 다리와 어깨를 후려친다.

"일을 해본 아이인가요?" 그녀가 랄라를 쳐다보지도 않고 묻는다.

아암마는 예전에 베 짜는 법을 보여준 적이 있다고 대답한다. 조라가 고개를 끄덕인다. 그녀의 얼굴은 창백하게 보인다. 아마 입고 있는 검은 옷 탓이거나, 아니면 가게 밖을 한 번도 나간 적이 없기 때문인 것 같다. 그녀는 비어 있는 베틀로 천천히 걸어간다. 그 베틀에는 흰 점들이 있는 검붉고 큰 양탄자가 하나 있다.

"이 양탄자를 끝내도록 해봐요." 그녀가 말한다.

랄라는 앉아서 일을 시작한다. 어둡고 큰 방에서 두 손을 기계적으로 움직이며 몇 시간 동안 일을 한다. 처음에는 손가락이 피로해서 일을 멈추어야 했다. 그러나 키 크고 창백한 여자가 내려다보고 있는 시선을 느끼고는 곧 다시 일을 시작한다. 랄라는 창백한 여자가 자기를 회초리로 때리지는 않을 거라는 것을 알고 있다. 자신의 나이가 다른 소녀들보다 더 많기 때문이다. 다른 소녀들과 시선이 부딪쳤을 때 커다란 충격이 랄라의 가슴을 치고 그녀의 두 눈에 분노의 불꽃을 일게 한다. 검은 옷을 입은 뚱뚱한 여자는 가장 어린 소녀들, 암강아지처럼 마르고 겁에 질려 있는 소녀들, 거지 소녀들, 조라 집에서 일 년 내내 살면서 돈 한 푼 없는 소녀들에게 분풀이를 한다. 그녀들이 일손을 조금 늦추거나 소근거리며 몇 마디를 주고받기만 해도 뚱뚱하고 창백한 여자는 민첩하게 다가와 회초리로 불시에 등을 후려친다. 그러나 소녀들은 절대로 울지 않는다. 휙 하는 회초리 소리와 등에서 나는 딱 소리만 들릴 뿐이다. 왠지 고함을 치며 달려가 그 여자를 때려주고 싶은 마음이 들어, 랄라는 보지도 듣지도 않으려고 이를 악물고 고개를 숙인다. 아암마를 위해 집에 돈을 가져가야 하므로 그녀는 아무 말도 하지 않는다. 그 대신 복수심에서, 붉은 양탄자 속 매듭 몇 개를 삐뚤어지게 만들어놓을 뿐이다.

그러나 다음날, 랄라는 그 일을 더 할 수 없게 되었다. 뚱뚱하고 창백한 여자가 북을 깨뜨렸다고 겨우 열 살 난 아주 마르고 연약한 미나를 막대기로 때렸기 때문이다. 랄라는 일어나 차갑게 말한다.

"그애를 그만 때려요!"

조라는 이해할 수 없는 듯 랄라를 잠시 쳐다본다. 그녀의 기름지고 창백한 얼굴이 너무나 바보 같은 표정을 하고 있어 랄라는 다시 반복한다.

"그애를 그만 때리라고요!"

조라의 얼굴이 갑자기 분노로 일그러진다. 그녀는 랄라의 얼굴을 매로 세차게 후려친다. 그러나 그 회초리는 왼쪽 어깨에만 내려앉는다. 랄라가 매를 피할 줄 알았기 때문이다.

"내가 너를 때릴지 안 때릴지 두고 봐!" 조라가 고함을 친다. 이젠 그녀의 얼굴이 붉으락푸르락하다.

"놔요! 못된 여자 같으니라고!"

랄라는 조라의 매를 잡아채어 무릎에다 대고 콱 분질러버린다. 그러자 등등한 여자의 얼굴이 겁으로 일그러진다. 그녀는 말을 더듬거리며 뒷걸음질을 한다.

"가! 가! 어서 꺼져버려!"

랄라는 벌써 큰 방을 가로질러 바깥으로 뛰어나가 햇빛 속으로 줄달음친다. 자유는 아름답다. 거꾸로 미끄러지고 있는 구름들을, 조그만 쓰레깃더미 주위를 분주히 돌아다니는 말벌들을, 그리고 도마뱀, 카멜레온, 바람에 흔들리는 풀들을 그녀는 또다시 바라볼 수 있는 것이다. 랄라는 집 앞 판자벽 그늘에 앉아서 모든 미세한 소리를 굶주린 듯 듣고 있다.

"이젠 조라 집에 일하러 안 갈 거예요, 절대로."

아암마는 잠시 그녀를 바라본다. 그러나 아무 말도 하지 않는다.

시테에서의 랄라의 생활에 무엇인가 변화가 일어난 것은 그날 이후부터다. 그녀는 갑자기 어른이 된 것 같다. 그래서 사람들도 그녀를 새삼스럽게 쳐다보기 시작한 것 같다. 아암마의 아들들조차 이전처럼 거칠거나 경멸스러운 태도가 아니다. 때때로 그녀는 시테에 막 왔던 시절, 아무도 그녀 이름을 알지 못했던 때, 관목 뒤, 물통 속, 상자 속에 몸을 숨길 수 있을 만큼 정말로 조그만 어린아이였던 적이 조금씩 그럽다. 사람들이 자기를 쳐다보지도 않고 그녀에게 말을 걸지도 않아 그림자처럼 지나다니던 그 시절을 그녀는 몹시 사랑한다.

변하지 않은 사람은 나망 노인과 하르타니뿐이다. 어부 나망은 해변에서 어망을 수선할 때나, 아암마 집에 옥수수 과자를 먹으러 올 때면, 언제나 믿을 수 없는 이야기들을 들려준다. 그는 이제 전혀 고기를 잡으러 나가지 않는다. 그러나 사람들은 그를 너무나 좋아해서 자기들 집으로 끊임없이 초대한다. 그의 눈은 물처럼 투명하게 맑고, 얼굴은 오래된 상처 자국처럼 깊은 주름살이 파였다.

아암마는 그 노인이 스페인, 마르세유, 파리, 그가 보고 걸었던 모든 도시들, 그 도시에서 그가 알고 있는 길과 사람들의 이름을 얘기하는 것을 듣고 있다. 아암마는 그에게 몇 가지 묻기도 하며, 혹 그곳에서 일자리를 구하거든 도와줄 수 있는지 부탁한다. 나망은 고개를 끄덕인다. "못할 것도 없지." 그 어떤 질문에도 이렇게 대답하지만, 그래도 동생에게 편지하겠다고 약속을 해준다. 한데 떠난다는 것은 복잡한 일이다. 돈과 서류들이 있어야만 한다. 아암마는 눈길을 저멀리 던지며 생각에 잠긴다. 그는 수많은 길, 집, 자동차들이 있는 하얀 도시를 상상하고 있는 것이다. 그것이 어쩌면 그녀가 기다리고 있는 것인지도 모르겠다.

랄라는 그곳에 대해 그렇게 많이 생각하지 않는다. 그녀에겐 모두 다 마찬가지다. 그녀가 나망의 눈을 들여다보면, 그 바다, 나라, 집에 자기도 꼭 가보았던 것처럼 여겨진다.

하르타니 역시 거기에 대해 그리 많이 생각하지 않는다. 그는 어른처럼 키도 크고 힘도 세지만, 언제나 어린애 같다. 그의 육체는 날씬하고 길쭉하며 얼굴은 흑단처럼 매끄럽고 순수하다. 아마도 다른 인간들의 언어를 말할 줄 모르기 때문에 아직도 그는 그런 모습을 간직하고 있는가보다.

모직 옷을 걸치고 얼굴에 흰 천을 내려 덮고 항상 시선을 멀리 못박은 채, 그는 바위 위에 앉아 있다. 그의 주위엔 언제나 그처럼 누더기를 걸치고 휘파람을 불며 이 바위 저 바위로 뛰어다니는 야성적인 흑인 목동들이 있다. 랄라는 그들의 집에 가는 것을 아주 좋아한다. 하얀 불빛으로 가득한 그곳에는 시간이 흐르지 않는다. 그래서 그곳 아이들은 항상 자라지 않고 그대로 아이로 있는 것 같다.

여름이 시작될 무렵 어느 날 아침, 한 남자가 아암마 집으로 걸어 들어왔다. 그는 초록빛이 도는 회색 양복을 입고, 거울처럼 반짝거리는 검은 가죽구두를 신은 도시 남자였다. 그는 아암마와 그녀의 아들들에게 줄 몇 가지 선물을 가지고 왔는데, 흰 플라스틱 테두리의 전기 거울 하나, 성냥갑만한 트랜지스터 라디오 한 대, 금색 뚜껑이 달린 펜들, 설탕과 통조림이 가득 든 자루였다. 그는 집으로 들어올 때 문에서 랄라와 마주쳤지만 그녀를 흘낏 쳐다보기만 했다. 그는 선물들을 땅바닥에 모두 내려놓았다. 아암마가 그에게 앉으라고 권하자 그는 눈으로 의자를 찾았으나, 아암마가 남쪽에서 랄라를 데려올 때 가져온 랄라하와의 나무궤짝과 쿠션밖에는 없었다. 그 남자는 손바닥으로 궤짝 위를 한 번 쓱 쓸고는 그 위에 앉았다. 남자는 그녀가 차와 달콤한 과자를 내오기를 기다렸다.

조금 후 랄라는 남자가 자기에게 청혼하러 온 것을 알고 몹시 겁이 났다. 그 사실을 알고 나자 머릿속에 현기증이 일어나고 가슴이 거칠게 뛰기 시작했다. 아암마가 아니라, 아암마의 맏아들 바레키가 그 이야기를 랄라에게 해주었다.

"우리 엄마가 너를 그와 결혼시키기로 작정했단다. 그는 아주 부자니까."

"그렇지만 난 결혼하고 싶지 않아!" 랄라가 소리쳤다.

"그래봤자 소용없어. 네 고모 말에 복종해야 돼." 바레키가 말했다.

"절대로 안 할 거야! 절대로!……" 랄라는 두 눈에 분노의 눈물을 그렁그렁 담은 채 고함을 치며 밖으로 나갔다.

조금 후 그녀는 아암마의 집으로 다시 돌아왔다. 청회색 양복을 입은 남자는 떠나고 없었지만 선물들은 여전히 거기에 있었다. 아암마의 작은아들 알리가 귀에다 조그만 트랜지스터 라디오를 대고 음악을 듣고 있었다. 랄라가 들어왔을 때 그는 그녀를 음흉하게 쳐다보았다.

랄라는 아암마에게 거칠게 말한다.

"뭣 땜에 그 남자의 선물을 받았어요? 전 그 남자와 결혼하지 않을 거예요."

아암마의 아들이 빈정거렸다.

"아마 하르타니와 결혼하려나보지!"

"나가 있거라!" 아암마가 말했다. 소년은 트랜지스터 라디오를 가지고 나간다.

"저를 그 남자와 강제로 결혼시킬 수는 없어요!" 랄라가 말한다.

"그 남자는 너한테 좋은 남편이 될 게다." 아암마가 말한다. "그는 젊진 않지만 부자란다. 도시에 커다란 집도 있고, 그리고 힘있는 사람들을 많이 알고 있어. 넌 그 사람과 결혼해야 한다."

"전 결혼하기 싫어요. 절대로!"

아암마는 한참 동안 말이 없다. 그녀가 다시 입을 열었을 때 그녀의 목소리는 한결 부드러워져 있다. 그러나 랄라는 경계심을 풀지 않는다.

"난 너를 내 딸처럼 키웠다. 난 너를 사랑해. 그런데 넌 오늘 나에게 이런 모욕을 주려고 하는구나."

랄라는 성이 나서 아암마를 쳐다본다. 처음으로 아암마가 거짓말을 한다는 것을 알아챘기 때문이다.

"상관없어요." 그녀가 말한다. "난 그 남자와 결혼하기 싫어요. 이런 우스꽝스러운 선물도 싫어요!"

그녀는 다져진 땅바닥에 놔둔 받침대가 딸린 전기거울을 가리킨다.

"고모네 집에는 전기도 안 들어오잖아요!"

순간 갑자기 그녀는 진력이 났다. 아암마 집에서 나와 바다로 간다. 그러나 이번엔 뛰어가지 않고 천천히 걸어간다. 오늘은 아무것도 예전 같지 않다. 마치 모든 것이 너무 많이 봐서 닳아버리고 빛이 바랜 것 같다.

"떠나야만 해." 랄라는 큰 소리로 자신에게 말한다. 그러나 곧 어디로 가야 할지 모르겠다고 생각한다. 그녀는 모래언덕 반대편을 지나 나망 노인을 찾아 넓은 해변을 걸어간다. 그녀는 언제나처럼 그가 오래된 무화과나무 뿌리 위에 앉아서 어망을 깁고 있었으면, 하고 바란다. 그녀는 알헤시라스, 말라가, 그라나다, 테루엘, 사라고사 등 마술적인 이름의 스페인 도시들, 그리고 도시만큼 큰 선박들이 출항하는 항구, 자동차들이 북쪽으로 달리는 도로들, 달리는 기차와 비행기들에 대해 여러 가지를 물어보리라고 생각한다. 그녀는 또 눈 덮인 산, 터널, 바다처럼 큰 강, 밀이 뒤덮인 평야, 커다란 숲에 대한 이야기와, 특히 하얀 궁전과 교회, 분수, 등이 켜진 상점들이 있는 향기로운 도시들에 대한 이야기를 몇 시간이고 듣고 싶다. 파리, 마르세유와 그 모든 거리들, 너무나 높아서 하늘이 겨우 보이는 집들, 정원, 카페, 호텔, 각지에서 온 사람들이 만나는 네거리의 이야기를 듣고 싶다.

그러나 랄라는 어부 노인을 찾지 못한다. 하얀 갈매기만이 바람을 받아 천천히 날며 그녀의 머리 위를 선회하고 있다. 랄라는 고함친다.

"어이! 어이! 왕자님!"

하얀 새는 랄라 머리 위를 좀더 날다가 바람에 떼밀려 강 쪽으로 급히 날아가버린다.

랄라는 바닷가에 오랫동안 앉아 있다. 바람소리와 바닷소리만 귀에 들려온다.

다음날 아암마 집에서는 아무도 그 일에 대해서 입을 열지 않았다. 청회색 양복의 남자는 다시 오지 않았다. 조그만 트랜지스터 라디오는 벌써 망가졌고 통조림들도 모두 먹어치웠다. 플라스틱 전기거울만 문 옆, 다져진 땅 위, 처음 봤던 곳에 그대로 있다.

랄라는 조그만 소리에도 소스라치며 며칠 밤 동안 잠을 이루지 못했다. 그녀는 결혼하지 않으려는 소녀들을 밤에 강제로 납치했다는 사람들의 얘기를 기억해냈다. 매일 아침 해가 뜨면 랄라는 세수를 하고 물을 긷기 위해 누구보다도 먼저 우물로 갔다. 그렇게 하면서 그녀는 시테 입구 쪽을 감시할 수 있었다.

며칠 동안 계속해서 불행의 바람이 이곳에 불어닥쳤다. 불행의 바람은 이상한 바람으로 일 년에 한두 번씩, 겨울이 끝날 무렵이나 가을에 이곳으로 불어온다. 가장 이상한 일은 사람들이 처음엔 그 바람을 잘 느끼지 못한다는 것이다. 바람은 살살 불다가 곧 멈추기 때문에, 사람들은 그 바람을 이내 잊어버린다. 그 바람은 한겨울 바다에서 격렬한 파도를 일으키는 폭풍우 속 바람처럼 찬 바람이 아니다. 또한 사막에서 불어와 집집마다 빨간 빛을 띠게 하며 양철과 타르칠을 한 종이로 된 지붕 위에 모래를 흩뿌리는 뜨겁고 건조한 바람도 아니다. 불행의 바람은 아주 부드럽게 선회하며 얼마간 돌풍으로 변하다가, 집 지붕과 사람들의 어깨와 가슴을 짓누른다. 그 바람이 불 때는 공기마저 후덥지근하고 더 묵직하여, 온 사방이 잔뜩 찌푸리고 있는 것 같다.

느리고 부드러운 그 바람이 불면, 도처에서 사람들이 병에 걸린다. 특히 어린이와 노인들이 앓다가 죽어간다. 그래서 사람들은 그 바람을 불행의 바람이라 부른다.

올해 그 바람이 시테 위로 불기 시작하자, 랄라는 곧 그것을 알아차렸다. 그녀는 평원 위로 회색 먼지구름이 다가와 바다와 강어귀에 희뿌옇게 이는 것을 보았다. 사람들은 후덥지근한 열기를 느끼지만 망토 속에 몸을 휘감고 있을 뿐이다. 말벌들도 없고 개들도 코만 먼지 속에 내놓고 개구멍 속에 들어가 있었다. 랄라는 슬펐다. 바람이 데리고 갈 사람들을 생각했기 때문이다. 나망 노인이 아프다는 소식을 들었을 때 랄라는 심장이 조여들며 잠깐 동안 숨을 쉴 수가 없었다. 그전에는 정말 한 번도 그렇게 느껴본 적이 없었다. 그녀는 넘어지지 않으려고 주저앉았다.

그녀는 걷다가 어부의 집까지 뛰어갔다. 사람들이 그를 도와주고 간호해주려고 그의 곁에 많이 와 있으리라고 여겼다. 그러나 나망은 밀짚 돗자리 위에 팔베개를 하고 혼자 누워 있었다. 그가 어찌나 몸을 떠는지 이 부딪치는 소리가 나고, 랄라가 들어왔을 때 팔꿈치를 딛고 몸을 일으키지도 못한다. 그는 희미하게 미소 짓는다. 랄라를 알아보자 눈이 빛난다. 그의 눈은 여전히 바다색이지만, 흰색에서 잿빛으로 변한 수척한 얼굴을 보니 겁이 난다.

그녀는 그의 곁에 앉아 아주 나지막하게 얘기한다. 보통 때는 그가 얘기를 하고 그녀가 들었지만, 오늘은 모두 뒤바뀌었다. 노인의 고통을 달래고 마음을 따스하게 해주려고 랄라는 아무 얘기나 지껄인다. 옛날에 그에게서 들은 스페인과 프랑스의 도시 여행담을 그에게 다시 들려준다. 마치 그녀가 본 듯이, 그녀 자신이 긴 여행을 한 듯이 이야기한다. 알헤시라스의 길, 바닷바람과 생선냄새가 느껴지는 좁고 구불구불한 항구 근처의 길, 그리고 파란 타일 깔린 플랫폼이 있는 역, 계곡과 강에 걸쳐 있는 거대한 철교. 그리고 카디스의 거리, 오색 꽃이 만발한 정원, 하얀 궁전 앞에 늘어서 있는 키 큰 종려나무, 사람들이 오가는 여러 길, 검은 자동차와 버스가 유리창에 비치는 대리석 절벽 같은 높은 빌딩을 얘기한다. 마치 그녀가 걸어다닌 것처럼 세비야, 코르도바, 그라나다, 알마덴, 톨레도, 아랑후에스, 그리고 너무나 커서 길을 잃으면 며칠 동안이나 헤매고 다닌다는 도시 마드리스, 지구의 온 구석에서 사람들이 찾아온다는 그 마드리스를 얘기한다.

나망 노인은 아무 말 없이, 움직이지도 않고 랄라의 이야기를 듣는다. 그러나 그의 맑은 눈은 더욱 생기가 돈다. 랄라는 그가 이야기를 듣는 것을 아주 좋아하고 있다고 생각한다. 그녀가 얘기를 중단했을 때는, 노인의 몸이 떨리고 쌕쌕거리며 가쁘게 내쉬는 숨소리가 들린다. 그래서 이 끔찍한 소리를 듣지 않으려고 랄라는 서둘러 얘기를 계속한다.

이제 그녀는 프랑스의 대도시 마르세유에 대한 이야기를 한다. 이 항구의 거대한 부두에는 세계 각 나라에서 온 선박들과, 성채만한 선체에 돛대는 나무보다 더 큰 널찍한 화물선들, 수천 개의 창문이 있는 아주 흰 여객선들이 있다. 오데사, 리가, 베르겐, 리마솔 등의 도시 이름들, 신기한 깃발에 이상한 이름을 가진 여객선들이다. 마르세유의 사람들은 분주하게 길을 걸어다니며 끊임없이 거대한 상점을 들락날락한다. 카페, 레스토랑, 극장 앞에는 사람들이 몰리고, 검은 자동차들은 끝도 안 보이는 대로를 굴러다니며, 높은 철교 위로 기차들이 지나가고, 비행기가 이륙하여 빌딩과 공터 위 회색 하늘을 천천히 선회한다. 정오가 되면 교회의 종소리가 일제히 울리고 그 소리가 길을 따라 광장과 지하터널 깊숙이 반향한다. 도시의 밤은 온통 조명으로 빛난다. 등대 불빛들이 붓처럼 바다 위를 쓸고 지나가고, 자동차 불빛이 반짝거린다. 좁은 골목들은 조용하다. 미제 칼을 찬 강도들이 대문 모퉁이에서 늦은 시간에 지나가는 행인들을 기다리고 있다. 공터나 혹은 부둣가 잠든 화물선의 그림자 아래에서 끔찍한 싸움이 벌어지기도 한다.

랄라는 아주 오랫동안 얘기한다. 너무나 감미로운 그녀의 목소리에 나망 노인은 잠이 든다. 그가 잠들자 떨리던 그의 몸도 멈추고 호흡도 훨씬 고르다. 랄라는 그제야 어부의 집에서 나온다. 밖의 햇빛 때문에 두 눈이 아프다.

많은 사람들, 특히 가난한 자, 아주 어린 아이들이 불행의 바람에 고통을 겪는다. 그 사람들의 집 앞을 지나갈 때면, 랄라는 한숨소리, 여자들의 신음소리, 아이들의 울음소리를 듣는다. 그 집에서도 역시 누군가가 죽어가고 있다는 것을 그녀는 알고 있다. 그녀는 슬프다. 아주 멀리, 바다 저편, 나망 노인에게 그녀가 지어내 들려준 이야기 속 도시로 가버리고 싶다.

그러나 청회색 양복을 입은 남자가 다시 왔다. 그는 타르칠을 한 종이지붕을 얹은 판자촌 시테에 불행의 바람이 불고 있는 것을 모르는 게 분명하다. 그 사실은 그에겐 그다지 상관이 없다. 불행의 바람은 그 남자 같은 사람들은 건드리지 않기 때문이다. 어쨌든 그는 불행에 있어서, 이 모든 것에 있어서 이방인이다.

아암마 집에 다시 온 그는 문 앞에서 랄라와 마주친다. 그를 봤을 때 랄라는 무서웠다. 입에서 저도 모르게 작은 비명이 터져나왔다. 그녀는 틀림없이 그가 다시 올 것이라고 생각했고 또 그 순간을 두려워하고 있었기 때문이다. 청회색 양복의 남자는 이상한 기색으로 그녀를 쳐다본다. 마치 명령하는 사람들처럼 엄격한 시선으로 똑바로 응시하고 있다. 얼굴 피부는 하얗고 건조하며 턱과 두 뺨에 푸르스름한 면도 자국이 나 있다. 그는 선물이 들어 있는 또다른 자루를 들고 있다. 그가 그녀 앞을 지나갈 때 그녀는 비켜서며 그 꾸러미를 바라본다. 남자는 랄라의 시선을 잘못 해석하고, 그 선물들을 내밀며 랄라 쪽으로 한

발 움직인다. 그러나 랄라는 할 수 있는 한 빠르게 뛰어, 뒤도 돌아보지 않고 달아난다. 두 발 아래로 바위언덕 쪽으로 난 길의 모래가 밟히는 것이 느껴진다.

그녀는 그 길이 어디서 끝나는지 모른다. 눈물로 흐려진 두 눈과 조여든 가슴을 안고 랄라는 가능한 한 빨리 걸어간다. 여기 태양은 언제나 맹렬하게 뜨거워 하늘에 가장 가까이 있는 것처럼 느껴진다. 그리고 벽돌색과 백묵색의 언덕 위에는 거센 바람도 불지 않는다. 비죽비죽하게 부서져 있는 바위들은 단단한 칼날 같다. 검은 관목들은 가시로 뒤덮여 있고, 여기저기 양털 무더기가 그 가시에 걸려 있다. 풀잎조차 베는 칼 같다. 랄라는 언덕을 뚫고 한참 걸어간다. 어떤 언덕은 높고 가파르며 성벽 같은 절벽이 있고, 또다른 언덕은 조약돌을 쌓아놓은 것처럼 자그마하다. 이 조그만 언덕은 마치 아이들이 만든 것 같다.

랄라가 이곳에 올 때마다 그녀는 자신이 이 세상에 속해 있지 않은 사람처럼 느낀다. 마치 시간과 공간이 더 확대되는 것 같다. 하늘의 뜨거운 빛이 그녀의 폐 속에 들어와 폐를 팽창시켜서 온몸이 아주 오래, 아주 천천히 사는 거인의 체구와 같아짐을 느낀다.

랄라는 서두르지 않고, 마른 급류 바닥을 따라 그녀가 에스 세르라고 부르는 사람이 살고 있는 곳, 넓은 암석고원 쪽으로 걸어간다.

그녀는 왜 자신이 이 방향으로 가고 있는지 잘 모른다. 마치 두 랄라가 있어서, 그중 한 랄라는 괴로움과 분노로 눈이 멀어 불행의 바람을 피할 줄을 모르며, 나머지 한 랄라는 에스 세르가 살고 있는 방향을 알고 그쪽으로 걸어가고 있는 것 같다. 머리는 텅 비고 아무 생각도 할 수 없는 채로 그녀는 암석고원 쪽으로 올라간다. 그녀의 맨발이 바람과 해가 지우지 않고 남겨둔 옛 흔적을 찾아간다.

천천히 암석고원을 향해 그녀는 올라간다. 태양이 얼굴과 어깨 그리고 다리와 손을 뜨겁게 태운다. 하지만 그녀는 거의 느끼지 못한다. 그 햇빛은 해방시키고 기억을 지우고 하얀 돌처럼 순수해지게 한다. 불행의 바람을 씻어버리고 병과 저주를 태워버리는 빛이다.

랄라는 햇빛의 반사 때문에 두 눈을 감고 앞으로 걸어간다. 땀에 젖은 옷이 배와 가슴, 등줄기에 달라붙는다. 아마 이 지상에 이처럼 많은 햇빛은 일찍이 한 번도 없었으리라. 랄라는 죽음과 어둠만이 지배하는 깊은 계곡에서 오는 듯한 이런 갈증을 한 번도 느껴본 적이 없었다. 이곳의 공기는 거의 움직이지도 않고 제자리에서 떨며 진동한다. 빛이 진동하는 소리, 꿀벌이 윙윙거리는 듯한 이상한 음악이 들려오는 것 같다.

랄라가 광대한 사막고원에 도착하자 정면에서 불어오는 바람 때문에 몸이 비틀거린다. 차갑고도 거친 바람이 그녀의 몸을 짓눌러대어 랄라는 땀에 젖은 옷 속에서 덜덜 떤다. 몹시도 눈부신 햇빛이 바람 사이로 터져나와 바위 꼭대기에서 별처럼 반짝거린다. 여기에는 풀도, 나무도, 물도 없다. 빛과 바람만이 몇 세기 전부터 있었을 뿐이다. 길도 인간의 흔적도 끊겼다. 랄라는 전갈과 지네만 살고 있는 고원의 중앙으로 무턱대고 전진한다. 그곳은 아무도, 사막의 목동들조차도 가지 않는 장소다. 가축 한 마리가 그곳에서 길을 잃어도 목동들은 휘파람을 불며 가축이 도로 뛰어나오도록 돌멩이만 던져댄다.

랄라는 거의 눈을 감고 맨발로 뜨거운 바위들을 디디며, 천천히 걸어간다. 마치 태양에 아주 가까운, 다른 세계 속에 들어와 있는 것 같다. 넘어질 것 같아 몸의 균형을 잡는다. 앞으로 나아간다. 그러나 마음은 텅 비어 있다. 아니 오히려 그녀의 모든 존재는 그녀 자신보다도 앞서서, 주변을 살피고 있는 그녀의 시선과 감각 속에 온통 쏠려 있다. 베일 듯한 바위 능선 위에서 그녀의 육신만이 여전히 머뭇거리며 뒤처져 있다.

그녀는 이제 나타날 사람을 초조하게 기다린다. 그녀는 그가 올 것임을 알고, 그는 와야만 한다. 청회색 양복의 남자와 나망 노인의 죽음을 피해 뛰기 시작했을 때, 그녀는 아무도 없는 이 고원에서 누군가가 그녀를 기다리고 있을 거라고 생각했다. 그 사람은 푸른 베일을 쓴 사막의 투사다. 랄라는 그의 칼날처럼 날카로운 시선만 알고 있을 뿐이다. 그는 황량한 언덕 꼭대기에서 그녀를 내려다보았다. 바로 그의 시선이 그녀가 있는 데까지 와서 그녀를 어루만지고 그녀를 여기까지 오도록 이끌었다.

이제 그녀는 거대한 암석고원 한복판에 꼼짝도 하지 않고 서 있다. 그녀 주변에는 아무것도 없다. 단지 돌무더기, 빛가루, 차갑고 가혹한 바람, 구름도 안개도 없는 끝없는 하늘만이 있을 뿐이다.

랄라는 여전히 커다란 반석 위에 서서 움직이지 않고 있다. 단단하고 메마른 그 반석 위엔 물방울 하나도 없다. 햇빛이 그녀를 때리며 이마와 가슴 위에서 진동한다. 햇빛은 날카로운 시선처럼 그녀의 뱃속을 찌른다.

푸른 투사는 이제 분명히 올 것이다. 더이상 지체하지 않을 것이다. 먼지 속에서 바스락거리는 그의 발소리가 랄라의 귀에 들리는 것 같다. 가슴이 아주 세게 뛴다. 하얀 빛의 소용돌이가 그녀를 휘감고, 불길이 다리 주위를 감싸더니 머리카락과 뒤섞인다. 까칠까칠한 불의 혓바닥이 그녀의 입술과 눈꺼풀을 태우는 것같이 느껴진다. 짠 눈물이 두 뺨으로 흘러내려 입속으로 들어가고 짜디짠 땀이 겨드랑이에서 방울방울 갈비뼈로 떨어지며, 시냇물처럼 목줄기를 타고 내려 견갑골에 고인다. 이제 사막의 푸른 투사가 올 것이다. 그의 시선은 햇빛처럼 뜨거울 것이다.

랄라는 황량한 고원 중앙, 약간 경사진 반석 위에 혼자 서 있다. 찬 바람이, 인간의 삶을 증오하는 끔찍한 바람이 그녀를 불태우고 가루로 만들 것처럼 불어댄다. 바람이 좋아하는 것은 전갈과 지네, 도마뱀과 뱀뿐이다. 그 이외에는 기껏해야 털이 타버린 여우들만 좋아할 뿐이다. 그러나 랄라는 그 바람이 무섭지 않다. 바위틈이나 아니면 하늘 어디엔가 숨어 있는, 그녀가 에스 세르, 즉 비밀이라고 부르는 청색 인간의 시선이 있을 것이기 때문이다. 그는 확실히 올 것이며, 와서는 그녀 육신의 밑바닥을 똑바로 응시하며 청회색 양복의 남자와, 나망 곁에 있는 죽음과 싸울 힘을 그녀에게 줄 것이다. 그리고 그녀를 나는 새로 변신시켜 허공을 향해 날릴 것이다. 그러면 아마 그녀는 바다 위를 지치지 않고 날고 있는 커다란 흰 갈매기 왕자님과 마침내 만나게 될 것이다.

시선이 그녀에게 닿자, 그녀의 머릿속에는 커다란 빛의 소용돌이가 파도처럼 펼쳐진다. 에스 세르의 시선은 불보다 더 빛난다. 마치 푸른 섬광으로 타오르는 별빛 같다.

랄라는 잠시 호흡을 멈춘다. 그녀의 두 눈이 절로 크게 벌어진다. 랄라는 먼지 속에 웅크리고 앉아 고개를 뒤로 젖히고 눈을 감는다. 육중

한 광채가 그녀의 몸속으로 들어와 그녀를 돌처럼 무겁게 가라앉힌다.

그는 왔다. 또다시, 사막의 옛 투사처럼 커다란 흰 모직 망토를 걸치고 소리도 없이, 뾰족한 돌 위로 살그머니 왔다. 얼굴에는 밤의 푸른 베일을 쓰고 있다. 랄라는 온 힘을 다해 자신의 꿈속으로 들어오는 그를 응시한다. 그녀는 쪽빛 물이 든 그의 두 손과 어두운 시선에서 분출되는 섬광을 바라본다. 그는 아무 말도 하지 않는다. 절대로 말을 하지 않는다. 말을 할 줄 아는 것은 오직 그의 시선뿐이다. 그는 인간의 말이 필요 없는 세계에 살고 있기 때문이다. 그의 흰 망토 주위에서, 바람이 모래구름을 일으키듯 커다란 금빛 소용돌이가 친다. 랄라에게 들리는 것이라곤 자신의 가슴이 아주 천천히 아주 아득하게 뛰고 있는 소리뿐이다.

랄라는 말할 필요를 느끼지 않는다. 질문할 필요도, 생각할 필요도 없다. 다만 먼지 속에 눈을 감고 웅크리고 앉아 청색 인간이 그녀에게 던지는 시선을 감지하고 있다. 열기가 그녀의 몸속으로 뚫고 들어와서 사지를 진동시킨다. 너무나 이상한 것은 바로 이 점이다. 그 시선의 열기는 그녀의 몸 구석구석까지 뻗쳐 고통과 열과 응어리와 그녀를 아프게 하는 모든 것을 몰아낸다.

에스 세르는 움직이지 않는다. 이제 그는 그녀 앞에 서 있다. 빛의 파도가 그의 망토 둘레에 휘감기며 미끄러진다. 그는 무엇을 하고 있는가? 랄라는 이제 더이상 불안함을 느끼지 않는다. 얼굴을 관통하여 온몸을 밝혀주는 빛줄기처럼 커다란 열기가 몸속으로 퍼져나가는 것을 느낀다.

그녀는 청색 인간의 눈 속에 있는 것을 바라본다. 그녀 주위에는 반짝이는 섬광다발과 붉게 빛나며 물결치는 사막이, 그리고 모래언덕의 완만한 파도가 미지의 세계를 향해 무한히 펼쳐져 있다. 그곳엔 마을과 도시가 있다. 희고 큰 도시에는 종려나무 줄기처럼 가는 탑들이 있으며, 나뭇잎, 넝쿨과 큰 꽃들로 장식된 붉은 궁전과 하늘처럼 푸르고 커다란 호수가 있다. 호수의 물은 지상의 어느 곳에서도 찾아볼 수 없을 만큼 아름답고 아주 맑다. 이 모든 것은 랄라가 눈을 감고 햇빛 속에 고개를 뒤로 젖힌 채 두 팔로 무릎을 감싸안고서 꾸는 꿈이다. 그 꿈은 다른 곳에서 와서, 그녀가 태어나기 오래전부터 있는 이곳 암석고원에서 실제로 존재하는 꿈이 된다. 그녀는 마치 잠을 자며 꾸는 것처럼 그 꿈속으로 들어간다. 지금 그녀 앞에는 꿈의 모래사장이 펼쳐진다.

길은 어디로 이어질까? 랄라는 그녀가 가고 있는 곳을 모른다. 모래바람이 부는 대로 끌려간다. 바람은 입술과 눈꺼풀을 태우고, 눈을 멀게 하며 가혹하게 불기도 하고, 때로는 차갑게 천천히 불며 인간들의 흔적을 지우고, 또 바위를 낭떠러지 밑으로 무너뜨린다. 바람은 무한을 향해, 지평선을 지나 하늘을 넘어서 얼어붙은 별, 은하수, 태양까지 이른다.

바람이 그녀를 끝없는 길로, 빛이 소용돌이치는 광대한 암석고원으로 데리고 간다. 사막은 죽은 사람의 피부처럼 균열과 주름으로 점철된 모랫빛의 빈 들판을 펼치고 있다. 청색 인간의 시선이 여기에 있다. 사막의 가장 먼 곳까지 도처에 그의 시선이 느껴진다. 랄라는 바로 그 시선을 통해서 지금 이 빛을 바라보고 있는 것이다. 랄라의 살갗에 그의 시선, 뜨거운 바람과 건조함이 느껴지고 입술에서는 짠맛이 난다.

그녀는 모래언덕의 형태와 자고 있는 커다란 동물들, 하마다의 시커멓고 높은 성벽 그리고 말라버린 붉은 흙의 거대한 도시를 본다. 그 나라엔 인간도 마을도 없으며 멈추는 것, 움직이는 것도 없다. 오직 돌과 모래와 바람만 있을 뿐이다. 그러나 랄라는 행복하다. 모든 풍경들, 넓은 계곡의 모든 시커먼 관목들, 이 모든 것들의 형체를 알아볼 수 있기 때문이다. 마치 옛날에 그녀가 춤추는 대기 속에서 지평선을 응시하며 타는 맨발로 그곳을 걸어다녔던 것 같다. 그리하여 그녀의 가슴은 훨씬 더 세게 더 빠르게 뛰기 시작한다. 그녀 앞에 있는 표시들, 지워진 흔적들, 부러진 나뭇가지, 바람에 흔들리는 관목덤불을 그녀는 바라보고 있다. 그녀는 기다린다. 곧 그가 도착할 것이라는 걸 알고 있다. 이제 목전에 가까이 왔다. 단층과 무너진 돌무더기를 넘어 청색 인간의 눈길이 마른 급류를 따라 그녀를 안내한다. 갑자기 그녀의 귀에 이상한 노랫소리가 들린다. 모래 속에서 나오는 것 같은, 콧소리가 섞인 불확실한 노랫소리는 돌 위로 계속 불어대는 바람과 빛소리에 섞여 아득히 먼 데서 떨리며 나온다. 랄라는 그 노래를 알아듣고는 가슴이 설렌다. 그것은 아암마가 늘 부르던 랄라 하와의 노래다. 노래 가사는 이렇다. "어느 날, 오, 어느 날엔가는 까마귀가 흰 새가 되고, 바다가 마르리, 선인장 꽃 속에서 꿀을 찾으리라, 아카시아 가지들로 잠자리를 만들리라……" 하지만 랄라는 더이상 가사를 잘 알아들을 수가 없다. 누군가 아주 아련한 목소리로, 슐루흐말로 부르고 있기 때문이다. 그러나 그 노래는 곧바로 그녀의 가슴을 친다. 눈꺼풀에 힘을 주고 꽉 감고 있는 그녀의 두 눈에 어느새 눈물이 고인다.

음악은 오랫동안 계속된다. 돌 그림자가 사막의 모래 위에 길게 늘어질 때까지 그 노래는 한참 동안 자장가처럼 들린다. 랄라는 또한 넓은 계곡 밑에 있는 붉은 도시를 본다. 그 도시는 랄라가 알고 있는 길이나 집들이 있는 진짜 도시는 아니다. 그것은 시간과 바람에 닳아 개미나 말벌의 집과 흡사한 진흙 도시다. 붉은 도시 위에 비치는 햇빛은 아름답다. 둥근 지붕 모양의 그 햇빛은 영원한 여명 속에서 부드럽고 밝고 순수하게 비친다. 우물가에 집들이 모여 있고 움직이지 않는 나무들, 동상과도 같은 하얀 아카시아도 있다. 그중에서도 특히 랄라가 바라보고 있는 것은 붉은 흙 위에 달걀 껍데기처럼 생긴 단순한 형태의 하얀 무덤이다. 바로 그곳에서 시선의 빛이 나오는 것 같았다. 랄라는 그곳에 청색 인간이 살고 있다고 생각한다.

뭔가 끔찍하며 동시에 한없이 아름다운 일이 랄라에게 일어난다. 그것은 마치 그녀 몸속에서 뭔가가 찢어지고 부서지며 무언가 생소한 것, 죽음이 지나간 것 같다. 사막의 타버릴 것 같은 뜨거움이 그녀 몸속에서 퍼지며 혈관을 타고 내장 속에 퍼진다. 에스 세르의 시선은 끔찍하며 아프기조차 하다. 사막에서 온 고통, 허기, 공포, 죽음들이 밀물처럼 밀려오기 때문이다. 아름다운 황금색 햇빛, 붉은 도시와 희고 가벼운 무덤은 초자연적인 빛을 발산하고 있으나 불행과 고뇌, 체념도 함께 가지고 있다. 그 빛은 마치 인간을 원치 않는 하늘이 거친 대지에 쏟아붓는 오랜 비탄의 시선과 같다.

랄라는 돌 위에 무릎을 꿇고 푹 주저앉아 움직이지 않는다. 그녀의 어깨와 목덜미를 태양이 지진다. 그녀는 눈을 뜨지 않는다. 두 줄기의 눈물이 붉은 먼지로 뒤덮인 뺨을 타고 냇물처럼 흘러내린다.

고개를 들고 눈을 떴을 때, 시야는 흐려져 있다. 그녀는 좀더 잘 보려고 애를 쓴다. 언덕의 날카로운 윤곽들이 보이고 이어서 풀도 없고 나무도 없이 오직 빛과 바람만 존재하는 황량하고 광대한 고원이 눈에 들어온다.

이제 그녀는 비틀거리며 걷기 시작한다. 그녀는 계곡으로, 바다로, 판자와 타르칠을 한 종이로 덮인 시테로 난 길을 천천히 내려온다. 이제 그림자는 길게 드리워지며 해는 지평선 가까이 기울고 있다. 랄라는 얼굴이 사막의 열기에 달아 부어 있는 것을 느낀다. 그녀는 아무도 그녀를 알아보지 못할 것이며 자신도 이제는 하르타니처럼 되어버렸다고 생각한다.

아래쪽 강어귀 가까이 도착했을 때 시테는 벌써 밤이 되었다. 불 켜진 전구들이 노란 점들 같다. 트럭들이 하얀 헤드라이트 불빛을 멍청하게 내쏘며 도로를 질주하고 있다.

여차하면 몸을 돌려 도망갈 것처럼 랄라는 때로는 뛰면서, 때로는 아주 천천히 걸어서 집으로 가고 있다. 이 밤에 몇 대의 라디오에서 나오는 기계적인 음악소리가 들려온다. 화롯불은 모두 꺼져 있고, 이가 안 맞는 판잣집에서 여자와 아이들이 밤의 습기 때문에 벌써 이불로 몸을 휘감고 있다. 때때로 잔잔한 바람이 불어와 빈 깡통이 굴러가고 양철지붕 조각이 서로 부딪치기도 한다. 개들도 다 숨었다. 시테의 캄캄한 하늘 위에는 별이 가득차 있다.

랄라는 발소리를 내지 않고 좁은 골목을 걸어간다. 마치 몇 년 전에 그녀가 떠나고 없는 것처럼, 또 한 번도 여기에 살지 않았던 것처럼, 이곳에서는 아무도 그녀를 필요로 하지 않으며 그녀가 없어도 모두가 다 완전하다고 생각한다.

아암마의 집으로 가는 대신, 랄라는 나망 노인이 살고 있는 시테 반대편 쪽으로 천천히 걸어간다. 축축한 밤 공기 때문에 무릎이 시리고 어제부터 먹은 것이라곤 아무것도 없어, 랄라는 온몸을 오들오들 떨고 있다. 저 높은 암석고원에서 보낸 하루가 너무나 길어서, 랄라는 자기가 떠난 지 며칠 혹은 몇 달이 된 것 같다. 그래서 너무 오랜만에 돌아와 시테의 길들, 판잣집, 라디오 소리, 아이들 울음소리, 오줌과 먼지 냄새를 가까스로 다시 알아보는 것 같다. 문득 저 높은 암석고원에서 보낸 하루가 그녀에게는 정말로 몇 달이 지난 것 같은 착각이 든다. 그래서 나망 노인을 생각하자 그녀의 가슴은 죄어든다. 그녀는 지친 몸을 이끌고 텅 빈 시테 길을 뛰기 시작한다. 그녀가 뛰어가는 소리를 듣고 개들이 짖어댄다. 나망의 집 앞에 도착했을 때 그녀의 심장은 더욱 세게 두근거려 숨을 제대로 쉴 수가 없다. 열린 문틈에서 불빛이라곤 새어나오지 않는다.

나망 노인은 그녀가 떠날 때처럼 여전히 돗자리 위에 누워 있다. 그는 쇳소리를 내며 아주 느린 숨을 겨우 몰아쉬고 있다. 두 눈이 어둠 속에 크게 벌어져 있다. 랄라는 그에게 몸을 굽혔으나 그는 그녀를 알아보지 못한다. 숨을 쉬려고 너무나 크게 입을 벌리고 있는 나머지 더는 미소 짓지도 못한다.

"나망…… 나망……" 랄라는 중얼거린다.

나망 노인은 이제 기력이라곤 없다. 불행의 바람은 그의 육신과 머리를 열로 짓누르며 먹지도 못하게 했다. 아마 바람이 그를 데려가려는가 보다. 고통에 찬 랄라는 어부의 얼굴에 몸을 굽힌다. 그녀가 말한다.

"할아버지, 지금 떠나시는 건 아니죠? 지금 가시는 건 아니죠, 아직

더 계실 거죠?"

그녀는 나망이 말하는 것을 듣고 싶다. 바다 왕자였던 흰 갈매기 이야기나 저지른 죄 때문에 어둠으로 변해버린 사람들에게 가브리엘 대천사가 준 돌 이야기를 다시 한번 듣고 싶다. 그러나 나망 노인은 이제 더이상 이야기를 할 수 없으며 숨을 쉬려고 가슴을 들어올릴 힘도 거의 없는 것 같다. 마치 보이지 않는 육중한 힘이 그의 몸을 깔고 누르는 것 같다. 더러운 땀과 오줌이 땅바닥에 망가진 듯 누워 있는 그의 육신을 적신다.

랄라는 이제 너무나 지친 나머지 또다른 이야기들, 바다 저편에 있는 모든 스페인과 프랑스의 도시 이야기를 해줄 수가 없다.

그녀는 노인의 곁에 앉아 열린 문틈으로 밤의 빛을 바라보고 있다. 그녀의 귀에 쌕쌕거리는 숨소리와, 밖에서 기분 나쁘게 부는 바람소리, 그리고 빈 통조림 깡통이 굴러가는 소리와 양철지붕이 흔들리는 소리가 들려온다. 그러나 그녀는 무릎에 고개를 떨구고 잠이 든다. 나망 노인의 질식하는 듯한 숨소리가 때때로 그녀를 깨운다. 그녀가 묻는다.

"할아버지, 거기 계세요? 거기 아직 계시죠?"

그는 대답하지 않는다. 잠도 자지 않는다. 그의 잿빛 얼굴이 문 쪽을 향하고 있다. 그의 눈엔 아무것도 보이지 않는 것 같다. 다만 그 눈 너머에 있는 것을 감각으로 느끼고 있는 듯하다.

랄라는 잠을 쫓으려고 애를 쓴다. 잠이 든 후에 일어날 일이 두렵기 때문이다. 랄라의 심정은 저 먼 곳에 있는, 아무것도 보이지 않는 바다에서 조난당해 파도에 흔들리고 폭풍우의 소용돌이에 갇힌 어부들과 같다. 그들은 절대로 잠을 자면 안 된다. 바다가 그들을 잡아 심연으로 던져 삼켜버리기 때문이다. 랄라는 잠을 물리치려고 하지만 저항에도 불구하고 두 눈꺼풀이 감긴다. 몸이 뒤로 넘어가는 것을 느낀다. 나망 노인의 느린 숨소리에 실려서 어디로 가는지도 모른 채 그녀는 오랫동안 잠 속을 헤엄친다.

동이 트기 전 그녀는 깜짝 놀라 깨어 일어난다. 그녀는 땅바닥에 누워 있는 노인을 쳐다본다. 팔을 베고 있는 그의 얼굴이 평온하게 보인다. 이제 그는 아무 소리도 내지 않는다. 숨을 거두었기 때문이다. 바깥에는 바람이 그쳤다. 이제 더이상 위험은 없다. 마치 죽음이 한 번도, 그 어느 곳에도 다녀가지 않은 것처럼, 모든 것이 평온하다.

랄라는 떠날 결심을 하고도 어느 누구에게도 말하지 않았다. 그녀가 떠날 결심을 한 것은 청회색 양복을 입은 그 남자가 아암마의 집에 몇 번이나 찾아왔으며, 그때마다 검은 조약돌처럼 단단한 두 눈을 반짝거리며 랄라를 쳐다보고, 또 박하차를 한 잔 마시면서 랄라 하와의 궤짝 위에 앉았기 때문이다. 랄라는 그를 무서워하지는 않았지만, 떠나지 않으면 어느 날엔가 그가 억지로 그녀를 데리고 가서 결혼하리라는 걸 알고 있다. 그는 부자이고 힘있는 사람이므로 자기에게 저항하는 것을 좋아하지 않을 게 틀림없다.

오늘 아침, 태양이 뜨기 전에 랄라는 떠났다. 집 안쪽에서 이불을 덮고 자고 있는 아암마의 모습을 쳐다보지도 않았다. 단지 굳은 빵과 마른 대추야자 몇 개, 어머니 것이었던 금팔찌 하나를 푸른 천조각에다 싸 가지고 떠났을 뿐이다.

그녀는 소리 없이 나갔다. 개 한 마리조차 깨지 않았다. 그녀는 줄지어 서 있는 잠든 집들 사이로 차가운 땅을 맨발로 걸었다. 해가 이제 막 솟아오르고 있어 그녀 앞에 펼쳐진 하늘은 약간 창백한 빛을 띠고 있다. 바다에서 안개가 밀려온다. 잿빛 날개를 가진 거대한 새처럼 구부린 두 팔을 펼치면서 안개는 강을 따라서 희고 부드러운 구름이 되어 올라간다.

랄라는 마지막으로 어부 나망의 집을 한번 더 보고 싶어서 잠시 들를까 한다. 나망은 랄라에게 상실의 슬픔을 안겨다준 유일한 사람이기 때문이다. 그렇지만 지체될까봐 겁이 나서 포기하고 시테에서 멀어져 염소들의 오솔길을 따라서 바위언덕으로 올라간다. 랄라가 바위를 기어오르기 시작할 때 찬 바람이 몸속까지 스며드는 것이 느껴진다. 이제 이곳에는 아무도 없다. 목동들은 아직도 울타리 옆 나뭇가지로 엮은 자신들의 오두막집 속에서 잠자고 있다. 랄라가 이 언덕 지대에 들어오면서 목동들의 높은 휘파람소리가 들리지 않은 것은 이번이 처음이다. 아무 소리도 없으니까 랄라는 약간 무서워진다. 바람이 대지를 사막으로 변모시켜버린 것 같다. 그러나 햇빛이 조금씩 언덕 저편에서 나타나기 시작하여 빨갛고 노란 얼룩이 되어 잿빛 어둠과 뒤섞인다. 햇빛을 보니 반갑다. 랄라는 나중에 저기 하늘과 땅이 첫 햇살로 점점 환하게 커다란 얼룩처럼 번지는 곳으로 가리라고 생각한다.

바위 위를 걸어가는 동안 그녀의 머릿속에는 여러 가지 상념이 뒤섞인다. 다시는 시테로 돌아오지 않을 것이며 그녀가 좋아하던 이 모든 것들, 메마른 넓은 평원과 파도가 차례로 부서지는 넓은 백사장을 다시는 보지 못하리라는 것을 알기 때문이다. 하늘에 구름이 떠가는 것을 바라보려고 버릇처럼 앉아 있던 움직이지 않는 모래언덕들을 생각하니 그녀는 마음이 슬퍼진다. 바다의 왕자였던 흰 새도, 엎어놓은 배 옆의 무화과나무 그늘 아래 앉아 있는 나망 노인의 모습도 이제는 다시 볼 수 없을 것이다. 그러자 뒤를 바라보고 싶은 마음에 그녀는 걸음을 잠시 늦춘다. 그러나 그녀 앞에는 고요한 언덕만 펼쳐져 있다. 뾰족한 돌들 속에서 햇빛이 반짝이기 시작하며 하늘에서 내려온 이슬방울들이 작은 가시덤불 속에서 떨고 있고 벌레 몇 마리가 바람에 몸을 싣고 가볍게 날아가고 있다.

그녀는 이제 뒤돌아보지 않고 빵과 대추야자 보자기를 가슴에 부둥켜안고 걸어간다. 오솔길이 끝나면 주변에는 사람이 더이상 오가지 않는다는 것을 의미한다. 그때부터 바닥은 뾰족한 돌로 울퉁불퉁하므로, 이 바위에서 저 바위로 건너뛰면서 제일 높은 언덕까지 올라가야 한다. 거기서 하르타니가 그녀를 기다리고 있다. 아직은 그가 보이지 않는다. 아마 그는 계곡과 바다를 전부 살필 수 있는 절벽 옆 동굴 속에 숨었는가보다. 아니면 아주 가까이, 타버린 관목 뒤에서, 뱀처럼 돌구멍에 목까지 몸을 파묻고 숨어 있는지도 모른다.

그는 들개처럼 항상 경계를 늦추지 않고 있다가 언제라도 뛰어올라 도망갈 준비를 하고 있다. 그래도 만일 오늘 그가 떠나기를 원하지 않는다면? 그러나 어제 랄라는 다시 오겠다고 말해두었다. 그리고 그에게 저 먼 곳, 사막이 시작하는 곳에 하늘을 지탱하고 있는 듯한 백악층의 큰 경계선을 가리켰다. 그때 그의 눈은 더욱 강렬하게 빛났다. 아주 어릴 적부터 늘 간직하고 있던 생각이었고 한순간도 잊은 적이 없었기 때문이다. 그가 긴장한 얼굴로 두 눈을 부릅뜨고 지평선을 바라보는 모습만 보아도 모든 것을 알 수 있다. 그는 앉아 있는 적이 없다. 마치 튀어오르려는 사람처럼 발뒤꿈치를 들고 서 있다. 저기 저 하늘, 저렇게 아름답고 깨끗한 하늘과 사막 길, 사람들이 길을 잃고 영원히 아무도 돌아올 수 없는 사막 길을 그녀에게 보여준 사람은 바로 그였다.

이제 태양이 떴다. 태양은 커다란 불 쟁반처럼 그녀 앞에 나타나서 눈부시게 빛을 발하며 점점 커지면서 암석의 카오스 위로 천천히 떠오른다. 태양이 이렇게 멋있게 보인 적은 한 번도 없었다. 고통스러워 두 눈에서 눈물이 솟아 뺨으로 흘러내리는데도 랄라는 어부 나망의 이야기 속 바다의 왕자들이 하듯이 눈을 깜빡이지 않고 정면으로 해를 바라본다. 햇빛이 그녀 몸속 구석구석까지 틈입하여 그녀의 몸속에 잠겨 있던 모든 것들을 건드린다. 특히 마음을.

사람의 발자취가 이제는 사라졌다. 랄라는 바위를 건너 길을 찾아야만 한다. 그녀는 이 돌에서 저 돌로, 마른 급류 위로 건너뛰고 절벽의 성벽들을 둘러서 간다. 태양은 떠올라서 그녀의 망막 위에 눈부신 흰 반점을 만들어놓았다. 넘어지지 않으려고 몸을 숙이고 발길 닿는 대로 앞으로 나아간다. 언덕을 하나하나 지나서, 이제 그녀는 아주 넓은 돌밭 한가운데를 걸어간다. 아무도 없다. 시선이 미치는 저 끝까지 마른 돌평원만이 펼쳐져 있고 드문드문 버들옷더미와 선인장 몇 그루만이 있을 뿐이다. 태양이 이 대지에서 생물들을 내쫓았다. 하얀 돌과 가시덤불만 남기고 대지를 불태우고 마멸시킨 것이다. 랄라는 이제 태양을 정면으로 바라보지 않는다. 해는 너무 하늘 높이 있어서 똑바로 쳐다보면 일 초 만에 벼락을 맞은 듯이 눈동자가 타버릴 것이다. 하늘도 달아 있다. 파란 하늘은 커다란 푸른 불꽃처럼 타오른다. 앞쪽을 바라보려면 눈을 아주 심하게 찌푸려야 한다. 태양이 하늘 위로 떠오름에 따라 땅 위의 사물들은 햇빛에 적셔져 점점 부풀어오른다. 아무 소리가 나지 않아도 여기서 이따금씩 열기에 팽창하여 부서지는 조약돌소리가 들리는 것 같다.

그녀는 한참을 걸었다. 얼마나 걸었을까? 틀림없이 몇 시간은 될 것이다. 어디로 가는지도 모르면서 랄라는 단지 그녀의 그림자와 반대 방향으로 지평선 저 끝을 향해 걸어간다. 저기 저 끝에는 하늘에 걸린 듯 높은 붉은 산도 있고, 마을도 있고, 어쩌면 강도 흐르고 하늘빛 호수도 있으리라.

그러다가 어디서 왔는지 모르게 하르타니가 별안간 그녀 앞에 서 있다. 여느 때처럼 거친 모직 옷을 걸치고 머리에는 흰 천조각을 두르고 움직이지 않고 서 있다. 그의 얼굴은 검다. 랄라가 그에게로 다가가자 미소가 검은 얼굴을 환하게 밝혀준다.

"오! 하르타니! 하르타니!……"

랄라는 그에게 꼭 달라붙는다. 먼지 덮인 그의 옷에서 익숙한 그의 땀냄새가 난다. 그도 약간의 빵과 대추야자를 가지고 왔다. 젖은 천에 싸서 허리띠에 달아매고 있다.

랄라는 보자기를 풀어서 그와 함께 빵을 조금씩 나눈다. 그들은 앉지도 않고 빨리 먹어치운다. 오래전부터 배가 고팠기 때문이다. 젊은 목동은 자기 주변을 돌아본다. 그의 두 눈은 탐욕스러운 맹금류처럼 눈 하나 깜빡거리지 않고 주변 풍경을 구석구석 살핀다. 그는 저멀리 붉은 산 너머, 지평선 위의 한 점을 가리킨다. 그리고 자기 손바닥 위에 입술을 댄다. 거기에 물이 있다는 것이다.

그들은 다시 걷기 시작한다. 하르타니가 앞장선다. 그는 바위를 가볍게 펄쩍펄쩍 건너뛴다. 랄라는 그가 디딘 곳을 따라 디디려 애쓴다. 그녀는 항상 그녀 앞의 돌 위에서 춤추는 것 같은 소년의 가볍고 하늘하늘한 뒷모습을 본다. 그가 불길처럼, 반사된 빛처럼 보인다. 랄라의 발이 하르타니의 리듬에 맞추어 저절로 걸어가는 듯하다.

이제 태양이 혹독하게 내리쬐인다. 랄라의 머리와 양어깨는 무겁게 짓눌려 몸 내부까지 아프게 만든다. 아침에 그녀의 몸속으로 들어온 빛이 이제 타오르고 넘치기 시작하는 것 같다. 긴 고통의 파동이 두 다리와 팔을 따라서 거슬러올라와 텅 빈 머릿속에 자리잡는다. 햇살의 불길은 건조하여 모든 것을 가루로 만든다. 랄라의 몸에는 땀 한 방울 없다. 그녀의 푸른 치마가 배 위, 허벅지 위에서 마주치면서 탁탁 정전기 소리를 낸다. 랄라의 눈에도 눈물이 말랐다. 눈꺼풀 가에 모래 알갱이 같은 소금이 말라붙어 날카롭고 조그만 수정이 되어 반짝인다. 입도 말라서 굳어 있다. 입술 위를 손끝으로 쓸어보니 자기 입이 낙타 입처럼 되어버린 것 같다. 랄라는 이제 아무런 아픔도 느끼지 않고 선인장이나 엉겅퀴를 먹을 수도 있을 것 같다는 생각을 한다.

하르타니는 뒤도 돌아보지 않고 계속 이 바위에서 저 바위로 펄쩍펄쩍 건너뛰고 있다. 가볍고 하얀 그의 모습이 점점 더 멀어진다. 마치 뒤도 안 돌아보고 멈추지 않고 달아나는 짐승 같다. 랄라는 그를 따라가고 싶으나 힘이 없다. 그녀는 두 눈으로 앞을 뚫어지게 바라보고 휘청거리며 이리저리 흩어진 돌멩이 사이를 건너간다. 살갗이 벗겨진 발에서 피가 난다. 몇 번이나 넘어지면서 무릎에 상처가 났다. 그러나 아픔은 거의 느껴지지 않는다. 단지 느끼는 것이라곤 사방에서 끔찍이도 반사되어 쏘는 빛뿐이다. 빛은 이렇게 그녀 주변의 돌 위에서 반사되어 수많은 짐승들로 돌변하여 튀어오른다. 들개, 말, 쥐, 염소가 놀랄 만큼 펄쩍펄쩍 뛰어오른다. 커다란 흰 새들, 따오기, 사식조蛇食鳥, 황새들도 보인다. 이들은 날아가려는 듯이, 활활 타오르는 큰 날개를 휘저으며 끝없이 춤을 추기 시작한다. 랄라는 날개들이 퍼덕이며 일으키는 바람이 머리카락 속에 스미는 것을 느낀다. 숨막힐 듯한 공기 속에 큰 날개짓이 살랑거리는 것을 감지한다. 그녀가 지나쳐온 이 모든 새들, 동물들을 보려고 랄라는 고개를 돌려 되돌아본다. 멀리서 흘깃 사자들도 보였었다. 그러나 똑바로 쳐다보면 이것들은 금세 신기루처럼 형체가 녹아 사라지고, 다시 고개를 앞으로 돌리면 그녀의 등뒤에서 그 모습이 다시 어른거린다.

하르타니도 보일 듯 말 듯하다. 그의 가벼운 뒷모습이 땅에서 떨어져 공중에서 일렁이는 그림자처럼 흰 조약돌 위에서 춤춘다. 랄라는 더이상 그의 발걸음을 따라가려고 애쓰지 않는다. 이제는 평원 저 끝 하늘 속에 요지부동으로 있는 붉은 산의 거대한 모습도 쳐다보지 않는다. 앞으로 나아가고 있기는 한 것일까? 맨발이 조약돌에 베이고 살갗이 벗겨지고 구멍 속에 빠져 비틀거린다. 다리 사이로 미끄러지듯 빠져나가는 강물처럼 길은 쉴새없이 그녀 뒤에서 풀려나가는 것 같다. 흐르는 것은 무엇보다도 빛이다. 빛은 텅 빈 평원에 내려와 바람과 함께 지나가며 공간을 쓸어버린다. 빛은 물소리를 낸다. 랄라는 마실 수 없는 물의 노랫소리를 듣는다. 빛은 하늘 한가운데서 내려와 땅 위 석고 속에서, 운모 속에서 불처럼 타오른다. 황토색 먼지가 불어오는 가운데 여기저기 하얀 조약돌 틈새에는 갈고리같이 날카롭고 잉걸불처럼 보이는 돌멩이가 숨어 있다. 랄라는 이 불꽃을 응시하며 걸어간다. 마치 이 빛나는 돌은 에스 세르가 그녀에게 갈 길을 가르쳐주기 위해서 뿌려놓은 신호인 듯 힘을 북돋아준다. 조금 더 떨어진 곳에, 금덩이 같은 운모조각 하나가 광채를 발하고 있다. 마치 날벌레 둥우리처럼 보이는 거기서 벌레들의 날개가 붕붕거리는 소리가 들려오는 것 같다. 그러나 때로는 먼지 덮인 땅 위 여기저기에 잿빛의 광택 없는 동그란 조약돌이 하나씩 널려 있다. 랄라는 바다에서 흔히 볼 수 있는 이 평범한 자갈을 있는 힘을 다해 뚫어지게 쳐다본다. 그리고 그것을 집어들어 손안에 꽉 움켜쥔다. 마치 버려진 자기 자신을 구하려는 듯이. 불덩이처럼 뜨거운 조약돌은 온통 하얀 결이 돌멩이 가운데를 향해 죽죽 길처럼 뻗어 있고, 거기서부터 어린애의 머릿결처럼 더 미세한 결들이 갈라져 퍼져 있다. 랄라는 조약돌을 손에 쥐고 곧장 앞으로 걸어간다. 벌써 태양은 평원 저쪽을 향해 기울고 있다. 저녁바람이 때때로 먼지 소용돌이를 일으키며 하늘 밑에 솟아 있는 불그스레한 큰 산을 가린다.

"하르타니! 하르타—아—니!" 랄라는 조약돌 위에 넘어져서 소리친다. 두 다리가 더이상 말을 듣지 않는다. 걸을 수가 없다. 그녀의 머리 위 하늘은 텅 비어 있다. 그 하늘이 더 막막하고 더 삭막해 보인다. 메아리조차 울리지 않는다.

모든 것이 선명하고 깨끗하다. 거의 저 지평선까지 아주 작은 조약돌, 아주 작은 관목들이 분명히 보인다. 움직이는 것은 아무것도 없다. 그녀는 말벌들이 보고 싶다. 말벌들이 아이들 머리카락 주위를 수없이 맴돌며 공기 중에서 보이지 않는 매듭을 짓는 것을 보면 얼마나 좋을까 하는 생각이 든다. 까마귀든 독수리든 새를 한 마리 보고 싶다. 그러나 아무것도, 아무도 없다. 단지 그녀의 뒤로 늘어진 그림자만이 너무나 흰 대지 위에 묘혈처럼 검게 새겨져 있을 뿐이다.

그녀는 땅에 몸을 대고 눕는다. 곧 죽을 것 같은 생각이 든다. 이제 몸 안에 기운이라곤 하나도 없다. 불볕이 폐와 심장을 태워버릴 것 같다. 빛이 천천히 쇠잔해지는 하늘은 뿌옇게 베일에 가려진다. 그러나 이건 어쩌면 그녀의 몸속에 기운이 없기 때문에 태양이 꺼지고 있는 것처럼 보이는 건지도 모른다.

문득 하르타니가 다시 눈앞에 나타난다. 그는 새처럼 한 다리로 균형을 잡고 그녀 앞에 서 있다. 그녀에게로 다가와서 몸을 굽힌다. 랄라는 그의 거친 모직 옷을 거머쥔다. 있는 힘을 다해 그 천을 끌어안고 꼭 조인 손을 풀으려 하지 않아 하마터면 소년은 넘어질 뻔한다. 그는 그녀 옆에 쭈그리고 앉는다. 그의 얼굴은 어둡다. 그러나 강렬한 표현을 가득 담은 그의 두 눈은 매우 반짝인다. 그는 랄라의 얼굴을 만진다. 이마와 두 눈을 거쳐 그의 손가락은 그녀의 벌어진 두 입술을 어루만진다. 그는 저기 석양 쪽 암석평원 위의 한 점을 가리킨다. 거기에는 바위 근처에 나무가 있고 물이 있다. 가까운 것일까, 먼 것일까, 대기는 너무도 투명하여 거리를 알기가 도저히 불가능하다. 랄라는 몸을 일으키려 힘을 써본다. 그러나 몸이 움직여주지 않는다.

"하르타니, 이젠 더이상 갈 수 없어……" 그녀는 넘어져서 살갗이 벗겨진 다리를 보여주며 중얼거린다.

"가, 날 내버려두고 가!"

목동은 여전히 그녀 옆에 쭈그리고 앉아 망설인다. 그가 가버릴까?

랄라는 아무 말 없이 그를 쳐다본다. 그녀는 잠들어버리고 싶다. 사라져버리고 싶다. 그러나 하르타니는 두 팔로 랄라의 몸을 감싸안고 천천히 일으켜 세운다. 힘을 쓰는 소년의 두 다리 근육이 떨리는 것이 랄라에게 느껴진다. 그녀는 그의 목을 두 팔로 꽉 껴안고 그의 몸무게에 자신의 무게를 실어보려 애쓴다.

하르타니는 돌멩이 위로 걸어간다. 그는 혼자 걸어가는 것처럼 재빨리 펄쩍 건너뛴다. 긴 다리를 휘청거리며 달려간다. 계곡을 건너고 바위들의 갈라진 틈바구니를 성큼 넘어 뛴다. 돌평원에 소용돌이치던 태양과 먼지바람이 그쳤다. 그러나 아직도 붉은 지평선으로부터 공기가 서서히 밀려와 규석 위에 불티를 일으킨다. 태양이 대지 위로 기울어지는 저곳이 그들 눈에는 빛을 걸러내는 커다란 깔때기처럼 보인다. 랄라는 하르타니의 목동맥에서 그의 심장이 뛰고 있는 소리에 귀를 기울인다. 그리고 헐떡이는 그의 숨소리를 듣는다.

밤이 되기 전 그들은 눈동자처럼 물이 고여 있는 바위와 나무 앞에 다다랐다. 자갈 땅의 웅덩이에 흐린 물이 고여 있었다. 하르타니는 랄라를 가만히 물가에 내려놓고 두 손바닥으로 물을 떠서 그녀에게 마시게 한다. 차가운 그 물에서 약간 떫은맛이 난다. 목동은 자기도 몸을 숙여 머리를 물 가까이 대고 한참 물을 마신다.

그들은 밤을 기다린다. 이곳엔 밤이 아주 빨리 내린다. 연기도, 구름도, 석양의 장관도 없이 갑자기 커튼을 드리우는 것같이 밤이 된다. 그러면 공기도 물도 거의 사라져버리고 단지 산등성이에 꺼져가는 잔광만이 있을 뿐이다.

랄라는 땅바닥에 누워서 하르타니에게 기대고 있다. 그녀는 움직이지 않는다. 그녀는 다리가 끊어질 듯 살이 찢어질 듯 아프다. 엉겨붙은 피가 딱딱한 껍질이 되어 검은 신발창처럼 발바닥에 붙어 있다. 때때로 고통이 발에서부터 올라와 다리를 관통하고 뼈와 근육을 따라서 서혜부까지 올라온다. 그녀는 소리를 지르지 않으려고 이를 악물고 신음소리를 낮게 낸다. 두 손이 목동의 두 팔을 움켜쥐고 부들부들 떤다. 그는 그녀를 쳐다보지 않는다. 그는 지평선을 곧장 바라보고 있다. 검은 산들이 있는 쪽을 보고 있는 것일까, 아니면 막막한 밤하늘을 바라보고 있는 것일까. 그의 얼굴이 어두워졌다. 어둠 때문이다. 무슨 생각을 하고 있는 것일까? 랄라는 그가 원하는 것이 무언지, 어디로 가는 건지 알고 싶어 그의 내면 속으로 들어가고 싶다…… 그녀는 그를 위해서라기보다 자기 자신을 위해 이야기를 한다. 하르타니는 개들처럼 쫑긋이 귀를 기울이고 머리를 세우고는 그녀가 하는 이야기의 음절 하나하나를 쫓는다.

그녀는 그에게 청회색 양복을 입은 남자에 대해서 이야기해준다. 그가 금속조각처럼 단단하고 검은 눈을 하고 있었다는 이야기, 또 불행의 바람이 시테에 불어오던 날 나망 곁에서 보낸 밤에 대해 이야기해준다. 그녀는 말한다.

"이제 나는 너를 남편으로 선택했으니까, 아무도 나를 납치해 갈 수 없을 거야. 그리고 나를 강제로 끌고 가서 판사 앞에서 결혼시킬 수도 없을 거야…… 이제 우리는 같이 살 거야. 그래서 아기도 가지고, 다른 어느 누구도 나하고는 결혼할 수 없어. 알겠어, 하르타니? 우리가 잡히더라도, 나는 네가 내 남편이라고 말할 거야. 그리고 우리가 아이도 하나 낳게 될 거라고 말할 거야. 그들도 그것을 막을 수는 없어. 그러면 그들은 우리를 떠나게 내버려둘 거야. 그럼 우리는 아주 멀리, 사막의 남쪽 나라에 가서 살 수 있을 거야……"

그녀는 이제 피곤도, 고통도 느끼지 않는다. 돌밭에서 밤의 침묵 속 자유에 대한 도취만이 그녀를 사로잡고 있다. 그녀는 그들 육신의 향기와 숨결이 완전히 뒤섞일 때까지 젊은 목동의 몸을 힘껏 껴안는다. 목동은 아주 부드럽게 그녀의 내부로 들어가 그녀를 소유한다. 그녀는 자기 가슴에 맞닿아 뛰고 있는 그의 심장의 빠른 고동소리를 듣는다.

랄라는 얼굴을 돌려 하늘 한복판을 쳐다본다. 시선에 온 힘을 쏟아 하늘을 본다. 차갑고 아름다운 밤이 그들을 감싸고 깊은 푸르름으로 그들을 안는다. 랄라는 이렇게 아름다운 밤을 본 적이 없다. 저기 시테에서나 바닷가에서는 언제나 수증기나 먼지같이 밤을 갈라놓는 그 무엇이 있었다. 언제나 희미한 베일이 밤의 빛깔을 바래게 했었다. 그 주위에 사람들이 피우는 불과 음식과 숨결이 있었기 때문이다. 그러나 여기 이곳에는 모든 것이 순수하다. 하르타니는 이제 그녀 옆에 눕는다. 아주 강한 현기증이 두 사람을 관통한다. 그들의 눈동자는 현기증으로 크게 열린다.

하르타니의 얼굴은 긴장되어 있다. 마치 그의 이마와 뺨의 피부가 매끄러운 돌로 되어 있는 것 같다. 별들이, 수천 개의 별들이 그들 위에 펼쳐진 공간을 서서히 메운다. 별들은 흰빛을 던지며 파닥거리며 서로 한데 어울려 비밀스러운 모양을 그리고 있다. 두 도망자는 눈을 크게 뜨고 거의 숨을 죽인 채 별들을 바라본다. 그들은 성좌들의 문양이 그들 얼굴 위에 내려와 앉는 듯한 느낌을 갖는다. 그들의 시선에 의해서만이 이 별들이 존재하는 것 같으며, 이 별들은 부드러운 밤빛을 마시고 있는 것 같다. 그들은 더이상 아무것도 생각하지 않는다. 사막길도, 내일이나 그다음날 올 고통도. 상처도 갈증도 허기도, 지상의 그 어떤 것도 느껴지지 않는다. 심지어 그들의 얼굴과 몸을 까맣게 태우고 눈동자를 집어삼킨 태양마저 잊었다.

부드러운 보슬비처럼 별빛이 내린다. 소리 없이, 먼지도 바람도 일으키지 않고 조용히 내린다. 이제 별빛은 돌밭을 밝히고, 샘터 가까이에 서 있는 나무는 별빛을 받아 하얀 연기처럼 가볍고 나약하게 보인다. 이제 대지는 그렇게 편편하게 느껴지지 않는다. 마치 배 앞머리처럼 길어진 대지는 앞뒤, 좌우로 흔들리면서 미끄러져 간다. 이렇게 대지는 아름다운 별들 사이로 천천히 흘러가고 아이들은 가벼운 두 몸을 서로 꼭 껴안고, 사랑의 몸짓을 한다.

매 순간 새로운 별이 나타난다. 어둠 속에서 겨우 알아볼 수 있는 작은 별, 감지할 수 없을 정도로 가느다란 빛줄기들은 다른 빛줄기들과 합류한다. 거기엔 회색, 빨간색, 흰색의 빛으로 이루어진 숲들이 밤의 깊은 푸른색과 뒤섞여 마치 거품처럼 서로 엉겨붙는다.

한참 후, 하르타니가 그녀에게 얼굴을 파묻고 조용히 잠들자, 랄라는 이 모든 별들의 몸짓을 바라본다. 맥박 치듯 파닥거리는 별빛, 떨리며 반짝이는 별들, 또는 눈동자처럼 가만히 빛나는 별들, 이 모든 별빛을 헤아린다. 하늘 더 높이, 그녀 오른편 위쪽에 넓은 은하수가 흐르고 있다. 나망 할아버지는 가브리엘의 새끼양이 흘린 피가 은하수가 된 것이라고 이야기해주었다.

그녀는 별 무더기들로부터 내려오는 아주 창백한 빛을 마신다. 랄라 하와의 목소리가 부르던 노래 속에서처럼 갑자기 별빛이 그녀에게 아주 가까워져 손만 뻗으면 그 아름다운 별빛을 잡을 수 있을 것 같다. 그러나 그녀는 꼼짝도 하지 않는다. 그녀는 손을 하르타니의 목 위에 얹고 그의 동맥 속에서 혈액이 맥박 치는 소리를 들으며 그의 편안한 숨소리를 느낀다. 밤은 태양과 건조함의 열기를 꺼버린다. 은하수 빛은 목마름, 배고픔, 고뇌를 진정시켰다. 보슬비 빗방울처럼, 하늘의 별 하나하나가 떨어져 살갗 위에 자국을 남긴다.

그들은 이제 대지를 보지 않는다. 두 아이들은 서로 껴안고 하늘나라로 여행을 떠난다.

나날이 걸어온 땅이 나날이 조금씩 보태어졌다. 대상은 삼 대열로 나뉘었다. 대열과 대열 사이는 약 두세 시간 걷는 거리만큼 떨어져가고 있다. 라르흐다프의 대열은 왼쪽에서 시디 엘 하크 쪽 하우아 언덕 가까이로 가고 있었다. 대족장의 막내아들 사드부가 이끄는 대열은 맨 오른쪽에서 사기에 엘 함라 계곡 한가운데 장 사쿰강의 말라붙은 강바닥을 거슬러올라갔다. 중앙에는 좀 뒤처져서 마 엘 아이닌이 낙타를 탄 투사들과 함께 전진하고 있었다. 그 뒤로 남자들, 여자들, 아이들의 대상이 가축들을 앞장세워 몰면서 그들 앞에서 일어나 하늘로 올라가는 거대한 붉은 먼지구름을 따라가고 있었다.

매일 그들은 광대한 계곡 바닥을 걸었고, 늘 그렇듯이 태양은 그들 머리 위에서 그들과 반대쪽으로 기울어갔다. 겨울이 끝날 무렵이어서 비가 내리지 않아 땅은 아직도 부드럽지 못했다. 사기에 엘 함라 계곡 밑바닥은 노파의 살 껍질처럼 단단하면서 잔금이 가 있었다. 그 붉은 땅 색깔만 보아도 눈과 얼굴 피부가 타는 듯했다.

해도 뜨기 전, 아침마다 첫 기도 소리가 울려퍼졌다. 그러고는 가축들의 소리가 들렸다. 화로의 연기가 계곡을 가득 메웠다. 멀리서 라르흐다프 전사들의 암송소리가 들리고 거기에 화답하는 사드부 휘하 사람들의 소리가 들려왔다. 그러나 대족장이 거느린 푸른 투사들은 소리 없이 기도했다. 붉은 먼지가 처음 공중에 피어오르면 남자들은 가축 무리를 몰기 시작했다. 모두가 자신의 짐을 꾸려 여전히 잿빛으로 보이는 차가운 땅을 걷기 시작했다.

천천히 하마다 위 지평선에 빛이 나타나기 시작한다. 남자들은 계곡을 비추는 찬란한 붉은 원반을 바라보곤 했다. 그리고 이마와 어깨를 짓누르는 빛의 무게와 고통과 싸우려는 듯 눈을 찌푸리고 몸을 수그렸다.

때때로 라르흐다프와 사드부 대열은 서로 아주 가까워져서 말발굽소리와 낙타가 툴툴거리는 소리가 들렸다. 그럴 때면 세 개의 먼지구름이 하늘에서 서로 합쳐져서 태양을 거의 다 가리곤 했다.

태양이 절정에 다다르면 바람이 일어나 붉은 먼지와 모래의 벽을 휘몰며 공간을 쓸고 갔다. 남자들은 가축떼를 반원으로 멈춰 세우고 웅크린 낙타들 뒤쪽이나 가시덤불에 붙어서 몸을 피하곤 했다. 대지는 하늘만큼이나 막막하고 공허하고 눈부셨다.

대족장의 대열 뒤에서 누르는 자기 몫의 식량을 큰 보자기에 싸서 가슴 앞에 매고 걸어가고 있었다. 매일, 새벽부터 해가 질 때까지 그는 말들과 사람들의 발자국을 따라 걸었다. 어디로 가는지도 몰랐다. 아버지, 어머니, 누이들도 보이지 않았다. 때로는 저녁 무렵, 차를 마시려고, 또는 죽을 끓이려고 잔가지로 불을 피우는 유랑민들과 만나기도 했다. 그는 아무에게도 말을 하지 않았고 아무도 그에게 말을 걸지 않았다. 마치 피로와 건조함이 목구멍 속의 말들을 태워버린 것 같았다.

밤이 와서 가축들이 구덩이를 파고 잠이 들고 나서야 누르는 주변의 인적 없는 광대한 계곡을 바라볼 수 있었다. 야영지에서 약간 멀리 떨어져 나와서 메말라 붙은 평원 위에 서면, 누르는 자기가 키 큰 나무처럼 느껴졌다. 태초부터 변함없이 돌과 모래가 펼쳐져 있는 계곡은 끝이 없는 것 같았다. 저멀리 계곡에는 물기가 만들어놓은 검은 자국이 희미하게 보였고, 키 작은 아카시아, 관목덤불들의 석회처럼 하얀 윤곽과 선인장 무리, 난쟁이종려나무들이 보였다. 밤의 희미한 어둠 속에 대지는 광석 같은 빛을 띠었다. 누르는 정말 꼼짝도 하지 않고 서서, 만질 수 없는 물처럼 검은빛이 내려와 서서히 계곡을 채우기를 기다렸다.

후에 다른 유목집단이 마 엘 아이닌 대열에 합세했다. 그들은 어디로 갈지를 놓고 부족장들과 오랫동안 협상을 벌이고는 그들을 따라 길을 갔다. 그들의 수는 이제 수천에 달했다. 그들은 하우사, 엘 파우나트, 요르프라는 세 개의 우물 쪽을 향해 계곡을 걸어갔다.

누르는 언제부터 여행이 시작되었는지 알 수가 없었다. 어쩌면 길고 긴 하루가 끝없이 계속되는 것 같았다. 태양이 불타는 하늘 위를 기어올랐다가 다시 내려가고, 먼지구름이 저 혼자서 둘둘 말리다가 파도처럼 밀려 내려와 부서졌다. 마 엘 아이닌의 아들들을 뒤따르는 남자들은 멀리 앞서가고 있었다. 그들은 벌써 사기에 엘 함라 계곡 제일 깊은 곳, 라옘 무함마드 엠바렉의 무덤이 있고 하마다 고원 속 어슴푸레한 메수아르 계곡이 펼쳐져 있는 그곳에 도착했을 것이다. 어쩌면 그들을 태운 말들은 이미 바위언덕의 비탈을 기어오르고 있어서, 등뒤로 마 엘 아이닌 무리가 일으키는 붉은 황토색 먼지구름의 소용돌이가 피어오르는 장관을 보고 있는지도 모른다.

이제 남자들과 여자들의 마지막 대열이 걸음을 늦추었다. 이따금씩 누르는 멈춰 서서 어머니와 누이들이 속한 대열을 기다렸다. 그는 타는 듯한 돌멩이 위에 앉아서 망토자락을 머리 위까지 걷어올리고, 천천히 비탈 위로 전진하고 있는 대열을 바라보았다. 말이나 낙타를 타고 있지 않은 투사들은 어깨에 진짐 무게에 짓눌려 앞으로 몸을 구부리고 걸어가고 있었다. 어떤 자들은 장총이나 창을 짚고 가고 있었다. 그들의 얼굴은 검었다. 모래 속에서 사각거리는 그들의 발소리에 섞인 고통스러운 숨소리를 누르는 듣고 있었다.

뒤쪽에는 아이들과 목동들이 양과 염소떼 뒤에서 돌멩이를 던져서 가축을 몰며 가고 있었다. 붉은 안개 같은 먼지 소용돌이가 그들을 감쌌다. 누르는 먼지 속에서 춤추는 듯 머리를 흩날리는 그들의 기이한 모습을 바라보고 있었다. 여자들은 짐낙타들 옆에서 걷고 있었다. 몇몇 여자들은 망토 안에 아이를 안고 맨발로 타는 듯한 대지를 밟으며 천천히 걸어갔다. 누르는 여자들의 금목걸이, 구리목걸이, 또 그들의 발찌가 내는 맑은 소리를 들었다. 여자들이 걸으면서 부르는 그칠 줄 모르는 슬픈 노래가 바람에 실려 간간이 들려왔다.

그러나 맨 뒤에는 이제 발걸음을 옮길 기력이 없는 노인들과 아이들, 부상자들 그리고 남편과 아버지, 아들이 다 죽어버려서 양식과 물을 구하는 것을 도와줄 남자가 없는 젊은 여자들이 처져서 오고 있었다. 사기에 계곡 속의 발자취를 따라 여기저기 흩어진 그들의 숫자는 많았다. 그들은 족장의 전사들이 지나간 후 몇 시간이 지나서도 계속 도착했다. 누르는 특히 이들을 연민의 정으로 쳐다보았다.

행렬에서 비켜서서 누르는 그들이 피로로 무거워진 다리를 간신히 들어올리며 천천히 걸어오는 것을 보았다. 수척한 그들의 얼굴은 잿빛이었고 두 눈은 열에 들뜬 빛을 발하고 있었다. 그들의 입술에서는 피가 나고 손과 가슴은 상처투성이이며, 말라붙은 피에 금빛 먼지가 뒤범벅이 되어 있었다. 태양이 길 위의 붉은 돌멩이들에 내려 꽂히듯 그들을 후려쳤다. 정말 매를 맞는 듯한 느낌이었다. 여자들은 신발이 없어 발이 모래에 데고 소금에 갉아먹혔다. 그러나 가장 고통스럽고, 불안과 동정심을 불러일으키는 것, 그것은 이들의 침묵이었다. 말을 하는 자도 노래 부르는 자도 없었다. 우는 자도 신음하는 자도 없었다. 남자들, 여자들, 발이 피투성이가 된 어린아이들, 모두 패배자처럼 단 한 마디 말도 없이 조용히 전진하고 있었다. 단지 모래를 밟는 그들의 발소리와 헐떡거리는 짧은 숨소리만 들릴 뿐이었다. 그러다가 그들은 허리에 맨 짐 보따리를 추켜올리고, 마치 폭풍우에 스러지는 이상한 날벌레들과도 같이 천천히 간격이 벌어져갔다.

누르는 짐을 발밑에 놓고 행렬에서 벗어나 서 있었다. 노파나 부상병이 그가 있는 쪽으로 걸어오면 그들에게 다가가서 말을 걸어보았다.

"안녕하세요, 안녕하세요, 너무 지치셨죠? 짐 드는 것을 도와드릴까요?"

그러나 그들은 아무 말이 없었다. 그를 쳐다보지도 않았다. 고통과 빛에 짓눌린 그들의 얼굴은 계곡의 돌덩이처럼 단단했다.

사막의 남자들과 싱게티 전사들의 대열이 도착했다. 그들의 하늘빛 망토는 누더기가 되었다. 다리와 발을 싸맨 헝겊은 핏자국으로 얼룩져 있었다. 그들이 지니고 있는 것은 아무것도 없었다. 쌀자루도 수통도 없었다. 단지 소총과 창만 들고 노인과 아이들처럼 고통스럽게 걸어갔다.

그들 중 한 사람은 눈이 멀었다. 그래서 다른 사람들의 망토자락에 매달려 걸어가면서 돌부리에 차이고 심술궂은 덤불 뿌리에 걸려 비트적거렸다.

누르 곁을 지나갈 때 그에게 인사하는 어린 소년의 목소리를 들은 그는 잡고 있던 동료의 망토자락을 놓고 멈춰 섰다.

"우리 이제 도착한 거니?" 하고 그는 물었다.

다른 사람들은 뒤돌아보지 않고 계속 길을 재촉했다. 그 투사의 얼굴은 피곤에 지쳐 있었지만 아직도 젊은 편이었으며 불에 탄 두 눈은 더러운 헝겊조각으로 가리고 있었다.

누르는 그에게 물을 조금 먹여주고 그의 짐을 자기 어깨에 지고 투사의 손을 자기 망토 위에 얹어주었다.

"자, 가요, 이제부터 제가 인도하겠어요."

그들의 행렬은 길을 따라 붉은 먼지구름을 향해 다시 계곡 끝으로 발길을 옮기기 시작했다.

그 남자는 말을 하지 않았다. 그의 손이 누르의 어깨를 어찌나 세게 거머쥐고 있는지 누르는 어깨가 아팠다. 그날 저녁, 그들이 요르프 우물에 당도했을 때 소년은 기진해 있었다. 그들은 이제 불그스레한 절벽 발치 하우아의 메사*와 북쪽으로 계곡이 시작되는 곳에 와 있었다.

여기서 라르흐다프와 사드부의 대열과 대족장이 거느린 청

---

* 침식작용으로 꼭대기는 평탄하고 주위는 급사면을 이루는 탁자 모양의 대지.

색 옷을 입은 남자들이 모두 합세했다. 석양빛 속에, 검게 젖은 우물의 얼룩 주위, 마른땅 위에 앉아 있는 수천 명의 사람들을 누르는 쳐다보았다. 붉은 먼지가 조금씩 조금씩 내려앉고 있었고 벌써 화로의 연기가 하늘 위로 피어오르고 있었다.

누르는 휴식을 취한 뒤 짐을 다시 집어들었다. 그러나 가슴에 둘러매지는 않았다. 그는 장님 투사의 손을 잡고 우물까지 걸어갔다.

모두들 이미 벌써 물을 마신 뒤였다. 남자와 여자들은 우물 동쪽에서, 가축들은 서쪽에서 마셨다. 물가의 붉은 진흙이 섞여 물은 혼탁했다. 그러나 사람들은 이렇게 맛좋은 물을 마셔본 적이 없었다. 구름 한 점 없는 하늘이 매끄러운 금속 같은 우물의 검은 수면 위에 빛났다.

누르는 물 위로 몸을 기울여 숨을 돌릴 새도 없이 오래 물을 마셨다. 장님 투사 역시 우물가에 무릎을 꿇고 두 손바닥으로 물을 뜰 여유도 없이 탐욕스레 벌컥벌컥 마셨다. 실컷 마시고 나서 그는 우물가에 주저앉았다. 그의 칙칙한 얼굴과 수염에 물이 줄줄 흘러내렸다.

그러고 나서 그들은 뒤쪽 가축들이 있는 곳으로 되돌아갔다. 족장의 명령이었다. 물을 탁하게 하지 않으려면 아무도 우물가에 머물러서는 안 되기 때문이었다.

하마다 가까이에서는 밤이 빨리 내렸다. 어둠이 계속 구석구석으로 스며들었다. 불그스레한 높은 돌산 봉우리만이 태양의 불길 속에 남아 있었다.

누르는 한순간 아버지와 어머니를 찾았으나 보이지 않았다. 아마 그들은 벌써 라르흐다프 전사들과 함께 북쪽으로 가는 길로 들어섰나보다. 누르는 가축떼 가까이에서 밤을 지낼 잠자리를 골랐다. 그는 짐을 내려놓고 조빵 한 조각과 대추야자 몇 알을 장님 투사와 함께 나누어 먹었다. 투사는 재빨리 먹어치우고는 팔을 베고 땅바닥에 누웠다. 누르는 장님 투사에게 말을 걸어 어떤 사람이냐고 물었다. 남자는 천천히 이야기를 시작했다. 너무 오래 입을 다물고 있어서인지 약간 쉰 듯한 목소리였다. 아주 먼 싱샨의 염호 가까이 있는 싱게티에서 일어난 일을 모두 얘기해주었다. 기독교군이 대상을 공격하고 마을을 불태워버렸으며 야영지의 아이들을 데리고 가버렸다는 것이다. 바닷가로부터, 혹은 남쪽으로부터 기독교군이 침입했을 때, 낙타를 탄 흰옷 입은 투사들과 나이지리아 흑인들 그리고 사막 사람들은 북쪽으로 피난을 가야 했다. 그는 전투 중에 소총에 부상을 당해서 시력을 상실했다는 것이다. 그래서 친구들이 북쪽의 스마라 성도로 그를 데리고 갔다. 대족장이 기독교군에게 입은 상처를 씻은 듯이 낫게 해주며, 눈을 다시 뜨게 해줄 수 있다는 말을 들었기 때문이라고 했다. 감긴 그의 눈꺼풀 속에서 눈물이 흘러내렸다. 그가 잃어버린 것들이 모두 다시 생각났기 때문이었다.

"지금 우리가 있는 곳이 어딘 줄 아니?" 그는 줄곧 이렇게 누르에게 물었다. 사막 한복판에 버림받을까봐 두려워하고 있는 듯했다.

"우리가 있는 곳이 어딘지 아니? 도착하려면 아직도 멀었니?"

"아녜요." 누르는 대답한다. "이제 곧 족장님이 약속한 땅에 도착할 거예요. 아무것도 부족함이 없는 신의 왕국 같은 그곳에 곧 도착할 거예요."

그러나 내심 누르는 거기에 대해서 전혀 알 도리가 없었다. 사막을 넘고 산을 넘고 바다를 건너 지평선에 태양이 떠오르는 곳까지 가도, 어쩌면 그 나라에 도달할 수 없을지도 모른다는 생각이 들었다.

장님 투사는 이제 말을 그치지 않았다. 그러나 전쟁에 대해서는 다시 얘기하지 않았다. 싱게티에서 아버지와 형들과 함께 살았던 어린 시절 이야기며 소금길 이야기를 낮은 목소리로 들려주었다. 그는 싱게티 회교사원에서 들었던 가르침이며, 거대한 대상이 막막한 사막을 가로질러 아드라르 쪽으로, 또 동쪽 더 멀리 항크산맥 쪽으로, 기적의 무덤이 있는 압드 엘 말레크 우물 쪽으로 출발하곤 했다는 이야기를 들려주었다. 밤이 내려와 그의 얼굴과 타버린 두 눈을 신선한 그늘로 덮어주었다. 그는 땅 위에 길게 누워 이런 이야기들을 노래를 흥얼거리듯 부드럽게 들려주었다.

누르는 모직 망토로 몸을 싼 채 짐 보따리를 베고 그의 옆에 누웠다. 그는 하늘을 바라보며, 저 혼자 흥겨워 이야기하는 그 남자의 목소리를 들으면서 눈을 뜨고 잠이 들었다.

사막의 밤은 차가웠다. 그러나 누르의 혀와 입술은 계속 타는 듯했다. 불에 달궈진 동전들이 눈꺼풀 위에 놓여 있는 것 같았다. 바람이 바위를 스쳐 모래언덕들 위로 불어와서 누더기를 걸치고 열에 들뜬 사람들을 한기로 떨게 했다. 어디선가 잠든 투사들 한가운데 흰 망토를 걸친 늙은 족장이 몇 달 전부터 계속 잠을 이루지 못한 채 밤을 쳐다보고 있었다. 그의 시선은 곧장 희미한 빛으로 대지를 적시고 있는 총총한 별 떨기들로 향했다. 때때로 그는 잠든 남자들 사이를 거닐다가 다시 자기 자리로 되돌아가 앉아 화로 속에 숯이 타닥거리는 소리를 들으며 천천히 차를 마시곤 했다.

뜨겁고도 끔찍한 날들이 그렇게 지나갔다. 사람들과 가축떼들이 북쪽을 향해 올라갔다. 그들은 이제 건조한 하마다 고원을 지나 틴두프로 가는 길을 따라가고 있었다. 척후병으로 뽑힌 마 엘 아이닌의 아들들과 제일 건장한 사내들은 말을 타고 와르크지즈산맥 사이에 끼어 있는 계곡을 살폈다. 그러나 그 길은 여자들과 아이들에겐 너무나 험난한 길이었으므로 족장은 동쪽 길을 택했다.

대상의 뒤쪽에서 누르는 자기의 어깨를 잡고 있는 장님 투사와 함께 걸어갔다. 양식 보따리가 날마다 조금씩 가벼워졌다. 목적지까지 가려면 그것으로 충분하지 못하다는 것을 누르는 잘 알고 있었다.

이제 그들은 하늘과 아주 가까운 광대한 암석고원 위를 걸어가고 있었다. 때때로 계곡의 균열들과 커다란 틈이 시커멓게 벌어져 있는 흰 바위 그리고 칼날처럼 눈부신 돌을 지나갔다. 장님 투사는 넘어지지 않으려고 누르의 어깨와 팔을 더욱 세게 거머쥐었다.

사람들의 염소가죽 신발이 다 닳았다. 많은 사람들이 피가 흐르는 것을 막으려고 입고 있는 옷을 찢어 발을 싸맸다. 어릴 때부터 습관이 된 여자들은 맨발로 걸어갔다. 그러나 이따금 아주 날카로운 조약돌이 발을 찌르면 걸을 때마다 신음소리가 났다.

장님 투사는 하루종일 한마디도 하지 않았다. 그의 어두운 얼굴은 푸른 망토와 매의 도가머리처럼 두 눈을 감싸 덮은 붕대 속에 감춰져 있었다. 그는 불평도 없이 걸었다. 누르가 그를 인도한 이후로 그는 길을 잃어버리지 않을까 하는 두려움을 더 이상 갖지 않게 되었다. 단지, 저녁이 와서 계곡 저멀리 앞장선 라르흐다프와 사드부의 남자들이 노래하는 듯한 목소리로 휴식 신호를 높이 울릴 때 장님 투사는 언제나 똑같은 불안감에 싸여 묻곤 했다.

"여기냐? 여기가 우리가 있을 곳이냐? 말해줘. 우리가 영원히 정착할 곳에 도착한 거냐?"

누르는 주위를 둘러보았다. 끝도 없이 펼쳐진 돌과 먼지평원만이 보일 뿐이었다. 하늘 아래 대지는 언제나 전과 다름없었다. 그는 짐을 내리며 간단하게 대답했다.

"아뇨, 아직 여긴 아니에요."

매일 저녁, 장님 투사는 가죽부대에 담긴 물을 몇 모금 마시고 대추야자와 빵을 조금 먹었다. 그리고 땅바닥에 누워 그의 나라와 싱샨 호수 근처에 있는 싱게티 대성도大聖都에 관한 여러 가지 이야기를 계속했다. 그는 초록색 물과 키 큰 종려나무의 꿀처럼 달콤한 과일이 있고, 그늘에는 새들의 노랫소리와 물 길러 가는 소녀들의 웃음소리로 가득한 오아시스 이야기를 했다. 그는 마치 자신의 고통을 스스로 달래려는 듯, 노래하는 듯한 목소리로 이 이야기를 했다. 때때로 그의 동료들이 곁에 와 앉아서, 누르와 함께 빵과 대추야자를 나누어 먹기도 하고 시바풀로 차를 끓이기도 했다. 그들은 장님 투사의 독백을 경청했다. 그리고 그들도 그들의 땅과 남쪽 아타르, 우제프트, 탐차카트의 우물들, 대도시 우알라타의 이야기를 했다. 그들은 돌이 말하는 것 같은 이상하고도 감미로운 언어로 이야기했다. 그들의 여윈 얼굴은 금속과 같은 색깔이었다. 태양이 지평선에 기울고 사막고원이 석양빛으로 반짝일 때 그들은 무릎을 꿇고 이마를 먼지 속에 파묻고 기도를 올렸다. 누르는 장님 투사가 동쪽을 향해 엎드리는 것을 도와주었다. 그러고 난 후 그는 누워서 망토로 몸을 휘감고 남자들이 이야기하는 목소리를 들으며 잠들었다.

그렇게 낭떠러지와 마른 급류 바닥을 따라 그들은 와르크지즈 산들을 넘었다. 행렬은 지평선 이 끝에서 저 끝까지 고원 위에 길게 이어졌다. 커다란 먼지구름이 매일 푸른 하늘로 피어올라 바람 속에 휘어 스러졌다. 염소와 양, 짐낙타들이 사람들 사이로 걸어가면서 일으킨 먼지가 시야를 가렸다. 저멀리 행렬의 뒤쪽에는 늙은이들과 병든 여자들, 버림받은 아이들, 부상당한 투사들이 고개를 숙이고 이따금 발자국 위에 핏방울을 떨어뜨리며 비틀대는 다리로 고통스러운 햇빛 속을 걸어가고 있었다.

누르는 처음으로 한 사람이 길가에서 소리도 없이 죽는 것을 보았다. 그는 발을 멈추려고 했다. 그러나 푸른 투사들과 그와 함께 걷고 있던 사람들은 아무 말 없이 그를 앞으로 밀어붙였다. 더이상 아무것도 어떻게 할 도리가 없었기 때문이었다. 이제 누르는 발길을 멈추지 않았다. 먼지 속에 이따금 팔과 다리를 오므리고 누워 자고 있는 듯한 사람의 형체가 있었다. 그것은 피로와 병에 절었고, 이미 몸은 다 말라버렸으며, 망치로 뒷머리를 강타당한 것처럼 사막의 길 위에 영영 멈추어 선 늙은이와 여자들이었다. 바람이 불어 그 위에 몇 줌의 모래를 뿌리면, 무덤을 팔 필요도 없이 이들은 곧 모래에 덮여 묻혀버릴 것이다.

누르는 저쪽 스마라의 야영지에서 그에게 차를 주었던 노파를 생각했다. 아마 그녀도 어느 날 후려치는 듯한 태양빛에 공격당해 죽었을 것이다. 그리고 사막의 모래가 그녀를 덮어버렸을 것이다. 그러나 누르는 그녀를 오래 생각하지는 않았다. 그가 옮기는 발자국마다 누군가가 죽어가듯이 누르의 추억들도 희미해졌기 때문이었다. 마치 사막의 횡단길이 모두 파괴되고 그의 모든 기억은 불타버려 이미 다른 소년이 되어버린 것 같았다. 피로 때문에 걸음이 처지면 장님 투사의 손이 그를 앞으로 밀어붙이곤 했다. 어깨에 놓인 손이 없었다면 그도 아마 팔과 다리를 접고 길가에서 죽어버렸을 것이다.

지평선에 새로운 산들이 계속 나타났고, 돌과 모래의 고원은 바다처럼 끝이 없었다. 저녁마다, 휴식을 알리는 외침을 들을 때마다 장님 투사는 누르에게 묻곤 했다.

"여기냐? 다 온 거냐?"

그리고 그는 또 물었다.

"네 눈에 보이는 것을 좀 얘기해다오."

그러나 누르는 간단하게 대답했다.

"아뇨, 여기가 아니에요, 여긴 사막밖에 없어요. 좀더 가야 돼요."

절망이 사람들을 엄습했다. 사막의 투사들과 마 엘 아이닌의 무적의 청색 인간들조차 지쳤다. 그들의 시선은 믿음을 잃은 사람들의 눈빛처럼 소심해졌다.

그들은 작은 무리를 지어 팔에 소총을 비스듬히 기대놓고 말없이 앉아 있었다. 누르가 물을 마시려고 아버지와 어머니를 보러 갔을 때 가장 무서웠던 것은 그들의 침묵이었다. 그들은 마치 죽음의 위협을 받아 서로 사랑할 힘을 다 잃은 사람들 같았다.

여자들, 아이들 그리고 행렬의 대부분은 태양이 지평선에 질 때를 기다리며 땅바닥에 엎드려 있었다. 마 엘 아이닌이 신자들을 부르는 소리가 고원 위에 울려퍼져도 그들은 기도할 힘조차 없었다. 누르는 땅바닥에, 이제 거의 다 빈 보따리를 베고 누웠다. 그리고 장님이 부르는 노랫소리를 들으며 색이 바뀌어 가고 있는 바닥도 없는 하늘을 바라보았다.

이따금 그는 이 모든 것이 꿈이라는 생각이 들었다. 이렇게 별이 알려주는 길을 따라 돌같이 매끄럽고 반들반들하며 단단한 땅으로 가고 있는 것이, 마치 눈을 뜨고 끔찍하고 끝나지 않는 꿈을 꾸고 있는 것 같기만 했다. 고통은 이제 겨누어진 창 같았고 자기를 파괴하는 것이 무언지도 모르는 채 그는 앞으로 전진했다. 마치 자신의 몸을 뜨거운 대지 위에 내팽개친 다음, 몸속으로부터 튀어나온 것 같았다. 돌과 모래사막 위에 움직이지 않고 있는 그의 몸은 한 점 얼룩이거나, 땅바닥에 나뒹구는 낡은 걸렛조각들 한가운데 불쑥 내던져진 넝마 같았다. 그의 영혼은 얼어붙은 하늘의 수많은 별 속을 떠돌고, 눈 깜짝할 사이에 그의 삶은 알 수 없는 공간 속을 방황하는 것 같았다. 그는 신기루처럼 떠오른 신기한 도시들을 보았다. 그 도시에는 하얀 바위 궁전과 탑, 둥근 지붕, 맑은 물이 반짝이고 과일이 주렁주렁 달린 나무들이 있는 커다란 정원과 꽃밭과 샘이 있으며, 샘가에 소녀들이 모여 앉아 웃고 있었다. 그는 그것을 분명히 보았으며 신선한 물 속으로 들어가 물을 꿀꺽꿀꺽 마셨다. 그리고 여러 가지 과일들을 맛보며 그 향기를 들이마셨다. 그러나 가장 신기한 것은, 그의 정신이 육체를 떠날 때 들려온 음악소리였다. 그와 비슷한 음악은 여태껏 한 번도 들은 적이 없었다. 젊은 여자의 목소리가 슐루흐말로 부르는 노래였다. 감미로운 그 노래가 공기 속에서 떨리며 똑같은 가사를 시종 반복하고 있었다.

"어느 날, 오, 어느 날엔가는 까마귀가 흰 새가 되고, 바닷물이 마르리, 선인장 꽃 속에서 꿀을 찾으리라, 아카시아 가지들로 잠자리를 만들리라, 오, 어느 날엔가는 뱀 입속에도 독이 사라지고, 총알을 맞아도 죽지 않으리, 그러나 그날 나는 내 사랑을 떠나리……"

이렇게 맑고 감미로운 목소리가 어디서 오는 것일까? 누르는 좀더 멀리, 이 땅과 하늘을 넘어 비를 실은 검은 구름과 물이 끊임없이 흘러가고 넓은 강이 있는 나라로 정신이 미끄러져 들어감을 느꼈다.

"어느 날, 오, 어느 날엔가는 사막에도 바람이 불지 않고, 모래 알갱이들이 설탕처럼 달콤해지리, 흰 돌멩이 밑마다 샘물이 나를 기다리리, 어느 날, 오, 어느 날엔가는 꿀벌들이 내게 노래를 하리, 그러나 그날 나는 내 사랑을 잃어버리리……"

천둥 같기도 한 신비한 소리들이 우르릉거리고 추위와 죽음이 그곳을 지배하고 있다.

"어느 날, 오, 어느 날엔가는 밤에도 태양이 뜨고, 달 속의 물이 사막에 호수를 만들어주리, 그때 하늘은 너무 낮아서 나는 그 별을 만질 수 있으리, 어느 날, 오, 어느 날, 내 그림자가 내 앞에서 춤추는 것을 나는 보리라, 그날은 내가 내 사랑을 잃어버리리……"

바로 그곳에서 새로운 질서가 시작되었다. 그것은 사막의 청색 인간들을 내몰고 도처에 공포를 불러일으켰다.

"어느 날, 오, 어느 날엔가는 태양이 어두워지리, 땅이 열리고 바다가 사막을 덮으리, 어느 날, 오, 어느 날엔가는, 내 눈은 이제 더이상 빛을 못 보리, 내 입은 이제 더이상 당신의 이름을 부르지 못하리, 내 가슴의 아픔도 그치리, 그날은 내가 내 사랑을 떠나는 날일 테니까……"

속삭이는 듯한 이상한 음성은 차츰 멀어져갔다. 그러나 다음 순간 바로 귓가에서 또다시 그 노래를 들었다. 보이지 않는 하늘을 향해 혼자 독백하듯 장님 투사가 그 노래를 부르고 있었다.

저녁에 마 엘 아이닌의 대열이 산 반대쪽 드라로 가는 길가에 도착했다. 서쪽으로 내려오면서, 그들은 라르흐다프와 사드부 대열의 야영지에서 피어오르는 연기를 보았다. 사람들이 다시 합세했을 때 희망도 다시 소생했다. 누르의 아버지는 누르를 만나러 와서 그의 짐을 나누어 짊어지고 갔다.

"어디에 와 있니? 이곳이냐?" 장님 투사가 물었다.

누르는 사막을 건넜으며 이제 목적지가 멀지 않았다고 대답해주었다.

그날 밤은 떠나온 후 처음으로 잔치 같은 것이 벌어졌다. 기타 소리와 북 두드리는 소리, 맑은 피리 소리가 들렸다.

계곡의 밤은 더욱 아늑해졌다. 가축에게 먹일 풀도 있었다. 아버지, 어머니와 함께 누르는 조빵과 대추야자를 먹었다. 장님 투사도 자신의 몫을 받았다. 그들은 사기에 엘 함라에서 시디 무함마드 엘 퀜티의 무덤까지 걸어온 길을 함께 이야기했다. 그리고 그들은 장님 투사를 인도하여 가시덤불로 덮인 들판을 넘어 드라의 마른 계곡 바닥까지 함께 걸어갔다.

그곳엔 사람과 가축들이 부지기수로 많았다. 대족장을 따라온 사람들과 가축떼들에, 드라와 타수프 샘물의 유목민들, 메세이드와 트카르트, 엘 가바, 시디 브라힘 엘 아타미의 사람들이 합세했기 때문이었다. 그곳은 프랑스인의 침입으로 빈곤과 위협에 시달리다 못해 해안지역에서 쫓겨온 사람들이 다 모여 있는 곳이었다. 그들은 성스러운 전쟁을 위해 그리고 신자들의 땅에서 이방인들을 내몰기 위해서 대족장 마 엘 아이닌이 길을 떠났다는 사실을 알았다.

이제 사람들은 남자와 여자들의 대열에서 죽음이 지나간 듬성듬성한 빈 자리를 쳐다보지 않았다. 대부분의 사람들이 부상을 입거나 병에 걸린 것도 보지 않았으며 어린애들이 열과 탈수에 시달려 엄마 품 속에서 서서히 죽어가는 것도 더이상 보지 않았다.

보이는 것은 시커멓게 말라붙은 강바닥 도처에서 염소와 양떼 그리고 말과 낙타를 탄 사람들이 그들의 운명을 향해 천천히 걸어가고 있는 모습뿐이었다.

여러 날 동안, 그들은 불에 구워진 흙처럼 가늘게 갈라진 딱딱한 모래평원과 정오의 태양의 불길이 태우는 시커먼 강바닥을 지나 드라의 넓은 계곡을 거슬러올라갔다. 계곡의 반대편에는 라르흐다프와 사드부의 남자들이 폭이 좁은 급류를 따라 말을 몰았다. 남자와 여자들 그리고 가축떼가 이들이 열어놓은 길을 따라가고 있었다. 낙타를 탄 마 엘 아이닌의 투사들은 이제 제일 끄트머리에서 가고 있었다. 누르도 장님 투사를 인도하며 이들과 함께 걸어갔다. 마 엘 아이닌의 전사 대부분은 걸어서 가고 있었다. 그들은 소총과 창을 짚고 협곡을 기어올라갔다.

그날 저녁에 대상은 토르코즈에서 멀지 않은 산 밑에 있는 아인 르하트라로 불리는 샘이 깊은 우물가에 이르렀다. 매일 저녁 그랬듯이 누르는 장님 투사를 위해 물을 길러 갔다. 그리고 그들은 목욕을 하고 기도를 했다. 누르는 족장의 투사들과 가까운 곳에 밤을 지샐 자리를 잡았다. 마 엘 아이닌은 텐트를 치지 않았다. 그는 밖에서 사막 사람들처럼 간단하게 흰 망토로 몸을 두르고 안장용 양탄자 위에 웅크리고 앉았다. 높은 산들이 가까이 있어 밤이 빨리 내렸다. 소름끼치도록 추웠다. 누르 옆에 있는 장님 투사는 더이상 노래하지 않았다. 아마 족장이 있어서 감히 부를 수 없는 것 같았다. 아니면 입을 열기엔 너무 지쳐 있는지도 몰랐다.

마 엘 아이닌은 투사들과 함께 저녁식사를 하며, 사람을 시켜 누르와 장님 투사에게 약간의 음식과 차를 보냈다. 차는 그들을 기분 좋게 만들어주었다. 누르는 이토록 훌륭한 차를 한 번도 마셔본 적이 없었다. 음식과 맑은 샘물은 그들의 몸속에 빛을 넣어주는 것 같았고, 힘을 모두 회복시켜주는 듯했다. 누르는 커다란 흰 망토에 휘감겨 앉아 있는 늙은 족장의 모습을 쳐다보며 빵을 먹었다.

이따금 사람들이 족장에게 와서 축복을 내려주기를 부탁했다. 그는 사람들을 맞이하여 자기 옆에 앉히고, 빵을 한 조각 주며 이야기를 해주었다. 사람들은 그의 망토자락에 입을 맞추며 돌아갔다. 그들은 드라의 유목민과 누더기 차림의 목동들 그리고 망토로 아기를 싸서 안고 있는 청색 여자들이었다. 그들은 힘과 희망을 얻기 위해, 또 몸의 상처를 치료받기 위해 족장을 만나러 왔던 것이다.

조금 후 밤중에 누르는 깜짝 놀라 잠을 깼다. 장님 투사가 그를 굽어보고 있는 것을 보았다. 환한 별빛이 고통으로 가득한 그의 얼굴을 희미하게 비쳐주었다. 거의 겁에 질린 누르가 약간 뒤로 물러나자 그는 낮은 목소리로 물었다.

"그가 내 시력을 되찾아줄 수 있을까? 다시 한번 그를 찾아가볼까?"

"전 모르겠어요." 누르가 대답했다.

장님 투사는 신음하며 머리를 먼지 속에 처박고 다시 땅바닥에 쓰러졌다.

누르는 주위를 둘러보았다. 산 밑에 있는 계곡 깊숙이에는 움직임도 소리도 없다. 추위를 막기 위해 천으로 몸을 둘둘 말고 도처에서 사람들이 자고 있었다. 단 한 사람, 마 엘 아이닌만이 피로도 존재하지 않은 듯, 밤 풍경 속에 눈을 고정시키고 꼼짝도 하지 않은 채 안장용 양탄자 위에 앉아 있었다.

이제 누르는 팔베개를 하고 모로 누웠다. 그는 늙은 족장이 기도하고 있는 것을 오랫동안 바라보았다. 자기보다 더 큰 꿈, 끝나지 않는 꿈을 따라 그는 다시 한번 더 이 세상이 아닌 다른 세상으로 떠나는 것 같았다.

날마다, 남자들은 태양이 떠오르면 일어섰다. 그들은 아무 말 없이 짐을 챙겨 들었고 여자들은 어린 아기들을 등에 들쳐 업었다. 가축들도 몸을 일으켜서 땅바닥을 차며 첫 먼지를 일으켰다. 늙은 족장의 명령이 태양열과 바람의 취기와 함께 올라와 가축들 속으로 파고들었기 때문이었다.

뾰족뾰족한 타이사산맥 사이사이, 화산 허리처럼 타는 듯한 협로를 따라 그들은 북쪽으로 행진을 계속했다.

때로 저녁 무렵, 그들이 우물 앞에 도착하면 푸른 옷을 걸친 남자와 여자들이 사막에서 나와 그들에게로 달려와 대추야자와 응고시킨 우유, 조빵 등을 바쳤다. 대족장은 그들이 데리고 온, 배 아프고 눈병 든 어린아이들에게 축복을 내려주었다. 마 엘 아이닌은 약간의 흙에다 그의 타액을 섞어 아이들의 몸에 바르고 손으로 그들의 이마를 짚어주었다. 그러고 나면, 여자들은 온 길을 되돌아 붉은 사막 쪽으로 갔다. 때로는 남자들이 소총과 창을 들고 그들의 무리에 합세했다. 무뚝뚝한 얼굴에 금발이나 또는 다갈색 머리, 이상한 녹색 눈을 한 농부들이었다.

산맥 저편에서부터 온 대상은 타이달트 종려나무숲, 눈강江과 굴리민 사막 길이 시작되는 곳까지 도착했다. 누르는 이제 휴식을 취하고 실컷 마실 수 있으리라고 생각했다. 그러나 가까이 가보니, 사막의 바람과 건조함에 시달려 보잘것없는 종려나무숲에 불과했다. 잿빛 큰 모래언덕들이 오아시스를 파먹어 들어가서 물은 진흙탕이었다. 종려숲에는 사람도 거의 없고, 굶주림에 시달려 움직이지 못하는 노인 몇이 있을 뿐이었다. 마 엘 아이닌의 대열은 그다음날 굴리민 쪽으로 말라붙은 강줄기를 따라 다시 길을 떠났다.

마을에 도착하기 전, 마 엘 아이닌의 두 아들의 대열이 먼저 떠났다. 이틀 후 그들은 나쁜 소식을 가지고 되돌아왔다. 시디이프니에 상륙한 기독교군이 북쪽으로 올라오고 있다는 것이었다. 라르흐다프는 굴리민으로 가서 프랑스군, 스페인군에 맞서 싸우자고 했다. 그러나 족장은 다만 평원 위에 야영을 하고 있는 남자들을 가리키며 이렇게 물었다. "저 사람들이 너의 병사들이냐?" 그러자 라르흐다프는 고개를 푹 숙였다. 대족장은 출발신호를 내렸다. 굴리민에서 아이트 부크하 종려숲으로 가서 다시 산맥을 가로질러 동쪽으로 부 이자카른 사막 길까지 간다는 것이었다.

피로에 지친 몸을 이끌고 남자와 여자들은 붉은 산들을 횡단하여 물도 없는 급류를 따라 여러 주를 걸었다. 푸른 옷을 입은 남자, 여자, 가축들을 이끄는 목동, 짐낙타, 기마병, 모두가 바위덩이 사이를 헤치고 무너진 흙더미 위로 빠져나갈 길을 찾아나가야만 했다. 이렇게 해서 그들은 시디 아흐메드 또는 뭇사라고 불리는 성도에 도착했다. 그곳은 곡예사와 마술사의 수호도시였다. 대상은 메마른 계곡 여기저기에 자리를 잡았다. 족장과 두 아들들 그리고 구드피아에서 온 자들만이 묘지의 성역 안에 남았다. 유력자들 몇 사람이 충성을 맹세하는 서약서를 바치러 왔다.

그날 저녁, 별이 총총한 하늘 아래서 합동기도가 있었다. 남자들과 여자들이 성자의 무덤 둘레에 모두 모였다. 지펴놓은 불가에는 마른 가지들이 타닥거리는 소리만이 침묵을 깨고 있었다. 누르는 땅 위에 엎드려서 낮은 목소리로 지크르를 암송하고 있는 연약한 족장의 모습을 보았다. 그러나 그날 저녁의 기도에는 고함소리도 음악소리도 없었다. 죽음이 그들 바로 옆에 붙어 있었고 피곤이 그들의 목구멍을 조이고 있기 때문이었다. 단지 연기처럼 아주 부드럽고 가벼운 목소리가 침묵 속에 흥얼거리고 있을 뿐이었다. 누르는 주위를 둘러보았다. 모직 망토를 입은 수천 명의 남자들이 땅바닥에 앉아 있었고 불빛이 점점 멀리 그들을 비추고 있었다. 그들은 움직이지도 말하지도 않았다. 누르가 지금까지 들은 기도 중 가장 강렬하고 가장 고통에 찬 기도였다. 아무도 움직이지 않았고, 다만 이따금씩 한 여인이 아이를 재우려고 젖을 물리거나 아니면 어떤 노인이 기침을 하는 소리뿐이었다. 높은 산에 둘러싸인 계곡에는 불어오는 바람 한 점 없어 불길은 흔들리지 않고 곧장 위로 잘 타올랐다. 별이 가득한 아름답고 차가운 밤이었다. 이윽고 지평선에 달빛이 비쳐왔다. 검은 절벽 위로, 아주 동그란 은쟁반 같은 달이 매시간 하늘의 정점을 향해 오르고 있었다.

족장이 밤새워 기도하는 동안 모닥불이 하나하나 사그러들었다. 사람들은 피로에 지쳐 쓰러진 채로 그 자리에서 잠이 들었다. 누르는 계곡의 나무덤불 뒤쪽으로 소변을 보러 간 두세 번 이외에는 자리를 뜨지 않았다. 온몸이 불덩이처럼 뜨거워 그는 잠을 이룰 수가 없었다. 그의 곁에는 아버지와 어머니, 누이들이 망토를 두르고 졸고 있었다. 장님 투사도 찬 땅을 베고 잠들어 있었다.

누르는 늙은 족장을 줄곧 바라보았다. 그는 하얀 무덤 가까이에 앉아서 고요한 밤의 침묵 속에 마치 어린아이를 어르듯이 부드럽게 노래를 부르고 있었다.

태양이 떠오르자 대상은 다시 길을 떠났다. 이번에는 아이트와 뭇사 사람들, 또 일리르, 타페르미트에서 온 산사람들, 이다구그마르 사람들과 이프란 사람들, 티르미 사람들도 함께 떠났다. 신의 왕국을 위해 투쟁하는 마 엘 아이닌을 따르고자 하는 자들은 모두 함께 길을 떠났다.

그들은 협곡의 말라붙은 급류를 따라 수많은 날들을 인적 없는 산을 가로질러 걸어갔다. 뜨거운 태양이 떠오르면 갈증과 희디흰 눈부신 하늘, 붉은 바위들, 사람과 가축을 숨막히게 하는 먼지들이 날마다 되풀이되곤 했다. 누르는 이제 여행을 떠나기 전, 정착하고 살았을 때 그곳 땅이 어떠했는지 도무지 기억나지 않았다. 여자들이 물동이에 물을 길러 가서 새처럼 재잘거리던 우물도 기억나지 않았다. 가축떼를 방목하는 목동들의 노랫소리도, 사구의 모래 위에서 장난치며 노는 아이들도 이젠 기억이 나지 않았다. 아주 옛날부터 영원히, 똑같은 언덕과 협곡과 붉은 바위를 쳐다보며 늘 이렇게 걸어온 것만 같았다. 어떤 때는 순간순간 돌에 털썩 주저앉고 싶었다. 사막 길가 돌 위에 퍼질러 앉아서 가물거리는 대기 속에 대상의 긴 행렬이 출발하는 모습과 남자와 낙타의 검은 형체들이 마치 흐물흐물 녹듯이 사라져버리는 신기루처럼 아롱거리는 것을 바라보고 싶었다. 그러나 그의 어깨를 꼭 붙잡고 놓아주지 않는 장님 투사의 손이 누르를 앞으로 밀고 있었다. 그래서 누르는 쉬지 않고 걸음을 계속 뗄 수밖에 없었다.

마을이 보이는 곳에 당도하자 그들은 걸음을 멈추었다. 마을 이름이 입에서 입으로 전해졌다. 모든 사람들이 웅성거리며 그 이름을 수군대고 있었다. "티르미, 아네지, 아사카, 아세르시프……" 그들은 이제 실개천같이 물이 흐르는 진짜 강을 따라 걸어갔다. 강가에는 흰 아카시아나무와 아르간나무가 줄지어 서 있었다. 이윽고 일행은 햇빛이 눈부시게 내리쪼이는 소금처럼 희고 막막한 모래평원으로 걸어나왔다.

어느 날 저녁, 대상이 밤을 지내기 위해 진을 치고 있을 때 한 무리의 투사들이 커다란 흰 망토를 입은 말 탄 남자를 앞세우고 북쪽으로부터 당도했다.

라후신 대족장이 원병을 데리고 유랑민들에게 식량을 나누어주려고 온 것이었다. 이제 사람들은 여행이 막바지에 이르렀다는 것을 깨달았다. 비로소 그들은 물과 목축지와 모든 사람들이 부쳐먹고 살 수 있는 땅이 있는 넓은 수스강 계곡에 도착한 것이었다.

이 소식이 유랑민들 사이에 퍼지자 스마라를 떠나기 직전에 느꼈던 것과 같은 죽음과 공허가 다시 한번 누르를 엄습했다. 먼지 속을 이리저리 달려가며 사람들은 서로를 부르고 고함쳤다. "다 왔어요! 다 왔답니다!" 장님 투사도 누르의 어깨를 세게 끌어안으며 소리쳤다. "드디어 도착했구나!"

그러나 그들이 큰 강의 계곡, 타루단트 도시 앞에 당도한 것은 이틀 후였다. 몇 시간 동안이나 그들은 강의 흐름을 거슬러 빨간 돌 위로 흐르는 실개천 속을 걸어갔다. 강물이 흐르고 있었지만 강기슭은 메마르고 헐벗었으며 바람과 태양의 시련을 받아 기슭의 흙은 단단하게 구워져 있는 듯했다.

누르는 장님 투사를 이끌고 강바닥의 조약돌을 밟으며 걸어갔다. 불볕인데도 물은 얼음처럼 차가웠다. 강 한복판 조약돌이 쌓여 생긴 섬 위에 보잘것없는 풀더미들이 군데군데 자라고 있었고 강물이 불었을 때 산에서 떠내려온 하얗고 굵은 나무둥치들이 있었다.

누르는 벌써 죽음의 냄새를 잊어버렸다. 그도 역시, 유랑은 이제 끝났으며, 스마라를 떠나기 전에 마 엘 아이닌이 약속한 땅이 바로 이곳이라고 생각하고는 행복에 잠겼다.

뜨거운 대기 속에는 향기가 가득 실려 있었다. 봄이 시작되고 있었던 것이다. 누르는 처음으로 봄 향기를 들이마셨다. 흐르는 물 위에 말벌이나 파리 따위의 날벌레들이 춤추고 있었다. 다른 동물들을 본 지가 너무나 오랜만이라 누르는 이 파리나 말벌이 몹시 반가웠다. 그래서 말벌 한 마리가 갑자기 옷을 뚫고 침으로 그의 등을 쏘아도 그는 화내지 않고 손으로 쫓기만 했다.

수스강 저편, 붉은 산 기슭에 수많은 흙집들이 있는 대도시가 마치 천상의 모습처럼 우뚝 솟아 있었다. 햇빛 속에 둥둥 떠 있는 듯, 비현실적으로 보이는 그 도시가 사막 사람들에게 피난처를 마련해주려고 기다리고 있는 듯했다. 누르는 그렇게 아름다운 도시를 본 적이 없었다. 창문도 없이 붉은 돌과 진흙으로 쌓아올린 높은 성벽들이 석양빛 속에 찬란하게 빛나고 있었다. 반짝이는 먼지가 후광처럼 도시 위를 맴돌고 있어 도시는 마치 꽃가루처럼 신비로운 구름 속에 싸여 있는 듯했다.

유랑민들은 도시 아래쪽 계곡에서 발을 멈추고 사랑과 두려움이 동시에 가득한 마음으로 그 도시를 오랫동안 쳐다보았다. 이제 유랑이 시작된 이래 처음으로 그들은 자기들이 얼마나 지쳐 있는가를 느끼기 시작했다. 그리고 누더기 같은 그들의 옷과 피가 묻은 헝겊으로 싸맨 두 발을 만져보고 또 사막의 태양에 타버린 그들의 입술과 눈꺼풀을 느꼈다. 그들은 강가 조약돌 위에 앉았다. 몇몇 사람들은 벌써 텐트를 쳐놓았고, 어떤 사람들은 나뭇가지와 잎사귀들로 오두막집을 지었다. 마 엘 아이닌, 그 자신도 군중이 느끼는 두려움을 느꼈다. 그래서 그는 그의 투사들과 또 두 아들과 함께 강기슭에 멈춰 섰다.

사람들은 부족장의 큰 텐트를 치고, 짐낙타에서 짐을 풀었다. 도시 성벽 위로 밤이 내리고 하늘빛도 꺼졌다. 붉은 땅도 검은색으로 칠해졌다. 계곡이 어둠에 파묻힌 뒤에도 아틀라스 산맥의 가장 높은 봉우리인 티치카산과 티네르구에트산 봉우리만이 눈에 덮여 아직도 잿빛에 반짝이고 있었다. 도시에서 저녁기도를 위해 사람들을 부르는 목소리가 들렸다. 그 목소리는 탄식처럼 이상하게 울려퍼졌다. 유랑민들도 강가의 자갈밭에 엎드려서 기도를 드렸다. 나지막이 울리는 기도 소리에 부드럽게 흐르는 물소리만 더할 뿐이었다.

아침에 일어난 누르는 놀랐다. 한 번도 깨지 않고 푹 잔 것이었다. 옆구리에 조약돌이 배기는 것도, 강가의 찬 공기와 습기가 스미는 것도 느끼지 못하고 잘 잤다. 눈을 뜨자 계곡을 따라 천천히 내려가는 안개가 보였다. 햇빛이 안개를 밀어내고 있는 것 같았다. 강바닥에 잠들어 있는 남자들 틈에서 여자들은 벌써 물을 길러 가거나 잔가지들을 주우러 걸어가고 있었다. 아이들은 납작한 돌멩이 밑을 들치고 가재를 찾고 있었다.

그러나 그 무엇보다도 도시를 쳐다보면서 누르는 이루 말할 수 없는 경이를 느꼈다. 새벽의 깨끗한 공기 속에 타루단트 도시의 성채가 산기슭에 우뚝 솟아 있었다. 기반암에 조각으로 새겨놓은 듯 붉은 돌벽과 테라스, 탑들이 선명하고 또렷하게 드러났다. 하얀 안개가 이따금씩 강바닥과 도시 사이로 흘러내려와 도시를 반쯤 가리면 성채는 계곡 위에 둥둥 떠 있는 것처럼 보였다. 땅과 돌멩이들 위에서 그 성채는 섬처럼 솟아 있는 눈 덮인 산봉우리들 앞으로 천천히 미끄러져 흘러가듯이 보이는 것이었다.

누르는 이 놀라운 광경 앞에서 도저히 시선을 돌릴 수가 없었다. 창문 없는 높은 벽들이 그의 눈을 매혹했다. 그 벽 속에 무언가 신비롭고 또 무시무시한 것이 있는 것 같았다. 벽 뒤에는 사람이 아니라 초자연적인 정령들이 살고 있는 것처럼 느껴졌다. 햇빛이 천천히 하늘을 비추기 시작했다. 처음에는 장밋빛이었다가 호박색으로 변하고 나중에는 눈부신 파란색이 사방에 퍼졌다. 진흙 벽돌과 테라스들, 오렌지 정원과 키 큰 종려나무들 위에서 햇빛은 반짝이며 부서지고 있었다. 좀더 아랫쪽에 있는 메마른 땅들은 거의 보랏빛이 도는 붉은색이었다.

강변에 있는 사막 사람들 한복판에서 누르는 아무 말 없이 꼼짝도 하지 않고서 서서히 깨어나는 이 신비로운 도시를 바라보았다. 가벼운 연기가 공중으로 피어오르고 사람들 목소리, 아이들의 웃음소리, 젊은 여인들의 노랫소리 같은 일상생활의 익숙한 소리들이 거의 비현실적으로 들려왔다.

강바닥에서 꼼짝 않고 쳐다보고 있는 사막 사람들에게는 이 연기와 일상의 소음들이 물질적인 현실로 느껴지지가 않았다. 마치 그들은 산허리에 솟은 요새 같은 이 도시와 밭 그리고 종려나무, 오렌지나무를 꿈꾸고 있는 것 같았다.

이제 태양이 하늘 높이 떠올라 강가의 조약돌이 뜨겁게 달아오르기 시작했다. 이상한 냄새가 유랑민들의 야영지까지 내려왔다. 누르는 그것이 무슨 냄새인지 알아내기가 힘들었다. 도피와 두려움의 나날들에서 풍기는 차갑고 신 냄새는 아니었으나, 사막을 횡단하면서 이 냄새를 오래전부터 맡았던 것 같았다. 그것은 코를 마비시키는 머스크향과 기름냄새였으며 화로에서 타는 삼나무숯냄새 그리고 고추씨, 후추, 양파 냄새였다.

누르는 이 냄새를 들이마셨다. 냄새가 사라질까봐 감히 움직이지도 못했다. 장님 투사 역시 이 냄새 속에 행복을 느끼고 있는 것 같았다. 모든 사람이 꼼짝도 하지 않고 눈 하나 깜빡하지 않은 채 눈이 아프도록 크게 뜨고서 높다란 붉은 성벽에 둘러싸인 도시를 바라보고 있었다. 어쩌면 그들에게 성문을 열어줄지도 모르는, 그렇게 가깝고도 먼 이 도시를 바라보며 그들의 심장은 더욱 빨리 고동쳤다. 벌써 태양의 열기가 대단했고 강가 자갈밭이 아물거리기 시작했다. 그들은 움직이지 않은 채 마법의 도시를 보았다. 해가 푸른 하늘에 더 높이 떠오르자 이윽고 사람들은 하나둘씩 망토자락으로 얼굴을 덮어썼다.

노예들의 땅에서

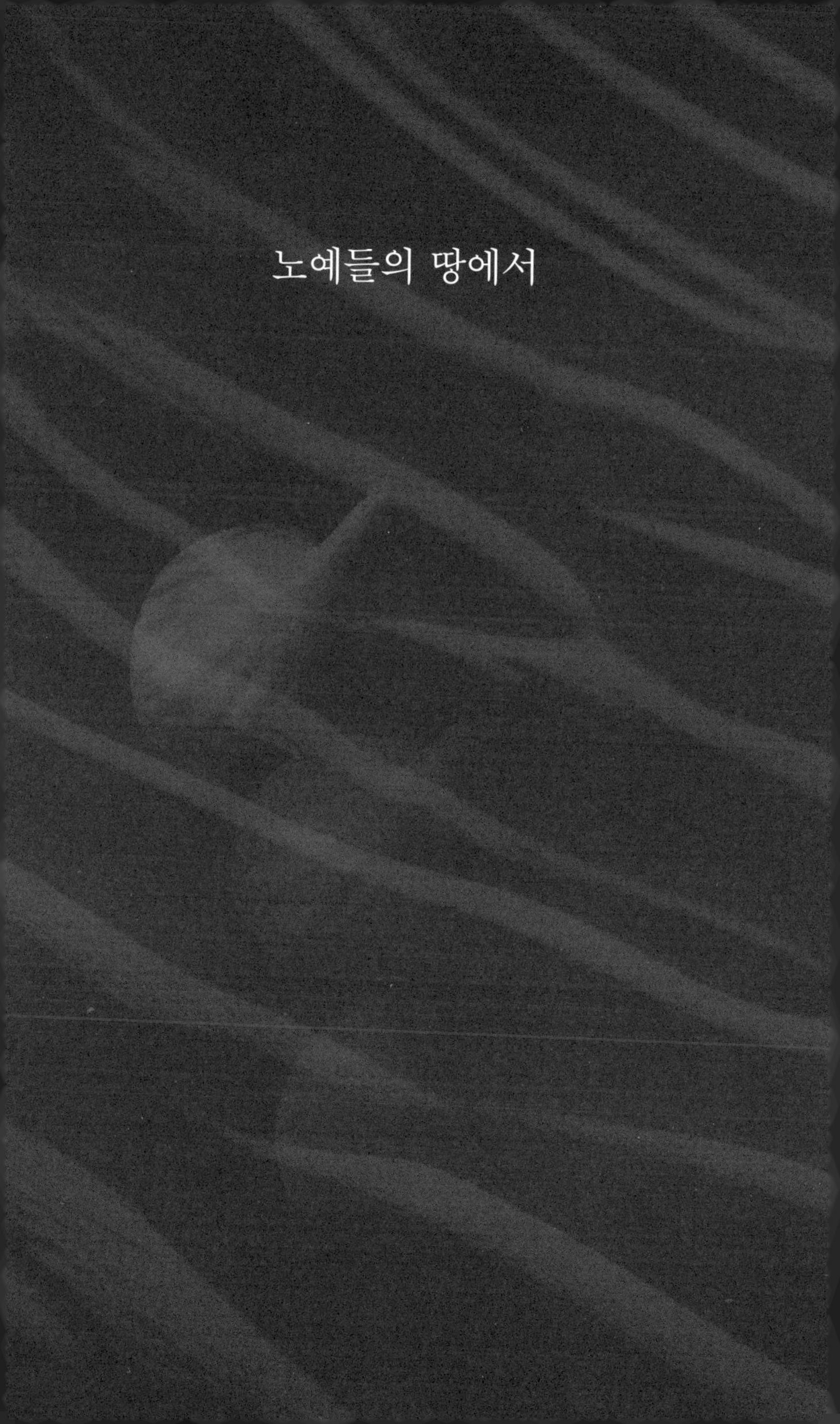

랄라는 뱃전에 기대어, 수평선에 섬처럼 좁은 띠로 솟아오르는 육지를 바라본다. 피곤으로 지친 몸이지만 안간힘을 쓰며 집, 길, 심지어 사람들의 모습을 알아보려 애쓴다. 그녀 옆에 있는 다른 여행자들도 뱃전으로 몰려와 있다. 사람들은 여기저기서 손짓하며 각자의 언어로 말을 걸고 소리 높여 얘기한다. 얼마나 오랫동안 그들은 이 순간을 기다렸는가! 그곳엔 아이들과 젊은이들도 많다. 이들의 옷에는 이름과 생년월일 그리고 마르세유에서 그들을 기다리고 있는 사람의 이름과 주소가 적힌 꼬리표가 달려 있다. 꼬리표 하단에는 검은 원 속에 조그만 적십자 표시와 서명 그리고 도장이 찍혀 있다. 랄라는 이 조그만 빨간 십자가를 좋아하지 않는다. 이 빨간 십자가가 그녀의 블라우스를 뚫고 들어와 피부를 태워서 가슴 위에 깊은 낙인을 새길 것 같은 느낌이 들기 때문이다.

갑판 위에 차가운 돌풍이 분다. 집채만한 파도들이 선체 옆구리를 때린다. 랄라는 속이 메스껍다. 밤새 자지 않고 아이들이 돌려가며 빨던, 승선하기 전에 적십자 회원들이 배급해준 연유 튜브를 그녀도 짜 마셨기 때문이다. 게다가 긴 의자의 숫자가 넉넉하지 못했으므로 랄라는 바닥에 그냥 누워, 화물창에서 나오는 메스꺼운 화기와 진동하는 엔진에서 나오는 경유와 윤활유 냄새를 맡으며 잠을 자야 했다. 뱃고물 위로 처음 모여든 갈매기들이 배가 도착하는 게 화가 나기라도 한다는 듯, 소리를 지르고 시끄럽게 꺼억꺼억 울어댄다. 이 갈매기들은 바다의 왕자와 닮은 데가 없다. 깃털은 더러운 회갈색에 부리가 노랗고 눈은 거칠게 희번덕거린다.

랄라는 새벽의 여명을 보지 못했다. 피곤에 지쳐 화물창 덮개에 상잣조각을 베고 잠을 잤던 것이다. 그녀가 잠에서 깼을 때는 모든 사람들이 이미 갑판 위에서 띠처럼 바다 위에 떠오른 육지를 바라보고 있었다. 화물칸에는 조그만 갓난애를 품에 안고 있는 젊은 여자를 제외하곤 아무도 없었다. 밤새 땅바닥에 젖을 토해놓은 아이는 가냘프게 신음하며 앓고 있었다. 랄라가 무슨 일이냐고 물어보러 다가가자 젊은 여자는 아무 대답도 없이 공허한 시선으로 그녀를 쳐다보았다.

이제 육지가 바로 눈앞으로 다가온다. 오물이 가득한 초록빛 바다 위에 육지가 떠 있다. 갑판에 비가 내리기 시작한다. 그러나 아무도 비를 피하지 않는다. 찬 빗물이 곱슬머리 위로 흘러내려 아이들 코 끝에 조롱조롱 맺혀 있다. 가난한 사람들의 옷차림처럼 그들은 얇은 반팔 셔츠에 푸른 면바지나 회색 치마를 입고 있다. 이따금 거친 모직으로 된 헐렁한 전통 아랍식 원피스를 걸치고 있는 아이도 있다. 또 그들은 맨발에 커다란 검은 가죽구두를 신고 있다. 남자 어른들은 낡은 재킷에 짤막한 바지, 그리고 털실 스키 모자를 쓰고 있다. 랄라는 주위의 남자들과 여자들 그리고 아이들을 훑어본다. 그들은 슬프고 겁을 먹은 듯한 얼굴이다. 얼굴은 피로로 부석부석하고 누렇게 떠 있으며 닭다리처럼 깡마른 다리와 팔을 드러내고 있다. 바다 내음이 피곤과 불안의 냄새와 뒤섞인다. 저멀리 초록빛 바다 위에 한 점 얼룩처럼 떠 있는 육지 또한, 슬프고 지쳐 있는 듯하다. 아주 나지막한 하늘에 뜬 구름이 언덕 꼭대기를 덮고 있다. 아무리 육지를 쳐다보아도 랄라에게는 어부 나망이 얘기해주었던 하얀 도시와 궁전들, 교회 탑들이 보이지 않는다. 그곳엔 끝없는 돌과 시멘트 색깔 부두만이 깔려 있을 뿐이다. 여행자들을 실은 배는 천천히 정박장의 시커먼 수면 위를 미끄러져 들어간다. 부두에는 남자들이 몇 명 서서 배가 도착하는 것을 무심하게 바라보고 있다. 아이들은 팔을 흔들며 목청껏 외치지만, 아이들에게 대답하는 사람은 아무도 없다. 찬 가랑비가 계속 내린다. 랄라는 정박장의 기름이 둥둥 뜬 시커먼 물을 바라본다. 수면 위엔 갈매기들조차 거들떠보지 않는 쓰레깃조각들이 떠 있다.

어쩌면 이곳에는 도시가 없는 것일까? 랄라는 바닷물에 젖은 부두와 정박중인 화물선의 윤곽, 기중기들 그리고 조금 더 멀리, 항구 안쪽에 벽처럼 버티고 선 높은 하얀 건물들을 바라본다. 국제적십자사의 배에 탄 아이들의 쾌활함이 점차 시들해진다. 고함소리가 간간이 들리지만 오래 계속되진 않는다. 벌써 적십자 회원들과 인솔자들이 갑판 위를 거닐며 아무도 알아듣지 못하는 명령을 내리고 있다. 그들은 아이들을 조별로 나누고 이름을 부르기 시작한다. 그러나 그들의 목소리는 엔진소리와 군중의 웅성거림에 파묻혀버린다.

"……마켈……"

"……세파르……"

"코디키……"

"하말……"

"……라고르……"

이렇게 이름을 불러봐도 의미가 없고 한 사람도 대답하지 않는다. 이윽고 승객들 머리 위에서 확성기가 개 짖듯이 지껄이기 시작하자 그곳에 까닭 모를 공포가 술렁인다. 몇 사람들은 앞쪽으로 달려간다. 갑판 꼭대기로 올라가려는 몇몇 사람들을 직원들이 밀쳐내고 있다. 드디어 배가 부두에 닿아 엔진이 꺼지자 모두들 조용해진다. 부두에는 보기 흉한 시멘트 막사가 창문에 불을 환히 밝히고 있다. 아이들, 여자들, 남자들은 난간 위로 몸을 구부리고 거기 막사 반대편 쪽에 곤충만 한 크기로 걸어가고 있는 사람들 속에서 친숙한 얼굴을 찾아보려고 애쓴다.

하선이 시작된다. 그 시작은, 어떤 신호가 있을 때까지 국제적십자사의 배 갑판 위에서 몇 시간이나 기다리는 일이다. 시간이 지남에 따라 갑판에 몰려 있는 아이들이 짜증을 부린다. 아기들은 앙앙대며 계속 울어댄다. 그래도 해결되는 일은 아무것도 없다. 여자들이 소리지르지 않으면 남자들이 고함을 쳐댄다. 직원들이 있는 곳을 가리고 있는 칸막이 옆, 밧줄더미 위에 가방을 옆에 두고 앉아서 랄라는 잿빛 하늘을 나는 회색 갈매기들을 바라본다.

마침내 육지에 내릴 시간이 왔다. 기다리다가 너무 지친 승객들은 내린다는 기쁨을 누릴 시간도 없다. 랄라는 커다란 회색 막사까지 인파를 따라간다. 그곳에는 세 명의 경찰이 있다. 또 통역들이 도착하는 사람들에게 질문을 던지고 있다. 아이들의 경우는 경찰이 꼬리표에 쓰인 글씨를 읽고 그것을 서류에 다시 옮겨 적는 것으로 끝나기 때문에 일이 좀더 빨리 진행된다. 아이들 일을 끝낸 남자는 랄라를 쳐다보며 묻는다.

"프랑스에서 일할 생각이냐?"

"네." 랄라가 대답한다.

"어떤 일을 할 거냐?"

"모르겠어요."

"가정부." 경찰은 그렇게 말하며 서류에 적어넣는다. 랄라는 가방을 집어들고 커다란 방으로 가서 다른 사람들과 함께 기다린다. 그 방의 벽은 회색이며 전깃불이 반짝이고 있다. 앉을 자리는 하나도 없다. 바깥에는 비가 내려 춥지만 방안 공기는 숨 막힐 듯 후덥지근하다. 나이 어린 아이들이 엄마 팔 안에서 잠들고 있거나 아니면 땅바닥에 옷을 깔고 누워 자고 있다. 더 나이든 아이들은 이제 투덜거리며 불평을 한다. 랄라는 갈증으로 목이 타는 듯하고 두 눈은 열에 충혈되어 있다. 랄라는 무슨 생각이든 생각을 하기에는 너무 지쳐 있다. 랄라는 벽에 기대어 한 다리를 꼬고 서 있다가 그다음엔 다른 쪽 다리로 무게를 옮겨 싣는다. 방 저쪽 경찰들이 있는 곳, 칸막이 앞에 창백하고 공허한 시선을 한 젊은 여자가 품에 아기를 안고 있다. 그녀는 아무 말 없이 얼빠진 표정으로 조사관 책상 앞에 서 있다. 경찰은 그녀에게 한참 얘기하더니 국제적십자사 통역에게 서류들을 보여준다. 뭔가가 잘못된 모양이다. 경찰은 질문을 하고 통역이 젊은 여자에게 그 말을 반복하지만, 그녀는 무슨 소리인지 알아듣지 못한 듯 그들을 쳐다본다. 그들은 그녀를 통과시키려 하지 않는다. 랄라는 아기를 안고 있는 몹시 창백한 그 여자를 바라본다. 아기를 너무 세게 끌어안는 바람에 아기가 잠을 깨고 소리지르며 울기 시작한다. 아기 엄마가 재빠른 동작으로 가슴을 헤치고 젖을 물리자 아기는 조용해진다. 난처해진 경찰이 몸을 돌려 주위에 있는 눈초리를 훑어보다가 다가오는 랄라의 시선과 마주치자 그녀에게 와보라는 손짓을 한다.

"너, 저 여자가 하는 말을 할 줄 아니?"

"몰라요." 랄라가 대답한다.

랄라가 슐루흐말을 몇 마디 하자 젊은 여자가 그녀를 쳐다보더니 그녀에게 대답한다.

"그 여자의 서류가 규칙에 어긋난다고 말 좀 해줘. 아기의 허가서가 빠져 있다고 말이야."

랄라는 그 말을 통역해서 말해본다. 젊은 여자가 그 말을 알아듣지 못한 것같이 생각된다. 갑자기 그 여자가 주저앉더니 울기 시작한다. 경찰이 다시 몇 마디 하자, 국제적십자사의 통역이 그 여자를 가까스로 다시 일으켜 방 안쪽에 있는 두서너 개의 인조가죽 안락의자로 데리고 간다.

랄라는 슬프다. 젊은 여자가 병든 아기를 안고 다시 배를 타고 되돌아가야 하기 때문이다. 그러나 너무 지쳐 있어 그 생각에 계속 몰두할 수가 없다. 그녀는 자기 가방이 있는 데로 다시 돌아가서 벽에 기댄다.

방의 반대편 벽에 숫자판이 있는 시계가 높이 걸려 있다. 매분마다 시계판이 똑딱 소리를 내며 돌아간다. 이제 사람들은 말이 없다. 그들은 땅바닥에 앉거나 벽에 기대서서 기다린다. 시계가 똑딱똑딱할 때마다, 마치 안쪽 문이 열려 그들이 나가게 될 수 있는 것처럼 긴장한 얼굴로 뚫어지게 문 쪽을 쳐다보며 기다리고 있다.

너무도 오랜 시간이 흘러갔다. 그래서 지친 사람들이 더이상 아무것도 기대하지 않을 때쯤 되자, 마침내 국제적십자사 사람들이 큰 방을 가로질러 안쪽 문을 열고 아이들의 이름을 다시 부르기 시작한다. 그러자 다시 목소리들의 웅성거림이 높아지고, 출구 가까이로 사람들이 몰려온다. 두꺼운 종이상자 가방을 손에 들고 랄라는 다른 사람들 머리 위로 목을 쑥 내밀고 쳐다본다. 자기 이름이 불리는 것을 기다릴 수가 없어 다리가 떨리기 시작한다. 적십자 사람이 그녀의 이름을 불렀을 때는 마치 짖는 소리 같아서 랄라는 알아듣지 못한다. 다시 고함을 지르며 그녀의 이름을 되풀이해서 부르는 소리가 들린다.

"하와! 하와 벤 하와!"

랄라는 가방을 손에 쥐고 흔들며 군중을 가로질러 달려간다. 적십자사 남자가 그녀의 꼬리표를 확인하는 동안 그녀는 문 앞에 멈춰 서 있다. 그다음 마치 누군가가 등을 밀어내듯 단숨에 밖으로 떠밀려 나온다. 그 큰 회색 방에서 몇 시간을 보낸 후 바깥으로 나오니 너무나 환해서 랄라는 현기증으로 비틀거린다. 그녀는 줄지어 서서 기다리고 있는 여자와 남자들 사이를 아무도 쳐다보지 않고 곧장 앞만 보고 똑바로 걸어간다. 누군가가 자기를 팔에 꽉 안고 포옹하고 키스하는 것이 느껴진다. 아암마다. 랄라는 그녀에게 이끌려 부두 출구 쪽으로 가고,

다시 도시를 향해 아암마를 따라 떠난다.

아암마는 항구 근처, 낡은 아파트에 혼자 살고 있다. 무너질 듯이 허름한 건물 제일 위층이다. 그곳은 한 칸짜리 집인데, 어두운 방에 긴 의자 하나, 접을 수 있는 침대 그리고 부엌이 딸려 있다. 아파트의 창문들은 안마당 쪽으로 나 있지만 기와지붕 위로 하늘이 잘 보인다. 긴 의자가 있는 방 창문을 통해 아침부터 정오까지는 미약하나마 햇빛도 새어 들어온다. 아암마는 굉장히 운이 좋아서 이 아파트를 구하고 병원 식당의 요리사 일자리까지 구했다고 랄라에게 얘기한다. 몇 달 전 그녀가 마르세유에 처음 도착했을 때는 교외에 있는 가구 딸린 아파트에서 한 방에 다섯 여자들과 같이 살았었다고 한다. 그곳에서는 매일 아침 경찰이 찾아왔으며 길에서는 싸움판이 벌어지곤 했다고 한다. 심지어 두 남자가 칼부림을 하며 싸워서 아암마는 가방을 둔 채 도망쳐야 했다는 것이다. 경찰이 나타나는 게 무서웠고 그다음 추방될까봐 겁이 나서였단다.

아암마는 이런 일들을 겪은 후, 랄라를 다시 보게 되어 무척 기뻐하는 것 같다. 그녀는 랄라가 하르타니와 사막으로 도망간 일, 갈증과 열에 들떠 죽어가고 있던 그녀를 사람들이 도시의 병원으로 데리고 간 일 등, 여태껏 일어난 일들에 대해 일절 묻지 않는다. 하르타니, 그는 혼자서 남쪽으로 대상들을 찾아 계속 길을 떠났다. 그건 오래전부터 그가 해야만 했던 일이었으니까 너무나 당연한 일이다. 아암마는 몇 달 동안 많이 늙었다. 그녀의 얼굴은 야위고 피곤해 보였으며 얼굴색은 잿빛이었고 두 눈가에 흑갈색의 그늘이 져 있다. 저녁마다 일을 마치고 돌아오면, 아암마는 비스킷과 함께 박하차를 마시면서, 일자리를 구하러 다른 남자나 여자들과 자동차를 타고 스페인 일주여행을 했던 이야기를 들려준다. 며칠 동안 그들은 도로를 달렸으며 도시를 지나갔고 산을 넘고 강을 건넜다. 그리고 어느 날 자동차 운전사가 어떤 도시를 구경시켜줬는데 그곳엔 검은 지붕의 똑같은 벽돌집이 수없이 많았다. 그는 이제 도착했다고 말했다. 아암마는 다른 사람들과 같이 차에서 내렸다. 여행비가 모두 선불이었기 때문에, 그들은 짐을 들고 도시의 거리를 걸어가기 시작했다. 아암마가 나망 동생의 이름과 주소가 쓰인 봉투를 보여주니 사람들이 웃음을 터뜨렸다. 그리곤 그녀에게 여긴 마르세유가 아니라 파리라고 일러주었다. 그래서 그녀는 기차를 타고 다시 밤새도록 여행을 해야만 했다.

이 이야기를 들으면서 랄라는 폭소를 터뜨린다. 승객들이 파리를 마르세유인 줄 착각하고 길거리를 돌아다닌 상상을 해본다. 너무 우습다.

이 도시는 정말로 크다. 랄라는 그토록 많은 사람들이 같은 장소에서 살고 있다는 걸 한 번도 생각해보지 못했다. 도착한 날 이래로 랄라는 매일매일 이 도시의 남쪽에서 북쪽으로, 또 동쪽에서 서쪽으로 걸어다니는 일로 한나절을 보낸다. 그녀는 길 이름도 모르며, 자기가 어디를 가고 있는지도 모른다. 때로는 화물선의 모습을 바라보며 부두를 따라 걷기도 하고, 때로는 시내 쪽으로 큰 거리를 거슬러오르기도 한다. 또한 마르세유 구시가의 미궁 같은 좁은 골목을 따라가다 계단을 올라가서 이 광장에서 저 광장으로, 이 교회에서 저 교회로 가다보면 넓은 광장이 나온다. 거기서는 바다 위에 떠 있는 견고한 성채가 보인다. 그리고 또 랄라는 공원 벤치에 앉아 먼지로 덮인 작은 길을 종종 걸어다니는 비둘기들을 바라보기도 한다. 이 도시에는 수많은 길, 집, 상점, 창문 그리고 자동차들이 있다. 그것들은 머리를 어지럽게 한다. 소음과 연소된 휘발유 냄새가 골치를 아프게 한다. 랄라는 사람들에게 말을 하지 않는다. 이따금 교회 계단에 앉아 밤색 모직 외투로 몸을 잘 감싸고, 지나가는 행인들을 쳐다본다. 남자들은 그녀를 쳐다보고는 길 모퉁이께에서 걸음을 멈추고 담배를 피우는 척하며 지켜본다. 그러나 랄라는 그들을 피해 재빨리 도망칠 줄 안다. 하르타니에게서 배운 것이다. 그녀는 두세 개의 길을 건너고 상점을 지나 주차한 자동차들 사이로 빠져나간다. 그러면 아무도 쫓아올 수가 없다.

아암마는 랄라와 함께 병원에서 일하기를 원한다. 그러나 랄라는 너무 어리고 그 일은 성년이 되어야 할 수 있다. 그래서 일자리를 구하기가 아주 어렵다.

그녀가 도착한 며칠 후, 그녀는 어부 나망의 동생 아사프를 보러 갔다. 그러나 여기 사람들은 그를 조제프라고 부른다. 그는 경찰서에서 그리 멀지 않은 샤플리에 거리에서 식료품점을 하고 있다. 그는 랄라를 만나서 반가워하는 듯했다. 그는 자기 형의 이야기를 하며 그녀를 포옹했다. 랄라는 곧 그를 경계하기 시작했다. 그는 나망과는 전혀 닮은 데가 없다. 키가 작고 거의 다 벗어진 대머리에, 조그맣게 뚫린 청회색 눈은 야비한 구석이 있었었고, 미소 또한 전혀 호감을 주지 않는 것이었다. 랄라가 일자리를 구한다는 것을 알고는 눈을 반짝이기 시작하더니 이내 신경질적으로 돌변한다. 그는 랄라에게, 마침 식료품가게를 청소하고 정리하고 계산대까지 지키며 자기를 도와줄 소녀가 한 사람 필요하다고 이야기한다. 그러나 그 말을 하면서 그는 내내 축축하고 천박한 눈길로 랄라의 배와 가슴을 훔쳐보았다. 그래서 랄라는 내일 다시 들르겠다고 말하고는 금방 그곳을 빠져나왔다. 그녀가 다시 그를 찾아가지 않자, 어느 날 저녁 그 남자는 직접 아암마 집으로 왔다. 그러나 그를 보자마자 랄라는 집을 나왔다. 그림자처럼 보이지 않게 빠져나가서, 그 식료품가게 주인이 집으로 돌아갔으리라는 확신이 들 때까지 구시가를 한참 거닐었다.

이 도시는 이상한 곳이다. 자신을 스스로 드러내지 않으면 아무도 관심 갖지 않는다. 랄라는 벽을 따라 소리내지 않고 살금살금 층계를 오르내리는 것을 익혔다. 나무 뒤에 숨을 곳, 자동차가 가득 있는 대형 주차장, 대문 모퉁이, 공터 등 다른 사람 눈에 띄지 않고 혼자서 관찰할 수 있는 장소를 랄라는 다 안다. 심지어 왔다갔다하는 군중과 자동차의 물결이 계속 이어지는 곧게 뻗은 대로에서도 그녀는 보이지 않게 숨을 줄 안다. 처음에는 사막의 뜨거운 태양에 그을린 피부와 햇빛에 반짝거리는 길고 검은 곱슬머리가 너무 두드러져서 사람들은 그녀가 마치 다른 행성에서 온 사람인 양 놀란 눈으로 주의깊게 쳐다보곤 했다. 그러나 몇 달이 지난 지금 랄라는 변모했다. 짧게 자른 머리는 거의 회색으로 변하고 광택도 없다. 길거리의 그늘과 아암마의 습기 차고 추운 아파트에서 살다보니 랄라의 피부도 윤기가 없어지고 얼굴색은 창백한 회색으로 변했다. 게다가 성당 근처 유대인 중고품가게에서 산 밤색 외투 탓도 있다. 그 외투는 거의 발목까지 내려오고 소매와 어깨는 너무 길어서 축 처진다. 특히 일종의 모직 양탄자 감으로 만들어진 것이 시간이 감에 따라 성벽 색깔과 묵은 종이 색깔로 닳고 해져버렸다. 랄라는 그 외투를 입을 때마다 진짜로 보이지 않는 사람이 된 느낌이 든다.

이제 그녀는 사람들이 말하는 것을 듣고 길 이름들을 알게 되었다. 이상한 이름들이다. 어찌나 이상한 이름들인지 그녀는 집들 사이로 걸어다니며 이따금 낮은 소리로 그 이름들을 외워본다.

"라 마조르
라 투레트
플라스 드 랑슈
뤼 뒤 프티퓌
플라스 비보
플라스 사디카르노
라 타라스크
앵파스 데 뮈에트
뤼 뒤 슈발
쿠르 벨쉉스."

이곳엔 어찌나 길도 많고 이름도 많은지! 매일 랄라는 고모가 일어나기 전에, 오래되어 굳은 빵조각을 밤색 외투 주머니에 찔러넣고 밖으로 나가 걷기 시작한다. 우선 파니에 거리 주변을 한 바퀴 돈 후, 햇빛에 반짝이는 시청이 있는 프리종 거리를 거쳐 바다에까지 간다. 그녀는 자동차들이 지나가는 것을 보려고 잠시 앉는다. 그러나 오래 지체하진 않는다. 경찰들이 와서 거기서 무엇하느냐고 물을 것이기 때문이다.

이윽고 북쪽으로 계속 가다가 아주 시끄러운 카느비에르와 뒤곰미에, 아텐 등의 대로를 거슬러올라간다. 그곳엔 세계 각국에서 온 사람들이 여러 종류의 언어로 말을 하고 있다. 하얀 긴 옷에 플라스틱 슬리퍼를 신고 가느다란 실눈을 한 흑인들도 있다. 머리와 눈이 창백한 군인들이나 선원들같이 북쪽에서 온 사람들 그리고 우스꽝스럽게 생긴 조그맣고 검은 서류가방을 들고 급히 걸어가고 있는 뚱뚱한 비즈니스맨들도 있다.

랄라는 이 모든 사람들이 왔다갔다하고 걸어가다가 뛰곤 하는 모습을 보려고 거기 길가 문 구석에 가서 앉기를 무척 좋아한다. 사람들이 몹시 많을 땐 아무도 그녀에게 신경을 쓰지 않는다. 아마 그들은 그녀도 그들과 마찬가지로 누군가, 아니면 무엇인가를 기다리고 있는 것으로 짐작하거나 아니면 그녀가 거지 소녀인 줄 아는 모양이다.

북적거리는 시가지에는 가난한 사람들이 많이 있다. 랄라가 바라보는 것은 특히 이런 사람들이다. 그녀는 누더기 차림의 여자들을 본다. 해가 비추어도 안색이 아주 창백한 그네들은 어린애들을 팔에 안고 있다. 그녀는 조각조각 기운 긴 외투를 걸친 노인들, 몽롱한 눈초리의 술주정뱅이들, 거지들 그리고 굶주린 외국인들을 쳐다본다. 그들은 종이상자 가방과 먹을 것이라곤 하나도 없는 빈 자루를 들고 있다. 그녀는 홀로 있는 아이들을 쳐다본다. 비죽비죽 솟은 머리카락에 더러운 얼굴을 하고 야윈 몸에 걸친 다 낡은 옷은 너무나 커서 헐렁하게 보인다. 그들은 마치 어딘가로 가고 있는 것처럼 바삐 걸어간다. 그들은 주인

없이 떠돌아다니는 개처럼 겁에 질리고 불쾌한 시선을 힐끔힐끔 던진다. 그녀는 주차한 자동차 뒤나 차가 드나드는 대문 그늘 속 비밀 장소에 숨어서, 길을 잃고 헤매는 것 같은 사람들이 반수면 상태에서 걸어가는 모습을 바라본다. 그녀가 그들을 바라본 바로 그 순간, 그녀의 어두운 눈동자가 이상하게 반짝거린다. 아마도 사막의 커다란 빛이 그들 위로 조금 내리쪼였는가보다. 그러나 그들은 이 빛이 어디서 오는지도 모르고, 빛을 느낀 것도 극히 짧은 순간에 불과하다. 그들은 순간적인 전율을 느꼈을지도 모르지만, 그러나 곧 총총걸음으로 낯선 군중 속에 파묻혀버린다.

어떤 날 그녀는 아주 멀리까지 가본다. 하도 오래 길을 걸어서 다리가 아파와 그녀는 인도 가장자리에 앉아 쉰다. 그녀는 수많은 자동차와 트럭이 굴러가고 있는 큰 가로숫길을 따라 동쪽으로 가서 언덕을 넘고 작은 골짜기에 이른다. 공터가 아주 많은 그 구역에는 똑같이 생긴 창문이 수천 개나 있는 커다란 흰 건물들이 절벽처럼 버티고 서 있다. 조금 더 먼 곳엔 월계수와 오렌지나무로 둘러쳐진 별장들이 있고 사나운 개들이 목청껏 컹컹 짖으며 별장 철책을 따라 달린다. 그리고 주차해놓은 자동차 밑이나 벽 꼭대기에서 살고 있는, 마르고 털이 곤두선 집 없는 고양이도 많이 있다.

랄라는 무턱대고 또다시 길을 따라 걷는다. 모기가 득시글거리는 구불구불한 수로가 있는 먼 동네까지 간다. 그녀는 회색 돌과 녹슨 십자가가 잘 정돈되어 있는, 도시만큼 큰 공동묘지로 들어간다. 그녀는 완전히 언덕 꼭대기로 올라간다. 어찌나 멀리까지 올라갔는지, 바다가 겨우 네모난 건물들 사이에 있는 더러운 푸른 반점처럼 보인다. 빛이 희미하게 보이는 회색과 분홍색 그리고 노란색의 큰 구름과도 같은 이상한 안개가 도시 위를 떠다닌다. 해가 벌써 서쪽으로 기울고 있다. 랄라는 피로와 잠이 몸속으로 엄습해옴을 느낀다. 그녀는 저멀리 번쩍거리는 도시를 내려다보며 검은 터널 속으로 들어가는 기차들의 엔진소리를 듣는다. 그녀는 무섭지 않다. 다만 그녀의 몸속에서 현기증 같기도 하고 바람 같기도 한 그 무엇이 휘돌고 있음을 느낀다. 어쩌면 사막의 바람, '셰르기'*가 바다를 건너고 산과 도시, 거리들을 넘어 여기까지 불어오는 것이 아닐까? 그러나 알 수 없다. 이 도시엔 너무나도 많은 힘, 소음, 움직임이 있어 바람은 아마 길에서, 계단에서, 광장에서, 이미 사라져버렸을 것이다.

랄라는 천둥소리를 내며 창백한 하늘로 천천히 올라가는 비행기를 쳐다본다. 비행기는 도시 위에서 진로를 바꾸더니 한순간 태양빛을 가로막고 지나가 바다 쪽으로 가다가 점점 작아진다. 랄라는 그 비행기가 더이상 알아볼 수 없는 점으로 변할 때까지 뚫어지게 쳐다본다. 아마도 그 비행기는 사막 위를 날아가 하르타니가 걸어가고 있는 그곳, 모래와 돌평원 위를 지나가겠지?

이제 아픈 다리도 약간 풀려서 랄라는 그 자리를 떠나 도시 쪽으로 다시 내려온다.

이곳에는 그녀가 아주 좋아하는 일들이 또 있다. 역 앞 대계단 층계에 앉아 여행객들이 오르내리는 것을 바라보는 일이다. 피곤한 눈과 헝클어진 머리로 가쁘게 숨을 몰아쉬며 방금 기차에서 내린 사람들이

---

* 사하라에서 모로코 쪽으로 부는 따뜻하고 건조한 바람.

햇빛 속에 비틀거리며 층계를 내려간다. 또 기차를 놓칠까봐 겁이 나 서둘러 가는 사람도 있다. 그들은 들고 있는 여행가방과 짐보따리를 다리에 부딪치면서 계단을 한꺼번에 두 개씩 건너뛰어 올라간다. 그러면서 두 눈은 곧장 앞의 역 입구 쪽에 고정시킨 채 바쁘게 뛰어간다. 마지막 계단에서 그들은 걸음을 멈추고 일행을 잃어버릴까 겁이 나서 서로서로 이름을 불러댄다.

랄라는 역 근처에서 시간을 보내는 것을 몹시 좋아한다. 그곳에서는 마치 대도시가 아직도 완전히 끝나지 않은 듯하다. 그리고 역이라는 커다란 구멍이 있어서, 그것을 통해 사람들이 계속 도착하고 출발하는 것 같다. 그녀는 이룬, 보르도, 암스테르담, 리옹, 디종, 파리, 칼레 같은 약간 두렵기도 하고 유혹적인 도시의 이름들을 보며, 북쪽으로 출발하는 기차를 타고 떠나면 참 좋겠다는 생각을 자주 한다. 돈이 조금 있을 때, 랄라는 역으로 들어가 간이식당에서 콜라 한 병과 입장권 한 장을 산다. 그녀는 발차 플랫폼이 있는 커다란 홀로 들어가서, 방금 도착했거나 곧 떠나려는 기차들 앞에 있는 플랫폼 위를 돌아다닌다. 그녀는 이따금 객차에 올라가서 초록색 모조가죽 의자에 잠시 앉아본다. 사람들이 한 사람, 또 한 사람 도착해서는 열차 칸에 자리를 잡고서 물어보기도 한다. "이 좌석 비었어요?" 그러면 랄라는 고개를 살짝 끄덕여준다. 이윽고 스피커가 기차가 곧 출발한다는 것을 알리면 랄라는 재빨리 객차에서 플랫폼으로 뛰어내린다.

역 또한 남들의 눈길을 끌지 않고 사람들을 관찰할 수 있는 장소 중 하나이다. 역에 온 사람들은 누구나 다른 사람을 주의깊게 살펴보기엔 너무나 바쁘고 또 너무 혼잡하기 때문이다. 역에는 못된 사람들, 진홍

색으로 머리를 염색한 난폭한 사람들, 목청껏 소리지르는 사람들 등 모든 종류의 사람들이 다 있다. 그리고 또 아주 슬프고 가난한 사람들, 타고 가야 할 기차가 몇 번 홈에서 떠나는가 불안하게 찾고 있는 길 잃은 노인들도 있다. 아이가 너무 많은 여자들은 객차가 너무 높아서 짐을 들고 절룩거린다. 가난 때문에 이곳으로 흘러온 사람들도 있다. 얼룩덜룩한 셔츠를 입고 짐이라곤 조그만 비닐 비치백 하나뿐인 흑인들이 배에서 내려, 다시 이곳에서 추운 나라를 향해 떠난다. 그리고 낡은 윗도리를 걸치고, 등산모를 쓰거나 귀덮개가 딸린 캡을 쓴 북아프리카인들과 튀르키예 사람, 스페인 사람, 그리스 사람들, 이들은 모두 피곤에 지치고 불안한 기색으로 바람 부는 플랫폼을 방황하며 무관심한 여행자들과 빈정거리는 군인들 무리 속으로 서로서로 부대낀다.

랄라는 공중전화박스와 광고판 사이에 숨어서 그들을 쳐다본다. 그녀는 어둠 속에 웅크리고 앉아 외투 깃을 세워 구릿빛 얼굴을 감춘다. 그러나 이따금 그녀의 가슴이 두근거리며, 마치 태양빛이 사막의 바위에 반사하듯이 그녀의 눈이 섬광을 던진다. 그녀는 다른 도시로 허기와 추위와 불행을 향해 가는 사람들을, 그리고 모욕을 당하러 가거나 고독 속에 살러 가는 사람들을 바라본다. 그들은 패잔병처럼 밤마다 땅바닥에서 잠을 자서 다 해진 옷에다가 약간 구부정한 등에 공허한 시선을 하고 지나간다.

그들은 하늘이 낮게 드리운 어두운 도시로, 연기와 추위와 찢어질 듯한 가슴앓이병을 향해 가고 있다. 그들은 고속도로보다 낮은 지대, 진흙 땅에 있는 그들의 마을로, 높은 벽과 철책으로 둘러쳐진 무덤처럼 땅 밑에 움푹 파인 그들의 방을 향해 가고 있는 것이다. 너무나도 무거운 짐과 아이들을 이끌고, 마치 유령처럼 지나가는 이 남자와 여자들, 그들은 아마 다시는 오지 않을 것이다. 아마도 그들은 자기들의 마을과 가족과 떨어져, 알지 못하는 나라에서 죽어갈 것이다. 그들을 부수고 삼키며 그들의 모습을 앗아갈 이상한 나라로 그들은 지금 가고 있는 것이다. 어두운 구석에서 랄라는 꼼짝도 하지 않고 있다. 그녀의 시야가 흐려진다. 머릿속으로 이런 생각을 하고 있기 때문이다. 그녀는 어디론가 몹시 가고 싶다. 이 도시의 길을 지나, 더이상 집도, 정원도, 길도 없고 강도 없는 곳이 나올 때까지 그리고 옛날처럼 사막까지 가물가물하게 뻗어 있는 오솔길이 있는 곳까지 걸어가고 싶다.

도시에 밤이 내린다. 역 주변의 길과 철탑 위에 불이 켜진다. 카페와 극장 위 빨간색, 하얀색, 초록색의 커다란 간판에 전등불이 켜진다. 랄라는 어두운 골목길을 소리도 내지 않고 걸어간다. 나지막한 벽을 가까이 스치며 빠져나간다. 밤이 되면 남자들의 얼굴은 불빛에 반쯤만 비쳐서 무시무시하게 보인다. 거칠게 눈을 번득이며 걸어가는 그들의 발소리가 복도와 차가 드나드는 대문 밑에서 쿵쿵 울린다. 랄라는 이제 도망치듯 빨리 걸어간다. 어떨 때는 한 남자가 그녀를 따라와 그녀 앞으로 오더니 팔을 붙잡으려 한다. 그녀는 자동차 뒤로 재빨리 몸을 숨겼다가 도망친다. 그리고 다시 그림자처럼 걷기 시작한다. 아암마가 살고 있는 파니에 거리까지 마르세유 구시가를 돌아서 간다. 랄라는 사람들이 자기가 어디로 들어가는지 보지 못하게 불도 켜지 않고 층계를 올라간다. 그녀는 문을 가볍게 노크한다. 고모의 목소리가 들리자 그녀는 안심하고 자기 이름을 말한다.

이곳 마르세유 대도시에서 랄라는 하루하루를 이렇게 보낸다. 그녀가 결코 알지 못할 이 모든 남자들과 여자들 틈에서, 수많은 거리를 따라 배회하는 것이다.

이 도시에는 거지들이 많이 있다. 처음 이곳에 도착해서 랄라는 매우 놀랐으나 지금은 익숙해졌다. 대부분의 도시 사람들은 이 걸인들을 밟지 않으려고 약간 비켜가거나 바쁠 때에는 성큼 위로 건너가는 사람도 있다. 랄라도 그들처럼 항상 이 걸인들을 쳐다보며 지나간다.

라디치는 거지이다. 랄라는 역 부근의 큰길을 걸어가다가 그를 알게 되었다. 어느 날 그녀는 파니에 거리에서 아침 일찍 나왔다. 겨울이라 아직도 컴컴했다. 구시가의 좁은 골목길과 계단에는 아직 사람들이 많지 않았다. 시립병원 아래쪽의 대로는 텅 비어 있었다. 단지 몇 대의 트럭이 헤드라이트를 켜고 달리고 있었고, 몇몇 남자와 여자들이 비옷을 두르고 모터 달린 자전거를 타고 지나갔다.

그녀가 라디치를 본 것은 바로 거기에서였다. 그는 어느 대문 모서리에 틀어박혀 앉아 가랑비와 바람을 피하고 있었다. 몹시 추워하는 모습이던 그는, 랄라가 그의 곁으로 지나가자 이상한 눈으로 그녀를 쳐다보았다. 보통 젊은 청년들이 여자를 쳐다보는 그런 눈빛은 전혀 아니었다. 그는 눈을 떨구지 않고 계속 그녀를 똑바로 보았다. 짐승의 눈동자 같은 그의 시선 속에서 표정은 읽을 수가 없었다. 랄라는 그의 앞에 멈춰 서서 물었다.

"거기서 뭘 하고 있는 거니? 춥지 않아?"

소년은 웃지도 않고, 고개를 내저었다. 그러고는 손을 내밀었다.

"뭘 좀 주세요."

랄라에겐 점심으로 가져온 빵 한 쪽과 오렌지 한 개밖에 없었다. 그녀는 그것을 모두 소년에게 내주었다. 그는 오렌지를 덥석 받아들고는 감사하다는 말도 없이 깨물어 먹기 시작했다.

이렇게 해서 랄라는 그를 알게 되었다. 그후 그녀는 역 부근의 길거리에서나, 혹 날씨가 좋을 때는 역 앞 대계단 위에서 종종 그와 마주쳤다. 그는 오가는 사람들에게는 신경을 쓰지 않고 몇 시간이고 앞쪽만 바라보며 앉아 있다. 그러나 그는 랄라를 꽤 좋아한다. 아마도 오렌지 때문이리라. 그는 그녀에게 자기 이름은 라디치라고 말해주었다. 땅바닥에 나뭇가지로 이름을 써 보여주기까지 했지만, 랄라가 자기는 읽을 줄 모른다고 말하자 아주 놀란 표정이었다.

라디치의 피부는 구릿빛이며 검고 곧은 아름다운 머릿결을 하고 있다. 그의 눈은 초록색이고 입술 위에는 파리한 콧수염이 그늘진 듯 살짝 나 있다. 새하얀 앞니를 반짝이며 웃는 미소가 특히 아름답다. 그는 왼쪽 귀에 조그만 반지 모양의 귀고리를 끼고 있는데 그는 그게 금이라고 우긴다. 그러나 그의 옷차림은 남루하다. 얼룩지고 찢어진 낡은 바지에 헌 스웨터를 몇 개씩이나 껴입고, 또 헐렁한 윗도리를 걸치고 맨발에 검은 가죽구두를 신고 있다.

랄라는 길에서 그를 우연히 보게 되는 것이 즐겁다. 왜냐하면 볼 때마다 다른 모습을 하고 있기 때문이다. 어떤 날은 마치 꿈속을 헤매고 있는 것처럼 그의 두 눈동자가 슬픔의 베일에 싸인 듯하다. 그럴 때면 아무것도 그를 꿈에서 깨어나오게 할 수 없다. 또 어떤 날은 쾌활하며 두 눈이 시종 반짝거린다. 그럴 때면 말도 안 되는 온갖 이야기들을 하기도 한다. 그는 이야기를 이어가면서 점점 꾸며내는데 그러고 나서는 소리도 내지 않고 오랫동안 쿡쿡 웃어댄다. 그러면 랄라 역시 그와 함께 웃어줄 수밖에 없다.

랄라는 라디치가 고모 집으로 자기를 보러 오면 좋겠다고 생각하지만 감히 오라고 할 수가 없다. 라디치가 집시 소년이고 아암마는 집시를 좋아하지 않을 게 분명하기 때문이다. 라디치는 파니에에는 오지 않는다. 그 근처에는 얼씬도 하지 않는다. 그는 아주 멀리 서쪽 어디엔가 철로 근처에 살고 있다. 넓은 공터가 있고 큰 기름 탱크가 있으며, 굴뚝에서 밤낮 연기가 올라오는 곳에서 산다고 했다. 그러나 자기 집이나 가족에 대해서는 한 번도 오랫동안 이야기한 적이 없다. 다만 매일매일 오기에는 너무 먼 곳에 살아서 이곳에 오는 날은 집에 돌아가기보다는 차라리 밖에서 잔다고 했다. 그래도 아무 상관없다는 것이다. 춥지도 않고 바람도 들어오지 않으며 아무도, 정말 아무도 그를 찾을 수 없는 비밀 장소를 알고 있다고 그는 말했다.

예를 들어, 파손된 세관 건물 안의 계단 밑에 가면 구멍이 하나 있는

데 어린아이 키만하다. 그 구멍을 헤집고 안으로 들어가서 두꺼운 종이상자 조각으로 입구를 막으면 아무도 모른다. 또 공사장에 있는 도구 창고라든가 방수포 덮개를 씌워놓은 소형 트럭 등, 라디치는 이 모든 비밀 장소들을 잘 알고 있다.

그러나 대부분은 역 부근에 가면 그를 볼 수 있다. 날씨가 좋을 때, 그래서 햇빛이 따스할 때면 그는 대계단 위에 앉아 있다. 그러면 랄라가 그의 곁으로 다가가 함께 사람들이 지나가는 것을 쳐다본다. 때때로 라디치는 어떤 사람을 점찍어두고는 랄라에게 말한다. "보고만 있어." 역에서 나와 갑자기 밝은 빛에 눈이 부셔 멈칫하는 한 여행자에게 그는 곧장 다가간다. 그리고 그에게 한 푼 달라고 구걸한다. 여행자는 소년의 아름다운 미소와 그의 눈 속에 어리는 무언가 슬픈 빛을 보고는 주머니를 뒤진다. 라디치에게 돈을 주는 사람은 대개 옷을 잘 차려입고 짐이 그리 많지 않은 서른 살가량의 남자들이다. 여자들하고는 일이 좀더 복잡해진다. 여자들은 질문을 하기 때문이다. 라디치는 사람들이 자기에 관해서 묻는 것을 싫어한다. 그래서 마음좋게 생긴 젊은 여자가 보이면 랄라를 떼밀면서 말한다.

"네가 가봐, 돈을 달라고 해."

그러나 랄라는 차마 돈을 달라는 구걸을 못한다. 약간 수치스럽게 느껴진다. 그러나 어떤 때는 그녀도 과자를 사 먹거나 극장에 갈 돈이 있었으면 싶을 때가 있다.

"이짓을 하는 것도 올해로 마지막이야"라고 라디치는 말한다. "내년에는 떠날 거야. 파리에 가서 일할 거야."

랄라는 왜냐고 묻는다.

"내년이면 너무 나이가 많거든. 나이 찬 거지에게는 사람들이 한 푼도 주지 않아. 일하면 되지 않느냐고 말하거든."

그는 잠시 랄라를 쳐다보더니 랄라도 일을 하느냐고 묻는다. 랄라는 고개를 젓는다.

라디치는 저 아래 버스 옆으로 지나가는 한 사람을 가리킨다.

"나랑 같이 일하는 사람이야, 같은 왕초 밑에 있지."

그림자같이 아주 깡마른 흑인 청년이다. 그는 여행자들 가까이 다가가서 그들의 트렁크를 들어주겠다고 하는 모양이다. 그러나 일이 잘 성사되지 않는 것 같다. 라디치는 어깨를 한 번 으쓱 올린다.

"쟤는 처신을 잘 못한단 말이야. 이름은 바키인데, 뜻이 뭔지 모르겠어. 그런데 쟤가 자기 이름을 얘기하면 다른 흑인들이 재미있어하며 웃는단 말이야. 쟤는 한 번도 왕초한테 돈을 많이 바쳐본 적이 없어."

랄라가 놀란 듯이 그를 쳐다보자 그는 말한다.

"아 참, 그래, 너는 모르지, 왕초를. 나같이 집시인데, 이름은 리노야. 우리가 다 모여 사는 곳을 우리끼리는 호텔이라고 부르는데, 그 큰 집에는 아이들이 한가득 있어. 그 아이들이 모두 리노를 위해서 일하고 있지."

그는 도시 거지들의 이름을 다 안다. 그들이 어디서 살고, 어느 왕초 밑에서 일하는지도 안다. 또 거지라기보다는 혼자 사는 떠돌이 부랑자들도 알고 있다. 형제자매와 함께 가족 단위로 일하는 아이들도 있다. 그 아이들은 백화점이나 슈퍼마켓에서 물건을 훔치기도 한다. 가장 어린 아이들은 망보는 것을 배우거나, 또는 상인들의 정신을 딴 데로 쏠리게 한다. 어떤 때는 훔친 물건을 릴레이로 건네며 떡박질하기도 한다. 여자 거지 중에는 특히 집시가 많은데, 꽃무늬가 있는 긴 원피스를 입고 얼굴에는 검은 베일을 쓰고 있어, 새 눈같이 까맣고 반짝반짝한 눈밖에는 보이지 않는다. 늙은 거지도 있고 불쌍한 거지, 허기에 지친 거지도 있어 이들은 부자들의 윗도리나 치마를 움켜쥐고는 작은 동전을 한 닢 주기 전에는 절대로 놓지 않고 이상한 주문을 중얼거린다.

랄라는 이런 거지들을 볼 때나 아니면, 가슴팍에 어린아이를 안고 있는 못생긴 젊은 여인이 큰길 모퉁이에서 구걸하고 있는 것을 볼 때면 가슴이 조여든다. 그녀는 두려움이 뭔지 예전에는 잘 몰랐다. 왜냐하면 그곳, 하르타니와 함께 있던 곳에서는 뱀이나 전갈, 때때로 밤에 그림자 속에서 손짓하는 나쁜 귀신들밖엔 없었기 때문이다. 그러나 여기에는 공허와 비탄과 배고픔의 두려움이 있다. 이름도 없는 두려움이 더럽고 냄새나는 지하실의 반쯤 열린 환기창으로부터 솟아나오기도 한다. 어둠침침한 바닥에서도 올라오고, 무덤처럼 차디찬 침실 안으로 스며들어온다. 또는 몇 달, 몇 년 동안, 이렇게 낮이고 밤이고 끝없이 고무창 달린 구둣소리를 내며 사람들이 지칠 줄 모르고 걸어다니는, 사람들이 오고, 가고, 서로를 밀치는 대로 위에 이름 모를 두려움이 바람처럼 쏘다닌다. 그리고 그 두려움은 웅성거리는 그들의 말소리, 엔진소리와 투덜거리는 소리, 헐떡거리는 숨소리와 함께 무거운 대기 속으로 피어오른다.

때로는 머리가 어찌나 빙빙 도는지 급히 주저앉아야 할 때가 있다. 그럴 때면 랄라는 무언가 기댈 만한 것을 눈으로 찾는다. 금속 같은 얼굴은 흙빛이 되고 눈빛이 가물가물 꺼지며, 회복할 희망도 없이, 마치 끝없이 깊은 우물 속에 빠지듯이 서서히 나락으로 떨어진다.

"왜 그러세요? 아가씨? 괜찮아요? 괜찮겠어요?……"

사방에서 고함치는 목소리가 들린다. 그녀의 귀에는 그 소리가 아주 멀리 아득하게 들려온다. 시력을 다시 회복하기 전에 랄라는 어떤 자의 숨결에서 마늘냄새를 맡는다. 랄라는 담벼락 밑에 기대어 반쯤 웅크리고 있다. 어떤 남자가 그녀의 손을 잡고 몸을 굽혀 바라보고 있다.

"……괜찮아요, 괜찮아요……"

그녀는 이 말을 간신히, 아주 천천히 한다. 아니면 혹, 그녀는 이 단어들을 생각해내고 있을지도 모른다.

그 남자는 그녀를 부축해 일으켜서 어떤 카페의 노천 테라스까지 데리고 간다. 몰려 있던 사람들이 흩어진다. 그런데 그 와중에 어떤 여자가 이렇게 말하는 소리가 랄라의 귀에 똑똑히 들린다.

"아무것도 아니야, 저 여자는 임신한 거야."

남자는 랄라를 한 테이블에 앉힌다. 그는 여전히 그녀를 굽어보고 있다. 그는 키가 작고 뚱뚱하며 곰보얼굴에는 콧수염이 나 있고 머리카락은 거의 빠지고 없었다.

"무얼 좀 마시죠. 그럼 기운이 좀 날 거예요."

"배가 고파요." 랄라는 말한다. 그녀는 모든 것에 무관심하다. 아마도 이제 죽을 거라고 생각하는 모양이다.

"배가 고파요." 랄라는 같은 말을 천천히 반복한다.

그 남자는 당황하여 말을 더듬는다. 그는 일어나서 계산대 쪽으로 가서 샌드위치와 브리오슈 빵 바구니를 하나 들고 다시 테이블로 돌아온다. 랄라는 그 남자의 말에는 귀를 기울이지 않고 재빨리 먹는다. 처음에는 샌드위치, 그다음에는 브리오슈를 하나씩 하나씩 순식간에 모두 먹어치운다. 그녀가 먹는 것을 보며 감동했는지 남자의 뚱뚱한 얼굴이 온통 일그러진다. 그는 간간이 이야기를 폭발적으로 쏟아붓다가 랄라가 피곤해할까봐 두려워하며 멈춘다.

"당신이 내 앞에서 이렇게 쓰러지는 걸 보았을 때, 거, 거, 참, 정말 깜짝 놀랐습니다! 저, 이런 일을 처음 겪은 겁니까? 제 말은요, 정말 끔찍했어요. 몰려든 구경꾼들하고요. 큰길에 말입니다. 당신 뒤에서 오고 있던 사람들이 하마터면 당신을 밟고 지나갈 뻔했지 뭡니까. 그들은 발길을 멈추지도 않더라고요. 그런데, 저어, 제 이름은 폴이에요. 폴 에스테브요. 당신은요? 프랑스어를 아세요? 이곳 사람이 아닌 것 같은데, 그렇지요? 이젠 충분히 드셨어요? 샌드위치를 하나 더 갖다드릴까요?"

그의 입에서는 마늘, 담배, 포도주 냄새가 심하게 끼쳐온다. 그러나 랄라는 그가 있어서 마음이 푸근하다. 그가 친절하다는 생각이 들자 그녀의 눈이 약간 반짝인다. 남자는 기미를 알아채고는 다시 말을 하기 시작한다. 좀전처럼 이 이야기, 저 이야기로 갈팡질팡하며 혼자서 질문을 했다가 답변을 했다가 하며 말한다.

"이젠 배가 고프지 않은가요? 뭘 좀 마시겠어요? 코냑을 좀? 아네요, 무언가 달콤한 것이 낫겠어요. 피곤할 때는 그게 좋아요. 코카콜라를 한 잔 마실래요? 아니면 과일주스? 제가 당신을 너무 귀찮게 하는 건 아닌가요? 있잖아요, 저는 코앞에서 사람이 기절하는 걸 처음 봤거든요. 이렇게 땅바닥에 쓰러지더군요. 거 참, 정말 쇼크를 받았어요. 저는 회사원입니다. 페, 에, 테*의 직원이에요. 그래서 이런 일엔 익숙

* P et T. 프랑스의 우편전화국.

하지 않지요. 아아, 그러니까, 제 말은요, 아마 그래도 의사를 보러 가셔야 할걸요. 제가 전화를 걸어드릴까요?"

그는 벌써 일어선다. 그러나 랄라가 고개를 내젓자 다시 앉는다. 후에 랄라는 따뜻한 홍차를 조금 마셨다. 그러고 나니 피곤이 풀어졌다. 그녀의 얼굴은 다시 구릿빛을 되찾고 눈빛에 생기가 돈다. 그녀가 일어나자 남자는 길가까지 바래다준다.

"정말……정말 이제 괜찮겠어요? 걸을 수 있겠어요?"

"네, 네, 감사합니다." 랄라는 대답한다.

떠나기 전 폴 에스테브는 그의 이름과 주소를 종이쪽지에 적어준다.

"만약 필요한 게 있으시면……"

그는 랄라와 악수를 나눈다. 키가 그녀보다 겨우 조금 클까 말까 하다. 아직도 감정이 가라앉지 않은 그의 파란 눈동자엔 눈물이 글썽글썽하다.

"안녕히 가세요." 랄라는 인사한다. 그리고 그녀는 뒤돌아보지도 않고 있는 기력을 다해 되도록 빨리 걸음을 재촉한다.

어디에고 도처에 개들이 있다. 그러나 개들은 거지들과는 달라서, 랑슈 광장과 르퓌즈 거리 사이에 위치한 파니에에서 살기를 더 좋아한다. 랄라는 지나가면서 개들을 주의깊게 쳐다본다. 털은 곤두서고 아주 바짝 마른 개들이지만, 그렇다고 들개와 비슷하게 생기지는 않았다. 예전에 시테에서 본 적이 있는, 암탉과 양을 훔쳐가는 그 들개들은 훨씬 몸집도 크고 힘도 셌으며 절박하고 위험한 분위기를 풍기고 있었다. 그러나 여기 개들은 쓰레깃더미가 쌓인 곳이면 어디나 가서, 내다버린 뼈다귀와 생선대가리들을 찾아내어 바드득바드득 깨먹거나 또는 푸줏간 주인이 던져주는 허드레 고깃조각을 주워 먹는다. 랄라가 잘 아는 개가 한 마리 있는데, 그놈은 언제나 같은 곳에 있다. 얼룩말 무늬가 있는 큰 교회로 올라가는 길 계단 아래에 있는 것이다. 아주 새까만 개인데, 목에는 하얀 털이 칼라처럼 둥글게 가슴까지 나 있다. 그 개 이름이 딥인지, 힙인지 랄라는 모른다. 언젠가 길거리에서 어떤 꼬마 소년이 그 개를 그렇게 부르는 것을 들었을 뿐, 이름은 사실 중요하지 않다. 그 개는 랄라를 보면 조금 반가운 기색을 하며 꼬리를 흔들지만, 그녀 가까이엔 결코 다가오지 않는다. 그 개는 누구든 자기 곁에 가까이 오게 하지 않는다. 랄라는 그 개에게 몇 마디를 건네본다. 멈추지 않고 그냥 지나가면서 잘 있었니 하고 묻는다. 그리고 먹을 것이 있으면 조금 떼어내서 던져준다.

이곳 파니에 사람들은 서로를 잘 알고 있는 편이다. 이 거리는, 남자와 여자들이 물밀듯이 엔진소리와 구둣소리를 내며 대로로 흘러가는 이 도시의 다른 여느 곳과는 같지 않다. 파니에 거리는 길들이 아주 짧고 둥글게 구부러져 있어서 돌아가다보면 다른 길, 다른 길목이나 통로나 계단과 만나게 된다. 그래서 오히려 이 거리 전체가 복도와 방이 상자처럼 차곡차곡 쌓여 있는 커다란 아파트 같다. 그렇지만 딥인지 힙인지 그 큰 검정개와 이름 모를 아이들 몇몇을 제외하고는 이곳 사람들은 대부분 랄라를 쳐다보지도 않는 것 같다. 그녀는 소리 없이 물 흐르듯 걸으며 이 길에서 저 길로 태양과 빛이 가는 곳을 좇아간다.

어쩌면 이곳 사람들은 두려워하고 있는 것이 아닐까? 무엇을 두려워하는 걸까? 무엇이라 말하기는 어렵지만, 마치 그들은 감시당하고 있는 것처럼 자기네들의 동작 하나하나, 말 하나하나를 조심해야 한다고 생각하는 것 같다. 그러나 그들을 감시하는 사람은 기실 아무도 없다. 그러면 이 두려움은 그들이 서로 다른 언어를 사용하기 때문일까? 여기에는 마그레브, 모로코, 알제리, 튀니지, 모리타니 등 북아프리카에서 온 사람들과 세네갈, 말리, 다호메이 사람 등 아프리카인들도 있고, 또 자기네 말을 제대로 할 줄도 모르는, 세계 도처에서 온 유대인들도 있다. 또 포르투갈, 스페인, 이탈리아 사람들도 있다. 그리고 유고슬라비아, 튀르키예, 아르메니아, 리투아니아 사람 등, 이곳 사람과는 전혀 생김새가 다른 이상한 사람들도 있다. 랄라는 이런 나라 이름들이 무슨 뜻인지도 모르면서, 이곳 사람들이 그렇게 부르니까 따라 부를 뿐이다. 이런 나라 이름들을 모두 잘 아는 사람은 아암마다. 또 옆집에 살고 있는 사람들 같은 집시도 있다. 이들은 어찌나 수가 많은지, 항상 보아도 예전부터 있던 사람들인지, 아니면 금방 도착한 사람들인지 전혀 알 수가 없다. 집시들은 아랍 사람도 스페인 사람도 유고슬라비아 사람도 좋아하지 않는다. 아무도 좋아하지 않는다. 이 집시들은 파니에 같은 곳에서 살아온 습관이 없기 때문이다. 그래서 어린 소년들부터 여자들까지 그들은 툭하면 서로 싸운다. 아암마 말로는 그들은 입속에 면도날을 물고 있다는 것이다. 어떤 때는 밤중에 골목길에서 싸우는 소리가 나서 잠이 깬다. 랄라가 계단을 내려가 길가로 나가보면, 창백한 가로등 불빛 아래 가슴에 칼이 꽂힌 채 땅바닥을 엉금엉금 기어가는 남자가 보이는 것이다. 이튿날 보면 흙에 끈적끈적한 긴 흔적이 나 있고 그 위에 파리들이 날아와 윙윙거리고 있다.

어떤 때는 경찰서에서 사람들이 오기도 한다. 그들은 커다란 검은 자동차를 계단 아래 세워놓고, 집안으로 들어간다. 특히 아랍 사람과 집시가 살고 있는 집에 들어간다. 그들 중 제복을 입고 모자를 쓴 경찰관이 있는데 이자들은 별로 무섭지 않다. 가장 위험한 것은 그들이 아니라 보통 사람들처럼 터틀넥 스웨터에 회색 양복을 입고 있는 자들이다. 그들은 문을 두드린다. 그것도 아주 세게 쾅쾅 친다. 사람들이 당장 문을 열게 하기 위해서이다. 문이 열리면 그들은 즉시 아무 말 없이 아파트 안으로 들어와서는 누가 살고 있는지를 살핀다. 아암마 집에 온 경찰관은 랄라가 침대로 쓰는 인조가죽 소파에 가서 앉는다. 랄라는 그 작자가 소파에 구멍이라도 뚫을 것 같다. 그래서 오늘 밤 자려고 누울 때까지도, 그 뚱뚱한 남자가 앉았던 곳에 푹 꺼진 흔적이 남아 있을 것 같다.

"성은? 이름은? 부족 이름은? 체류허가증은? 노동허가증은? 사장 이름은? 사회보장번호는? 계약서, 집세 지불 영수증은?"

그는 아암마가 하나씩 건네주는 서류는 쳐다보지도 않는다. 그는 소파에 앉아서 권태로운 듯한 내색을 하며 골루아즈 담배를 피운다. 그러면서도 아암마 방문 앞에 차려 자세를 하고 서 있는 랄라를 쳐다본다. 그러고는 아암마에게 묻는다.

"딸이요?"

"아닙니다. 조카예요." 아암마는 대답한다. 그는 서류를 모두 받아들고 자세히 들여다본다.

"애 부모는 어디 있지?"

"죽었습니다."

"아" 하고 경찰관이 말한다. 그는 생각에 잠긴 듯 서류를 쳐다본다.

"애는 일을 하나?"

"아니오, 아직, 선생님" 하고 아암마가 대답한다. 그녀는 겁이 날 때면 언제나 '선생님'이라고 부른다.

"그렇지만 여기서 일은 할 거란 말이지?"

"네, 선생님, 일거리를 찾으면요. 그렇지만 저런 어린 여자아이들이 할 일거리는 찾기가 쉽지 않아요."

"열일곱 살?"

"네, 선생님."

"조심해야 될 거야. 이곳은 열일곱 살 난 소녀들에겐 아주 위험한 곳이야."

아암마는 아무 말이 없다. 경찰관은 아암마가 무슨 소리인지 못 알아 들은 것으로 생각하고, 한 단어 한 단어를 천천히 또박또박 잘 발음하며 말해준다. 이 일이 더 재미있어졌다는 듯이 그의 두 눈은 반짝거리기까지 한다.

"당신 딸이 푸아 드 라 파린 거리에 잘못 흘러들어가지 않도록 조심하라고. 알았어? 그곳은 얘 같은 소녀들이 득시글거리는 데야. 무슨 소린지 알겠어?"

"네, 선생님" 하고 아암마는 대답한다. 아암마는 랄라가 자기 딸이 아니라고 감히 다시 말하지도 못한다.

그러나 경찰관은 그를 향하고 있는 랄라의 날카로운 시선을 느끼고는 겸연쩍어한다. 그래서 몇 초 동안 아무 말도 안 하지만 침묵은 더욱 견디기 어렵다. 그러자 그 뚱뚱한 남자는 폭발적으로 다시 입을 연다. 성이 나서 아주 작게 졸아든 눈에 화가 난 듯한 목소리다.

"그래, 그래, 난 잘 알아. 아, 으레 그런 말을 하는 거겠지 하다가, 어느 날엔가는 진짜 네 딸이 거리에 나서게 되는 거야. 잠깐 손님에 10프랑씩 받는 매춘부가 돼서 말이야. 그때 가서 울고불고하며 그런 줄 몰랐다고 하소연하러 오지나 마라. 지금 미리 내가 일러줬으니까."

그는 관자놀이의 정맥이 튀어나올 정도로 고함을 치다시피 얘기한다. 아암마는 마비된 듯 꼼짝도 못하고 서 있다. 그러나 랄라는 이 뚱뚱한 남자가 무섭지 않다. 그녀는 그를 날카롭게 쏘아보며 그의 앞으로 다가가 단 한 마디만 내뱉는다.

"나가세요."

경찰관은 무슨 욕설이라도 들은 듯이 깜짝 놀라 그녀를 쳐다본다. 어쩌면 그는 입을 열며 일어나서 랄라의 따귀를 후려칠지도 모른다. 그러나 이 소녀의 시선은 금속처럼 단단해 맞서기가 어렵다. 경찰관은 갑자기 일어서서 순식간에 밖으로 나가더니 계단을 급히 뛰어내려간다. 길가로 난 대문이 쾅 하고 닫히는 소리가 들린다. 그는 떠났다.

아암마는 그제야 소파에 앉아 두 손에 얼굴을 파묻고 울기 시작한다. 랄라가 그녀에게 가까이 다가가서 어깨를 감싸고 뺨에 키스를 하며 그녀를 달랜다.

"아마도 여기를 떠나야 할까봐요." 그녀는 어린아이에게 말하듯 부드럽게 얘기한다. "제가 떠나는 게 더 나을지도 몰라요."

"아냐, 아니야" 하고 말하며 아암마는 더 크게 흐느낀다.

주위의 모든 것이 잠들고 양철지붕 위에 부는 바람 소리 그리고 어디선가 시냇물처럼 물방울이 흘러내리는 소리가 들릴 때면 랄라는 소파 위에 길게 누워 어슴푸레한 어둠 속에 눈을 뜨고서 시테 집을 생각한다. 저멀리, 그곳에서 찬 밤바람이 불어오던 때를 생각하는 것이다. 그녀는 그때처럼 문만 밀고 나가면 금방 바깥이 되어 수천 개의 별이 반짝이는 깊은 밤에 포근히 둘러싸이게 된다면 얼마나 좋을까 하고 생각한다. 그러면 맨발 아래 차갑고 단단한 땅이 느껴지고 추위에 돌멩이들이 딱딱거리는 소리, 쏙독새 소리, 올빼미 소리, 들개들이 짖는 소리가 들려올 텐데, 혼자서 사방의 귀뚜라미 소리를 들으며 돌언덕까지 걸어가다가 바다의 숨소리를 따라서 모래언덕들 사이 오솔길을 따라 걸어갈 텐데, 하는 생각이 든다.

온 힘을 다해 그녀는 어둠을 뚫어지게 응시한다. 마치 그녀의 시선이 이제 다시 하늘을 열리게 하여 잃어버린 모습을 다시 나타나게 할 수 있을 것처럼, 양철과 타르칠을 한 종이로 이은 지붕들의 구불구불한 선, 나무판자와 판지로 붙인 벽, 언덕의 능선, 그리고 나망 노인과 생가의 소녀들, 수스내기, 아암마의 아들들 등 이 모든 사람들과, 그 무엇보다도 사막의 열기 속에 몸과 얼굴을 휘감고서 한 다리로 꼼짝 않고 서서 아무 말 없이, 피곤하지도 화가 난 것 같지도 않던 하르타니를, 적십자 사람들이 그녀를 데려가려고 찾아왔을 때 마치 죽음을 기다리듯 꼼짝 않고 서 있던 그의 모습을, 그때 그 모습을 그대로 나타나게 할 수 있을 것처럼 그녀는 어둠을 응시한다. 또 그녀가 에스 세르, 비밀이라고 부르는 자, 멀리서 햇빛처럼 와서 그녀를 감싸고 스며들던 그 시선. 그도 보고 싶다.

그러나 그들이 바다 건너 멀고 먼 여기까지 올 수 있을까?

그들이 이 수많은 길 속에서 길을 찾아올 수 있을까? 이 수많은 문들 중에 그녀의 집 문을 찾을 수 있을까? 여전히 어둠은 짙고 방안에는 너무나 큰 공허가 자리잡는다. 그 공허가 어찌나 거대하게 느껴지는지 점점 빙빙 돌아서 랄라의 몸 앞에 큰 깔때기처럼 입을 벌린다. 현기증나게 도는 깔때기 입이 그녀에게 달라붙어 그녀를 빨아들인다. 온 힘을 다해 그녀는 소파를 움켜쥐고 빨려 들어가지 않으려고 저항한다. 너무나 긴장하여 온몸이 부서질 것만 같다. 그녀는 소리를 지르고 고함을 쳐서 이 침묵을 깨고 밤의 중압감에서 벗어나고 싶다. 그러나 목구멍이 죄어들어 소리가 튀어나오지 않는다. 고통스러운 노력 끝에 겨우 수증기가 새어나오듯 쌕쌕거리며 숨을 쉴 수 있다. 몇 분 아니 몇 시간인지도 모른다. 랄라는 이렇게 온몸이 경련에 사로잡혀서 발버둥 친다. 그러다가 문득 건물 안마당에 새벽의 첫 미광이 나타나면 그제야 랄라는 소용돌이가 스르르 풀리며 멀어지는 것을 느낀다. 그녀의 몸이 힘없고 형체도 없이 흐물흐물하게 펄썩 소파에 쓰러진다. 그제야 랄라는 자기 몸 안에 있는 아이를 생각한다. 그리고 처음으로 자기에게 속한 누군가에게 아픔을 주었다는 고뇌를 느끼고는 따뜻한 온기가 깊이 스며들 때까지 두 손을 배 양쪽에 대고 가만 있는다. 랄라는 마치 숨을 쉬듯, 조용하게 흑흑거리며 오랫동안 소리 없이 흐느낀다.

그들은 파니에 거리에 갇힌 사람들이다. 그런데 그들은 이 사실을 진실로 모르는 것 같다. 그들은 아마, 언젠가는 딴 곳으로 떠나서 그들의 산과 진흙계곡 마을로 돌아가 두고 온 부모, 아이들, 친구들을 다시 볼 거라고 생각하는 것 같다. 그러나 그것은 불가능하다. 초췌하고 낡은 벽이 있는 좁은 길, 어두운 아파트, 잿빛 공기가 가슴을 짓누르는 춥고 습기 찬 방, 소녀들이 기계 앞에 앉아 바지와 원피스를 만드는 작업장, 병원의 병실, 작업장과 굴착기의 요란한 굉음이 폭발하는 도로, 이 모든 것들이 그들을 붙잡고 조이며 죄수로 만들고 있다. 그리고 그들은 거기서 벗어나지 못할 것이다.

랄라는 이제 일자리를 찾았다. 마르세유 북쪽 구시가 입구에 있는 생트 블랑슈* 호텔의 청소부 자리다. 그곳은 라디치와 처음으로 만난 큰길에서 그리 멀지 않은 곳이기도 하다. 매일 그녀는 상점들이 문을 열기 전, 아침 일찍 집을 떠난다. 그녀는 추위 때문에 밤색 외투로 몸을 잘 여미고 구시가의 어두운 골목길을 따라 걸어간다. 그녀는 계단마다 더러운 물이 흘러내리는 층계를 올라간다. 바깥에는 사람들이 그리 많지 않다. 털이 곤두선 개 몇 마리만 쓰레깃더미 속에서 먹을 것을 뒤지고 있을 뿐이다. 호텔에서는 아무도 먹을 것을 주지 않기 때문에 그녀는 오래된 빵조각을 호주머니에 넣고 간다. 때로 그녀는 사람들이 딥인가 힙인가로 부르는 검은 개와 빵을 나눠 먹는다. 그녀가 도착하자마자, 호텔 주인은 계단을 닦으라고 물통 하나와 솔걸레를 준다. 랄라는 계단이 너무나 더러워서 닦아봤자 소용없는 일이라고 생각한다. 호텔 주인은 그리 늙지 않은 남자다. 그러나 잠을 충분히 자지 못한 듯, 얼굴이 누렇고 눈이 부석부석하다. 생트 블랑슈 호텔은 4층짜리 건물인데 반은 황폐화되었으며, 1층은 장의사가 차지하고 있다. 처음 랄라가 그곳에 들어갔을 때 그녀는 겁이 났다. 어찌나 더럽고 춥고 나쁜 냄새가 나는지 이내 그곳을 나와야만 했었다. 그러나 지금은 그곳에 익숙해졌다. 아암마의 아파트나 파니에 거리처럼, 그것도 습관의 문제이다. 가난과 병의 냄새 그리고 층계와 복도, 또 거미와 바퀴가 사는 구석 틈바구니에 진하게 배어 있는 죽음의 냄새가 그녀 몸속에 새어 들어가지 않도록 입을 꼭 다물고 천천히 조금씩 숨을 들이쉬기만 하면 된다.

호텔 주인은 그리스인인지, 튀르키예인인지 잘 알 수 없다. 그는 물

---

* '흰 성녀'라는 뜻.

통과 솔걸레를 주고 난 뒤, 잠을 자려고 2층에 있는 그의 방으로 다시 돌아간다. 그 방은 침대에서도 사람들이 들어오고 나가는 것을 감시할 수 있도록 방문이 유리로 되어 있다. 호텔엔 비참하고 가난한 남자들만 살고 있다. 그들은 조선소에서 일하는 북아프리카인들이며 가족도 집도 없이 더 나은 일거리를 찾을 때까지 거기서 살고 있는 앤틸리스 제도인들과 스페인인들이다. 그러나 그들은 거기서 사는 데에 만성이 되어버렸다. 이 도시는 집세가 비싸고 아무도 그들을 원하지 않기 때문에, 결국 다른 일거리를 찾지 못한 채 대부분 자기 나라로 되돌아간다. 그들은 서로 모르는 사람끼리 생트 블랑슈 호텔의 한 방에서 두 사람 혹은 세 사람씩 살고 있다. 그들은 매일 아침 일하러 나가면서 주인 방의 유리문을 두드려 하루 분 숙박비를 선불한다.

솔걸레로 계단과 끈적끈적한 복도 리놀륨의 때를 문질러 닦은 후, 랄라는 변소와 하나뿐인 샤워실을 솔걸레로 청소한다. 그곳의 바닥 역시 너무나 때가 찌들어 솔걸레의 거친 솔로도 벗겨지지 않는다. 그 다음 그녀는 방 청소를 한다. 재떨이를 비우고 휴지 부스러기와 먼지를 비질한다. 주인이 비상열쇠를 주어서, 그녀는 이 방 저 방으로 청소하러 간다. 호텔에는 이제 아무도 없다. 방 청소는 빨리 끝나는데 거기 살고 있는 남자들은 아주 가난하여 실제로 가진 것이 아무것도 없기 때문이다. 단지 종이상자로 된 가방과 더러운 속옷이 들어 있는 비닐주머니, 신문지에 싼 비눗조각뿐이다. 이따금 테이블 위의 작은 주머니 속에는 사진도 있다. 랄라는 차가운 종이 위의 얼굴들을 잠깐 바라본다. 어린애와 여자들의 부드러운 얼굴이 반쯤 마멸되어 마치 안개를 통해 보는 것 같다. 또 때로는 두툼한 봉투 속에 편지나, 열쇠, 빈 지갑, 구항舊港 근처 시장에서 산 기념품들, 희미한 사진에 보이는 아이들을 위해 산 플라스틱 장난감들도 있다. 랄라는 그것들을 모두 오랫동안 구경한다. 젖은 손으로 물건을 집어, 마치 희미한 그 사진의 세계로 들어가서 목소리와 웃음소리를 다시 듣고 환한 미소를 엿볼 수 있을 것처럼, 이 덧없는 보물들을 반쯤 꿈에 잠겨 바라본다. 그러다 갑자기 모두 사라지고, 그녀는 방 청소를 계속한다. 남자들이 서둘러 식사를 마치느라고 떨어뜨린 음식 부스러기들을 내버리고, 개인 물품과 사진들로 잠시 흔들렸던 익명의 슬픔과 침울함으로 다시 돌아간다. 이따금 흩어진 침대 위에서 랄라는 외설사진이 가득한 잡지를 발견한다. 마치 커다란 오렌지같이 부푼 풍만한 가슴을 하고 두 다리를 벌린 여자들의 나체사진이 실려 있다. 또 여자들의 입술엔 주홍색 루즈가 칠해져 있고 두 눈은 파란색과 초록색 아이섀도가 두텁게 칠해져 있으며, 머리카락은 금발이나 불그스레한 색이다. 페이지마다 구겨지고 정액이 묻어 있는 그 잡지는 마치 길에서 사람들의 발에 밟혀서 끌려다닌 것처럼 더럽고 너덜너덜하다. 랄라는 그 잡지도 한참 쳐다본다. 그러자 가슴이 불안과 거북함으로 세차게 뛴다. 이윽고 그녀는 잡지의 페이지를 잘 펴고 표지를 제대로 정돈하여, 마치 그것도 귀중한 추억인 것처럼 정돈된 침대 위에 내려놓는다.

층계와 방들을 청소하는 동안 내내, 랄라는 아무와도 마주치지 않는다. 그녀는 호텔에 살고 있는 남자들의 얼굴을 모른다. 그들도 아침마다 일하러 갈 때는 바쁘기 때문에 랄라를 쳐다보지 않고 그녀 앞을 지나간다. 게다가 랄라는 사람들이 그녀를 알아보지 못하게 옷을 입고 있다. 그녀는 거의 발목까지 내려오는 아얌마의 회색 원피스를 밤색 외투 속에 입고 있다. 머리에는 큼직한 머플러를 둘러쓰고, 발에는 검은 고무샌들을 신고 있다. 호텔의 어두운 복도, 포도주 찌꺼기 색의 리놀륨 바닥과 때 낀 문 앞에 서 있는 그녀는 걸레뭉치와 같이 회색과 검은색의 윤곽만으로 겨우 보일 뿐이다. 여기서 그녀를 아는 사람들은 호텔 주인과 밤부터 아침까지 밤새 호텔을 지키는 수위뿐이다. 수위는 딱딱한 얼굴에 어부 나망처럼 아름다운 초록색 눈을 가진 키가 크고 마른 알제리 남자다. 그는 언제나 랄라에게 프랑스어로 인사한다. 그리고 다정한 말을 몇 마디 건넨다. 항상 묵직한 음성으로 격식을 갖춰 말하기 때문에 랄라는 그에게 미소로 대답한다. 아마도 그는 이곳에서 랄라가 젊은 여자라는 것을 아는 유일한 사람이며, 그녀의 어두운 걸레뭉치 같은 모습에서 아름다운 구릿빛 얼굴과 빛이 가득한 두 눈을 본 유일한 사람일 것이다. 다른 사람들에게는 그녀는 존재하지 않는 것과 같다.

그녀가 생트 블랑슈 호텔에서 일을 끝내면, 태양은 여전히 하늘 높이 걸려 있다. 그래서 랄라는 대로를 내려와 바다로 간다. 바로 그 순간에는 모든 것을 다 잊어버린 듯 아무것도 생각하지 않는다. 큰길 보도 위에는 군중이 여전히 모르는 곳으로 서둘러 가고 있다. 길에는 반짝이는 안경을 낀 남자들이 큰 걸음으로 바삐 가고 있고 해진 양복을 입은 가난한 사람들이 여우처럼 살피는 눈을 하고 길 반대편으로 걸어간다. 또 한 무리의 소녀들이 몸에 착 달라붙는 옷을 입고 구두 뒤축 소리를 내며 걸어가는데, 그 소리는 마치 크라 캅, 크라 캅, 크라 캅 하는 것 같다. 똑같은 얼굴을 하고 있는 남자들과 여자들을 실은 자동차, 오토바이, 자전거, 트럭, 관광버스들이 전속력을 내서, 바다 쪽을 향해 내려가거나 도시의 고지대 쪽을 향해 올라간다. 랄라는 인도를 걸어가며 이 모든 것을 다 본다. 이 움직임, 이 형태들, 햇빛의 섬광들이 모두 그녀 내부로 들어와 소용돌이를 일으킨다. 배가 고프다. 호텔 일로 몸이 지쳐 있지만, 햇빛을 더 많이 보고 또 그녀 몸속 깊은 곳에 머물고 있는 어둠을 모조리 내쫓기 위해서 그녀는 좀더 걷고 싶다. 겨울의 차가운 돌풍이 대로를 따라 불면서 먼지와 낡은 신문조각들을 날린다. 랄라는 눈을 반쯤 감고 옛날 사막에서처럼 몸을 앞으로 약간 수그린 채 저기 저 대로 끝에 있는 빛의 근원지를 향해 전진한다.

항구에 도착하면, 그녀는 자기 속에서 일종의 취기를 느끼고 인도 가장자리에서 비트적거린다. 이곳의 바람은 제 마음대로 소용돌이쳐 항구의 물을 물결치게 하고 배의 기구들을 덜커덩거리게 한다. 빛은 더 먼 곳에서, 정남쪽에 있는 수평선 너머에서 오고 있다. 랄라는 부둣가를 따라 바다를 향해 걸어간다. 사람들과 모터 소리가 그녀 옆에서 맴돌고 있지만 그녀는 별로 개의치 않는다. 때로는 걷고 때로는 뛰면서 얼룩말무늬가 있는 커다란 교회 쪽으로 가다가 조금 더 멀리, 부두의 쓸모 없는 공터, 바람이 시멘트가루를 불어 회오리를 일으키는 곳으로 들어간다.

이곳에 오면 정말로 사막에 온 듯 모든 것이 고요하다. 그녀 앞에는 하얀 부두가 펼쳐져 있고 햇빛이 맹렬히 반짝거리고 있다. 랄라는 큰 화물선의 윤곽을 따라 기중기들 아래로, 또 빨간 컨테이너들이 정돈되어 있는 사이로 천천히 걸어간다. 여기엔 사람들도 자동차 모터 소리도 없다. 다만 하얀 돌과 시멘트 그리고 정박장의 시커먼 물뿐이다. 그녀는 푸른 방수포가 덮여 있는 두 개의 화물 컨테이너 사이에 바람을 피해 자리를 잡고 앉아서 항구의 바닷물을 바라보며 빵과 치즈를 먹는다. 때로는 커다란 바닷새들이 시끄럽게 꺼억꺼억거리며 날아간다. 랄라는 모래언덕 사이에 있는 자기의 비밀 장소와 또 바다의 왕자였던 흰 갈매기 생각을 한다. 그녀는 갈매기들과 빵을 나눠 먹는다. 그런데 비둘기들도 또 여기로 오고 있다. 여기는 모두 조용하다. 결코 아무도 그녀를 찾으러 오지 않을 것이다. 간혹 한 어부가 낚싯대를 들고 고기가 잘 낚일 듯한 장소를 찾아 부두를 따라 걸어간다. 그러나 그는 랄라를 곁눈질로 잠깐 일별할 뿐, 항구 안쪽으로 가버린다. 그리고 이따금 간혹 한 아이가 주머니에 손을 찌르고 걸어가다가 녹슨 통조림 깡통을 발길질하며 혼자서 논다.

랄라는 태양이 그녀 속으로 들어와 점점 내부를 가득히 채우며, 마음속 깊은 곳에 고여 있는 어둡고 슬픈 것을 모두 쫓아내버리는 것같이 느낀다. 그녀는 이제 아암마의 집도, 세탁물에서 물이 뚝뚝 떨어지는 시커먼 마당도 생각하지 않는다. 또한 생트 블랑슈 호텔도, 그 모든 거리들, 사람들이 끊임없이 걸어가고 투덜거리는 대로와 가로숫길도 이제는 생각하지 않는다. 그녀는 아무 생각도 없이, 마치 지의류와 이끼로 뒤덮인 바윗조각으로 변한 듯이 태양의 열기에 팽창한 몸으로 꼼짝도 않고 앉아 있다. 때로는 턱을 무릎에 파묻고 푸른 방수포에 기대어 잠이 들기도 한다. 그녀는 잔잔한 바다 위에서 배를 타고 이 세상의 반대편을 향해 미끄러져 가는 꿈을 꾼다.

커다란 화물선들이 검은 정박장 위로 천천히 미끄러져 나간다. 화물선들은 항구 입구 쪽으로 나가 바다를 찾아간다. 랄라는 그 화물선들을 따라 할 수 있는 한 더 멀리, 부두를 따라 뛰어가기를 좋아한다. 그녀는 그 화물선들의 이름을 읽을 줄 모른다. 그러나 달고 있는 국기와 선체의 녹슨 얼룩, 안테나처럼 접혀 있는 커다란 기중기, 별이나 십자가, 네모, 태양이 그려져 있는 굴뚝을 바라본다. 화물선 앞에는 물길을 안내하는 배가 곤충처럼 선체를 흔들며 앞으로 나아가고 있다. 난바다로 나가면 화물선은 기적을 한두 번 울려 작별인사를 한다.

항구의 물 또한 아름답다. 랄라는 자주 계선주繫船柱에 등을 기대고 물 위로 두 발을 건들거리며 앉아 있다. 그녀는 무지갯빛 석유가 물 위에서 구름을 만들었다 지웠다 하는 것을 바라본다. 그리고 수면에서 표류하고 있는 모든 이상한 물건들을 바라본다. 맥주병, 오렌지 껍질, 비닐봉지, 나무와 밧줄 토막, 어디서 온 건지도 모르는 일종의 갈색 이끼들이 부둣가를 따라 거품처럼 길게 늘어져 둥둥 떠 있다. 배가 지나가면 그 뒤에 하얗게 남는 소용돌이 물결 같은 두 개의 항적航跡이 점점 사이가 벌어지고 부두에 찰싹거리며 부딪치는 소리를 낸다. 바람이 때때로 아주 심하게 불어와 정박장 위 수면에 파문을 일으키고 물결을 떨리게 하며 화물선의 그림자를 흔들어버린다.

겨울에 햇빛이 많은 어떤 날들은 거지 소년 라디치가 랄라를 보러 온다. 그는 부두를 따라 천천히 걸어온다. 그러나 랄라는 멀리서도 그를 먼저 알아보고 방수포 사이의 비밀 장소에서 나와 마치 옛날 하르타니가 있던 지역의 목동들이 하던 것처럼 손가락 사이로 휘파람을 분다. 소년은 뛰어와서 부둣가의 그녀 옆에 앉는다. 그들은 아무 말 없이 항구의 물을 바라보며 한참 동안 그렇게 앉아 있다.

그러더니 소년은 랄라에게 여태껏 그녀가 한 번도 주목하지 못했던 것을 보여준다. 검은 수면 위에 무언가가 조그맣게 소리 없이 터져서 잔잔한 파문을 일으키고 있다. 우선 랄라는 하늘을 쳐다본다. 그것들이 혹 빗방울이 아닌가 하는 생각이 들었기 때문이다. 그러나 하늘은 파랗다. 그제야 그녀는 알아차린다. 물 밑바닥에서 올라오는 기포가 수면에서 터지는 것이다. 그들은 함께 기포가 터지는 것을 바라보며 즐거워한다.

"저기! 저기 봐…… 또…… 저기 또 있어!"

"저길 봐!"

"그리고 이쪽에도!……"

이 기포들은 어디서 오는 것일까? 라디치는 고기들이 숨쉬는 것이라고 말한다. 그러나 랄라는 오히려 해초들일 것이라고 생각한다. 그녀는 항구의 물속 깊은 데서 천천히 움직이고 있는 신비스러운 해초들을 생각한다.

그러고 난 후, 그는 성냥갑을 꺼낸다. 담배를 피우기 위해서라고 말하지만, 그가 정말로 좋아하는 것은 담배 피우는 것이 아니라 성냥불 장난을 하는 것이다. 돈이 조금만 있으면, 라디치는 담뱃가게로 가서 큰 성냥갑을 하나 산다. 성냥갑 위에는 춤추는 집시 그림이 붙어 있다. 그는 조용한 구석으로 가 앉아 하나둘 차례로 성냥불을 켠다. 그는 아주 빨리 성냥을 그어댄다. 순전히, 쉭쉭 로켓소리를 내며 조그맣고 빨간 성냥머리에 불이 붙는 것을 보는 즐거움을 위해서다. 그러고는 바람막이로 두 손을 오목하게 만들고 그 속에서 오렌지색의 아름다운 불꽃이 짤막한 성냥막대 끝에서 춤추는 것을 본다.

항구에는 바람도 많다. 그래서 랄라는 자신의 외투자락을 벌려 텐트처럼 만든다. 성냥불에서 피어오르는 자극적인 냄새가 코를 찌른다.

라디치가 성냥개비를 그어댈 때마다 둘은 깔깔거리고 웃는다. 그리고 서로 번갈아가며 조그만 성냥개비를 쥐어보려고 한다. 라디치는 손가락 끝에 침을 묻혀 까맣게 타버린 성냥의 끝을 쥐고서 어떻게 성냥을 끝까지 태우는지를 랄라에게 가르쳐준다. 아직도 발갛게 달은 숯상태로 있는 성냥 알을 집어들고 랄라는 후후거린다. 엄지와 검지 손가락을 데었기 때문이다. 그러나 별로 불쾌한 화상은 아니다. 그녀는 성냥개비를 온통 삼켜버리는 불꽃을 쳐다본다. 타버린 막대는 살아 있는 것처럼 몸을 비비꼰다.

마침내 그들은 담배를 피운다. 방수포에 기대어 담배 한 개비를 둘이서 피우며 항구의 시커먼 물과 시멘트 먼지 빛깔 하늘 사이, 저멀리를 바라본다.

"너 몇 살이니?" 라디치가 묻는다.

"열일곱 살, 그렇지만 곧 열여덟 살이 될 거야." 랄라가 대답한다.

"다음 달에 난 열네 살이 될 거야." 라디치가 말한다.

그는 눈썹을 찡그리고 잠시 생각에 잠긴다.

"너 벌써…… 남자와 자봤니?"

랄라는 그 질문에 깜짝 놀란다.

"아니, 그래 맞아, 왜?"

라디치는 너무나 골똘히 생각에 잠긴 나머지 랄라에게 담배 주는 것조차 잊고 있다. 그는 담배 연기를 삼키지 않고 푸우푸우 연거푸 내뿜는다.

"난 그걸 안 해봤거든." 그가 말한다.

"안 해봤다니, 뭘?"

"여자와 같이 자지 않았단 말이야."

"넌 너무 어리잖니."

"그렇지 않아!" 라디치는 말한다. 그는 신경질을 내며 말을 약간 더듬거린다. "그렇지 않아! 내 친구들은 모두 다 그걸 해봤는데, 그중엔 자기 여자까지 가진 녀석들도 있단 말이야. 그 녀석들이 나를 놀려대. 나한테는 여자가 없다고. 글쎄 나를 호모라고 그러잖아."

그는 담배를 피우면서 아직도 골똘히 생각에 빠져 있다.

"그렇지만 그들이 뭐라고 말해도 상관없어. 난 단지 그렇게 짓궂게 굴며 희롱하느라고 여자와 잠자리를 같이 한다는 건 나쁘다고 생각해. 그건 담배와 마찬가지야. 너도 알다시피, 난 저쪽 호텔에서는 결코 누구 앞에서도 담배를 피우지 않아. 그러니까 그들은 내가 한 번도 담배를 피워보지 못했다고 생각할 거야. 이걸 가지고도 그들은 나를 놀려대. 그렇지만 그들이 사실을 모르기 때문인걸 뭐. 그러나 내겐 다 마찬가지야. 난 그들이 모르는 것이 차라리 더 나아."

이제 그는 랄라에게 다시 담배를 건네준다. 꽁초는 거의 완전히 타버렸다. 랄라는 단 한 모금만 빨고는 꽁초를 부두 바닥 위에 비벼 밟아버린다.

"내가 곧 아기를 낳을 거라는 걸 알고 있니?"

그녀는 왜 그 말을 라디치에게 하는지 잘 모른다. 아무 대답 없이 그는 그녀를 한참 쳐다본다. 그의 두 눈에 뭔가 어두운 그늘이 스치더니, 갑자기 도로 밝아진다.

"잘됐네." 그는 진지하게 대답한다. "잘됐어. 난 아주 기뻐."

그는 너무 기뻐서 더이상 가만히 앉아 있을 수가 없다. 그는 일어나서 바다 쪽으로 몇 발자국 걸어가다가 다시 랄라 쪽으로 되돌아온다.

"너, 저쪽, 내가 사는 곳에 한번 나를 만나러 올래?"

"네가 원한다면." 랄라가 대답한다.

"있잖아, 좀 멀어. 버스를 타야 할 거야. 그리고 기름 탱크 쪽으로 한참 더 걸어와야 돼. 네가 가고 싶을 때 우리 같이 가자. 나랑 같이 가지 않으면 넌 길을 잃어버릴 거야."

그는 달음박질쳐 가버린다. 이제 태양이 기운다. 태양은 부두 반대편에 보이는 큰 건물들 꼭대기에서 그리 멀지 않게 떠 있다. 커다란 적갈색 절벽처럼, 화물선들은 여전히 움직이지 않고 있다. 갈매기들이 화물선 앞으로 천천히 날아가며 돛대 위에서 춤을 춘다.

두려움의 소리가 랄라에게 들리는 날이 있다. 그것이 무엇인지는 잘 모르겠으나 양철판 위를 두드리는 둔중한 소리 같기도 하고, 귀를 통해 들리는 것이 아니라 발바닥에서부터 올라와 몸속에서 울리는 먹먹한 소음 같기도 한 소리가 들려오는 것이다. 이것이 고독, 어쩌면 허기인지도 모른다. 다정함과 빛과 노래에 대한 허기, 모든 것에 대한 허기의 소리인지도 모른다.

일을 끝마친 후 생트 블랑슈 호텔 문을 나서자마자, 랄라는 머리 위에서 쏟아지는 너무나 밝은 햇빛 때문에 몸을 잠시 비틀거린다. 될 수 있는 한 깊숙이 밤색 외투깃 속에 머리를 파묻고 아암마의 회색 머플러를 머리에 둘러 눈썹께까지 푹 내려 쓴다. 그래도 여전히 하얀 하늘과 텅 빈 거리가 그녀의 몸속으로 스며든다. 무언가 구역질 같은 것이 뱃속에서 목까지 차올라, 입속 한가득 쓴맛이 치민다. 랄라는 또다시 기절할까봐 겁이 나서 아무데고 급히 주저앉는다. 왜 그런지 알려고도 하지 않고 사람들의 시선도 개의치 않는다. 랄라는 온 힘을 다해 버티며 심장의 고동과 내장 속의 꿈틀거림을 진정시키려고 애쓴다. 따스한 손바닥의 온기가 옷을 뚫고 몸속에 들어가서 아기에게까지 전해지도록 두 손을 배 위에 얹는다. 예전에 아랫배에 뭔가 벌레 같은 것이 속에서 갉아먹는 듯한 심한 고통이 닥쳐왔을 때도 이렇게 해서 혼자 나았다. 그러고 나서, 그녀는 주차시켜놓은 자동차 옆 보도 가장자리에 앉아서 앞뒤로 몸을 약간 흔들거린다.

사람들은 발길을 멈추지 않고 그녀 앞을 그냥 지나쳐 간다. 때로 그녀 쪽으로 오려는 듯이 걸음 속도를 약간 늦추는 사람도 있다. 그렇지만 랄라가 고개를 쳐들면, 그녀의 두 눈에 담긴 끔찍한 고통을 보고는 겁이 나서 빨리 달아나버린다.

잠시 후 랄라의 손 아래에서 고통이 수그러든다. 이제 그녀는 다시 자유롭게 숨을 쉴 수가 있다. 바람이 몹시 차건만, 그녀의 온몸은 땀으로 흠뻑 젖어 있고 땀에 젖은 옷이 등에 달라붙는다. 이런 것이 바로 두려움의 소리인 것이다. 그 소리는 귀로 듣는 것이 아니라 발바닥과 온몸으로 듣는 것이다. 그리고 그 소리가 도시의 모든 소음을 밀어내어 갑자기 사위가 잠잠해진다.

랄라는 구시가 쪽으로 다시 올라간다. 냄새가 코를 찌르는 하수구 물이 흐르는 부서진 계단을 한 칸 한 칸 천천히 기어오른다. 계단을 다 올라가 왼쪽으로 돌아서 봉제쥐* 거리로 들어선다. 오래된 얼룩진 벽 위에 분필로 여러 기호들이 쓰여 있고 알 수 없는 글씨와 그림이 반쯤 지워진 채 남아 있다. 땅바닥에는 핏자국 같은 붉은 얼룩이 여러 군데 있어 파리들이 오락가락하고 있다. 그 붉은색은 랄라의 머릿속에서 사이렌소리가 되어 울리고 앵앵거리는 소리가 그녀의 머릿속에 구멍을 뚫어놓아 그곳을 통해 정신이 다 새나가는 것 같다. 천천히 힘을 들여, 랄라는 첫번째 붉은 얼룩을 건너간다. 그리고는 두번째, 세번째 얼룩도 밟지 않고 건넌다. 붉은 얼룩과 뒤섞여 무언가 이상하게 하얗게 보이는 것이 있다. 연골 같기도 하고, 부러진 뼈 같기도 하고 살 같기도 하다. 그러자 또다시 사이렌소리가 랄라의 머릿속에 세차게 울린다. 그녀는 경사진 길을 달려가려고 애쓴다. 그러나 돌이 깔린 길은 축축하고 미끄럽다. 특히 고무샌들을 신어서 더욱 그렇다. 티몽 거리에 다다르자, 또 낡은 담벼락에 여러 기호들이 그려져 있다. 단어들도 눈에 띈다. 이것들은 혹시 이름이 아닐까? 그다음엔 여자의 나체 그림이 있다. 가슴을 눈동자처럼 그려놓았다. 랄라는 호텔 방의 흐트러진 침대 위에 펼쳐져 있던 외설잡지가 생각난다. 더 멀리 저쪽에는 낡은 대문 위에 괴상망측한 가면처럼 거대한 남자의 성기를 그려놓았다.

간신히 숨을 쉬며 랄라는 계속 걸어간다. 여전히 땀이 이마 위에서 흘러내려 등줄기를 타고 내려가 허리를 적시고 겨드랑이까지 따끔따끔하게 한다. 이 시간에 거리에는 아무도 없다. 단지 털이 곤두선 채 으르렁거리며 뼈다귀를 갉아먹고 있는 개 몇 마리밖에는 없다. 땅 쪽에 가까이 있는 창문들은 철망이나 쇠창살로 막혀 있다. 그 위에 덧창이 내려져 있어 마치 버려진 집 같아 보인다. 환풍기와 지하창고, 어두

* '선하신 예수'라는 뜻.

운 창문 등 열려진 구멍에서는 죽음과도 같은 냉기가 스며나온다. 그래서 죽음의 입김이 거리를 따라 불어 벽 밑의 썩은 구석들을 가득 채우고 있는 것 같다. 어디로 가야 하나? 랄라는 다시 천천히 앞으로 걸어간다. 다시 한번 오른쪽으로 꺾어들어 낡은 집의 벽 쪽으로 간다. 쇠창살이 달린 커다란 창문을 보면 랄라는 언제나 겁이 약간 난다. 거기가 옛날에 사람들이 죽은 감옥이라고 믿기 때문이다. 밤이면 때로, 창문의 쇠창살 뒤에서 죄수들의 신음소리가 들린다고 말하는 사람도 있었다. 이제 그녀는 여전히 텅 비어 있는 피스톨 거리를 따라서 천천히 내려오다가 라 샤리테*라는 지름길로 접어든다. 회색 돌문을 통해 그녀가 아주 좋아하는, 신기한 장밋빛 둥근 지붕을 보기 위해서다. 어떤 날은 어느 대문간에 앉아서 아주 오랫동안 그 둥근 지붕을 쳐다본다. 구름처럼 생긴 그 지붕을 보고 있노라면, 모든 것을 다 잊어버린다. 그러다가 한 여자가 와서 거기서 무얼 하고 있냐면서 가라고 하면 할 수 없이 그 자리에서 일어난다.

그러나 오늘은 그 장밋빛 둥근 지붕마저 그녀에겐 두렵게 느껴진다. 좁은 창문들 뒤에 어떤 위협이 도사리고 있는 것 같기도 하고 또 그것이 무덤처럼 보이기도 한다. 그래서 뒤도 돌아보지 않고 급히 그 자리를 떠나 바다 쪽 조용한 길을 따라 내려온다. 이따금씩 돌풍 같은 바람이 몰아쳐 빨래가 펄럭거린다. 가장자리 올이 풀린 커다란 흰 침대 홑청들, 어린아이 옷들, 남자 옷들, 여자들의 파란색과 분홍색 속옷 등이 펄럭펄럭 소리를 내며 휘날린다. 랄라는 빨래들을 쳐다보고 싶지 않

* '자선'이라는 뜻.

다. 그것들은 머리 없는 시체처럼, 다리, 팔, 가슴들, 보이지 않는 몸뚱이들을 내보여주기 때문이다. 그녀는 이제 로디야 거리를 따라 내려간다. 거기에도 철망이 덮이고 쇠창살로 봉쇄된 야트막한 창문들이 있고 그 속에 어른들과 아이들이 갇혀 산다. 이따금씩 토막 난 대화 한 구절이나 설거지하는 소리, 부엌에서 일하는 소리, 또는 콧노래 소리가 랄라에게 들려온다. 그러면 그녀는 이 어두컴컴하고 차디찬 방안에서 바퀴벌레나 쥐들과 함께 갇혀서 사람들은 이제 햇빛도 못 보고, 바람도 쐬지 못하고 살고 있을 것을 생각한다.

저기 금이 간 시커먼 유리창 뒤에는 깡마른 고양이 두 마리를 데리고 혼자 사는 뚱뚱하고 아픈 여인이 있다. 그녀는 항상 자기 정원을 이야기한다. 그 정원의 장미들, 나무들, 제일 아름다운 열매가 열리는 키 큰 레몬나무에 대해 이야기한다. 그러나 그녀가 가진 것이라곤 춥고 컴컴하고 좁은 공간과 눈먼 고양이 두 마리뿐이다. 여기 이 집은 이브라힘의 집이다. 그는 한때 독일군과 튀르키예군, 세르비아군들과 싸운 적이 있는 오랑 출신의 노병이다. 그에게 랄라가 물을 때마다 그는 전투가 있었던 장소를 수없이 되풀이해서 말해준다. 저멀리 테살로니키, 바르나, 비알라에서 싸웠다는 것이다. 그렇지만 그도 역시 이 덫에 걸려 죽어갈 것이 아닌가? 이 무너져가는 집의 어두컴컴하고 미끄러운 계단에는 층계마다 언제 넘어질지도 모르는 위험이 도사리고 있고, 또 물에 젖은 외투처럼 마른 그의 가슴을 벽들이 또 얼마나 짓눌러댈까? 또 저기에는 자식을 여섯이나 거느린 스페인 여자가 협소한 창문이 하나만 달린 단칸방에서 온 식구와 같이 잠을 잔다. 그들은 낮에 모두 누더기를 걸치고 늘 배고픔에 시달리며 창백한 얼굴로 파니에 거리를 배회한다. 저기 기분 나쁜 진땀이 흐르듯 축축하게 젖어 있는 벽에 도마뱀 한 마리가 재빨리 기어가고 있는 저 집에도 기침을 심하게 하는 병든 부부가 살고 있다. 그들이 어찌나 끔찍하게 기침을 해대는지 랄라는 밤이면 종종 소스라치듯 놀라서 잠을 깬다. 마치 그 수많은 벽들을 지나 자기 귀에 기침소리가 정말 들린 것 같았기 때문이다. 그리고 이탈리아 남자와 그리스 여자가 함께 사는 이상한 부부도 있다. 남편은 매일 저녁 거나하게 취해서 들어와 아내의 머리를 주먹으로 쾅쾅 후려친다. 화가 나서 그러는 것이 아니라 단지 그 여자가 거기에 있고 또 피곤해서 퉁퉁 부은 얼굴에 눈물까지 글썽거리는 청승맞은 모습으로 그를 쳐다본다고 그렇게 때리는 것이다. 랄라는 그를 증오한다. 그 남자 생각을 하면 이가 악물어진다. 그러나 그녀는 또한 남자의 냉정하고 절망스러운 취기와 여자의 순종이 두려울 때도 있다. 이 도시, 저주받은 이 거리의 얼룩마다 돌마다 번져 나오는 것 그리고 파니에의 벽 위에 쓰인 기호마다 담겨 있는 것이 바로 이런 취기와 순종이기 때문이다.

어디에나 배고픔과 두려움과 냉랭한 빈곤이 있다. 그 빈곤은 닳아빠진 눅눅한 낡은 옷, 시들고 타락하고 노쇠한 얼굴 같다.

파니에 거리, 불로 거리, 부스누 지름길, 모두 다 한결같이 얼룩진 벽들에다 차가운 햇빛이 겨우 건물 꼭대기에만 머물다 가기 때문에 벽 아랫부분에는 언제나 썩은 녹색 물이 괴어 있고, 산더미 같은 쓰레기들이 부패하고 있다. 이곳에는 먼지가 이리저리 움직이는 대기 속에서 자유롭게 윙윙거리며 날아다니는 말벌도, 파리도 없다. 여기에는 단지 빛도 공기도 하늘도 없는 구멍 속에서 사는 사람들, 쥐, 바퀴벌레만이 있을 뿐이다. 있을 곳을 찾지 못한 채, 랄라는 털을 곤두세운 늙은 검은 개처럼 거리를 헤맨다. 근방에서 유일하게 나무가 있는, 향기를 내뿜는 오래된 무화과나무가 있는 벽 옆의 계단에 잠시 앉는다. 랄라는 순간적으로 저 머나먼 그곳, 그녀가 좋아하던 나무, 그늘 아래서 나망 노인이 이야기를 해주며 그물을 깁던 그 무화과나무가 생각난다. 그러나 랄라는 기진맥진한 늙은 개처럼 한 자리에 오래 머물러 있지도 못한다. 하늘에 햇빛이 뉘엿뉘엿 기울어갈 때 그녀는 어둠침침한 미로를 가로질러 다시 발걸음을 옮긴다. 그러다가 놀이터가 있는 작은 광장의 벤치 위에 잠시 앉는다. 어떤 날은 거기 앉아서, 광장에서 팔을 벌리고 가느다란 다리로 비틀비틀 걸음마하는 어린애들을 바라보곤 한다. 그러나 지금은 어둠만이 내려 있다. 한 벤치 위에 얼룩덜룩한 큰 원피스를 입은 흑인 노파만 앉아 있을 뿐이다. 랄라는 그녀 곁에 가 앉으며 말을 붙이려 한다.

"이곳에서 사세요?"

"어디에서 오셨나요? 어느 나라 사람이죠?"

노파는 알 수 없다는 듯이 랄라를 쳐다본다. 그러고는 얼룩덜룩한 옷자락으로 겁먹은 얼굴을 가린다.

광장 구석에는 랄라가 잘 아는 벽이 하나 있다. 초벽만 바른 벽의 얼룩 하나하나, 또 균열 하나하나, 녹이 흐른 자국까지 모두 알고 있다. 벽 맨 꼭대기에는 굴뚝의 검은 연통과 홈통들이 있다. 지붕 밑에는 덧창 없이 더러운 유리만 끼어 있는 창문들이 여기저기 있다. 이다 노파의 방 창문 아래에는 가는 끈에 비와 먼지로 뻣뻣해진 빨래들이 널려 있다. 그 밑에는 집시들의 창문이 있다. 유리창은 대부분 깨어졌고 심지어 어떤 창문에는 틀도 없다. 눈구멍처럼 뻥 뚫린 시커먼 구멍이 창문인 것이다.

랄라는 시커멓게 열려 있는 창문들을 응시한다. 다시금 차갑고 무시무시한 죽음의 존재가 느껴진다. 소름이 끼친다. 광장에 아주 거대한 공허가 자리잡고 있다. 공허와 죽음의 소용돌이가 창문들로부터 휘몰아쳐 불어나와 집들의 벽 사이사이로 뱅뱅 맴돌며 올라간다. 벤치 위에 그녀와 같이 앉아 있던 흑백 혼혈 노파는 움직이지도 숨을 쉬지도 않는다. 정맥이 노끈처럼 불거진 그녀의 살 없는 팔과, 헤나 염료가 물든 긴 손가락으로 옷자락을 거머쥐고 랄라 쪽을 향해 얼굴을 가리고 있는 손만이 랄라에게 보일 뿐이다.

여기에도 덫이 있는 것일까? 랄라는 일어나서 달아나고 싶지만, 마치 꿈속에서처럼 플라스틱 벤치에 몸이 꼭 달라붙어 떨어지지 않는다. 조금씩 조금씩 도시 위에 밤이 내리고 어둠이 광장을 가득 채워 골목 모퉁이들과 균열을 어둠에 빠뜨리고 깨진 유리창으로 스며들어간다. 이제 공기가 차다. 랄라는 밤색 외투를 꼭 여미고 깃을 눈까지 끌어올린다. 그러나 추위는 샌들의 고무창으로부터 온 다리로, 엉덩이로, 또 허리에까지 올라온다. 랄라는 이 추위를 버티고, 또 광장에, 이제 아무도 없는 놀이터 주위에, 당달봉사의 눈 같은 창문 아래에 맴도는 공허의 소용돌이를 보지 않으려고 눈을 감아버린다.

눈을 다시 떠보니 아무도 없다. 알록달록한 옷의 흑백 혼혈 노파도 어느새 가고 없다. 이상하게도 지금은 하늘과 땅이 덜 어둡다. 마치 밤이 뒷걸음질쳐버린 것 같다.

랄라는 한적한 골목길을 따라 다시 걷기 시작한다. 그녀는 계단을 내려온다. 굴착기로 땅이 파헤쳐져 있다. 찬 바람이 골목을 쓸고 가고 도구 창고의 양철지붕이 덜거덕거린다.

바다에 이르렀어도 아직 날이 완전히 저물지 않아 보인다. 성당 위 첨탑들 사이로 아직도 희끄무레한 빛이 커다란 반점처럼 남아 있다. 랄라는 대로를 뛰어서 횡단한다. 클랙슨을 울리고 헤드라이트를 번쩍번쩍 비추며 돌진해오는 자동차들을 거들떠보지도 않는다. 이제 그녀는 높은 성당 앞에 있는 광장으로 가려고 계단을 오르고 기둥 사이를 지나간다. 처음으로 이 성당에 왔을 때가 생각난다. 성당은 어찌나 크고 텅 비어 있었던지 마치 절벽 같아서 겁이 났었다. 하지만 바다에서 불어오는 바람이 숨결처럼 따뜻한 여름이 되면 자기가 어디서 밤을 지내는지 거지 소년 라디치가 랄라에게 가르쳐주었다. 또 그는 밤이 되면 빨간 불과 초록 불을 켜고 항구로 들어오는 커다란 화물선이 내려다보이는 장소와 성당 앞마당에 늘어선 기둥들 사이로 달과 별을 볼 수 있는 장소도 가르쳐주었다.

그러나 오늘 저녁에는 아무도 없다. 희고 초록빛 나는 돌은 얼음처럼 차고 침묵만이 무겁게 내리깔리고 있다. 간간이 자동차 바퀴가 멀리서 굴러가는 소리와 성당 궁륭 아래서 퍼덕거리는 박쥐들의 이를 가는 듯한 삐걱거림만이 정적을 흔든다. 성당 처마 밑 돌림띠 여기저기에 비둘기들이 서로서로 꼭 붙어 앉아 벌써 잠들어 있다.

랄라는 층계참의 돌난간에 몸을 기대고 얼마 동안 앉아 있다. 그녀는 성당 광장 앞 새똥이 군데군데 널려 있고 먼지가 이는 흙땅을 바라본다. 바람이 세게 불어와 철창 사이로 씽씽 소리를 낸다. 마치 바다 한복판에 떠 있는 한 척의 나룻배처럼 커다란 고독이 이곳에 자리잡는다. 고독은 고통스럽다. 고독은 목구멍과 관자놀이를 조이고, 이상한 소음을 울리며, 저멀리 길을 따라 빛을 파닥거리게 한다.

시간이 더 지나 밤이 오자, 랄라는 도시 속으로, 고지대로 되돌아간다. 그녀는 랑슈 광장을 건너간다. 그 근처 술집 문 앞에 남자들이 몰려들고 있다. 그다음 그녀가 몹시 좋아하는 반짝반짝한 쇠로 된 이중 난간을 짚고서 아쿨르 오르막길로 접어든다. 그러나 여기까지 와도 고뇌를 떨쳐버릴 수 없다. 털을 곤두세우고 허기에 지친 눈초리로 길가 도랑을 어정거리며 갉아먹을 뼈다귀를 찾고 있는 개처럼 고뇌가 그녀의 등뒤에 느껴진다. 그것은 굶주림일 것이다. 뱃속을 갉아들고 머릿속에 텅 빈 웅덩이를 파놓는 허기임이 틀림없다. 그러나 그것은 모든 것, 그녀에게 주어지지 않은 모든 것, 그녀가 얻지 못할 모든 것에 대한 굶주림이기도 하다. 사람들이 배부르게 먹어보지 못한 지는 너무도 오래되었다. 어찌나 오랫동안 굶주렸는지 그들은 휴식도, 행복도, 사랑도 가지지 못했다. 그들에게는 단지 고뇌의 안개가 서려 있는 차디찬 지하실 방만이 있을 뿐이며, 쥐들이 쪼르르 달려가는 하수구에서 썩은 물이 흘러가고 오물과 죄악이 쌓여가는 침침한 골목만 있을 뿐이다. 불행뿐.

실핏줄처럼 퍼져 있는 르퓌즈, 물랭, 벨제퀴엘, 몽브리옹 거리의 좁은 길들을 따라 걸어가며 랄라는 바다에서 밀려오는 듯한 온갖 폐물을 본다. 녹슨 통조림 깡통, 헌 종이, 뼈다귓조각, 시들어버린 오렌지, 야채, 헝겊 누더기, 깨진 병, 고무 고리, 병뚜껑, 날갯죽지가 날아간 죽은 새, 짓눌려 죽은 바퀴벌레, 먼지, 가루, 썩은 오물들이 널려 있다. 이런 것들이 고독과 버림의 표시다. 마치 사람들이 벌써 이 도시와 이 세계를 버리고 도망가버려서, 이 도시와 세계는 질병과 죽음과 망각의 희생물이 되어버린 것 같다. 그래서 이 세계에는 이제 몇몇 사람밖에 남지 않았고 그 불행한 생존자만이 무덤과 흡사한 아파트 속 허물어져가는 집안에서 계속 목숨을 부지하고 있다. 그리고 휑하니 뚫린 창문 구멍으로 공허와 밤의 냉기가 흘러들어와 그들의 가슴을 조이고 늙은이와 아이들의 눈을 침침하게 만들고 있는 것 같다.

랄라는 폐허를 헤치고 떨어진 석고더미를 밟으며 계속 앞으로 걸어간다. 어디로 가는지 그녀도 모른다. 그녀는 시립병원의 높직한 벽 주위에 있는 같은 길을 몇 번씩이나 다시 지나간다. 어쩌면 아암마가 저기, 환기창에 때가 덕지덕지 낀 지하실의 커다란 부엌에서 그 무엇으로도 깨끗이 닦아지지 않을 시커먼 타일 바닥을 스펀지 막대기 걸레로 훔치고 있을까? 랄라는 아암마의 집으로 돌아가고 싶지 않다. 절대로 돌아가고 싶지 않다. 그녀가 어둠침침한 골목길을 따라 맴도는 동안 바람이 멎고 하늘에서 가랑비가 내리기 시작한다. 얼굴은 보이지 않고 검은 윤곽만 드러낸 길 잃은 듯한 남자들이 지나간다. 랄라는 그들이 지나갈 때는 얼른 비켜서서 다른 대문 뒤로 피하거나 주차해놓은 자동차 뒤에 몸을 숨기고 있다가 길에 아무도 없는 것 같으면 다시 나온다. 그러고는 피곤과 잠에 취해서 소리 없이 계속 걸어간다.

그러나 그녀는 자고 싶지 않다. 모든 것을 잊고 몸을 맡겨 잘 수 있는 곳이 어디 있겠는가? 이 도시는 너무나도 위험하다. 가난한 소녀들은 불안 때문에 부유한 아이들처럼 잠을 이룰 수가 없다.

밤의 정적 속에는 너무나도 많은 소리가 들린다. 배고픔의 소리, 두려움의 소리, 고독의 소리가 들린다. 술이 거나해진 거렁뱅이들의 목소리도 들리고, 단조로운 음악이 그치지 않고 하시시 중독자들이 느리게 웃는 아랍 카페에서 나는 소리도 들린다. 또 매일 저녁, 미친 남자가 자기 아내를 주먹으로 때리는 끔찍한 소리와 처음에는 비명을 지르다가 나중엔 훌쩍거리며 신음하는 여자의 소리도 들린다. 랄라는 지금, 영원히 메아리칠 것 같은 이 모든 소리를 분명하게 듣는다. 한 번도 그 울림은 그쳐본 적이 없다. 특히, 그녀가 어디를 가거나 그녀를 따라다니며 머릿속에, 뱃속에까지 파고드는 언제나 똑같은 불행을 반복하는 소리가 있다. 그것은 밤에 어디선가 들려오는 어린아이들의 기침소리이다. 어쩌면 그 아이는 옆집에 사는, 초록색 눈동자에 뚱뚱하고 창백하며 미친 듯한 튀니지 여자의 아들인지도 모르고, 또 천장에 구멍이 뚫린 다락방에서 사는 다른 아이의 기침소리에 깨어 콜록거리는 또다른 아이일지도 모르고, 차디찬 벽감에서 잠들지 못하고 콜록거리는 다른 아이일지도 모른다. 마치 열댓 명, 아니 수백 명의 병든 아이들이 캄캄한 밤에 목구멍과 기관지가 찢어질 듯한 쉰 목소리로 그렇게 똑같이 콜록거리고 기침을 해대는 것 같다. 이렇게 이 집 저 집에서 추운 밤에 짖어대는 듯한 아이들의 기침소리를 듣지 않으려고, 랄라는 어떤 집 대문에 등을 기대고 서서 두 손바닥으로 필사적으로 귀를 틀어막는다.

조금 더 가다보면 골목 모퉁이가 있는데 그곳을 돌아가면 마치 발코니 꼭대기에서 내려다보듯이 저 아래로, 강어귀처럼 대로들이 한데 모이는 커다란 네거리가 보이고 눈부실 듯이 깜빡이는 불빛들이 내려다보인다. 랄라는 그 길을 지나 계단을 따라 언덕을 내려가서 로레트 거리로 들어선다. 그러고는 연기와 가난으로 시커멓게 그을은 벽으로 둘러싸인 큰 안마당을 횡단한다. 라디오 소리와 사람들의 목소리가 들려온다. 랄라는 마치 누군가가 나타나기라도 할 듯이 고개를 창문 쪽으로 돌리고 잠시 멈춰 선다. 그러나 비인간적인 라디오 소리만이 뭔가를 외치며 똑같은 문구를 천천히 반복하고 있다.

"이 음악소리에 신들이 무대로 입장한다!"

그러나 랄라는 이 말이 무슨 뜻인지 알지 못한다. 그 비인간적인 목소리가 기침하는 아이들, 술 취한 남자들과 훌쩍거리는 여자 소리를 뒤덮는다. 복도처럼 어두컴컴한 또다른 통로가 나온다. 그곳을 지나면 가로숫길이 나온다.

여기서 랄라는 두려움과 슬픔을 잠시 잊어버린다. 보도 위에는 군중이 바삐 지나가고 있다. 그들은 눈을 반짝이며 손을 민첩하게 움직이고 발로는 시멘트 바닥을 차면서 궁둥이를 흔들며 걸어가고 있었고 옷들이 스쳐 소리가 나고 정전기가 일어난다. 차도에는 승용차, 트럭, 오토바이가 헤드라이트를 밝히며 달리고 있고, 가게 진열창에는 오색 조명이 꺼졌다 켜졌다 하며 한결같이 깜빡거리고 있다. 랄라는 사람들의 움직임에 실려간다. 이제는 자기 자신에 대한 생각을 하지 않는다. 자기 자신이 실제로 존재하고 있지 않은 것처럼 그녀는 텅 비어 있다. 그녀가 언제나 큰 거리로 돌아오는 것은 이렇게 군중의 물결에 자신을 버리고 밀려가기 위해서이다.

어쩌면 불빛들은 그렇게도 많은지! 랄라는 수많은 불빛을 바라보며 앞으로 곧장 걸어간다. 파란빛, 빨간빛, 오렌지빛, 보랏빛, 깜박이지 않고 계속 켜져 있는 빛, 앞으로 내뻗는 빛, 성냥불처럼 춤추듯 타오르는 빛, 랄라는 이 빛들이 사막의 칠흑 같은 밤, 두 사람이 한몸이 된 듯 부드럽게 호흡했던 그때 하르타니와 함께 본 별이 총총한 하늘과 약간 비슷하다고 생각한다. 그러나 기억해내기가 어렵다. 여기서는 걸어야 한다. 어디로 가는지도 모르면서 다른 사람들과 어울려 걸어야 한다. 그러나 군중의 흐름은 가도가도 끝이 없는 여행이며 모래언덕의 움푹한 구덩이에 숨을 비밀 장소도 없다. 다만 넘어지지 않기 위해서, 다른 사람들의 발에 짓밟히지 않기 위해서 걸어야 하는 것이다.

랄라는 큰길 끝까지 걸어 내려갔다가 또다른 큰길을 거슬러올라오고, 또다른 큰길로 다시 내려간다. 어디나 불빛이 가득하고 사람들과 엔진소리가 끊임없이 포효한다. 그러다가 문득 두려움과 불안이 다시 찾아든다. 마치 자동차 타이어와 발소리들이 모두 거대한 깔때기 둘레에 커다란 동심원을 수없이 그리는 것 같다.

지금 또다시 랄라의 눈에 그들이 보인다. 저기 그리고 도처에 시커먼 낡은 벽에 기대앉아 있거나 똥과 쓰레깃더미 한가운데 땅바닥에 웅크리고 있는 거지들, 눈먼 노인들이 손을 내밀고 있다. 입술이 갈라터진 젊은 여자들의 힘없이 축 늘어진 가슴에는 갓난아기가 매달려 있고, 얼굴에 때가 덕지덕지 붙은 여자아이들이 누더기를 걸친 채 행인들의 옷깃을 붙잡는다. 검댕처럼 시커먼 얼굴에 헝클어진 머리카락을 하고 있는 노파들, 추위와 배고픔 때문에 두더지 구멍 같은 집구석에서 뛰쳐나온 이 모든 사람들은 파도에 밀려나온 허섭스레기 같다. 이 무심한 도시 한복판에 엔진소리와 사람들 목소리의 취할 듯한 소음 속에서 비에 젖고 찬 바람에 신경이 곤두서서 거칠게 서성대는 이들은 전구 불빛에 한층 더 추하고 한층 더 궁핍해 보인다. 이들은 멍청한 눈동자로 지나가는 사람들을 쳐다본다. 이들의 축축하고 서글픈 눈초리는 개들의 눈처럼 끊임없이 사람들의 시선을 피하다가 다시 돌아온다. 랄라는 천천히 거지들 앞으로 걸어간다. 심장이 조여드는 마음으로 그녀는 거지들을 바라본다. 이 버림받은 육신들 앞에서 또다시 그 끔찍한 공허가 소용돌이치며 그녀를 파고든다. 어찌나 천천히 걸어갔는지 어떤 거지 여자가 랄라의 외투자락을 잡아 자기 쪽으로 끌어당기려 한다. 랄라는 발버둥치며, 자신의 외투자락을 움켜잡고 놓지 않는 손가락을 난폭하게 뿌리친다. 그녀는 동정심과 공포가 뒤섞인 눈초리로 아직 젊은 그 여자의 얼굴을 쳐다본다. 알코올로 뺨이 퉁퉁 부어 있고 추워서 군데군데 빨간 반점이 돋아 있으며 특히, 거의 투명하게 열려 있는 눈먼 파란 두 눈 속에서, 동공은 고작해야 옷핀 머리만큼 작다.

"이리 와! 이리 와!" 랄라가 손톱이 갈라져 있는 손가락을 떨쳐내려고 애쓰는 동안, 거지 여자가 되뇌인다. 두려움이 최고조에 달하자 랄라는 여자의 손에서 외투자락을 낚아채 빼고는 뛰어 달아난다. 등뒤에서 다른 거지들이 폭소를 터뜨리기 시작한다. 거렁뱅이 무리들 한가운데서 그 여자는 몸을 반쯤 일으켜 크게 욕설을 퍼붓기 시작한다.

심장이 세게 뛴다. 랄라는 큰길을 따라 달려간다. 카페나 극장에 들어가고 나오는 사람들, 산보하는 사람들에 부딪치며 그녀는 뛰어간다. 방금 식사를 마치고 나온, 너무 많이 먹고 마시느라고 힘이 들어 아직도 번질번질한 얼굴을 한 양복 입은 남자들, 향수를 뿌린 청년들, 부부들, 어슬렁어슬렁 떼지어 몰려다니는 군인들, 알아듣지 못할 말을 랄라에게 지껄이면서 큰 소리로 웃으며 그녀를 붙잡으려 하는 피부가 검고 곱슬곱슬한 머리의 외국인들 사이를 뛰어간다.

카페 안에는 끊임없이 음악소리가 쿵작거린다. 귀청을 찢을 듯한 그

야성적인 음악은 둔중하게 땅속에도 울리고 몸에도 들어와 뱃속에서, 고막 속에서 진동한다. 언제나 똑같은 음악이 카페나 술집에서 나와 벽 위, 테이블 위 그리고 도료를 바른 듯 색칠한 여자들의 얼굴 위에서 빨간색, 초록색, 오렌지색 네온사인 불빛과 충돌한다.

언제부터 랄라가 이 소용돌이, 이 음악 한복판에서 걸어가고 있는 것일까? 언제부터인지 그녀 자신도 알 수 없다. 몇 시간, 아니면 해가 뜨지 않아 계속되기만 하는 며칠 밤 내내 걷고 있는지도 모른다. 그녀는 암석고원의 밤을 생각한다. 그곳에는 칼날처럼 예리한 바위둔덕이 있고 산토끼와 뱀들의 오솔길이 달빛에 보였다. 그러다가 문득 그가 여기에 나타나 눈에 보이기라도 할 듯이 그녀는 둘레를 살펴본다. 거친 모직 망토를 입고 아주 새까만 얼굴에 두 눈이 반짝이는 하르타니, 영양과 같이 길고도 느리게 움직이던 하르타니. 그러나 이곳엔 큰길, 아직도 큰길밖엔 없다. 수많은 얼굴과 눈동자들, 이들이 흘러가는 네거리, 고함치는 듯한 목소리, 말소리, 웅얼거림들밖에는 없다. 이 엔진과 클랙슨소리, 난폭한 불빛밖에는 없다. 하얀 백내장이 땅 위를 덮고 있는 듯 하늘이 보이지 않는다. 예전처럼 그녀가 부른다 해도, 하르타니나 사막의 푸른 투사인 에스 세르가 어떻게 여기까지 올 수 있겠는가? 그들은 이 도시를 하늘과 갈라놓고 있는 하얀 백내장을 뚫고 그녀를 보러 올 수 없을 것이다. 그들은 수많은 얼굴들, 수많은 육체들, 이 모든 자동차, 트럭, 오토바이 틈에서 그녀를 찾지 못할 것이다. 이렇게 온갖 나라 말로 지껄이는 사람들 목소리, 쿵쿵 땅 밑까지 진동시키며 울려퍼지는 이 음악 한가운데서 그들은 그녀의 목소리조차 들을 수 없을 것이다. 그렇기 때문에 랄라는 그들을 찾지도, 그들에게 말을 걸지도 않는다. 그들이 영원히 사라져버린 것처럼, 또 그녀에게 그들은 죽어버린 것이나 마찬가지인 것처럼.

밤이면 도시의 가장 중심가에 거지들이 있다. 비는 그치고, 밤은 아주 하얗고 아득하다. 자정이 가까워졌다. 인적도 드물다. 사람들은 카페와 술집에 들어가고 나오곤 하지만, 곧 그들은 자동차를 타고 전속력으로 달아나버린다. 랄라는 오른쪽으로 돌아 약간 위로 경사진 좁은 길로 접어들어 주차해놓은 자동차들 뒤로 몸을 숨기면서 걸어간다. 반대편 보도 위에 남자들이 몇 명 있다. 그들은 말도 하지 않고 가만히 서서 길 맨 꼭대기 쪽에 있는 더러운 건물 입구를 주시하고 있다. 불이 환히 켜진 복도에는 초록색으로 칠해진 아주 작은 문 하나가 반쯤 열려 있다.

랄라도 발길을 멈추고 자동차 뒤에 숨어서 쳐다본다. 가슴이 심하게 두근거린다. 불안의 거대한 공허가 거리에 불어온다. 더러운 성벽처럼 우뚝 솟아 있는 그 건물에는 덧창 없는 창이 달려 있고 유리창에는 신문지가 발라져 있다. 몇 개의 창문에 불이 켜져 있다. 그 속에서 눈에 거슬리는 기분 나쁜 불빛, 그리고 핏빛의 괴이한 불빛이 미약하게 새어나오고 있다. 눈이 수십 개 달린 거인이 꼼짝 않고 쳐다보고 있거나 아니면 잠자고 있는 것 같다. 악한 힘이 넘치는 거인이 길거리에서 기다리고 있는 이 난쟁이 남자들을 금방 집어삼킬 것만 같다. 랄라는 힘이 빠져 사지를 덜덜 떨며 자동차 차체에 기댄다.

악의 바람, 바로 이 도시 위에 공허와 빈곤과 허기를 만들어내는 바람이 거리에 분다. 여기저기서 소용돌이가 되어 파고들며 어린아이들과 노인들이 질식할 듯 누워 있는 고독한 방의 정적을 무섭게 내리누르는 것도 바로 저것이다. 랄라는 저것 그리고 거인 괴물을 증오한다. 수많은 눈을 뜨고, 도시를 굽어보고 우뚝 서 있는 저 거인 괴물들을 모두 증오한다. 그것들은 남자든 여자든 집어삼켜 뱃속에서 가루를 내어 빻고 있다.

이윽고 건물의 초록색 작은 문이 완전히 열리고, 이제 랄라 맞은편 보도에 한 여자가 꼼짝 않고 서 있다. 남자들은 담배를 피우며 움직이지 않고 여자를 쳐다보고 있다. 거의 난쟁이처럼 아주 키가 작고 몸이 떡 벌어진, 목도 없이 부은 듯한 머리가 어깨 위에 붙어 있는 여자다. 그러나 그녀의 얼굴은 어린아이 같다. 아주 조그만 앵둣빛 입에, 몹시 새까만 눈자위에 초록색 아이섀도가 칠해져 있다. 여자의 모습 중 가장 놀라운 것은 첫째로 작은 키이고 그다음엔 머리카락이다. 짧고 구불구불한 머리카락은 구릿빛처럼 붉고, 그녀 뒤 복도에서 새어나오는 불빛에 이상하게 반짝거리면서 통통한 인형머리 같은 그녀의 머리 위에 타오르는 불길처럼 후광을 만들고 있어서 마치 초자연적인 환영처럼 보인다.

랄라는 거의 숨도 제대로 쉬지 못하고 움직이지도 않고 홀린 듯이 조그만 여자의 머리카락을 쳐다본다. 차가운 바람이 그녀 주위에 거세게 몰아쳐 불어오지만 그 조그만 여자는 불타오르는 머리카락을 하고서 건물 앞에 그대로 서 있다. 뚱뚱한 그녀는 하얀 허벅지를 다 드러낸 아주 짧은 검은 치마와 목이 파인 보랏빛 스웨터 같은 것을 입고 있다. 또 바늘처럼 가늘고 높은 굽의 에나멜 구두를 신고 있다. 추워서인지 그녀는 제자리걸음을 몇 번 한다. 그러자 구두굽소리가 텅 빈 골목에 울려퍼진다.

담배를 피우던 남자들이 이제 그녀에게로 다가간다. 그들은 대부분 머리카락이 매우 까맣고, 혈색은 회색빛이 도는 아랍 사람들로, 땅속에 살면서 밤에만 외출하는 사람들같이 보인다. 그들은 아무 말도 없다. 거칠고 고집스러운 태도에 입술은 꾹 다물고 차가운 눈빛을 하고 있다. 불길 같은 머리카락의 여자는 그 남자들을 쳐다보지도 않는다. 그녀는 담배에 불을 붙이고 제자리에서 뱅뱅 돌며 담배를 급히 빤다. 그녀가 등을 돌릴 때 보니 곱추인 것 같았다.

골목 꼭대기에 또다른 여인이 걷고 있다. 이번에는 반대로 키가 아주 크고, 힘이 아주 세게 생겼으나 수면 부족과 피로에 시들어 일찌감치 늙은 여자다. 방수처리가 된 커다란 파란색 비옷을 입고 있는 그 여자의 검은 머리카락이 바람에 헝클어진다.

그녀는 굽 높은 구두로 똑똑 소리를 내면서 길을 내려온다. 그리고 문 앞에서 멈추더니 난쟁이 여자 옆에 선다. 아랍 남자들이 그녀에게 다가가서 말을 건다. 그들이 뭐라고 하는지는 들리지 않는다. 그러더니 아랍 남자들은 한 명씩 물러나 멀찌감치 서서, 꼼짝 않고 담배를 피우고 있는 두 여자를 응시한다. 돌풍이 골목길에 몰아치는 바람에 여자들의 옷이 몸에 달라붙고 머리카락이 흩날린다. 이 골목에는 그렇게도 많은 증오와 절망이 서려 있다. 아무리 이 골목길을 내려가도 바닥도 없고 멈출 수도 없는 지옥의 계단이 끝없이 계속되는 것 같다. 많은 굶주림과 채워지지 않는 욕망과 폭력이 거기에 있다. 남자들은 납으로 만든 병정인형처럼 꼼짝 않고 보도 가장자리에 서서 말없이 바라보고 있다. 그들의 눈은 여자들의 배, 가슴, 엉덩이의 곡선 그리고 창백한 목과 맨다리를 뚫어지게 응시한다. 사랑과 동정, 부드러움 따위는 어디에고 없는 것 같다. 어쩌면 하늘과 땅을 갈라놓고 있는 이 하얀 백내장이 남자들을 질식시키고 심장의 고동을 멈추게 하며 모든 아름다운 추억들, 과거 욕망의 추억들을 죽여버린 것이 아닐까?

랄라는 이 골목 안에 불어오는 바람이 서서히 선회하며 움직이는 것처럼 공허의 현기증이 끊임없이 몸속으로 스며드는 것을 느낀다. 혹시 이 바람이 더러운 집들의 지붕을 뽑아내고 문과 창문을 부수고 썩은 벽을 무너뜨리며 모든 자동차들을 뒤집어엎어 고철더미로 만들어버릴 수는 없을까? 그토록 많은 증오와 고통이 있는 이곳에는 그런 일이 일어나야만 한다…… 그러나 더러운 큰 건물은 그 높은 키로 사람들을 짓누르며 그대로 우뚝 서 있다. 핏빛 어린 잔인한 눈을 굴리며 꼼짝 않고 서 있는 이 괴물들은 여자와 남자들을 통째로 집어삼킨다. 괴물의 내장 속에서 젊은 여자들은 얼룩진 낡은 매트리스에 드러누워 말없은 남자들의 불씨처럼 타오르고 있는 성기에 단 몇 초 동안을 소유당하고 있다. 그리고 남자들은 침댓가에 놓인 담배가 다 타버릴 시간도 두지 않은 채 옷을 입고 가버린다. 사랑을 삼켜버리는 괴물 같은 건물 내부에는 늙은 여인들이 자신들을 짓누르고 그녀들의 누런 살을 더럽히는 육중한 남자 밑에 깔려 있다. 그러면 이 모든 여인들의 뱃속에는 공허가 잉태된다. 이 강렬하고 차디찬 공허는 그들의 뱃속에서 빠져나와 바람이 되어 끝없는 소용돌이를 일으키면서 골목길과 거리를 따라 분다.

갑자기, 랄라는 이제 더이상 기다릴 수가 없다. 고함을 치고 싶다. 소리내어 울고 싶다. 그러나 도저히 불가능하다. 공허와 두려움이 그녀의 목구멍을 단단히 틀어막고 있다. 숨도 간신히 쉴 정도다. 그래서 그녀는 달아난다. 있는 힘을 다해 골목을 따라 달려간다. 그녀의 발소리가 정적 속에 크게 울린다. 남자들이 뒤돌아서서 그녀가 도망가는 것을 쳐다본다. 난쟁이 여자가 뭐라고 소리친다. 한 남자가 그녀의 목을 잡아 건물 안으로 밀며 함께 들어간다. 한순간 흐트러졌던 공허가 다시 그들 위에 씌워져 그들을 죄어든다. 몇몇 남자들이 꽁초를 도랑에 내던지고 큰길 쪽으로 그림자처럼 사라진다. 다른 남자들이 와서 인도 가장자리에 선 후 건물 대문 앞에 서 있는 검은 머리의 키 큰 여자를 바라본다.

역 부근에는 수많은 거지들이 잠을 자고 있다. 어떤 거지들은 누더기 속에 목을 움츠리고 잠들어 있고, 또 어떤 거지들은 문 앞에서 종이 판자로 몸을 두르고 잔다. 멀리 역 건물이 빛을 발하고 주위에 있는 커다란 하얀 가로등이 별처럼 빛나고 있다.

문 한구석, 축축한 어둠이 호수처럼 고여 있는 돌 가장자리에 몸을 숨긴 채 랄라는 땅바닥에 누웠다. 거북이처럼 밤색 외투 속에 머리와 팔다리를 가능한 한 전부 다 움츠려 집어넣었다. 그래도 예전의 암석 고원에서처럼 하늘이 열리는 것이 그녀의 눈에 보인다. 눈을 꼭 감으면 백내장의 찢어진 양쪽 가장자리 틈새로, 사막의 밤을 또다시 볼 수 있다.

랄라는 생트 블랑슈 호텔에서 산다. 그녀의 방은 지붕 밑, 어둡고 초라한 아주 작은 다락방이다. 방 한쪽에는 빗자루와 물통 그리고 몇 년 전부터 내버려진 낡은 물건들이 쌓여 있고, 또 전깃불 하나, 테이블 하나, 띠를 엮어 만든 오래된 침대 하나가 있다. 그녀가 주인에게 거기서 살아도 되느냐고 물었을 때 그는 별로 질문도 하지 않고 그저 괜찮다고 시큰둥하게 대답했다. 그는 별 설명 없이, 거기서 그녀가 자도 되지만 침대는 사용할 수 없을 정도로 고물이라고 말했다. 그는 또 전기세와 수도세를 그녀의 월급에서 제할 거라고 말했다. 그게 전부였다. 그러고는 침대 위에 펼쳐진 신문을 다시 읽기 시작했다. 그래서 랄라는 주인이 더럽고 면도조차 안 하는 사람이지만, 꼬치꼬치 따져 묻지 않아서 좋다고 생각한다. 모든 것이 그에게는 마찬가지인가보다.

아암마와는 그렇게 간단하지 않았다. 랄라가 이젠 더이상 그녀의 집에서 살지 않겠다고 말했을 때, 아암마는 얼굴이 굳어지며 불쾌한 말들을 많이 했다. 랄라가 남자와 동거하려는 거라고 생각했기 때문이다. 그러나 어쨌든 그녀는 동의를 했다. 그녀의 아들들이 곧 오기로 했으므로, 랄라가 나가면 그녀로서는 일이 저절로 해결되는 셈이었기 때문이다. 그 방은 넷이서 모두 같이 살기에는 비좁을 것이다.

이제 랄라는 생트 블랑슈 호텔 사람들을 좀더 잘 알게 되었다. 그들은 먹을 것도 생필품도 거의 없는 나라에서 온 아주 가난한 사람들이다. 가장 젊은 사람들조차도 얼굴 표정이 무감각하다. 그리고 그들은 이야기를 오랫동안 할 수 없다. 랄라가 사는 층에는 아무도 없다. 쥐들만 사는 맨 꼭대기층 고미 다락방이기 때문이다. 그러나 바로 아래층에는 한 방에 흑인 삼형제가 살고 있다. 그들은 성질이 고약하지도 않고 서글픈 얼굴도 아니다. 항상 명랑하다. 그래서 랄라는 토요일 오후나 일요일에 그들의 웃음소리, 노랫소리를 즐겨 듣곤 한다. 그녀는 그들의 이름도 모르며, 이 도시에서 무슨 일을 하는지도 모른다. 그녀가 화장실에 가거나 아니면 계단을 청소하려고 아침 일찍 내려갈 때 복도에서 가끔 그들과 마주친다. 그러나 그들의 방을 청소하러 가면 그들은 이미 나가고 없다. 그들은 짐이 거의 없다. 옷이 들어 있는 상자 몇 개와 기타 하나가 전부다.

흑인들 방 옆에는 방이 두 개 있는데 거기엔 조선소에서 일하는 북아프리카인들이 기거하고 있다. 그들은 방에 오래 붙어 있지 않는다. 또한 그들은 친절하지만 말수가 적고, 랄라 역시 그들에게 말을 많이 하지 않는다. 그들의 방에는 아무것도 없다. 옷을 모두 가방 속에 넣어 침대 밑에 두기 때문이다. 그들은 도둑맞을까봐 겁을 내고 있다.

랄라가 매우 좋아하는 사람은 3층 복도 맨 끝의 조그만 방에 살고 있는 젊은 아프리카인인데, 그는 자기 형제와 함께 산다. 그 방은 제일 좋은 방인데, 나무가 있는 마당 쪽으로 창문이 나 있기 때문이다. 랄라는 형의 이름은 모르지만 동생의 이름이 다니엘인 것은 알고 있다. 그는 피부가 너무너무 까맣고 머리카락은 어찌나 곱슬곱슬한지 지푸라기나 새털, 풀잎 같은 것들이 언제나 그 위에 붙어 있다. 그의 머리는 아주 동그랗고 목은 지나치게 길다. 게다가 그는 모든 것이 다 길쭉하다. 팔과 다리도 길어서 꼭 춤추는 것처럼 이상하게 걷는다. 그는 언제나 쾌활하고 랄라와 이야기할 때는 내내 웃는다. 그녀는 그가 하는 말을 잘 못 알아듣는다. 그가 노래하는 듯한 이상한 악센트를 쓰기 때문이다. 그렇지만 그건 그리 중요하지 않다. 기다란 두 손으로 매우 우스꽝스러운 손짓을 하고 아주 흰 이빨을 드러내며 큰 입으로 온갖 표정을 다 짓기 때문이다. 반들반들한 얼굴과 웃음소리, 약간 어린애 같은 그 사람을 랄라는 좋아한다. 그는 형과 병원에서 일한다. 그리고 토요일과 일요일엔 축구를 한다. 축구는 그에게 커다란 즐거움이다. 그의 방에는 벽 위, 문 위, 벽장 속까지, 온통 포스터와 사진들이 압정으로 꽂혀 있다. 그는 랄라를 볼 때마다, 언제 그가 운동장에서 축구하는 것을 보러 올 거냐고 묻는다.

그녀는 일요일 오후, 딱 한 번 운동장에 갔었다. 그녀는 계단 맨 꼭대기에 앉아 그를 쳐다보았다. 초록색 잔디 위에 마치 조그맣고 새카만 반점같이 보이는 그를 쉽게 알아볼 수 있었다. 그는 오른쪽 센터포워드로서 다른 선수들과 함께 공격을 이끌고 있었다. 그렇지만 랄라는 그를 보러 갔었다는 얘기를 한 번도 하지 않았다. 아마도 랄라는 그가 호텔 복도가 쩌렁쩌렁 울리도록 웃으면서 그녀에게 축구 보러 오라고 계속 졸라대기를 내심 바라고 있는가보다.

복도의 반대편 끝 아주 작은 방에는 노인이 한 사람 살고 있다. 그는 누구에게도 말 한마디 한 적이 없다. 그래서 그가 어디서 왔는지 아무도 모른다. 그 노인의 얼굴은 몹쓸 병으로 온통 삭아 있다. 코도 없고 입도 없으며 단지 코가 있던 자리에 구멍 두 개가 있고 입술 자리에는 흉터만 있다. 그러나 그의 눈은 아주 깊고 아름다우며 슬프기조차 하다. 항상 부드럽고 공손한 그를 랄라는 좋아한다. 작은 방에서 그는 먹을 것도 없이 아주 가난하게 살고 있다. 그는 아침 일찍 혼자 나가서 시장 바닥에 떨어진 과일을 주우러 다니거나 햇빛을 쪼이며 산책한다. 이름은 모르지만 랄라는 그를 아주 좋아한다. 그는 나망 노인을 약간 닮았다. 그의 손은 나망의 손과 같은 종류로 힘이 있고 민첩하며 햇빛에 그을린 재주 많은 손이다. 랄라가 그의 손을 바라볼 때면 그것은 마치 타들어가는 풍경이나 돌과 모래평원, 검게 탄 관목, 메마른 강을 보는 듯한 느낌이 든다. 그러나 그는 자기 나라나 자기 자신에 대해서 한 마디도 입 밖에 내지 않는다. 그것들을 그는 가슴속에다 꼭 간직하고 있다. 복도에서 랄라와 만나면 겨우 몇 마디를 하는데, 주로 날씨 얘기나 라디오에서 들은 뉴스 따위를 얘기할 뿐이다. 어쩌면 그가 이 호텔에서 랄라의 비밀을 아는 유일한 사람일 것이다. 랄라의 눈을 깊숙이 쳐다보며 일하는 게 너무 힘들지 않느냐고 두어 번 물어보았기 때문이다. 그는 그 이상 아무것도 묻지 않았다. 그러나 랄라는 그녀의 뱃속에 아기가 있다는 것을 그가 알고 있다고 생각했다. 그리고 노인이 주인에게 그 이야기를 할까봐 약간 두려웠다. 그러면 주인은 더이상 그녀를 호텔에 두려고 하지 않을 것이기 때문이다. 그렇지만 노인은 다른 사람에게 아무 말도 하지 않는다. 월요일마다 그는 일주일분 방세를 미리 지불한다. 어디서 그 돈이 생기는지, 아무도 알 수 없다. 그가 무척 가난하다는 것을 아는 사람은 랄라뿐이다. 그의 방에는 시장 바닥에 떨어진 뭉그러진 과일들 말고는 아무것도 없다. 랄라는 이따금 수중에 돈이 생길 때면 맛있는 사과와 오렌지를 한두 개 산다. 그리고 청소하면서 작은 방의 하나뿐인 의자 위에 그것들을 올려놓는다. 노인은 한 번도 그녀에게 고맙다는 말을 하지 않았으나 그와 만날 때 보면 그가 고맙게 생각하고 있다는 것을 그의 눈을 보면 알 수 있다.

랄라는 다른 하숙인들과 직접 이야기해보지는 않았지만 그들을 대강 알고 있다. 그들은 아랍인, 포르투갈인, 이탈리아인들로서 거기서 계속 살지 않고 잠만 잔다. 또다른 사람들도 살고 있는데, 랄라는 그 사람들을 좋아하지 않는다. 2층에는 두 명의 아랍인이 살고 있는데, 난폭한 외모에 언제나 독한 술에 만취되어 있다. 외설잡지를 읽는 남자도 있다. 그는 일부러 여자 나체 사진들을 흐트러진 침대 위에다 펼쳐놓고 나간다. 랄라가 그것들을 집거나 쳐다보도록 하기 위해서이다. 그는 그레고리라고 불리는 유고슬라비아 남자인데 어느 날 랄라가 그의 방에 들어갔을 때 그가 방안에 있었다. 그는 그녀의 팔을 잡고 침대 위에 쓰러뜨리려고 했다. 그러나 랄라가 소리를 지르자 그는 겁이 나서 욕설을 퍼부으며 그녀를 풀어주었다. 그날 이후부터 랄라는 그가 방에 있을 때는 절대로 그의 방에 발을 들여놓지 않는다.

그들 모두는 정말로 살고 있는 것이 아니다. 얼굴이 파먹힌 노인을 제외하고 그들은 존재하지 않는다. 그들은 마치 그림자나 유령처럼, 자기들의 흔적을 하나도 남기지 않는다. 한 번도 여기 온 적이 없는 사람들처럼, 어느 날 홀연히 떠나가버린다. 그들이 떠난 후에도 방안에는 간이침대며 삐걱거리는 의자, 얼룩진 리놀륨 바닥, 페인트가 벗겨지고 때가 낀 벽 그리고 파리똥이 앉아 있는 전깃줄 끝에 달랑 달려 있는 전구알하며 모든 것이 예전과 똑같다.

그러나 그 무엇보다도 늘 변함없는 것은, 더러운 유리창을 통해 바깥에서 방안으로 새어 들어오는 햇빛과 호텔 건물 안마당에 내리쪼이는 잿빛 햇살, 창백하게 반사되는 햇빛과 여러 가지 소음들이다. 라디오 소리, 큰 거리에서 들려오는 자동차 모터 소리, 서로 싸우는 남자들의 목소리, 쉭쉭거리며 흐르는 수돗물소리, 변기 물 내리는 소리, 층계가 삐걱거리는 소리, 양철과 홈통을 흔드는 바람소리들이 늘 들려온다.

랄라는 밤마다 불 켜진 전구의 노란 반점을 쳐다보며 침대에 누워 이런 소리들에 귀를 기울인다. 이곳에서는 남자들도, 아이들도, 진정한 존재를 영위할 수 없다. 살아 있는 것들은 무엇이건 아무것도 존재할 수가 없다. 그녀는 마치 동굴 속에 누워 있는 것처럼 바깥에서 나는 밤의 소리에 귀를 기울인다. 그러면 이제는 그녀마저도 정말로 존재하지 않는 것 같은 생각이 든다. 그녀의 뱃속에서 뭔가가 꿈틀거리고 뭔지 모를 장기가 파닥파닥 뛴다.

랄라는 침대 위에서 턱을 무릎에 대고 몸을 웅크린다. 그리고 자신의 몸속에서 이미 꿈틀거리기 시작하는 생명의 소리를 들어보려고 애쓴다. 그럴 때면 갑자기 겁이 나고 두려움 때문에 길을 따라 도망치고 공처럼 이리저리 튀어오르고 싶다. 그러나 또 그와 동시에 이상한 행복감과, 바다와 도시를 건너 먼 데서 온 듯싶은 빛과 열기가 물결처럼 밀려와서 랄라는 사막의 아름다움과 하나가 된다. 여느 밤처럼, 랄라는 지금 눈을 감고 숨을 깊이 들이쉰다. 비좁은 방의 회색빛이 서서히 사그라지고 아름다운 밤이 나타난다. 별이 가득하고, 춥고, 조용하고, 고독하다. 그녀는 이제 움직이지 않는 모래언덕의 평원 위, 무한한 대지 위에서 휴식하고 있다. 랄라의 곁에는 투박한 망토를 입은 하르타니가 있다. 그의 검은 구릿빛 얼굴이 별빛에 반짝인다. 그의 시선이 병든 전등 불빛 아래 이 좁은 방까지 그녀를 찾아온다. 하르타니의 시선은 그녀의 몸속에서 움직이며 그녀의 뱃속에서 삶을 일깨운다. 그가 사라진 지는 아주 오래되었고 그녀가 바다 저편에서 쫓기듯이 떠난 지도 아주 오래되었다. 그러나 젊은 목동의 시선은 너무나 강렬해서 그녀의 내부 깊숙한 곳, 비밀에 싸인 그녀의 뱃속에서 지금도 움직이고 있는 것처럼 느껴진다. 이제 사라지는 것은 도시 사람들, 경찰들, 길거리의 남자들, 호텔의 하숙인들이다. 모두가 그들의 도시와 집, 길, 자동차, 트럭과 함께 자취를 감춘다. 그리고 남은 것은 랄라와 하르타니가 나란히 누워 있는 사막의 평원뿐이다. 두 사람은 투박한 모직 망토 속에 휘감겨 검은 밤과 은하수에 둘러싸여 있다. 그들은 땅을 파고드는 추위를 느끼지 않으려고 서로 몸을 바짝 밀착시키고 있다.

파니에 거리에서 누군가가 죽으면 호텔 1층에 있는 장의사가 모든 일을 다 맡아 한다. 처음에 랄라는 장의사 주인이 호텔 주인의 친척인 줄 알았다. 그러나 그도 다른 장사꾼들과 똑같은 상인에 불과하다. 처음에 랄라는, 사람들이 호텔에 죽으러 오는 줄 알았다. 그래서 그 사람들이 오면 곧 장의사에 보내는 것으로만 알았다. 장의사에는 사람들이 그다지 많지 않다. 주인인 셰레즈 씨 그리고 직원 두 사람과 리무진 운전사뿐이다.

파니에 거리에서 누가 죽으면 직원들이 리무진을 타고 출발한다. 그리고 집 대문 위에 조그만 은방울이 달린 커다란 검은 장막을 친다. 문 앞, 인도 위에도 역시 은방울이 달린 식탁보를 씌운 조그만 테이블을 놓는다. 테이블 위에는 고인을 문상하러 온 사람들이 자기들의 이름을 적은 조그만 카드를 놓을 수 있도록 받침접시를 하나 놓아둔다.

세레솔라 씨가 죽었을 때, 랄라는 호텔 1층에 있는 장의사에서 그 사람의 아들을 보고서 금방 그가 사망했다는 것을 알아챘다. 세레솔라 씨의 아들은 키가 작고 뚱뚱한데 머리숱이 적고 수염은 솔같이 나 있다. 그리고 그는 랄라가 마치 투명하게 비치는 것처럼 계속 빤히 쳐다본다. 그러나 세레솔라 씨는 좀 다르다. 랄라가 좋아하는 이 사람은 키가 별로 크지 않은 늙고 야윈 이탈리아인인데 류머티즘 때문에 잘 못 걷는다. 그는 언제나 검은 양복을 한 벌로 입고 있다. 그러나 팔꿈치와 무릎 부분의 천이 실오라기가 다 드러나도록 닳아 있는 것을 보면, 그 양복 역시 낡은 것 같다. 그 양복과 함께 그는 다 해진 검은 가죽구두를 신고 있는데 구두에 언제나 반짝반짝하게 약칠이 되어 있다. 날씨가 추우면 그는 모직 머플러를 두르고 모자를 쓴다. 세레솔라 씨의 피부는 몹시 건조하고 주름살이 져 있다. 그렇지만 햇볕에 잘 그을린 피부이며 흰 머리카락은 짧게 자르고 반창고와 끈으로 수리한 거북이 등딱지 테의 이상한 안경을 끼고 다닌다.

파니에 거리 사람들은 그를 무척 좋아한다. 그는 모든 사람에게 공손하고 상냥하며 그가 걸친 유행에 뒤떨어진 검은 양복과 약칠한 구두에서 어딘지 모르게 품위가 풍기기 때문이다. 그리고 그가 옛날에는 목수였으며 그 방면에서 진짜 명인이었다는 것과 무솔리니가 싫어서 전쟁이 일어나기 전에 이탈리아에서 이곳으로 왔다는 사실을 모두들 알고 있다. 시장을 보러 가다가 길에서 랄라를 만나면 그는 이따금 그런 이야기들을 해준다. 그는 2, 3일분의 숙박비를 빼고는 무일푼으로 파리에 도착했으며, 프랑스어는 한마디도 할 줄 몰랐다는 것이다. 그래서 세수를 하려고 비누를 부탁하면 사람들은 그에게 뜨거운 물 항아리를 줄 정도였다고 한다.

그가 힘들게 걷기 때문에 그를 만나면 랄라는 그가 짐을 드는 것을 도와준다. 특히 파니에 거리 쪽으로 계단을 올라가야 할 때는 도움이 더 필요하다. 그는 길을 걸어가면서 이탈리아와 그의 마을 그리고 그가 튀니지에서 직공으로 일할 때와 파리와 리옹, 코르시카에서 지은 집들에 대해서 랄라에게 이야기해준다. 약간 강한 듯한 그의 목소리는 어딘지 이상해서 랄라는 그의 악센트를 알아듣기가 힘들다. 그러나 그녀는 그의 이야기를 좋아한다.

이제 그는 죽었다. 그 소식을 알아채고 랄라가 어찌나 슬픈 표정을 했는지 세레솔라 씨의 아들이 놀라운 듯 그녀를 쳐다보았다. 마치 누군가가 자기 아버지를 생각해준다는 것에 놀란 듯했다. 랄라는 빨리 그곳을 떠났다. 그녀는 장의사의 공기를 마시는 것이 아주 싫고, 또 장의사 안에 있는 모든 셀룰로이드 조화 화환과 관, 특히 기분 나쁜 눈을 가진 직원들을 보고 싶지 않기 때문이다.

랄라는 머리를 숙이고 천천히 길을 따라 그렇게 세레솔라 씨 집 대문까지 도착했다. 대문 둘레에는 검은 장막이 쳐져 있었고 검은 테이블보가 덮인 조그만 테이블과 받침접시가 있었다. 그리고 대문 위에는 커다란 게시판이 하나 있는데 거기엔 초승달 모양의 두 글자가 아래와 같이 씌어 있었다.

랄라는 집안으로 들어가, 세레솔라 씨의 짐을 들고 숨을 돌리려고 층계참마다 멈추며 천천히 올라가던 때처럼, 좁은 계단의 층계를 올라간다. 오늘따라 어찌나 피곤하고 몸이 무거운지 마지막 층에 이르기 전에 잠이 들거나 아니면 죽어버릴 것 같다.

그녀는 문 앞에 멈춰 서서 약간 주저한다. 그러고는 문을 밀고 작은 아파트 속으로 들어간다. 덧창이 모두 닫혀 있어서 실내가 어둡기 때문에 처음에는 잘 분간하지 못한다. 아파트 안에는 아무도 없다. 랄라는 큰 방 쪽으로 간다. 거기엔 방수포가 덮인 테이블이 하나 있고 그 위에 과일 바구니가 있다. 방 안쪽 구석에는 침대가 하나 있다. 랄라가 가까이 다가가니 세레솔라 씨가 잠든 것처럼 침대에 반듯이 누워 있는 것이 보인다. 두 눈을 감고 팔을 몸에 붙인 채 어둠 속에 누워 있는 그의 모습은 아주 평온해 보여서 랄라는 잠시 동안 그가 정말 자고 있으며 곧 깰 것 같은 착각이 든다. 그녀는 그를 방해하지 않으려고 속삭이는 목소리로 말한다.

"세레솔라 씨? 세레솔라 씨?"

그러나 세레솔라 씨는 자고 있는 게 아니다. 그가 입고 있는 옷을 보면 알 수 있다. 그는 여전히 검은 양복을 입고 있으며 약칠한 구두도 그대로 신고 있지만, 상의는 약간 비뚜름하며 목 뒤 칼라가 올라와 있다. 칼라가 구겨질 텐데 하고 랄라는 생각한다. 노인의 두 뺨과 턱에는 잿빛 그늘이 져 있고 두들겨맞아 멍든 것처럼 눈자위에 푸른 그늘이 둘러져 있다. 랄라는 땅바닥에 누워 숨을 잘 쉬지 못하던 나망 노인을 다시 생각한다. 나망 생각에 간절하게 빠져 있었기 때문에, 몇 초 동안은 그녀가 보고 있는 사람, 가지런히 두 팔을 뻗고 침대에 누워 잠에 빠져 표정 없는 그 얼굴이 바로 나망이 아닌가 생각될 정도다. 아직도 삶은 방의 어둠 속에서 떨고 있다. 그 삶의 속삭임은 겨우 감지할 수 있을까 말까 아주 나지막하게 들려온다. 랄라는 침대 바로 가까이 다가간다. 밀랍처럼 창백하게 식어버린 얼굴이 더 자세히 보인다. 하얀 머리카락이 그의 관자놀이 위에 몇 가닥 내려와 있으며 입은 헤벌어져 있고 턱뼈의 무게 때문에 두 뺨이 움푹 패어 있다. 낡은 거북이 등딱지 테 안경을 끼고 있지 않아서 그의 얼굴이 이상하게 보인다. 관자놀이를 따라 눈가와 코 위에 나 있는, 이제는 아무 소용 없는 안경 자국 때문에 그는 마치 옷을 벗은 사람처럼 나약하게 보인다. 세레솔라 씨의 몸이 검은 양복에 비해 갑자기 너무 작고, 너무 말라 보인다. 마치 이제 그는 사라지고 가면과 밀랍 손 그리고 어깨가 너무 조이게 잘못 입혀진 양복만 있는 것 같다. 갑자기 공포가 랄라를 다시 덮쳐 살을 태우고 시야를 흐리게 한다. 어스름이 독약처럼 그녀를 마비시킨다. 어스름은 마당 안쪽에서 흘러나와, 구시가를 지나 좁은 길을 따라와서는 좁은 방에 갇힌 사람들, 즉 아이들, 여자들, 노인네 등 만나는 사람 모두를 잠기게 한다. 어스름은 집집마다 습기 찬 지붕 밑과 지하실로 들어가서 아주 조그만 틈이라도 자리를 잡는다.

랄라는 세레솔라 씨의 시체 앞에 꼼짝도 하지 않고 있다. 추위가 엄습하는 것을 느낀다. 이상한 밀랍 색깔이 그녀의 얼굴과 두 손에 칠해지는 것 같다. 그녀는 나망 노인이 죽어갔을 때 그날 밤 그곳 시테에서 불었던 불행의 바람과 사람들을 소멸시키려고 온 땅 위의 구멍들이 뿜어내는 것 같던 추위를 아직도 기억하고 있다.

시체에서 눈을 떼지 않은 채 랄라는 아파트 대문 쪽으로 천천히 뒷걸음질친다. 벽 사이에서 흔들리는 잿빛 음영 속에도, 계단 속에도, 칠이 벗겨진 복도에도 죽음이 있다. 랄라는 두근거리는 가슴으로, 눈물을 글썽이며 가능한 한 빨리 층계를 뛰어내려온다. 밖으로 달려나온 그녀는 도시 아래쪽, 바람과 빛에 둘러싸인 바다를 향해 뛰어간다. 그러나 뱃속의 통증 때문에 땅바닥에 허리를 꺾고 주저앉는다. 그녀가 신음하자 지나가는 사람들이 잠시 그녀를 쳐다보더니 멀어져간다. 그들도 역시 겁이 난 모양이다. 털이 곤두선 개들처럼 약간 구부정하게 벽에 붙어 지나가는 모습만 보아도 알 수 있다.

죽음은 도처에, 이런 자들의 머리 위에 있다고 랄라는 생각한다. 누구도 벗어날 수가 없다. 죽음은 생트 블랑슈 호텔 1층의 어두운 가게 안, 석고로 만든 제비꽃 다발과 대리석판 사이에 자리잡고 있다. 그곳, 썩고 오래된 집안에 그리고 남자들의 방과 복도에도 죽음이 있다. 그들은 그 사실을 모른다. 그들은 의심조차 하지 않는다. 죽음은 바퀴벌레와 쥐 그리고 빈대의 형상을 하고서 밤마다 장의사를 떠나 습기 찬 방과 잠자리 매트리스 속에 퍼지고, 마룻바닥 위를 기고 우글거리며 독기 서린 그림자처럼 모든 틈새를 가득 채운다.

그녀는 다시 일어나 통증이 심한 아랫배를 두 손으로 꽉 누르고 비틀거리며 걷는다. 그녀는 이제 아무도 쳐다보지 않는다. 어디로 가야 하나? 그들, 그들은 살아 있고, 먹고, 마시고, 얘기한다. 그러는 동안 올가미가 그들 위에 들씌워진다. 그들은 모든 것을 잃었고 유배되었고 두들겨맞았으며 모욕당했다. 그들은 얼음처럼 냉랭한 바람과 비를 맞으며 거리에서 일한다. 그들은 자갈 땅에 구멍을 파며 그들의 손과 머리를 깨고 굴착기의 소음으로 미치광이가 된다. 그들이 걸음을 멈추면 죽음이 그들 주위로 올라온다. 바로 그들의 발밑, 생트 블랑슈 호텔 1층 장의사로부터 죽음이 올라온다. 그곳에서 기분 나쁜 눈을 가진 장의사 직원들이 그들을 말소하고 생명의 불을 끄며 육신을 사라지게 한다. 그래서 텅 빈 옷에 얼굴과 손이 사라지고, 그 자리엔 밀랍가면과 장갑만이 비죽이 나와 있다.

어디로 가야 하나? 어디로 숨어야 하나? 랄라는 마침내 옛날처럼, 절벽 꼭대기에 있는 바다와 하늘만 보이던 하르타니의 동굴, 그 비밀 장소를 찾아가고 싶어진다.

그녀는 조그만 광장에 다다라 낡은 집 벽 앞에 있는 플라스틱 벤치에 앉는다. 그 집의 텅 빈 창문들이 마치 죽은 거인의 눈동자 같다.

도시에는 어디에나 일종의 열병이 있었다. 아마 겨울 막바지에 불기 시작한 바람 때문이리라. 그것은 나망 노인이 서서히 죽어갈 때와 같은 불행과 질병의 바람이 아니라 폭력과 추위의 바람이다. 그 바람은 도시의 큰길에 먼지와 낡은 신문조각들을 날리게 하며 취하게도 하고 비틀거리게도 하는 바람이다. 랄라는 이런 바람을 한 번도 느껴본 적이 없었다. 이 바람은 머릿속에 들어가서 뱅글뱅글 돌고 찬물이 흐르듯이 엄청난 소름을 끼치게 하면서 온몸을 관통한다. 그래서 랄라는 오늘 오후 바깥에 나가자마자 검은 옷을 입은 남자가 지루하게 앉아 있는 장의사를 쳐다보지도 않고 곧장 앞으로 뛰어간다.

바깥, 큰 거리에는 빛이 가득하다. 바람이 빛을 몰고 왔기 때문이다. 빛은 자동차 차체와 집 유리창에서 반사되어 튀어오르며 반짝거린다.

이 빛도 역시 랄라의 머릿속으로 들어가서 피부 아래서 진동하며 그녀의 머리카락을 반짝이게 한다. 아주 오래간만에, 오늘 돌멩이와 모래의 영원한 흰 빛과 규석처럼 예리한 광선 그리고 별빛이 자기 주변에 보인다. 그녀 앞, 저멀리 큰길 끝 빛의 안개 속에서 신기루가 나타난다. 둥근 지붕, 탑, 회교사원, 대상이 우글거리는 사람들과 자동차 무리에 끼어든다.

서쪽에서 불어온 이 빛의 바람은 어둠이 있는 방향으로 불어간다. 랄라는 옛날처럼 아스팔트에 튀는 듯한 빛의 소리를 듣는다. 유리창에 길게 부딪쳐 반사되는 소리, 잉걸불이 타닥거리는 소리가 들린다. 그녀는 지금 어디에 있는 걸까? 너무나 많은 빛 때문에 바늘로 된 그물망에 갇혀 있는 것 같다. 어쩌면 그녀는 지금 돌멩이와 모래가 끝없이 펼쳐진 평원을 걸어가고 있는 것일까? 하르타니가 기다리고 있는 그곳, 사막 한복판을 걸어가고 있는 것일까? 혹은 이 빛과 바람 때문에 걸어가면서 꿈을 꾸고 있는 것일까? 끔찍한 밤이 지나고 태양이 떠올라 그 열기 속에 대도시가 곧 용해, 증발해버리는 것이 아닐까?

역으로 가는 계단 근처의 어느 골목 모서리에서 거지 소년 라디치가 갑자기 그녀 앞에 나타난다. 그의 얼굴은 피로하고 불안해 보인다. 소년은 이제 남자처럼 보여서 랄라는 그를 얼른 알아보기가 힘들다. 그는 랄라가 본 적이 없는 옷을 입고 있는데, 뼈가 앙상한 몸에 걸친 밤색 양복은 헐렁헐렁하고 커다란 검은 구두는 그의 맨발을 아프게 할 것 같다.

랄라는 그에게 이야기하고 싶다. 세레솔라 씨가 죽어서 그녀는 이제 더이상 생트 블랑슈 호텔에도, 또 매 순간 죽음이 찾아와 우리를 밀랍 마스크로 변모시킬 그 방들에도 가서 일하지 않을 것이라고 말해주고 싶다. 그러나 바람이 너무 불고 소음도 커서 말을 할 수가 없다. 그래서 손에 구겨 쥐고 있던 한 줌의 지폐를 짐짓 라디치에게 펼쳐 보여주기만 한다.

"자, 봐!"

라디치는 눈을 동그랗게 뜨고 그녀를 쳐다본다. 그러나 질문은 하지 않는다. 아마 그녀가 이 돈을 훔쳤다고 생각하거나 그보다 더 심한 것을 상상하고 있는 모양이다.

랄라는 지폐를 외투 주머니 속에 다시 집어넣는다. 컴컴한 호텔에서 개밀로 만든 솔로 리놀륨 바닥을 문지르고 땀과 담배 냄새가 밴 잿빛 침실들을 청소하면서 보낸 그 수많은 날들의 결과로 얻은 돈이다. 그녀가 호텔 주인에게 떠나겠다고 말했을 때, 그는 아무 군소리도 하지 않았다. 그러고는 한 번도 청소된 적 없는 그 낡은 침대 속에서 기어나와 방구석에 있는 금고까지 걸어가 돈을 꺼내어 세고 일주일치 선불까지 합쳐서 모두 랄라에게 주고는, 아무 말 없이 다시 침대로 가서 드러누웠다. 그는 면도도 잘 하지 않은 뺨과 더러운 머리카락에 파자마 바람으로 나와서 서두르지도 않고 일을 마친 후, 중요한 일이 아무것도 없다는 듯 다시 신문을 계속 읽기 시작했다.

그래서 랄라는 이제 자유에 취해 있는 것이다. 그녀는 주위를 둘러본다. 벽, 창문, 자동차, 사람들까지 바람과 빛이 불면 모조리 쓸려가 버릴 단순한 형태나 유령처럼 보인다.

라디치가 어찌나 불쌍한 표정을 하고 있는지 랄라는 동정심이 일어난다.

"이리 와!" 그녀는 거지 소년의 손을 잡아끌어 군중의 소용돌이를 헤치고 간다. 아주 커다란 백화점으로 그들은 함께 들어간다. 그곳에는 빛이 범람하고 있다. 아름다운 햇빛이 아니라, 하얗고 단단한 빛이 수많은 거울에 반사되어 나오고 있다. 그런 빛에도 취기를 느끼고 정신이 멍하며 눈이 부신다. 약간 비틀거리며 그녀 뒤를 따라오는 라디치와 함께 랄라는 향수, 화장품, 가발, 비누를 파는 구역을 지나간다. 여기저기 발을 멈추고, 그녀는 여러 가지 색깔의 비누를 사서 라디치에게 냄새를 맡아보라고 내민다. 또 조그만 향수병도 몇 개 산다. 그녀는 백화점 점포 사이를 따라 걸어가며 그 냄새를 잠깐씩 들이마신다. 갑자기 머리가 핑 돌며 구역질까지 나려고 한다. 빨간색 립스틱, 초록색, 검은색, 황토색 아이섀도, 파운데이션, 머릿기름, 크림, 인조눈썹, 가발 등, 랄라는 이 모든 것을 점원에게 보여달라고 한다. 그리고 또 그것들을 라디치에게 보여준다. 그는 아무 말도 하지 않는다. 한참 만에 그녀는 벽돌색 매니큐어가 든 네모난 작은 병 하나와 선홍색 길다란 립스틱을 하나 고른다. 거울 앞에 있는 둥근 의자에 걸터앉아, 랄라는 그 색깔들을 보려고 손등에다 칠해본다. 지푸라기 같은 머리카락을 한 점원이 멍청한 눈으로 랄라를 쳐다본다.

랄라는 라디치의 손을 여전히 붙잡고 위층으로 올라가 옷들 사이로 이리저리 빠져나간다. 그녀는 티셔츠 하나와 멜빵 달린 청바지, 테니스화와 빨간 양말을 고른다. 그리고 옷가게의 탈의실에서 새 옷으로 갈아입고 앞치마 같은 회색 헌 원피스와 고무샌들을 구석에다 버리고 나온다. 그녀가 몹시 좋아하는 밤색 외투는 그대로 들고 나온다. 이제 그녀는 한 손을 청바지 주머니에 찔러넣고 탄력 있는 운동화 밑창 위에서 튀어오를 듯이 더욱 경쾌하게 걷는다. 외투 깃 위에 곱슬곱슬하게 탐스러운 곡선을 그리며 흘러내린 검은 머리카락이 전깃불빛에 반짝거린다.

라디치는 그녀를 쳐다본다. 그녀가 무척 아름답다는 생각이 들지만 감히 그 말을 하지는 못한다. 랄라의 눈은 기쁨에 반짝거린다. 그녀의 검은 머리카락과 붉은 구릿빛 얼굴 속에서 불이 활활 타올라 환하게 빛나는 것 같다. 마치 암석고원에서부터 길을 따라 곧장 이 프리쥐닉 백화점으로 온 것처럼 이제 전깃불빛이 사막의 햇빛을 다시 소생시킨 것 같다.

어쩌면 모든 것이 실제로 사라지고 끝없는 사막 한복판에 돌과 진흙으로 지은 요새마냥, 오로지 이 백화점만 남아 있는 건지도 모른다. 그러나 모래는 이 도시를 전부 에워싸고 점점 조여들어, 그 바람에 철근 건물의 거대한 골격이 와지끈 부서지는 소리가 들리고 벽은 금이 가 갈라지며 고층 건물의 거울 같은 유리창들이 떨어져 깨진다.

랄라의 시선은 사막의 불타는 듯한 힘을 간직하고 있다. 그 빛은 걸어가고 있는 그녀의 검은 머리카락 위, 움푹 파인 쇄골까지 땋아내린 탐스러운 머리카락 위에서 작열하고 있다. 그녀의 호박색 두 눈에서 반짝이는 빛이 이글이글 타오른다. 피부 위, 두드러진 광대뼈 위, 입술 위에도 빛은 강렬하게 타고 있는 듯하다. 그래서 왁자지껄한 소음과 하얀 전깃불빛이 넘칠 듯한 이 백화점 안에 있는 사람들은 랄라와 라디치가 지나가자 깜짝 놀라며 옆으로 비켜선다. 여자도 남자도 놀라서 멈춰 선다. 이 둘과 비슷한 사람을 한 번도 본 적이 없기 때문이다. 멜빵 달린 청바지를 입고 단추를 끼지 않고 열어놓은 밤색 외투의 옷자락 위로 구릿빛 얼굴과 목을 드러낸 채 랄라는 점포 사이 좁은 통로 한가운데를 걸어간다. 그녀는 키가 크지 않지만 통로 가운데로 걸어가거나 1층으로 내려가는 에스컬레이터를 타고 있을 때 보면 키가 아주 커 보인다.

그건 그녀의 두 눈과 살갗, 머리카락에서 솟아나오는 빛들, 거의 초자연적인 빛 때문이다. 그녀 뒤에는 성인 남자 양복을 입고 맨발에 검은 가죽구두를 신은 비쩍 마른 이상한 소년이 따라오고 있다. 그의 길고 검은 머리카락은 빰이 움푹 꺼지고 눈이 쑥 들어간 세모꼴의 얼굴을 덮고 있다. 그는 팔을 움직이지도 않고 겁먹은 강아지처럼 약간 옆으로 비실거리며 말없이 뒤따른다. 사람들은 놀란 눈으로 그를 쳐다본다. 마치 몸에서 떨어져 나와 혼자 돌아다니는 그림자를 보는 것 같았기 때문이다. 그의 얼굴에 두려움이 나타나는 것을 읽을 수 있다. 그는 미소를 지음으로써 두려움을 감추려 하지만, 그 미소는 이상하게 인상을 찌푸리는 것 같아 오히려 눈에 거슬린다.

때때로 랄라는 뒤를 돌아보며 그에게 조그맣게 손짓을 하거나 그의 손을 잡는다.

"이리 와!"

그러나 소년은 얼마 안 가서 또다시 멀찌감치 뒤처진다.

바깥의 길거리로 다시 나오자 태양과 바람이 여전하다. 랄라는 그에게 묻는다.

"배고프지?"

라디치는 열에 들뜬 눈을 반짝이며 그녀를 쳐다본다.

"밥 먹으러 가자" 하고 랄라가 말한다. 그러면서 그녀는 새 청바지 주머니에 아직도 남아 있는 구겨진 지폐를 한 줌 꺼내 보여준다.

직선으로 곧게 뻗은 큰길을 따라 사람들이 걸어가고 있다. 어떤 사람들은 빨리, 또 어떤 사람들은 발을 질질 끌며 천천히 가고 있다. 자동차들이 여전히 보도와 나란히 달려간다. 그 자동차들은 무엇인가, 누군가를 노리고 있는 것 같기도, 주차할 장소를 엿보고 있는 것 같기도 하다. 구름 한 점 없는 하늘에 칼새들이 떠 있다가 날카로운 소리를 내지르며 계곡에서처럼 길거리로 하강한다. 랄라는 라디치의 손을 잡고 이렇게 아무 말 없이 걸어가는 것이 만족스럽다. 마치 이 세상 끝까지 가서, 다시는 돌아오지 않을 것만 같다. 그녀는 바다 건너 노랗고 붉은 땅에 검은 바위들이 이빨처럼 솟아 있는 그 나라를 생각한다. 하늘을 향해 열려 있는 달콤한 물의 눈동자를 생각하고 피부 껍질처럼 먼지를 일으키고, 모래언덕들을 옮겨 앉게 하는 '셰르기'의 맛을 생각한다. 그녀는 또 절벽 위, 아무것도 안 보이고 단지 하늘만 보이던 하르타니의 동굴을 생각한다. 지금 큰길을 따라서 그 나라를 향해 걸어가고 있는 것 같다. 그곳으로 돌아가고 있는 것만 같다. 그들이 지나가면 사람들은 왠지 모를 환한 빛에 눈이 부셔 비켜선다. 그녀의 눈에는 사람들이 들어오지 않는다. 마치 그림자를 헤치고 지나가듯이 사람들 앞을 지나친다. 랄라는 아무 말 없이 라디치의 손을 꼭 잡고 태양이 있는 곳을 향해 앞으로 곧장 걸어간다.

바다에 당도하자 바람이 더욱 심하게 불어온다. 항구 쪽 교통체증에 묶인 자동차들이 클랙슨을 눌러댄다. 라디치의 얼굴에 또다시 두려움이 나타난다. 랄라는 그를 안심시키기 위해 손을 더욱 세게 잡아준다. 머뭇거리면 안 된다. 자칫하면 바람과 빛의 도취가 사라져버려서 다시 제정신으로 돌아올지도 모른다. 그러면 더이상 그들은 자유를 만끽할 용기가 사라질 것이다.

그들은 부둣가를 따라서 걸어간다. 돛대에서 요란한 소리를 내는 배들을 쳐다보지도 않는다. 물 위에서 반사된 빛이 랄라의 뺨 위에서 춤추듯 아롱거리며 그녀의 구릿빛 피부와 머리카락을 반짝인다. 주위의 빛은 빨갛다. 잉걸불처럼 빨갛다. 소년은 그녀를 쳐다본다. 랄라에게서 번져 나오는 열기가 그에게 스며들어 취할 때까지 가만히 그녀를 본다. 그의 심장이 세차게 고동치며 관자놀이와 목에서 맥박이 울린다.

하얗고 높은 벽들이 보이고, 커다란 음식점의 커다란 유리창이 나타난다. 그녀는 바로 저기에 가려고 하는 것이다. 대문 위에는 돛대에 꽂힌 오색기가 바람에 펄럭거리고 있다. 랄라는 이 식당을 잘 알고 있다. 석양빛을 환하게 반사하는 커다란 유리창이 달린 아주 흰 이 집을 오래전부터 먼발치서 보아왔다.

그녀는 주저하지 않고 유리문을 밀고 들어간다. 커다란 홀 안은 어슴푸레하다. 그러나 동그란 테이블에 씌워진 하얀 식탁보들은 눈부신 반점처럼 빛나고 있다. 잠시 후, 모든 것이 어둠 속에서 똑똑히 드러난다. 크리스털 화병에 꽂혀 있는 장미꽃다발, 은식기, 컷글라스 유리잔, 티 하나 없이 깨끗한 냅킨, 감색 벨벳 천을 입힌 의자 그리고 반들반들하게 왁스를 칠한 마룻바닥 위로 흰옷을 입은 가르송*들이 지나다닌다. 너무나 아득하여 현실같이 느껴지지 않는다. 그러나 랄라가 거지 소년 라디치의 손을 꼭 잡고 바로 이곳에, 마룻바닥 위로 천천히 소리 없이

---

* '소년'이라는 뜻으로 웨이터를 지칭함.

걸어 들어온다.

"이리 와," 하고 랄라는 말한다. "저기 가서 앉자."

그녀는 큰 창문 가까이에 있는 한 테이블을 가리킨다. 그들은 식당 홀을 가로질러간다. 둥근 테이블에 둘러앉아 있던 남녀들이 갑자기 접시 위에서 고개를 들고 씹던 것도 멈추고 하던 이야기도 중단한다. 가르송들은 밥이 담긴 접시에 숟가락을 꽂은 채, 또는 백포도주 병을 약간 기울이다가 한순간 일손을 멈춘다. 포도주가 유리잔에 가늘게 흐른다. 그 흐름의 끝은 꺼져가는 불길처럼 가늘게 풀어져 있다. 랄라와 라디치는 둥근 테이블에 앉는다. 장미꽃다발을 사이에 두고 아주 멋진 하얀 식탁보 양쪽에 둘이 마주앉는다. 그러자 사람들이 입속에 든 것을 다시 씹고 이야기를 계속한다. 가르송이 다시 포도주를 따르고 숟가락으로 밥을 덜어놓는다. 조그맣게 속닥거리는 목소리가 수족관의 괴물 같은 물고기처럼 커다란 유리창 앞을 지나가는 자동차의 소음에 뒤덮인다.

라디치는 감히 주위를 둘러보지도 못한다. 그는 랄라의 얼굴만 뚫어지게 쳐다보고 있다. 그렇게 밝고 아름다운 얼굴을 여태껏 본 적이 없다. 창문에서 새어 들어오는 햇빛이 숱 많은 검은 머리채를 밝게 비추어 랄라의 얼굴 주위, 목 언저리, 어깨 위, 하얀 식탁보 위에 반듯하게 얹어놓은 두 손 위에까지 화염처럼 타오른다. 랄라의 눈은 두 개의 부싯돌처럼 금속과 불꽃 색을 띠고 있으며 얼굴은 마치 매끄러운 구리가면처럼 보인다.

체구가 큰 한 남자가 그들의 테이블 앞에 서 있다. 검은 양복 속에 받쳐 입은 셔츠가 식탁보만큼이나 새하얗다. 입술이 얇은 입에 뚱뚱한 그의 얼굴은 권태로운 듯 물렁해 보인다. 이제 곧 입을 열고, 이 두 아이들에게 아무 소리 말고 당장 여기서 나가라고 말하려는 찰나, 그의 서글픈 눈초리가 랄라의 시선과 부딪친다. 그는 갑자기 하려고 했던 말을 잊어버린다. 랄라의 시선은 부싯돌처럼 단단하고 너무나 강렬하여 검은 양복을 입은 남자는 더이상 지탱하지 못하고 피할 수밖에 없다. 그냥 가버릴 듯이 한 걸음 뒤로 물러서더니 그는 목이 약간 잠긴 것 같은 이상한 목소리로 말한다.

"저…… 뭘 마시겠습니까?"

랄라는 눈 하나 까딱하지 않고 여전히 그를 쏘아본다.

"배가 고픈데요." 랄라는 간단하게 말한다. "먹을 것을 가져다주세요."

검은 양복을 입은 남자는 저쪽으로 가더니 메뉴를 가지고 와서 식탁 위에 펼쳐놓는다. 그리고 계속 그 남자의 눈을 응시하며 랄라는 그 두꺼운 메뉴를 도로 돌려준다. 조금 후면 그는 아마 이 순간에 느꼈던 혐오심을 기억하고 두려움을 느꼈던 것을 수치스럽게 생각하리라.

"저 사람들과 똑같은 것을 주세요" 하고 랄라는 주문한다. 그녀는 옆 테이블에 앉아 있는 한 떼의 사람들을 가리킨다. 그들은 이따금씩 몸을 반쯤 돌려 안경 너머로 랄라와 라디치를 관찰한다.

그 남자는 가르송들이 있는 곳으로 가서 그중 한 사람에게 이야기한다. 그러자 그 가르송이 온갖 색깔의 음식들이 가득 담겨 있는 작은 수레를 밀고 온다. 가르송은 토마토와 상추, 기다란 앤초비와 올리브, 케이퍼, 찬 감자, 노란 계란가루와 그 외 많은 것들을 접시 위에 놓아준다. 랄라는 접시를 핥아먹는 개처럼 접시 위에 고개를 처박고 허겁지

겁 먹고 있는 라디치의 모습을 보자 웃음이 난다.

이곳에서도 여전히 빛과 바람이 그녀 머리 위에서 춤추고 있다. 유리잔과 접시들 위, 벽에 걸린 거울들 위, 꽃송이들 위에서도 또한 춤춘다. 어마어마한 요리들, 불길이 치솟는 요리들, 랄라가 알지 못하는 온갖 종류의 음식이 가득 담긴 크고 화려한 접시들이 하나씩 하나씩 식탁 위로 계속 날라져온다. 오렌지색 소스 속에 풍덩 잠긴 생선요리, 산더미 같은 야채, 은으로 된 둥근 지붕 모양의 뚜껑이 덮인 빨간색, 초록색, 밤색 접시. 라디치는 뚜껑을 열고 냄새를 음미한다. 식당 지배인이 한 유리잔에는 호박색 포도주, 또 주둥이가 넓고 가볍게 생긴 다른 잔에는 아주 검붉은 루비색의 포도주를 정중하게 따라준다. 랄라는 입술을 포도주에 적신다. 그러나 랄라는 술을 마시기보다는 영롱한 색깔을 바라보며 그 색깔을 마신다. 술보다도 음식의 빛깔과 냄새가 오히려 그들 둘을 더 취하게 한다. 라디치는 이것저것 가리지 않고 한꺼번에 빨리 먹어치운다. 술잔의 술도 하나씩 하나씩 다 마셔본다. 그러나 랄라는 거의 먹지 않는다. 그녀는 단지 열심히 먹고 있는 그 소년만 쳐다보고 있다. 홀 안에 있는 사람들은 자신들의 접시 앞에 얼어붙은 듯이 앉아 있다. 시간의 속도가 늦추어졌거나 아니면 그녀의 시선이 빛과 함께 모든 것을 움직이지 못하게 고정시켜놓은 것 같다. 바깥에는 자동차들이 유리창 앞을 계속 미끄러져 간다. 선박들 사이로 잿빛 바다가 보인다.

접시 위에 있는 것을 다 비운 후에 라디치는 냅킨으로 입을 닦고 의자 등에 몸을 기댄다. 얼굴은 조금 상기되어 있고 두 눈은 몹시 반짝거린다.

"맛있었니?" 랄라가 묻는다.

"응" 하고 라디치는 간단히 대답한다. 그는 너무 많이 먹어 딸꾹질을 약간 한다. 랄라는 그에게 물 한 컵을 마시게 한다. 그러고는 딸꾹질이 그칠 때까지 그녀의 눈을 들여다보라고 말해준다.

검은 양복을 입은 뚱뚱한 남자가 그들 테이블로 다가온다.

"커피 드시겠습니까?"

랄라는 고개를 젓는다. 식당 지배인이 쟁반에 받친 계산서를 가져오자 랄라는 그것을 도로 건네주며 말한다.

"읽어주세요."

그녀는 외투 주머니에서 구겨진 지폐 뭉치를 꺼내어 한 장씩 펼쳐 식탁보 위에 놓는다. 지배인은 돈을 집어들고 가려 하다가 생각을 바꾸고서 말한다.

"저기, 문가 테이블에 앉아 계신 남자분이 아가씨와 이야기하고 싶으시다는데요."

라디치는 랄라의 팔을 잡고 세게 끌어당긴다.

"이리 와, 어서 나가자!"

문으로 가까이 다가가자 약간 슬픈 듯한 표정을 한 서른 살가량의 남자가 그 옆 테이블에 앉아 있는 것이 보인다. 그는 벌떡 일어나서 그녀 쪽으로 오더니 더듬더듬 말한다.

"저, 미안합니다. 이렇게 갑자기 말을 걸어서. 그런데 저는……"

랄라는 미소를 띠고 그를 정면으로 쳐다본다.

"실은요, 저는 사진가입니다. 당신의 사진을 찍고 싶습니다. 당신이 좋을 때 말입니다."

랄라가 대답을 하지 않고, 계속 미소만 띠고 있으니까 그 남자는 점점 더 쩔쩔맨다.

"왜냐하면요…… 조금 아까, 저기서, 당신을 보았거든요. 식당 안으로 들어올 때요. 그런데…… 너무 멋있었어요. 당신은…… 정말 멋있었어요."

그는 양복 상의 주머니에서 볼펜을 하나 꺼내어 종이쪽지 위에 재빨리 자기 주소와 이름을 적는다. 그러나 랄라는 고개를 저으며 그 쪽지를 받지 않는다.

"저는 읽을 줄을 몰라요" 하고 랄라가 말한다.

"그럼, 어디 사는지 말해줄 수 있겠습니까?" 하고 사진가는 묻는다. 그의 청회색 눈은 아주 슬픈 빛이고 개들의 눈처럼 물기가 촉촉하다. 랄라의 빛이 넘치는 두 눈동자가 그를 쳐다본다. 남자는 또 무언가 할 말을 찾는다.

"저는 생트 블랑슈 호텔에 살고 있어요." 랄라는 이렇게 말하고 재빨리 가버린다.

바깥에서 거지 소년 라디치가 그녀를 기다리고 있다. 바람이 불어와 긴 머리카락이 그의 깡마른 얼굴 위에 흘러내려와 있다. 그는 불만스러운 태도를 하고 있다. 그에게 말을 걸어도 어깨만 으쓱할 뿐이다.

어디로 가는지 생각하지도 않고 둘은 바다까지 걸어간다. 이곳 바다는 어부 나망이 있는 곳의 해변 같지 않다. 커다란 시멘트 방파제가 해안을 따라 잿빛 바위들 위에 걸려 있다. 짧은 파도가 폭발하듯 철썩거리는 소리를 내며 움푹한 바위에 부딪친다. 안개처럼 거품이 올라온다. 그래도 랄라는 좋다. 혓바닥으로 입술가를 핥으며 소금맛을 느끼는 것을 랄라는 좋아한다. 라디치와 함께 랄라는 울퉁불퉁한 바위 틈, 바람막이가 되는 곳까지 내려온다. 여기에는 태양이 아주 강하게 불타고 있다. 또 바다 위로, 소금에 절여 있는 바위들 위로 태양이 반짝거린다. 도시의 소음을 듣고 식당의 온갖 진기한 냄새를 맡은 후 바다와 하늘 외엔 아무것도 보이지 않는 이곳에 서 있으니 참으로 좋다. 조금 서쪽에는 작은 섬들이 보인다. 시커먼 바위가 몇 개 바다 위로 솟아나 있다. 라디치는 그것이 꼭 고래등 같다고 말한다. 또 커다란 흰 돛을 펼친 작은 배들도 있다. 그것들은 어린아이의 장난감 돛단배처럼 보인다.

하늘에 태양이 기울기 시작하여 파도 위에, 바위 위에 부딪치는 햇빛이 제법 부드러워진다. 바람 또한 더 부드럽게 분다. 그러면 랄라에겐 꿈꾸고 싶고, 말하고 싶은 욕망이 일어난다. 랄라는 꿀과 후추 냄새가 나는 반들반들하고 아주 조그만 풀들을 쳐다본다. 바다에 면한 잿빛 바위들 틈에서 자란 풀들은 돌풍이 불어올 때마다 살랑거린다. 랄라는 몸이 아주 작게 줄어들어 이 조그만 풀섶 속에서 살았으면 하고 생각한다. 그러면 바위 구멍 속에 살 수 있을 거야. 그리고 하루분의 마실 물로는 물 한 방울이면 충분하고, 빵 한 조각이면 이틀은 실컷 먹겠지, 하고 생각한다.

라디치는 밤색 양복 상의 주머니에서 약간 후줄근한 담뱃갑을 꺼내어 랄라에게 한 개비 건네준다. 그는, 자기는 남들 앞에선 절대로 담배를 피우지 않고 단지 자기가 좋아하는 곳에 와서만 피운다고 말한다.

그러면서 누군가 다른 사람 앞에서 피운 것은 랄라가 처음이라고 말한다. 담배 끝에 종이와 솜조각이 붙어 있는 그 미국 담배에서는 약간 구역질 나는 꿀냄새가 난다. 둘은 앞쪽의 바다를 쳐다보며 천천히 담배를 피운다. 바람이 푸른 담배 연기를 흩날려버린다.

"저기 기름 탱크 옆, 내가 살고 있는 곳 이야기를 해줄까?"

라디치의 목소리가 완전히 변했다. 이제는 치미는 감정이 목구멍을 조여드는 듯, 약간 쉰 듯한 목소리다. 랄라 쪽은 쳐다보지 않고, 담배가 타들어가 그의 입술과 손가락 끝을 태울 때까지 그는 이야기를 한다.

"그전에는 난 왕초랑 살지 않았어. 캠핑카에서 아버지 어머니랑 함께 살았어. 우리는 이 장터에서 저 장터로 그 캠핑카를 타고 다녔어. 그 차에다 사격장을 차려놨거든. 그러니까, 기병총 같은 건 아니고, 코르크 마개로 통조림통을 쏘는 거야. 그러다가 아버지가 돌아가셨어. 식구는 많고 돈은 없고 하니까 엄마가 나를 왕초한테 팔아넘겨서 내가 이곳 마르세유에 와서 살게 된 거야. 처음에는 엄마가 나를 팔았다는 걸 알지 못했어. 그런데 어느 날 내가 떠나려고 하니까 왕초가 나를 도로 붙잡아와서 때리며 하는 말이, 우리 엄마가 나를 자기에게 팔았으니까 이제는 자기가 아버지나 마찬가지라는 거야. 그래서 그 이후로는 왕초네 집을 떠나지 않았어. 왜냐하면 다시는 어머니를 보고 싶지 않았기 때문이야. 처음엔 아주 슬펐어. 아무도 아는 사람이 없어서 무척 외로웠어. 왕초는 친절하고 먹고 싶은 건 모두 줘. 그래서 익숙해지고 나니까 우리집에서 엄마와 함께 사는 것보다 차라리 이 편이 훨씬 낫다고 생각되었어. 엄마는 날 돌보려고 하지 않았으니까 말야. 왕초와 함께 있는 남자아이들은 여섯이었어. 처음에는 일곱이었지. 그런데 그중 한 명이 죽었어. 폐렴에 걸려서 금방 죽어버렸어. 우리 여섯 명은 왕초가 값을 주고 산 장소에 가서 앉아 구걸을 해서 저녁이면 돈을 갖다 바쳤어. 그중 조금은 우리가 갖고, 나머지는 모두 왕초 몫이었어. 그 돈으로 왕초는 먹을 것을 사. 왕초는 우리에게 경찰에 붙잡혀 가지 않도록 항상 조심하라고 말해주었어. 조심하지 않으면 빈민구제소에 끌려가고, 그렇게 되면 왕초도 우리를 거기서 빼내올 수 없다나봐. 그것 때문에 우리는 한 장소에 오래 머무는 법이 없었어. 왕초가 우리를 여기저기 데리고 다녔지. 처음에는 북쪽에 있는 어떤 창고에서 살았단다. 그다음에는 우리 아버지 것 같은 캠핑카를 하나 가지게 돼서 도시 어귀 공터, 집시들이 있는 곳에 가서 함께 야영을 했지. 지금은 기름 탱크 가기 바로 전에 있는 큰 집에서 모두가 살고 있어. 다른 아이들도 있는데 모두 왕초를 위해 일해. 왕초 이름은 마르셀이야. 아니타도 있는데, 그 여자는 다른 아이들을 거느리고 있어. 사내아이 두 명과 여자아이 셋인데, 그중 가장 큰 여자애는 진짜 그 여자 딸인 것 같아. 우리는 역 쪽에서 일해. 그렇지만 찍히면 안 되니까 매일 가지는 않아. 그리고 항구 쪽에도 가고 벨쉉스 거리나 카느비에르 거리에도 가서 일해. 그런데 이제 왕초가 나보고 구걸을 하기엔 너무 나이가 들었다는 거야. 그러면서 그런 일은 꼬마들이나 여자아이들이 하는 일이래. 왕초는 내가 진지한 일을 하기를 원해. 그래서 가게나 시장에서 소매치기하는 법을 내게 가르쳐주고 있어. 아, 이 양복 있잖아, 이 셔츠, 구두, 이거 모두 다 내가 망을 보고 있는 동안 왕초가 나를 위해서 가게에서 슬쩍해준 거야. 아까도 말이야, 네가 마음만 먹었더라면, 네 옷들 모두 공짜로 입고 나올 수도 있었는데. 누워서 떡 먹기야. 너는 고르기만 하면 되지. 그러면 내가, 네가 그 옷을 입고 그냥 나오게 할 수 있었는데 말야. 난 요령을 알고 있어. 예를 들어 지갑을 소매치기하려면 둘이서 해야 돼. 한 사람이 끄집어내고 그걸 그 자리에서 다른 아이한테 넘겨준단 말이야. 그래야 붙잡혀도 증거가 없거든. 왕초는 내가 이 직업에는 천부적으로 타고났대. 내 손이 길고 유연해서 말야. 그런 손이 음악을 연주하거나 도둑질을 하는 데는 그만이라는 거야. 지금 이 일은 셋이서 하고 있어. 때로는 아니타의 딸과 함께, 도처에 있는 슈퍼마켓들을 방문해. 때로는 왕초가 아니타에게, 자, 우리 슈퍼마켓에 장이나 보러 갈까 하면서 사내아이 둘을, 또 어떤 땐 아니타의 딸도 데리고 가는 거야. 그런데 말야, 그중 한 명이 항상 나란 말이야. 있잖아, 슈퍼는 아주 크단다. 통로가 얼마나 많은지 거기서 헤맬 수도 있어. 먹을 것, 입을 것, 구두, 비누, 레코드판, 뭐든지 다 있어. 그곳에 가서 두 명이 재빨리 일을 해치우는 거야. 이중으로 칸이 질러진 자루를 하나 가지고 가는데 한쪽에는 아주 작은 물건들을 넣고 한쪽에는 먹을 것을 집어넣어. 그리고 그 나머지는 아니타의 뱃속에 집어넣어. 아니타는 둥그런 바구니 같은 걸 갖고 있는데 그걸 치마 밑에 집어넣으면 꼭 임신한 것처럼 보이거든. 그리고 왕초는 비옷을 걸치고 있는데 그 비옷 안쪽에는 사방에 주머니가 달려 있어. 이렇게 해서 우리가 원하는 것을 모두 긁어모아 가지고 떠나는 거지! 처음에는 들킬까봐 겁이 났었어. 그런데 필요한 건 말이야, 적절한 순간을 골라서 주저하지 않고 쓱싹하는 거야. 머뭇거리다가는 감시원들 눈에 찍혀버려. 지금은 아주 멀리서도 감시원을 잘 알아볼 수 있어. 그 작자들은 한결같이 똑같은 거동으로 걸어가고 흘끔흘끔 곁눈질을 하거든. 그래서 1킬로미터 밖에서도 척

보면 알 수 있어. 그런데 난 말이야, 내가 좋아하는 일은 거리에서 자동차 일을 하는 거야. 왕초가 내게 자동차가 있을 때는 어떻게 하는가를 가르쳐주겠다고 말했어. 그 일에 대해선 전문가거든. 어떤 때는 왕초가 시내에 가서 자동차 한 대를 몰고 오기도 해. 나를 훈련시키려고 그러는 거야. 그래서 철사줄이나 다른 열쇠를 사용해서 자물쇠를 따는 법을 가르쳐주었어. 대부분의 자동차는 다른 열쇠를 가지고 열 수 있어. 그다음에 그는 내게 계기판 밑으로 철사줄을 집어넣어 도난방지기 고장내는 것을 가르쳐주지. 그런데 왕초 말로는 내가 운전하기에는 너무 나이가 어리대. 그래서 자동차 안에 있는 것을 쓸어오지. 때로는 콘솔박스 안에 별 물건들이 다 들어 있어. 수표책, 서류, 어떤 때는 돈도 있어. 그리고 의자 밑에 카메라나 라디오가 있을 때도 있어. 이따금씩 지나가는 고양이 말고 아무도 없는 아주 이른 시간에 혼자 일하는 게 좋더라. 태양이 떠오르는 걸 보는 게 좋아. 그리고 아침의 깨끗한 하늘도. 왕초는 또 내가 집 대문 자물쇠 여는 법을 배우기를 원해. 이 근처 바닷가에는 부자들의 별장이 있는데 왕초는 둘이서 일하면 한몫할 수 있을 거라고 그래. 왜냐면 우리가 몸놀림이 아주 가볍고 벽을 잘 타기 때문이래. 그래서 우리에게 자물쇠 여는 법이랑, 유리창 여는 법 등 여러 가지 요령을 가르쳐주는 거야. 그런데 왕초는 이제 그 일을 안 하겠대. 여차하면 뛰어야 하는데 너무 나이가 들어서 빨리 달릴 수가 없다는 거야. 그렇지만 그건 진짜 이유가 아니야. 사실은 이미 한 번 붙잡혔기 때문에 이젠 그 일이 겁이 난 거야. 리토라고 불리는 작자와 벌써 한 번 가봤어. 그는 나보다 더 나이가 많고 예전에 왕초를 위해서 일한 적이 있대. 그가 나를 데리고 갔었어. 그가 미리 점찍어놓은 집이 있는 프라도 근처, 어느 골목길에 갔었는데 그 집에 아무도 없다는 걸 그는 알고 있었던 거야. 나는 들어가지 않고 정원에 남아서 망을 보고 그동안 리토는 들고 올 수 있는 것은 모두 옮겨놓았어. 우리는 왕초가 기다리고 있는 자동차까지 그걸 모두 운반했어. 겁이 나더라. 망보려고 정원에 남아 있었던 게 나였잖아. 내 생각엔 차라리 집안으로 들어가서 일했더라면 훨씬 겁이 덜 났을 것 같아. 일을 시작하기 전에는 모든 걸 다 알아두어야 해. 그렇지 않으면 잡히니까 말이야. 집안으로 들어가려면 먼저 적당한 창문을 찾아낼 줄 알아야 해. 그러고 나서는 나무 홈통을 타고 기어올라가야 하고, 현기증을 느끼면 안 돼. 그리고 그다음엔 절대 침착해야 돼. 경찰관들이 오더라도 꼼짝 않고 있거나 지붕 위로 숨어야 해. 뛰어 달아나면 5초 만에 덜미를 붙잡히고 말기 때문이야. 이런 것들은 모두 왕초가 집에서 가르쳐줘. 우리들 집을 기어오르게 시키고 밤에 지붕 위를 걸어가게 시키기도 하고 낙하산 특공대처럼 몸을 굴리며 뛰어내리는 것도 가르쳐주지. 그런 걸 공 굴리기 전법이라고 해. 그런데 왕초는 우리가 무한정 여기에 머무를 건 아니래. 캠핑카를 하나 사서 스페인으로 떠나겠다는 거야. 난 니스로 갔으면 좋겠는데 내 생각엔 왕초는 스페인을 더 좋아하는 것 같아. 너도 우리랑 함께 가지 않을래? 내가 왕초에게 내 여자 친구라고 말하면 네게 아무것도 묻지 않을 거야. 내 여자 친구라고만 말할게. 네가 우리랑 함께 캠핑카에서 살게 되면 참 좋을 거야. 너는 어쩌면 가게에서 일하는 기술을 배울 수도 있을 거고 아니면 자동차 일을 우리 둘이 번갈아 가며 할 수도 있지 않을까? 그러면 사람들이 우리를 경계하지도 않을 거고 말이야. 아니타는 아주 친절해. 틀림없이 너도 아니타를 좋아할 거야. 금발에 푸른 눈동자인데, 아무도 그 여자가 집시라고 믿지 않아. 네가 만약 우리와 함께 떠난다면 난 니스에 가지 않아도 상관없어. 스페인에 가도 난 괜찮아. 어디든 말야……"

라디치는 이야기를 중단한다. 그는 랄라에게 여러 가지 것을 물어보고 싶다. 뱃속에 있는 아기에 대해서 묻고 싶지만 감히 엄두를 못 낸다. 담배를 또 한 개비 불붙여서 피운다. 그러다가 이따금씩 담배를 랄라에게 건네주면 그녀도 한 모금 빨아들인다. 그들은 둘이서 함께, 아름다운 바다와 고래등처럼 솟아 있는 검은 바위섬들 그리고 햇빛이 가득 내리쪼이는 바다 위에 천천히 떠 있는 장난감 같은 배들을 쳐다본다. 때때로 바람이 아주 세게 불어와 하늘과 바다가 금방 뒤엎어질 것만 같다.

지금 랄라는 잡지의 표지들과 지면마다 실려 있는 자기 사진을 쳐다본다. 그녀는 거의 실물 크기대로 자기 얼굴이 나타나 있는 사진 묶음과 인화지, 또 컬러 견본들을 쳐다본다. 그녀는 잡지를 옆으로 비스듬히 쥐고, 따라서 고개도 옆으로 갸우뚱한 채 페이지를 뒤적인다.

"사진이 마음에 드나요?" 사진가는 약간 불안이 섞인 목소리로 그것이 매우 중요한 일이라는 듯이 물어본다.

그녀는 사진을 보면 웃음이 나지만 소리는 내지 않고 웃는다. 그 바람에 그녀의 하얀 이들이 입술 사이에서 반짝거린다. 그녀한테는 그 모든 것이 우습다. 마치 이 잡지들이 모두 장난 같고 지면 위에 보이는 얼굴이 그녀가 아닌 것처럼, 사진들이 죄다 우습다. 첫째로, 그 사진 속의 사람은 자기가 아니라 하와다. 이 이름은 그녀 스스로 지어서 사진가에게 가르쳐준 이름이고, 사진가는 그녀를 그렇게 부른다. 파니에 거리의 층계에서 처음 그와 마주쳤을 때 그는 그녀를 그렇게 불렀다. 그리고 새로 지은 건물의 1층에 있는 커다랗고 텅 빈 그의 아파트로 그녀를 데리고 왔다.

이제 잡지 지면에, 인화지 위에, 아파트의 벽 위에, 어디에고 하와가 있다. 흰 옷을 입고 허리엔 검은 벨트를 하고 그늘 한 점 없는 암석지대의 한가운데에 혼자 서 있는 하와, 검은 실크로 된 스카프를 아파치족처럼 이마에 두른 하와, 황토색과 붉은색, 금색의 오래된 구시가 포석 위에 포즈를 취하고 있는 하와, 지중해 위에 우뚝 선 포즈의 하와, 벨쉉스 산책로의 군중 틈에 포즈를 취한 하와, 마르세유역으로 올라가는 계단 층계에 서 있는 하와, 기름 탱크와 연기를 뿜어내는 굴뚝의 그림자를 배경으로 사막처럼 거대한 광장의 아스팔트 위에 날염 옷을 입고 맨발로 서 있는 하와, 또 걷는 모습의 하와, 춤추는 모습의 하와, 잠자는 하와, 아름다운 구릿빛 얼굴에 길고 매끄러운 몸이 햇볕에 반짝이는 하와, 독수리 같은 눈초리에 검고 탐스러운 머리를 어깨 위로 폭포수처럼 내려뜨리고 있거나 혹은 바닷물에 젖어 합성수지 모자처럼 매끄러운 머리카락을 드러내고 있는 하와의 사진들이다.

그렇지만 하와는 누구인가? 매일 아침, 연회색의 널따란 거실 바닥에 놓여 있는 에어 매트리스에서 깨어난 그녀는 욕실에서 소리도 내지 않고 씻은 후, 창문을 타 넘고 나가서 길거리를 지나 바다가 있는 데까지 무턱대고 간다. 사진가가 잠에서 깨 눈을 뜨지만 하와를 방해하지 않으려고 짐짓 아무 소리도 못 들은 채 꼼짝도 하지 않고 누워 있다. 그는 그녀가 으레 그렇다는 것을 알고 있기 때문에 그녀를 잡으려고 하지 않는다. 다만 고양이처럼 그녀가 다시 들어올 수 있게 창문을 그대로 열어놓아둘 뿐이다.

때때로 그녀는 밤이 되어서야 올 때도 있다. 창문을 통해 아파트 안으로 살그머니 들어온다. 사진가는 그 소리를 듣는다. 그리고 암실에서 나와 거실로 가서 그녀 옆에 앉아 몇 마디 말을 건다. 그녀를 볼 때 그는 언제나 감동을 받는다. 그녀의 얼굴이 빛과 생기로 가득 차 있기 때문이다. 그는 어두운 암실에서 나온 탓에 눈이 부셔서 눈을 껌뻑거린다. 그는 언제나 그녀에게 말하고픈 얘기가 많다고 생각한다. 그러나 막상 하와 앞에 있으면 하고자 했던 이야기가 무엇이었는지 다 잊어버리고 만다. 이야기를 하는 쪽은 오히려 그녀다. 그녀는 길에서 자기가 본 것과 들은 것들을 이야기한다. 그리고 이야기를 하면서 자신이 사온 빵과 과일, 또 킬로그램으로 무게를 달아 사가지고 온 대추야자를 먹는다.

이 모든 것 중에서 가장 특별한 것은 편지다. 각지에서 온 편지 겉봉에는 하와의 이름이 적혀 있다. 사진가의 주소와 이름이 적혀 있는, 패션 신문과 패션 잡지들도 있다. 그는 이 모든 편지들을 받으면서 행복감과 불안감을 동시에 느낀다. 하와는 그에게 편지를 읽어달라고 한다. 그녀는 고개를 옆으로 약간 젖히고 박하차를 마시면서 그가 읽어주는 편지를 계속 듣고 있다(이제 사진가의 부엌에는 말린 녹차와 자스민차, 조그만 박하차 봉지가 들어 있는 통이 가득하다). 편지 중에는 가끔 굉장한 내용도 있고, 또 때로는 하와의 사진을 본 소녀들이 마치 옛날부터 그녀를 잘 알고 있었던 것 같은 말투로 써 보낸 아주 바보 같은 내용도 있다. 그리고 그녀에게 반한 청년들이 그녀가 네페

르티티*나, 잉카의 공주처럼 아름답다고 찬사를 바치며 언젠가 한번 만나고 싶다고 쓴 편지들도 있다.

랄라는 웃기 시작한다.

"굉장한 거짓말쟁이들이군!"

사진가가 방금 뽑은, 가늘고 긴 눈이 보석처럼 빛나고 햇빛에 반짝거리는 호박색 피부에 입술은 약간 냉소적인 미소가 배어 있는 하와의 날카로운 옆얼굴 사진들을 그녀에게 보여주자, 랄라 하와는 또다시 웃기 시작하며 같은 말을 반복한다.

"거짓말쟁이! 거짓말쟁이!"

그 사진들이 자신과 도무지 닮지 않았기 때문이다.

그리고 또 계약과 돈, 만날 약속에 대해 쓴 심각한 편지들도 있다. 그 문제에 대해서는 사진가가 모든 것을 결정하고 도맡아서 처리한다. 그는 디자이너들에게 전화를 해서 그의 수첩에 약속 날짜를 메모하고 계약서에 사인을 한다. 입을 옷 모양, 색깔, 사진을 찍을 장소 등을 그가 다 선택한다. 그러고 나서 하와를 그의 빨간 폭스바겐 밴에 태우고, 저멀리 집 한 채도 없는 가시덤불로 덮인 잿빛 언덕이나 큰 강의 삼각주, 하늘과 물이 같은 색인 매끄러운 늪가로 데리고 간다.

랄라 하와는 사진가의 밴을 타고 여행하는 것을 무척 좋아한다. 창가로 휙휙 스쳐지나가는 풍경과 그녀 쪽으로 구불구불 다가오는 검은 도로들, 집, 정원들, 옆으로 스쳐지나가는 황무지들을 바라본다. 길가에 서 있는 사람들이 공허한 모습으로 마치 꿈속에서처럼 쳐다본다.

---

* 이집트의 왕 아크나톤의 왕비로, 고대 이집트 최고의 미인으로 꼽힌다.

그것은 어쩌면 랄라 하와가 본 꿈일지도 모른다. 그 꿈속에는 진정한 낮도 밤도 없으며, 허기도 갈증도 없고, 다만 백악질과 가시덤불의 풍경과 교차로와 길들, 기념물과 호텔이 있는 도시가 미끄러져 지나갈 뿐이다.

사진가는 끊임없이 하와의 사진을 찍는다. 그는 카메라를 바꾸고 빛을 조절하고 셔터를 누른다. 도처에, 어디에나 하와의 얼굴이 있다. 겨울하늘에 후광처럼 태양이 쏟아붓는 빛 속에, 캄캄한 밤 속에 그녀의 얼굴이 있고 라디오의 음률과 전화에 녹음된 메시지 속에서 그녀의 얼굴이 진동한다. 사진가는 암실에 혼자 들어가 작은 램프의 오렌지 불빛 아래서 산酸에 잠긴 인화지 위에 형태를 드러내는 얼굴을 끝없이 쳐다보고 있다. 처음엔 어렴풋한 두 눈이 점점 반점처럼 또렷하게 나타나고, 이어서 새까만 머리카락, 입술의 곡선, 코의 형태, 턱 밑의 그늘 등이 나타난다. 마치 랄라 하와가 다른 곳, 저 세상 반대편 끝에서 살던 때 언제나 던지던 그 시선처럼, 사진 속의 두 눈은 다른 곳을 보고 있다. 사진가는 사진을 볼 때마다 처음으로 갈레르 레스토랑에서 그녀를 보고 그 시선의 광채에 포로가 됐을 때처럼, 그리고 얼마 후 도시의 구시가에 있는 층계에서 우연히 그녀를 다시 만났을 때처럼, 가슴이 세차게 고동치기 시작한다.

그녀는 그에게 단지 그녀의 형태와 그녀의 이미지만을 준다. 그 이외의 것은 아무것도 주지 않는다. 때때로 그녀의 손바닥이 닿거나 머리카락이 그의 몸을 스칠 때 사진가의 몸에는 반짝하는 섬광과 함께 전기가 통하고 자두 냄새 같은 약간 새콤하고 자극적인 그녀의 냄새가 후각을 자극하며 그녀의 목소리, 밝은 웃음이 그를 사로잡는다. 도대체 그녀는 누구인가? 아마도 그는 그녀를 구실로 꿈을 꾸고 있는 것인지도 모른다. 그래서 그는 그 꿈을 좇아서 캄캄한 암실에서 주름상자가 달린 카메라와 렌즈를 가지고 그녀의 두 눈 속의 어둠과 그녀의 미소를 확대하고 있는 것이 아닐까? 다른 남자들처럼 신문의 지면 위, 잡지의 냉랭한 사진들 위에서 사진가는 꿈을 꾸고 있는 것이 아닐까?

그는 비행기를 타고 하와를 파리까지 데리고 간다. 그들은 택시를 타고 잿빛 하늘 밑 센강을 따라 사업상의 약속 장소로 간다. 그는 진흙색 강물이 흐르는 강변 산책로에서, 커다란 광장에서, 끝이 보이지 않는 큰 거리에서 사진을 찍는다. 그는 지치지도 않고 빛이 물처럼 미끄러져 흐르는 구릿빛의 아름다운 얼굴을 찍어댄다. 검은 새틴 슬립을 입고 있는 하와, 밤하늘처럼 검푸른 트렌치코트를 입은 하와, 머리를 한 줄기로 탐스럽게 땋아 내린 하와를 찍는다. 그의 시선이 하와의 시선과 마주칠 때마다 그의 가슴은 송곳에 찔린 듯하다. 그 때문에 그는 사진을 분주히 찍어대고, 또 언제나 많이 찍는다. 그는 앞으로 한 걸음 나왔다가 또 뒤로 물러나고, 카메라를 바꾸면서 무릎을 땅바닥에 대고 사진을 찍는다. 랄라는 그를 놀린다.

"사람들이 보면 춤추는 줄 알겠어요."

그는 화를 내보려고 하지만 도저히 화가 나지 않는다. 이마에 젖은 땀과, 땀이 나서 카메라 뷰파인더에 미끄러지는 눈썹을 닦는다. 갑자기 랄라가 햇빛이 비치는 양지에서 나와버렸다. 포즈를 취하다보니 피곤했기 때문이다. 그녀는 가버린다. 사진가는 허탈감을 느끼지 않으려고, 호텔방 욕실에 임시로 마련한 캄캄한 암실에서 가슴이 두근거리는 소리를 들으며, 산이 담긴 큰 통에서 아름다운 얼굴이 나타나고, 특히 두 눈과 옆을 바라보고 있는 눈에서 분출되는 깊은 빛이 드러나기를 기다리며, 몇 시간이고 계속 그녀를 쳐다보고 있다. 그녀의 동공 속, 저 아득한 곳에서 누군가가 비밀스럽게 말없이 지켜보고 있는 것 같다. 그러고 나서 천천히 형성되는 구름처럼, 이마와 튀어나온 광대뼈의 선 그리고 해와 바람이 만든 구릿빛 피부결이 마침내 하나하나 서서히 형체를 나타낸다. 종이 위에 간혹 그녀 내부의 비밀들이 드러나기도 한다. 그러나 그 비밀은 우리가 눈으로만 볼 수 있는 것이지 소유할 수는 없다. 설사 그녀가 죽을 때까지 그녀 생의 시시각각, 매초마다 사진들을 찍는다 할지라도 결코 소유할 수 없는 것이다. 사진 속에는 미소도 있다. 아주 부드럽고 약간 냉소적인 그 미소로 입술 양쪽엔 볼우물이 지고, 두 눈이 약간 비스듬하게 오므라들어 있다. 이 모든 것들이 사진가가 그의 카메라로 포착하고 싶어하는 것이며, 또 암실의 어둠 속에서 다시 탄생시키고 싶은 것들이다. 때때로 그는 그 미소, 그 눈빛, 얼굴선의 아름다움 등, 그것들이 실제로 나타날 것 같은 착각이 든다. 그러나 그것은 잠시뿐이다. 산에 잠겨 있는 인화지 위 얼굴이 움직이며 변형되고 흔들리며 어둠에 덮인다. 그리고 그것은 마치 사진 위의 형상, 현재 살아 있는 인물을 지워버리는 것 같다.

그 얼굴은 어쩌면 이 형상 속에 있는 것이 아니라 다른 곳에 있는 게 아닐까? 발걸음과 움직임 속에 있는 것이 아닐까? 사진가는 그녀의 앉는 태도, 두 손바닥을 편 채 움직이는 그녀의 모습, 팔꿈치에서 손가락 끝까지 완벽하게 흐르는 곡선 등, 랄라 하와의 몸짓들을 바라본다. 그는 그녀의 목선, 휘어질 것 같은 등줄기, 널찍한 손과 발, 어깨, 어깨 위에 굵은 곱슬로 흘러내리며 잿빛 광택을 내는 숱 많은 검은 머리를 바라본다. 그는 랄라 하와를 쳐다보면서 이따금씩 또다른 얼굴이 그녀의 얼굴 가까이 스치고, 그녀의 몸 뒤에 또다른 몸이 겹쳐지는 것같이 보일 때가 있다. 겨우 알아볼까 말까 할 정도로 짧은 순간 다른 여인이 심연에서 떠올랐다가는 떨리는 기억만 남기고 자취를 감춘다. 그 사람은 누구일까? 그가 하와라고 부르는 여자는 누구인가? 그녀의 진짜 이름은 무엇인가?

이따금 하와는 그를 쳐다본다. 식당에서, 공항 대합실에서, 사무실에서 사람들을 쳐다본다. 그녀의 시선은 마치 그들을 말소시키고 종국에 가서는 그들 자신이 귀속하여야 할 허무 속으로 돌려보낼 것만 같다. 그녀의 이런 이상한 시선을 볼 때면 사진가는 추위가 몸속을 파고드는 듯한 전율을 느낀다. 그것이 무엇인지 그는 알 수가 없다. 아마 랄라 하와 속에 살고 있는 또다른 존재가 그 눈으로 이 세상을 쳐다보고, 판단하는 것이리라. 이런 순간에도 거대한 도시와 강, 광장, 거리 등, 이 모든 것들이 사라지고 막막한 사막과 모래, 하늘, 바람만 보이는 것 같다.

그리하여 사진가는 사막과 비슷한 장소에 하와를 데리고 간다. 판판한 돌이 널린 평원, 늪, 광장, 공터 같은 곳이다. 사진가에게, 하와는 햇빛 속을 걸어가고, 그녀의 시선은 뭔가의 그림자나 형상을 찾는 맹금의 눈처럼 지평선을 쓸고 가는 것처럼 보인다. 그녀는 정말로 누군가를 찾고 있는 듯 오랫동안 바라보더니 그림자를 드리우고 서서 꼼짝도 하지 않는다. 그러면 사진가는 사진을 찍기 시작한다.

그녀는 무엇을 찾고 있을까? 그녀가 이 생에서 바라는 것은 무엇일까? 사진가는 그녀의 눈, 그녀의 얼굴을 쳐다본다. 그리고 그녀의 시선이 발하는 강한 빛 뒤에 숨은 깊은 불안을 감지한다. 또한 경계와 본능적인 도피 그리고 야생동물의 눈에서 볼 수 있는 이상한 광채도 간간이 그 속에 들어 있다. 그가 예상하고 있었던 대로, 어느 날 그녀가 그에게 그것을 얘기해주었다. 그녀는 자기 몸속에 아이가 들어 있으며 그녀의 배가 불러오고 가슴이 부풀어오른다고 조용히 이야기했다.

"언젠가는요, 당신도 아시다시피, 저는 갈 거예요. 떠날 거예요. 그땐 저를 붙잡으려고 하지 마세요. 전 영원히 떠날 거니까요……"

그녀는 돈을 원하지 않는다. 돈에는 관심이 없다. 사진가가 그녀에게 돈—포즈를 취한 시간 값으로—을 줄 때마다 하와는 그 지폐들 중 한 장이나 두 장만 집고 나머지는 도로 돌려준다. 이따금 그녀가 그에게 돈을 줄 때도 있다. 마치 그녀는 아무것도 지니고 싶지 않다는 듯, 멜빵 달린 청바지 주머니에서 지폐와 동전들을 몇 줌씩 꺼내준다.

랄라는 또 벽 모서리에 웅크리고 있는 거지들을 찾아 길거리를 돌아다니며 그들에게도 동전을 한 움큼씩 준다. 그들이 한 닢도 떨어뜨리지 않고 받도록 자기 손을 그들의 손바닥에 꼭 대고 건네준다. 또 맨발로 중심가를 돌아다니는 베일 쓴 집시 여자들, 검은 옷을 입고 우체국 문 앞에 웅크리고 앉은 노파들, 광장 벤치에 누워 있는 거지들, 밤이 되면 부잣집 쓰레기통을 뒤지는 노인들에게 돈을 준다. 그들은 모두 그녀를 잘 알고 있다. 그녀가 오는 것을 보면 그들은 눈을 반짝거리며 그녀를 쳐다본다. 거지들은 그녀를 매춘부로 생각하고 있는데, 매춘부들만이 그들에게 많은 돈을 주기 때문이다. 그들은 농담을 하며 크게 소리내어 웃지만, 그녀를 보게 되는 것을 어쨌든 즐겁게 생각하고 있는 것 같다.

이제 어디에서나 사람들이 하와의 이야기를 한다. 파리의 신문기자들이 그녀를 보러 왔다. 어느 날 저녁, 한 여성 기자가 호텔 로비에서 그녀에게 질문을 던진다.

"사람들은 모두 당신 이야기를 하고 있어요. 하와의 신비로움에 대해서 말예요. 하와가 누구죠?"

"제 이름은 하와가 아니에요. 제가 태어났을 때, 저는 이름이 없었어요. 그냥 블라 에슴이라고 불렀죠. 이 말은 '이름이 없다'는 뜻입니다."

"그런데 왜 하와죠?"

"그건 제 어머니의 이름이었어요. 그리고 전 하와의 딸이니까. 제 이름도 하와인 것뿐이에요."

"어느 나라에서 왔나요?"

"제가 떠나온 나라는 저처럼 이름이 없어요."

"그 나라는 어디에 있습니까?"

"아무것도, 아무도 없는 곳이죠."

"이곳엔 왜 왔죠?"

"여행하는 걸 좋아해서요."

"일상생활에서 좋아하는 게 뭡니까?"

"삶이에요."

"좋아하는 음식은요?"

"과일."

"좋아하는 색깔이라면?"

"파랑."

"좋아하는 보석은?"

"길바닥의 돌멩이요."

"좋아하는 음악은?"

"자장가."

"시를 쓰신다고들 하던데요?"

"전 글을 쓸 줄 몰라요."

"영화는 어때요? 어떤 계획을 갖고 있나요?"

"아무 계획도 없어요."

"당신에게 있어서 사랑이란 무엇입니까?"

그러자 갑자기 랄라 하와는 지겨워졌다. 그래서 그녀는 그 자리를 박차고 나와 호텔 문을 밀고 나가 뒤도 돌아보지 않고 길로 사라진다.

길에는 이제 그녀를 알아보는 사람들이 많이 있다. 소녀들이 그녀의 사진을 한 장씩 들고 와서 내밀며 사인해주기를 부탁한다. 그러나 하와는 글을 쓸 줄 모르기 때문에 단지 그녀의 부족 표시를 그려준다. 그 표시는 사람들이 낙타나 염소의 가죽 위에 찍어주는 것이다. 그리고 그 표시는 심장 모양과도 비슷하다.

큰 거리, 백화점, 길 어디에고 사람들이 많이 있다. 수많은 사람들이 서로 부딪치고 서로 쳐다본다. 그러나 랄라 하와의 시선이 그들 위로 지나가면 모든 것이 지워지고 침묵하며 사막처럼 변한다.

랄라 하와는 다음에는 무엇이 있는가 알아보려고 이 장소들을 빨리 지나가려고 한다. 어느 날 밤, 사진가가 궁전이란 이름의 댄스홀에 그녀를 데리고 갔다. '파리 팔라스', 이게 그 이름이었다. 춤을 추기 위해 그녀는 등이 파인 검은 원피스를 입었다. 사진가가 사진을 찍고 싶어 했기 때문이다.

그곳 역시, 고층 건물들의 윤곽과 햇빛 아래 주차된 자동차의 차체만 늘어서 있는 텅 빈 광장과 흡사하다. 그 끔찍하고 텅 빈 곳에는 자욱한 담배연기와 전깃불빛 아래, 숨막힐 듯한 어둠 속에 남자와 여자들이 한데 붐비면서 상을 찌푸리고 있고 시끄러운 소리가 바닥과 벽을 때리며 진동시킨다.

랄라 하와는 계단 모서리에 앉아서, 춤추는 사람들과 땀에 번들거리는 그들의 얼굴, 번쩍거리는 그들의 옷을 쳐다본다. 홀 안쪽 구석 움푹한 동굴 같은 곳에는 연주자들이 있다. 그들은 기타를 치고 북을 두드린다. 그러나 거인이 고함치는 듯한 음악 소리는 다른 곳에서 들리는 것 같다.

어느새 그녀도 둥근 무대 위, 사람들 한가운데서 춤을 춘다. 그녀는 사람들 중앙에서, 혼자서 무서움을 감추고, 마치 옛날에 배웠던 것처럼 춤을 춘다. 그곳에는 소리도 너무 많고 불빛도 너무 많다. 사진가는 계단에 앉아서 꼼짝도 하지 않고 사진 찍을 생각조차 하지 않는다. 처음에 사람들은 하와를 주목하지 않았다. 불빛 때문에 눈이 잘 안 보였기 때문이다. 그다음 그들은 눈치채지 못한 사이에 분명 뭔가 굉장한 일이 일어났다는 느낌을 받았다. 그들은 비켜나서 랄라 하와를 보려고, 차례차례 춤추던 것을 멈춘다. 둥근 조명 속에 완전히 혼자가 된 그녀는 아무도 보지 않는다. 마치 음악이 그녀 몸속에 있는 것처럼 전자음악의 느린 리듬에 맞춰 춤을 춘다. 검은 원피스의 천과 구릿빛 피부, 머리카락 위에서 조명이 빛난다. 사람들은 어둠 때문에 그녀의 눈을 볼 수가 없다. 그러나 그녀의 시선은 사람들 위로 스쳐지나가서, 그녀의 온 힘과 아름다움으로 홀 안을 가득 채운다. 하와는 매끄러운 바닥 위에서 맨발로 춤을 춘다. 그녀의 길고 편편한 발이 북의 리듬에 맞춰 뛴다. 아니, 오히려 그녀가 자신의 발바닥과 발뒤꿈치로 음악의 리듬을 이끌어가고 있는 것 같다. 그녀의 몸이 유연하게 물결치고 허리, 어깨, 팔이 날개처럼 가볍게 벌어진다. 조명이 그녀를 비추고 두 발에 빛의 소용돌이를 일으키며 그녀를 감싼다. 커다란 홀에는 이제 완전히 그녀 혼자뿐이다. 마치 광장 한가운데나 암석 고원 가운데, 그녀 혼자 있는 것 같다. 전자음악이 그녀만을 위해서 느리고 육중한 리듬을 연주한다. 그녀 주위에 있던 남자와 여자들 그리고 반짝거리는 거울에 비치는 그림자들도 이제 모두 사라져버린 것일까? 그녀는 지금 아무도 보지 않고 아무 소리도 듣지 않는다. 계단에 앉아 있던 사진가마저도 사라져버렸다. 그들은 마치 바위나 석회암으로 변해버린 것 같다. 그러나 그녀, 그녀는 움직일 수 있다. 마침내 그녀는 자유롭게 팔을 벌리고 바닥을 발로 두드리며 제자리에서 빙빙 돌기도 한다. 마치 밤을 향해 올라가는, 커다란 축에 끼인 바큇살 위에서 도는 것처럼 처음엔 발가락 끝으로, 다음엔 발뒤꿈치로 바닥을 차며 돈다.

그녀는 떠나기 위해, 보이지 않는 사람으로 변하기 위해, 새처럼 구름 속으로 날아오르기 위해서 춤을 춘다. 그녀의 맨발 아래에서, 플라스틱 바닥은 뜨겁게 달아오르고 가벼워지며 모래 같은 색깔로 변한다. 그녀의 몸 주위에서 바람과 같은 속도로 공기가 회전하고 있다. 춤으로 인한 현기증으로 빛이 반짝거린다. 그 빛은 조명의 거칠고 차가운 빛이 아니라 대지와 바위, 하늘조차도 하얗게 보이는 아름다운 햇빛이다. 전자음악, 기타, 오르간, 북들이 내는 느리고 무거운 음악이 그녀 몸 안에 들어온다. 그러나 그녀는 그 소리조차 듣고 있지 않은 것 같다. 음악이 어찌나 느리고 깊은지, 그녀의 구릿빛 피부, 머리카락, 눈을 모두 덮어버리는 것 같다. 춤의 도취가 그녀의 주위에 전달된다. 남녀가 모두 한순간 멈추더니 다시 춤을 추기 시작한다. 모두 다 하와의 리듬을 따라 발가락과 발뒤꿈치로 바닥을 두드리며 춤을 추고 있다. 아무도 말하지 않는다. 아무도 숨소리를 내지 않는다. 사람들은 도취해서 춤의 율동이 자기 자신 속에 들어와 마치 해수면 위에 이는 회오리바람처럼 그들을 휩쓸어가버리기를 기다린다. 하와의 숱 많은 머리카락이 어깨 위에서 박자에 맞춰 들렸다 내려앉았다 하며 요동치고, 벌리고 있는 손가락들이 떨린다. 남자와 여자들의 맨발이 유리같이 매끌매끌한 바닥을 점점 더 빨리 두드리고 전자음악의 리듬도 따라서 점점 더 빨라진다. 커다란 홀에는 이제 벽도 거울도 불빛도 없다. 그것들은 춤의 현기증으로 말미암아 뒤집히고 사라졌다. 이제 희망 없는 이 도시, 심연 같은 이 도시, 길은 덫과 같고 집은 무덤과 같은 이 도시는 사라졌다. 거지와 매춘부의 도시는 자취를 감추었다. 춤추는 사람들의 취한 시선이 이 모든 장애물과 오래된 거짓들을 다 지워버렸다. 이제 랄라 하와의 주위에는 끝없는 먼지와 하얀 돌이 펼쳐진다. 모래와 소금이 살아 있는 공간, 모래언덕의 파도들이 펼쳐진다. 마치 옛날에, 모든 것이 끝날 것처럼 보이던, 염소들이 다니는 오솔길 끝에서처럼 땅 끝, 하늘 바로 밑, 바람의 문턱에 와 있는 것 같다. 마치 그녀가 비밀이라고 부르는 에스 세르의 시선을 처음으로 느꼈을 때와 똑같다. 현기증 한가운데서도 그녀의 발은 그녀를 점점 더 빨리 맴돌게 한다. 그리고 오랜만에 처음으로 그녀는 자기를 쳐다보고 관찰하는 것 같은 어떤 시선을 다시 느낀다. 춤추는 사람들과 멀리, 안개 낀 도시와도 멀리 떨어져, 막막하고 텅 빈 공간에서 비밀의 시선이 그녀 속으로 들어와서 그녀의 심장을 건드린다. 견디기 힘든 강렬한 한줄기 빛이 갑자기 타기 시작한다. 그 빛은 하얗고 뜨겁게 폭발하여 홀 전체에 퍼진다. 번개처럼 잽싸게 전구와 네온사인들을 온통 깨뜨리고 기타를 치는 연주자들의 손가락에 벼락을 내리며 스피커들을 전부 산산이 폭발시킬 것만 같다.

계속 돌면서, 랄라는 해체되는 마네킹처럼 제자리에 주저앉으며 유리 같은 바닥으로 천천히 미끄러진다. 머리카락으로 얼굴을 가린 채, 그녀는 혼자 오래 바닥에 누워 있다. 이윽고 사진가가 그녀의 곁으로 다가온다. 춤추던 사람들은 방금 자신들에게 일어난 변화가 무엇인지 깨닫지도 못한 채 길을 비켜준다.

죽음이 왔다. 죽음은 양과 염소들로부터, 또 강바닥에 남아 있던 말들로부터 시작되었다. 가축들은 풍선처럼 부풀어오른 배에 다리를 쩍 벌리고 죽어갔다. 그다음에는 아이들과 노인들 차례였다. 이들은 헛소리를 하며, 몸을 일으키지도 못했다. 어찌나 많은 아이들과 노인들이 죽었는지 그들을 모두 함께 강 하류 붉은 먼지가 이는 언덕에 매장하지 않으면 안 되었다. 헌 포대기에 둘둘 말은 시체를 새벽에 지고 가 장례식도 없이 황급히 구멍을 파서 간단히 묻고는 그 위에 들개들이 파헤치지 못하도록 돌을 몇 개 얹어놓았다. 죽음과 동시에 셰르기 바람이 함께 몰아닥쳤다. 그것은 돌풍처럼 불어와 뜨거운 소용돌이 속에 사람들을 감싸버리고 흙 위의 모든 습기를 말려버렸다.

매일같이 누르는 다른 아이들과 함께 가재를 찾아서 강바닥을 헤맸다. 산토끼와 날쥐를 잡으려고 풀잎과 잔 나뭇가지를 엮어 덫을 만들어놓기도 했는데, 종종 누르가 가기도 전에 여우들이 먼저 채가기도 했다.

허기가 사람들을 갉아먹고 아이들을 죽게 했다. 붉은 도시 앞에 당도한 후 유랑민들은 며칠 전부터 식량을 공급받지 못했고 비축해둔 식량마저 바닥나기 시작했다. 대족장은 매일, 그의 투사들을 성문 앞으로 보내어, 그를 따라온 사람들에게 먹을 것과 땅을 달라고 요청했다. 그러나 도시의 유력가들은 언제나 약속을 하고는 아무것도 주지 않았다. 그들 말로는 자신들도 너무 가난하기 때문이라는 것이었다. 비가 모자라고 가뭄이 들어 땅은 굳어버렸고 지난해의 수확 비축량이 다 떨어졌다고 그들은 말했다. 어떤 때는 대족장과 그의 아들들이 도시 성벽에까지 가서 땅과 씨앗과 종려나무숲을 조금 나누어달라고 요청하기조차 했다. 그러나 유력가들은 도시인들이 나누어 갖기에도 땅이 충분치 않다고 말하며, 강 꼭대기에서 바다까지 비옥한 땅은 모두 점령당했으며, 기독교군들이 종종 아가디르 도시에 와서는 대부분의 수확을 자기들 몫으로 거두어간다고 하는 것이었다.

매번 마 엘 아이닌은 유력가들의 대답에 귀를 기울였다. 그리고 아무 말 없이 강바닥에 있는 텐트로 돌아갔다. 이제는 분노가 아니라 긴박감이 그의 마음속에 점점 커지고 있었다. 매일처럼 찾아오는 죽음과 사막의 타는 듯한 바람 그리고 그 앞에서 느끼는 절망을 그는 모든 사람들과 함께 나누고 있었다. 텅 빈 강가를 따라 떠돌거나 움막 그늘에 웅크리고 앉아 있는 남자들의 눈앞에는 죽음의 선고가 너무나도 빤히 내다보이는 것 같았다. 붉은 땅, 마른 밭 그리고 올리브나무, 오렌지나무가 심어진 빈약한 정원들, 이 모든 것들이 그들에게는 그렇게도 낯설고 아득한 신기루와 같은 것이었다.

절망감에도 불구하고 라르흐다프와 사드부는 도시를 공격하자고 했다. 그러나 대족장은 폭력을 거부했다. 사막의 청색 인간들은 이제 너무 지쳐 있었다. 그들은 너무 오랫동안 단식하며 걸어왔던 것이다. 대부분의 투사들은 열병과 괴혈병에 걸려 있었고, 그들의 다리는 곪은 상처투성이였다. 무기조차 너무 낡아 더이상 쓸 수가 없었다.

도시 사람들은 사막에서 온 사람들을 경계했다. 하루종일 성문은 굳게 잠겨 있었다. 성벽을 몰래 넘어 들어가려고 하던 자들은 총살당했다. 경고로 처형한 것이었다.

그때 마 엘 아이닌은 이제 도시에서는 아무것도 바랄 수 없으며 그 냉혹한 도시의 성벽 앞에서, 타는 듯한 강바닥에서 하나씩 둘씩 차례로 죽을 수밖에 없다는 것을 깨닫고는 북쪽으로 출발한다는 신호를 내렸다. 이번에는 기도도 춤도 노래도 없었다. 청색 인간들은, 비틀거리며 다리를 펴고 일어나는 병든 동물들처럼, 한 사람 한 사람 천천히 강바닥을 떠나 미지의 땅을 향해 다시 행진을 시작했다.

족장의 투사들의 대열은 이제 예전과 같은 모습이 아니었다.

그들은 그들처럼 기진맥진하고 옷은 누더기가 되었으며 열에 들뜬 텅 빈 눈을 하고 있는 사람들과 가축들의 대열에 섞여 함께 걸어갔다. 아마도 그들은 이 긴 행군을 해야 하는 이유에 대한 믿음을 잃었으리라. 다만 습관처럼 계속 걷고는 있으나 기력이 다해 언제든 쓰러질 것만 같았다. 여자들은 푸른 천으로 얼굴을 가리고 앞으로 몸을 숙인 채 걷고 있었다. 지금은 상당수의 여자들의 몸에 아이들이 없었다. 수스 계곡의 붉은 땅 속에 아이들을 남겨두고 온 것이었다. 그리고 계곡 전체에 늘어진 행렬의 끄트머리에는 아이들과 노인들, 부상병들, 걸음이 느린 사람들이 가고 있었다. 누르는 장님 투사를 인도하며 맨 끝에 있는 사람들 축에 섞여 있었다. 그는 붉은 먼지구름 속에서 뿔뿔이 흩어진 그의 가족이 어디 있는지조차 몰랐다. 몇몇 투사들만이 아직도 탈 것이 있었다. 대족장은 그들 사이에서 하얀 낙타 위에 앉아 망토를 덮어쓰고 가고 있었다.

아무도 말하는 사람이 없었다. 얼굴은 거무칙칙하게 그을리고, 열에 들뜬 눈동자로 언덕의 붉은 땅을 뚫어지게 바라보면서, 그들은 각자 서쪽을 향해 성도 마라케시까지 산을 넘어가는 길을 더듬어 찾아가고 있었다. 햇빛은 두개골과 목덜미를 때리고 사지 속에 고통의 진동을 일으키고 몸의 한가운데까지 불태운다. 이제는 바람소리도, 사막을 긁는 사람들의 발소리도 들리지 않았다. 이제는 모두 자기 심장, 자기 신경에서 나는 소리만이 들릴 뿐이며 고막 뒤에서 씩씩거리며 갈아부수는 고통만이 느껴질 뿐이었다.

누르는 더이상 자기 어깨를 움켜쥐고 있는 장님 투사의 손을 느낄 수가 없었다. 왜 가는지 알지도 못하면서 언젠가 이 행진이 끝나리라는 희망도 없이 그냥 앞으로 가고 있었다. 어쩌면 그의 어머니와 아버지가 남쪽 야영지를 버리고 떠나기로 결심한 그날부터 그들은 이렇게 죽을 때까지 이 우물에서 저 우물로 마른 계곡을 따라 끝없이 행진해야 할 선고를 받은 것이 아닐까? 도대체 이 세상에 먼지와 하늘이 뒤섞이는 이 땅, 그늘 한 점 없는 산들, 날카로운 돌멩이들, 물 없는 강, 가시덤불이 있는 이 막막한 땅 말고 그 어디에 사소한 상처로 사람들이 죽어갈 땅이 있겠는가? 매일, 저멀리, 언덕 허리쯤에 있는 우물 가까이에서 사람들은 새로운 집들과 종려나무로 둘러싸인 붉은 진흙 성채들을 보았다. 그러나 그들은 이제 너무나 뜨겁게 달구어진 공기 속에서 떨리는, 멀고 다가갈 수 없는 신기루를 보듯 그것들을 쳐다볼 뿐이었다. 마을 사람들은 얼씬도 하지 않았다. 그들은 산속으로 도망을 갔거나 사막의 청색 인간들을 무찌를 태세를 갖추고 성벽 뒤에 몸을 숨기고 있었다.

대상 맨 앞에서 말을 탄 마 엘 아이닌의 아들들이 첩첩이 들어선 산 한가운데 좁게 열려진 계곡을 가리키며 말했다.

"길이다! 북쪽으로 가는 길이다!"

그리하여 그들은 며칠 동안 여러 산을 넘었다. 뜨거운 바람이 협곡 속으로 불어왔다. 붉은 바위들 위에 파란 하늘이 한없이 펼쳐져 있었다. 여기엔 아무도 없었다. 사람도 짐승도 없고, 단지 모래 위에 뱀이 기어간 흔적이 이따금 보이거나 독수리 그림자만 하늘 높이 떠돌 뿐이었다. 사람들은 구태여 생물을 찾으려 하지도 않고 희망의 표시도 찾지 않으며 앞으로만 걸어갔다. 남녀 모두 눈먼 사람들처럼 그저 한 명씩 앞사람의 뒤를 따라가며 앞서 간 사람들의 발자국 위에 자기네 발자국을 옮기며 가축떼들과 뒤섞여 걸어가고 있었다. 누가 그들을 이끌고 가는 걸까? 흙길은 협곡을 따라 꼬불꼬불 올라가다가 무너진 돌더미를 넘어가기도 하고 마른 급류 바닥과 합쳐지기도 했다.

마침내 유랑민들은 이셴 우에드*에 도착했다. 눈 녹은 물로 물이 불어 있었다. 맑고 아름다운 물이 메마른 강기슭 사이로 콸콸 흐르고 있었다. 그러나 남자들은 아무런 감정 없이 물을 쳐다보았다. 이 물은 그들의 것이 아니었고 그 물을 잡을 수도 없다는 것을 이제는 알기 때문이다. 그들은 우에드 근처에 며칠을 머물었다. 그동안 대족장의 투사들은 라르흐다프와 사드부를 따라 시샤와 길을 올라갔다.

"도착한 거니? 여기가 우리의 땅이냐?" 여전히 장님 투사는 물었다. 찬 강물은 바위 위로 폭포수처럼 떨어지며 흘러내리고 길은 점점 험해졌다. 대상은 계곡 안쪽의 슐루흐 마을 앞에 도착했다. 족장의 투사들이 거기서 그들을 기다리고 있었다. 그들은 벌써 커다란 텐트를 세워놓고 있었고 산의 족장들은 마엘 아이닌을 환대하기 위해서 양들을 제물로 바쳤다. 높은 산의 기슭에 있는 아글라글라라는 마을이었다. 사막 사람들은 아

---

* 비가 많이 올 때만 흐를 뿐, 보통 때는 물이 없는 강.

무런 요구도 하지 않고 마을 성벽 가까이에 자리를 잡았다. 그날 저녁, 마을의 아이들이 구운 고기와 응고시킨 우유를 가지고 왔다. 사막 사람들은 오랜만에 배불리 먹을 수 있었다. 그러고 나서 그들은 밤이 아주 쌀쌀했기 때문에 삼나무로 큰 장작불을 지폈다.

누르는 아주 캄캄한 밤의 어둠 속에서 춤추듯 일렁이는 불꽃을 오랫동안 바라보았다. 그리고 그날 밤은 노래도 있었다. 누르가 한 번도 들어본 적이 없는 슬프고도 느린 이상한 음악이 피리 반주와 함께 들려왔다. 마을의 여자들과 남자들은 마 엘 아이닌에게 축복을 내려서 그들의 병을 치유해달라고 요청했다.

이제 유랑민들은 반대편 산기슭 쪽으로 성도를 향해 가고 있었다. 마 엘 아이닌의 푸른 투사들의 말에 따르면 거기서 이 사막 사람들의 고통이 끝나게 될지도 모른다는 것이다. 왜냐하면 마라케시는 십사 년 전, 신도들의 지휘관인 물레이 하피드가 마 엘 아이닌의 충성 서약을 받아들인 곳이기 때문이라는 것이었다. 또 왕이 족장에게 땅을 하나 하사해 그로 하여금 구드피아 배움의 집을 세우도록 한 곳이며, 또 마 엘 아이닌의 맏아들이 성스러운 전쟁에 합세하기 위하여, 그의 아버지를 기다리고 있는 곳이기 때문이라는 것이었다. 물레이 히바는 데히바, '황금조각'이라고 불렸고, 또 물레이 세바, 즉 '사자'라고도 불렸다. 남쪽 땅의 왕으로 선택된 이 물레이 히바를 모든 사람들이 숭배했다.

그날 저녁, 대상이 길을 멈추고 모닥불을 지폈을 때 누르는 장님 투사를 데리고 마 엘 아이닌의 전사들이 앉아 있는 곳으로 갔다. 거기서 옛날에 대족장과 그 아들들이 사막의 투사들과 함께 모두 재빠른 낙타를 타고 이곳에 왔을 때 어떻게 성도에 입성했는지를, 또 그들이 마 엘 아이닌의 두 아들, 즉 사자라 불리는 물레이 세바와 태양이라 불리는 무함마드 에시 셈스와 함께 왕의 환대를 받았다는 이야기를 들었다. 그들은 또 족장이 스마라 도시의 성벽을 지을 수 있도록 왕이 보낸 것들, 또 그들이 낙타떼를 이끌고 했던 여행 이야기를 했다. 그 낙타 수가 얼마나 많았는지 모래사막을 온통 뒤덮었다는 이야기, 여자들과 아이들, 식량과 생필품들을 바시르라는 증기선에 싣고서 며칠 밤낮을 모가도르에서 마르사 타르파야까지 항해했다는 이야기도 했다.

그들은 또 약간 노래하는 듯한 목소리로 마 엘 아이닌에 얽힌 전설을 이야기해주었다. 그것은 마치 예전에 그들이 꾼 꿈 이야기 같았다. 투사들의 목소리는 불길이 타오르며 타닥거리는 소리에 뒤섞였다. 누르는 이따금씩 야영지 한복판에서 불길처럼 일렁이는 연기 너머로 노인의 윤곽을 쳐다보았다.

"대족장은 저 먼 곳, 남쪽 호드흐라는 곳에서 태어나셨지요. 그분의 아버지는 물레이 이드리스의 아들이셨고, 그분의 어머니는 예언자의 후손이셨습니다. 대족장이 태어나셨을 때, 그분의 아버님께서 지으신 이름은 아흐메드였는데, 그분의 어머님께서 그분을 낳고 기뻐서 눈물을 흘리셨기 때문에 이름을 마 엘 아이닌, 즉 '두 눈의 물'이라고 지으신 거랍니다……"

누르는 어둠 속에서 장님 투사 옆에 돌베개를 베고 누워 이야기를 들었다.

"일곱 살 나던 해, 그분은 한 자도 틀리지 않고 코란을 암송하셨답니다. 그래서 그분의 아버님이신 무함마드 엘 파델께서 그분을 대성도 메카에 보내셨다 합니다. 가는 도중에 이 어리신 분께서 기적을 행하셨지요…… 병든 사람들을 고쳐주시고, 물을 달라고 요청하는 사람들에게는 하늘이 네게 물을 주시리라 하고 말씀하시니 즉시 소낙비가 철철 땅 위로 흘러내렸답니다……"

장님 투사는 이 말에 리듬을 타듯이 고개를 약간 흔들흔들하며 듣고 있었고, 누르는 천천히 잠 속으로 미끄러져 들어갔다.

"그때 사막 도처에서, 기적을 행하는 아이를 보려고 사람들이 왔답니다. 위대하신 무함마드 파델 벤 마미나의 아들이신 이 어린아이가 자기 침을 환자의 눈에 조금 바르고 입술로 불어주기만 하면 환자가 금방 일어나서 어린아이의 손에 입을 맞췄다는 것입니다. 병을 고쳐주신 것을 감사하면서요……"

누르는 천천히 어깨짓을 하듯 고개를 흔들고 있는 장님 투사의 몸이 자기에게 기댄 채 떨리고 있음을 느꼈다. 그건 이야기꾼의 단조로운 목소리와 불길과 연기의 흔들림 때문이었다. 이야기꾼의 목소리의 리듬을 따라 땅도 움직이는 것 같았다.

"그래서 대족장은 성도 싱게티에 머무르며 에드 다클라 근처 나자란 우물가에서 가르침을 베푸셨습니다. 그분은 별들과 숫자에 관한 학문과 신의 말씀을 알고 계셨던 겁니다. 그래서 사막 사람들이 그의 제자가 되었지요. 이 제자들은, 신의 축복을 받은 자들이라는 뜻에서 '베리크 알라'라고 불린답니다……"

사람들을 포근히 감싸고 때로 기침도 하게 하는 연기를 피우며 오르락내리락 춤추는 불길 앞에서, 밤새 푸른 투사의 목소리는 계속 읊조렸다. 누르는 들었다. 사막에서 샘이 솟았으며 메마른 땅이 빗물로 흠뻑 젖었다는 이야기 등 기적 같은 이야기들과, 싱게티 광장이나 나자란의 집 앞에서 베푼 가르침에 관한 이야기를 들었다. 그는 마 엘 아이닌이 사막을 횡단하여 긴 행진을 시작했다는 이야기와, 또 가시덤불의 땅 스마라에 도착하여 당신의 도시를 세웠다는 이야기를 들었다. 그리고 그는 대족장이 엘 아이운과 이프니, 티즈니트에서 그의 아들들인 레보, 탈레브, 라르흐다프, 에시 셈스 그리고 사자, 즉 물레이 세바와 함께 스페인인들에 대항하여 싸운 전투에 관한 전설을 들었다.

이렇게 매일 밤, 똑같은 목소리로 노래하듯 전설 이야기가 계속되었고, 누르는 푸른 투사가 들려주는 이야기가 마치 자기 자신의 이야기인 듯, 자기가 어디에 있는지조차 잊어버렸다.

산 저편에서 그들은 붉은 대평원에 들어섰다. 그들은 이 마을 저 마을을 거쳐 북쪽으로 걸어갔다. 각 마을마다 열에 들뜬 눈초리를 한 남자들, 여자들과 아이들이 와서 대상에 합세하여 죽어간 자들의 자리를 메꾸었다. 흰 낙타를 탄 대족장은 아들들과 투사들에 둘러싸여 앞장서서 가고 있었다. 누르는 멀리서 그들을 인도해가고 있는 듯한 먼지구름을 보며 걸어갔다.

대도시 마라케시 앞에 도착했을 때 그들은 감히 가까이 다가갈 엄두도 못 냈다. 그들은 남쪽의 말라붙은 강 근처에 야영을 하기로 했다. 청색 인간들은 이틀 동안 텐트 속과 나뭇가지 움막에서 꼼짝 않고 기다렸다. 여름의 뜨거운 바람이 그들을 먼지로 뒤덮었다. 그러나 그들은 기다렸다. 온 힘을 다 기울여 기다릴 수밖에 다른 도리가 없었다.

마침내 셋째 날, 마 엘 아이닌의 아들들이 돌아왔다. 그들 곁에는 북쪽 투사와 같은 복장을 한, 체구가 큰 남자 한 사람이 말을 타고 있었다. 그 사람의 이름이 입에서 입으로 전해졌다.
"물레이 히바, 물레이 데히바, 즉 '황금조각'이라 불리는 분, 사자, 즉 물레이 세바라고도 불리시는 분이래."

장님 투사는 그의 이름을 듣자 몸을 떨기 시작했다. 타버린 안구에서 눈물이 흘러내렸다. 그는 양팔을 벌리고 귀가 찢어질 듯한 날카로운 신음 같은 긴 고함을 지르면서 곧장 앞으로 달려나갔다.

누르는 그를 붙잡으려 했다. 그러나 장님은 돌부리에 채이고 먼지 땅 위를 비트적거리며 온 힘을 다해 달려갔다. 사막 사람들은 그의 앞길을 열어주었다. 장님이 악마에 사로잡혔다고 생각하여 겁을 집어먹고 시선을 돌리는 사람도 있었다. 인간의 것을 초월한 기쁨과 고통이 장님 투사의 가슴을 태우고 있는 듯했다. 몇 번이나 그는 나무뿌리에, 돌부리에 걸려 땅에 넘어졌다. 그러나 그럴 때마다 그는 다시 일어나서 눈에 보이지 않는 마 엘 아이닌과 물레이 히바가 있는 쪽으로 계속 달려갔다. 누르가 따라가서 그의 한쪽 팔을 붙잡았지만, 그가 소리를 치면서 계속 달려가는 바람에 누르는 질질 끌려갈 수밖에 없었다. 마 엘 아이닌과 그의 아들이 눈에 보이기라도 하듯이, 그는 곧장 앞으로 걸어가 두 사람 앞으로 나아갔다. 그제야 족장의 투사들이 겁을 먹고 장님이 더 다가오지 못하도록 하려고 총을 움켜잡았다. 그러나 족장은 이렇게 말했다.

"가까이 오도록 내버려두게."

그리고 그는 낙타에서 내려와 장님 투사에게 다가갔다.

"자네는 무엇을 원하는가?"

장님 투사는 땅바닥에 몸을 던지고는 두 팔을 앞으로 내뻗었다. 오열이 그의 몸을 흔들고 그를 질식시켰다. 길고 날카로운 신음만이 목구멍에서 점점 약해지며 헐떡거리는 한탄의 소리처럼 새어나올 뿐이었다. 그래서 누르가 대신 말을 해야 했다.

"위대한 왕이시여, 그의 눈이 보이게 해주십시오." 누르가 말했다.

마 엘 아이닌은 땅에 엎드려 오열로 몸을 들썩거리는 남자의 누더기 옷과 길을 걸어오느라고 피투성이가 된 발과 손을 오랫동안 쳐다보았다. 아무 말 없이 그는 장님 옆에 무릎을 꿇고 한 손을 목덜미에 얹었다. 청색 인간들과 족장의 아들들은 서 있었다. 이 순간에 찾아든 너무나 큰 침묵에 누르는 현기증을 느꼈다. 알 수 없는 이상한 힘이 먼지 낀 땅으로부터 솟아나와 소용돌이치며 사람들을 감쌌다. 그것은 어쩌면 석양빛이었는지도 모르고, 혹은 이 자리에 고정된 시선이 마치 갇혀 있는 물처럼 빠져나가려고 힘을 쓰는 것이었는지도 모른다. 장님 투사는 천천히 다시 일어났다. 모래와 눈물 범벅이 된 그의 얼굴이 햇빛에 드러났다. 하늘색 하이크* 끝으로 마 엘 아이닌은 그 남자의 얼굴을 닦아주었다. 그리고 무언가를 지워버리려는 듯, 이마에, 타버린 눈꺼풀 위에 한 손을 얹었다. 침 묻힌 손가락 끝으로 그는 장님의 눈꺼풀을 문질렀고, 말없이 부드러운 숨을 장님의 얼굴에 불어넣었다. 침묵이 어찌나 오래 계속되었는지, 누르는 이제 그전에 일어난 일도, 그가 한 말도, 기억해낼 수가 없었다. 누르는 족장 옆, 모래 위에 앉아서 새로운 빛으로 점점 밝아지고 있는 듯한 장님 투사의 얼굴만을 들여다보았다. 남자는 이제 신음을 그쳤다. 그는 족장 앞에 꼼짝 않고 서 있었다. 두 팔을 약간 벌린 채 상처 입은 두 눈을 아주 크게 뜨고서 마치 족장의 시선에 서서히 취해드는 듯이 서 있었다.

이윽고 마 엘 아이닌의 아들들이 왔고, 물레이 히바 역시 가까이 다가왔다. 그들은 노인이 다시 일어날 수 있도록 도와주었다. 누르는 천천히 투사의 팔을 잡아 일어설 수 있도록 도와주었다. 그는 소년의 어깨에 기대어 걷기 시작했다. 석양의 불빛이 마치 금가루처럼 그의 얼굴에서 반짝였다. 그는 아무 말도 하지 않았다. 그는 마치 오랜 병을 앓고 난 사람처럼 자갈투성

* 아랍 사람들이 옷 위로 온몸을 감싸는 네모난 천.

이 땅에 두 발을 판판하게 내디디며 천천히 앞으로 걸어나갔다.

그는 잠시 비틀거리기는 했으나 이제 양팔을 벌리지는 않고 걸어갔다. 그의 몸속에 더이상 고통은 남아 있지 않았다. 사막 사람들은 아무 말 없이 꼼짝 않고서, 그가 평원 저쪽 끝을 향해 걸어가는 것을 보고 있었다. 고통은 사라졌고, 이제 그의 얼굴은 평화롭고 온화했다. 지평선에 맞닿은 태양의 금빛 햇살이 그의 눈에 가득히 담겼다. 그리고 누르의 어깨에 얹은 그의 손도 이제는 어디로 가는지를 아는 사람이 얹고 있는 손처럼 가벼워졌다.

1910년 6월 18일, 타들라강

새벽이 되기 전에 군인들은 제타트와 벤 아흐메드를 떠났다. 벤 아흐메드에서 출발한, 르벨 소총으로 무장한 2천 명의 보병 종대의 지휘관은 무아니에 장군이었다. 부대가 타들라강의 계곡 쪽으로 뜨겁게 타는 평원을 천천히 전진했다. 종대의 선두에는 무아니에 장군과, 두 명의 프랑스 장교 그리고 민간인 관찰자 한 명이 있었다. 남쪽 투사들과 같은 옷을 입은 무어인 길잡이가 장교들과 같은 말을 타고 그들을 인도했다.

같은 날, 5백 명으로 이루어진 또다른 종대가 북쪽으로 가고 있는 마 엘 아이닌의 저항군들을 체포할 집게의 또다른 한쪽이

되려고 제타트시市를 떠났다.

군인들 앞에는 끝없이 넓은 황토색, 붉은색, 회색의 헐벗은 땅이 파란 하늘 아래서 반짝이고 있었다. 뜨거운 여름바람이 대지 위를 지나가며 먼지를 일으켜 안개처럼 해를 가렸다.

아무도 말이 없었다. 선두의 장교들은 숨막히는 먼지구름에서 조금이라도 벗어나려는 희망 속에 서둘러 말을 몰아 뒤에 있는 군인들과의 간격이 멀어졌다. 혹시 물이나 진흙 마을, 또는 적들이 있는지 엿보느라고 그들의 눈은 지평선의 동정을 살피고 있었다.

무아니에 장군은 아주 오래전부터 이 순간을 기다려왔다. 사람들이 남쪽 지방과 사막에 대해 이야기할 때마다 장군은 불굴의 광신자요, 사막의 땅에서 모든 기독교도들을 쫓아낼 것을 맹세한 저항군의 우두머리이며, 코폴라니 총독을 죽인 살인자 마 엘 아이닌을 생각하곤 했다.

"심각할 것 없어." 카사, 트랭케, 구로 요새의 사령부에서는 이렇게들 말했다. "그는 광신자야. 그리고 일종의 마법사, 비를 내리게 하는 자라고 할 수도 있고. 그런 자가 드라와 틴두프의 누더기 족속들과 모리타니의 모든 검둥이들을 이끌어가고 있는 거야."

그러나 사막의 노인은 잡을 수가 없었다. 북쪽 사막의 첫번째 감시초소 근처에 그가 나타났다는 전갈이 와서 가보면 그는 벌써 사라져버리고 없었다. 그후 이번에는 리오 데 오로에 있는 해변과 이프니에 그가 나타났다고 했다. 물론 그자는 스페인과 아주 잘 지냈지! 그런데 엘 아이운과 타르파야, 주비곶 쪽에서는 도대체 무얼 하고 있었단 말인가? 여우처럼 교활한 늙은 족장은 일을 끝마치곤 여유만만하게 그의 투사들과 함께 그의 영역, 드라 남쪽, 사기에 엘 함라에 있는 스마라 '요새'로 돌아가곤 했다. 그를 거기서 몰아내기란 도저히 불가능했다. 게다가 그곳에는 신비와 미신이 있다. 그 지역을 넘어간 사람이 몇이나 되는가? 장교들 옆에서 말을 몰고 가면서 관찰자는 1887년, 카미유 둘스라는 사람의 여행기가 생각났다. 둘스가 스마라 궁전 앞에서 마 엘 아이닌과 만난 이야기였는데, 파란 하늘색의 커다란 하이크를 걸치고, 머리에는 하얀 터번을 두른 족장이 그에게 다가와서, 그를 오랫동안 응시했다는 것이다. 둘스는 무어인들에게 잡힌 포로의 몸이었는데 누더기 차림에 피곤에 지치고 폭염에 시달려 다 죽어가는 얼굴이었다. 그러나 마 엘 아이닌은 이 포로를 증오심도 경멸하는 빛도 없이 쳐다보았다는 것이었다. 마 엘 아이닌을 생각할 때마다 관찰자는 아무 말 없이 둘스를 한참 쳐다보던 그의 시선과 침묵이 떠올라 소스라친다. 그러나 옛날에 둘스의 여행기를 읽으면서 이런 감정을 느낀 사람은 아마 그가 유일할 것이다. 장교들은 그를 '광신자'라고 부르며, "1904년 타간트에서 코폴라니가 살해당했을 때나 1905년 여름 우지다에서 모샹이 살해당했을 때처럼 약탈과 살인으로 남쪽 지방을 불바다, 피바다로 만들 궁리만 하는 야만인이야"라고 말했다.

그러나 매일 장교들과 함께 걸어가면서 관찰자는 알 수 없는 불안과 근심이 엄습해오는 것을 느꼈다. 마치 언덕을 돌아갈 때나 말라붙은 개울 바닥의 갈라진 틈 속에서 문득, 사막 한가운데 홀로 선 대족장의 시선과 맞부딪치게 될까봐 두려워하는 것 같았다.

"그는 이제 끝장났어. 더이상 버틸 수 없어. 몇 달이냐가 문제지. 아니, 어쩌면 몇 주밖에 안 갈지도 몰라. 그는 항복할 수밖에 없어. 그렇지 않으면 바다에 몸을 던지거나 사막에서 자취를 감추는 도리밖에 없지. 이젠 그를 지지하는 사람이 아무도 없고 그도 그 점을 잘 알고 있을 테지……"

오랑에서, 라바트에서, 다카르에서, 군장교들과 사령관들은 이 순간을 오래전부터 기다려왔다. 광신자는 이제 사면초가에 빠져 있다. 한쪽은 바다가 가로막고 있고 또 반대쪽에는 사막이 가로막고 있는 것이다. 늙은 여우는 이제 곧 항복할 수밖에 없을 것이다. 사람들에게서도 버림받지 않았던가? 북쪽에서는 물레이 하피드가 알헤시라스 문서에 서명을 하고 성스러운 전쟁에 종지부를 찍었다. 그는 프랑스의 보호령을 인정했다. 그리고 마 엘 아이닌의 친아들, 아흐메드 히바, 즉 '사자' 물레이 세바로 불리는 자가 1909년 10월에 서명한 편지가 있다. 그 편지를 통해, 그는 족장을 마크젠*의 법에 항복시킬 것을 약속하며 원조를 요청했다. "'사자'라고! 흥, 이젠 외로운 사자 신세지 뭐. 마라케시에 있는 에시 셈스와 하마다의 강도이자 약탈자인

---

* 모로코의 통치기관.

라르흐다프, 족장의 다른 아들들과 그는 이제 완전히 재력도 없고, 무기도 없어. 수스의 주민들도 그들을 버렸거든…… 그들에게 남은 것이라곤 이제 고작 투사 몇 명뿐인데, 그 투사라는 게 거렁뱅이인데다가 무기라고는 청동 총대가 달린 낡은 장총 몇 자루와 장검과 창뿐이라니까! 중세의 군졸들이지, 뭐!"

민간인 관찰자는, 장교들과 같이 말을 타고 가면서 늙은 대족장의 실추를 기다리고 있는 모든 사람들을 생각한다. 그들은 바로 북아프리카의 유럽인들이다. 사막 사람들은 그들을 '기독교인'이라고 부른다—하지만 그들의 진짜 종교는 황금과 돈을 숭배하는 것이 아니던가? 또 탕헤르와 이프니에 사는 스페인인, 탕헤르와 라바트에 사는 영국인, 독일인, 네덜란드인, 벨기에인도 모두 족장의 굴복을 기다리고 있다. 은행가들, 그리고 아랍 왕국의 몰락을 기다리는 사업가들은 모두 경제적 점령 계획을 다 짜놓고, 농토와 코르크참나무숲, 광산과 종려나무숲을 서로 갈라 나누고 있다. 파리와 네덜란드 은행의 대리점들은, 모든 항구의 통관세를 몽땅 거두어간다. 에티엔 사절단의 모리배들은 '사하라 에메랄드 회사'와 '구라라 투아트 질산염 회사'를 이미 설립했다. 이 광산 회사들을 위해 가상의 철도를 신설하고 사하라와 모리타니를 관통하는 길을 내는 데 헐벗은 땅을 넘겨주어야 하며 철로와 도로를 만들 땅은 군대가 총을 쏘아 무력으로 쟁취한다.

물밀듯이 몰려오는 이 돈과 총알의 파도에 맞서, 스마라의 노인 혼자서 더이상 무엇을 할 수 있겠는가? 땅과 도시를 탐내는 자들, 사람들의 가난을 담보로 부를 원하는 자들에 맞서, 막다른 골목에 몰린 동물처럼 아무리 매서운 눈매를 한다 한들 그 시선이 무슨 힘이 있으랴?

관찰자 옆에서 말을 타고 가는 장교들은, 무감각한 얼굴로 필요없는 말은 한마디도 하지 않는다. 그들의 시선은 돌언덕 너머 지평선 위에 고정되어 있다. 그곳에는 타들라강의 안개 낀 계곡이 펼쳐져 있다.

어쩌면 그들은 지금 무슨 일을 하고 있는지 생각조차 하지 않는 게 아닐까? 황갈색 말을 탄 투아레그 길잡이가 그들에게 열어주는 보이지 않는 흔적 위를 그들은 말을 타고 간다.

그들 뒤에는 먼지로 덮인 회색 군복을 입은 수단과 세네갈의 보병대가 앞으로 몸을 숙이고, 마치 밭고랑을 넘어가듯 다리를 아주 높이 들어올리며 무겁게 걸어가고 있다. 그들의 발이 단단한 땅을 규칙적으로 긁는 소리가 난다. 그들 뒤에는 붉고 잿빛 나는 먼지구름이 천천히 올라와 하늘을 더럽힌다.

이런 행진이 시작된 지는 아주 오래되었다. 이제 이 군대는 마치 유령을 공략하러 가는 것처럼, 어쩔 도리가 없다. "그러나 그는 항복을 절대로 받아들이지 않을 거야. 특히 프랑스인들에게는 항복하지 않을 거야. 그러느니 차라리 자기를 따르는 사람들은 한 사람도 남기지 않고 죽이라고 명령하고 자기도 체포되느니 차라리 아들들 곁에서 죽여달라고 할 거야…… 그것이 오히려 그에겐 더 나을지도 모르지. 기억하다시피, 코폴라니가 살해된 이후, 정부도 그의 항복을 받아들이지 않을 테니까.

아니, 그는 광신자야. 잔인하고 야만적이지. 그는 사라져야 해. 그와 그의 부족, 그들이 신의 축복을 받은 자들이라고 부르는 '베리크 알라'도 없어져야 해…… 완전히 중세시대를 사는 사람들이야. 그렇지 않아?"

늙은 여우는 자기 사람들로부터 배신당하고 버림받았다. 부족들은 하나하나 차례로 그를 떠났다. 부족장들은 기독교인의 침입이 불가항력이란 것을 느꼈기 때문이다. 기독교인들은 북쪽과 남쪽에서 바다를 통해 들어와서 사막을 관통하고 모든 사막 입구마다 진을 쳤으며 틴두프와 타벨발라, 우아단까지 와 있다. 그들은 또, 마 엘 아이닌이 처음으로 가르침을 내린 성도 싱게티까지 점령했다.

부 데니브에서 비니 장군이 물레이 히바 휘하 6천 명을 몰살시킨 것이 아마 마지막 대격전일 것이다. 그때 마 엘 아이닌의 아들은 산으로 도망가서 수치심을 이기지 못하고 사라져버렸다. 그는 패자, 즉 그들이 뼈 없는 살덩이라는 뜻으로 부르는 '라크메'가 되었기 때문이다. 늙은 족장은 그를 패배시킨 것이 군대가 아니라 돈이었다는 것도 모른 채, 혼자 스마라의 성채에 갇힌 포로가 되었다. 은행가들은 물레이 하피드의 회교군에게 멋있는 군복과 급료를 주어 그들을 매수했다. 그들에게 지불된 돈은 돈을 찾아서 항구에 온 기독교군이 통관세에서 그들 몫을 미리 뺀 돈이었고, 또 약탈한 땅, 강탈한 종려나무숲과 빼앗을 줄 아는 자들에게 주어진 삼림에서 나온 돈이었다. 그가 어떻게 이런 사실들을 이해할 수 있었겠는가? 파리와 네덜란드의 은행이 대체 무얼 하는 데인지, 또 철도 건설을 위한 차관이 무언지 그리고 구라라 투아트의 질산염 개발을 위한 회사가 무엇인지 어떻게 알 수 있었겠는가? 그가 기도하고 사막 사람들에게 축복을 내리는 동안 프랑스와 영국 정부가, 프랑스는 모로코라는 이름의 나라를, 영국은 이집트라는 이름의 나라를 나누어 가지자는 조약에 서명을 하고 있었다는 것만이라도 그는 알고 있었을까? 또 그가 최후의 자유인들이었던, 이자르구엔족과, 아루시인족, 티드라린족, 울라드 부 세바족, 토발트족, 레기바트 사헬족, 울라드 델림족, 임라구엔족에게 그의 말과 숨결을 내려주고 있는 동안에 그리고 또 그의 영험한 능력을 자신의 부족인 베리크 알라에게 내리고 있는 동안에, 파리와 네덜란드 은행을 중심으로 한 은행차관단이 물레이 하피드 왕에게 금화 6천2백5십만 프랑을 빌려주고, 그 대신 5퍼센트의 이자를 모든 항구의 통관세 수익으로 보장하는 것에 합의했고, 그래서 매일매일 통관세 수금 중 적어도 60퍼센트를 은행에 입금시키도록 하고, 또 이 사항이 엄수되고 있는가를 감시하기 위해 외국 군인들이 그 나라에 들어와 있다는 것을 어떻게 그가 알 수 있었겠는가? 북쪽에서의 성스러운 전쟁에 종지부를 찍는 알헤시라스 문서에 서명할 당시, 물레이 하피드 왕의 빚이 금화 2억 6백만 프랑이었으며 왕은 채권자들에게 그 빚을 절대로 갚을 수 없을 거라는 사실을 그가 알기나 했겠는가? 늙은 족장은 이런 사실들을 전혀 알지 못했다. 그의 투사들은 황금을 위해 싸운 게 아니었기 때문이다. 단지 그들은 축복을 위해 싸운 것이다. 그들이 지키는 땅은 그들 자신에게도, 그 누구에게도 속하지 않는다. 그 땅은 그들의 시선이 자유로운 공간이며 신이 내린 선물이기 때문이다.

"……그 야만인, 그 광신자가 글쎄, 전투 전에 자기가 자기 투사들을 불멸과 무적으로 만들어줄 거라고 말했다지 뭔가. 그러고는 그들 손에 단지 창과 장검만 쥐여주고 소총과 기관총의 공격이 쏟아지는 적군 앞으로 보냈단 말씀이야……"

이제 걸어서 건널 수 있는 얕은 강바닥 앞에 도착한 흑인 보병대가 타들라강 계곡 전체를 점령하고 있다. 그리고 타들라 성채의 유력인사들이 프랑스 장교들에게 복종을 맹세하러 왔다. 야영지에서 피우는 불의 연기가 저녁 하늘로 올라가고, 관찰자는 여느 야영지에서처럼 아름다운 밤하늘이 천천히 벗겨지고 있는 것을 바라보고 있다. 그는 아직도 튀르키예 상인으로 변장한 카미유 둘스를 쳐다보면서 그의 영혼까지 탐색하던 마 엘 아이닌의 그 신비하고 깊은 시선을 생각하고 있다. 혹시 그는 그때 벌써, 누더기 차림의 이 외국인이 가져온 것이 무엇인지 알아맞혔을까? 매일 밤마다 자기 코란의 페이지 여백마다 빽빽이 일기를 쓰던 둘스는 이 사막에서, 그 아름다운 이미지를 훔쳐내간 사람, 제일 먼저 온 도둑이었다. 그러나 이제 너무 늦었다. 아무것도 운명의 흐름을 막을 수는 없다. 한쪽은 바다고, 또 한쪽은 사막이다. 지평선과 수평선이 스마라 사람들을 가두고 마지막 유목민들을 조이고 있다. 허기와 갈증에 포위당한 그들은 공포와 질병 그리고 패배를 뼈아프게 겪고 있다.

"만약 우리가 하려고만 했다면 오래전에 당신의 족장과 그 거렁뱅이들을 단숨에 해치울 수 있었겠지. 그의 토벽궁전 앞에 75구경 대포 한 대와 기관총 몇 대만 갖다놓으면 모두 깨끗이 날아가버리게 할 수도 있었어. 그러나 우리는 어쩌면 그런 수고를 할 가치가 없다고 생각했었던 거야. 우리는 그가 벌레 먹은 과일처럼 저 혼자 저절로 떨어지기를 기다리는 것이 더 낫다고들 얘기했지…… 그러나 코폴라니가 암살당한 지금 이건 전쟁이라고 할 수도 없어. 강도떼들을 경찰이 소탕하는 것에 불과하니까 말이야. 일망타진하는 것뿐이야."

노인은 그가 지켜주려고 했던 자들에게조차 배신을 당했다. 바로 수스와 타루단트, 아가디르 사람들이 밀고를 했던 것이다. "물레이 아흐메드 벤 무함마드 엘 파델 대족장, 마 엘 아이닌, 즉 두 눈의 물이라고 불리는 자는 사막의 투사들과 드라와 사기에 엘 함라 투사 그리고 우알라타와 싱게티의 청색 인간들과 함께 북쪽으로 행군하고 있습니다. 그들의 수가 너무나 많아서 평원 전체를 덮을 정도입니다. 그들은 왕을 타도하고 물레이 히바, 사자, 즉 세바라고 불리는 마 엘 아이닌의 장남을 새 왕으로 선포하기 위해 북쪽으로, 성도 페스를 향해 가고 있습니다."

그러나 사령부에서는 그 소식을 믿지 않았다. 그 소식을 듣고 장교들은 몹시 웃어댔다.

"스마라의 늙은이가 미쳤군. 흥, 그런 거렁뱅이떼를 가지고 왕을 쓰러뜨리고 프랑스 군대를 내쫓을 수 있다고 생각하다니!" 정말 그는 미친 것 같았다. 즉 늙은 여우는 바다와 사막 사이의 사면초가에 빠져 자살을 선택한 것이었다. 그의 부족 모두와 함께 죽음을 택하는 것, 그것이 그에게 남은 유일한 출구였다.

그리하여 1910년 6월 21일, 오늘, 흑인 보병대가 세 명의 프랑스 장교들과 앞장선 민간인 관찰자와 함께 길을 떠났다. 이 부대는 제타트를 떠난 다른 무리들과 만나기 위해서 남쪽으로 사행斜行했다. 늙은 족장과 그의 거렁뱅이 무리를 체포하기 위해 집게가 다물어지고 있었다.

먼지가 섞인 햇빛이 군인들의 눈을 태운다. 멀리, 돌평원을 굽어보는 언덕 위에 사막과는 다른 황토색의 마을이 떠오른다. 길잡이는 단지, "지다니아 성채"라고만 말하고 곧 말을 멈춘다. 멀리서 투사들이 계곡을 따라 말을 타고 오고 있다. 장교들이 말들을 멀리 떼어놓는 동안, 흑인 보병대들은 사격자세를 취한다. 땅땅하는 총소리가 산발적으로 울린다. 한 발도 휙휙 소리를 내는 것이 없고 맞는 소리도 없다. 관찰자는 그 총소리가 시골의 사냥꾼들의 총소리와 아주 비슷하다고 생각한다. 부상당한 한 남자가 포로가 되었다. 그는 베니 아미르 부족의 아랍인으로, 마 엘 아이닌 족장이 있는 곳이 멀지 않으며 그의 투사들이 남쪽의 엘 보루지 길을 걸어가고 있다고 실토했다. 보병대는 다시 출발한다. 그러나 이제는 장교들이 보병들 가까이에 있다. 각자 가시덤불을 탐색한다. 엘 보루지 길 위에서 두 번째 교전이 있을 때 태양은 아직도 하늘 높이 떠 있다. 총성이

다시 뜨거운 침묵을 찢고 뒤흔들어놓는다. 무아니에 장군은 계곡 골짜기로 돌격하라는 명령을 내린다. 땅바닥에 무릎을 대고 총을 쏘던 세네갈인들은 총검을 앞세우고 달려나간다. 열두 명의 흑인 병사를 죽인 베니 무사 부족은 수십 명의 시체를 땅바닥에 버려둔 채, 가시덤불 속으로 도망쳤다. 이제 세네갈 병사들은 계곡 아래쪽을 향해 계속 돌격한다. 군인들은 도처에서, 푸른 투사를 격퇴한다. 그 푸른 투사들은 기대와는 달리 무적의 투사들이 아니다. 그들은 누더기를 입고 덥수룩한 머리와 수염에 무기도 없으며 절뚝거리고 뛰어가다 돌바닥에 넘어진다. 오히려 야윈 거지들이라는 편이 더 알맞다. 태양에 타고 열병에 시달린 그들은 서로서로 부딪치며 비탄의 고함소리를 내지른다. 세네갈 병사들은 살인적인 복수심에 사로잡혀 그들에게 소총을 쏘아대고, 또 총검으로 그들을 붉은 땅 속에 꽂는다. 무아니에 장군이 집합 명령을 내리지만 그 신호는 아무 소용이 없다. 흑인 보병들 앞에서 남자와 여자들은 이리저리로 도망가고, 길바닥에 넘어진다. 아이들은 겁에 질려 말없이 관목수풀 속으로 달아난다. 양과 염소떼들이 소리를 지르며 우왕좌왕하고 있다. 도처에 청색 인간들의 시체가 길바닥에 널려 있다. 마지막 총성이 몇 번 들린 후, 이윽고 아무 소리도 들리지 않는다. 뜨거운 침묵이 풍경 위에 다시 무겁게 내려앉는다.

언덕 꼭대기에서 불안감에 머뭇거리는 말 잔등에 올라타고 있는 장교들은 가시덤불로 뒤덮인 광활한 평원을 바라보고 있다. 청색 인간들이 벌써 사라지고, 개미새끼 한 마리 눈에 띄지 않는다. 마치 땅이 그들을 삼켜버린 것 같다. 세네갈 보병대는, 누더기 차림의 남자와 여자들이 수백 명이나 길바닥에 널브러져 있는 것은 쳐다보지도 않고 자기 동료들 시체만 끌고 다시 돌아온다. 어딘가 계곡의 비탈 가시덤불 속에서 한 어린 소년이 죽은 투사의 시체 옆에 앉아 있다. 아이는 이미 눈이 감긴 피투성이 얼굴을 온 힘을 다하여 뚫어지게 쳐다보고 있다.

해가 환히 밝아오는 길을, 소년은 천천히 주차해놓은 자동차들을 따라 걸어간다. 날씬한 몸으로 차체들 사이를 미끄러지듯 살그머니 빠져나가면, 그의 그림자가 잠시 차창 유리를, 왁스칠이 반질반질한 펜더를, 헤드라이트를 스친다. 그러나 그는 그것을 쳐다보는 게 아니다. 자동차마다 몸을 조금 수그리고 눈으로 좌석들이며 좌석 아래 바닥, 뒤창, 글러브박스 등 차의 내부를 유심히 살핀다.

태양이 순수하고 깨끗한 아침의 첫 광선을 발산하는 텅 빈 대로를, 그는 홀로 조용히 앞으로 나아간다. 구름 한 점 없는 하늘은 너무나 푸르고 투명하다. 바다에서부터 여름바람이 직선으로 뻗어 있는 큰길을 따라 불어 내려와서는, 골목으로 빨려 들어가고 아담한 정원에서 소용돌이를 일으키며 종려나무와 남양삼나무를 흔든다.

라디치는 여름바람을 좋아한다. 그건 먼지를 일으키거나 몸속에 스며들어 뼈까지 얼어붙게 만드는 그런 나쁜 바람이 아니다. 달콤한 향기가 실린 아주 가벼운 바람이다. 그 바람에서는 바다 냄새, 풀냄새가 나고, 맞고 있으면 졸음이 온다. 라디치는 행복하다. 어젯밤 바다에서 멀지 않은 어떤 주인 없는 정원에서, 커다란 양산소나무 뿌리 사이에 머리를 두고 아름다운 별빛 아래에서 잠을 잤기 때문이다.

태양이 떠오르기 전 잠이 깨자마자, 그는 여름 바람이 불기 시작했음을 느꼈다. 그래서 그는 풀밭 위에서 개들처럼 몸을 뒹굴었다. 그러고는 쉬지도 않고 바다까지 달렸다. 그는 언덕 꼭대기에서 오랫동안 바다를 바라보았다. 너무나 아름답고 고요한 바다는 아직도 어둠 속에 잿빛을 띠고 있었지만, 군데군데는 벌써 새벽의 푸른색과 장밋빛에 얼룩져 있었다. 한순간 그는 아직도 차디찬 바위를 기어 내려가 옷을 모두 벗고 물속에 뛰어들고픈 마음까지 일었다. 여름 바람이 그를 바다까지 불러내어 그에게 물빛을 보여주었던 것이다. 그러다가 문득, 사람들이 곧 깨어날 것이고 그렇게 되면 시간이 별로 많이 남지 않았으므로 서둘러야 한다는 생각이 들었다. 그래서 그는 자동차들을 찾아서 거리로 다시 올라왔다.

이제 그는 건물과 정원이 늘어선 구역에 도착한다. 그는 차들이 주차해 있는 공원길을 따라 걸어간다. 정원에는 눈길이 미치는 곳마다 사람이라곤 아무도 없다. 건물에는 아직도 블라인드가 내려져 있고 발코니는 텅 비어 있다. 여름 바람이 건물 정면으로 불어닥쳐 블라인드가 덜컹거린다. 미모사와 월계수 가지들 사이에서 부드러운 바람소리가 일고 키 큰 종려나무들이 삐걱거리며 흔들린다.

빛이 천천히 내려온다. 처음에는 하늘을 물들이고, 그다음에는 건물 꼭대기 위로 내려온다. 그러면 가로등 빛이 창백해진다. 라디치는 이 시간을 사랑한다. 거리는 아직 침묵 속에 싸여 있고 집들은 닫혀, 아무도 없고, 마치 이 세상에 자기 혼자 있는 것 같은 느낌이 들기 때문이다. 그는 건물 주변의 길을 천천히 걸으면서 이 도시에는 한 사람도 남은 사람이 없어 온 도시가 다 자기 것이라고 생각한다. 아마 그가 주인 없는 정원에서 잠들어 있는 동안 어떤 천재지변이 일어나 사람들이 집과 자동차를 버리고 산으로 도망쳐버린 것인지도 모른다고 생각한다. 라디치는 움직이지 않고 서 있는 차체들을 따라 앞으로 걸어가며 그 내부의 텅 빈 좌석들과 움직이지 않는 핸들을 쳐다본다. 그때 어떤 위협적인 눈초리가 그를 관찰하고 있는 것 같은 이상한 느낌이 든다. 그는 멈춰 서서 고개를 들어 건물들의 높다란 벽을 쳐다본다. 새벽 해가 벌써 건물 정면 꼭대기를 장밋빛으로 물들이고 있다. 그러나 블라인드와 창문은 아직도 닫혀 있고, 널찍한 발코니들도 텅 비어 있다. 지나가는 바람소리는 아주 부드럽고 느릿느릿하다. 그 소리는 사람들을 위한 소리가 아니다. 라디치는 사람들의 움직임과 소리 대신, 이 도시 위에 파고드는 공허를 느낀다.

어쩌면 그가 늙은 양산소나무 뿌리 사이에 머리를 두고 잠을 자는 동안 신비롭게도 마치 딴 세상에서 불어온 듯한 여름바람이 시민들을 모두 잠들게 해버린 건지도 모른다. 덧문을 내린 아파트 속 침대 위에서 모두들 마법에 걸려 영원히 깨지 않는 잠에 빠져 있는지도 모른다. 그래서 이제야 도시가 숨을 돌리고 휴식을 취할 수 있는 것이다. 길에는 자동차들도 다니지 않고 상점들도 문이 닫혔고 가로등과 신호등도 꺼져서 차도의 금간 틈바구니에서 풀들이 마음놓고 자랄 수 있을 것이고, 정원도 숲처럼 다시 우거질 것이며 쥐들과 새들도 사람들이 살기 이전처럼 두려움 없이 아무데고 돌아다닐 수 있을 것이다.

라디치는 조금 멈춘 후 귀를 기울인다. 바로 그때 새들이, 찌르레기, 참새, 지빠귀가 나무에서 잠을 깬다. 지빠귀들이 특히 지지배배 소리를 크게 내며 이 종려나무에서 저 종려나무로 무겁게 날아가거나 커다란 주차장의 젖은 아스팔트 위에서 팔짝팔짝 뛰며 앞으로 나아간다. 소년은 지빠귀를 무척 좋아한다. 지빠귀들은 검고 아름다운 털에 부리가 매우 노랗고, 위험을 경계하느라고 머리를 약간 옆으로 돌린 특이한 모습으로 팔짝팔짝 뛴다. 지빠귀는 도둑과 닮았다. 그 점 때문에 라디치가 좋아하는 것이다. 라디치 자신처럼 약간 덤벙거리기도 하고, 또 조금은 짓궂고, 위험이 있을 땐 그것을 알리기 위해 날카로운 휘파람소리를 낼 줄도 안다. 지빠귀들은 목구멍에 뭔가 굴러가는 듯한 우스운 소리를 내는데 그 소리에 라디치 또한 웃고 만다. 라디치는 주차장 위로 천천히 걸어간다. 그리고 이따금씩 지빠귀에게 화답하기 위해 휘파람을 분다. 소년이 주인 없는 정원에서 커다란 양산소나무 뿌리 사이에 머리를 두고 잠들어 있는 동안, 사람들이 이렇게 아무 소리도 없이 대도시를 떠나자 이제 지빠귀들이 사람들의 자리를 차지했는지도 모른다. 이런 생각이 떠오르자 라디치는 아주 즐거워진다. 그래서 손가락을 사용해서 더 크게 휘파람을 분다. 그것은 자기도 지빠귀들과 같은 생각이며, 모든 것, 집, 거리, 자동차, 가게나 그 안에 있는 모든 물건들이 이제 자기들 것이라고 말하기 위해서이다.

공원 안과 건물 주위에 햇빛이 점점 확산된다. 자동차 지붕과 관목 잎새에 햇빛이 장밋빛 물방울처럼 맺혀 있다. 라디치는 이 모든 햇빛 방울들을 쳐다보려고 발길을 멈추게 될까봐 그것들을 보지 않으려고 무진 애를 쓴다. 텅 빈 대형 주차장에는 높다란 벽들과 내리쳐진 블라인드와 빈 발코니를 배경으로 햇빛 방울들만이 이 세상에 유일하게 진실되고 유일하게 살아 있는 것처럼 더욱더 강렬하게 반짝인다. 바다에서 불어오는 바람에 햇빛 방울들이 약간 흔들린다. 그럴 때면 이 방울들은 세계를 가만히 응시하고 있는 수천 개의 눈동자들 같다.

그때 또다시, 라디치는 막연하게 이곳 건물들의 주차장 속에서 어떤 위협이 이 모든 것들을 짓누르고, 위험이 서성이고 있는 것 같은 느낌을 받는다. 그것은 소년에게는 보이지 않고, 또 그가 이해할 수도 없는 어떤 시선이거나 혹은 한줄기 빛이다. 주차한 자동차 바퀴 아래, 거울의 반사광 속에, 해가 솟았음에도 계속 켜져 있는 창백한 가로등 불빛 속에 위협이 숨어 있다. 그러자 살갗에 소름이 돋고, 소년은 심장박동이 잠시 느려지는 듯하다가 다시 더욱 빨리 뛰는 것을 느낀다. 두 손바닥은 식은땀으로 축축해진다.

이제 새들은 사라지고 칼새 몇 마리가 지저귀며 전속력으로 날아간다. 지빠귀들은 커다란 콘크리트더미들 저 너머로 날아가고 대기는 다시 조용해진다. 바람조차 조금씩 조금씩 잠이 든다. 대도시 위에 새벽은 오래 계속되지 않는다. 새벽의 기적은 한순간밖에 보이지 않고 곧 사라진다. 그리고 이제 곧 낮이 다가올 것이다. 하늘에는 잿빛과 장밋빛이 사라지고 퇴색한 색깔이 덮인다. 서쪽에는 안개 같은 것이 끼어 있다. 틀림없이 그곳 기름 탱크들의 거대한 굴뚝들이 유독성 연기를 토해내기 시작했음이리라.

이 모든 것들, 새벽의 도시에 일어나는 모든 변화를 바라보는 라디치의 가슴은 죄어든다. 곧 남자와 여자들이 덧창과 문을 열고 블라인드를 올리고 발코니로 나올 것이다. 그들은 또 도시의 거리로 걸어나와 자동차와 트럭 엔진에 발동을 걸고서 심술궂은 눈으로 사방을 살피며 운전할 것이다. 그 때문에 그 위협의 눈초리, 위험의 눈초리가 있는 것이다. 라디치는 밝은 대낮을 좋아하지 않는다. 그는 밤과 새벽만 좋아한다. 모든 것이 조용하고 아무도 없는 시간, 박쥐와 떠돌이 고양이들만 있는 시간을 좋아한다.

그는 대형 주차장의 차들 사이를 다시 걷기 시작한다. 주차해놓은 자동차들의 내부를 더욱 주의깊게 살펴본다. 이따금씩 뭔가 괜찮은 물건이 보이면 지나가면서 문이 열려 있는지 차 문고리를 재빨리 더듬어본다. 차문이 잠기지 않은 자동차를 세 대 정도 점찍어놓았으나 일단은 그냥 내버려둔다. 그럴 만한 가치가 있는 것인지, 아직 확신이 서지 않았기 때문이다. 조금 후에 그 구역을 한 바퀴 돌고 나서 다시 돌아오리라고 마음속으로 다짐한다. 문이 열린 자동차들은 금방 일을 해치울 수 있기 때문이다.

햇빛이 점점 하늘에, 나무 꼭대기 위로 환하게 번져온다. 그렇지만 아직 태양이 보이지는 않는다. 단지 아름답고 따뜻한 빛이 열리면서 하늘에 퍼지는 것이 보일 뿐이다. 라디치는 대낮을 좋아하지는 않지만 해는 그래도 좋아한다. 이제 해가 솟는 것을 볼 생각을 하니 마음이 부푼다. 드디어 태양이 나타난다. 작열하는 붉은 쟁반이 라디치의 눈 속 깊이 번쩍이는 섬광을 던진다. 눈부시게 떠오르는 태양에 감탄하여 라디치는 잠시 걸음을 멈춘다.

그는 기다린다. 동맥 속에 심장이 맥박 치는 소리가 들린다. 어디서 오는지 알 수 없는 위협이 그를 포위한다. 수백 개의 파란 블라인드가 쳐진 하얗고 거대한 벽 꼭대기에, 안테나가 비죽비죽 솟아 있는 편편한 지붕들 꼭대기에, 시멘트 기둥 꼭대기에, 둥치가 반드르르한 키 큰 종려나무들 꼭대기에 점점 빛이 밝아옴에 따라 두려움의 무게도 가중된다. 두려움을 일으키는 것은 특히 침묵, 태양의 침묵과 날카로운 소리를 징징 내며 계속 켜져 있는 가로등불이다. 마치 인간과 엔진의 일상적인 소음이 다시는 시작될 수 없을 것만 같다. 잠이 사람들을 껍질 속에 가둬놓아, 사람들은 목구멍이 죄어든 채 두 눈을 감고 있고, 엔진도 닳아서 움직이지 않을 것만 같다.

"자, 시작해볼까."

라디치는 스스로 용기를 북돋우기 위해 큰 소리로 말한다. 그의 손은 다시 차문 손잡이를 더듬고, 두 눈은 차체의 차디찬 내부를 살핀다. 햇빛이 차체와 차의 앞창에 조롱조롱 달린 이슬방울 위에서 반짝이며 부서진다.

"아무것도 아니야…… 괜찮아."

이제는 마음이 급한 탓인지 불안이 약간 없어진다. 햇빛은 하얗고 팽팽하다. 해가 방금 큰 건물 지붕 위로 올라섰다. 틀림없이 태양은 파도 꼭대기 위에 눈부신 반사광을 타오르게 하며 바다 위에서도 빛나고 있을 것이다. 라디치는 주위를 둘러보지도 않고 앞으로 나아간다.

"좋아, 됐다."

차문이 하나 열린 것이다. 소년은 소리를 죽이고 차의 내부로 몸을 슬며시 밀어넣는다. 의자 밑과 구석, 차문에 달린 주머니까지 사방을 두 손으로 더듬고 글러브박스를 연다. 그의 손은 장님 손처럼 아주 재빠르고 능숙하게 사물을 느낀다.

"아무것도 없잖아!"

아무것도 없다. 차의 내부는 동굴처럼 축축하고 춥고 텅 비어 있다.

"나쁜 자식들!"

불안과 초조에 이어 분노가 뒤따른다. 소년은 차들의 내부를 하나하나 살피며 건물을 따라 좁은 통로를 거슬러올라간다. 갑자기 어떤 소리에 그는 소스라친다. 붕붕거리는 엔진소리와 양철소리다. 초록색 왜건 뒤에 몸을 숨긴 라디치는 쓰레기를 수거해가는 청소 트럭이 지나가는 것을 지켜본다. 트럭은 주차장으로 들어오지 않고 건물들을 빙 돌아서 가버린다. 월계수 울타리와 종려나무 줄기에 트럭이 반쯤 가려 보이지 않게 되자, 라디치는 그 트럭이 금속으로 된 이상한 곤충같이 보인다고 생각한다. 동그란 등은 울퉁불퉁 요동치며 기어가는 쇠똥구리와 흡사한 것 같다.

모든 것이 다시 고요해지자, 왜건의 편편한 짐받이 위에 뭔가 재미를 볼 수 있을 것 같은 형체들이 라디치의 눈에 띈다. 뒤창으로 다가가서 들여다보니 옷들이 보인다. 뒤쪽에 수많은 옷들이 오렌지색 비닐커버에 씌워진 채 차곡차곡 쌓여 있다. 앞쪽에도 옷과 구두상자가 있고 의자와 아주 가까운 곳 바닥에는, 이런 일을 잘 모르는 사람은 분간하기 어려운, 트랜지스터 라디오의 모서리가 삐져나와 있다. 왜건의 문은 잠겨 있으나 앞문 유리창이 조금 벌어져 있다. 라디치는 유리창가에 매달려 틈새를 벌리려고 온 힘을 다해 잡아당긴다. 1밀리미터씩 유리가 낮아진다. 라디치는 곧 여윈 긴 팔을 밀어넣어 안전장치를 손가락으로 만져 잡아당긴다. 차문이 열리자 그는 자동차 안으로 슬쩍 들어간다.

왜건은 아주 크고, 진초록색 인조가죽을 씌운 깊숙한 좌석이 있다. 라디치는 자동차 안에 있게 되어 만족스럽다. 그는 두 손을 핸들에 얹고 차가운 시트 위에 잠시 동안 앉아 있는다. 그러고는 널찍한 앞유리를 통해 주차장과 나무들을 바라본다. 앞유리창의 윗부분은 에메랄드빛으로 착색되어 있어 머리를 움직이면 하얀 하늘 속에 색유리가 이상한 빛을 만들어낸다. 핸들 오른쪽에는 라디오가 있다. 라디치는 스위치를 켠다. 그러나 라디오에서는 아무 소리도 나지 않는다. 글러브박스 단추를 손으로 누르자 뚜껑이 열린다. 그 속에는 서류와 볼펜 한 자루, 선글라스가 하나 들어 있다.

그는 앞좌석 등받이 위로 몸을 넘겨 뒤쪽 바닥까지 미끄러진다. 재빨리 옷들을 살펴본다. 새 옷들이다. 양복, 셔츠, 여성용 정장과 바지, 스웨터들이 가지런히 개어져 비닐 속에 포장되어 있다. 라디치는 자기 옆에 옷과 구두와 넥타이, 머플러 상자들을 쌓는다. 바지 속에 옷을 쑤셔 넣고, 두 바지의 가랑이를 묶어 보따리를 여러 개 만든다. 문득 트랜지스터 라디오 생각이 머리를 스친다. 그는 다시 앞좌석 위로 몸을 밀고 나가 머리를 바닥으로 내리고 두 손으로 그것을 더듬어서 약간 들어올린다. 스위치를 켜본다. 이번에는 음악이 갑자기 튀어나온다. 기타 소리가 새벽 새들의 노래처럼 미끄러지듯이 흘러나온다.

그때 그는 경찰들이 오는 소리를 듣는다. 그들이 오는 것이 아직 보이지는 않았다. 소리도 듣지 않은 것인지도 모른다. 그 소리는 순환도로의 아스팔트 자갈길에서 타이어가 부드럽게 구르는 소리이며, 햇빛을 받아 하얗게 빛나는 빌딩의 거대하고 고요한 정면 어디에선가 삐걱거리며 들어올리는 블라인드 소리인지도 모른다. 그러나 그가 트랜지스터 라디오에 머리를 수그리고 새의 음악을 듣고 있는 동안, 아마 뭔가 알 수 없는 것이 그에게 위험을 알려준 것이리라. 그의 몸속에서, 두 눈 뒤에서, 혹은 내장 속에서 무엇인가 꿈틀거리며 옭매이고 죄어든다. 공허가 한기처럼 왜건을 가득 채운다. 그때 그는 몸을 일으키고 보았다.

검은 경찰차가 주차장 골목으로 급히 달려오고 있다. 타이어들이 아스팔트와 잔잔한 자갈 위에서 물 흐르는 듯한 소리를 내며 달려온다. 경찰들의 얼굴과 검은 제복이 라디치의 눈에 똑똑히 보인다. 바로 그 순간, 그는 건물 발코니 중 어느 하나, 꼭대기에 방금 블라인드가 급히 올려진 그곳에서 자기를 주시하고 있는 잔인하고 살인적인 눈초리를 느낀다.

이 큰 자동차 속에 짐승처럼 엎드려 숨어 있어야 하는 걸까? 그렇지만 그는 경찰들이 바로 자기 쪽으로 향해 달려오고 있다는 것을 안다. 의심할 여지가 없다. 그러자 그의 몸은 긴장을 풀고, 단숨에 왜건의 앞쪽 문으로 튀어나온다. 그리고 주차장을 둘러친 벽 쪽으로 보도를 달려가기 시작한다.

검은 차가 갑자기 속력을 내기 시작한다. 경찰들이 그를 본 것이다. 목소리와 짧은 고함소리가 공원에서 울리고 거대한 하얀 벽에 부딪쳐 반향한다. 라디치는 찢어질 듯한 호루라기 소리를 듣는다. 마치 그 소리가 총알이나 되어 날아들기라도 하듯이, 그는 어깨 사이로 머리를 움츠린다. 심장이 어찌나 세게 방망이질을 하는지, 다른 소리는 하나도 들리지 않는다. 건물과 공원의 나무들과 아스팔트 도로, 주차장 바닥이 온통 그의 심장과 함께 깜짝 놀라 움찔거리고 고통을 느끼며 헐떡거리는 듯하다.

라디치의 두 다리는 달린다. 아스팔트 바닥을 때리고 화단의 부드러운 흙을 차며 달린다. 꽃과 덤불 위를 깡충 뛰어넘고 잔디밭의 나지막한 경계석들을 뛰어넘는다. 어디로 가는지, 어디서 멈출지도 모른 채 혼비백산 죽을힘을 다해 달아난다. 이제 라디치의 두 다리로는 날아서 넘어갈 수 없는 높은 주차장의 경계벽이 나타난다. 벽을 따라, 주차해 놓은 자동차들 사이사이로 지그재그로 달려간다. 검은 경찰차가 아직도 거기 있는가 뒤돌아볼 필요도 없다. 그 자동차는 아주 가까이에 있다. 전속력으로 커브를 돌아 타이어에서 끽 소리가 나고, 엔진이 붕붕거린다. 이제 경찰차는 바로 뒤에 있다. 직선으로 길게 뻗어 있는 도로 끝에, 탁 트인 대로가 하나 있다. 라디치의 자그마한 몸은 사냥꾼에 몰려 숲에서 뛰어나온 토끼처럼 달려간다. 검은 경찰차가 가까이 다가옴에 따라 차체는 점점 커진다. 네 바퀴가 자갈 아스팔트를 집어삼킬 듯이 달려온다. 라디치는 뛰어가면서 건물 정면 여기저기서 블라인드들이 올라가는 소리를 듣는다. 그러면서 이제는 모든 사람들이 그가 도망쳐 달려가는 것을 보려고 발코니에 나와 서 있을 것이라고 생각한다. 갑자기 벽이 터진 곳이 하나 눈에 띄어 그는 거기로 몸을 날린다. 이제 그는 벽 반대편, 바다로 가는 대로에 홀로 있다. 아마도 검은 경찰차가 주차장 출구까지 가서 이 대로로 유턴하기까지는 3, 4분가량 걸릴 것이다. 소년은 생각하지 않아도 이것을 알고 있다. 마치 미칠 듯이 뛰고 있는 그의 심장과 두 다리가 그를 위해 생각을 대신 해주고 있는 것 같다. 그러나 어디로 가야 하나? 대로 끝, 백 미터도 안 되는 곳에는 바다와 바위들이 있다. 소년은 본능적으로 바로 그곳을 향해 계속 달려가고 있는 것이다. 어찌나 빨리 달리는지, 태양에 뜨거워진 공기가 두 눈을 때리고 눈물을 흐르게 한다. 귀에서는 이제 바람소리도 들리지 않는다. 눈에 보이는 것은 검은 띠 같은 도로뿐이고, 햇빛이 도로 위에 강하게 부서지고 있다. 도로 맨 끝, 벼랑의 암벽 위로, 하늘과 바다가 맞닿은 젖빛 색깔이 보인다. 그는 빨리 달린다. 이제는 포장도로 위를 달려오는 검은 경찰차의 타이어 소리도, 건물들 사이의 공간을 온통 가득 채우고 있는 두 음색의 끔찍한 클랙슨소리도 들리지 않는다.

몇 번만 더 뛰어가자, 다시, 다리야, 심장아, 몇 번만 더 뛰어다오. 이제 바다가 그리 멀지 않다. 바다와 하늘이 뒤섞인 그곳에는 집도, 사람들도, 자동차도 없다. 사냥개떼에 금방 잡힐 듯 말 듯 뒤쫓기던 한 마리 노루처럼, 소년의 몸이 바다와 하늘이 맞닿는 그곳을 향해 훌쩍 차도로 뛰어든 바로 그 순간, 커다란 파란 버스가 한 대, 아직도 헤드라이트를 켠 채 달려온다. 떠오르는 태양이 둥그런 앞창 유리 위에 번갯빛처럼 반사되며, 요란스러운 양철소리와 브레이크 소리 속에 라디치의 몸은 보닛과 헤드라이트 위에 부서진다. 거기서 그리 멀지 않은 곳, 종려나무 공원 경계선에서 매우 침울한 한 젊은 여인이 그림자처럼 꼼짝 않고 숨죽이며 그 장면을 뚫어지게 바라보고 서 있다. 그녀는 움직이지 않고 단지 바라보고만 있다. 사람들이 사방에서 달려나와 버스와 검은 경찰차 그리고 부서진 꼬마 도둑의 몸을 덮어놓은 담요 주위로 모여든다.

1910년 10월 23일, 티즈니트

도시가 사막의 붉은 땅과 어우러지는 곳, 오래된 마른 돌벽들, 일부는 불타버린 아카시아숲 가운데 폐허가 된 흙집들만 남은 도시가 사막과 하나가 된 곳, 먼지바람만이 자유롭게 불고 있는 곳, 샘에서 멀고 종려나무 그늘에서 떨어진 바로 그곳에서 늙은 족장은 죽어가고 있다.

헛되이 끝내버린 오랜 행군의 마지막에 그는 이곳, 티즈니트에 도착했다. 북쪽에서는 굴복한 왕의 나라를 외국 군대가 도시마다 휩쓸며 저항하는 것은 모두 파괴하고 있다. 남쪽에서는 기독교군이 사기에 엘 함라의 성스러운 계곡에 진입하여, 스마라와 마 엘 아이닌의 궁전까지 점령했다. 불행의 바람이 돌벽 위 좁고 길게 뚫린 틈을 통해 불어오기 시작한다. 그 바람은 모든 것을 마멸시키고 모든 것을 비워버린다.

지금 여기에도 바람이 분다. 나쁜 바람이다. 북쪽에서 불어오는 미지근한 바람은 바다안개를 몰고 온다. 티즈니트 주위 여기저기에, 마치 길 잃은 짐승들처럼 흩어진 청색 인간들이 나뭇가지로 지은 움막에 숨어 기다리고 있다.

야영지 위에 들리는 소리라곤 아카시아 나뭇가지를 흔드는 바람소리와 이따금 다리가 묶인 가축의 울음소리뿐, 다른 소리는 하나도 들리지 않는다. 세네갈 병사들의 공격 이후부터 타들라강 계곡에는 거대한 침묵, 끔찍한 침묵만이 계속되고 있다. 이제 투사들의 목소리도 죽었고, 그들의 노래도 꺼졌다. 앞으로 닥칠 일을 이야기하는 사람은 더이상 아무도 없다. 어쩌면, 올 것이 아무것도 없기 때문인지도 모른다.

죽음의 바람이 메마른 대지 위에 불고 있다. 나쁜 바람은 모가도르, 라바트, 페스, 탕헤르 등 외국에 점령당한 땅에서 불어오고 있다. 미지근한 바람은 바닷소리를 싣고, 저 너머 은행가와 상인들이 지배하고 있는 하얀 대도시의 소음들도 싣고 온다.

지붕이 반쯤 무너진 흙집 속에서 늙은 족장은 단단한 땅바닥에 그의 망토를 깔고 누워 있다. 숨막힐 듯 더운 공기 속에는 파리와 말벌들의 붕붕거리는 소리가 가득하다. 그는 이제 모든 것을 잃었고 모두 다 끝났다는 것을 알고 있을까? 어제와 그저

께, 남쪽으로부터 전령들이 그에게 새로운 소식을 전하러 왔지만 그는 그들의 말을 들으려 하지 않았다. 그래서 전령들은 스마라를 포기하고 마 엘 아이닌의 작은 아들들인 하세나와 라르흐다프가 타간트고원 쪽으로 도주했으며, 물레이 히바는 아틀라스산맥 쪽으로 도망갔다는 소식을 전하지 못했다. 그러나 그들은 이제 그들을 기다리고 있는 저쪽 편에다 소식을 전하러 갈 것이다. "대족장 마 엘 아이닌은 곧 죽을 것이다. 그의 눈은 이미 아무것도 볼 수 없고, 그의 입은 더이상 말문을 열지 못한다." 대족장은 티즈니트의 아주 초라한 집에서 아들들의 얼굴도 보지 못하고 그의 부족들로부터도 떨어져 거지처럼 죽어가고 있다고 얘기할 것이다.

황폐한 집 둘레에 남자들이 몇 명 앉아 있다. 그들은 베리크 알라 부족의 마지막 푸른 투사들이다. 그들은 뒤도 돌아보지 않고 어찌된 영문인지 알려고 하지도 않고 타들라강의 평원을 넘어 도망쳐왔다. 다른 사람들은, 이제 아무런 희망도 없으며 약속된 땅은 그들에게 절대로 주어지지 않을 거라는 것을 알고는 온 길을 되돌아 남쪽으로 갔다. 그러나 지금 족장과 같이 있는 사람들이 원했던 것은 땅이 아니었다. 그들은 대족장을 사랑했으며 그를 성인처럼 존경했다. 족장은 그들에게 성스러운 축복을 내려주었다. 그 축복은 그들과 족장을 함께 묶어놓는 맹세와도 같았다.

누르는 오늘 그들과 함께 있다. 나뭇가지 지붕 아래 먼지 덮인 땅바닥에 앉아서, 그는 대족장이 갇혀 있는 지붕이 반쯤 허물어진 집을 응시하고 있다. 마 엘 아이닌이 죽어가고 있다는 것을 그는 아직 모른다. 더러워진 흰 망토를 입고 하인의 어깨에 기대어 사자, 물레이 세바의 어머니인 첫 부인 랄라 메이무나를 뒤에 거느리고 밖으로 나오는 족장을 보지 못한 지가 며칠이나 되었다. 티즈니트에 도착한 후, 처음에 마 엘 아이닌은 아들들이 그를 찾아오도록 전령들을 보냈다. 그러나 그 전령들은 돌아오지 않았다. 매일 저녁 기도하기 전, 마 엘 아이닌은 집에서 나와 물레이 히바가 올지도 모르는 북쪽을 바라보곤 했다. 그러나 이제 너무 늦었다. 아들들이 오지 않을 것은 너무나 명백하다.

죽음은 먼저 눈부터 침범하는 듯, 이틀 전부터 족장은 시력을 잃었다. 북쪽을 바라보기 위해 그가 바깥으로 나왔을 때 아들을 찾고 있는 것은 이미 그의 눈이 아니라 그의 얼굴과 손이었다. 그는 온몸으로 물레이 히바가 나타나기를 갈망하고 있었다. 검은 그림자 같은 랄라 메이무나를 데리고, 하인들에 둘러싸여 있는 족장의 거의 유령같이 하늘하늘한 모습을 누르는 쳐다보았다. 그리고 마치 구름이 해를 가리듯 싸늘한 죽음이 주위의 풍경을 어둡게 물들이는 것을 느꼈다.

누르는 타들라강 바닥의 골짜기에 누워 있는 장님 투사를 생각했다. 그는 그 친구의 죽은 얼굴을 생각했다. 지금쯤은 자칼들이 시체를 파먹었을지도 모른다. 그는 또 길에서 죽어 태양이 시체에 내리쪼이고 밤의 어둠에 싸이는 자들을 생각했다.

얼마 후, 그는 대학살에서 도망쳐 살아남은 대상들과 다시 만났다. 그들은 허기와 피로로 빈사 상태에서 며칠을 걸어왔다. 그들은 샘물 한 방울도 감히 마실 생각을 못하고, 도시를 피해 가장 험난한 길을 따라 추방자들처럼 도망친 것이었다. 그때 대족장은 몸져누웠고, 그래서 이곳, 나쁜 바람이 불고 있는 티즈니트 성문 밖, 먼지 땅에 그는 멈추어야만 했다.

청색 인간의 대부분은 그들이 남긴 발자국을 되짚어 목적지도 끝도 없는 드라고원 쪽으로 계속 길을 갔다. 누르의 아버지와 어머니는 사막 쪽으로 되돌아갔다. 그러나 그는 그들을 따라갈 수 없었다. 그는 아직도 외국 군대가 절대로 들어올 수 없는 평화롭고 풍요로운 땅, 족장이 약속한 땅을 기대하고 있는 것이 아닐까? 청색 인간들은 하나하나, 자기들의 누더기를 이고 떠났다. 그러나 그들이 가는 길에는 얼마나 많은 시체들이 있는지! 그들은 결코 옛날의 평화를 되찾지 못할 것이다. 불행의 바람이 그들을 절대로 평화 속에 살게 내버려두지 않을 것이다.

이따금 소문이 들렸다. "물레이 히바가 오고 있다. 사자, 물레이 세바, 우리들의 왕이 오고 있다!" 그러나 그것은 신기루에 불과했다. 신기루는 곧 뜨거운 침묵 속에 용해되었다.

이제 너무 늦었다. 마 엘 아이닌 족장이 죽어가고 있기 때문이다. 갑자기 불던 바람이 그치고 무거운 공기가 사람들을 일으켜 세운다. 모두가 발돋움을 하고 태양이 낮은 지평선 쪽으로 기울어지고 있는 서쪽을 바라보고 있다. 먼지 덮인 땅이, 칼날같이 뾰족한 돌멩이들이, 마치 금속이 녹아내리는 듯한 반짝거리는 색깔로 뒤덮인다. 하늘이 부드러운 안개 너울을 쓰고 그 안개 사이로 태양이 거대하게 부푼 붉은 쟁반처럼 나타난다.

아무도 왜 바람이 갑자기 그쳤는지 그리고 왜 지평선이 이렇게 이상하고 뜨거운 색깔로 물드는지 알 수가 없다. 그러나 누르는 다시 싸늘함이 열병처럼 그의 몸속으로 들어오는 것을 느끼고 떨기 시작한다. 그는 마 엘 아이닌이 있는 낡고 황폐한 집으로 몸을 돌린다. 그리고 자기도 모르는 사이에 검은 문에 시선을 고정시킨 채, 홀린 듯 그 집을 향해 천천히 걸어간다.

마 엘 아이닌의 투사들인, 검은 얼굴을 한 베리크 알라 사람들이 집 앞으로 가고 있는 어린 소년을 쳐다본다. 그러나 그들 중 누구 한 사람도 그의 길을 막으려고 나서지 않는다. 꿈속에 살고 있는 듯, 텅 빈 그들의 시선은 피곤에 지쳐 있다. 어쩌면 그들도 역시 헛된 행군에 시력을 잃고 태양과 사막의 모래에 눈동자가 불타버린 것이 아닐까?

누르는 진흙 벽이 있는 집을 향하여 자갈투성이 땅을 걸어나간다. 석양의 지는 해는 낡은 벽들을 반짝이게 비추고 문에는 그늘을 짙게 드리웠다.

누르는 지금 그 문으로 들어간다. 옛날 그의 아버지와 함께 성인의 무덤에 들어가던 때처럼 그는 집안의 서늘한 습기를 느끼고 어둠 속에 시야가 흐려져 잠시 꼼짝 않고 서 있다. 그의 두 눈이 차차 어둠에 익숙해지자, 커다란 텅 빈 방과 다져진 땅바닥이 보인다. 방 끝쪽에 족장이 망토 위에 돌을 베고 누워 있다. 랄라 메이무나는 얼굴에 베일을 쓰고, 검은 망토로 몸을 휘감고 그의 곁에 앉아 있다.

누르는 숨을 가다듬고 아무 소리도 내지 않는다. 한참이 지난 후, 랄라 메이무나가 소년 쪽으로 고개를 돌린다. 그의 시선을 느꼈기 때문이다. 검은 베일이 벌어지며 아름다운 그녀의 구릿빛 얼굴이 나타난다. 그녀의 두 눈이 어둠 속에서 반짝거린다. 눈물이 그녀의 뺨을 타고 흐른다. 누르의 가슴이 세차게 뛰기 시작한다. 그리고 누르는 몸 한가운데 찌르는 듯한 고통을 느낀다. 그가 문 쪽으로 뒷걸음질치려고 할 때, 노부인은 그에게 들어오라고 말한다. 그는 몸속의 고통 때문에 약간 몸을 구부리고 방 가운데로 천천히 걸어간다. 족장 앞으로 가서 그는 두 다리가 갑자기 없어진 것처럼 팔을 앞으로 내뻗고 땅바닥에 무겁게 퍽 쓰러진다. 누르는 손으로 마 엘 아이닌의 흰 망토를 잡는다. 습기 찬 땅에 얼굴을 대고 엎드린 채다. 울지도 않고 아무 말도 하지 않으며 아무것도 생각하지 않는다. 그러나 두 손으로 모직 망토를 꽉 움켜잡고 있다. 어찌나 세게 쥐고 있는지 두 손이 아프다. 검은 망토를 휘감은 랄라 메이무나는 미동도 하지 않고 그녀가 사랑하는 남자 옆에 앉아 있다. 그녀는 이제 아무것도 보지 않으며 아무것도 듣지 않는다.

마 엘 아이닌은 숨을 고통스럽게 천천히 들이쉬고 있다. 그가 숨 쉴 때마다 가슴이 아주 조금씩 들썩거리고, 쉰 소리가 방안을 가득 채운다. 몹시 수척한 그의 얼굴이 더 창백하게, 거의 투명하게 어둠 속에 떠오른다.

누르는 그 노인을 온 힘을 다해서 응시한다. 마치 자신의 시선이 죽음의 발자국을 늦출 수 있을 것처럼. 마 엘 아이닌의 벌어진 입술 사이로 말이 단편적으로 새어나온다. 그러나 곧 헐떡임에 막혀버린다. 아마도 그는 아직 아들들의 이름을 부르고 있나보다. 무함마드 레보, 무함마드 라르흐다프, 탈레브, 하세나, 사드부, 아흐메드 에시 솀스, 즉 태양으로 불리는 아들 그리고 특히 저녁마다 북쪽 길 위를 지켜보며, 그가 아직도 기다리고 있는 아흐메드 데히바, 즉 물레이 세바, 사자라고 불리는 아들의 이름을.

랄라 메이무나는 자기의 검은 망토자락으로 마 엘 아이닌의 얼굴에 맺히는 땀을 닦아준다. 그러나 그는 그의 이마와 두 뺨에 닿는 천의 감촉조차 느끼지 못하는 것 같다.

때때로 대족장의 두 팔이 뻣뻣하게 굳어진다. 일어나 앉고 싶어서 가슴이 용을 쓴다. 입술은 떨리고, 공막 속에서 눈이 돌아간다. 누르는 그의 곁에 좀더 가까이 다가가 메이무나를 도와 마 엘 아이닌을 일으켜 앉힌다. 그토록 가벼운 그의 몸에서 믿을 수 없는 힘이 솟아나와, 늙은 족장은 일어설 것처럼 팔을 앞으로 뻗고 몇 초 동안 앉아 있다. 초췌한 그의 얼굴에 강렬한 고뇌가 떠오른다. 누르는 이 공허한 시선과 창백한 홍채 때문에 굉장한 공포심을 느낀다. 누르는 마 엘 아이닌이 손으로 다친 눈을 어루만지고 얼굴에 입김을 불어넣어주었던 장님 투사를 생각한다. 이제 마 엘 아이닌은 그 장님 투사와 똑같은 고독, 아무도 빠져나올 수 없고, 아무도 달랠 수 없는 시선의 공허를 겪고 있는 것이다.

누르가 느끼는 고통이 어찌나 컸던지, 그는 이 어둠과 죽음의 집을 떠나 먼지 덮인 평원을 달려 석양의 황금색 햇빛 쪽으로 도망가고 싶다.

그러다 갑자기 누르는 자신의 손과 숨결 속에서 힘을 느낀다. 마치 옛날의 몸짓들을 기억하려 애쓰는 것처럼 누르는 말 한마디 없이, 자기 손을 마 엘 아이닌의 이마 위에다 천천히 갖다댄다. 손가락 끝을 침으로 적신다. 그는 불안에 떨고 있는 눈꺼풀을 만진다. 노인의 얼굴과 입술 그리고 두 눈 위에 가만히 숨을 불어넣는다. 그가 두 팔로 족장의 가슴을 껴안으니 가벼운 몸이 한참 동안 그대로 가만히 있다가 뒤로 눕는다.

이제 마 엘 아이닌의 얼굴은 고통에서 자유로워진 것 같다. 노인은 두 눈을 감고, 잠을 자려는 듯 소리도 없이 조용히 숨을 쉰다. 누르도 또한 자기 몸속에서 평화를 느끼며 고통이 그의 몸에서 떨어져 나가는 것 같은 느낌이 든다. 그는 족장에게서 눈을 떼지 않고 약간 물러난다. 그리고 그 집에서 나온다. 랄라 메이무나의 검은 그림자가 잠시 눈을 붙이려고 바닥에 드러눕는다.

밖에는 밤이 천천히 내리고 있다. 강바닥을 지나 종려나무숲으로 날아가는 시끄러운 새소리가 들린다. 미지근한 바닷바람이 간간이 다시 불기 시작하여, 황폐한 지붕짝들을 덜거덕거리게 한다. 메이무나는 기름 램프에 불을 켜고 족장에게 마실 것을 준다. 집 문 앞에서 누르는 목이 조이며 타들어가는 듯 느껴져 도저히 잠을 이룰 수가 없다. 밤에 몇 번이나 메이무나의 부름에 따라 그는 노인에게 가까이 가서 그의 이마 위에 손을 얹고 입술과 눈꺼풀 위에 입김을 불어넣었다. 그러나 피로와 슬픔이 그의 힘을 와해시켜버렸다. 그가 아무리 애써도 마 엘 아이닌의 입술을 떨리게 하는 불안은 지워지지 않는다. 아마도 족장 자신의 몸속에 있는 고통이 숨을 헐떡이게 하는 것이리라.

첫 여명이 밝아오기 바로 직전, 바깥의 대기가 미동도 하지 않고 고요할 때, 아무 소리도 들리지 않고 날벌레 한 마리도 울지 않을 때 마 엘 아이닌은 죽었다. 그의 손을 잡고 있던 메이무나가 숨이 끊어진 것을 알아차린 것이다. 그녀는 사랑하는 남자 곁에 누워 흐느끼며 오열하기 시작한다. 문 옆에 서 있던 누르는 하얀 망토 위에 누워 있는 대족장의 연약한 모습을 마지막으로 바라본다. 그 모습은 너무나 가벼워서 땅 위를 날아가는 것처럼 보인다. 그러고 나서 그는 뒷걸음질쳐서 멀리 가버린다. 보름달이 비치는 밝은 잿빛 평원 위, 밤의 어둠 속에서 누르는 혼자가 되었다. 고통과 피로로 그는 멀리 가지는 못한다. 그는 가시덤불 가까이 땅바닥에 넘어져, 노래하듯이 곡하는 랄라 메이무나의 흐느낌도 듣지 못한 채 이내 잠에 빠져든다.

어느 날 그녀는 아무런 예고도 없이 그렇게 떠났다. 마치 저 먼 곳, 그녀가 살던 나라에서 바다까지, 또는 사막 입구까지 가보기 위해 일찍 일어나던 습관대로, 그녀는 새벽이 되기 직전에 일어났다. 그녀는 큰 침대에서 여름의 열기에 지쳐 잠들어 있는 사진가의 숨소리를 들었다. 밖에는 벌써 칼새들이 시끄러운 소리로 지저귀고 있었다. 공공 살수차에서 쏟아져내리는 듯한 부드러운 물줄기 소리가 먼 곳에서 들려오는 것 같다. 랄라는 주저했다. 사진가에게 작별인사로 무언가, 징표라든가 전언 같은 걸 남기고 떠나고 싶었기 때문이다. 아무것도 가진 것이 없었던 그녀는 비눗조각을 하나 집어들고 파리의 거리에서 자기 사진에 사인 대신 그려 넣던 그 유명한 자신의 부족 표시를 그렸다.

왜냐하면 그것은 그녀가 아는 가장 오래된 문양일 뿐만 아니라 심장 모양과 비슷하기 때문이다.

그러고 나서 그녀는 이제 다시는 돌아오지 않을 결심으로, 도시의 거리를 가로질러 떠났다.

그녀는 며칠 낮, 며칠 밤을 이 도시에서 저 도시로, 이 나라에서 저 나라로, 기차를 타고 여행했다. 그녀는 수많은 기차역에서 또 수많은 기차들을 기다렸다. 어찌나 오래 기다렸는지 두 다리가 뻣뻣해지고 등과 엉덩이에는 멍이 들었다.

사람들은 오고 가고, 이야기를 하고, 또 쳐다봤다. 그러나 그들은 더위에도 발목까지 내려오는 이상한 낡은 밤색 외투를 걸치고, 지친 얼굴을 하고 있는 이 젊은 여인의 모습에는 주의를 기울이지 않았다. 아마도 그들은 그녀가 가난하고 병든 여인이라고 생각했을 것이다. 열차 객실 안에서 이따금 사람들이 그녀에게 말을 걸었다. 그렇지만 그녀는 그들의 언어를 모르기 때문에 그저 미소만 지었다.

이제 배가 천천히 잔잔한 바다 위로 미끄러져 나아간다. 배는 알헤시라스에서 멀어져 탕헤르를 향해 간다. 갑판 위에서는 태양과 소금이 뜨겁게 타고 있고 사람들은 더위를 피해 그늘에 밀집해 있다. 남자들, 여자들, 아이들이 종이상자와 트렁크 옆에 앉아 있다. 어떤 사람들은 불안을 쫓기 위해 이따금씩 슬픈 콧노래를 흥얼거린다. 그러다가 노랫소리도 꺼지듯 사라지고 이제는 엔진이 진동하는 소리만이 들릴 뿐이다.

뱃전 너머로 랄라는 둥근 파도가 끊임없이 천천히 밀려오는 매끄럽고 짙푸른 바다를 바라본다. 배가 바닷물을 하얗게 가르고 지나간 자리에는 돌고래들이 뛰어올라 서로서로 뒤쫓다가 흩어져 사라진다. 랄라는 나망 노인이 살아 있던 시절, 바닷가 위를 떠다니던 그 새, 진정한 바다의 왕자였던 그 흰 바닷새를 생각한다. 그녀의 심장박동이 빨라지고, 그 새가 곧 실제로 보일 듯이, 바다 위로 두 팔을 벌리고 취한 듯한 시선으로 쳐다본다. 그녀는 타는 듯한 태양을 피부로 느낀다. 옛날 그 타는 듯한 열기와 같다. 그녀는 하늘에서 쏟아지는 아름답고도 잔인한 빛을 쳐다본다.

콧노래를 부르는 남자들의 목소리가 문득 그녀의 마음을 뒤흔든다. 왠지 모르게 눈에서 눈물이 흘러내린다. 이 노래를 들은 지가 너무나 오래되어, 마치 이제는 반쯤 지워져버린 희미한 옛날의 꿈처럼 느껴진다. 노래를 부르는 사람들은 얼룩덜룩한 표범가죽 무늬의 셔츠에 너무 짧은 아마포 바지를 입고 맨발에 일본식 샌들을 신은 피부가 검은 남자들이다. 한 명이 노래를 그치면, 또다른 사람이 이어서 콧노래를 흥얼거린다. 두 눈을 반쯤 감고 몸을 흔들면서 부르는 그 슬픈 노래를 다른 사람은 아무도 무슨 내용인지 알아듣지 못한다.

이들의 노래를 들으며 랄라는 마음속, 아주 깊고 비밀스러운 곳에서, 하얀 땅, 붉은 계곡의 키 큰 종려나무, 끝없이 펼쳐진 모래와 암석평원, 인적 없는 해변 그리고 양철과 타르칠을 한 종이지붕에 진흙과 널빤지로 지은 집이 있는 마을을 다시 보고 싶은 욕망을 느낀다. 그녀는 조용히 눈을 감는다. 한 번도 떠난 적이 없었던 것처럼, 단지 한두 시간 잠을 잤던 것처럼 이 모든 것들이 눈앞에 보인다.

그녀 몸속 깊은 곳에서 그리고 불러오는 뱃속에서, 또 무언가 움직이며 피부의 안쪽을 차고 경련을 일으켜 그녀에게 아픔을 느끼게 한다. 그녀는 이제 세상에 나오고 싶어하고 벌써 삶을 누리며 꿈꾸고 있는 아기를 생각한다. 그녀는 몸을 약간 부르르 떤다. 그러고는 부풀어 오른 배를 두 손으로 움켜쥐며 흔들거리는 쇠벽에 등을 기대고 배의 육중한 요동에 몸을 맡긴다. 그러고는 입속으로 흥얼흥얼 노래를 한다. 약간은 그녀 자신을 위한 것이기도 하고, 또 조금은 아기를 위해 부르는 것이다. 아기는 이제 뱃속을 차던 발길질을 멈추고 그녀의 노래를 듣는다. 그 옛날의 노래, 아암마가 불러주던 노래, 그녀의 어머니가 부르던 그 노래를 듣고 있다.

"어느 날엔가는, 까마귀가 흰 새가 되고, 바다가 마르리, 선인장 꽃 속에서 꿀을 찾으리라. 아카시아 가지들로 잠자리를 만들리라. 어느 날, 오, 어느 날엔가는, 뱀 입속에도 독이 사라지고, 총알을 맞아도 죽지 않으리. 그러나, 그날 나는 내 사랑을 떠나리……"

엔진의 진동이 그녀의 목소리를 뒤덮어버린다. 그러나 뱃속의 낯모르는 아기에게 가사가 잘 들리는 듯, 아기는 잠이 든다. 좀더 소리를 크게 내어 스스로 용기를 북돋우려는 것처럼 랄라는 그녀가 좋아하는 노랫말을 더욱 크게 불러본다.

"메디……테……라……네……에에……"

육중한 하늘 밑에서 배는 천천히 잔잔한 바다 위를 미끄러져 간다. 이제 수평선 위에, 마치 바다에 걸린 구름같이 보기 흉한 회색빛 얼룩점이 보인다. 탕헤르다. 사람들의 얼굴이 전부 이 얼룩점을 향해 돌아간다. 모두가 입을 다물고 흑인들조차 노래를 그친다. 불분명하게 보이는 황량한 아프리카 대륙이 뱃머리 앞으로 천천히 다가온다. 바닷물은 잿빛이 되고 수심도 낮아진다. 하늘에서 처음으로 갈매기들이 날아가는 것이 보인다. 새들도 역시 잿빛이고 여위고 겁이 많아 보인다.

모든 것이 이렇게 변했단 말인가? 랄라는 마르세유로 가던 첫 여행을 생각한다. 그때에는 거리, 집, 사람, 이 모든 것이 아직 새로웠다. 아암마의 아파트, 생트 블랑슈 호텔, 기름 탱크 근처에 있는 공터 등, 그 살인적인 대도시 속에 그녀가 내버려두고 온 모든 것을 생각해본다. 거지 소년 라디치, 사진가, 기자들, 이제는 그림자가 되어버린 그곳 사람들을 모두 생각해본다. 지금 그녀가 가진 것이라곤 입고 있는 옷가지와 그곳에 도착했을 때 아암마가 준 밤색 외투밖에 없다. 그리고 그곳을 떠나기 전, 사진가의 웃저고리 주머니에서 꺼내 가지고 온 지폐 한 뭉치가 있다. 핀으로 고정시켜놓은 빠닥빠닥한 새 지폐들이다. 그렇지만 한동안 아무 일이 없었던 것같이 느껴진다. 판잣조각과 타르칠을 한 종이집으로 이뤄진 시테와 암석고원과 하르타니가 살고 있는 언덕을 한 번도 떠난 일이 없는 것 같다. 그녀는 단지 한두 시간 잠을 자고 일어난 것만 같다.

그녀는 뱃고물 쪽에 서서 빈 수평선을 쳐다본다. 그러고는 잿빛 얼룩으로 보이는 육지와 산을 쳐다본다. 그 위에 아랍 도시의 집들이 반점처럼 점점 커진다. 그녀는 소스라치게 놀란다. 뱃속의 아기가 아주 세게 태동을 시작했기 때문이다.

버스가 먼지가 풀썩거리는 길을 달리다가는 정차하고 농부들과 여자들, 아이들을 태운다. 그 버스 속에서 랄라는 또 이상한 흥분을 느낀다. 빛이 그녀를 감싸고, 미세한 모래들이 버스 사방에서 안개처럼 피어올라 차 내부로 스며들어서 그녀의 목구멍에 들러붙고 손가락 밑에서 퍼석거린다. 랄라는 빛과 건조한 대기 그리고 먼지의 존재를 느낀다. 그것은 몸에 새로 덮어씌워진 새 살, 새 숨결과도 같다.

이것 말고 다른 무엇이 존재할 수 있단 말인가? 또다른 세계, 다른 얼굴들, 다른 빛이 과연 있을까? 거짓말과도 같은 추억들은, 헐떡거리며 달리는 이 버스의 소리나 뜨거운 열기나 먼지에 살아남을 수가 없다. 옛날 암석고원에서처럼 빛이 모든 것을 씻어내리고 모든 것을 마멸시킨다. 랄라는 또다시 자기 주위와 자기 몸 위에, 비밀스러운 눈길의 무게를 느낀다. 그것은 욕망과 시샘으로 가득한 남자들의 시선이 아니라, 랄라를 아는 자 그리고 신처럼 그녀 위에 군림하는 자의 신비로운 시선이다.

버스는 먼지 쌓인 길을 따라 언덕 꼭대기로 올라간다. 사방에는 늙은 뱀가죽처럼 마르고 타버린 땅밖에는 없다. 버스 천장 위로는 하늘과 빛이 강렬하게 타고 있다. 차 안의 더위도 점점 심해져 마치 화덕 속에 있는 것 같다. 랄라는 이마 위와 목줄기, 등에 땀방울이 흐르는 것을 느낀다. 사람들은 버스 속에서 꼼짝 않고 무감각하게 앉아 있다. 남자들은 모직 망토를 둘러쓰고 여자들은 검푸른 베일을 쓰고 좌석 사이 바닥에 웅크리고 앉아 있다. 운전사만이 움직인다. 그는 얼굴을 찌푸리며 백미러를 들여다본다. 몇 번이나 운전사의 시선이 랄라의 눈과 마주친다. 그러면 그녀는 고개를 돌린다. 편편한 얼굴에 뚱뚱한 그 남자는 그녀를 더 잘 보려고 백미러를 조정한다. 그러더니 화가 난 듯이 백미러를 도로 제자리에 놓는다. 볼륨 스위치를 최고로 높이 돌려놓은 라디오가 씩씩거리는 소리를 토해낸다. 전기 안테나에 가까이 지나갈 때면 그 소리는 길게 끄는 콧소리로 변한다.

하루종일 버스는 아스팔트길과 먼짓길을 달려가고 말라붙은 강을 건너 벌거벗은 아이들이 기다리고 서 있는 진흙 마을 앞에 정차하곤 한다. 삐쩍 마른 개들이 버스 옆으로 달려와서 바퀴를 물어뜯으려고 한다. 때로 버스는 끝없는 사막 한복판에 서기도 하는데 그것은 엔진 결함 때문이다. 코가 납작한 운전사가 밖으로 나가 엔진 덮개를 열고, 몸을 구부려 카뷰레터를 닦아내는 동안, 남자들과 여자들은 차에서 내려 버스 그림자 속에 웅크리거나, 소변을 보러 가거나, 등대풀 사이에 쪼그려 앉는다. 몇몇은 조그만 레몬을 몇 개 꺼내서 혀를 차며 오랫동안 빨아먹는다.

그러다가 다시 버스가 출발하여 도로 위를 덜컹거리며 달리고 언덕을 기어오른다. 이렇게 끝없이 해가 지는 방향으로 달려간다. 가없이 펼쳐진 사막에는 밤이 빨리 내린다. 어둠은 돌멩이들을 덮어버리고 먼지는 재로 변모시킨다. 그때 갑자기 버스가 캄캄한 어둠 속에 멈춘다. 랄라의 눈에, 강 건너편 멀리 불빛들이 보인다. 후덥지근한 밤 속에 날벌레들의 윙윙거리는 소리, 두꺼비 울음소리가 가득하다. 그러나 버스 속에서 몇 시간을 보낸 후 듣는 그 소리는 차라리 침묵 같다.

랄라는 차에서 내려 천천히 강을 따라 걷는다. 공중목욕탕 건물과 얕은 냇물이 보인다. 강물은 검고, 조수가 민물의 흐름을 밀쳐낸다. 랄라는 건널 수 있는 얕은 시내를 건너간다. 허벅지가 반쯤까지 물에 잠기지만 시원한 강물에 기분이 좋다. 머리에 짐을 이고 긴 치마를 허리까지 걷어올린 여자의 모습이 랄라의 눈에 띈다.

좀더 멀리, 건너편 강가에 시테까지 이어지는 오솔길 입구가 눈에 들어온다. 그다음 진흙과 판자로 만든 집들이 한 채 한 채 나타난다. 랄라로서는 알지 못하는 집들이다. 물이 불었을 때, 강물이 지나가는 유역에 바싹 붙어서 사방에 새 집들이 들어서 있다. 아주 희미한 전깃불이 골목길의 다져진 땅을 비추고 있어 널빤지와 양철로 된 집들은 폐가 같은 인상을 준다. 골목을 따라 걸어가는 랄라의 귀에 속삭이는 목소리와 갓난아이 울음소리가 들려온다. 마을 저 너머, 어디에선가 들개의 울음이 꿈결처럼 들려온다. 옛적의 그 흔적 위에, 랄라는 다시 발자국을 옮겨놓는다. 그러면서 흙 알갱이들의 신선한 감촉을 더욱더 잘 느껴보려고 테니스화를 벗어들고 맨발로 걸어간다.

이곳 시테 골목에서는 언제나 똑같은 눈길이 그녀를 안내한다. 그것은 하늘 저 속에서부터 사방으로 도시에 다가오며 바람과 함께 움직이는 아주 길고 부드러운 시선이다. 랄라는 그녀가 잘 아는 집 앞을 걸어가며 꺼져가는 잉걸불냄새를 맡는다. 그리고 타르칠을 한 종이들 틈새로 쌩쌩거리는 바람소리와 양철지붕 위를 윙윙거리며 스치는 바람소리를 잘 분간해낸다. 이 모든 기억들은 단번에 마음속에서 되살아난다. 그녀는 한 번도 이곳을 떠난 일이 없고 단지 한두 시간 잠을 자고 일어난 것만 같다.

랄라는 저기 샘물 근처에 있는 이키크르의 집 쪽으로 가지 않고 모래언덕으로 가는 길로 접어든다. 피곤 때문에 몸이 무겁게 느껴지고 허리에 통증이 온다. 그러나 이렇게 미지의 시선이 그녀를 인도할 때엔 마을에서 벗어나야 하는 것을 그녀는 알고 있다. 그녀는 맨발로 걸음을 재촉하여 가시덤불과 난쟁이종려나무 사이로 걸어나가 모래언덕들이 있는 곳까지 간다.

그곳에 이르러 보니 아무것도 변한 것은 없었다. 옛날처럼 그녀는 잿빛 모래언덕을 따라 걷는다. 이따금씩 그녀는 걸음을 멈추고, 주위를 돌아본다. 그리고 윤이 반지르르한 풀줄기를 따서 손가락으로 비벼 그녀가 좋아하던 후추향을 맡아본다. 그녀는 이곳의 모든 웅덩이들과 자갈밭 언덕으로 통하는 길, 염전으로 통하는 길, 아무 곳으로도 통하지 않는 막힌 길 등, 모든 오솔길들을 잘 알고 있다. 그녀의 머리 위에 있는 깊고 부드러운 밤하늘에 별들이 빛나고 있다. 그 별들에게는 얼마만큼의 시간이 흘렀을까? 별들은 자리도 바꾸지 않았고 별빛도 꺼지지 않았다. 마치 영원히 꺼지지 않는 요술램프의 불빛과도 같다. 모래언덕들은 어쩌면 자리를 이동했는지도 모른다. 그렇지만 얼마나 이동했는지 어찌 알 것인가? 그녀가 그렇게 무서움을 타던, 발톱과 뿔을 드러낸 잔해는 이제 없어졌다. 버려진 통조림 깡통들도 더이상 보이지 않고 관목들 몇 포기는 불타버렸다. 화롯불을 피우기 위해 그 가지들은 토막토막 잘려 나갔던 것이다.

랄라는 모래언덕 꼭대기에 있던 자기 자리를 다시 찾을 수가 없다. 해변으로 통하는 사잇길도 모래에 덮여버렸다. 랄라는 차디찬 모래언덕 꼭대기까지 간신히 기어올라간다. 목구멍에서 숨소리가 씩씩거리며 가빠지고 허리의 통증은 어찌나 극심한지 자기도 모르게 신음이 새어나온다. 옛날 무서움을 느낄 때 종종 부르던 노래가 생각난다.

"메디테……라……네……에……에!……"

그녀는 노래를 부르려고 해보지만 목소리에 힘이 없다.

이제 그녀는 해변의 거친 모래 위, 바다거품 바로 가까이로 걸어간다. 바람은 그리 심하게 불지 않고 밤 파도 소리가 부드럽게 들려온다. 랄라는 배 위와 버스 속에서 느꼈던 도취감을 다시 맛본다. 마치 이 모든 것들이 그녀를 기다리고 있었고 그녀가 오기를 희망하고 있었던 것 같다. 아마도 별빛과 바닷소리와 하얀 거품이 뒤섞인 이 해변에 그녀가 비밀이라고 부르는 에스 세르의 시선이 있기 때문인가보다. 이제껏 한 번도 느껴보지 못한 두려움 없는 밤, 아득한 밤이다.

그녀는 나망 노인이 송진을 데우고 그물을 수선하려고 배를 끌어오던 그 장소 근처에 이른다. 그러나 그곳은 텅 비어 있고 황량한 해변만이 어둠 속에 펼쳐져 있다. 단지 바람에 쏠려 휘어진 굵은 가지들을 펼치고 있는 늙은 무화과나무가 모래언덕을 등지고 서 있다. 랄라는 그 무화과나무의 강하고도 덤덤한 향기를 다시 그윽하게 느끼며 흔들리는 잎새들을 바라본다. 그녀는 무화과나무에서 멀지 않은 모래언덕 밑 발치에 가서 앉는다. 그리고 순간순간 늙은 어부가 다시 나타날 것만 같아 무화과나무를 오래오래 쳐다본다.

피곤이 랄라의 몸을 짓누른다. 통증 때문에 다리와 팔의 감각이 잘 느껴지지 않는다. 뒤로 미끄러지듯 차가운 모래 위에 누워서 그녀는 바닷소리와 무화과나무 향내에 마음의 안정을 되찾으며 금세 잠이 든다.

동쪽에서 달이 솟아 어둠에 잠긴 바위언덕 위로 떠오른다. 창백한 달빛이 바다와 모래언덕을 비추고, 랄라의 얼굴도 달빛에 잠긴다. 밤이 이슥해지자 바다에서 미지근한 바람도 불어온다. 바람이 랄라의 얼굴 위로 머리카락을 스치며 지나가고 몸 위에 모래가루를 흩뿌린다. 하늘만이 광막하게 펼쳐지고 대지는 존재하지 않는 것 같다. 수많은 별들 아래 사물들은 그 모습을 바꾸어 움직이기 시작한다. 도시의 변두리가 많이 확장되었다. 그것들은 이제 계곡의 움푹한 곳과 만과 모래톱이 에워싸고 있는 곳에 곰팡이처럼 널려 있다. 사람들은 죽어버리고 집들도 무너져버렸다. 먼지와 바퀴벌레만 구름처럼 피어오르고 있다. 그래도 해변, 나망 노인이 자주 오던 그곳, 무화과나무 근처에는 아무 일도 일어나지 않았던 것 같다. 이 젊은 여인은 그곳에서 계속 잠을 자고 있었던 것만 같다.

달이 하늘의 정점을 향해 천천히 올라간다. 그러다가 서쪽 먼바다 쪽으로 기울어진다. 하늘은 맑고 구름 한 점 없다. 사막에, 막막한 평원 위와 암석고원 위로 모래의 음습한 추위가 물기처럼 번져간다. 마치 이곳 모든 땅이, 또 하늘과 달과 별들도 숨을 잠시 멈추고 그들의 시간을 유예시키고 있는 듯하다.

이제 그것들은 모두 움직임을 멈추고 첫새벽, '피자르'가 떠오른다.

사막에는 이제 여우와 자칼도 사막쥐나 들토끼를 뒤쫓지 않는다. 뿔 달린 살무사나 전갈, 지네도 검은 하늘 아래 차가운 땅 위에 멈춰 있다. 피자르가 이것들을 난데없이 포획하여 돌멩이나 돌가루, 수증기로 변신시켜버렸다. 그것은 지금이 바로 천상의 시간이 지상에 펼쳐지는 시간이기 때문이다. 그래서 모든 몸뚱이들이 얼어붙고 때로는 목숨과 숨길이 끊어지기도 한다. 모래언덕의 움푹한 곳에서 랄라는 움직이지 않고 누워 있다. 그녀의 살갗 위로 전율이 끼친다. 긴 전율에 그녀의 사지가 흔들리고 이가 딱딱 부딪친다. 그래도 그녀는 잠 속에 깊이 빠져 있다.

이제 두번째 새벽, '흰 새벽'이 온다. 떠오르는 빛이 대기 속의 어둠과 뒤섞이기 시작한다. 바다거품에서, 암석들의 소금덩어리 위에, 늙은 무화과나무 발치의 예리한 돌멩이들 위에 금세 빛이 반짝인다. 잿빛의 창백한 여명이 언덕 꼭대기를 비추고 별빛을 점점 지워버린다. 염소좌, 개좌, 뱀좌, 전갈좌 그리고 세자매별인 민타카, 알닐람, 알니타크가 하나씩 스러진다. 거대한 백반白斑 같은 것이 하늘을 뒤덮어 마지막 남은 별들도 차차 꺼져간다. 모래언덕들 사이 움푹한 곳에 자그마한 가시 돋친 풀들이 조금씩 흔들리고 풀잎에 돋아난 미세한 털 위로 이슬방울들이 조롱조롱 맺혀든다.

랄라의 두 뺨 위에도 이슬방울들이 눈물방울처럼 또르르 구른다. 젊은 여인은 아주 낮은 신음소리를 내며 잠에서 깬다. 그녀는 아직 눈을 뜨지 않는다. 신음소리는 점점 높아져 끊임없이 그녀의 귀를 적시는 바닷소리와 하나가 된다. 뱃속의 통증이 커졌다 작아졌다 하며 파도소리처럼 리듬 있게 밀려오면, 신음소리도 점점 더 가빠진다.

랄라는 모래 침대 위에서 몸을 약간 일으켜 세워보지만, 통증은 숨이 끊어질 듯 심해지기만 한다. 그때 문득, 그녀는 해산의 순간이 왔음을 깨닫는다. 아기가 지금 이곳, 이 해변에서 태어나려고 하는 것이다. 두려움이 그녀를 덮쳐 누른다. 그 두려움의 파문은 그녀의 몸을 관통한다. 지금 여기엔 혼자만 있기에, 아무도, 어느 누구도 그녀를 도와주러 올 사람이 없다는 것을 알고 있기 때문이다. 그녀는 일어서려고 시도해본다. 그리고 찬 모래 속에서 비틀거리며 몇 걸음을 떼다가 쓰러진다. 이제 그녀의 신음은 외마디 소리로 변한다. 여기, 이곳에는 햇빛이 비치는 해변과 아직도 어둠 속에 파묻혀 있는 모래언덕들과 그녀 앞에 육중하게 펼쳐진 청회색의 어두운 바다만이 여전히 어둠과 한데 어울려 있을 뿐이다.

무릎을 구부리고 모래 속에 모로 누워서 랄라는 바다의 느린 리듬을 따라 다시 신음한다. 통증은 파도를 따라온다. 긴 파도들이 간격을 두고 밀려온다. 가장 높은 파도마루가 때때로 창백한 빛에 부딪히며 어두운 수면 위로 달려와서 부서진다. 랄라는 바다 위에서 통증이 밀려오는 것을 본다. 고통의 전율이 하나하나 저 수평선 끝, 아직도 밤이 짙게 남아 있는 어두운 곳에서 밀려와서는, 하얀 보자기 같은 거품을 천천히 동쪽 해변 저 끝까지 비스듬히 옆으로 퍼뜨리며 밝게 펼쳐진다. 거친 모래 위 찰싹거리는 바닷물은 그녀 쪽으로 기어와 그녀를 감싼다. 진통이 너무 강할 때는 마치 그녀의 배가 찢어지며 텅 비어버리는 것 같다. 그러면 그녀의 목구멍에서 새어나오는 신음소리도 따라 커져서 모래 위에 무너지는 파도의 굉음을 덮는다.

랄라는 무릎을 꿇어 몸을 일으키고 모래언덕을 따라 엉금엉금 기어서 길가까지 가보려고 한다. 기어가는 일이 어찌나 힘이 드는지 새벽의 한기에도 불구하고 온 얼굴과 몸에 땀이 비오듯 흘러내린다. 랄라는 두 눈으로 바다를 응시하며 여전히 기다린다. 그녀는 모래언덕 건너편 길 쪽으로 몸을 돌려, 고함을 치며 부른다. "하르타—아—니! 하르타—아—니!" 그녀가 암석고원에 갈 때나 그가 바위구멍 속에 숨어 있던 그 옛날처럼 그 이름을 부른다. 그녀는 또 목동들처럼 휘파람을 불어보려고도 해본다. 그러나 갈라터진 두 입술은 소리를 내지 못하고 떨리기만 한다.

얼마 안 있으면 시테의 집집마다 사람들이 잠을 깰 것이다. 이불을 걷어버리고, 여자들은 새벽 물을 길러 우물까지 걸어갈 것이다. 아마 소녀들은 불을 지필 죽은 나뭇가지들을 찾아서 덤불 속을 이리저리 돌아다닐 것이다. 그리고 여자들은 화롯불을 지펴서 약간의 고기를 굽고 귀리죽을 끓이고 찻물을 끓일 것이다. 그러나 이 모든 일들이 너무나 멀리 있다. 마치 다른 세상의 일 같다. 저곳, 사람들이 살고 있는 넓은 강 하구의 진흙 평원에 아니, 좀더 멀리, 바다 건너 저쪽, 거지와 도둑이 사는 대도시, 하얀 건물과 자동차가 줄지어 주차해 있는 살인적인 그 도시에는 아직도 꿈이 계속되고 있는 것 같다. 노인들이 침묵과 두려움 속에서 죽음을 맞이하는 순간 피자르는 사방에 그 희고 차디찬 빛을 퍼뜨렸다.

랄라는 몸이 텅 비는 것을 느낀다. 심장이 아주 느릿느릿 뛰다가 다시 몹시 고통스럽게 뛴다. 진통의 파도가 어찌나 밭은 간격으로 다가오는지 이제는 하나의 통증이 계속해서 뱃속에 물결치며 아프게 두드린다. 랄라는 무진 애를 쓰며 팔꿈치로 기어서 천천히 모래언덕을 따라 몸을 끌고 간다. 이제 몇 번만 더 팔을 저어가면 될 곳에 하얀 하늘을 배경으로 돌무더기 위에 무화과나무가 아주 새카만 윤곽을 드러내고 눈앞에 서 있다. 무화과나무가 이렇게 크고 강하게 보인 적은 없었다. 커다란 둥치가 뒤쪽으로 휘어져 있고 굵은 가지들과 뾰족뾰족 예쁜 잎사귀들이 선선한 바람과 새벽빛 속에 반짝거리며 살랑거린다. 그러나 무엇보다 아름답고 강렬한 것은 그 향기이다. 향기로운 냄새가 랄라를 감싼다. 그 냄새가 그녀를 끌어당기고 그녀를 취하게 하며 동시에 구역질을 일으키게도 한다. 진통의 파도와 함께 향기가 물결친다. 랄라는 가까스로 숨을 쉬면서 모래바닥에 미끄러지지 않으려고 아주 천천히 몸을 추켜올린다. 뒤쪽에는 마치 마른 땅으로 끌어올린 배

뒤에 남는 흔적처럼 그녀가 두 다리를 벌리고 몸을 질질 끌고 간 자국이 모래 위에 남겨져 있다.

그녀는 진통이 너무 클 때는 신음하면서 천천히 힘들여 무거운 몸을 끌어당긴다. 랄라는 검은 나무둥치에 밝은 잎사귀들이 여명에 반들거리는 커다란 무화과나무에서 눈길을 떼지 않는다. 그녀가 다가감에 따라 무화과나무는 점점 더 커져 거대하게 되어 하늘을 온통 덮고 있는 것같이 보인다. 호수처럼 나무를 둘러싼 그림자에는 아직도 미적거리는 마지막 밤 빛깔이 고여 있다. 랄라는 천천히 몸을 끌어서 거인의 두 팔처럼 힘세고 높은 나뭇가지 그늘 속으로 들어간다. 그녀가 바라는 것은 바로, 나무의 힘센 두 팔이다. 그녀는 지금 자기를 도와줄 수 있는 것은 이 나뭇가지들밖에는 없다는 것을 알고 있다. 나무의 강한 향기가 그녀의 몸속에 스미고 그녀를 둘러싸며 상한 몸을 진정시키고 바다와 해초 냄새에 뒤섞인다. 큰 나무 발치 모래 사이에는 바다 공기에 녹슬고 비바람에 닳아 매끄러운 바위들이 그대로 드러나 있다. 바위들 사이에 힘찬 뿌리들이 금속으로 된 팔뚝처럼 불거져 있다.

신음소리를 내지 않으려고 이를 악물고 랄라는 두 팔로 무화과나무 둥치를 끌어안는다. 그리고 떨리는 무릎을 꿇고 천천히 몸을 추켜세운다. 몸속의 통증이 이제는 상처처럼 점점 벌어져 찢어지는 듯하다. 랄라는 이제 눈에 보이는 것, 귀에 들리는 것, 감각으로 느껴지는 것 이외에는 아무것도 생각할 수가 없다. 나망 노인, 하르타니, 아암마, 또 사진가조차, 그들은 과연 누구이며, 어떻게 된 것일까? 젊은 여인의 배에서 분출된 통증이 막막한 바다 위에, 광대한 모래언덕들 위로 온통 퍼지고 창백한 하늘까지 솟아오른다. 고통은 그 무엇보다도 강하며 모든 것을 지워버리고 비워버린다. 거센 소음처럼 통증이 그녀 몸속에 가득찬다. 그녀의 몸은 땅에 누워 쉬고 있는 거대한 산처럼 느껴진다.

고통 때문에 시간의 속도가 느려졌다. 시간은 심장의 박동과 숨쉬는 폐의 리듬을 따라, 자궁 수축의 리듬을 따라 맥박친다. 랄라는 무화과나무 둥치에 기대어 천천히, 굉장히 무거운 것을 들어올리듯이 자기의 몸을 일으킨다. 옛날 그녀가 태어날 때 그녀의 어머니를 도와준 나무처럼 이제 그녀를 도와줄 수 있는 것은 이 나무밖에 없다는 것을 그녀는 알고 있다. 본능적으로 그녀는 조상의 몸짓을 되풀이한다. 그 몸짓의 의미는 누가 가르쳐주지 않아도 그녀 개인을 초월하여 전달된 것이다. 어둡고 커다란 나무 밑동에 웅크리고서 그녀는 치마 허리끈을 푼다. 밤색 외투는 땅바닥 자갈 위에 펼쳐져 있다. 튼튼하게 하기 위해, 그녀는 허리끈을 꼬아서 무화과나무의 첫번째 중심가지에 얽어맨다. 그녀가 두 손에 힘을 주고 이 헝겊 허리끈에 매달리면 무화과나무가 약간 흔들리며 이슬방울들이 후드득 떨어진다. 그녀는 혀로 입술을 핥아 얼굴 위에 흐르는 그 순결한 이슬 물을 달콤하게 마신다.

하늘은 이제 '붉은 새벽'으로 물들기 시작한다. 마지막 밤의 반점들이 사라지며 우윳빛같이 희뿌연 색이 걷히고 마지막 새벽이 동쪽 돌언덕들 위로 펼쳐진다. 바다는 더욱더 짙은 색으로, 거의 보랏빛을 띠고 있으며, 파도마루에 자줏빛 섬광들이 타오른다. 물거품이 더욱더 찬란한 흰 빛으로 빛나고 있다. 날이 밝아오는 것을 랄라는 한 번도 이렇게 힘들여 바라본 적이 없다. 랄라는 얼굴이 찬란한 햇빛에 타들어가는 고통에 못 이겨 두 눈을 힘겹게 치켜 뜨고 새벽을 응시한다.

그러는 순간, 갑자기 진통의 끔찍한 경련이 강렬하게 퍼진다. 눈을 멀게 할 정도로 붉게 달구어진 뜨거운 햇빛과 흡사하다. 소리를 지르지 않으려고 랄라는 어깨 위의 원피스 자락을 입에 물고, 머리 위로 치켜올린 두 팔로 허리끈을 힘껏 잡아당긴다. 어찌나 힘을 주어 잡아당기는지 나무도 흔들리고, 그녀의 몸이 위로 들려 올려진다. 리듬처럼 되풀이해서 극심한 진통이 찾아올 때마다 랄라는 나뭇가지에 매달린다. 얼굴에 땀이 흘러 눈앞이 보이지 않는다. 고통스러운 핏빛이 눈앞에 나타난다. 바다 위에도 하늘에도, 밀려와서 부서지는 파도 거품 속에도 핏빛이 보인다. 악문 이 사이로 그녀도 모르는 새에 비명이 때때로 새어나온다. 그러나 바닷소리에 덮여 조그맣게 들린다. 그것은 온통 눈부신 이 빛과, 또 철저히 홀로 내버려진 이 고독에서 터져나오는 고통과 비탄의 외마디 소리이다. 그녀가 허리끈을 잡아 흔들 때마다 나무가 조금씩 기울어져 그 널찍한 잎새들이 햇빛에 눈부시게 반짝거린다. 숨을 조금씩 들이쉴 때마다, 무화과나무 냄새가 입속으로 흘러들어온다. 랄라는 달콤한 수액의 냄새를 들이마신다. 그 냄새는 그녀를 안심시키고 마음을 안정시켜주는 익숙한 내음과 같다. 중심가지에 매달려 허리끈을 잡아당기는 바람에 그녀의 옆구리가 무화과나무 둥치에 부딪히고, 이슬방울들이 그녀의 두 손과 얼굴 위에, 몸 위에 계속 떨어진다. 조그만 검은 개미들이 허리끈을 움켜쥐고 있는 그녀의 두 팔을 타고 몸을 따라 내려와 도망친다.

진통은 이렇게 아주 오랫동안 계속된다. 너무나도 오래 계속되어 랄라는 팔 근육이 마치 밧줄처럼 단단해짐을 느낀다. 그래도 그녀는 그 어떤 것도 손가락을 풀지 못할 만큼 허리끈을 단단히 붙잡고 있다. 두 팔로 거세게 끈을 잡아당기는 동안, 문득 그녀의 몸이 믿을 수 없을 만큼 텅 비는 듯한 느낌이 든다. 아주 천천히, 눈먼 사람과 같은 몸짓으로 랄라는 허리끈을 따라 아래로 스르르 미끄러져 뒤로 넘어진다. 허리와 등이 무화과나무 뿌리에 닿는 감촉이 느껴진다. 마침내 공기가 그녀의 폐 속으로 흘러들어가는 바로 그 순간, 이제 막 울기 시작하는 갓난아기의 날카로운 울음소리가 들린다.

이제 해변 위에는 붉은 햇빛이 오렌지색이 되고, 마침내 황금빛으로 변하고 있다. 틀림없이 태양은 벌써 동쪽의 돌언덕까지 솟아오르고 있을 것이다. 랄라는 아기를 두 팔에 안고, 자기 이로 탯줄을 잘라, 우느라고 헐떡거리는 아기의 조그마한 배둘레에 허리띠처럼 묶어놓는다. 천천히 그녀는 거친 모래 위를 힘들게 기어서 바다로 간다. 가벼운 거품 속에 무릎을 꿇고서 세차게 울어대는 아기를 짠 바닷물에 담근다. 그녀는 아기를 정성스럽게 씻긴다. 그리고 다시 무화과나무로 돌아가 헐렁한 밤색 외투 속에 아기를 내려놓는다. 랄라는 자신도 모르는 사이, 그전과 똑같은 본능적인 몸짓으로 무화과나무 뿌리 가까이에 있는 모래를 두 손으로 파고 태반을 묻는다.

이윽고, 아주 단단한 둥치 바로 곁에 머리를 두고 그녀는 나무 아래에 눕는다. 그녀는 외투를 펼치고 아기를 두 팔에 안아 부어오른 가슴께로 가까이 갖다댄다. 두 눈을 꼭 감은 아이가 조그만 얼굴을 가슴에 파묻고 젖을 빨기 시작하자 랄라는 이제야 피로에 잠겨든다. 이제 막 비쳐오기 시작하는 아름다운 햇빛과 달려오는 한 무리의 짐승떼처럼 파도가 비스듬히 밀려오는 몹시 파란 바다를 한순간 쳐다본다. 그녀의 두 눈이 스르르 감긴다. 잠들지는 않았지만 수면 위에 오랫동안 둥둥 떠 있는 것 같은 느낌이다. 그녀에게 꼭 붙어 있는 조그만 생명의 따뜻한 체온을 느낀다. 그 조그만 생명이 그녀의 가슴을 누르며 살겠다고 탐욕스럽게 젖을 빨고 있는 것이다. "하와의 딸, 하와야" 하고 랄라는 속으로 아기를 불러보며 생각한다. 그리고 단 한 번 마음속에 이런 생각을 떠올리자, 참으로 이상한 일이지만, 그 수많은 고통을 겪은 후 피어오르는 미소처럼 그녀의 마음이 편안해진다. 이제, 그녀는 성급한 생각을 하지 않고 타르칠을 한 종이 판자촌, 시테에서 누군가가 나타나기를 기다린다. 게 잡는 소년이나 삭은 나뭇가지를 찾아다니는 노파, 아니면 그저 바다새를 보려고 모래언덕까지 산책하기 좋아하는 어린 소녀들, 이곳은 언제나 누군가가 오기 마련이다. 무화과나무 그늘이 몹시 시원하고, 또 감미롭기까지 하다.

1912년 3월 30일, 아가디르

이제 마지막으로 그들이 왔다. 바다 가까이 있는 강 하구의 대평원에 그들이 나타났다. 그들은 각 방향에서 모두 모였다. 북쪽에서 온 자들은 이다우 트루마족, 이다우 타만족, 아이트 다우드족, 메스칼라족, 아이트 하디족, 이다우 젬젠족, 시디 아밀족 그리고 비구딘, 아미즈미즈, 이셈라렌 사람들이었다. 타루단트 너머 동쪽에서 온 자들은 타제나흐트족, 와르자자트족, 아이트 칼라족, 아사라그족, 아이트 케디프족, 암타즈긴족, 아이트 투메르트족, 아이트 유스족, 아이트 자르할족, 아이트 우디나르족, 아이트 무드지트족, 사르흐로산과 바니산에서 온 사람들이었다. 에사우이라에서 아가디르까지의 성채에서 온 해변 사람들은 티즈니트, 이프니, 아오레오라, 탄탄, 굴리민 사람들과 아이트 멜룰족, 라후신족, 아이트 벨라족, 아이트 부하족, 시디 아흐메드 또는 뭇사족, 이다 구그마르족, 아이트 바하족이었으며, 특히 남쪽에서 온 사람들은 사막의 자유로운 사람들로서 임라구엔족, 아리브족, 울라드 야히아족, 울라드 델림족, 아루시인족, 할리피아족, 레기바트 사헬족, 세바족, 슐루흐말을 하는 사람들, 이다우 베랄족, 이다우 메리바트족, 아이트 바암란족들이었다.

그들은 강바닥에 모두 모였다. 그들의 숫자는 너무나 많아서 계곡 전체를 다 덮을 정도였다. 그러나 그들 중 대부분은 투사들이 아니었다. 모두 외국 군대에 쫓겨, 어디로 가는지도 모르는 채 쉬지 않고 도주해온 여자들, 아이들, 부상당한 남자들, 노인들이었다. 이곳, 아가디르 대도시 앞, 바다가 그들을 멈춰 세웠다.

그들 대부분은 왜 그들이 이곳 수스강까지 왔는지 알지 못했다. 아마도 허기와 피로, 절망이 그들을 바다 앞, 이곳 강 하구까지 데리고 왔을 것이다. 그들은 어디로 가야 하나? 몇 달, 몇 해 전부터 그들은 텐트를 치고 양 우리를 만들 수 있는 땅과 강, 샘물을 찾아 방황했다. 많은 사람들이 죽고 이 사막에서, 대도시 마라케시와 타들라강의 협곡에서, 어디로도 이어지지 않는 길 위에서 길을 잃었다. 도망칠 수 있었던 사람들은 모두 남쪽으로 돌아갔다. 그러나 옛날에 있었던 샘들은 물이 말라버렸고 외국 군인들이 도처에 깔려 있었다. 마 엘 아이닌의 붉은 바위 궁전이 서 있는 스마라에는 이제 모든 것을 마멸시키는 사막의 바람이 불고 있다. 기독교군들이 서서히, 사막의 자유로운 사람들에게 성문을 닫아버렸고, 사기에 엘 함라 성도의 우물들을 다 점령했다. 외국인들은 무엇을 원한 것일까? 그들은 온 땅을 전부 다 가지고자 했다. 확실히 그들은 모든 땅을 자기들의 손아귀에 넣을 때까지 멈추지 않을 것이다.

며칠 전부터 사막 사람들은 요새의 남쪽에 모였다. 산에서 온 부족들은 마 엘 아이닌의 마지막 투사들인 베리크 알라족과 합세했다. 투사들의 얼굴에는 마 엘 아이닌의 죽음으로 인한 슬픔과 체념의 상흔이 찍혀 있었다. 열병과 굶주림으로, 그들의 시선은 이상하게 번쩍거렸다. 사막 사람들은 물레이 세바, 즉 '사자'라고 불리는 자가 그의 투사들과 말을 타고 나타날 성채 쪽을 매일같이 쳐다보았다. 그러나 저멀리, 도시의 붉은 성벽은 침묵 속에 고요하고 성문들은 굳게 닫혀 있었다. 며칠 전부터 계속되는 이 침묵은 뭔가 위협적인 요소를 지니고 있었다. 시커멓고 커다란 새들이 파란 하늘에서 선회하고 있었으며 밤마다 자칼이 짖는 소리가 들려왔다.

누르도 패주한 사람들의 무리 속에, 혼자 거기 있었다. 오래전부터 그는 이 고독에 익숙해졌다. 그의 아버지, 어머니, 누이들은 남쪽으로 끝도 없는 흔적을 따라 돌아갔다. 그러나 그는 족장이 죽은 후에도 돌아갈 수가 없었다.

매일 저녁 차가운 땅바닥에 누워서 그는, 마 엘 아이닌이 북쪽으로, 새로운 땅으로 열어놓은 길을 생각하고, 또 '사자'가 진짜 왕이 되기 위해 그 길을 쫓아갈 것이라고 생각했다. 이 년 전부터, 그의 육신은 허기와 피로에 길들여졌다. 그의 머릿속에는 곧 열릴 이 길에 대한 욕망 이외엔 아무것도 없었다.

아침, 야영지에 풍문이 떠돌았다. "물레이 히바, 사자, 물레이 세바다! 우리들의 왕이야! 우리들의 왕!" 총성이 몇 발 들리고, 아이들과 여자들이 목소리를 떨며 이렇게 고함쳤다. 군중은 먼지 낀 평원 쪽으로 몸을 돌렸다. 누르는 붉은 구름에 감싸인 족장의 기마병들을 보았다.

고함과 총소리가 말발굽소리를 덮어버렸다. 붉은 안개가 아침 하늘로 높이 올라가, 강 계곡 위를 소용돌이쳤다. 한 무리의 투사들이 긴 총대가 달린 총을 하늘로 내쏘며 기마병들 앞으로 달려갔다. 그들 대부분은 산에서 온 남자들과 투박한 모직 망토를 걸친 슐루흐인들, 머리와 수염이 덥수룩하고 눈이 충혈되어 있는 야만인들이었다. 누르는 사막의 투사들, 즉 마 엘 아이닌이 죽을 때까지 그를 따랐던 청색 인간들을 그 속에서 찾아볼 수 없었다. 청색 인간들은 몇 날, 몇 달 동안을 사막에서 지냈어도 배고프거나 목마른 기색이 없었고 사막의 태양에 화상을 입지도 않았다. 그들은 무엇 때문인지도, 또 누구와 싸우러 가는지 알지도 못한 채, 자기들의 밭과 도시를 떠나온 사람들이었다.

사자, 물레이 세바의 말들이 커다란 붉은 먼지를 일으키며 질주하는 동안 투사들은 계곡을 지나 아가디르 성채까지 달려갔다. 그들은 무엇을 바라는 걸까? 그들은 그저 달려갔고 소리를 질렀다. 아이들과 여자들의 목소리가 강바닥에 진동했다. 그러는 동안, 누르는 사자의 기마병들이 눈부신 빛에 둘러싸여 창을 휘두르며 붉은 구름 속으로 지나가는 것을 보았다.

"물레이 히바다! 사자, 물레이 세바다!" 아이들이 그의 주변에서 소리를 질렀다. 곧 기마병들은 평원의 반대쪽, 아가디르 성채를 향해 창을 휘두르며 사라졌다.

그 계곡 위를 뒤덮은 도취는, 입술을 태우는 불같은 태양과 함께 하루종일 계속되었다. 저녁녘에 사막의 바람이 불기 시작하여 도시의 성벽이 가려지고 야영지는 금빛 안개 속에 덮인다. 누르는 바람을 피해 나무 밑으로 가서 망토로 몸을 감싼다.

밤과 더불어 흥분도 조금씩 식어갔다. 기도시간이 되자 시원한 어둠이 메마른 땅 위에 찾아들었다. 가축들은 밤의 습기를 피해 무릎을 꿇고 웅크렸다.

누르는 다가올 여름과 건기와 샘물을 생각했다. 그리고 사막의 반대편, 우알라타, 우아단, 싱산에 있는 염전까지 아버지가 느릿느릿 걸어가는 가축들을 몰고 가고 있으리라고 생각했다. 또 이제는 너무나 멀리 떨어져 바다도 산도 떠올릴 수 없는 무한히 넓은 이 땅의 고독을 생각했다. 그가 휴식을 만끽해본 지는 아주 오래되었다. 마치 온 천지가 돌과 먼지의 평원, 협곡들, 말라붙은 강, 칼날처럼 비죽 선 바위들 그리고 보이는 모든 것 위에 내려앉는 어둠 같은 공포로 채워져 있고 그 외엔 아무것도 없는 것 같았다.

식사시간에 청색 인간들과 함께 빵과 조죽을 나누어 먹으러 갈 때, 누르는 별이 총총한 밤이 대지를 덮고 있는 것을 보았다. 피로와 더위가 살갗을 태우는 듯하고 간간이 온몸에 열이 오를 땐 소름이 끼쳤다.

임시 야영지의 나뭇가지와 잎사귀들로 지은 움막에서 청색 인간들은 말이 없었다. 그들은 마 엘 아이닌의 전설도 이야기하지 않았으며 노래도 부르지 않았다. 그들은 구멍이 숭숭 뚫린 망토로 몸을 감싸고 바람에 연기가 피어오를 땐 눈을 깜빡거리며 잉걸불을 바라보고 있었다. 그들의 눈동자는 흐릿하고 심장은 느리게 고동친다. 아마도 그들은 이제 더이상 아무것도 기다리지 않는 것인지도 모른다.

모닥불들이 하나하나 차례로 꺼지고 어둠이 계곡 전체를 침식했다. 시커먼 바다 쪽으로 돌출된 아가디르 도시가 멀리서 희미한 불빛을 반짝이고 있었다. 이제 누르는 머리를 불빛 쪽으로 돌리고 땅바닥에 누웠다. 매일 저녁처럼, 그는 티즈니트의 폐허가 된 집 앞에 묻힌 대족장, 마 엘 아이닌을 생각했다. 사람들이 묘혈 속에다 그의 얼굴을 동쪽으로 향하게 하고 눕혔다. 두 손에는 그의 유일한 재산인 성서와 갈대* 그리고 흑단 묵주가 쥐여져 있었다. 사람들이 사막의 고운 붉은 흙가루를 그의 몸 위에다 뿌렸고, 그다음 자칼이 그의 몸을 파먹지 못하도록, 넓적한 돌들을 눌러놓았다. 그리고 흙이 석판처럼 매끄럽

* 고대 사람들은 갈대를 붓으로 사용했다.

고 단단해질 때까지, 남자들이 맨발로 그 흙을 다졌다. 무덤가에는, 스마라의 기도의 집 앞에 있었던 것과 같은 가시만 있는 어린 아카시아나무를 한 그루 심었다.

그러고 난 다음, 구드피아에서 마지막까지 그를 동반했던 베리크 알라족, 청색 인간들이 무덤 앞에 무릎을 꿇었다. 대족장에게서 최후의 축복을 받으려는 듯이 두 손으로 매끄러운 무덤 위를 천천히 쓰다듬은 후, 이내 그 손으로 자기들의 얼굴을 쓰다듬었다.

누르는 모든 사람들이 티즈니트평원을 떠난 후, 무덤 옆에서 랄라 메이무나와 둘이서 함께 남았던 그날 밤을 생각했다. 차가운 밤에 허물어진 집안에서 노부인의 그치지 않는 울음소리가, 마치 노랫소리처럼 누르의 귀에 들려왔다. 그는 무덤 옆, 땅바닥에서 잠이 들었다. 몸부림도 치지 않고 꿈도 꾸지 않고 그 역시 죽은 것처럼 잠을 잤다. 다음날, 그다음날에도 누르는 모직 망토로 몸을 감싸고, 눈과 목이 열에 타버릴 듯해도 뜨거운 땅바닥에 그대로 앉은 채, 거의 한 발짝도 무덤을 떠나지 않았다. 벌써 바람이 무덤 흙 위로 먼지를 몰고 와, 무덤을 천천히 덮어버렸다. 그다음엔 열이 몸에 파고들어 누르는 의식을 잃었다. 티즈니트의 여자들이 그를 자기들의 집에 데리고 가서 간호해주었다. 그는 죽음의 언저리를 헤매며 헛소리를 해댔다. 몇 주 지난 후 몸이 나은 그는, 마 엘 아이닌이 죽은 폐허의 집으로 다시 가보았다. 그러나 그곳에는 이제 아무도 없었다. 랄라 메이무나는 그녀의 부족을 찾아 다시 떠났다. 바람이 불어 얼마나 많은 모래가 날아왔는지 무덤이 어디였던가는 찾을 수 가 없었다.

어쩌면 모든 일이 그렇게 진행되어야만 했던 것인지도 모른다고 누르는 생각했다. 아마도 대족장은 바람에 실려서 사막의 모래 속에 자취를 감추고 그의 진짜 영토로 돌아간 것인지도 모른다는 생각이 들었다. 누르는 이제 어둠 속에서 수스강 유역, 대평원을 바라본다. 사람들이 가브리엘 천사의 어린 양의 피가 흐른 흔적이라고 말하는, 안개 무리같이 희뿌연 은하수의 환한 별빛이 그곳을 희미하게 비추고 있었다. 티즈니트에서와 똑같은 고요한 대지였다. 노랫소리 같은 랄라 메이무나의 긴 탄식이 이따금씩 누르의 귀에 다시 들려오곤 했다. 그러나 그것은 아마 밤 자칼의 울음소리였으리라. 여기에는 마 엘 아이닌의 영혼이 아직도 살아 있었다. 마 엘 아이닌의 영혼이 온 땅을 뒤덮고 있었다. 그의 혼은 모래와 먼지에 섞여 있었고 계곡의 균열 속에 숨어 있었으며 뾰족한 돌 위로 어렴풋이 빛나기도 했다.

저기, 하늘에서 그리고 어두운 반점 같은 땅에서 누르는 그의 시선을 느낄 수 있었다. 옛날, 스마라 광장에서와 같이 족장의 시선이 그의 몸에 내려앉는 것을 느끼자 전율이 온몸을 꿰뚫고 지나갔다. 누르의 몸 안에 들어온 그 시선은 심한 현기증을 일으킨다. 대족장은 무슨 말을 하고 싶어하는 것일까? 아마도 그가 살아 있을 때 평원에서 사람들을 둘러 감싸던 그 눈빛처럼 말없이, 눈빛으로 무엇인가를 이야기하고 있는 것인지도 모른다. 어쩌면 그는 사람들에게 그가 있는 곳으로 오라고, 이제 먼지가 되고 바람에 흩날려 잿빛 땅과 섞여 있는 그곳으로 그를 다시 만나러 오라고 말하는 것인지도 모른다…… 누르는 불멸의 그 시선에 실려 움직이지도 않고 꿈도 꾸지 않은 채 잠이 들었다.

처음으로 대포 소리가 들렸을 때 청색 인간들과 투사들은 바다를 살펴보려고 언덕 쪽으로 달리기 시작했다. 포성은 천둥처럼 하늘을 뒤흔들었다. 아가디르의 넓은 바다 위에, 마치 못생기고 굼뜬 동물 같은 한 척의 커다란 군함이 섬광을 내뿜으면 소리는 그로부터 한참 후에 들려왔다. 찢어지는 듯한 소리를 내며 포탄들이 굴러와 도시 내부를 폭파시켰다. 단 몇 분 만에 붉은 돌의 높은 성벽들이 폐허 무더기로 변하고 불타는 검은 연기만이 올라왔다. 그러자 부서진 성벽 속에서 피투성이가 된 주민들, 남자와 여자들, 아이들이 소리를 지르며 튀어나왔다. 도망 나온 주민들이 강 계곡을 가득 채웠다. 공포에 질려 그들은 걸음아 날 살려라 하고 바다로부터 멀리 달아났다.

'코스마오' 순양함의 대포 끝에서 몇 번이나 짧은 불꽃이 번쩍거리고, 아가디르 성채를 폭파시키는 귀청이 찢어질 듯한 포탄의 굉음이 수스강 계곡 전체에 울려퍼졌다. 도시에서 불붙은 시커먼 연기가 파란 하늘 높이 치솟아 그 그림자가 유목민의 야영지를 뒤덮었다.

그때 사자, 물레이 세바의 말 탄 투사들이 나타났다. 그들은 주민들이 지켜보는 가운데, 강바닥을 건너 언덕 쪽으로 퇴각했다. 멀리 코스마오 순양함이 금속빛을 띤 바다 위에 움직이지 않고 떠 있었다. 대포들의 방향이, 사막 사람들이 도망가고 있는 계곡 쪽으로 천천히 돌려졌다. 그러나 포문은 다시 번쩍이지 않고 다만 정적만이 흘렀다. 뛰어 도망가는 사람들의 소리와, 가축들의 울부짖는 소리만 들릴 뿐이었다. 검은 연기가 계속 하늘로 올라가고 있었다.

기독교군이 도시의 성벽 앞에 나타났을 때 아무도 그들이 누구인지 금방 알아차리지 못했다. 아마, 물레이 세바와 그의 추종자들까지도 기독교군을 신도들의 지휘관 물레이 하피드가 성스러운 전쟁을 위해서 원군으로 보내준 북쪽의 투사들인 줄 잠시 착각한 것 같았다.

그러나 그 군대는 아직도 저항하고 있는 도시 아가디르까지 도보로 강행군하여 도착한 망쟁 대령의 4개 대대였다. 4천 명에 달하는 이 제복 입은 보병대는 주로 아프리카, 세네갈, 수단, 사하라인들로서, 르벨 소총과 십여 개의 노르덴펠트 기관총으로 무장하고 있었다. 보병들은 반원으로 산개하여 강기슭으로 천천히 전진했다. 강 반대편 돌언덕 아래에는 물레이 세바의 기마병 3천 명이 거대한 붉은 먼지 회오리를 일으키며 제자리에서 빙빙 맴돌기 시작했다. 그 회오리에서 조금 떨어져, 흰 망토를 입고 있는 물레이 세바가 메마른 땅을 기어가는 곤충들과 흡사한 기독교군들의 긴 행렬을 불안하게 쳐다보고 있었다. 예전에, 흑인 보병들이 쓴 총알에, 남쪽에서 온 1천 명도 넘는 자기의 기마병들이 낫으로 벼 베듯 쓰러져갔던 부 드니브 전투에서처럼, 이 전투도 이미 진 것이나 다름없음을 그는 알고 있었다. 초조하게 몸을 부르르 떠는 말 위에서, 물레이 세바는 꼼짝도 하지 않고, 마치 훈련하는 것처럼 강 쪽으로 천천히 오고 있는 외국인들을 바라보았다. 물레이 세바는 몇 번이나 후퇴를 명령했지만 산의 투사들은 그 명령에 복종하지 않았다. 그들은 먼지와 화약냄새에 취해, 거친 말들로 고함을 내지르고 성자들의 이름을 부르며 광란의 원무圓舞 속으로 미친 듯이 말을 몰았다. 원무가 끝나면, 투사들은 그들을 잡으려고 쳐놓은 함정에 뛰어들어 모두 죽을 것이다.

물레이 세바는 이제 어찌해볼 도리가 없었다. 고통의 눈물이 벌써 그의 두 눈에 가득 고였다. 메마른 강바닥 반대편에서는 망쟁 대령이 자기 부대 양편 끝, 돌언덕 꼭대기에 기관총을 배치하도록 명령했다. 물레이 세바의 투사들이 강바닥을 건너는 순간, 무어인 기마병이 가운데를 향해 총을 발사하라고 했다. 그러면 양쪽에서 기관총들이 그들을 싹 쓸어버릴 것이다. 그러고 나서 유유히 총검으로 마지막 치명타를 가하기만 하면 될 것이다.

물레이 세바의 기마병들이 평원에서 원무의 선회를 멈추었을 때, 또다시 무거운 정적이 감돌았다. 망쟁 대령은 쌍안경으로 동정을 살피고, 그들의 의도를 파악하려 했다. 이제 그들은 싸우지 않고 후퇴할 것인가? 그렇다면 또 며칠 동안, 끝없이 멀어져만 가는 이 절망적인 지평선만 바라보며 또다시 이 사막을 걸어가야 할 것이다. 그러나 물레이 세바는 말 위에서 꼼짝도 하지 않았다. 최후가 다가왔다는 것을 알았기 때문이었다. 산에서 온 투사들, 부족장의 아들들은 싸우러 이곳에 왔지, 도망가기 위해 온 것이 아니었다. 공격을 시작하기 전에 기도를 드리기 위해, 그들은 원무를 멈추었다.

그후, 정오의 잔인한 태양 아래서 일은 너무나 빨리 진행되었다. 3천 명의 기마병들이 수석총과 긴 창들을 휘두르며 마치 사열식처럼 대열을 좁혔다. 그들이 강바닥에 당도하자 기관총 사격 임무를 맡은 장교들은 망쟁 대령이 팔을 들어올리고 있는 것을 보았다. 망쟁 대령은 선두 기마병들이 전진하도록 한 후, 갑자기 팔을 내렸다. 철대포들이 분당 6백 발의 포탄세례를 퍼붓기 시작했다. 그 불길한 소리가 공기를 찢고, 온 계곡과 산에까지 울려퍼졌다. 수천 명의 사람과 말들이 단 몇 분 만에 살해되는 순간에 과연 시간이란 존재하는 것일까? 기마병들이 자기들이 함정에 걸려들었으며 이 포탄벽을 넘지 못하리라는 것을 알아차리고 되돌아가려고 했을 때는 이미 너무 늦었다. 기관총의 돌풍이 강바닥을 휩쓸자, 마치 보이지 않는 커다란 칼날에 베여 넘어지듯 사람과 말들이 땅바닥에 쓰러졌다. 자갈 위에는 피가 시냇물처럼 흘러 가느다란 물줄기와 뒤섞였다. 그후 다시 침묵이 찾아왔다. 마지막 남은 기마병들은 공포에 질려 곤두선 머리카락에 핏물을 뒤집어쓰고 언덕 쪽으로 달아났다.

흑인 보병대가 서두르지도 않고 한 중대 한 중대 연달아 강바닥을 따라 행군하기 시작했다. 선두에는 장교들과 망생 대령이 있었다. 그들은 사자, 물레이 세바를 추격하여 타루단트, 마라케시 쪽으로, 동쪽 길로 떠났다. 그들은 대학살의 현장은 돌아보지도 않았다. 자갈 위에 깔려 있는 남자들의 사지가 끊긴 시체와 배를 뒤집고 죽어 있는 말들도, 독수리들이 벌써 강둑에 날아와 앉는 것도 쳐다보지 않고 길을 떠났다. 그들은 또한 아가디르의 폐허도, 파란 하늘로 피어오르는 검은 연기도 쳐다보지 않았다. 멀리 코스마오 순양함이 북쪽으로 기수를 돌리고, 금속빛 바다 위로 천천히 미끄러져 나갔다.

이제 침묵이 깨졌다. 부상당한 남자들, 동물들, 여자들, 아이들, 살아 있는 사람들의 모든 울부짖음이 들려왔다. 모든 사람들의 목소리가 한데 합쳐서 기다란 신음소리나 노랫소리처럼 들려왔다. 사방에서 동시에, 평원과 강바닥 위에서 공포와 고통에 가득찬 소리가 올라오고 있었다.

이제 누르는 자갈밭 위 쓰러진 시체들 가운데로 걸어가고 있었다. 탐욕스러운 파리와 말벌들이 벌써 시체 위에 검은 구름 떼처럼 내려앉아 붕붕거렸다. 누르의 목이 조여들며 토할 듯한 구역질이 올라왔다.

남자들, 여자들, 아이들, 그들은 마치 꿈에서 깨어난 것처럼 아주 느린 동작으로 가시덤불에서 기어나와 말없이 강바닥을 걸어갔다. 매일, 밤이 내릴 때까지 그들은 시체를 강기슭으로 끌고 가서 묻었다. 밤이 오면 그들은 강둑에 불을 지펴서 자칼과 들개들이 가까이 오지 못하게 했다. 마을 여자들이 빵과 응고시킨 우유를 가져왔다. 누르는 그것을 맛있게 먹고 마시고는 땅바닥에 누워 죽음에 대한 생각마저 잊은 채, 잠을 잤다.

그다음날 새벽, 남자와 여자들은 투사들을 위해 또다른 무덤을 팠다. 그들의 말들도 묻어주었다. 그리고 강바닥에 널려 있는 커다란 돌을 주워 그 무덤 위에다 눌러두었다.

모든 것이 끝났을 때 마지막까지 살아남은 청색 인간들은 남쪽 길의 흔적을 따라 다시 걷기 시작했다. 그 흔적은 너무나 길어 끝이 없는 것 같았다. 누르는 맨발로 그들과 같이 걸어갔다. 그가 지니고 있는 것은 단지 모직 망토와 젖은 헝겊에 싼 약간의 빵뿐이었다. 그들은 마지막으로 살아남은 이마지겐족, 마지막 자유인, 토발트족, 테크나족, 티드라린족, 아루시인족, 세바족, 레기바트 사헬족, 베리크 알라족의 마지막 생존자들로 신의 축복을 받은 자들이었다. 그들이 가진 것이라곤 그들의 눈이 목격했던 것 그리고 맨발의 감촉뿐, 그 외에 다른 것은 아무것도 없었다. 그들 앞에 바다처럼 끝없이 펼쳐진 아주 잔잔한 대지 위에는 소금덩이들이 반짝거리며 빛을 발하고 있었다. 땅은 물결치며 훌륭한 성벽이 있고 거품방울처럼 터질 듯한 둥근 지붕이 덮인 하얀 도시를 만들어내고 있었다. 사람들의 그림자가 끝없이 깊은 샘물처럼 길게 드리워질 때면 태양은 그 열로, 그들의 얼굴과 손을 태우고 빛으로 현기증을 불러일으켰다.

매일 저녁 피가 흐르는 그들의 입술은 시원한 샘물과 알칼리 성분이 있는 강들의 짭짤한 진흙탕물을 찾았다. 차디찬 밤이 그들을 에워쌌다. 사지가 끊어질 것 같고 숨이 막힐 것 같으며 목덜미를 무거운 짐이 짓누르는 것 같은 추위였다. 자유에로 가는 길은 끝이 없었다. 자유는 막막한 대지처럼 광활했으며 빛과 같이 아름답고 잔인하며 눈물처럼 감미로웠다. 매일 첫새벽에 자유로운 사람들은, 그들의 고향을 향해 남쪽으로, 다른 이들은 살 수 없는 그곳으로 돌아갔다. 그들은 매일 똑같은 동작으로 불을 지펴 자신들의 흔적을 태워버렸으며 배설물을 묻었다. 사막을 향해 돌아선 그들은 아무 말 없이 기도를 올렸다. 그리고 길을 떠나, 마치 꿈속에서처럼 그들은 사라졌다.

자연 속 자유로운 삶을 향한 시적 모험의 세계

장마리 귀스타브 르 클레지오가 노벨문학상 수상자로 선정된 것은 사실 이미 오래전부터 예견된 일이었다. 2008년 당시 프랑스인으로 열세번째 노벨문학상 수상자가 된 르 클레지오는 프랑스문학이 여전히 건재함을 전 세계에 과시한 셈이다.

스웨덴 한림원은 르 클레지오를 수상자로 선정하면서 그가 "새로운 전환, 시적 모험, 관능적인 황홀경을 선보이는 작가이자 지배 문명 너머 또는 그 아래에서 인간성을 찾아내는 탐험가"임을 내세웠다. 그는 오대륙을 넘나드는 수많은 여행을 통해 작품의 영감을 잉태하는 영원한 방랑 작가이다. 한림원은 또한 그의 작품을 "단절의 작품"이라고 평했다. "단절"이라 함은 그가 현재의 주류 문명인 서구 문명 속에서 태어나 자란 작가임에도 불구하고 그 서구 문명 밖의 다양한 문화에 눈을 돌려 그것을 편견 없는 열린 눈으로 관찰하고, 그 근저에 있는 근원적인 정신을 간파하고 순수하게 수용하는 다문화적 세계 작가임을 말하고 있다. 그런 의미에서 그는 21세기에 필요한 진정 "새로운 전환"의 작가임이 틀림없다.

비밀스러운 작가, 르 클레지오의 생애

르 클레지오가 프랑스 문단과 세인의 관심을 끌기 시작한 것은 데뷔작 『조서』가 1963년에 르노도상을 수상하면서부터이다. 그때 그의 나이는 23세였다. 그러나 키 크고 말없는 이 금발 청년 르 클레지오는 문인들의 모임에도 나타나지 않았고 기자들의 인터뷰에도 응하지 않았다. 매스컴은 그가 르노도상 수상뿐만 아니라 공쿠르상 심사에서도 다섯 표나 얻었다는 사실, 문학사를 준비하는 23세의 학생이라는 것, 또한 '연인 역을 맡는 배우'처럼 잘생기고 매력적인 외모를 가졌다고 대서특필했다. 하지만 르 클레지오는 독자들의 열렬한 호응과 비평가들의 찬사, 너무 젊은 나이에 거둔 성공이 재능을 망칠까 염려하는 우려와 험담에 대해 무관심과 초연한 태도로 일관했다. 그리고 가족 소유의 니스 저택 방 한 칸에서 전화도 없이 조용히 변함없는 학생 생활을 계속했다.

그는 자기 개인적 삶에 대해서는 말을 아끼는 편이다. 두 살 위인 고고학자 형이 있지만 그 형에 대해서나 부모에 대해서, 또 자신의 결혼과 두 딸에 대해서도 거의 언급을 하지 않았다. 지금까지도 그는 여전히 자신의 사생활을 밝히지 않고 있어 그의 신상에 관해서는 상세히 알려진 것이 없다. 그래서 사람들은 그를 일컬어 비밀에 싸인 작가, 혹은 끊임없이 도피하는 작가라고 부른다. 그는 오로지 작품을 통해서만 이야기를 하려는 작가인 듯싶다.

그럼에도 불구하고 세간에 알려진 이 작가의 개인적 삶의 단편은 다음과 같다.

르 클레지오는 1940년 4월 13일 프랑스 남부 니스에서 영국인 외과의사인 아버지 라울 르 클레지오와 프랑스인 어머니 시몬 사이에서 태어났다. 그는 어린 시절을 니스에서 가까운 로크비에르라는 마을에서 보냈다. 그의 부계 조상은 브르타뉴 출신으로, 18세기에 마다가스카르섬에서 동쪽으로 약간 떨어진 마스카레뉴군도 중 한 섬으로 이주했다. 그 섬은 나폴레옹전쟁중 프랑스령에서 영국령이 되었고 이름도 모리셔스섬으로 바뀌었다. 그래서 그의 아버지가 영국 국적을 갖게 된 것이다. 그가 니스에서 태어난 것도 아버지가 제2차세계대전 중 영국 정부 소속 의사 자격으로 나이지리아로 떠나면서 아내와 아이를 니스에 사는 조부 댁에 맡겼기 때문이다. 르 클레지오에게 첫 여행과 글쓰기는 바로 여덟 살 때 아버지를 만나러 나이지리아로 가던 배 위에서였다고 한다.

그는 1961년 로잘리 피크말과 런던에서 결혼하여 첫딸인 파트리샤를 낳았다. 그후 이혼한 그는 1975년 모로코인 제미아와 재혼하여 둘째 딸 안나를 낳았다. 그는 제미아와 함께 『시랑단』『하늘빛 사람들』을 공동 저술하기도 했다.

1964년 그는 엑상프로방스대학교에서 「앙리 미쇼 작품 속에 나타난 고독의 테마」라는 논문으로 석사학위를 받았다. 1966년에는 코오페랑*으로 태국에 가서 프랑스어를 가르쳤다. 그는 유럽 문화권 밖을 두루 여행하며 인간의 삶의 양상을 지배하는 숨겨진 의미와 기호, 리듬을 발견해나간다. 그러다가 방콕에서 아동 매춘을 고발했다는 이유로 이내 추방당하기도 했다. 1967년 남은 복무기간을 마치기 위해 멕시코로 간 그는 뉴멕시코대학교에서 프랑스문학을 가르치며 여행도 계속했다.

르 클레지오는 1970년부터 1974년까지 사 년 동안 파나마 원주민인 엠베라-워우난과 함께 살았다. 이때의 경험은 이후 그의 문학에 많은 영향을 끼쳤다. 원주민들의 삶의 양식이 자연의 리듬과 일치되어 있음을 그들과 함께 살면서 발견했기 때문이다. 서구 문명에서 찾고자 헤맸던, 그러나 찾지 못했던 자연과 어우러진 삶, 존재의 모델을 그는 거기서 발견했다. 그후 1977년 그는 미국 뉴멕시코주의 앨버커키대학교에서 강의하며 북아메리카 원주민의 신화에도 관심을 가졌다.

르 클레지오의 발길은 한국에까지도 이어졌다. 그는 2001년 대산문화재단 초청으로 처음 한국에 왔으며, 지금까지 기회가 있을 때마다 자주 방문하고 있다. 2007년부터 이화여자대학교 초빙교수로 강의를 맡았으며, 한국을 처음 방문했을 때 들렀던 전남 화순 운주사를 보고 「운주사, 가을비」라는 시를 쓰기도 했다. 또 2014년과 2017년에는 각각 제주와 서울을 배경으로 쓴 소설을 발표해 한국과의 인연을 드러냈다.

---

* 군복무 대신 개발도상국에 파견되는 교사 및 각종 분야 협력관.

르 클레지오의 작품세계

프랑스에서 르 클레지오만큼 읽히고 사랑받으며 경탄의 대상이 되는 작가는 드물다. '살아 있는 신화'가 된 그의 작품들은 한국에서도 꾸준히 번역되었다.

데뷔 소설 『조서』 이후 지금까지 그는 수많은 작품을 내놓았다. 장편소설, 소설집, 에세이, 동화 등 왕성한 저술 활동을 통해 작가로서의 입지는 더욱 공고해졌다. 1963년 르노도상 이후에도, 1972년 발레리 라르보 상, 1980년 아카데미프랑세즈의 폴 모랑 문학 대상, 1977년 장 지오노 상, 1998년 모나코 대공상을 받았고, 2008년 스티그 다게르만 상 수상에 이어 드디어 노벨문학상을 수상했다.

현대 서구 문명 속의 불안

르 클레지오의 작품세계는 흔히 두 시기로 구별된다. 1963년부터 1975년까지의 초기 소설과 에세이들에서, 이십대에서 삼십대 중반의 젊은 르 클레지오는 20세기 후반의 서구 문명을 살면서 인간이 느끼는 불안과 공포를 그려낸다. 어린 시절 제2차세계대전을 경험한 그에게 인간의 불안과 두려움, 공포는 원초적인 무의식에 각인된 기억인지도 모른다.

그래서 이 시기에 그는 광기, 언어, 글쓰기 등의 주제에 관심을 가지고 새로운 글쓰기를 탐험한다. 그의 초기 작품에서는 현대 문명의 집합체인 도시, 불빛과 소음, 물건들이 넘쳐나고 그것들을 실어나르는 트럭들이 질주하는 현대 도시의 거칠고 삭막한 아름다움 등이 인간의 욕구와 충동 속에 침식해 들어와 의식을 서서히 오염시키고, 마침내 정신의 황폐화까지 몰고 가는 공포에 도달한다. 특히 이 주제는 『전쟁』에서 절정에 달한다.

이 시기 르 클레지오 작품의 주인공들은 하나같이 『조서』나 『홍수』, 또는 『도피의 서』의 주인공들처럼 직업도 없이 외딴곳에 혼자 살며 매혹과 공포의 대상인 도시를 배회하거나, 떠돌이 개를 따라 한가롭게 도시의 구석구석을 발견한다. 바쁘게 돌아가는 현대 문명 속 외톨이 아웃사이더인 그들 마음에는 불안과 두려움이 감돌지만 또한 그들은 넘치는 감성과 예리한 감각의 소유자들이다. 그들은 이 세상의 가장 미세하고 사소한 부분을 관찰하면서 이 세상을 직접 체험하고 맛본다. 그래서 이들은 반쯤은 환상 속에서 헤엄치듯 산다. 이들은 무엇보다도 살아 있는 인간, 생명이라는 그 신비로운 모험을, 순간순간의 가장 조그만 사건들을 경이의 시선으로 맞아들이며 살아나간다.

원시적 감수성 회복의 시도, 자연과 인간의 화해

작가의 생애에서 언급했듯이, 첫번째 시기 말부터 그는 여행을 본격적으로 시작해 파나마의 원주민 땅에서 오래 체류하였고, 그러면서 그의 작품은 불안과 두려움, 공포가 약해지고 안정을 되찾는다. 현대 서구 문명이 아닌 다른 문명의 인간과 도시, 자연과의 행복한 관계를 찾아낸 것이다.

이러한 르 클레지오의 내면적 안정은 원시적인 감수성과의 만남에 이어 어린 시절의 감수성을 회복하려는 시도를 거치면서 더욱 고요한 평화를 얻는다. 글쓰기의 전환점이 된 책 『지상의 낯선 자』에서 그는

"이미 확립된 세계, 성인들의 복잡하고 심각한 세계를 떠나야 한다"고 말하면서 어린이들의 원시적 감수성으로 돌아갈 것을 강조한다. "천재는 의지로 되찾은 어린 시절일 뿐"이라는 보들레르의 말처럼 르 클레지오는 어린아이의 순진무구함, 세상에 대한 어린아이의 지각, 자연과 생명의 조화를 회복하고자 하는 것이다. 그 이후 그의 작품은 현대 도시와 기계문명의 어두운 면에서 차츰 벗어나 마치 광물에서 느낄 수 있는 확고부동하고 매혹적인 힘, 침묵의 시적 서정성을 다시 회복한다.

이렇게 현실에 매혹된 그는 거기서 발견한 세세한 정경들을 열거하고 수없이 쌓아나간다. 돌멩이, 거미, 여인들의 머리카락, 자동차의 헤드라이트 불빛 등, 우리가 일상생활에서 흔히 볼 수 있는 것들, 그러나 너무 미미하고 평범하여 지나쳐버리는 것들의 놀라운 아름다움을 캐내어 우리가 항상 몸담고 있는 현실 도처에 깔린 미美를 보여준다.

이런 면에서 매우 시적인 그의 소설들은 이전의 그 어떤 문학 전통에도 속하지 않은 새로운 지평을 열었다. 그의 문체적 특징을 흔히 '카메라펜'이라고 평하는데 이것은 순수하게 객관적인 서술로서, 마치 카메라로 찍은 듯이 묘사하지만 일상의 눈으로는 발견하기 어려운 아름다움을 그려내기에 투명하고 시적 언어로 승격되는 것이다.

『사막』 작품 해설

『사막』은 현대 서구 문명 속에 갇힌 원시적이고 순수한 정신과 감수성, 그리고 그 미래를 보여주는 작품이다. 이 작품을 통해 우리는 르 클레지오가 수많은 다른 문화권으로 그토록 여행하고 체류하면서 찾고자 했던 것, 거기서 그가 얻은 것이 무엇인가를 엿보게 된다.

서사하라 출신인 르 클레지오의 아내 제미아는 『사막』의 주인공 랄라의 원형이라 할 수 있다. 르 클레지오가 그녀와 함께 저술한 『하늘빛 사람들』에서, 우리는 『사막』에 등장하는 마 엘 아이닌 족장과 제미아의 어머니가 인척간이었다는 사실을 알 수 있다. 그러니까 『사막』은 제미아의 '잃어버린 유산'과 뿌리 찾기의 열망과 그것을 자기의 것으로 함께 녹여낸 르 클레지오의 사랑이 융합되어 탄생한 작품이며, 서구 기독교 문명과 이슬람 문명이 결합된 작품인 것이다.

『사막』의 기본 줄거리는 북아프리카 사하라사막 유목민의 후예인 소녀 랄라가 프랑스 남부 도시 마르세유의 교외 빈민가에서 이민자로 생활하는 이야기이지만, 그녀의 이야기와 그녀 조상의 이야기가 씨줄과 날줄처럼 얽혀 짜여 있다.

르 클레지오는 랄라가 조상의 역사와 조상의 땅에서 뿌리 뽑힌 채로 살아가다가 자신의 문화적 유전자를 깨닫고 회복해가는 과정을 그리는데, 랄라의 이야기와 조상의 이야기를 교차 병행 서술하면서 그 서술 구조를 독특한 편집상의 차이로 보여주고 있다. 왼쪽 여백이 많이 남겨진 채 활자가 배열되어 있는 이야기는 조상의 이야기다. 그리고 여백 없이 빽빽이 활자가 배열된 이야기는 랄라의 이야기다. 이러한 두 가지 편집 방식이 교차되어 나오기 때문에 독자는 처음에는 서로 다른 이 이야기들이 무슨 관계가 있는 것일까 의아해할 수 있다. 그러나 책을 다 읽고 난 후 독자는 깨닫게 된다. 그것이 랄라와 그녀 조상의 이야기였음을.

이렇게 르 클레지오는 조상의 역사적 사건과 복잡하고 혼란스러운 대도시에 던져진 랄라의 삶을, 거시적 시각과 미시적 시각을 병행하며 그려내고 있다. 한 집단의 운명과 그 집단의 후예인 한 개인의 운명을 동시에 보여주는 것이다. 이렇게 하여 한편으로는 프랑스 군대에 의해 말살된 북아프리카 유목 민족의 삶의 방식과 그들의 이야기를 들려주고, 다른 한편으로는 사라져버린 문명의 후예인 랄라를 통해 자연과의 조화 속에서 강렬한 원시적 정신과 순수한 감수성을 지니고 살아가는 또다른 삶의 형태를 보여준다.

그러나 작가는 모든 점을 직접 독자에게 설명해주지는 않는다. 독자의 적극적인 참여에 의해 독자의 머릿속에서 전체적인 이야기가 재구성되어야만 이 소설의 의미는 완성된다. 이렇게 독자로 하여금 능동적으로 작가가 제안한 이야기와 그 의미를 완성하는 작업에 참여하도록 만든다는 점에서 『사막』은 매우 현대적 소설이다.

랄라의 조상은 청색 인간, 사하라사막의 투사들이다. 마르세유의 빈민촌에 살고 있는 그녀는 조상과 그들의 사막을 잊을 수가 없다. 자연과 전설의 힘, 젊은 목동 하르타니에 대한 사랑, 실패로 끝나고 마는 사막으로의 탈출 등, 빛을 향한 그녀의 영혼은 마르세유에서의 유배 생활로 인해 경직될 뿐이다. 임신한 랄라는 허름한 호텔에서 청소부로 일하고, 사진가를 만나 유명한 잡지의 표지 모델이 되기도 한다. 그러나 도시 생활의 그 어느 것도 그녀가 사막에 대해 품고 있는 신앙과 정열의 불꽃을 꺼버리지 못한다. 그리하여 그녀는 미련 없이 그곳을 떠나 다시 그녀의 고향, 사막으로 돌아간다.

독자가 『사막』에서 어렵지 않게 이해할 수 있는 구조는 전통적인 장

구분, 즉 「행복」 그리고 「노예들의 땅에서」에 의해 제시된다. 이 두 부분 모두 현재 시제로 서술되어 있다. 그중 「행복」은 사막에서의 랄라의 생활을 이야기한다. 그리고 「노예들의 땅에서」는 마르세유에서의 랄라의 생활을 이야기한다. 앞서 언급했듯이 배열상 왼편을 여백으로 남겨놓은 부분은 과거 시제로 서술되어 있다. 이 과거형 서술로 된 여백 많은 부분은 소설의 시작 부분, 「행복」 뒤에서 한 번, 「노예들의 땅에서」에서 세 번, 그리고 끝부분에 다시 나온다.

과거형 서술 부분은 랄라 조상들의 사막에서의 생활을 다루고 있다. 별도의 제목도 없이 처음과 끝을 장식하며 소설 전체 흐름 속에 단속적으로 분산, 삽입되어 나오는 이 부분들은 전통적인 장 제목으로 구분된 두 개의 장에 첨가된 또다른 장이다. 이 무제의 장에서는 청색 인간들의 사막 생활, 유럽 대륙에서 온 기독교인들의 침입에 따른 대이동, 침입자에 항거하는 이들의 행적과 패배가 그려져 있다. 몇몇 생존자들은 침입자에게 정복된 땅을 떠나 사막 한복판으로 도피하는 것으로 끝난다. 이곳에서는 누르라는 어린 소년의 시선이 모든 사건을 목격한다. 그는 청색 인간들의 마지막 생존자 중 하나로, 결국 사막으로 사라진다.

현재형 서술 부분에서 주인공은 랄라이다. 그녀는 어머니로부터 샤리프의 혈통을 이어받아 태어났다. 그러나 그녀는 어머니를 기억하지 못한다. 랄라의 현재는 조상들의 과거와 단절되어 있다. 조상들의 이야기와 그녀의 이야기가 이 소설이 끝날 때까지 만나지 않고 병행되어 서술되는 것은 이러한 역사적인 단절을 표현하고 있다. 조상과 어머니에 대해 랄라가 기억하고 있는 것은 어머니의 사망 후 그녀를 데려다

기른 고모가 들려주는 이야기와, 기억의 어두운 심층부에 새겨진 불분명한 몇몇 영상들뿐이다.

사막/도시, 자유로운 정신의 행복/물질적 노예의 삶

『사막』에서 과거와 현재의 대비 외에도, 우리는 「행복」 「노예들의 땅에서」 두 장에서 드러나는 사막과 도시의 대립관계를 주목해야 한다. 랄라는 사막 변두리 도시의 판자촌 빈민가 '시테'에 산다. 도시의 오염으로부터 그녀를 보호하는 것은 그곳의 사막과 바다다. 랄라는 이 두 자연의 무한한 품에서 행복을 맛본다. 그녀의 삶은 영원하고 충만한 현재의 연속이다. 이러한 랄라의 사랑은 말없는 사막의 목동 하르타니에게로 향한다.

그녀의 불행은 도시에서 온 남자가 돈의 위력으로 그녀에게 청혼하면서부터 시작된다. 이런 물질적이고 타락한 힘의 공격을 계기로 랄라는 하르타니와 함께 그들의 육신 속에 깊이 뿌리박힌 사막의 중심부를 향해 탈출을 시도하나, 결국 실패로 끝나면서 「행복」의 막이 내린다.

마르세유에 도착한 랄라는 아프리카 대륙에서 건너온 흑인들, 아랍인들이 사는 파니에 거리의 빈민촌에서 산다. 사막에서 파리나 말벌 등 사소한 곤충들의 미세한 아름다움을 캐내던 그 시선으로 랄라는 마르세유를 배회하며 화려하고 풍요한 현대 문명의 어두운 그림자, 빈곤과 폭력과 공포와 죽음의 몸짓들을 꿰뚫어본다. 랄라와 그녀가 만난 거지 소년 라디치는 도시와 도시인들의 찬란한 의상 뒤에 가려져 있는, 끝없이 물질에 목말라하는 발가벗은 욕망을 본다. 즉 현대 문명의 거대한 물질적 물결에서 소외된 자들, 그 언저리에서 서성이는 자들,

그러나 자연과 조화를 이루며 살아온 원시적이고 순수한 감수성의 시선을 통해서 르 클레지오는 서구 물질문명의 허약성을 드러내고 있는 것이다.

사막과 도시의 공간적 대립은 장 제목이 시사하는 바와 같이 물질적 삶, 그 끝없는 추구에서 해방된 자유로운 삶과 그것에 종속된 노예들의 삶의 대립, 그리고 정신의 풍요 즉 행복과 정신적 빈곤의 대립으로 귀착된다.

결코 정복되지 않는 자연, 자연이 인간에 대해 승리를 거두는 곳—사막.

인간이 자연을 정복하고, 자연에 기계문명을 대치시킨 곳—도시.

자연에 대한 인간 승리의 장소인 도시는 결국 인간을 노예화하기에 이르고, 자연과 유리된 삭막한 공간 속에서 인간을 인위적인 가치에 얽매여 살게 하는 거대한 감옥으로 부각된다. 반면 인간으로 하여금 자연에 순응하며 그 일부가 되어 살아가게 하는 사막은 역설적으로 인간을 강인하고 자유롭게 하는 공간으로 부각된다.

뿌리 없이 분주히 방황하는 도시인들의 모습에서 독자는 현대인인 우리 자신의 모습을 본다. 또한 랄라의 사막으로의 귀향은 현대 물질문명이라는 함정에 빠지기 이전, 원초적인 마음의 고향에 대한 알지 못할 그리움을 불러일으킨다. 이렇게 랄라가 품고 있는 사막에 대한 신앙과 정열을 단지 한 사막 부족의 후예가 갖는 조상과 고향에 대한 회귀본능의 차원을 넘어서서, 현대인의 잃어버린 정신적 뿌리에 대한 믿음과 열렬한 향수라는 보편적인 차원으로 끌어올린 르 클레지오의 솜씨에 감탄하지 않을 수 없다.

사막—영혼의 잃어버린 고향—으로의 귀향

조상의 과거와 랄라의 현재는 소설 구조에서 보듯이 영영 그렇게 단절된 채로, 평행선을 그리며 만나지 못하는 것일까?

랄라의 조상인 회교도는 기독교인의 침입, 돈과 총탄의 물결에 패배한다. 그러나 이것은 종교 간의 대립이라기보다는 자연인과 문명인의 대립, 정신과 물질의 대립으로 표현되어 있다. 본문에서 작가는 유럽 기독교인의 진정한 종교는 황금이라고 신랄하게 지적하고 있다. 그에 반하여 소유의 욕심에서 벗어난 사막의 인간은 땅을 지키려 한다. 그것은 그 누구의 소유도 될 수 없는 그 땅을 소유의 영역에서 보호하기 위해서이다.

그들의 후예인 랄라는 정복된 땅에서도 전혀 물질의 족쇄에 구속되지 않은 채 자란다. 그녀의 영혼은 자연의 풍요 속에 행복을 만끽하며 살아간다. 그녀는 정복자들의 땅, 유럽 대륙에 가서 정복자가 아니라 노예들을 본다. 랄라는 결코 물질적 풍요, 황금의 노예가 되지 않는다. 그녀는 정복자들의 인위적 가치를 비웃는다. 말을 하지 못하는 하르타니와 문맹인 랄라. 그들은 침묵의 충만함으로 말의 홍수 속에 넘치는 헛된 말, 헛된 의미, 그 공허함을 비웃는다. 그녀의 찬란한 아름다움은 말없이 불타는 생명의 아름다움이다. 정복자들인 프랑스 도시인들은 원초적인 생명의 충만함을 내뿜는 랄라의 아름다움에 정복당한다. 그러나 랄라는 소리 없이, 미련 없이 다시 빈손이 되어 고향으로 떠난다. 그녀는 고향 바닷가로 돌아와 모래사장의 무화과나무 아래서 아기를 낳는다. 새벽 바다를 바라보며 저 어두운 바다에서 밀려오는 파도와 같은 진통을 겪으며, 그녀는 누가 가르쳐주지도 않았는데 거의 본능적으로 어머니가 그녀를 낳을 때와 똑같은 동작을 되풀이한다. 랄라의 아기는 청색 인간의 새로운 탄생이다. 새벽에 태어난 이 새로운 청색 인간은 태어난 즉시 자연의 품, 사막과 바다의 품에 안긴다. 이제 여기에서 조상의 과거와 랄라의 현재 사이의 단절은 사라진다. 랄라는 모든 것을 받아들여 정화하는 바다, 모든 것의 시작이고 끝인 바다 앞에서 조상의 몸짓을 되풀이하며 어머니인 대지와 바다를 되찾고, 순수한 청색 인간, 새로운 생명의 어머니가 된다. 어머니 이름을 다시 붙인 자신의 이름 '하와'를 또다시 자기 딸에게 줌으로써 단절되었던 역사의 두 고리가 서로 맞물리게 되는 것이다.

이리하여 사막의 인간, 그 새로운 생명의 탄생은 우리에게 자유로운 삶에 대한 희망으로 다가온다. 이 소설의 첫 문장과 마지막 문장, 즉 '마치 꿈속에서처럼 그들이 나타났다'와 '마치 꿈속에서처럼 그들은 사라졌다'도 이어진다. 우리는 이제 사막의 자유로운 인간은 영원히 사라지지 않는다는 확신을 갖게 되는 것이다.

홍상희

1940년	4월 13일, 프랑스 니스에서 태어남.
1948년	가족과 함께 아프리카 나이지리아로 이주.
1950년	프랑스 니스로 귀향.
1958~1959년	영국 브리스틀대학교에서 유학.
1960년	런던 옥스퍼드대학교에서 문헌학과 문법학 수학.
1961년	프랑스 니스대학교에서 수학.
1963년	첫 소설 『조서*Le Procès-verbal*』로 공쿠르상 후보에 오르고 르노도상을 수상.
1964년	앙리 미쇼 연구로 엑상프로방스대학교에서 석사학위 취득.
1965년	소설집 『열병*La Fièvre*』 출간.
1966년	소설 『홍수*Le Déluge*』 출간. 군복무 대신 태국 방콕에서 파견 교사로 복무. 그러나 미성년자 매춘을 고발했다는 이유로 추방당해 멕시코에서 복무를 마치게 됨.
1967년	멕시코 체류. 소설 『사랑의 대지*Terra amata*』, 에세이집 『물질적 법열*L'Extase matérielle*』 출간.
1969년	『도피의 서*Le Livre des fuites*』 출간.
1970년	『전쟁*La Guerre*』 출간. 1974년까지 파나마 체류.
1971년	에세이집 『아야*Haï*』 출간.
1972년	발레리 라르보 상 수상.
1973년	『거인들*Les Géants*』 출간.
1975년	『저편으로의 여행*Voyages de l'autre côté*』 출간.
1978년	『몽도와 그 밖의 이야기들*Mondo et autres histoires*』, 에

세이집 『지상의 낯선 자*L'Inconnu sur la terre*』 출간.

1980년 『사막*Désert*』 출간. 아카데미프랑세즈가 수여하는 폴 모랑 문학 대상 수상. 『성스러운 세 도시*Trois villes saintes*』 출간.

1982년 소설집 『원무, 그 밖의 다양한 사건사고*La Ronde et autres faits divers*』 출간.

1983년 멕시코 역사 연구로 페르페냥대학교에서 박사학위 취득.

1985년 『금을 찾는 사람*Le Chercheur d'or*』 출간.

1986년 『로드리게스 여행*Voyage à Rodrigues*』 출간.

1988년 에세이집 『멕시코의 꿈과 중단된 사유*Le Rêve mexicain ou la pensée interrompue*』 출간.

1989년 소설집 『봄, 그리고 매혹의 계절들*Printemps et autres saisons*』 출간.

1991년 『오니샤*Onitsha*』 출간. 레지옹 도뇌르 훈장 수훈.

1992년 『떠도는 별*Étoile errante*』 『파와나*Pawana*』 출간.

1993년 『디에고와 프리다*Diego et Frida*』 출간.

1994년 프랑스 잡지 〈리르〉의 조사에서 살아 있는 가장 위대한 프랑스 작가로 선정됨.

1995년 『섬*La Quarantaine*』 출간.

1996년 『황금 물고기*Poisson d'or*』 출간.

1997년 『노래가 넘치는 축제*La Fête chantée*』 출간. 아내 제미아르 클레지오와 함께 쓴 사막 기행 『하늘빛 사람들*Gens des nuages*』 출간. 『황금 물고기』로 장 지오노 상 수상.

1999년 두 편의 소설을 수록한 『우연*Hasard: suivi de Angoli Mala*』 출간.

2000년 소설집 『타오르는 마음*Coeur brûlé et autres romances*』 출간.

2001년 대산문화재단과 주한 프랑스 대사관이 주최한 한불 작가 교류 행사로 한국 첫 방문.

2003년 자전적 소설 『혁명*Révolutions*』 출간.

2004년 『아프리카인*L'Africain*』 출간.

2006년 『우라니아*Ourania*』 『라가: 보이지 않는 대륙에 가까이 다가가기*Raga: approche du continent invisible*』 출간.

2007년 에세이집 『발라시네*Ballaciner*』 출간. 한국 이화여자대학교 통역번역대학원 초빙교수로 강의.

2008년 『허기의 간주곡*Ritournelle de la faim*』 출간. 스티크 다게르만 상 수상. 노벨문학상 수상.

2009년 레지옹 도뇌르 훈장 수훈. 이전에 받았던 슈발리에보다 한 등급 높은 오피시에 훈장을 받음.

2011년 소설집 『발 이야기 그리고 또다른 상상*Histoire du pied et autres fantaisies*』 출간.

2014년 제주를 배경으로 쓴 소설이 수록된 『폭풍우*Tempête: Deux novellas*』 출간.

2017년 서울을 배경으로 쓴 소설 『빛나: 서울 하늘 아래*Bitna, sous le ciel de Séoul*』 출간.

2023년 소설집 『겉면*Avers*』 출간. 파주에서 열린 DMZ 평화문학축전 개막식에서 기조연설.

문학동네 세계문학전집 발간에 부쳐

세계문학은 국민문학 혹은 지역문학을 떠나 존재하는 문학이 아니지만 그것들의 총합도 아니다. 세계문학이라는 용어에는 그 나름의 언어와 전통을 갖고 있는 국민문학이나 지역문학의 존재를 인정하면서 그것을 넘어서는 문학의 보편적 질서에 대한 관념이 새겨져 있다. 그 용어를 처음 고안한 19세기 유럽인들은 유럽문학을 중심으로 그 질서를 구축했지만 풍부한 국민문학의 전통을 가지고 있는 현대의 문학 강국들은 나름의 방식으로 세계문학을 이해하면서 정전(正典)의 목록을 작성하고 또 수정한다.

한국에서도 세계문학 관념은 우리 사회와 문화의 변화 속에서 거듭 수정돼왔다. 어느 시기에는 제국 일본의 교양주의를 반영한 세계문학 관념이, 어느 시기에는 제3세계 민족주의에 동조한 세계문학 관념이 출현했고, 그러한 관념을 실천한 전집물이 출판됐다. 21세기 한국에 새로운 세계문학전집이 필요하다는 것은 명백하다. 우리의 지성과 감성의 기준에 부합하는 세계문학을 다시 구상할 때가 되었다.

문학동네 세계문학전집은 범세계적으로 통용되는 고전에 대한 상식을 존중하면서도 지난 반세기 동안 해외 주요 언어권에서 창작과 연구의 진전에 따라 일어난 정전의 변동을 고려하여 편성되었다. 그래서 불멸의 명작은 물론 동시대 세계의 중요한 정치·문화적 실천에 영감을 준 새로운 작품들을 두루 포함시켰다.

창립 이후 지금까지 한국문학 및 번역문학 출판에서 가장 전문적이고 생산적인 그룹을 대표해온 문학동네가 그간 축적한 문학 출판 경험을 바탕으로 새로운 세계문학전집을 펴낸다. 인류가 무지와 몽매의 어둠 속을 방황하면서도 끝내 길을 잃지 않은 것은 세계문학사의 하늘에 떠 있는 빛나는 별들이 길잡이가 되어주었기 때문이다. 우리가 자부심과 사명감 속에서 그리게 될 이 새로운 별자리가 독자들의 관심과 애정에 힘입어 우리 모두의 뿌듯한 자산이 되기를 소망한다.

문학동네 세계문학전집 편집위원
민은경, 박유하, 변현태, 송병선, 이재룡, 홍길표, 남진우, 황종연

세계문학전집 242
사막

1판 1쇄 2008년 11월 3일 | 1판 7쇄 2010년 12월 3일
2판 1쇄 2024년 2월 16일

지은이 르 클레지오 | 옮긴이 홍상희

책임편집 김수연 | 편집 송지선
디자인 박현민 유현아 | 저작권 박지영 형소진 최은진 서연주 오서영
마케팅 정민호 서지화 한민아 이민경 안남영 왕지경 황승현 김혜원 김하연 김예진
브랜딩 함유지 함근아 고보미 박민재 김희숙 박다솔 조다현 정승민 배진성
제작 강신은 김동욱 이순호 | 제작처 영신사

펴낸곳 (주)문학동네 | 펴낸이 김소영
출판등록 1993년 10월 22일 제2003-000045호
주소 10881 경기도 파주시 회동길 210
전자우편 editor@munhak.com | 대표전화 031) 955-8888 | 팩스 031) 955-8855
문의전화 031)955-1927(마케팅) 031)955-3560(편집)
문학동네카페 http://cafe.naver.com/mhdn
인스타그램 @munhakdongne | 트위터 @munhakdongne
북클럽문학동네 http://bookclubmunhak.com

ISBN 978-89-546-9792-7 04860
978-89-546-0901-2 (세트)

잘못된 책은 구입하신 서점에서 교환해드립니다.
기타 교환 문의 031) 955-2661, 3580

www.munhak.com

1, 2, 3 안나 카레니나 레프 톨스토이 | 박형규 옮김
4 판탈레온과 특별봉사대 마리오 바르가스 요사 | 송병선 옮김
5 황금 물고기 르 클레지오 | 최수철 옮김
6 템페스트 윌리엄 셰익스피어 | 이경식 옮김
7 위대한 개츠비 F. 스콧 피츠제럴드 | 김영하 옮김
8 아름다운 애너벨 리 싸늘하게 죽다 오에 겐자부로 | 박유하 옮김
9, 10 파우스트 요한 볼프강 폰 괴테 | 이인웅 옮김
11 가면의 고백 미시마 유키오 | 양윤옥 옮김
12 킴 러디어드 키플링 | 하창수 옮김
13 나귀 가죽 오노레 드 발자크 | 이철의 옮김
14 피아노 치는 여자 엘프리데 옐리네크 | 이병애 옮김
15 1984 조지 오웰 | 김기혁 옮김
16 벤야멘타 하인학교 - 야콥 폰 군텐 이야기 로베르트 발저 | 홍길표 옮김
17, 18 적과 흑 스탕달 | 이규식 옮김
19, 20 휴먼 스테인 필립 로스 | 박범수 옮김
21 체스 이야기·낯선 여인의 편지 슈테판 츠바이크 | 김연수 옮김
22 왼손잡이 니콜라이 레스코프 | 이상훈 옮김
23 소송 프란츠 카프카 | 권혁준 옮김
24 마크롤 가비에로의 모험 알바로 무티스 | 송병선 옮김
25 파계 시마자키 도손 | 노영희 옮김
26 내 생명 앗아가주오 앙헬레스 마스트레타 | 강성식 옮김
27 여명 시도니가브리엘 콜레트 | 송기정 옮김
28 한때 흑인이었던 남자의 자서전 제임스 웰든 존슨 | 천승걸 옮김
29 슬픈 짐승 모니카 마론 | 김미선 옮김
30 피로 물든 방 앤절라 카터 | 이귀우 옮김
31 숨그네 헤르타 뮐러 | 박경희 옮김
32 우리 시대의 영웅 미하일 레르몬토프 | 김연경 옮김
33, 34 실낙원 존 밀턴 | 조신권 옮김
35 복낙원 존 밀턴 | 조신권 옮김
36 포로기 오오카 쇼헤이 | 허호 옮김
37 동물농장·파리와 런던의 따라지 인생 조지 오웰 | 김기혁 옮김
38 루이 랑베르 오노레 드 발자크 | 송기정 옮김
39 코틀로반 안드레이 플라토노프 | 김철균 옮김
40 어두운 상점들의 거리 파트릭 모디아노 | 김화영 옮김
41 순교자 김은국 | 도정일 옮김
42 젊은 베르테르의 슬픔 요한 볼프강 폰 괴테 | 안장혁 옮김
43 더블린 사람들 제임스 조이스 | 진선주 옮김
44 설득 제인 오스틴 | 원영선, 전신화 옮김
45 인공호흡 리카르도 피글리아 | 엄지영 옮김
46 정글북 러디어드 키플링 | 손향숙 옮김
47 외로운 남자 외젠 이오네스코 | 이재룡 옮김
48 에피 브리스트 테오도어 폰타네 | 한미희 옮김
49 둔황 이노우에 야스시 | 임용택 옮김
50 미크로메가스·캉디드 혹은 낙관주의 볼테르 | 이병애 옮김

51, 52 염소의 축제 마리오 바르가스 요사 | 송병선 옮김
53 고야산 스님·초롱불 노래 이즈미 교카 | 임태균 옮김
54 다니엘서 E. L. 닥터로 | 정상준 옮김
55 이날을 위한 우산 빌헬름 게나치노 | 박교진 옮김
56 톰 소여의 모험 마크 트웨인 | 강미경 옮김
57 카사노바의 귀향·꿈의 노벨레 아르투어 슈니츨러 | 모명숙 옮김
58 바보들을 위한 학교 사샤 소콜로프 | 권정임 옮김
59 어느 어릿광대의 견해 하인리히 뵐 | 신동도 옮김
60 웃는 늑대 쓰시마 유코 | 김훈아 옮김
61 팔코너 존 치버 | 박영원 옮김
62 한눈팔기 나쓰메 소세키 | 조영석 옮김
63, 64 톰 아저씨의 오두막 해리엇 비처 스토 | 이종인 옮김
65 아버지와 아들 이반 투르게네프 | 이항재 옮김
66 베니스의 상인 윌리엄 셰익스피어 | 이경식 옮김
67 해부학자 페데리코 안다아시 | 조구호 옮김
68 긴 이별을 위한 짧은 편지 페터 한트케 | 안장혁 옮김
69 호텔 뒤락 애니타 브루크너 | 김정 옮김
70 잔해 쥘리앵 그린 | 김종우 옮김
71 절망 블라디미르 나보코프 | 최종술 옮김
72 더버빌가의 테스 토머스 하디 | 유명숙 옮김
73 감상소설 미하일 조셴코 | 백용식 옮김
74 빙하와 어둠의 공포 크리스토프 란스마이어 | 진일상 옮김
75 쓰가루·석별·옛날이야기 다자이 오사무 | 서재곤 옮김
76 이인 알베르 카뮈 | 이기언 옮김
77 달려라, 토끼 존 업다이크 | 정영목 옮김
78 몰락하는 자 토마스 베른하르트 | 박인원 옮김
79, 80 한밤의 아이들 살만 루슈디 | 김진준 옮김
81 죽은 군대의 장군 이스마일 카다레 | 이창실 옮김
82 페레이라가 주장하다 안토니오 타부키 | 이승수 옮김
83, 84 목로주점 에밀 졸라 | 박명숙 옮김
85 아베 일족 모리 오가이 | 권태민 옮김
86 폭풍의 언덕 에밀리 브론테 | 김정아 옮김
87, 88 늦여름 아달베르트 슈티프터 | 박종대 옮김
89 클레브 공작부인 라파예트 부인 | 류재화 옮김
90 P세대 빅토르 펠레빈 | 박혜경 옮김
91 노인과 바다 어니스트 헤밍웨이 | 이인규 옮김
92 물방울 메도루마 슌 | 유은경 옮김
93 도깨비불 피에르 드리외라로셸 | 이재룡 옮김
94 프랑켄슈타인 메리 셸리 | 김선형 옮김
95 래그타임 E. L. 닥터로 | 최용준 옮김
96 캔터빌의 유령 오스카 와일드 | 김미나 옮김
97 만(卍)·시게모토 소장의 어머니 다니자키 준이치로 | 김춘미, 이호철 옮김
98 맨해튼 트랜스퍼 존 더스패서스 | 박경희 옮김
99 단순한 열정 아니 에르노 | 최정수 옮김

100 열세 걸음 모옌 | 임홍빈 옮김
101 데미안 헤르만 헤세 | 안인희 옮김
102 수레바퀴 아래서 헤르만 헤세 | 한미희 옮김
103 소리와 분노 윌리엄 포크너 | 공진호 옮김
104 곰 윌리엄 포크너 | 민은영 옮김
105 롤리타 블라디미르 나보코프 | 김진준 옮김
106, 107 부활 레프 톨스토이 | 박형규 옮김
108, 109 모래그릇 마쓰모토 세이초 | 이병진 옮김
110 은둔자 막심 고리키 | 이강은 옮김
111 불타버린 지도 아베 고보 | 이영미 옮김
112 말라볼리아가의 사람들 조반니 베르가 | 김운찬 옮김
113 디어 라이프 앨리스 먼로 | 정연희 옮김
114 돈 카를로스 프리드리히 실러 | 안인희 옮김
115 인간 짐승 에밀 졸라 | 이철의 옮김
116 빌러비드 토니 모리슨 | 최인자 옮김
117, 118 미국의 목가 필립 로스 | 정영목 옮김
119 대성당 레이먼드 카버 | 김연수 옮김
120 나나 에밀 졸라 | 김치수 옮김
121, 122 제르미날 에밀 졸라 | 박명숙 옮김
123 현기증. 감정들 W. G. 제발트 | 배수아 옮김
124 강 동쪽의 기담 나가이 가후 | 정병호 옮김
125 붉은 밤의 도시들 윌리엄 버로스 | 박인찬 옮김
126 수고양이 무어의 인생관 E. T. A. 호프만 | 박은경 옮김
127 맘브루 R. H. 모레노 두란 | 송병선 옮김
128 익사 오에 겐자부로 | 박유하 옮김
129 땅의 혜택 크누트 함순 | 안미란 옮김
130 불안의 책 페르난두 페소아 | 오진영 옮김
131, 132 사랑과 어둠의 이야기 아모스 오즈 | 최창모 옮김
133 페스트 알베르 카뮈 | 유호식 옮김
134 다마세누 몬테이루의 잃어버린 머리 안토니오 타부키 | 이현경 옮김
135 작은 것들의 신 아룬다티 로이 | 박찬원 옮김
136 시스터 캐리 시어도어 드라이저 | 송은주 옮김
137 고독한 산책자의 몽상 장자크 루소 | 문경자 옮김
138 용의자의 야간열차 다와다 요코 | 이영미 옮김
139 세기아의 고백 알프레드 드 뮈세 | 김미성 옮김
140 햄릿 윌리엄 셰익스피어 | 이경식 옮김
141 카산드라 크리스타 볼프 | 한미희 옮김
142 이 글을 읽는 사람에게 영원한 저주를 마누엘 푸익 | 송병선 옮김
143 마음 나쓰메 소세키 | 유은경 옮김
144 바다 존 밴빌 | 정영목 옮김
145, 146, 147, 148 전쟁과 평화 레프 톨스토이 | 박형규 옮김
149 세 가지 이야기 귀스타브 플로베르 | 고봉만 옮김
150 제5도살장 커트 보니것 | 정영목 옮김
151 알렉시·은총의 일격 마르그리트 유르스나르 | 윤진 옮김

152 말라 온다 알베르토 푸겟 | 엄지영 옮김
153 아르세니예프의 인생 이반 부닌 | 이항재 옮김
154 오만과 편견 제인 오스틴 | 류경희 옮김
155 돈 에밀 졸라 | 유기환 옮김
156 젊은 예술가의 초상 제임스 조이스 | 진선주 옮김
157, 158, 159 카라마조프가의 형제들 표도르 도스토옙스키 | 김희숙 옮김
160 진 브로디 선생의 전성기 뮤리얼 스파크 | 서정은 옮김
161 13인당 이야기 오노레 드 발자크 | 송기정 옮김
162 하지 무라트 레프 톨스토이 | 박형규 옮김
163 희망 앙드레 말로 | 김웅권 옮김
164 임멘 호수·백마의 기사·프시케 테오도어 슈토름 | 배정희 옮김
165 밤은 부드러워라 F. 스콧 피츠제럴드 | 정영목 옮김
166 야간비행 앙투안 드 생텍쥐페리 | 용경식 옮김
167 나이트우드 주나 반스 | 이예원 옮김
168 소년들 앙리 드 몽테를랑 | 유정애 옮김
169, 170 독립기념일 리처드 포드 | 박영원 옮김
171, 172 닥터 지바고 보리스 파스테르나크 | 박형규 옮김
173 싯다르타 헤르만 헤세 | 권혁준 옮김
174 야만인을 기다리며 J. M. 쿳시 | 왕은철 옮김
175 철학편지 볼테르 | 이봉지 옮김
176 거지 소녀 앨리스 먼로 | 민은영 옮김
177 창백한 불꽃 블라디미르 나보코프 | 김윤아 옮김
178 슈틸러 막스 프리슈 | 김인순 옮김
179 시핑 뉴스 애니 프루 | 민승남 옮김
180 이 세상의 왕국 알레호 카르펜티에르 | 조구호 옮김
181 철의 시대 J. M. 쿳시 | 왕은철 옮김
182 카시지 조이스 캐럴 오츠 | 공경희 옮김
183, 184 모비 딕 허먼 멜빌 | 황유원 옮김
185 솔로몬의 노래 토니 모리슨 | 김선형 옮김
186 무기여 잘 있거라 어니스트 헤밍웨이 | 권진아 옮김
187 컬러 퍼플 앨리스 워커 | 고정아 옮김
188, 189 죄와 벌 표도르 도스토옙스키 | 이문영 옮김
190 사랑 광기 그리고 죽음의 이야기 오라시오 키로가 | 엄지영 옮김
191 빅 슬립 레이먼드 챈들러 | 김진준 옮김
192 시간은 밤 류드밀라 페트루솁스카야 | 김혜란 옮김
193 타타르인의 사막 디노 부차티 | 한리나 옮김
194 고양이와 쥐 귄터 그라스 | 박경희 옮김
195 펠리시아의 여정 윌리엄 트레버 | 박찬원 옮김
196 마이클 K의 삶과 시대 J. M. 쿳시 | 왕은철 옮김
197, 198 오스카와 루신다 피터 케리 | 김시현 옮김
199 패싱 넬라 라슨 | 박경희 옮김
200 마담 보바리 귀스타브 플로베르 | 김남주 옮김
201 패주 에밀 졸라 | 유기환 옮김
202 도시와 개들 마리오 바르가스 요사 | 송병선 옮김

203 루시 저메이카 킨케이드 | 정소영 옮김
204 대지 에밀 졸라 | 조성애 옮김
205, 206 백치 표도르 도스토옙스키 | 김희숙 옮김
207 백야 표도르 도스토옙스키 | 박은정 옮김
208 순수의 시대 이디스 워턴 | 손영미 옮김
209 단순한 이야기 엘리자베스 인치볼드 | 이혜수 옮김
210 바닷가에서 압둘라자크 구르나 | 황유원 옮김
211 낙원 압둘라자크 구르나 | 왕은철 옮김
212 피라미드 이스마일 카다레 | 이창실 옮김
213 애니 존 저메이카 킨케이드 | 정소영 옮김
214 지고 말 것을 가와바타 야스나리 | 박혜성 옮김
215 부서진 사월 이스마일 카다레 | 유정희 옮김
216 사람은 무엇으로 사는가 레프 톨스토이 | 이항재 옮김
217, 218 악마의 시 살만 루슈디 | 김진준 옮김
219 오늘을 잡아라 솔 벨로 | 김진준 옮김
220 배반 압둘라자크 구르나 | 황가한 옮김
221 어두운 밤 나는 적막한 집을 나섰다 페터 한트케 | 윤시향 옮김
222 무어의 마지막 한숨 살만 루슈디 | 김진준 옮김
223 속죄 이언 매큐언 | 한정아 옮김
224 암스테르담 이언 매큐언 | 박경희 옮김
225, 226, 227 특성 없는 남자 로베르트 무질 | 박종대 옮김
228 앨프리드와 에밀리 도리스 레싱 | 민은영 옮김
229 북과 남 엘리자베스 개스켈 | 민승남 옮김
230 마지막 이야기들 윌리엄 트레버 | 민승남 옮김
231 벤저민 프랭클린 자서전 벤저민 프랭클린 | 이종인 옮김
232 만년양식집 오에 겐자부로 | 박유하 옮김
233 이상한 나라의 앨리스 루이스 캐럴 | 존 테니얼 그림 | 김희진 옮김
234 소네치카·스페이드의 여왕 류드밀라 울리츠카야 | 박종소 옮김
235 메데야와 그녀의 아이들 류드밀라 울리츠카야 | 최종술 옮김
236 실종자 프란츠 카프카 | 이재황 옮김
237 진 알랭 로브그리예 | 성귀수 옮김
238 말테의 수기 라이너 마리아 릴케 | 홍사현 옮김
239, 240 율리시스 제임스 조이스 | 이종일 옮김
241 지도와 영토 미셸 우엘벡 | 장소미 옮김
242 사막 르 클레지오 | 홍상희 옮김

● 문학동네 세계문학전집은 계속 출간됩니다